御製

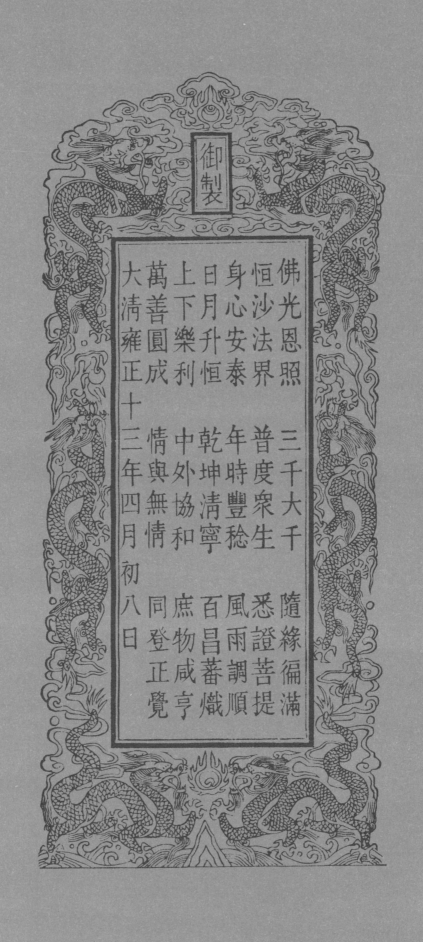

佛光恩照　三千大千　隨緣徧滿
恒沙法界　普度衆生　悉證菩提
身心安泰　年時豐稔　風雨調順
日月升恒　乾坤清寧　百昌蕃熾
上下樂利　中外協和　庶物咸亨
萬善圓成　情與無情　同登正覺
大清雍正十三年四月初八日

第六一册　宋元入藏諸大小乘經（三）

佛母出生三法藏般若波羅蜜多經

宋北天竺三藏朝奉大夫試光祿卿傳法大師施護奉詔譯

清刻龍藏佛說法變相圖

佛母出生三法藏般若波羅蜜多經卷第十九

宋北天竺三藏朝奉大夫試光祿卿傳法大師施護等奉　詔譯

善巧方便品第二十之二

爾時世尊告尊者須菩提言我今復說不退轉菩薩摩訶薩種種相貌汝當諦聽如善作意須菩提言善哉世尊願樂欲聞佛言須菩提若菩薩摩訶薩乃至夢中亦不愛樂聲聞緣覺之地亦不生彼住三界心須菩提有是相者當知是爲不退轉菩薩摩訶薩相復次須菩提若菩薩摩訶薩於其夢中見百千俱胝那庾多數菩薩聲聞人天大衆恭敬圍繞如來應供正等正覺聽其說法須菩提若彼夢中見是相者當知是爲不退轉菩薩摩訶薩相復次須菩提若菩薩摩訶薩於其夢中

自見其身處虛空中爲人說法及見自身放大光明化苾芻相往彼他方諸世界中施作佛事及爲說法須菩提若彼夢中見是相者當知是爲不退轉菩薩摩訶薩相復次須菩提若菩薩摩訶薩於其夢中見州城聚落悉爲火焚一切破壞諸惡蟲獸四散馳走一切人衆皆大驚怖生苦惱心菩薩見已不驚不怖從夢覺已作是思惟三界無實皆悉如夢願我當得阿耨多羅三藐三菩提時以如是法爲衆生說須菩提若彼夢中見是相者當知是爲不退轉菩薩摩訶薩相復次須菩提若菩薩摩訶薩於其夢中見地獄中有諸衆生隨受衆苦菩薩見已作是思惟願我當得阿耨多羅三藐三菩提時佛刹清淨無有地獄乃至不聞其名況復可見又須菩提若菩薩摩訶薩於其夢中見諸餓鬼受飢渴苦菩薩見已作是思惟願我當得阿耨多羅三藐三菩提時佛刹清淨無有餓鬼乃至不聞其名況復可見又須菩提若菩薩摩訶薩於其夢中見諸畜生受極重苦菩薩見已作是思惟願我當得阿耨多羅三藐三菩提時佛刹清淨無有畜生乃至不聞其名況復可見須菩提若彼夢中見是相者當知是爲不退轉菩薩摩訶薩相復次須菩提若菩薩摩訶薩於諸方處或見州城聚落忽爲火焚菩薩見已即作是言如我夢中先所見相等無有異我若已得安住不退轉者願我以是實語力故速令此火自然息滅不復展轉徧諸方處須菩提彼菩薩作是言已即時若能火自息滅當知是菩薩已從先佛如來應供正等正

覺所得授阿耨多羅三藐三菩提記已住不退轉地若菩薩作是言已火不滅者當知是菩薩未得授記未能安住不退轉地又須菩提若或是火不能滅已而復焚燒諸餘方處從一舍至一舍從一里至一里如是展轉火不滅者當知是處衆生先世有破法重罪彼之餘殃今世現受須菩提以是因緣若菩薩摩訶薩隨願能滿者當知是爲不退轉菩薩摩訶薩相復次須菩提若有男子女人等或爲非人所執魅者是時菩薩見是事已即作是言若我已於先佛如來應供正等正覺所得授阿耨多羅三藐三菩提記深心清淨爲欲成就阿耨多羅三藐三菩提故遠離聲聞緣覺之心所行清淨我當決定於阿耨多羅三藐三菩提是所應得非不應得又今十方無量阿僧祇世界諸佛世尊現在說法者彼諸如來應供正等正覺無所不知無所不見無所不了無所不證無所不得是諸佛世尊若知我深心決定成就阿耨多羅三藐三菩提者願我以是實語力故令彼非人捨離遠去其所執魅若男若女速得解脫若菩薩作是語時而彼非人不即遠去其所執魅未得解脫者當知是菩薩未從先佛如來應供正等正覺所得授阿耨多羅三藐三菩提記未住不退轉地須菩提若菩薩作是語時而彼非人即速遠去其所執魅即得解脫者當知是菩薩已從先佛如來應供正等正覺所得授阿耨多羅三藐三菩提記已得安住不退轉地

辯魔相品第二十一

復次須菩提亦有初住大乘諸菩薩等見是男子女人爲彼非人所執魅時即作是言若我已於先佛如來應供正等正覺所得授阿耨多羅三藐三菩提記者願我以是實語力故令彼非人捨離遠去其所執魅若男若女速得解脫作是語已時彼惡魔隱伏其形來菩薩所潛以魔力即令非人捨離而去何以故諸惡魔力勝非人故由是非人力不能爲捨離而去爾時菩薩不能覺知斯爲魔力但作是念我從先佛已得授記已能安住不退轉地何以故隨我所願即得成就彼諸菩薩未得授記無是力故菩薩於此起增上慢及諸慢心由慢心故增長貢高以貢高故輕易惡賤諸餘菩薩自謂已從先佛得記餘悉未得從佛授記由此因緣遠離佛無上智自然智一切智一切智智乃至遠離阿耨多羅三藐三菩提菩薩於此若不親近諸善知識不得善法而爲開導爲諸惡友共所護助於自身心又復不具善巧方便增上慢心轉復堅固以是因緣爲魔所縛不能解脫於二地中隨墮一處若聲聞地若緣覺地須菩提如是相者是彼初住大乘諸菩薩等以少見少聞故不能親近諸善知識不得般若波羅蜜多善巧方便力所護故以小因緣增長慢心乃至遠離阿耨多羅三藐三菩提須菩提是故當知斯亦名爲菩薩魔事復次須菩提有諸惡魔復以名字因緣壞亂諸菩薩摩訶薩云何爲名字因緣所謂惡魔化諸異相或時來詣彼菩薩所作如是言菩薩當知汝父如是名母如是名餘親里朋友各各如是名字乃

至七世大祖父母各如是名汝於其方其處其國其城其族所生其姓其氏又復若性柔輭剛猛性緩性急根利根鈍惡魔即時一一能說又作是言汝於先世亦曾修習頭陀功德所謂受阿羅拏法常行乞食著糞掃衣飯食已後不復飲漿常一坐食常隨敷座但持三衣住尸陀林坐於樹下坐於空地常節量食常坐不卧具修如是頭陀功德又復少語喜足遠離憒閙若語言時柔輭可愛乃至不受塗足油等汝於先世具修如是種種功德今世亦有如是功德見法知法汝已決定於先佛如來應供正等正覺所得授阿耨多羅三藐三菩提記安住不退轉地何以故汝已具有諸功德故汝既具足如是功德相貌是故應知於先佛所已得授記爾時菩薩聞是語已即作是念我已從彼先佛如來應供正等正覺所得授阿耨多羅三藐三菩提記已是安住不退轉者何以故今此所說我有如是頭陀功德誠無異故是時惡魔知彼心所念已又復別化種種異相所謂苾芻苾芻尼優婆塞優婆夷婆羅門長者乃至菩薩父母兄弟親里朋友隨所化已住菩薩前咸作是言汝從先佛如來應供正等正覺所已得授阿耨多羅三藐三菩提記已住不退轉地何以故汝已具足如是功德相貌故須菩提彼菩薩聞諸化人如是語已不能覺知是魔所化即時起增上慢及諸慢心由慢心故增長貢高以貢高故輕易惡賤諸餘菩薩自謂已從先佛得記餘諸菩薩悉所未得從佛授記由此因緣遠離佛無上智自然智一切智一

切智智乃至遠離阿耨多羅三藐三菩提菩薩於此若不親近諸善知識不得善法而爲開導爲諸惡友共所護助於自身心又復不具善巧方便增上慢心轉復堅固是菩薩於二地中隨墮一處若聲聞地若緣覺地須菩提我先所說不退轉菩薩摩訶薩眞實相貌而此菩薩不能成就不能安住不得般若波羅蜜多力所護助由此因緣爲魔所縛須菩提是故當知斯亦名爲菩薩魔事復次須菩提有諸惡魔復以名字因緣壞亂諸菩薩摩訶薩此復云何所謂惡魔或時化現諸苾芻相來菩薩所作如是言汝當得阿耨多羅三藐三菩提時名字如是而彼苾芻所說名字與其菩薩本所願樂得菩提時名字無異是菩薩以無智故又復不具善巧方便聞此語已即作是念今此苾芻快哉所說我得阿耨多羅三藐三菩提時名字如我所願無異無別我今無復起諸疑惑是時菩薩作是念已隨魔所化苾芻語言而生信受以是因緣爲魔所著魔所著故起增上慢及諸慢心由慢心故增長貢高以貢高故輕易惡賤諸餘菩薩自謂已從先佛得記餘諸菩薩悉所未得從佛授記由此因緣遠離佛無上智自然智一切智一切智智乃至遠離阿耨多羅三藐三菩提菩薩於此若不親近諸善知識不得善法而爲開導爲諸惡友共所護助於自身心又復不具善巧方便增上慢心轉復堅固是菩薩於二地中隨墮一處若聲聞地若緣覺地須菩提我先所說不退轉菩薩摩訶薩眞實相貌而此菩薩不能成就不能安住不

得般若波羅蜜多力所護助由此因緣爲魔所縛須菩提是菩薩應當悔捨如先所起種種慢心菩薩設能悔是心已亦復久久墮生死中若復後時得善知識而爲開導還因般若波羅蜜多故漸能趣向阿耨多羅三藐三菩提何以故菩薩起諸慢心罪極重故譬如苾芻犯四根本最極重罪若一若二即非沙門非釋種子菩薩以名字因緣起諸慢心其所獲罪亦復如是須菩提且置是四根本罪當知所有五無間罪最極深重若菩薩以名字因緣起諸慢心者其所獲罪過復深重而此菩薩是即名爲大無方便不能如應覺了魔事須菩提是故當知彼諸惡魔能以如是微細因緣作彼魔業壞亂諸菩薩摩訶薩菩薩於此應當覺知覺已遠離復次須菩提若菩薩摩訶薩猒彼憒閙樂欲遠離時諸惡魔即化異相來菩薩所作如是言若遠離者應當往彼山巖樹下空寂曠野如是修習是眞遠離此遠離行佛所稱讚須菩提我不說諸菩薩摩訶薩住山巖樹下空寂曠野是眞遠離須菩提白佛言世尊若菩薩摩訶薩住山巖樹下空寂曠野不名遠離者復有何相說名菩薩摩訶薩是眞遠離佛告須菩提言若菩薩摩訶薩行般若波羅蜜多有善巧方便爲一切衆生行大慈大悲行遠離聲聞緣覺之心雖近聚落亦名遠離或在山巖樹下空寂曠野亦名遠離須菩提諸菩薩摩訶薩若能遠離聲聞緣覺心者是眞遠離如是遠離我所聽許菩薩應當於晝夜中常修如是眞遠離行須菩提若如惡魔所讚菩薩但住山

巖樹下空寂曠野爲遠離者而彼菩薩雖如是遠離不能遠離聲聞緣覺之心非眞遠離雖修般若波羅蜜多不能圓滿一切智智當知是爲雜亂行者身語心業不得清淨無慧方便無大悲行由自三業不清淨故而返於彼近聚落住者生輕慢心須菩提彼菩薩雖近聚落非雜亂行何以故以能遠離聲聞緣覺心故身語心業皆悉清淨有慧方便具大悲行雖近聚落是眞遠離若於如是修眞遠離行者返生輕慢當知是菩薩雖得禪定解脱神通智慧三昧等法而亦不具善巧方便須菩提菩薩雖在百由旬外曠野空寂等處縱經一歲百歲乃至百千俱胝那庾多歲設過是歲修遠離行終無利益如我所說眞遠離行彼不能知不能深固安住阿耨多羅三藐三菩提心無善巧方便但以寂靜爲眞遠離若求佛道者貪著依止如是遠離我不聽許亦不能令我心生喜何以故如我所說遠離行中即不見有如是遠離行人名眞遠離又須菩提有諸惡魔見彼住空寂處修遠離行者即到其所於虛空中作如是言善哉善哉善男子汝所修者眞遠離行如來稱讚汝修是行故令汝速得阿耨多羅三藐三菩提是菩薩聞空中聲所稱讚已從彼空寂曠野等處來至聚落見餘菩薩柔和善順修持梵行遠離聲聞緣覺之心三業清淨者即起輕慢作如是言汝等是爲憒閙行者汝所修行非遠離行須菩提彼住空寂菩薩以眞遠離行爲憒閙行以憒閙行爲眞遠離行以其過惡故所應恭敬者而返輕慢不應恭敬者而

返恭敬何以故彼作是念我住空寂曠野等處有諸非人念我故來助我故來汝近聚落住者何有非人來助念汝作是念已於餘菩薩起輕慢心須菩提當知此人是爲菩薩中旃陀羅菩薩中過惡者菩薩中汙行者是爲形像菩薩亦名賊住沙門亦名沙門形賊亦名不淨法者亦名非禮法者以是相故當知是爲初發心者是故一切世間諸天人等所不恭敬何以故我說彼人是增上慢者須菩提菩薩摩訶薩於如是人不應親近又須菩提若諸菩薩摩訶薩不捨一切衆生愛樂一切智深發阿耨多羅三藐三菩提心爲欲成就阿耨多羅三藐三菩提利益安樂一切衆生者不應親近如是等人須菩提求菩提者於諸魔事常應覺知覺已遠離於一切時常生猒離怖三界心但爲利樂一切衆生引示衆生所有正道令諸衆生圓滿正果住法實性又復於諸衆生起大慈心大悲心大喜心大捨心菩薩常作是願願我當於一切時一切處遠離如是一切魔事設或暫起速令除滅須菩提若菩薩摩訶薩能如是學者是菩薩摩訶薩神通智力須菩提當知如是等皆說菩薩摩訶薩覺知魔事眞遠離相

善知識品第二十二之一

爾時世尊告尊者須菩提言若菩薩摩訶薩深心欲得阿耨多羅三藐三菩提者應當親近恭敬諸善知識須菩提白佛言世尊有諸菩薩摩訶薩深心欲得阿耨多羅三藐三菩提若能愛樂善知識者云何是菩薩摩訶薩善知識耶佛言須菩提當知諸佛如來是菩

薩善知識何以故諸佛能說菩薩行法及諸波羅蜜多教示菩薩入般若波羅蜜多是故諸佛如來爲菩薩善知識又須菩提般若波羅蜜多是菩薩善知識何以故般若波羅蜜多是諸波羅蜜多畢竟處以般若波羅蜜多爲菩薩善知識故即六波羅蜜多皆爲菩薩善知識又復六波羅蜜多是菩薩大師六波羅蜜多爲所行正道六波羅蜜多爲世間光明六波羅蜜多爲大法炬六波羅蜜多爲大法光明六波羅蜜多爲眞救護六波羅蜜多爲所歸趣六波羅蜜多爲所住舍六波羅蜜多爲究竟道六波羅蜜多爲大洲渚六波羅蜜多爲父爲母乃至阿耨多羅三藐三菩提皆因六波羅蜜多故而能成就又須菩提所有過去諸佛如來應供正等正覺已得阿耨多羅三藐三菩提已入涅槃者是諸如來皆從六波羅蜜多生所有未來諸佛如來應供正等正覺當得阿耨多羅三藐三菩提者是諸如來亦從六波羅蜜多生于今現在十方無量阿僧祇世界教化衆生諸佛如來應供正等正覺今得阿耨多羅三藐三菩提者是諸如來亦從六波羅蜜多生又三世諸佛一切智亦從六波羅蜜多生何以故諸佛本行菩薩道時皆修習是六波羅蜜多三十七菩提分法四無量行四攝法乃至一切佛法故得阿耨多羅三藐三菩提是諸佛法皆從六波羅蜜多生又佛智自然智不可思議智不可稱量智無等智無等等智亦復從是六波羅蜜多生須菩提是故六波羅蜜多爲菩薩善知識六波羅蜜多爲菩薩大師爲所行正

道為世間光明為大法炬為大法光明為真救護為所歸趣為所住舍為究竟道為大洲渚為父為母乃至出生阿耨多羅三藐三菩提又須菩提若菩薩摩訶薩為欲利益安樂一切衆生者應學是六波羅蜜多若欲學是諸波羅蜜多者應當於此般若波羅蜜多如理修學解了其義如實思惟如實觀察何以故般若波羅蜜多與五波羅蜜多而為先導開示顯了故又五波羅蜜多若離般若波羅蜜多即不得波羅蜜多名是故須菩提菩薩摩訶薩若欲不起他信不隨他語者應當修學是般若波羅蜜多須菩提白佛言世尊何等相是般若波羅蜜多佛言須菩提無著相是般若波羅蜜多須菩提言頗有因緣如般若波羅蜜多無著相一切法亦無著相耶佛言須菩提有因緣如般若波羅蜜多無著相一切法亦無著相何以故須菩提一切法空故離故是故須菩提如一切法無著相空故離故般若波羅蜜多無著相亦空亦離須菩提白佛言世尊若一切法空故離故者云何佛說一切衆生有染有淨世尊空法中無染無淨離法中無染無淨世尊即此空法離法不可得阿耨多羅三藐三菩提異此空法離法亦無法可得阿耨多羅三藐三菩提世尊我今不能解如是義願佛世尊為我宣說佛言須菩提於汝意云何一切衆生於長夜中著我我所不須菩提言如是世尊衆生長夜著我我所佛言須菩提於汝意云何我我所空不須菩提言如是世尊我我所空佛言須菩提於汝意云何衆生著我我所故輪轉生

死不須菩提言如是世尊衆生著我我所故輪轉生死佛言須菩提當知諸染法者但隨衆生所受所著故說名爲染若諸衆生不受不著即無染可得亦無受染者是故無我我所以無我我所故說名爲淨若諸衆生不受不著亦無淨可得亦無受淨者須菩提以是義故於一切法空中一切法離中說名爲染說名爲淨須菩提諸菩薩摩訶薩行般若波羅蜜多者應如是行須菩提白佛言希有世尊善說斯義於一切法空中一切法離中說染說淨不受不著菩薩摩訶薩行般若波羅蜜多者應如是行世尊若菩薩摩訶薩如是行者是爲不行色不行受想行識若菩薩摩訶薩如是行者普令一切世間天人阿修羅等所共敬伏不爲彼等而能動亂又菩薩摩訶薩若如是行者不雜聲聞緣覺行不住聲聞緣覺地何以故如是行者是無所行而行無所住而住能入佛性入如來性自然智性一切智性世尊如是行者最上無勝與般若波羅蜜多勝行相應是故諸菩薩摩訶薩於晝夜中如是勤行即能近阿耨多羅三藐三菩提乃至速能成就阿耨多羅三藐三菩提

佛母出生三法藏般若波羅蜜多經卷第十九

音釋

輭（而兖切柔也）　憒閙（憒古對切亂也閙奴教切不靜也）　旃陀羅（梵語也此云嚴幟旃諸延切）

佛母出生三法藏般若波羅蜜多經卷第二十一 第二十一同卷

宋北天竺三藏朝奉大夫試光祿卿傳法大師施護等奉 詔譯

善知識品第二十二之二

爾時世尊告尊者須菩提言如是如是須菩提菩薩摩訶薩行般若波羅蜜多若如是行者是爲不行色不行受想行識如是行者普令一切世間天人阿修羅等所共敬伏不爲彼等而能動亂如是行者不雜聲聞緣覺行不住聲聞緣覺地如是行者是無所行而行無所住而住能入佛性入如來性自然智性一切智性如是行者最上無勝與般若波羅蜜多勝行相應若諸菩薩摩訶薩於晝夜中如是勤行即能近阿耨多羅三藐三菩提乃至速能成就阿耨多羅三藐三菩提又須菩提假使閻浮提中一切衆生一一皆得人身悉發阿耨多羅三藐三菩提心發是心已乃至盡壽尊重恭敬供養諸佛又復普於一切廣行布施即以如是布施功德迴向阿耨多羅三藐三菩提須菩提此諸人等以是因緣得福多不須菩提言甚多世尊甚多善逝佛言須菩提此諸人等以是因緣得福雖多不如菩薩摩訶薩能一日中起般若波羅蜜多相應正念隨其菩薩所起般若波羅蜜多相應正念故能爲一切衆生作大福田何以故菩薩能起平等慈心餘諸衆生無有是心如菩薩摩訶薩者唯除如來慈心具足所以者何諸佛如來應供正等正覺已能圓滿不思議法而常不離慈悲喜捨須菩提云何菩薩能爲衆生作大福田須菩提所謂菩薩因般

若波羅蜜多故具足正慧得是慧已見諸衆生如在牢獄受彼繫縛菩薩爾時得大悲心所護助故即復以淨天眼普徧觀察無量無數無邊衆生見有衆生造無間業者當受苦報墮諸見網不得出離菩薩如是觀已深發大慈心大悲心憐愍衆生以是大慈大悲光明普徧照耀而彼菩薩作如是念我當爲一切衆生作大依怙廣爲一切衆生解脱諸苦作是念已不住是相亦不住餘相須菩提此名菩薩摩訶薩大慧光明是即能爲衆生作大福田若菩薩摩訶薩如是行者即不退轉於阿耨多羅三藐三菩提堪受一切世間信心所施謂飲食衣服卧具醫藥菩薩雖復受施以一心修習般若波羅蜜多故於彼施者受者及其所施皆悉清淨得近一切智是故須菩提諸菩薩摩訶薩若欲不虚受其國中信施若欲引示衆生所行正道若欲救度衆生脱三界縛若欲拔濟衆生出輪迴苦若欲開導衆生清淨慧眼者應當發起般若波羅蜜多相應正念若起是念即與般若波羅蜜多言説相應何以故菩薩有所言説皆隨順般若波羅蜜多念若有所念亦隨順言説即得不離般若波羅蜜多是故菩薩於晝夜中不應離是般若波羅蜜多相應正念須菩提譬如有人得未曾有大摩尼寶得是寶已心大歡喜後於異時或有因緣而失此寶須菩提彼人以是縁故心生愁惱憂苦追悔常作是念我今何故失此大寶如是思念無有間斷須菩提菩薩亦復如是大法寶者所謂般若波羅蜜多菩薩得是般若波羅蜜多大法

寶故常起般若波羅蜜多相應正念常不離一切智心須菩提白佛言世尊若一切法自性空故離故一切念亦空亦離者云何佛說菩薩摩訶薩常不離般若波羅蜜多相應念耶佛言須菩提若菩薩摩訶薩能如是知一切法自性空故離故一切念亦空亦離者即是般若波羅蜜多相應正念即是不離一切智心何以故般若波羅蜜多空中無增無減故須菩提白佛言世尊般若波羅蜜多空中無增無減者菩薩摩訶薩云何能增長般若波羅蜜多云何得阿耨多羅三藐三菩提耶佛告須菩提言若菩薩摩訶薩行般若波羅蜜多時於是中有增有減即般若波羅蜜多空中亦增亦減若菩薩摩訶薩空中無增無減者即般若波羅蜜多空中亦無增無減須菩提菩薩摩訶薩空中無所增減故菩薩摩訶薩以是無增減法得阿耨多羅三藐三菩提須菩提若菩薩摩訶薩聞是說已不驚不怖者當知是菩薩摩訶薩名爲行般若波羅蜜多須菩提言般若波羅蜜多相是行般若波羅蜜多不佛言不也須菩提須菩提言般若波羅蜜多空相是行般若波羅蜜多不佛言不也須菩提須菩提言離般若波羅蜜多空相有法可行般若波羅蜜多不佛言不也須菩提須菩提言空可行般若波羅蜜多不佛言不也須菩提須菩提言離空有法可行般若波羅蜜多不佛言不也須菩提須菩提言空可行空不佛言不也須菩提須菩提言色可行般若波羅蜜多不佛言不也須菩提須菩提言受想行識可行般若波羅蜜多不

佛言不也須菩提須菩提言離色有法可行般若波羅蜜多不佛言不也須菩提須菩提言離受想行識有法可行般若波羅蜜多不佛言不也須菩提須菩提言菩薩摩訶薩當云何行是行般若波羅蜜多佛言須菩提汝見有法可行般若波羅蜜多不須菩提言不也世尊佛言須菩提汝見般若波羅蜜多是菩薩摩訶薩所行處不須菩提言不也世尊佛言須菩提若法無所得即法不可見是中有生可生有滅可滅不須菩提言不也世尊佛言須菩提若菩薩摩訶薩了知是相即得無生法忍菩薩摩訶薩具是忍者即得授阿耨多羅三藐三菩提記須菩提此名如來無所畏行菩薩摩訶薩若如是行即得佛無上智廣大智最上利智一切智智如是行者是無處所行須菩提白佛言世尊以是無生法可得授阿耨多羅三藐三菩提記不佛言不也須菩提須菩提言當以何法得授阿耨多羅三藐三菩提記佛言須菩提汝見有法可得授阿耨多羅三藐三菩提記不須菩提言不也世尊佛言須菩提汝見有阿耨多羅三藐三菩提是所記不須菩提言我不見是法有所記別亦復不見有授記法何以故一切法無所得故世尊以是義故我知一切法無證是中無證者一切法無得是中無所得

帝釋天主讚歎品第二十三

爾時帝釋天主在大會中即從座起前白佛言世尊如佛所說般若波羅蜜多最上甚深難可得見難可得聞亦復於中難解難入佛告帝釋天主言憍尸迦如是如是般若波羅

蜜多最上甚深難見難聞難解難入憍尸迦如虛空甚深故般若波羅蜜多亦甚深虛空空故般若波羅蜜多亦空虛空離故般若波羅蜜多亦離虛空難見故般若波羅蜜多亦難見虛空難解故般若波羅蜜多亦難解帝釋天主白佛言世尊若有人得是甚深般若波羅蜜多法門聽受讀誦為人演說乃至書寫者當知是人具足最上善根佛言憍尸迦如是如是若有人得此甚深般若波羅蜜多法門聽受讀誦為人演說乃至書寫者我說是人已能具足最上善根憍尸迦於汝意云何正使閻浮提一切衆生皆得人身一一衆生具修十善彼諸善男子善女人等以是緣故得福多不帝釋天主言甚多世尊甚多善逝佛言憍尸迦彼善男子善女人得福雖多不如有人於此甚深般若波羅蜜多法門聽受讀誦為人演說乃至書寫者百分不及一千分不及一百千俱胝那庾多分筭分數分及譬喻分乃至烏波尼殺曇分皆不及一爾時會中有一苾芻聞是說已謂帝釋天主言若有善男子善女人暫得聞此甚深般若波羅蜜多法門而能一念生淨信者當知是善男子善女人勝過仁者是時帝釋天主謂彼苾芻言若善男子善女人一發心頃生淨信者尚勝於我何況廣能聽受讀誦為人演說乃至書寫又復何況隨聽受已如所說學如所說行修習相應當知是善男子善女人修菩薩行勝過一切世間天人阿脩羅等苾芻非但勝彼一切世間天人阿脩羅等亦復勝於須陀洹斯陀含阿那含阿羅漢及其緣覺

非但勝於須陀洹乃至緣覺亦復勝餘菩薩遠離般若波羅蜜多無善巧方便行布施者非但勝彼菩薩如是布施亦復勝餘菩薩遠離般若波羅蜜多無善巧方便持淨戒者非但勝彼菩薩如是持戒亦復勝餘菩薩遠離般若波羅蜜多無善巧方便修忍辱者非但勝彼菩薩如是忍辱亦復勝餘菩薩遠離般若波羅蜜多無善巧方便發精進者非但勝彼菩薩如是精進亦復勝餘菩薩遠離般若波羅蜜多無善巧方便修禪定者何以故是菩薩摩訶薩聞此甚深般若波羅蜜多法門能如說學能如說行而能具足善巧方便是故勝過一切世間天人阿脩羅乃至聲聞緣覺及餘菩薩當知是菩薩善行般若波羅蜜多是菩薩能近一切智不遠離諸佛是菩薩成熟善根當坐道場是菩薩能斷衆生諸煩惱苦若菩薩摩訶薩能如是學者是爲學菩薩法不學聲聞緣覺法是學般若波羅蜜多

又菩薩摩訶薩如是學時當有護世四大天王來菩薩所作如是言善男子汝當精勤疾學是般若波羅蜜多疾證阿耨多羅三藐三菩提汝當坐道場時我等四王各持寶鉢奉上於汝世尊非但護世四王現菩薩前作如是說我亦常往彼菩薩所而爲護助況復諸餘天子何以故是菩薩能如是學般若波羅蜜多學已能行甚爲希有世間衆生有諸苦惱菩薩已能遠離諸苦於一切處作大利樂世尊此爲菩薩學般若波羅蜜多現世功德

爾時尊者阿難即作是念此帝釋天主快說是語爲自辯才如是說耶爲佛威神所護念

耶爾時帝釋天主承佛威神即知其念謂言尊者當知如我所說皆是世尊威神建立爾時世尊告尊者阿難言如是如是如帝釋天主此所樂說當知皆是佛威神力而爲護念

增上慢品第二十四

爾時世尊復告尊者阿難言當知菩薩摩訶薩修般若波羅蜜多時行般若波羅蜜多時所有三千大千世界一切惡魔皆生疑念菩薩摩訶薩修行是般若波羅蜜多爲當中道取證聲聞緣覺果耶爲當決定直至阿耨多羅三藐三菩提耶阿難彼諸惡魔或時若見菩薩摩訶薩修行般若波羅蜜多故決定直至阿耨多羅三藐三菩提者諸魔即時憂愁苦惱如箭入心復次阿難菩薩摩訶薩修般若波羅蜜多時行般若波羅蜜多時有諸惡魔來菩薩所生嬈亂心以彼魔力化諸雷雹風雨等相周徧方處欲令菩薩怖畏散亂乃至欲令菩薩於一念中退失阿耨多羅三藐三菩提心阿難當知惡魔不必普能嬈亂一切菩薩阿難白佛言世尊何等菩薩爲魔所嬈佛言阿難若菩薩於先世中曾得聞是般若波羅蜜多法門雖復聞已不生信解阿難當知是菩薩即有惡魔而來嬈亂爲彼諸魔伺得其便復次阿難若菩薩摩訶薩聞此甚深般若波羅蜜多法門時心生疑念有是般若波羅蜜多法門耶無是般若波羅蜜多法門耶阿難當知是菩薩即有惡魔而來嬈亂爲彼諸魔伺得其便復次阿難若菩薩摩訶薩遠離善知識親近惡知識以近惡知識故聞此甚深般若波羅蜜多法門不生信解又

復不能請問其義但作是念我今何能修此般若波羅蜜多阿難當知是菩薩即有惡魔而來嬈亂爲彼諸魔伺得其便復次阿難若菩薩摩訶薩受彼邪法隨邪法行彼諸惡魔知是事已心生歡喜即作是念此人助我亦令餘人同來助我而復令我圓滿所願隨順我意阿難當知是菩薩即有惡魔而來嬈亂爲彼諸魔伺得其便復次阿難若菩薩摩訶薩聞此甚深般若波羅蜜多法門已謂餘菩薩言此般若波羅蜜多甚深難解我尚不能得其源底汝今何用更修習耶但於餘經佛所說者聽受修習必當於彼而得法味由此菩薩作是說已諸餘菩薩即起遠離般若波羅蜜多心阿難當知作是說者即有惡魔而來嬈亂爲彼諸魔伺得其便復次阿難若菩

薩摩訶薩作如是念我是修眞遠離行者餘諸菩薩非遠離行即時惡魔知是念已生大歡喜適悅慶快何以故彼菩薩隨所起念即退失阿耨多羅三藐三菩提以如是退失故魔心生喜又復阿難有諸惡魔來菩薩所稱讃菩薩名字族氏頭陀功德乃至種種功德相貌菩薩聞是稱讃已隨意所著起增上慢及諸慢心貢高自大輕餘菩薩由是因緣增長煩惱而此菩薩爲彼惡魔力所加故諸有言說人皆信受隨信受已如所說學如所說行若見若聞如是學者如是行者皆不眞實以不實故起顛倒心由顛倒故身語心業皆不清淨以此因緣而能增長地獄餓鬼畜生等趣彼惡魔衆見是利故心大歡喜適悅慶快即作是念今我宮殿誠所不空由彼因緣

能增長故阿難當知是菩薩不能具足功德相貌非行般若波羅蜜多非是住不退轉者何以故增上慢心起諸過失是菩薩當有惡魔而來嬈亂爲彼諸魔伺得其便復次阿難若菩薩乘人與聲聞乘人共相鬭諍互出惡言輕易呵毀爾時惡魔知是事已即作是念彼菩薩乘人由此因緣雖復遠離一切智其所遠離非大非久若菩薩乘人與菩薩乘人共相鬭諍互出惡言輕易呵毀者爾時惡魔知是事已心大歡喜適悅慶快而作是念此菩薩乘人由是因緣久久遠離彼一切智復次阿難若有未得授記菩薩於餘已得授記菩薩起瞋恨心隨所起心有退轉失起一念退一劫而後畢是隨念劫數若不捨一切智心或遇善知識故還復發起被精進鎧爾時尊者阿難白佛言世尊若起是罪者佛聽悔不佛言阿難今我法中說有出罪法所有聲聞緣覺菩薩乘中我各說有彼出罪法阿難當知若菩薩乘人與菩薩乘人共相鬭諍互出惡言輕易呵毀已不相悔捨復懷瞋恨結縛於心者我不說彼有出罪法阿難若菩薩乘人與菩薩乘人共相鬭諍乃至呵毀已即相悔捨者我當爲彼說出罪法阿難又菩薩應作是念我於一切衆生當行慈忍設彼起惡來相陵辱我尚不生一念瞋心況復加報我或暫起瞋恨心者深爲大失何以故我當爲一切衆生作大橋梁普令得度我常於彼一切衆生如善作意設聞惡言不生恚心於自於他皆悉平等自有過失勿加於他他有過失如自所作常生悔懼何以故我欲普令

一切衆生得大安樂若有衆生多瞋惱者願我當得阿耨多羅三藐三菩提時度脱彼等我於一切處見彼所有求菩提者我於爾時歡喜瞻視面目熈怡無顰蹙相我心堅固不爲一切瞋惱所動阿難若菩薩乘人能生如是心者當知是爲修菩薩行者又復阿難諸菩薩摩訶薩於聲聞人所不應生起諸輕慢心乃至一切衆生亦復不應生輕慢想阿難白佛言世尊菩薩與菩薩云何共住佛言阿難菩薩共住當互觀視猶如佛想是我大師同載一乘同行一道彼菩薩摩訶薩若有所學我亦隨學平等安住菩薩乘中如菩薩法如理修學彼若雜學非我所學彼若清淨學能與一切智如理相應者我亦如是學阿難菩薩摩訶薩能如是學者是爲同學所應共住如是學者必證阿耨多羅三藐三菩提

佛母出生三法藏般若波羅蜜多經卷第二十

佛母出生三法藏般若波羅蜜多經卷第二十一

宋北天竺三藏朝奉大夫試光祿卿傳法大師施護等奉　詔譯

學品第二十五

爾時尊者須菩提白佛言世尊菩薩摩訶薩欲學一切智當云何學佛言須菩提菩薩摩訶薩若盡學則學一切智若離學則學一切智若無生無滅無起無染無性如虛空法界寂靜等學則學一切智須菩提白佛言世尊若菩薩摩訶薩盡學離學乃至法界寂靜等學則學一切智者是等當云何作佛言須菩提汝若如是說是等云何作者須菩提於汝意云何如來證如如故得名如來是如有盡有所作不須菩提言不也世尊何以故如無盡相亦無所作佛言須菩提於汝意云何如來證如如故得名如來是如有生有滅有起有染有得有證不須菩提言不也世尊佛言須菩提菩薩摩訶薩學一切智亦復如是須菩提是故菩薩摩訶薩若如是學者不盡如相如是學者是學一切智如是學者是學般若波羅蜜多如是學者是學佛地如是學者是學佛十力四無所畏等一切佛法乃至一切智智如是學者能到諸學彼岸如是學者普能降伏魔及魔衆如是學者速得不退轉法如是學者速坐道場如是學者是學三轉十二行相法輪如是學者學自所行如是學者學為他作所依怙法如是學者是學大慈大悲大喜大捨如是學者學度衆生界如是學者是學不斷佛種如是學者學開甘露門須菩提此廣大學是最上學凡夫下劣人不

能如是學若有能調御一切衆生欲與一切衆生爲依怙者欲出過一切衆生界者彼能如是學若如是學者不墮地獄餓鬼畜生等趣不生阿脩羅界不生邊地不生旃陀羅族不生下姓種族不生種種卑賤巧業等族如是學者不失一目不盲兩目亦不角睞不聾不啞不傴僂不攣躄不醜陋不麤惡不形殘不異相亦無疥癩癰疽乾痟等病不壞諸根人相圓滿音聲清巧衆所愛樂須菩提又菩薩摩訶薩如是學者不害他命不盜他物不行邪染不虛妄言亦不兩舌復不惡口不無義語不生貪著不起瞋惱不住邪見不邪命活不修邪命法不畜破戒眷屬不近非法者不生長壽天雖入諸禪而不隨禪生何以故菩薩以能成就善巧方便故而菩薩成就何

等善巧方便所謂從般若波羅蜜多相應出生善巧方便是故菩薩雖入諸禪而不隨禪生須菩提菩薩摩訶薩能如是學者即得清淨十力清淨四無所畏乃至清淨一切佛法須菩提白佛言世尊一切法自性本來清淨菩薩摩訶薩云何復得清淨十力清淨四無所畏乃至清淨一切佛法耶佛告須菩提言如是如是須菩提一切法自性本來清淨菩薩摩訶薩於是一切法自性本來清淨中如理修學般若波羅蜜多不驚不怖不退不没須菩提彼諸愚異生等於如是法不知不見以不知不見故無所覺了是故菩薩摩訶薩發勤精進於中修學自所學已令諸異生等於是法中如理修學實知實見菩薩摩訶薩田如是學故即得清淨十力清淨四無所畏

乃至清淨一切佛法須菩提菩薩摩訶薩如是學者悉能了知一切衆生心心所行須菩提譬如大地少出閻浮檀金多諸荆棘砂礫草木等類一切衆生亦復如是於衆生聚中少能愛樂修學般若波羅蜜多者多有愛樂修學聲聞緣覺法門須菩提又如衆生聚中少有修彼輪王業者但多修彼諸小王業須菩提當知衆生聚中少有行於般若波羅蜜多道者多有行於聲聞緣覺道者亦復如是須菩提又如衆生聚中少有修彼帝釋福業但多修彼諸天子業須菩提當知衆生聚中少有修習般若波羅蜜多行者多有修習聲聞緣覺行者亦復如是須菩提又如衆生聚中少有修彼梵王福業但多修彼諸梵衆業須菩提當知衆生聚中少有不退轉於阿耨多羅三藐三菩提者多有退轉於阿耨多羅三藐三菩提者亦復如是須菩提以是義故當知衆生聚中少有能發阿耨多羅三藐三菩提心者於少能發心中又復少能如理修行者於少能修行中又復少能修習般若波羅蜜多相應行者於少能修習相應行中又復少能於阿耨多羅三藐三菩提住不退轉者須菩提是故諸菩薩摩訶薩若欲在少中少者應當修習般若波羅蜜多復次須菩提若菩薩摩訶薩修學是般若波羅蜜多者不生雜染心不生疑惑心不生憎嫉心不生慳吝心不生破戒心不生瞋惱心不生懈怠心不生散亂心不生愚癡心又須菩提菩薩摩訶薩應修學是般若波羅蜜多何以故此般若波羅蜜多能護諸波羅蜜多能受諸波羅

蜜多能取諸波羅蜜多能集諸波羅蜜多能攝諸波羅蜜多須菩提譬如六十二見身見中攝諸波羅蜜多於般若波羅蜜多中攝亦復如是須菩提又如士夫所有諸根皆悉於其命根中攝一切善法皆於般若波羅蜜多中攝亦復如是須菩提又如士夫命根滅時諸根皆滅菩薩摩訶薩亦復如是若智慧滅時一切善法而亦隨滅須菩提是故菩薩摩訶薩若欲護諸波羅蜜多若欲攝諸波羅蜜多者應當修學是般若波羅蜜多又菩薩摩訶薩若欲於一切衆生中福德最勝爲上首者應當修學是般若波羅蜜多復次佛言須菩提於汝意云何三千大千世界一切衆生是爲多不須菩提白佛言世尊但此閻浮提中所有衆生尚多無數何況三千大千世界一切衆生佛言須菩提假使如是三千大千世界一切衆生一一修行皆住菩薩地或有一人盡其壽命以諸飲食衣服卧具醫藥及餘樂具供養如是三千大千世界諸菩薩衆此人以是因緣得福多不須菩提言甚多世尊甚多善逝佛言須菩提若復有人於一彈指頃能修行是般若波羅蜜多者其所得福倍勝於前何以故般若波羅蜜多廣大利益諸菩薩摩訶薩復能護助阿耨多羅三藐三菩提故須菩提是故諸菩薩摩訶薩若欲於一切衆生中最勝無上若欲與一切衆生爲所依怙若欲徧入諸佛境界若欲具足佛功德法若欲得佛遊戲神通若欲作佛大師子吼若欲得佛諸所行處若欲普以三千大千世界大會說法須菩提菩薩摩訶薩若欲成

就如是等功德利者應學是般若波羅蜜多學是般若波羅蜜多不能圓滿諸功德利者無有是處須菩提白佛言世尊菩薩摩訶薩亦具足聲聞功德利耶佛言須菩提菩薩摩訶薩亦學是聲聞法亦具足聲聞功德之利須菩提菩薩摩訶薩雖如是學如是知得如是利而不於中生住著心菩薩摩訶薩亦說彼聲聞法而不取是法須菩提若菩薩摩訶薩如是學者能為一切世間天人阿脩羅等作大福田而菩薩所作福田最上最勝過餘聲聞緣覺所有福田須菩提如是學者是行般若波羅蜜多得近一切智不捨般若波羅蜜多不離般若波羅蜜多如是學者不退失一切智遠離聲聞緣覺心得近阿耨多羅三藐三菩提須菩提若菩薩摩訶薩作是念此是般若波羅蜜多此名般若波羅蜜多學是般若波羅蜜多故當得一切智須菩提若如是分別者不名修學般若波羅蜜多若菩薩摩訶薩於般若波羅蜜多不生分別無知無見亦無所得以如是不分別無知見無所得故是名修學般若波羅蜜多

幻喻品第二十六

爾時帝釋天主即起是念若菩薩摩訶薩修學是般若波羅蜜多者尚能勝過一切眾生何況成就阿耨多羅三藐三菩提者是故當知若有人愛樂一切智者彼人得大善利善自活命何況能發阿耨多羅三藐三菩提心者當知是人為一切眾生共所敬愛普能調御一切眾生帝釋天主作是念已即時化諸曼陀羅華滿自掌中散於佛上華散佛已合

掌向佛作如是言世尊若有發阿耨多羅三藐三菩提心者普願得成阿耨多羅三藐三菩提普願圓滿一切佛法圓滿一切智相應之法圓滿自然智法圓滿無漏法普願一切衆生度生死岸證涅槃道攝衆生心普令圓滿世尊我見生死中有種種苦我不欲令初發阿耨多羅三藐三菩提心者於一念中有所退轉又不欲令已得安住阿耨多羅三藐三菩提者於一念中或生退轉是故我欲普令成就阿耨多羅三藐三菩提何以故能發心者廣大利益悲愍一切世間天人阿脩羅等自得度已復於一切衆生起如是心未解脱者普令解脱未得度者普令得度未涅槃者普令涅槃世尊若有善男子善女人於初發心菩薩所以彼所有諸功德法生隨喜心若於久修習菩薩所生隨喜心若於住不退轉菩薩所生隨喜心若於一生補處菩薩所生隨喜心於如是等能生隨喜心善男子善女人當說何者得福德多佛告帝釋天主言憍尸迦妙高山王尚可稱量知其限數彼善男子善女人以是諸隨喜心所獲福德不可稱量知其限數憍尸迦又如四大洲界亦可稱量知其限數彼善男子善女人以是諸隨喜心所獲福德不可稱量知其限數憍尸迦又如小千世界亦可稱量知其限數彼善男子善女人以是諸隨喜心所獲福德不可稱量知其限數憍尸迦又如中千世界亦可稱量知其限數彼善男子善女人以是諸隨喜心所獲福德不可稱量知其限數憍尸迦又如三千大千世界亦可稱量知其限數彼善

男子善女人以是諸隨喜心所獲福德不可
稱量知其限數帝釋天主白佛言世尊若有
人不能於初發心菩薩所乃至不能於一生
補處菩薩所生隨喜心者當知是人惡魔所
著爲魔眷屬從彼魔天命終而來生此何以
故是諸隨喜心而能破壞諸惡魔故又復若
人能生諸隨喜心者是人應以隨喜功德迴
向阿耨多羅三藐三菩提以是迴向故而能
增長阿耨多羅三藐三菩提是故當知能生
如是諸隨喜心者是人不離佛不離法不離
僧增長一切最勝功德佛告帝釋天主言如
是如是憍尸迦若有人能生如是諸隨喜心
者是人不離佛不離法不離僧增長一切最
勝功德又憍尸迦若善男子善女人能生如
是諸隨喜心者當知是善男子善女人速得

值佛帝釋天主白佛言如是世尊如是善逝
善男子善女人能生如是諸隨喜心者是善
男子善女人速得值佛又復以是隨喜善根
力故在在所生人所尊重恭敬讚歎是善男
子善女人眼根清淨不覩惡色耳根清淨不
聞惡聲鼻根清淨不齅惡香舌根清淨不了
惡味身根清淨不染非觸又復不墮惡趣生
人天道何以故是善男子善女人成就無量
無數隨喜善根故常樂利樂一切衆生以能
生是隨喜心故而能增長阿耨多羅三藐三
菩提行漸漸得成阿耨多羅三藐三菩提是
善男子善女人得菩提已廣度無量無數衆
生普令涅槃佛告帝釋天主言憍尸迦如汝
所說皆是如來威神護念若善男子善女人
能生如是諸隨喜心者是善男子善女人深

種善根以是善根廣爲無量無數衆生作大利益此因緣故而能增長一切善法漸漸得成阿耨多羅三藐三菩提爾時尊者須菩提白佛言世尊心如幻故云何以是心得阿耨多羅三藐三菩提耶佛告尊者須菩提言於意云何汝見有心如幻耶須菩提言不也世尊佛言須菩提汝見幻相可得耶須菩提言不也世尊我不見有心如幻亦不見幻相可得佛言須菩提汝以是心是相可得阿耨多羅三藐三菩提耶須菩提言不也世尊佛言須菩提於意云何若不見有心如幻及幻相者離是心是相汝見有法可得阿耨多羅三藐三菩提耶須菩提言不也世尊離如幻心及彼幻相亦不見有法可得阿耨多羅三藐三菩提世尊若離如幻心及離幻相有法可

見者是法亦不可說是有是無是故一切法畢竟離中不可說有不可說無若一切法畢竟離故阿耨多羅三藐三菩提亦畢竟離般若波羅蜜多亦畢竟離以一切法畢竟離故即無法可修亦無法可得以一切法無所得故阿耨多羅三藐三菩提亦不可得以是畢竟離故菩薩摩訶薩亦畢竟離世尊菩薩摩訶薩因般若波羅蜜多故得阿耨多羅三藐三菩提而菩薩摩訶薩畢竟離阿耨多羅三藐三菩提亦畢竟離若菩薩摩訶薩得阿耨多羅三藐三菩提者云何以離得離耶佛讃須菩提言善哉善哉須菩提如是如是一切法畢竟離般若波羅蜜多亦畢竟離阿耨多羅三藐三菩提亦畢竟離菩薩摩訶薩亦畢竟離而諸菩薩摩訶薩於是法中如實了知

般若波羅蜜多畢竟離故即非般若波羅蜜多須菩提是故諸菩薩摩訶薩雖因般若波羅蜜多故得阿耨多羅三藐三菩提而於是中無法可取無法可得以無取無得故菩薩摩訶薩雖得阿耨多羅三藐三菩提而非以離得離須菩提白佛言世尊如我解佛所說義此甚深義菩薩摩訶薩行者是爲甚難佛言須菩提如是如是此甚深義菩薩摩訶薩行者是爲甚難須菩提若菩薩摩訶薩行此甚深義者不於中道取證聲聞緣覺之果斯爲甚難須菩提白佛言世尊如我解佛所說義菩薩摩訶薩所爲非難何以故一切法無所得無所證以無得無證故是中無證者無所證無所用證法是故菩薩摩訶薩所爲非難世尊若菩薩摩訶薩聞作是說不驚不怖不退不没者當知彼菩薩摩訶薩是爲行般若波羅蜜多雖如是行亦不見我行般若波羅蜜多若如是不見所行般若波羅蜜多相故是菩薩摩訶薩得近阿耨多羅三藐三菩提即能遠離聲聞緣覺之地是行般若波羅蜜多世尊譬如虛空不作是念是遠是近何以故虛空無分別故般若波羅蜜多亦復如是不作是念阿耨多羅三藐三菩提去我近聲聞緣覺地去我遠何以故般若波羅蜜多無分別故又如幻所化人不作是念彼幻師去我近餘觀者去我遠何以故幻所化人無分別故般若波羅蜜多亦復如是不作是念阿耨多羅三藐三菩提去我近聲聞緣覺地去我遠何以故般若波羅蜜多無分別故又如諸影不作是念影所因者去我近非所因

者去我遠何以故影無分別故般若波羅蜜多亦復如是不作是念阿耨多羅三藐三菩提去我近聲聞緣覺地去我遠何以故般若波羅蜜多無分別故又如如來於一切衆生無憎無愛何以故如來一切憎愛斷故般若波羅蜜多亦復如是無增無愛何以故般若波羅蜜多非憎愛法又如如來離諸分別何以故如來一切分別斷故般若波羅蜜多亦復如是離諸分別何以故般若波羅蜜多無分別故又如佛所化人不作是念阿耨多羅三藐三菩提去我近聲聞緣覺地去我遠何以故化人無分別故般若波羅蜜多亦復如是不作是念阿耨多羅三藐三菩提去我近聲聞緣覺地去我遠何以故般若波羅蜜多無分別故又如佛所化人隨所作事悉能成辦雖所成辦而無分別何以故化人無分別故般若波羅蜜多亦復如是若一切法隨所修習悉能成辦何以故般若波羅蜜多無分別故又如工巧師以其方便用機關木作男女相隨所作事悉能成辦雖所成辦而無分別何以故巧幻所作故世尊般若波羅蜜多亦復如是若一切法隨所修習悉能成辦雖有所成而無分別何以故般若波羅蜜多無分別故

佛母出生三法藏般若波羅蜜多經卷第二十一

音釋

多不（不俯九切與否同）　不也（不分勿切與弗同）　嬈（乃了切擾也）　雹（蒲角切雨冰也）　顰蹙（顰毘賓切蹙子六切顰蹙愁貌）　睞（力代切瞳子不正也）　攣躄（攣閭圓切手拘攣也躄彼戟切足不能行也）　痟（相邀切渴病也）

佛母出生三法藏般若波羅蜜多經卷第二十二 第二十三同卷

宋北天竺三藏朝奉大夫試光禄卿傳法大師施護等奉　詔譯

堅固義品第二十七

爾時尊者舍利子謂尊者須菩提言若菩薩摩訶薩行此甚深般若波羅蜜多者是行堅固義須菩提言如是如是舍利子菩薩摩訶薩行此甚深般若波羅蜜多者是行堅固義爾時有欲界千天子衆作如是念菩薩摩訶薩爲阿耨多羅三藐三菩提故行此甚深般若波羅蜜多雖復了諸法相入諸法性而不安住聲聞緣覺所證實際以是緣故所應敬禮爾時尊者須菩提知其念即謂言諸天子菩薩摩訶薩行此甚深般若波羅蜜多而不證彼聲聞緣覺實際者亦未足爲難何以故若菩薩摩訶薩被精進鎧欲度無量無數無邊衆生普令安住大般涅槃斯爲難事所以者何衆生畢竟離故無所有以無所有故不可得衆生相是故衆生不可得度諸天子若菩薩欲度衆生者爲欲度虛空何以故虛空離故衆生亦離虛空無所有故衆生亦無所有畢竟無有衆生可得諸菩薩摩訶薩爲欲度者是爲難事諸天子如人與彼虛空共鬬佛說衆生相不可得亦復如是何以故衆生離故色亦離衆生離故受想行識亦離衆生離故乃至一切法亦離諸天子若菩薩摩訶薩聞作是說不驚不怖不退不沒者當知是爲行般若波羅蜜多爾時世尊告尊者須菩提言何因緣故菩薩摩訶薩聞作是說不驚不怖不退不沒耶須菩提言一切法離故不

没何以故世尊没者不可得没法不可得而所没處亦不可得以是因緣菩薩摩訶薩聞作是說不驚不怖不退不没佛言須菩提如是如是若菩薩摩訶薩聞作是說不驚不怖不退不没者是行般若波羅蜜多須菩提白佛言世尊若菩薩摩訶薩修行是般若波羅蜜多者常得大梵天王帝釋天主大自在天并餘欲界諸天子衆尊重恭敬頂禮稱讚佛言須菩提非但大梵天王帝釋天主大自在天并餘欲界諸天子衆尊重恭敬頂禮稱讚所有梵衆天梵輔天大梵天少光天無量光天光音天少淨天無量淨天徧淨天無雲天福生天廣果天無煩天無熱天善見天善現天色究竟天如是等天上諸天子衆亦常尊重恭敬頂禮稱讚是修行般若波羅蜜多菩薩摩訶薩又十方無量阿僧祇世界諸佛如來應供正等正覺現住說法者常以佛眼觀察是修行般若波羅蜜多菩薩摩訶薩又復以佛威神常所護念須菩提是菩薩摩訶薩以修行般若波羅蜜多故即得不退轉於阿耨多羅三藐三菩提諸惡魔衆伺不得便須菩提假使三千大千世界所有衆生一一皆化作諸惡魔是諸魔衆亦復不能於彼修行般若波羅蜜多菩薩摩訶薩所伺得其便又須菩提且置是三千大千世界如前所說假使如殑伽沙數世界一切衆生一一皆化作諸惡魔是諸魔衆亦復不能於彼修行般若波羅蜜多菩薩摩訶薩所伺得其便須菩提當知修行般若波羅蜜多菩薩摩訶薩成就二法不爲諸魔伺得其便何等爲二所謂觀

一切法空不捨一切衆生是爲二法須菩提復有二法菩薩摩訶薩能成就故不爲諸魔伺得其便何等爲二所謂如說能行諸佛稱讃是爲二法又須菩提若菩薩摩訶薩如是行般若波羅蜜多者有諸天子常來其所瞻禮恭敬作如是言善男子汝速修行是般若波羅蜜多速證阿耨多羅三藐三菩提何以故善男子汝修行是般若波羅蜜多故能與無依衆生而作依怙無救衆生而爲救度無歸衆生爲作所歸無舍衆生爲作住舍無趣衆生而爲作趣無洲衆生而爲作洲不識畢竟道者爲示畢竟道不識正道者爲示正道在黑闇者爲作光明菩薩摩訶薩行般若波羅蜜多者成就如是功德須菩提又菩薩摩訶薩行是般若波羅蜜多者現在十方無量阿僧祇世界諸佛世尊與彼菩薩聲聞大衆圍繞演說法時常所稱讃是菩薩所有功德及其名字族氏色相威力須菩提如我今時集會說法常所稱讃阿閦佛刹中寶幢菩薩及彼刹中餘諸菩薩修梵行者所有功德名字族氏色相威力須菩提諸佛刹中亦復如是彼彼佛會演說法時亦常稱讃我刹土中修行般若波羅蜜多者及餘菩薩修梵行者所有功德名字族氏色相威力須菩提白佛言世尊諸佛世尊演說法時普皆稱讃諸菩薩摩訶薩所有功德名字族氏色相威力耶佛言不也須菩提諸佛世尊演說法時於諸菩薩摩訶薩有稱讃者有不稱讃者須菩提言何等菩薩是稱讃者佛言須菩提所有住不退轉菩薩摩訶薩諸佛世尊常所稱讃須

菩提言若未住不退轉者諸佛世尊所稱讚不佛言須菩提有菩薩摩訶薩雖未安住不退轉地諸佛世尊亦常稱讚彼復云何所謂菩薩摩訶薩若學阿閦如來本為菩薩時所行道法者是菩薩雖未安住不退轉地亦為諸佛常所稱讚又須菩提若菩薩摩訶薩學寶幢菩薩所行道法者是菩薩雖未安住不退轉地亦為諸佛常所稱讚又須菩提若菩薩摩訶薩行般若波羅蜜多故信解一切法無生而未能證得無生法忍又信解一切法寂靜而於不退轉地中未能自在得一切法寂靜是菩薩亦為諸佛常所稱讚又須菩提若菩薩摩訶薩得諸佛世尊共所稱讚者必當安住不退轉地遠離聲聞緣覺之心決定得授阿耨多羅三藐三菩提記何故菩薩摩訶薩得彼諸佛共稱讚耶為菩薩摩訶薩能行是般若波羅蜜多故復次須菩提若菩薩摩訶薩聞此甚深般若波羅蜜多不疑不悔不難不沒者是菩薩摩訶薩當於阿閦如來應供正等正覺所及彼剎中諸菩薩所亦得聞是般若波羅蜜多法門聞已信解隨信解已得不退轉須菩提若有聞是法門生信解者尚獲如是功德何況若能隨所信解如理安住如理而行如如所住住一切智須菩提白佛言世尊離如無法可得當以何法於如中住當以何法得阿耨多羅三藐三菩提當以何法可說佛言須菩提如汝所說離如無法可得當以何法於如中住當以何法得阿耨多羅三藐三菩提當以何法可說者如是如是須菩提離如無法可得於如中住如尚

不可得何況有住如者如中尚無阿耨多羅三藐三菩提何況有證者是故無所證無證者無所用證法如中尚無法可得何況有說法者爾時帝釋天主白佛言世尊般若波羅蜜多最上甚深若菩薩摩訶薩爲欲成就阿耨多羅三藐三菩提故若聞是說無法可住無法可證無法可說於是中不疑不悔不難不没者當知是菩薩摩訶薩所爲甚難時尊者須菩提即謂帝釋天主言憍尸迦如汝所言菩薩摩訶薩若聞此甚深法不疑不悔不難不没是爲甚難者憍尸迦於一切法空中有何法可得疑悔難没耶帝釋天主白尊者須菩提言尊者有所樂說皆因於空而於是中亦無所礙譬如仰射虚空箭去無礙尊者所說無礙亦然帝釋天主作是說已即白佛言世尊如我所說是隨如來說是隨法語答不佛告帝釋天主言憍尸迦如是如是如汝所說是隨如來說名爲正說是隨法語答名爲正答憍尸迦彼須菩提有所樂說皆因於空而般若波羅蜜多尚不可得何況有行般若波羅蜜多者阿耨多羅三藐三菩提尚不可得何況有證阿耨多羅三藐三菩提者一切智尚不可得何況有證一切智者眞如尚不可得何況有住如者無生法尚不可得何況有證無生者菩薩尚不可得何況有求菩提者十力尚不可得何況有具是力者四無所畏尚不可得何況有成就無所畏者法尚不可得何況有說法者憍尸迦彼須菩提如是樂行一切法遠離行一切法無所得行須菩提行如是行比諸菩薩摩訶薩行般若波

羅蜜多行百分不及一千分不及一百千分不及一俱胝分不及一百千俱胝分不及一百千俱胝那庾多分不及一筭分數分及譬喻分乃至烏波尼殺曇分皆不及一憍尸迦唯除如來所行餘諸菩薩摩訶薩行是般若波羅蜜多行者於一切行中最上最大最勝最妙無上中無上無等無等等非一切聲聞緣覺而能等比是故憍尸迦若善男子善女人欲於一切衆生中最上最大最勝最妙無上中無上無等無等等者當學菩薩摩訶薩行是般若波羅蜜多

散華緣品第二十八之一

爾時復有三十三天諸天子衆各各持以曼陀羅華摩訶曼陀羅華來詣佛所而散是華即時會中有六萬苾芻俱從座起偏袒右肩右膝著地合掌恭敬住立佛前時諸苾芻以佛威神力故各各掌中自然盈滿曼陀羅華摩訶曼陀羅華即以此華散於佛上華散佛已咸作是言世尊我等皆修是般若波羅蜜多皆行如是無上勝行爾時世尊即從口門放大光明所謂青黃赤白等種種色光徧照無量無邊佛刹乃至梵界普徧照耀已其光旋還繞佛三帀却從世尊頂門而入爾時尊者阿難即從座起偏袒右肩右膝著地合掌向佛作如是言何因何緣放斯光明若無因緣如來應供正等正覺不放光明佛告尊者阿難言汝今當知此六萬苾芻於未來世星宿劫中皆得成佛同名散華如來應供正等正覺出現世間是諸如來所有壽量二萬劫數皆悉同等正法住世亦二萬劫是諸佛會

有聲聞衆彼彼數量亦復相等阿難當知此六萬苾芻從是已後在在所生於佛法中出家修道所向方處王城聚落悉以正法為人演說隨說法處彼彼世界常雨五色種種妙華而為供養是諸苾芻在在處處作大利益乃至最後得成正覺是故阿難若菩薩摩訶薩樂欲行彼最上行者應當行是般若波羅蜜多又復阿難若能行是般若波羅蜜多者當知皆從人間命終或知足天命終已後而來生此何以故人間及知足天於般若波羅蜜多易所修行故又復阿難若菩薩摩訶薩行此般若波羅蜜多者當知是菩薩摩訶薩常得諸佛共所觀察又復阿難若菩薩摩訶薩於此般若波羅蜜多法門受持讀誦記念思惟乃至書寫已復為他人如理表示如實教授如所利益如理生喜如是行者當知是菩薩摩訶薩於如來應供正等正覺所深種善根非於聲聞緣覺所而種善根何以故般若波羅蜜多善根勝故又復阿難若菩薩摩訶薩於此般若波羅蜜多法門受持讀誦記念思惟為人演說乃至書寫者是菩薩摩訶薩常得親近現在諸佛聽受正法又復阿難若菩薩摩訶薩聞此般若波羅蜜多法門而於是中不違不逆不毀不謗者當知是菩薩摩訶薩於先佛所已種善根何以故菩薩摩訶薩行是般若波羅蜜多故而能成就阿耨多羅三藐三菩提是故阿難我今於一切世間天人阿修羅衆中以是般若波羅蜜多正法囑累於汝汝當於此般若波羅蜜多正法憶念受持宣通流布令得久住而不斷滅阿

難於我所説一切法中唯除般若波羅蜜多不可忘失若有人受持此法門時乃至一字一句錯悮忘失者其罪甚重是人不令我心生喜若於餘法有所忘失其罪乃輕何以故般若波羅蜜多微妙甚深若人於此法門不生尊重恭敬不能瞻禮供養者當知是人於過去未來現在諸佛世尊不生尊重恭敬不能瞻禮供養是人不令我心生喜何以故般若波羅蜜多即是過去未來現在佛母出生諸佛及一切智是故阿難我今以是般若波羅蜜多正法囑累於汝若此正法欲斷滅時汝當受持宣通流布使不斷滅又復汝於此法所有文字章句分明記憶無令忘失如理作意思惟修習廣爲他人解釋其義勸令受持讀誦書寫何以故此般若波羅蜜多即是過去未來現在諸佛法身故又復阿難若人於我生歡喜心尊重恭敬瞻禮供養者是人即以此心當於般若波羅蜜多法門尊重恭敬瞻禮供養即同恭養於我亦同供養過去未來現在諸佛又復阿難若人於我愛樂不捨者當於般若波羅蜜多愛樂不捨憶念受持宣通流布使不斷滅阿難我今以是囑累因緣付囑於汝但且略説欲廣説者若一劫若過一劫乃至百千俱胝劫數説不能盡又復阿難所有過去未來現在諸佛世尊於一切世間天人阿修羅衆中而爲大師般若波羅蜜多亦復如是於一切世間天人阿修羅衆中而爲大師何以故此般若波羅蜜多有大因緣能爲一切世間天人阿修羅等作大利益又復阿難若人不離此般若波羅蜜多

法門能於其中受持讀誦記念思惟爲人演說乃至書寫者此即是我所行教化是人即爲不離佛不離法不離僧而能護助過去未來現在諸佛世尊阿耨多羅三藐三菩提何以故所有諸佛阿耨多羅三藐三菩提皆從般若波羅蜜多所出生故阿難若過去諸佛如來應供正等正覺阿耨多羅三藐三菩提皆從是般若波羅蜜多生若未來諸佛如來應供正等正覺阿耨多羅三藐三菩提亦從是般若波羅蜜多生于今現在十方無量阿僧祇世界現住說法者如來應供正等正覺阿耨多羅三藐三菩提亦從是般若波羅蜜多生是故阿難若菩薩摩訶薩欲得阿耨多羅三藐三菩提者當善學諸波羅蜜多學是諸波羅蜜多者即學般若波羅蜜多何以故般若波羅蜜多而能出生諸波羅蜜多故又此般若波羅蜜多是諸菩薩母而能出生諸菩薩故而諸波羅蜜多亦能出生阿耨多羅三藐三菩提何以故諸波羅蜜多皆從般若波羅蜜多中來由是般若波羅蜜多所生諸波羅蜜多亦能助阿耨多羅三藐三菩提是故諸菩薩摩訶薩欲得阿耨多羅三藐三菩提者應當善學諸波羅蜜多復次阿難汝當諦聽我今以是般若波羅蜜多正法第二第三重復囑累於汝汝當憶念受持愼勿忘失此法若欲滅時汝可護助宣通流布無令斷滅阿難此般若波羅蜜多是諸如來應供正等正覺無盡法藏何以故所有過去諸佛如來應供正等正覺廣爲一切衆生說此般若波羅蜜多無盡法藏令諸衆生普得阿耨多

羅三藐三菩提未來諸佛如來應供正等正覺亦爲一切衆生説此般若波羅蜜多無盡法藏令諸衆生普得阿耨多羅三藐三菩提于今現在十方無量阿僧祇世界現住説法者諸佛如來應供正等正覺亦爲一切衆生説此般若波羅蜜多無盡法藏令諸衆生普得阿耨多羅三藐三菩提又復阿難若聲聞乘人以聲聞法普爲三千大千世界一切衆生如應宣説悉令證得阿羅漢果是利不虚阿難彼諸阿羅漢所有布施持戒修定功德於汝意云何是爲多不阿難白佛言甚多世尊甚多善逝佛言阿難彼福雖多不如菩薩以此般若波羅蜜多中相應一法普爲衆生如理宣説是菩薩摩訶薩得福甚多又菩薩摩訶薩於此般若波羅蜜多法門能一日中爲餘菩薩摩訶薩如理宣説者得福倍多阿難且置一日若能從旦至於食時復置從旦至於食時若能一漏刻間置是一漏刻間若能一須臾置一須臾若能一羅嚩置一羅嚩若能一刹那如是一刹那間以此般若波羅蜜多法門爲餘菩薩摩訶薩如理宣説者當知是菩薩摩訶薩其所得福亦復倍多阿難若菩薩摩訶薩能如是法施衆生者不可以聲聞緣覺善根福德而相等比何以故是菩薩摩訶薩不退轉於阿耨多羅三藐三菩提

佛母出生三法藏般若波羅蜜多經卷第二十二

佛母出生三法藏般若波羅蜜多經卷第二十三

宋北天竺三藏朝奉大夫試光祿卿傳法大師施護等奉　詔譯

散華緣品第二十八之二

爾時世尊說是般若波羅蜜多正法時於大會中現神通相而此衆會菩薩摩訶薩苾芻苾芻尼優婆塞優婆夷天龍夜叉乾闥婆阿脩羅迦樓羅緊那羅摩睺羅伽人非人等以佛威神力故忽然得見阿閦如來應供正等正覺在此會中猶如大海深固無動有無量無數具足不可思議種種功德菩薩摩訶薩幷阿羅漢諸漏已盡無復煩惱心善解脫慧善解脫如大龍王所作已辦捨諸重擔善得已利盡諸有結正智無礙心得自在一切功德皆悉具足者諸大聲聞又有無量無數苾芻苾芻尼優婆塞優婆夷及諸天龍八部如是等衆而共圍繞乃至阿閦佛國莊嚴等相皆悉得見此諸衆會雖於是相起希有心但樂瞻覩而悉不知其所從來于時世尊攝其神力此諸衆會忽然不見阿閦如來及彼諸相爾時世尊告阿難言此諸大衆皆不復見阿閦如來及諸相者當知一切法亦復如是不與眼作對法不可對法法不可見法是故無所從來亦無所去何以故阿難一切法無知者無見者無造者無作者何以故一切法如虛空無分別故一切法甚深不可思議譬如幻士不受諸法無堅牢故一切法無所受亦復如是阿難諸菩薩摩訶薩若如是行是行般若波羅蜜多而於是中亦無法可著若如是學是學般若波羅蜜多如是學者能到

諸學彼岸又復阿難若菩薩摩訶薩欲得阿耨多羅三藐三菩提者應當學是般若波羅蜜多何以故是般若波羅蜜多學於諸學中最上最大最勝最妙無上中無上無等無等等而能利益安樂一切世間無依怙者爲作依怙如是學者諸佛許可諸佛稱讃阿難諸佛如來應供正等正覺學是法已能以足指按地震動三千大千世界乃至舉足下足皆悉能現諸神通相何以故諸佛具足無量無數勝功德故又復阿難諸佛學是般若波羅蜜多故於過去未來現在一切法中得無礙知見是故阿難我說般若波羅蜜多學最上最大最勝最妙無上中無上無等無等等阿難當知般若波羅蜜多無量無盡無有邊際若人欲稱量般若波羅蜜多者是即稱量虛空何以故虛空無量故般若波羅蜜多無量虛空無盡故般若波羅蜜多無盡虛空無邊際故般若波羅蜜多無邊際阿難我不說般若波羅蜜多有所限量何以故若名句文是有量法般若波羅蜜多非名句文即無限量阿難白佛言世尊何因緣故佛說般若波羅蜜多無量佛言阿難般若波羅蜜多無盡故無量般若波羅蜜多離故無量以無盡故離故即法不可得不可得中當何有量是故我說般若波羅蜜多無量阿難過去諸佛如來應供正等正覺皆從般若波羅蜜多出生是般若波羅蜜多即無盡未來諸佛如來應供正等正覺皆從般若波羅蜜多出生是般若波羅蜜多亦無盡于今現在十方無量阿僧祇世界現住說法者諸佛如來應供正等正

覺皆從般若波羅蜜多出生是般若波羅蜜多亦無盡阿難我亦從般若波羅蜜多出生是般若波羅蜜多亦無盡以是緣故般若波羅蜜多已無盡當無盡今無盡何以故若能盡虛空即能盡般若波羅蜜多是故阿難般若波羅蜜多無盡爾時尊者須菩提作是念如佛所說是義甚深我當問佛作是念已即白佛言世尊般若波羅蜜多無盡耶佛言須菩提般若波羅蜜多無盡何以故一切法無生如虛空故無盡須菩提白佛言世尊若一切法無生者般若波羅蜜多當云何生佛言須菩提色無盡故般若波羅蜜多如是生受想行識無盡故般若波羅蜜多如是生須菩提若菩薩摩訶薩如是了知即般若波羅蜜多如是生又菩薩摩訶薩當觀無明無盡故般若波羅蜜多如是生如是行無盡識無盡名色無盡六處無盡觸無盡受無盡愛無盡取無盡有無盡生無盡老死憂悲苦惱等無盡故般若波羅蜜多如是生須菩提若菩薩摩訶薩以如是無盡法觀諸緣生者是行般若波羅蜜多即不住聲聞緣覺之地必證阿耨多羅三藐三菩提安住一切智菩薩坐道場時應當如是觀緣生法如是觀已不墮二邊不住中道是為菩薩不共之法如是觀者得一切智智又須菩提若菩薩摩訶薩於阿耨多羅三藐三菩提有所退轉者是菩薩摩訶薩即不能成就如是善巧方便亦不能知云何是菩薩摩訶薩行般若波羅蜜多云何是無盡法生般若波羅蜜多云何是無盡法觀諸緣生須菩提若菩薩摩訶薩不退轉於

阿耨多羅三藐三菩提者即能成就如是善巧方便亦能了知菩薩摩訶薩如是行是行般若波羅蜜多以如是無盡法生般若波羅蜜多以如是無盡法觀諸緣生須菩提菩薩摩訶薩能如是觀諸緣生時即不見有法非因緣生亦不見有法是常是究竟是堅牢亦不見法有作者有受者須菩提菩薩摩訶薩如是行般若波羅蜜多時念無盡法如理出生般若波羅蜜多以如是無盡法觀諸緣生時即不見色不見受想行識亦復不見無明行識名色六處觸受愛取有生老死憂悲苦惱等不見此佛刹亦不見彼佛刹不見有法是此佛刹亦不見有法是彼佛刹須菩提若菩薩摩訶薩如是行般若波羅蜜多時魔心大怖憂愁苦惱須菩提譬如有人喪失父母

極大悲痛憂愁苦惱魔心生苦亦復如是須菩提白佛言世尊但有一魔心生苦惱為多惡魔皆苦惱耶佛告須菩提言菩薩摩訶薩如是行般若波羅蜜多時所有三千大千世界一切惡魔皆悉心生憂愁苦惱各各不能安處其座何以故菩薩摩訶薩行是般若波羅蜜多故一切世間天人阿脩羅等所不能動一切惡魔伺不得便是故須菩提菩薩摩訶薩欲得阿耨多羅三藐三菩提者當行是般若波羅蜜多菩薩摩訶薩行是般若波羅蜜多故即能圓滿布施波羅蜜多持戒波羅蜜多忍辱波羅蜜多精進波羅蜜多禪定波羅蜜多如是圓滿諸波羅蜜多已即能圓滿一切善法具足一切方便願力又須菩提菩薩摩訶薩若欲攝諸善巧方便者當行是般

若波羅蜜多又復當念無盡法如理出生般若波羅蜜多菩薩摩訶薩如是行如是念時應生如是心所有十方無量阿僧祇世界現住說法者諸佛如來應供正等正覺及諸佛一切智皆從是般若波羅蜜多生如諸佛所得法我悉應得須菩提菩薩摩訶薩行般若波羅蜜多時於一彈指間能生如是心者勝餘菩薩摩訶薩於殑伽沙數劫中布施功德當知是菩薩摩訶薩巳得安住不退轉地諸佛護念須菩提當知菩薩摩訶薩於一彈指間能生如是心者具足如是一切功德又菩薩摩訶薩於一日中若過一日能生如是心者當知是菩薩摩訶薩諸佛護念在在所生生諸佛刹具諸功德諸佛稱讚於一切處廣爲衆生作大利樂須菩提菩薩摩訶薩行般若波羅蜜多時能生如是心又復念無盡法如理出生般若波羅蜜多者譬如香象菩薩於阿閦如來應供正等正覺所行般若波羅蜜多及修梵行我諸菩薩亦復如是

隨知品第二十九

復次須菩提菩薩摩訶薩應隨知般若波羅蜜多相所謂一切法無礙當知般若波羅蜜多亦如是一切法無分別當知般若波羅蜜多亦如是一切法無壞當知般若波羅蜜多亦如是一切法無作相當知般若波羅蜜多亦如是一切法無我無表慧所覺了當知般若波羅蜜多亦如是一切法但有假名字當知般若波羅蜜多亦如是一切法語言分別即此語言無所有不可得當知般若波羅蜜多亦如是一切法無說當知般若波羅蜜多

亦如是色無量當知般若波羅蜜多亦如是受想行識無量當知般若波羅蜜多亦如是一切法無量當知般若波羅蜜多亦如是一切法無相當知般若波羅蜜多亦如是一切法是通達相當知般若波羅蜜多亦如是一切法自性清淨當知般若波羅蜜多亦如是一切法寂默當知般若波羅蜜多亦如是一切法無滅同於斷當知般若波羅蜜多亦如是一切法得涅槃同眞如當知般若波羅蜜多亦如是一切法無來無去無生無所生畢竟生不可得當知般若波羅蜜多亦如是一切法無自相無他相當知般若波羅蜜多亦如是一切賢聖自性清淨當知般若波羅蜜多亦如是一切法捨諸誓願當知般若波羅蜜多亦如是一切法無方無處當知般若波羅蜜多亦如是何以故色無方無處自性清淨當知般若波羅蜜多亦如是受想行識無方無處自性清淨當知般若波羅蜜多亦如是一切法喜樂性當知般若波羅蜜多亦如是一切法無染無離染當知般若波羅蜜多亦如是一切法非愛非離愛當知般若波羅蜜多亦如是色非塵非離塵自性清淨當知般若波羅蜜多亦如是受想行識非塵非離塵自性清淨當知般若波羅蜜多亦如是一切法無繫著當知般若波羅蜜多亦如是菩薩一切法佛智所覺了當知般若波羅蜜多亦如是一切法空無相無願當知般若波羅蜜多亦如是一切法是大良藥慈心爲首當知般若波羅蜜多亦如是一切法住慈悲喜捨行當知般若波羅蜜多亦如是一切法淨

無住離諸過失當知般若波羅蜜多亦如是大海無邊當知般若波羅蜜多亦如是須彌山莊嚴當知般若波羅蜜多亦如是色無邊當知般若波羅蜜多亦如是受想行識無邊當知般若波羅蜜多亦如是日輪光明照耀無邊當知般若波羅蜜多亦如是一切音聲無邊當知般若波羅蜜多亦如是集一切佛法無邊當知般若波羅蜜多亦如是一切衆生界福智生無邊當知般若波羅蜜多亦如是地界無邊當知般若波羅蜜多亦如是水界火界風界空界識界無邊當知般若波羅蜜多亦如是善不善法無邊當知般若波羅蜜多亦如是一切佛法藏無邊當知般若波羅蜜多亦如是一切法無邊當知般若波羅蜜多亦如是空性無邊當知般若波羅蜜多亦如是心心所法無邊當知般若波羅蜜多亦如是心所行無邊當知般若波羅蜜多亦如是集一切法無量當知般若波羅蜜多亦如是一切法三摩地無量不可得當知般若波羅蜜多亦如是善不善法無量當知般若波羅蜜多亦如是一切法如師子吼當知般若波羅蜜多亦如是一切法不可壞當知般若波羅蜜多亦如是何以故色如大海受想行識如大海色如須彌山莊嚴受想行識如須彌山莊嚴色如日輪光明照耀無邊受想行識如日輪光明照耀無邊色如一切音聲無邊受想行識如一切音聲無邊色如集一切佛法無邊受想行識如集一切佛法無邊色如衆生界無邊受想行識如衆生界無邊色如地界無邊受想行識如地界無邊色如

水界火界風界空界識界無邊受想行識如水界火界風界空界識界無邊色離集善相受想行識離集善相色離和合相受想行識離和合相色如一切法三摩地無邊受想行識如一切法三摩地無邊色色離色自性色眞如是爲佛法受想行識識離識自性識眞如是爲佛法色相無邊受想行識相無邊色空無邊受想行識空無邊色於心心所法無邊受想行識於心心所法無邊色於心所行無生受想行識於心所行無生色於善不善法中不可得受想行識於善不善法中不可得色如師子吼受想行識如師子吼色畢竟不可壞受想行識畢竟不可壞以如是義故一切法不可壞般若般羅蜜多亦如是須菩提若菩薩摩訶薩能如是隨知般若波羅蜜多即於般若波羅蜜多中無所行無所作無所證非思惟觀察籌量可及遠離一切諂誑作意遠離一切懈怠作意遠離一切慳嫉作意遠離我取作意遠離自他作意遠離我想人想衆生想等遠離世間名聞利養遠離五蓋等法乃至遠離一切非理作意須菩提菩薩摩訶薩若如是行般若波羅蜜多即於諸法中難得而得乃能圓滿一切功德生諸佛刹成無上智

佛母出生三法藏般若波羅蜜多經卷第二十三

音釋

闒（他曷切）睺（胡鉤切）閦（初六切）諂誑（諂丑琰切佞言也誑古況切詐也）

佛母出生三法藏般若波羅蜜多經卷第二十四第二十五同卷

宋北天竺三藏朝奉大夫試光祿卿傳法大師施護等奉　詔譯

常啼菩薩品第三十之一

復次須菩提諸菩薩摩訶薩欲求般若波羅蜜多者當如常啼菩薩摩訶薩往昔於雷吼音王如來應供正等正覺法中修習梵行勤求般若波羅蜜多須菩提白佛言世尊常啼菩薩摩訶薩作何方便而能求是般若波羅蜜多佛告須菩提言汝今當知常啼菩薩摩訶薩往昔求般若波羅蜜多時不怖時長不念世事不惜身命不樂世間名聞利養於諸世間不生依著但一心念求般若波羅蜜多即於林中思惟方便爾時空中有聲作如是言善男子汝可東行求是般若波羅蜜多汝當往時若身若心勿生疲倦勿念睡眠勿念飲食勿念晝夜勿念寒熱勿念一切違礙等事又復勿念内法外法勿念於前亦勿念後勿念四方四維上下又復行時不得左右顧視但一心念般若波羅蜜多如是念時不應動色不應動受想行識若動五蘊即不行佛法是行生死行若行生死行即不行般若波羅蜜多即不成就般若波羅蜜多是故汝今離如是相但一心求須菩提爾時常啼菩薩摩訶薩聞是空中聲已即答空中聲言我今如所教行何以故我欲爲一切衆生作大光明欲集一切佛法故時空中聲即復讚言善哉善哉善男子汝若東行求是般若波羅蜜多時應信解一切法空無相無願當離諸相遠離我見人見衆生等見遠離惡知識親近

善知識隨所親近應當尊重恭敬供養善知識者能爲汝說一切法空無相無願無生無滅無性汝若生如是尊重恭敬供養心者應當不久得聞般若波羅蜜多若於經卷中聞若於法師所聞汝隨所聞般若波羅蜜多處當生大師想尊重恭敬承事供養是即知恩爲報恩者應作是念此即是我眞善知識我聞此般若波羅蜜多故不退轉於阿耨多羅三藐三菩提得近阿耨多羅三藐三菩提不離如來應供正等正覺生諸佛刹不生無佛刹中遠離諸難不生難處善男子汝應爲求如是功德利故隨從法師不應爲世間財利名譽故隨從法師又復以重法心故於法師所尊重恭敬承事供養如大師想常應覺知所有魔事或時惡魔有因緣故於說法者以好上妙色聲香味觸而爲供養彼說法者以方便力故受是五欲汝於爾時不應生起不清淨心而爲障礙但作是念我無如是方便力故而說法師爲欲利樂一切衆生令種善根故雖受是五欲於菩薩摩訶薩無有少法可爲障礙善男子汝於爾時應當安住諸法實相何等名爲諸法實相所謂一切法無染無淨何以故一切法自性空故是中無我無人無衆生無壽者一切法如夢如幻如影如響如是名爲諸法實相汝若如是安住即不久得聞般若波羅蜜多善男子又復應當覺知魔事或時魔因緣故令說法者於聽法者心生嫌惡汝於爾時爲求法故不應暫起諸違礙想於其法師益加尊重愛樂恭敬汝當不久得聞般若波羅蜜多爾時常啼菩薩摩

訶薩聞空中聲爲教示已即隨所教東行求般若波羅蜜多東行未久即作是念我於向者云何不能問空中聲東行遠近至何方處從誰得聞般若波羅蜜多作是念已憂愁啼泣即於彼住復作是言我住於此一日二日乃至七日若身若心無疲倦想不念睡眠不念飲食不念寒熱不念晝夜但一心念般若波羅蜜多譬如有人唯生一子愛念甚重而忽喪歿是時父母無復餘念唯大苦惱憂愁啼泣須菩提常啼菩薩摩訶薩亦復如是當於爾時無復餘念但念何時於何方處從誰得聞般若波羅蜜多

常啼菩薩品第三十之二

爾時佛告須菩提彼常啼菩薩摩訶薩如是憂愁啼泣時忽然見有如來形像住立其前作是讚言善哉善哉善男子諸佛如來應供正等正覺本行菩薩道時求般若波羅蜜多亦如汝今如是勤求等無有異是故汝應益加精進勇猛堅固從此東行五百由旬有一大城名曰衆香其城七重七重垣牆縱廣十二由旬廣博清淨妙好殊麗人民熾盛安隱豐樂有五百街道處處連接橋津平正人所愛樂其七重城七寶嚴飾一一城上皆以閻浮檀金而爲樓閣七寶行樹周帀圍繞復有七多羅樹彼七寶行樹各有種種寶華寶菓一一樹間衆寶間錯有諸寶網互暎交絡彌覆城上垂諸寶鈴風吹鈴聲甚可愛樂如五種樂巧出音聲清妙和雅聞者適悅其城四邊流泉浴池清淨具足中有諸船七寶裝校池水自然冷暖調適人所愛樂於諸池中有

諸色華所謂優鉢羅華俱母陀華奔拏利迦華等及餘種種妙色香華乃至三千大千世界所有一切諸妙華等皆悉具足其城四邊有五百園一一園中有五百池其池縱廣一俱盧舍彼一一池七寶裝校甚可愛樂是諸池中亦有種種妙色香華所謂優鉢羅華俱母陀華奔拏利迦華等是一一華大如車輪青色青光黃色黃光赤色赤光白色白光一一池中復有白鶴鳧鴈鴛鴦等種種異鳥游集其上是諸園林浴池城中人民自在遊適無所繫屬但以衆生先業所感彼諸衆生於長夜中修行般若波羅蜜多清淨信解甚深法門故獲如是最勝果報善男子彼衆香城中有大高臺法上菩薩摩訶薩所止宮舍在於其上其臺分量縱廣正等各一由旬七重垣牆七寶莊嚴殊特妙好七重行樹周帀圍繞復有七多羅樹於其宮中有四大園一名常喜二名無憂三名適悅四名華莊嚴一一園中有八大池一名賢二名賢上三名歡喜四名喜上五名安樂六名妙樂七名決定八名阿嚩訶彼一一池四邊皆以四寶莊嚴東黃金寶南白銀寶西吠瑠璃寶北頗胝迦寶玫瑰爲底金沙布上一一池側有八梯陛七寶莊嚴以衆寶物而爲層級其層級間有閻浮檀金芭蕉行樹彼諸池中亦有種種妙色香華所謂優鉢羅華俱母陀華奔拏利迦華等亦復有諸白鶴鳧鴈鴛鴦等種種異鳥游集其上彼一一池四邊各有妙香華樹香如栴檀色味具足風吹其華墮池水中而彼宮舍園林池沼如是嚴飾法上菩薩摩訶薩處

其宮内與六萬八千婇女眷屬俱於如是等園林池沼遊翫適悦五欲娛樂嬉戲自在衆香城中所有人民若男若女亦復皆入常喜等園賢等諸池遊戲娛樂彼法上菩薩摩訶薩既娛樂已於自宮内日三時中說般若波羅蜜多又復衆香城中一切人民於其城内多人聚處爲法上菩薩摩訶薩敷大法座其座四足黄金白銀吠瑠璃頗胝迦四寶所成復有種種眞珠瓔珞而爲裝校座高半俱盧舍於其座上敷以茵褥及憍尸迦衣上妙細氎種種嚴飾於座周帀散五色華燒衆妙香嚴好殊特清淨可愛法上菩薩摩訶薩處其法座天人四衆集會一處恭敬圍繞以重法故各各燒香散華供養法上菩薩摩訶薩是時菩薩廣爲一切天人四衆宣說般若波羅蜜多隨應說已中有受持者有讀誦者有思惟者有書寫者有如說行者有不退轉於阿耨多羅三藐三菩提者善男子彼法上菩薩摩訶薩說法會中有如是等功德利益是故汝今宜應東行往彼法上菩薩摩訶薩所汝當從彼得聞般若波羅蜜多而彼菩薩摩訶薩能以此法爲汝示教利喜汝今東行勿計晝夜勇猛精進一心勤求即當不久決定得聞般若波羅蜜多爾時常啼菩薩摩訶薩聞是說已心生歡喜適悦慶快譬如有人爲箭所中苦痛斯甚是人爾時無復餘念但念何時得大良藥而爲救療使我得脱如是苦惱須菩提常啼菩薩摩訶薩亦復如是而無餘念但念何時得瞻禮親近法上菩薩摩訶薩從彼得聞般若波羅蜜多即於是處一心諦

想法上菩薩摩訶薩思惟般若波羅蜜多常啼菩薩摩訶薩作是思惟時於一切法中生無所依想得入無量無數三摩地門所謂觀一切法自性三摩地一切法自性無所得三摩地一切法自性智生三摩地破一切法無明三摩地一切法不壞見三摩地一切法作光明三摩地一切法離癡瞑三摩地破一切法無智三摩地一切法離闇三摩地一切法相不可得三摩地散華三摩地一切法無我相三摩地離幻三摩地如鏡像出生三摩地一切衆生語言三摩地離塵三摩地一切衆生歡喜三摩地隨一切衆生善巧語言三摩地種種語言文字章句出生三摩地無畏三摩地自性三摩地離障得解脱三摩地無染三摩地名句文莊嚴三摩地等觀一切法三摩地一切法離境界相三摩地一切法無礙際三摩地如虛空三摩地金剛喻三摩地清淨相王三摩地無負三摩地得勝三摩地不退觀三摩地法界決定三摩地法界寂靜三摩地安隱三摩地師子吼三摩地勝一切衆生三摩地離垢三摩地清淨三摩地蓮華莊嚴三摩地斷愛三摩地隨一切堅固三摩地一切法最上三摩地得神通力無所畏三摩地一切法通達三摩地壞一切法印三摩地一切法無差別見三摩地離一切見三摩地大法光明三摩地一切法離相三摩地解脱一切著三摩地一切法無懈三摩地甚深法光明三摩地等高三摩地不可奪三摩地破魔境界三摩地三界最勝三摩地光明門三摩地見一切如來三摩地須菩提彼常啼菩

薩摩訶薩得入如是等諸三摩地門於三摩地中見十方無量阿僧祇世界諸佛如來各各爲諸菩薩摩訶薩説般若波羅蜜多是諸如來皆悉安慰讃歎常啼菩薩摩訶薩言善哉善哉善男子汝能勤求般若波羅蜜多我等本行菩薩道時求般若波羅蜜多亦如汝今得是諸三摩地等無有異汝今得是諸三摩地已而能通達般若波羅蜜多方便安住不退轉法我等得是諸三摩地已即得阿耨多羅三藐三菩提我等於諸三摩地中觀察自性無法可見從諸三摩地出已於一切法生無住想善男子無住法者是謂般若波羅蜜多我等於是無住法中得金色身種種光明三十二大人相八十種隨形好皆悉具足得不思議佛無上智佛無上慧成就一切佛法功德到一切法彼岸善男子如是功德諸佛如來猶尚不能稱量讃歎説其邊際何況聲聞緣覺是故汝今於是法中益加恭敬尊重愛樂精進勤求以是義故阿耨多羅三藐三菩提不爲難得又善男子汝今宜應於善知識極生恭敬尊重愛樂何以故菩薩摩訶薩爲善知識所護助者速得阿耨多羅三藐三菩提爾時常啼菩薩摩訶薩白諸如來言誰當是我眞善知識願諸如來示教於我即時諸佛如來謂言善男子當知法上菩薩摩訶薩者是汝善知識而彼菩薩世世已來常教化汝令汝通達般若波羅蜜多方便學諸佛法成就汝於阿耨多羅三藐三菩提汝應知彼重恩當念報恩善男子汝於法上菩薩摩訶薩欲報恩者假使一劫百劫乃至百千

劫中恭敬頂戴以一切樂具乃至三千大千世界所有上妙色聲香味觸等而爲供養亦未能報一少分恩何以故汝以法上菩薩摩訶薩因緣故令汝得入諸三摩地門通達般若波羅蜜多方便是故當知彼恩深重爾時如來作是說已忽然不現彼常啼菩薩摩訶薩從三摩地出已不復見彼諸佛如來心生悲惱啼泣而住即作是念向者如來從何所來去至何所彼爲我說法上菩薩摩訶薩甚爲希有而彼菩薩摩訶薩已得陀羅尼及五神通已曾供養無量諸佛彼即是我眞善知識世世已來常所教化利益於我我今於彼益加恭敬尊重愛樂是故宜應往彼瞻禮親近供養聽受般若波羅蜜多及問向者如來從何所來去至何所然我今者自念貧乏一無所有金銀珍寶衣服卧具幢旛寶蓋香華燈塗如是等物悉不能辦乃至一華亦不能及當以何物而爲供養我若空往心非所安如是憂愁思惟方計爾時常啼菩薩摩訶薩作是念已未即東行且於中路别入一城於其城中靜住思惟我欲東行爲求法故供養法上菩薩摩訶薩是大利益我今宜應自賣其身隨所得價當買香華自持往彼供養法上菩薩摩訶薩何以故我從世世已來爲欲因緣故於輪迴中受生死身歷無量苦流轉諸趣破壞其身終無利益不曾爲此清淨法故捨自身命是故我今爲求法故無所吝惜作是思惟已即於城中多人聚處如是唱言我今賣身誰當買我誰當買我爾時諸魔知是事已即作是念今常啼菩薩以樂法故自

賣其身欲買香華供養法上菩薩爲求般若波羅蜜多何故諸菩薩行般若波羅蜜多皆能成就阿耨多羅三藐三菩提猶如大海無所傾動我等諸魔不能壞亂彼因緣故空我境界是故我今宜設方便壞其道意爾時惡魔如是念已當彼常啼菩薩作此唱時即以魔力隱蔽城中一切人衆皆不令聞常啼菩薩所唱之聲爾時常啼菩薩摩訶薩如是三唱皆無買者菩薩爾時心生愁惱啼泣而言苦哉苦哉我所賣身爲供養法上菩薩摩訶薩今無買者故知我身深爲罪咎爾時帝釋天主知是事已即作是念我應往彼常啼菩薩摩訶薩所當試其心可能堅固深心樂法眞實能捨如是身不帝釋天主作是念已即時變身爲婆羅門來住常啼菩薩摩訶薩前作是問言汝今何故如是憂愁啼泣苦惱常啼菩薩言我今欲賣此身無有買者以是緣故啼泣而住婆羅門言汝所賣身欲何所作常啼菩薩言我爲愛樂法故今自賣身買諸香華欲供養法上菩薩摩訶薩爲求般若波羅蜜多而我此身薄福德故賣無售者爾時婆羅門謂常啼菩薩摩訶薩言我不須人無所施作我於今時將欲大祠須用人心人血人髓汝今可能而相與不爾時常啼菩薩摩訶薩聞此語已踊躍歡喜即作是念我於今時得最上利定當得聞般若波羅蜜多圓滿所願此婆羅門而肯須我心及血髓我應歡喜一一授與作是念已即謂婆羅門言仁者所須我當相奉婆羅門言汝欲價直其數幾何常啼菩薩言隨所相與我即當受爾時常

啼菩薩摩訶薩即執利刀刺其右臂出血次欲於其右髀破骨出髓是時有一長者女在高樓上遥見常啼菩薩摩訶薩先自刺臂出血又欲破骨出髓即作是念此善男子何故如是苦楚其身我應往彼詢問其故時長者女作是念已即下高樓來菩薩所發是問言善男子汝何緣故於其自身受是苦楚所出血髓欲將何用常啼菩薩言善女人當知我今貧乏無有財寶所出血髓賣與此婆羅門所得價直當買香華供養法上菩薩摩訶薩長者女言汝以香華供養彼菩薩摩訶薩當有何等功德利益常啼菩薩言汝善女人當知彼法上菩薩摩訶薩能爲我說般若波羅蜜多及方便門學彼法已能爲衆生作所歸趣即能成就阿耨多羅三藐三菩提得金色身三十二大人相八十種隨形好常光無量光大慈大悲大喜大捨十力四無所畏四無礙智十八不共法等不可思議無量無數佛功德法悉能圓滿及以一切無上法寶分布施與一切衆生是故我今爲欲成就如是功德故往供養彼菩薩摩訶薩聽受般若波羅蜜多及方便門爾時長者女白常啼菩薩摩訶薩言善男子如汝所說甚爲希有若人爲求如是法故假使如殑伽沙數身命盡以供養是所應作功不唐捐有大利益善男子我家具有金銀瑠璃硨磲瑪瑙珊瑚琥珀及頗胝迦等種種珍寶乃至衣服卧具幢旛寶蓋香華燈塗隨汝所須我悉當與汝當持以供養法上菩薩摩訶薩勿復賣身受諸苦楚我今亦欲同汝往彼法上菩薩摩訶薩所瞻禮

親近隨喜供養種諸善根時長者女作是説已住於一面爾時帝釋天主隱其婆羅門身還復本相住常啼菩薩摩訶薩前作如是言善哉善哉善男子汝能堅固深心樂法勇猛勤求善男子過去諸佛如來應供正等正覺本行菩薩道時求般若波羅蜜多亦如汝今等無有異汝當決定得成阿耨多羅三藐三菩提圓滿一切佛功德法善男子我實不須人心血髓故來相試汝今有何所須我當授汝常啼菩薩言天主汝可與我阿耨多羅三藐三菩提法帝釋天主言善男子此是諸佛境界非我境界諸佛如來可能成辦我不能辦餘有所須我皆相奉常啼菩薩言我今無復餘願以汝帝釋天主實語力故又復以我自所願力自實語力及佛世尊威神力故若我決定不退轉於阿耨多羅三藐三菩提諸佛如來應供正等正覺知我深心者願我此身平復如故爾時常啼菩薩摩訶薩發是言已於須臾間身即平復乃至無有瘢痕等相爾時帝釋天主見是相已讚歎希有隱身不現爾時彼長者女即白常啼菩薩摩訶薩言善男子汝今應可同往我舍白我父母求索所須持以供養法上菩薩摩訶薩爾時常啼菩薩摩訶薩謂長者女言善哉同往今正是時于是彼長者女與常啼菩薩摩訶薩同詣父舍到其舍已常啼菩薩摩訶薩住於門側彼長者女即入其舍白父母言父母我家具有金銀珍寶及種種物願以少分見賜於我及所供給我五百侍女聽許從我我當與一菩薩摩訶薩名曰常啼同往供養一菩薩摩

訶薩名曰法上而彼法上菩薩摩訶薩能爲我等說甚深法聞彼法已即能成就一切佛法功德利益是故父母願賜聽許是時父母即告女言汝所說者常啼菩薩摩訶薩今在何處彼女答言今在門外父母當知彼菩薩摩訶薩者深心樂法勇猛堅固爲欲成就阿耨多羅三藐三菩提廣度一切衆生出生死苦欲往供養法上菩薩摩訶薩求般若波羅蜜多故自賣其身於此城中高聲唱言誰當買我如是三唱無有買者是時常啼菩薩憂愁苦惱啼泣而住我於爾時在高樓上見一婆羅門來菩薩所互言謂已即時菩薩手執利刀刺其右臂出血復欲割其右髀破骨出髓我時見是事已即作是念此善男子何故如是苦楚其身我宜往彼詢問其故念已即往我問彼言汝何緣故受斯苦楚所出血髓欲將何用彼答我言我欲買諸香華持往供養法上菩薩摩訶薩我貧乏故無有財寶故出血髓賣與此婆羅門其得價直當買香華供養菩薩父母我聞彼說深所讚歎復問彼言汝今如是供養彼菩薩當有何等功德利益彼答我言供養彼菩薩故從彼得聞般若波羅蜜多及方便門學是法已乃能成就不可思議無量無數佛功德法我聞是說已心生歡喜即謂彼言善男子爲求法故行難行行甚爲希有汝今不須如是苦楚其身我家具有金銀珍寶及種種物隨汝所欲我當相與我亦樂欲同汝往彼法上菩薩摩訶薩所瞻禮親近隨喜供養我復謂言今且同汝往我父舍白我父母求索財寶與汝俱持供養

法上菩薩摩訶薩彼即答言善哉可行今正是時父母以是緣故常啼菩薩摩訶薩同我至此是故父母若欲令我成就一切無上功德法者如我所欲種種財寶及侍女等願賜見聽勿復爲礙爾時父母即告女言汝所說者彼善男子甚爲希有爲求法故行難行行而欲成就不可思議佛功德法欲爲一切衆生作大利益此因緣者是爲一切世間勝上事業今聽汝往凡諸所欲自當隨意我等亦欲往彼法上菩薩摩訶薩所瞻禮親近隨喜供養爾時彼長者女爲供養法上菩薩摩訶薩因緣故白父母言我亦不敢障人功德父母欲往自當隨意爾時長者女即時嚴整五百乘車衆寶莊嚴令五百侍女各嚴身已人乘一車所有金銀珍寶衣服卧具幢旛寶蓋香華燈塗及種種物載以一車時長者女與常啼菩薩摩訶薩共乘一車父母眷屬亦乘寶車如是莊嚴導從圍繞出所住舍東行往詣法上菩薩摩訶薩所如是行經五百由旬常啼菩薩摩訶薩與長者女遥見一城其城七重七重垣牆七寶行樹周帀圍繞其城縱廣十二由旬廣博清淨五百街巷處處連接橋津平正安隱豐樂人民熾盛甚可愛樂於其城中多人聚處有大法座高廣妙好衆寶莊嚴遥見法上菩薩摩訶薩處于座上有無量百千天人四衆恭敬圍繞聽受說法如是見已常啼菩薩摩訶薩心生慶快踊躍歡喜譬如苾芻得第三禪樂一心專注尊重恭敬即謂長者女言此城名爲衆香彼菩薩者是謂法上菩薩摩訶薩我等今時不應乘車前

詣其所發是言已即各下車歡喜肅恭步進
於前

佛母出生三法藏般若波羅蜜多經卷第二
十四

佛母出生三法藏般若波羅蜜多經卷第二十五

宋北天竺三藏朝奉大夫試光禄卿傳法大師施護等奉 詔譯

常啼菩薩品第三十之三

爾時常啼菩薩摩訶薩與長者女及諸侍女父母眷屬等導從圍繞并持種種珍寶供具入衆香城一心渴仰欲見法上菩薩摩訶薩是時常啼菩薩摩訶薩等既入城已詣菩薩所其去不遠常啼菩薩摩訶薩見帝釋天主與無數百千天子散天曼陀羅華摩訶曼陀羅華及餘種種殊妙天華天金銀華等散於虛空及散栴檀香末又復廣作微妙天樂其所散華住在空中常啼菩薩摩訶薩如是見已即問帝釋天主言憍尸迦汝何緣故於虛空中與無數百千天子散衆天華及散栴檀香末廣作天樂帝釋天主白常啼菩薩摩訶薩言善男子汝不知耶有法名摩訶般若波羅蜜多是諸佛母亦是諸菩薩母學是法者即能成就一切智圓滿一切佛功德法汝今當知於法上菩薩摩訶薩演說法處别有七寶臺高廣妙好種種嚴飾真珠寶網間錯垂布於其臺中有七寶牀而彼牀上安七寶函以黄金鍱書是摩訶般若波羅蜜多正法置於函内種種珍寶周帀圍繞其臺四角安四白銀香爐燒黑沉水香供養摩訶般若波羅蜜多正法以是緣故我等諸天於虛空中散華供養爾時常啼菩薩摩訶薩白帝釋天主言憍尸迦如汝所説是諸佛母及菩薩母摩訶般若波羅蜜多正法微妙甚深最上希有汝以方便可能示我帝釋天主言善男子彼

摩訶般若波羅蜜多正法在七寶函内彼法上菩薩摩訶薩以七寶印印之我無方便可能示汝爾時常啼菩薩摩訶薩與長者女等漸復前行到法上菩薩摩訶薩所即以所持金銀珍寶衣服卧具幢旛寶蓋香華燈塗等分作一分先持一分而共供養摩訶般若波羅蜜多次持一分亦共供養法上菩薩摩訶薩作是供養已復以種種妙色香華向法上菩薩摩訶薩所而用散擲以法上菩薩摩訶薩威神力故其所散華於菩薩上住虚空中變成種種妙寶樓閣是諸樓閣自然皆有眞珠瓔珞間錯垂布爾時常啼菩薩摩訶薩并長者女見是相已咸作是念善哉此相甚爲希有法上菩薩摩訶薩現住菩薩地神通威德尚能如是何況成就阿耨多羅三藐三菩提已彼諸功德不可稱計爾時長者女作是念已於法上菩薩摩訶薩益加恭敬尊重愛樂并五百侍女亦各恭敬尊重愛樂時長者女及五百侍女皆發阿耨多羅三藐三菩提心咸作是言願我以此善根因緣於未來世當得成佛爲菩薩時亦如法上菩薩摩訶薩愛樂尊重般若波羅蜜多等無有異及廣爲人宣説般若波羅蜜多成就般若波羅蜜多善巧方便皆如法上菩薩摩訶薩今日無異作是言已彼長者女并五百侍女即時頭面禮菩薩足禮已合掌退住一面爾時常啼菩薩摩訶薩如前所作供養事已即時頭面禮菩薩足禮已旋繞種種稱讚歡喜瞻仰合掌而住白法上菩薩摩訶薩言大士當知我有因緣故來至此我本爲求般若波羅蜜多故

於空寂林中思惟方便時空中有聲而謂我言汝可東行求般若波羅蜜多我如所教尋即東行東行未久我復作念向者云何而不能問彼空中聲東行遠近於何方處從誰得聞般若波羅蜜多我於爾時憂愁啼泣即於彼住經十晝夜當是憂愁啼泣之時忽然見有如來形像住於我前作如是言善男子從是東行五百由旬有城名衆香彼有菩薩摩訶薩名曰法上汝可往彼當得聞般若波羅蜜多我時聞是說已心大歡喜即於彼處一心諦想大士思惟般若波羅蜜多我於爾時住一切法無依止想即時得入無量無數三摩地門於三摩地中見十方無量阿僧祇世界諸佛如來應供正等正覺各各爲諸菩薩摩訶薩宣說般若波羅蜜多是諸如來咸讚我言善哉善哉善男子汝以求般若波羅蜜多因緣故得入諸三摩地門時諸如來如是乃至種種示教利喜安慰我已忽然不現我於爾時從三摩地出已不復得見諸佛如來我心苦惱即作是念向者如來從何所來去至何所我復思惟彼法上菩薩摩訶薩於先佛所深種善根通達般若波羅蜜多具諸方便我當往彼聽受般若波羅蜜多及問斯義以是緣故我今至此而得瞻禮菩薩大士我心歡喜深自慶快猶如苾芻得第三禪樂大士如我向於三摩地中所見如來而不知彼從何所來去至何所唯願大士示教於我令我常得見佛世尊

法上菩薩品第三十一

爾時法上菩薩摩訶薩謂常啼菩薩摩訶薩

言善男子如來者無所從來亦無所去何以故眞如無動眞如即是如來不生法無來無去不生法即是如來實際無來無去實際即是如來空性無來無去空性即是如來無染法無來無去無染法即是如來寂滅無來無去寂滅即是如來虛空無來無去虛空即是如來善男子離如是等法無别有法可名如來此復云何所謂如來眞如一切法眞如同是一眞如是如無分别無二亦無三善男子譬如春末夏初於日中分陽焰動發若時有人於中求水於汝意云何彼水從何所來爲從東海來耶南西北海來耶其去亦然常啼菩薩言彼陽焰中無水可得況復有來及有去耶但是愚癡無智虛妄所見法上菩薩言善男子一切如來亦復如是若人著於色相及以音聲觀諸如來若來若去起分别者當知是人愚癡無智虛妄所見何以故如來者是即法身非色身可見善男子法性無來無去一切如來亦復如是無來無去又如幻師幻化所作象兵馬兵車兵步兵如是四兵幻所作故無來無去一切如來亦復如是無來無去又如有人於其夢中或見一佛二佛三四五佛乃至百千諸佛善男子而彼諸佛從何所來去至何所常啼菩薩言大士夢所不實無決定法於是法中何有去來法上菩薩言一切如來亦復如是如佛所說一切法如夢有人不能如實了知一切法如夢故即以色相音聲語言名字執著分别諸佛如來若來若去善男子若於是法中不如實知虛妄分别者當知是等名愚異生受生死身輪轉

諸趣遠離般若波羅蜜多遠離一切佛法善男子若人如實了知如佛所說一切法如夢於是法中即無有法若來若去是故無所分別如實了知一切如來無來無去不生不滅如是知者是爲見法是爲知法是人即近阿耨多羅三藐三菩提是行般若波羅蜜多不虛受其國中信施能與世間作大福田善男子又如大海出種種寶是寶不從東方而來亦復不從南西北方四維上下諸方而來但是一切衆生所作福業共感報應是故大海出諸珍寶是寶一一從因緣生亦不無因緣生因緣和合即有因緣散滅即無有亦不從十方來無亦不至十方去諸如來身亦復如是不從十方來不至十方去但以因緣和合所生亦不住因緣法亦不無因緣生因緣和合即生因緣離散即滅生亦不從十方來滅亦不至十方去善男子又如箜篌有絃有槽有梡若人以手鼓擊出聲是聲無所從來不從絃出不從槽出不從梡出不從手出但以因緣和合有聲因緣散滅即無有聲是聲滅已亦無所至善男子諸佛如來亦復如是從一切相應善根種種因緣如理出生非一因一緣一善根生亦不無因緣生緣合故生生而無來緣散故滅滅而無去善男子汝當如是如實了知諸佛如來無來無去若知諸佛無來去故即住一切法無生無滅如是知者是行般若波羅蜜多善巧方便決定得成阿耨多羅三藐三菩提爾時法上菩薩摩訶薩說是諸佛如來無來無去法時三千大千世界六種震動現十八相所謂動徧動等徧動

吼徧吼等徧吼震徧震等徧震涌徧涌等徧涌爆徧爆等徧爆擊徧擊等徧擊現如是等十八相已一切魔宫隱蔽不現非時開敷種種異華大地一切華樹菓樹皆悉傾向法上菩薩摩訶薩帝釋天主四大天王及欲界諸天子衆於虛空中雨天妙華向法上菩薩摩訶薩散擲供養又復以諸天華散於常啼菩薩摩訶薩上作如是言善哉善哉常啼菩薩我等因仁者故今日於法上菩薩摩訶薩所得聞最上甚深正法我等今日得大善利斯爲世間第一希有爾時常啼菩薩摩訶薩白法上菩薩摩訶薩言以何因緣大地震動及現諸相法上菩薩言善男子我向爲汝說諸佛如來無來去法乃有是相爾時有八千人得無生法忍八十千那庾多人發阿耨多羅三藐三菩提心六萬四千人遠離塵垢得法眼淨爾時常啼菩薩摩訶薩聞此法已心大慶快踊躍歡喜作如是言我於今日得最上利以求般若波羅蜜多因緣故於善知識所得聞諸佛如來無來去法我今已得圓滿如是善根決定不退轉於阿耨多羅三藐三菩提作是語已轉復歡喜踊身虛空高七多羅樹於虛空中作是思惟我今復從何得上妙香華供養法上菩薩摩訶薩爾時帝釋天主知常啼菩薩心所念已即以天曼陀羅華奉上常啼菩薩摩訶薩天主作是言善男子汝可持此妙華供養法上菩薩摩訶薩我今助成於汝利益無量無數衆生時常啼菩薩摩訶薩受帝釋天主所奉華已即以此華向法上菩薩摩訶薩散擲供養華供養已合掌恭

敬作如是言菩薩大士我從今日當以已身奉事菩薩給侍供養作是說已從空中下住菩薩前爾時長者女并五百侍女俱白常啼菩薩摩訶薩言我等各以已身奉上於汝給侍供養并其五百乘車亦同奉上願我世世所生常得與汝同種善根常相值遇常同親近諸佛菩薩恭敬供養我所獻身願垂納受爾時常啼菩薩摩訶薩告長者女等言汝等若以誠心奉我我有所行皆隨順者我即納受長者女等言我等誠心奉上於汝凡諸所作我等隨順爾時常啼菩薩摩訶薩爲納受已即白法上菩薩摩訶薩言今此長者女并五百侍女乃至寶嚴五百乘車悉迴奉上菩薩大士願垂納受爾時帝釋天主讚常啼菩薩摩訶薩言善哉善哉善男子如是喜捨甚

爲希有若菩薩摩訶薩能如是捨者速得阿耨多羅三藐三菩提通達般若波羅蜜多善巧方便善男子過去諸佛如來應供正等正覺本行菩薩道時皆如汝今行是捨行勤求般若波羅蜜多因緣亦如汝今等無有異爾時法上菩薩摩訶薩爲欲成就常啼菩薩摩訶薩善根故即受是長者女等受已即時復與常啼菩薩摩訶薩爾時法上菩薩摩訶薩過日後分從法座起即入宫舍是時常啼菩薩摩訶薩即作是念我今爲求法故宜應精進當於二事若行若立待法上菩薩摩訶薩還出宫舍復登法座我當聽受甚深正法爾時法上菩薩摩訶薩常入般若波羅蜜多三摩地及無量無數菩薩三摩地於是諸三摩地中住經七歲常啼菩薩摩訶薩亦於七歲

中若行若立未嘗坐卧不念飲食不生疲倦但念法上菩薩摩訶薩當於何時出三摩地還登法座令我得聞般若波羅蜜多是時常啼菩薩於法座所散種種華彼長者女及五百侍女亦學常啼菩薩於七歳中若行若立未嘗坐卧不念飲食不生疲倦亦復一心待彼菩薩出三摩地爾時常啼菩薩摩訶薩以樂法心勤精進故忽聞空中有聲告曰法上菩薩後當七日出三摩地常啼菩薩聞是空中聲已心大慶快踊躍歡喜於法座所與長者女并五百侍女以種種寶清淨嚴飾時長者女等各各脱身所著妙衣積以爲座當令法上菩薩摩訶薩安處其座爾時常啼菩薩即於是處周行求水爲灑其地是時諸魔隱蔽諸水悉令不現魔作是念常啼菩薩求水

不得心當生苦心生苦故退失道意善根不增爾時常啼菩薩摩訶薩知是魔力所隱蔽已即作是念我今應自破身出血於法座所爲灑其地何以故塵土坌汙菩薩當座非所清淨我今爲求無上法故設破已身何所吝惜又復我從世世已來以欲因緣受生死身輪轉諸趣唐捐其功終無利益不曾爲此清淨法故捨自身命是故今時宜應精進作是念已即執利刀破身出血而灑其地彼長者女并五百侍女亦學常啼菩薩破身出血而灑其地彼常啼菩薩并長者女等勇猛堅固作是事已善根增長彼諸惡魔不得其便爾時帝釋天主以其天眼觀是事已即作是念常啼菩薩摩訶薩甚爲希有發大勇猛被堅固鎧不惜身命爲求法故爲欲成就阿耨多

羅三藐三菩提廣度一切衆生出輪迴苦發大精進甚爲希有帝釋天主作是念已即令其地血所灑處變成赤栴檀香水面百由旬皆栴檀香爾時帝釋天主即讚常啼菩薩摩訶薩言善哉善哉善男子汝今爲求無上法故發大精進過去諸佛如來應供正等正覺本行菩薩道時亦如汝今等無有異爾時常啼菩薩摩訶薩復作是念法上菩薩摩訶薩當說法時我無香華將何供養帝釋天主知所念已即以千斛天曼陀羅華奉上常啼菩薩摩訶薩爾時常啼菩薩摩訶薩受是華已等分其半先散座側爾時法上菩薩摩訶薩過是七日已從三摩地出還詣法座安處其上與無數百千大衆恭敬圍繞時常啼菩薩摩訶薩見法上菩薩摩訶薩處于座已心大歡喜譬如苾芻得第三禪樂即持帝釋所奉天曼陀羅華先所分者向法上菩薩摩訶薩散擲供養已合掌諦心聽受宣說般若波羅蜜多甚深正法爾時法上菩薩摩訶薩因常啼菩薩摩訶薩故謂諸衆言汝等當知一切法平等般若波羅蜜多亦平等一切法離般若波羅蜜多亦離一切法無動般若波羅蜜多亦無動一切法無念般若波羅蜜多亦無念一切法無畏般若波羅蜜多亦無畏一切法無味般若波羅蜜多亦無味一切法無邊般若波羅蜜多亦無邊一切法無生般若波羅蜜多亦無生一切法無滅般若波羅蜜多亦無滅虛空無邊般若波羅蜜多亦無邊大海無邊般若波羅蜜多亦無邊須彌山莊嚴般若波羅蜜多亦莊嚴虛空無分別般若波

羅蜜多亦無分別色無邊般若波羅蜜多亦無邊受想行識無邊般若波羅蜜多亦無邊地界無邊般若波羅蜜多亦無邊水界火界風界空界識界無邊般若波羅蜜多亦無邊金剛喻法平等般若波羅蜜多亦平等一切法無分別般若波羅蜜多亦無分別一切法無所得般若波羅蜜多亦無所得一切法平等無性般若波羅蜜多亦平等無性一切法無壞般若波羅蜜多亦無壞一切法不可思議般若波羅蜜多亦不可思議爾時常啼菩薩摩訶薩聞是法已即於會中得入一切法平等三摩地一切法離三摩地一切法無動三摩地一切法無念三摩地一切法無畏三摩地一切法無味三摩地一切法無邊三摩地一切法無生三摩地一切法無滅三摩地

虛空無邊三摩地大海無邊三摩地須彌山莊嚴三摩地虛空無分別三摩地色無邊三摩地受想行識無邊三摩地地界無邊三摩地水火風空識界無邊三摩地金剛喻法平等三摩地一切法無分別三摩地一切法無所得三摩地一切法平等無性三摩地一切法無壞三摩地一切法不可思議三摩地常啼菩薩摩訶薩得入如是等六萬三摩地門於是諸三摩地中得見十方如殑伽沙數三千大千世界如殑伽沙數諸佛世尊各與菩薩聲聞人天大衆以如是名字如是章句宣說般若波羅蜜多如法上菩薩摩訶薩今此會中有諸大衆恭敬圍繞以如是名字如是章句宣說般若波羅蜜多等無有異爾時佛告須菩提言如我所說彼常啼菩薩摩訶薩

以如是等種種方便精進堅固勤求般若波羅蜜多而彼菩薩於彼法上菩薩摩訶薩所得聞般若波羅蜜多得入諸三摩地門從三摩地出已即得多聞具足如大海水深廣無邊於現生中常得見佛世世所生生諸佛剎乃至於剎那間亦不暫離諸佛世尊須菩提當知求般若波羅蜜多者有如是等功德利益是故今我法中菩薩摩訶薩諸求般若波羅蜜多者亦應如是求

囑累品第三十二

爾時佛告尊者阿難言汝今當知般若波羅蜜多者是諸佛母出生諸佛一切智智阿難若欲行般若波羅蜜多者應當於此甚深正法受持讀誦記念思惟爲人演說乃至書寫一句一偈置清淨處以寶函盛尊重恭敬即以種種金銀珍寶香華燈塗幢旛寶蓋等廣大供養乃至一香一華一禮一讚隨其所應恭敬供養當知是人則受我教我所稱讚阿難佛是汝大師不阿難白佛言世尊佛是我大師我是佛弟子佛言阿難汝今是我弟子汝於現世給侍恭敬尊重於我我涅槃後汝當恭敬尊重供養此般若波羅蜜多甚深正法是即恭敬尊重於我是爲最大報佛恩者阿難我今以是般若波羅蜜多甚深正法付囑於汝汝當受持慎勿忘失宣通流布使不斷絕阿難汝當精進助宣此法莫作末後斷佛種人第二第三如是囑累阿難白佛言如世尊勑我當奉持如世尊勑我當奉持如是三白已佛言阿難當知隨爾所時此般若波羅蜜多正法在世即爾所時諸佛世尊在世

説法又復阿難若有善男子善女人於此般若波羅蜜多甚深正法愛樂恭敬受持讀誦正念思惟爲人演説乃至書寫尊重供養者當知是善男子善女人世世所生常得見佛聽受正法佛説此經已慈氏等諸菩薩摩訶薩尊者須菩提尊者舍利子尊者阿難等諸大聲聞衆并帝釋天主等乃至一切世間天人阿脩羅等聞佛所説皆大歡喜信受奉行

佛母出生三法藏般若波羅蜜多經卷第二十五

音釋

療力嶠切治也　髀部禮切股也　瘢薄官切瘡痕也　鍱以輒切　梍音毗　坌蒲悶切塵塕也

佛說決定義經

佛說護國經

宋西天譯經三藏朝散大夫試光禄卿明教大師法賢奉詔譯

清刻龍藏佛說法變相圖

二經同卷

佛說決定義經

佛說護國經

佛說決定義經

宋西天譯經三藏朝散大夫試光祿卿明教大師法賢奉詔譯

如是我聞一時佛在舍衛國祇樹給孤獨園與大苾芻衆千二百五十人俱爾時世尊告諸苾芻我今為汝宣說甚深決定正義初善中善後善其義深遠純一無雜具足清白梵行之相汝等諦聽善思念之時諸苾芻白佛言善哉世尊何等名為決定正義我等樂聞惟願世尊為我解說爾時佛告諸苾芻言決定義者所謂五蘊五取蘊十八界十二處十

二緣生四聖諦二十二根如來十力四無所畏四禪定四無色定四無量行四無礙智四三摩地想四念處四正斷四神足五根五力七覺支八正道如是等法是名決定正義五蘊者謂色蘊受蘊想蘊行蘊識蘊此等名爲五蘊五取蘊者謂色取蘊受取蘊想取蘊行取蘊識取蘊此等名爲五取蘊十八界者謂眼界色界眼識界耳界聲界耳識界鼻界香界鼻識界舌界味界舌識界身界觸界身識界意界法界意識此此等名爲十八界十二處者謂内眼處外色處内耳處外聲處内鼻處外香處内舌處外味處内身處外觸處内意處外法處此等名爲十二處十二緣生者謂無明緣行行緣識識緣名色名色緣六處六處緣觸觸緣受受緣愛愛緣取取緣有有緣生生緣老死憂悲苦惱如是即一大苦蘊集由此緣故即有蘊法若無緣故蘊法即滅所謂無明滅即行滅行滅即識滅識滅即名色滅名色滅即六處滅六處滅即觸滅觸滅即受滅受滅即愛滅愛滅即取滅取滅即有滅有滅即生滅生滅即老死憂愁苦惱滅如是則一大苦蘊滅此等諸法無明爲緣乃有生滅爲緣者何所謂先際不了後際不了中際不了内法不了外法不了内外法俱不了善業不了不善業不了善不善業俱不了因不了果不了因果俱不了已生緣法不了未生緣法不了現生緣法不了於佛不了於法不了於僧不了苦法不了集法不了滅法不了道法不了善法不了不善法不了罪法不了福法不了可行法不了不可行法不了高

下法不了有爲無爲法不了如是不了不能於黒白法等起無相智由此無明不能覺了而爲過失乃至障如實智不能證得寂靜涅槃謂此無明體性迷暗純一癡法猶如盲者唯行暗道集諸塵垢損滅智慧於諸障法不能出離而此無明與明爲障無明爲苦痛無明爲毒器無明爲繩縛無明爲毒根無明爲毒樹無明爲根本煩惱無明爲隨煩惱本無明是顛倒處無明爲黒暗室無明是癡暗如是等義名爲無明由此爲縁行法得起行法者行有三種謂身行語行意行身行者謂出入息依止於身繫屬於身由依身故而出入息得名身行語行者謂論難分別即此分別論難言辭故名語行意行者謂貪瞋癡心所法等依止於心繫屬於心由依心故得名意行復有三行何等爲三謂福行罪行不動行是名三行由行爲縁識法得起識法者識有六種謂眼識耳識鼻識舌識身識意識此名六識由識爲縁名色得起名色者謂色蘊受蘊想蘊行蘊識蘊色者謂内五塵皆四大所成四大者謂地水火風地體堅重水性流潤温煖爲火動轉名風如是四大所成五塵名爲色蘊而此蘊法四蘊名名一蘊名色如是五蘊名爲名色名色爲縁六處得起六處者謂内六處眼處耳處鼻處舌處身處意處此名六處六處爲縁觸法得起觸有六種謂眼觸耳觸鼻觸舌觸身觸意觸此等名觸由觸爲縁受法得起受有三種謂苦受樂受捨受如是眼觸縁此三受乃至意觸亦復如是此名爲受由受爲縁愛法得起愛有六種謂眼

觀色耳聽聲鼻齅香舌了味身覺觸意分別法由貪六法得名爲愛由愛爲緣取法得起取有四種謂欲取見取戒禁取我語取由愛增故得名爲取由取爲緣有法得起有法有三欲有色有無色有欲有者謂十惡趣及人天十惡趣者謂八地獄一等活二黑繩三衆合四號叫五大號叫六炎熱七極炎熱八無間九傍生趣十餓鬼趣如是十種名爲惡趣人趣者謂四大洲南贍部洲東勝身洲西牛貨洲北俱盧洲南贍部洲其量縱廣七千由旬此洲之相北闊南狹猶如車形東勝身洲其量縱廣八千由旬彼洲之相猶如半月西牛貨洲其量縱廣九千由旬彼洲之相猶如圓月北俱盧洲其量縱廣十千由旬彼洲之相四方徑直猶如池沼如是四洲名爲人趣

天趣者欲界六天謂四王天忉利天夜摩天兜率天化樂天他化自在天如是名爲欲界六天此等諸趣名爲欲有色有者有十八天謂梵衆天梵輔天大梵天光天無量光天光音天淨天無量淨天遍淨天無雲天福生天廣果天無想天無煩天無熱天善現天善見天色究竟天此等諸天名爲色有無色有者有四種天謂空無邊處天識無邊處天無所有處天非想非非想處天此等諸天名無色有如是三有得名爲有由有爲緣生法得起生者謂諸有情捨此蘊已隨業果報復於界趣蘊相出現故名爲生由生爲緣老死得有老者謂諸有情蘊法果熟心識迷亂多所忘失髮白面皺身力羸弱舉動策杖喘息呻吟漸漸力微諸根衰朽是名爲老復何名死謂

諸有情隨能招業壽量終盡識捨執受命根謝滅諸蘊離散是名爲死謂老無定相附死立支二法合一故名老死如是名爲十二緣法復何名爲四聖諦法謂苦諦集諦滅諦道諦苦諦者生苦老苦病苦死苦愛别離苦怨憎會苦求不得苦五盛陰苦如是等苦名爲苦諦集諦者謂貪愛法由此貪愛而生躭著以躭著故發業潤生招集爲因是名集諦滅諦者謂貪愛法及餘煩惱悉皆斷盡證寂滅理是名滅諦道諦者即八正道謂正見正思惟正語正業正命正精進正念正定此八正道名爲道諦如是四諦聖智可觀名四聖諦又復何名二十二根謂眼根耳根鼻根舌根身根男根女根命根意根樂受根苦受根喜受根憂受根捨受根信根進根念根定根慧根未知當知根已知根具知根如是名爲二十二根復何名爲十力謂如來智於諸有情處非處法如實了知是名如來第一處非處智力如來復於過去現在未來世中所有衆生諸業行法處處所生因緣果報佛以智力悉皆了知是名如來第二業報智力如來復於諸禪定法解脫三摩地三摩鉢底盡諸漏法佛以智力如實了知是名如來第三定力如來復於諸衆生類根性勝劣種種差别佛以智力如實了知是名如來第四根勝劣智力如來復於諸衆生類所有信解種種不同佛以智力如實了知是名如來第五信解智力如來復於諸衆生類所有種種界趣差别佛以智力如實了知是名如來第六界趣智力如來復於諸衆生類所有樂欲佛以智力

如實了知是名如來第七樂欲智力如來復於過去無量無數世中所有衆生種種之事謂一生十生百生千生及百千生乃至無數百千萬生如是無數成劫壞劫其中衆生死此生彼死彼生此乃至族姓貴賤名字飲食苦樂壽量長短具如是相如是因緣如是過去無量世中種種之事佛以智力悉能了知是名如來第八宿命智力如來復以清淨天眼觀見衆生貴賤上下好醜生滅或生善道或墮惡趣而彼衆生所作行業謂身不善業作諸邪行口不善業毀謗賢聖意不善業起於邪見由是因緣命終之後墮惡趣中又復衆生身作善業不行邪行口作善業不謗賢聖意作善業起於正見由是因緣命終之後生人天界如是等事如來天眼悉能觀見是名如來第九天眼智力又復如來知彼衆生諸漏已盡證無漏解脱智慧解脱以自通力證如是法我生已盡梵行已立所作已辦不受後有如是之法佛以智力悉能了知是名如來第十漏盡智力如是十力如來應供正等正覺由十力故於大衆中作師子吼轉大法輪復何名爲四無所畏謂如來應供正等正覺於大衆中唱如是言我以自智乘如實道來成正覺作師子吼轉妙法輪無有沙門婆羅門天人魔梵而能等者是名如來一切智無畏如來已得安樂寂靜無上勝處功德果法諸漏已盡種習俱亡是名如來漏盡無畏如來復爲諸聲聞衆開示苦道説離煩惱盡苦邊際是名如來出苦道無畏如來復爲諸聲聞説所有障法令彼出離是名如來障

道無畏如是名爲四無畏法又復何名爲四禪定謂離諸欲及諸染法斷除疑惑分別之想是名第一離生喜樂定復次離欲斷除分別想已當於外法悉皆泯絶内復寂定攝内外法悉皆歸一是名第二定生喜樂定復次捨於喜樂思念之想於身喜樂而無所受是名第三離喜妙樂定復次捨苦樂法無憂喜想諸法清淨是名第四捨念清淨定如是名爲四禪定法復何名爲四無色定謂修彼定猒下色相忻上無色由無色故唯有虚空乃觀虚空無有邊際作如是想是故名爲空無邊處定復次離彼所緣空無邊處已復想能緣識亦無邊是故名爲識無邊處定復次離彼能緣識已當復想於能緣所緣俱無所有是故名爲無所有處定復次離彼無所有已當復想於無彼麤想不無細想是故名爲非想非非想定如是名爲四無色定復何名爲四無量行謂慈無量悲無量喜無量捨無量若有苾芻具大慈心於諸有情無怨無親等能與樂如是常行慈無量心是故名爲慈無量行若有苾芻具大悲心於諸有情無怨無親等能拔苦如是常行悲無量心是故名爲悲無量行若有苾芻具大喜心於諸有情無怨無親等施歡喜如是常行喜無量心是故名爲喜無量行若有苾芻具大捨心於諸有情無怨無親平等安住如是常行捨無量心是故名爲捨無量行如是名爲四無量行復何名爲四無礙智謂辭無礙智辯才無礙智法無礙智義無礙智辭無礙者緣聲爲境於諸音聲言辭無礙故名辭無礙智辯才無礙

者謂四辯七辯凡有論難迅捷無滯是故名爲辯才無礙智法無礙者緣名句文隨何教法無所不通是故名爲法無礙智義無礙者緣義爲境隨所詮義無所不曉是故名爲義無礙智如是名爲四無礙智復何名爲四三摩地想若有苾芻作如是觀我今此身從頂至足所有髮毛爪齒皮肉筋骨如是種種不淨之物所共合成譬如倉廩廣積粮斛人入其中善能分别是米是麥如是積聚名爲倉廩苾芻觀想於自身中亦復如是作此觀者即得斷除貪欲之法是名第一三摩地想又復苾芻觀想身已於三摩地得輕安味復作是觀此三摩地所得樂味亦無有想譬如蓮華從水而生彼無有想我從水生而有清涼苾芻觀想亦復如是能觀想者即得見法輕安樂味是名第二三摩地想又復苾芻於三摩地作於明想觀察如日無餘暗冥如是觀察相續不斷晝夜明暗皆無有異作是明想清淨無雜譬如秋時雲翳陰晴日光不現若明眼人觀想日光清淨無雜苾芻觀想亦復如是能觀想者是人即得明智現前是名第三三摩地想又復苾芻在三摩地作是觀想斷除苦樂乃至憂喜唯有捨念二種清淨譬如有人能馭車乘平坦地中行無所礙苾芻觀想亦復如是能觀想者即得智慧勝利現前是名第四三摩地想此等名爲四三摩地想復何名爲四念處法謂身受心法若有苾芻觀身不淨惡穢充滿無有眞實如是觀察名身念處又復觀於內外二法所有諸受悉皆是苦作是觀者名受念處又復觀於心心

所法皆悉無常作是觀者名心念處又復觀於内外二法於是法中不生我想作是觀者名法念處如是名爲四念處法復有名爲四正斷法謂已生惡法當起精進勤行除斷皆悉令滅是名第一正斷之法又復未生惡法當起精進防護除斷皆令不生是名第二正斷之法又復未生善法當起精進令諸善法皆得生長是名第三正斷之法又復已生善法當起精進而令增長堅固圓滿是名第四正斷之法如是名爲四正斷法復何名爲四神足法謂欲勤心觀若有苾芻於諸染法離其妄念於諸善法而起悕求進善無猒名欲神足復於善法勤修諸行正行不退名勤神足復於諸法離邪思惟心正分別名心神足復以正智觀察内身内身無我復觀外境外境無法我法體無趣證二空名觀神足如是名爲四神足法復何名爲五根謂信根進根念根定根慧根如是名五根復何名爲五力謂信力進力念力定力慧力如是名五力復何名爲七覺支法謂擇法覺支精進覺支喜覺支輕安覺支捨覺支念覺支定覺支是名七覺支法復何名爲八正道法謂正見正思惟正語正業正命正精進正念正定謂正見者信有施法信有父母有諸善行及不善行如是善不善業當有果報有今後世於其世中有諸衆生有阿羅漢如理修行以自通力見如是法我生已盡梵行已立所作已辦不受後有如是等事名爲正見何名正思惟謂離邪思邪思法者起不正見發貪瞋癡遠離如是名正思惟何名正語謂離妄言綺語兩

舌惡口等語是名正語何名正業謂離殺生偷盜邪染等法是名正業何名正命謂具正見正法出家被於法服離諸邪行信於正法乃至受用飲食坐卧皆依正法是名正命何名正精進謂離邪勤於眞實法而起正勤是名正精進何名正念謂離邪念常念正法記憶在心無所忘失是名正念何名正定謂心心所不起散亂離諸攀緣於奢摩他毗鉢舍那決定正觀是名正定如是名爲八正道法爾時世尊說是法已復告苾芻衆言汝等當知我所宣說決定正法初中後善其義深遠純一無雜清淨圓滿是時苾芻衆聞佛所說皆大歡喜信受奉行

佛說決定義經

佛說護國經

宋西天譯經三藏朝散大夫試光禄卿明教大師法賢奉詔譯

如是我聞一時世尊在俱盧城出遊化利漸漸至于覩羅聚落與大苾芻衆安止其中時彼聚落有婆羅門大長者等互相議曰此大沙門瞿曇棄捨王位出家爲道果滿圓明名稱普聞即是應供正等正覺明行足善逝世間解無上士調御丈夫天人師佛世尊於天魔梵沙門婆羅門人及非人等界以自行願成等正覺流大悲心宣說正法初善中善後善文義深遠純一無雜具足圓滿梵行之相如是具足最尊最上我等若見共獲善利是故我等當詣佛所瞻禮稱讚衆共議已同往佛會到佛所已有禮佛者有但合掌者有種種稱讚者如是之衆禮讚既已各坐一面爾時世尊爲衆說法令衆心悅發大道意時彼婆羅門大長者等聽受法已咸皆忻悅發大道心即從座起合掌向佛種種稱讚禮佛而退爾時會中有大長者名曰護國戀慕佛故不離法會作如是念我所聞法堪可依憑必成正覺我若在家永處輪迴佛難值遇以信出家爲求出離是故我今離諸放逸發大精進依佛出家淨修梵行我當志願剃除鬚髮而被法服是時護國長者作是念已即從座起前詣佛所頭面禮足合掌向佛而白佛言我從世尊獲聞正法猒輪迴苦起信樂心是故我今求佛出家唯願世尊攝受於我佛言護國汝信出家父母聽不護國答言不也世尊父母不聽佛言護國父母不聽不得出家護國復白佛言世尊雖父母未聽我當求請

堅令聽許佛告護國如汝所願今正是時爾時護國長者稟承佛旨禮佛而退還歸其舍白父母言父母慈念願聽我言我於佛會聞佛說法其所聞法我悉了知即起正信樂欲出家唯願父母當聽許我是時父母告護國言汝樂出家當求何利復有何得而求出家汝若出家勿為求匃而活命耶汝應當知我今財賄珍寶無量汝但在家捨財作福當受富樂何須出家如是父母善言誘勸是時護國又復白言父母當念我猒輪迴棄捨世榮志求出家唯願聽許如是護國再三求請是時父母又復告言汝所堅念志求出家勿為求匃而活命耶我家庫藏金銀珍寶眾多無量汝但在家捨財作福當受富樂何須出家如是父母二三誘勸是時護國又復告言父母若不聽我從今已往誓不飲食乃至命終發誓願已即絕飲食是時護國眾多知識聞是事已即時共詣護國長者父母之所咸共白言長者主我等皆聞汝子護國愛樂出家彼雖志求汝不聽許我知汝子然受富樂求道心堅令不聽許返受憂苦將趣命終當令汝起愛別離苦是故汝等宜應聽許隨彼出家時長者主見子知識志意求請即聽出家是時護國眾多知識受其父旨即詣護國而共告曰護國當知今汝父母已聽出家是時護國受父母旨歡喜踊躍即詣父母拜辭而出還至佛所到佛所已頭面禮足合掌一面而白佛言世尊今我父母已聽出家願佛慈悲垂哀攝受而為苾芻爾時世尊告護國言善哉善哉今正是時為汝攝受是時護國鬚

髮自落被袈裟衣成苾芻相修持梵行除彼放逸離諸憂惱心自調柔證法清淨我生已盡梵行已立所作已辦不受後有是時尊者護國得漏盡已於十夏中依止於佛滿十夏已著衣持鉢前詣佛所頭面禮足合掌一面而白佛言世尊我本生居覩羅聚落棄捨諸親以信出家我今思念欲還本處親近眷屬願俟佛旨爾時世尊知尊者護國心意所欲又觀護國其心志固欲廣利益况昔在家常離諸欲如是觀已即告之曰尊者護國今正是時可從汝意爾時尊者護國受佛旨已歡喜踊躍遶佛三帀頭面禮足辭佛而退還本生處經遊次第到本聚落時經宿已於其辰時著衣持鉢次第乞食至於本舍見一女人在舍門外持滿器食而欲棄擲尊者見之告彼女人曰汝無慚愧勿棄於食豈如施我置於鉢中當獲利益是時女人聞尊者語心生鄭重即施其食置於鉢中尊者受已詣大樹下敷座欲食時前女人作如是念是我主子尊者護國是時女人作此念已即詣長者主所白長者曰適在門外見長者子持鉢乞食詣大樹下敷座欲食時長者主聞是事已心大歡喜即問女人言如汝所説是事實不女人答言是事實爾是時長者速出本舍往大樹下既到彼已實見護國在彼欲食即告之曰我子護國捨離本家客遊於外如是經歷復至聚落不入本舍是義云何時彼護國即答父言我沙門法儀式如是入於他舍非我所宜時長者主扶持護國還於本舍既到家已敷座令坐時護國母前詣子所愛念心切

再三慰問告護國言我子云何堅意出家汝所出家今有何利復有何得正為求匃而活其命是故汝今不復離家捨財作福當受富樂是時慈母設諸方便留戀於子不能別離復以金銀種種珍寶積尊者前告於子言我子當知如是我有廣多財寶今我與汝何況父財而復無量以是義故何得出家汝今在家捨財作福受諸富樂是時尊者白於母言慈母當念是多金銀種種財寶諸過之本作此言已車載擔負棄於河內復白母言慈母當念如是財寶由貪戀故從此為因生諸過失而致患難謂水火王賊惡子等難生如是等種種壞苦了此苦因不從其母時護國母戀子不捨復設方便作如是念子在家時所有妻室當令莊嚴珠寶飾身來護國所悅可子心作是念已詣其妻所而告之言汝夫護國昔在家時所有愛樂珍寶瓔珞莊嚴之具汝今莊嚴往護國所悅可其意時護國妻受其命已以衆寶具即時莊嚴詣護國所到彼白言長者子汝意云何所持梵行莫為求天女不護國告言不也大姊我持梵行為求道果如汝所說是義不然時護國妻聞呼姊聲即變容色負慚而退爾時護國尊者作如是念食時欲至即白父言長者有何飲膳施於我食是時父母親持上味種種飲食供施尊者是時尊者飲食已訖洗鉢收衣敷座而坐乃為父母宣說正法令起悅心而生道意復以神通住虛空中說伽陀曰

觀此畫色像　以衆寶莊嚴　愚迷所執著
智者常遠離　貪欲如繩索　能縛於世間

愚者所迷惑　智者常遠離

是時尊者說伽陀已從空而降還大樹下安止而住爾時有王名曰俱盧儻幸遊外將近覩羅聚落之側侍臣奏曰大王當知此聚落中有長者子名曰護國眷屬廣多財寶無量棄捨出家王聞是事即問聚落人曰卿等此處有長者子名曰護國棄捨親屬而為出家是事實不時聚落人即奏王曰大王當知是事實爾護國尊者在臣聚落一大樹下常持梵行我等人民親近供養王聞奏已即往彼處聚落之中詣大樹下尊者所止是時尊者遥觀來命見俱盧王奔詣我所即從座起進步王前白如是言大王善來此之境界王所統領今請大王往彼樹下就於我座時王答言護國我意如然欲往汝所就於汝座護國復言王意如是故我請王是時彼王同與尊者至大樹下就座而坐爾時大王告護國言有四種法由是四法而求出家其四法者一知親屬二知富貴三知病四知老是為四法云何知親屬謂若有人眷屬廣大而忽散滅此人作念我之眷屬朋友知識皆已散滅唯已孤然我當出家此人了知無親屬故而求出家今汝護國眷屬廣大亦非孤獨不能了知何為出家又復云何名知富貴謂若有人先有財寶是大富者而後竭盡貧苦隨生以貧窮故而作此念今貧窮故而作此念今貧窮苦我當出家此人了知以貧窮故而求出家今汝護國財富無量亦非貧窮不能了知何為出家又復云何名知病苦謂若有人久寢於疾無能救療作如是念我此疾病深可

痛苦是故我今當求出家此人了知以病苦故而求出家今汝護國少病少惱亦無憂苦不能了知何爲出家又復云何名知老朽謂若有人耆年衰邁作如是念我今老朽於諸富樂不能復利是故我今當求出家此人了知老朽不任而求出家今汝護國盛年少壯未受諸樂不能了知何爲出家護國當了如是四法乃可出家我今復問護國汝何見聞而爲出家爾時尊者答彼王言大王當知有四種法而求出家何等爲四謂老病愛死變壞非久名老疾苦無療名病無所猒足名愛捨盡諸境名死如是四法我佛世尊善了善見我亦從佛親見親聞我因此故發大信心而乃出家王言尊者如前略説我未能了唯願尊者爲我廣説令我開解是時尊者聞王

言已告彼王曰大王甚善如汝意願我當爲説王言尊者變壞非久爲老是義云何尊者答言大王於意云何若人從年二十三十滿四十時所有色相身力舉動進止是人云何王言尊者人從二十滿四十時具大色相身力壯盛進止勇健諸所施爲自謂無等若至耆年朽邁無堪色相變易身力劣弱進止衰敗尊者告言如王所説是爲老相變壞於世大王當知此即我佛説第一法又佛世尊善了善知善説此法我亦見聞於此正法愛樂志求信心出家時彼王言護國尊者我亦於此慶遇正法愛樂志求又復王言護國尊者云何疾苦無療名爲病相尊者答言如人有大財實及諸親眷其數無量於意云何是人寢病受諸苦惱彼之親屬及諸侍從還有代

其受苦惱不王言不也護國人若寢疾獨受諸苦無有代者亦無救療尊者告言如王所說無代無救是爲病相此即我佛說第二法又佛世尊善了善知善說此法我亦見聞於此正法愛樂志求信心出家時彼王言護國尊者我亦於此慶遇正法愛樂志求王復問言尊者云何無所猒足而名爲愛尊者答言大王於意云何王是富者國土城邑及至東南西北所有人民居王所統皆是大富王言尊者如是如是尊者復言大王所統國城聚落如是大富設或有人泛海而來白大王言我見某國城邑廣大人民熾盛金銀珍寶奇異諸物象馬兵從其數無量大王聞此於意云何王言尊者我聞是事若不自往即遣使討彼載以珍寶諸物益我庫藏時尊者言大王此無猒足是名爲愛此即是佛說第三法又佛世尊善了善知善說此法我亦見聞於此正法愛樂志求信心出家時彼王言護國尊者我亦於此慶遇正法愛樂志求王復問言尊者云何捨離諸境而名爲死尊者答言大王於意云何我見有大珍寶是大富者彼人捨於此界而生他界所有珍寶能持往不王言不也尊者復言大王於此世中捨諸愛境生於他世是名爲死此即是佛說第四法佛善了善知善說此法我亦見聞於此正法愛樂志求信心出家王言尊者我亦於此慶遇正法愛樂志求爾時尊者復告王言我於是義欲重宣說汝應善聽王言甚善願樂欲聞是時尊者說伽陀曰

我見世間人　貪愛而積聚　因財故得難

轉增於諸欲　王主領國邑　廣闊極海邊
如是尚無猒　而復伐他國　世間諸衆生
由貪愛故滅　憂惱生悲泣　嗚呼何速滅
如人聚財寶　返爲火所燒　衆生亦隨業
所作而受報　財富不延命　亦復不免老
貧富者皆滅　尊幼悉無常　病不擇勇健
亦不擇尊幼　皆由貪愛故　是不免無常
譬如人竊盜　返爲自損傷　如是見世間
自造諸惡因　如果熟自落　老少壞亦然
歡悅意作業　苦惱而受報　時世愚癡人
作業不自覺　或生於他世　因憎愛得苦
胎中若命盡　何人能救護　設復親知友
命盡何能救　欲能壞能縛　生苦增諸怖
見世間幻法　是故我出家

爾時俱盧大王聞尊者說伽陀已歡喜信受而復白言護國尊者能善出離是故我今歸依尊者護國告言大王勿歸依於我我所歸依是佛世尊及法僧衆王當皈依王言如是如是我今皈依佛法僧衆盡形受持優婆塞戒是時大王作誓願已禮奉尊者還復王宮

佛說護國經

音釋

狹（胡夾切隘也）皺（側救切面皮皺也）喘（昌兖切疾息也）迅捷（迅息晉切捷疾葉切迅捷疾速也）廩（力稔切倉有屋曰廩）翳（於計切鄣也）毗鉢舍那（梵語也此云觀毗頻彌切）顒（魚容切仰也）療（力嚼切治也）

佛說分別布施經

佛說分別緣生經

佛說法印經

佛說大生義經

宋西天譯經三藏朝奉大夫試鴻臚卿傳教大師法天奉詔譯

清刻龍藏佛說法變相圖

四經同卷
佛說分別布施經
佛說分別緣生經
佛說法印經
佛說大生義經

佛說分別布施經

宋西天三藏朝奉大夫試鴻臚卿傳法大師施護奉　詔譯

如是我聞一時佛在釋種住處迦毗羅城尼拘陀樹園與苾芻衆俱爾時有一苾芻尼名摩訶波闍波提持新氎衣來詣佛所到佛所已頂禮佛足退住一面即白佛言世尊此新氎衣我自手作奉上世尊惟願納受令我長夜得大利樂爾時佛告摩訶波闍波提汝可持此氎衣施諸大衆所獲勝利同供養我等無有異是時摩訶波闍波提苾芻尼重白佛

言我本發心唯爲世尊故造此衣願佛納受令我長夜得大利樂如是三復慇懃請佛亦如是三復答言但當平等施諸大衆所獲勝利與我無異是時尊者阿難侍於佛側見是事已前白佛言世尊此摩訶波闍波提苾芻尼是佛之親有大恩德唯佛自知此所奉衣佛爲納受今正是時令摩訶波闍波提於長夜中得大利樂佛言阿難如是如是此摩訶波闍波提是吾之親有大恩德我亦自知今自手造衣來施於我甚爲難事何以故阿難當知所有補特伽羅能起淨信心歸依佛法僧者甚爲難事又復能持不殺不盜不婬不妄不飲酒等近事戒法如是補特伽羅轉復難作何況於佛世尊合掌恭敬而行布施施已淨信於佛無疑及法僧伽亦無疑惑乃至苦集滅道四聖諦理求斷疑見阿難今比摩訶波闍波提苾芻尼能起淨信心歸依佛法僧受持不殺不盜不婬不妄不飲酒等近事戒法而能於佛及法僧伽乃至苦集滅道四聖諦理已斷疑惑此苾芻尼難作能作佛亦自知阿難有十四種較量布施何等十四一者於病苦人而行布施二者於破戒人而行布施三者於持戒人而行布施四者於離染人而行布施五者於須陀洹向而行布施六者於須陀洹果而行布施七者於斯陀含向而行布施八者於斯陀含果而行布施九者於阿那含向而行布施十者於阿那含果而行布施十一者於阿羅漢向而行布施十二者於阿羅漢果而行布施十三者於諸緣覺而行布施十四者於如來應供正等正覺

而行布施阿難汝今當知施病苦人獲二倍福施破戒人獲百倍福施持戒人獲千倍福施離染人獲百千倍福施須陀洹向獲無量福何況須陀洹果施斯陀含向獲無量福何況斯陀含果施阿那含向獲無量福何況阿那含果施阿羅漢向獲無量福何況阿羅漢果施諸緣覺獲無量福何況如來應供正等正覺如是名爲較量十四種布施功德復次阿難當知布施大衆有其七種一者施佛現前諸苾芻衆二者施佛滅後諸苾芻衆三者施佛滅後苾芻尼衆四者施佛滅後苾芻苾芻尼二衆五者施佛滅後遊方行化諸苾芻衆六者施佛滅後遊方行化苾芻尼衆七者施佛滅後遊方行化苾芻苾芻尼二衆如是名爲七種大衆當行布施復次阿難當知有四種布施清淨何等爲四一者能施清淨即無受者二者所施清淨即無受者三者能受清淨即無施者四者所受清淨即無施者阿難何名能施清淨即無受者謂由施者不取其相即身業清淨口業清淨意業清淨正命清淨見亦清淨如是具足即無施相以無施故即無受者若施者有所見相即身口意三業不清淨命亦不清淨見亦不清淨若離是相即施者受者二皆清淨又復何名所施清淨即無受者若受者身業不清淨口業不清淨意業不清淨命不清淨見不清淨即有所施相若受者三業清淨命清淨見清淨如是具足即無所施相由離相故即所施清淨又復何名能受清淨即無施者若受者身口意三業不清淨命不清淨見不清淨即有能受

相若離是相即無施者又復何名所受清淨
即無施者謂由施者三業清淨命清淨見清
淨即無所施由離施故即無所受是故所受
清淨阿難若能如是了知即得四種布施清
淨爾時摩訶波闍波提苾芻尼聞佛宣説種
種布施法已即持是衣施諸大衆是時諸苾
芻衆即爲納受佛告阿難於當來世若有信
心善男子等能於大衆起淨信心而行布施
者當知是人獲福無量何況於今現在行施
爾時尊者阿難及摩訶波闍波提苾芻尼聞
佛説已歡喜踊躍信受奉行

佛説分別布施經

佛說分別緣生經

宋西天譯經三藏朝奉大夫試鴻臚卿傳教大師法天奉詔譯

如是我聞一時佛在烏盧尾螺池邊泥連河側菩提樹下成佛未久獨止其中心生思念世間苦法無能免者無能怖者決定實有如是觀察是大義利世間樂法亦復如是無能免者無能猒者決定實有如是觀察是大義利又復思惟所有世間天人魔梵沙門婆羅門等界中而於此法不能了知若復有人善能思惟警覺苦樂如是了達非究竟法常所思念依法修行是人當得具足戒定慧解脫解脫知見等法所有過去未來諸佛皆悉覺知世間苦樂一一了知如法修行以自行力而成正覺何以故此法未曾有無能了知者所有過去如來應供正等正覺皆於此法一一了知如法修行乃成正覺未來世中如來應供正等正覺如是世間苦樂等法一一了知如法修行乃圓道果爾時娑婆界主大梵天王以佛威力故知佛所念譬如力士屈伸臂頃離梵天界來詣佛所修敬畢已住立佛前而白佛言世尊佛所思念如是如是世間苦樂無能免者是大義利過去未來亦復如是於天人魔梵界中唯佛世尊一一了知若增若減若善若惡悉能分別緣生之法以佛智力如實了知佛言梵王如是如是世間衆生於一切法無智無識不能了知無明癡暗之所覆閉是爲無明從無明緣而生於行行有三種謂身口意復從行緣而生於識識有六種謂眼識耳識鼻識舌識身識意識從於識緣而生名色名者除色名有四種謂受想

行識色者所謂四大一切色法由四大生如是色蘊名蘊二種是爲名色從名色緣生於六處內六處者有其六種謂眼處耳處鼻處舌處身處意處從六處緣復生於觸觸有六種謂眼觸耳觸鼻觸舌觸身觸意觸復從觸緣而生於受受有三種謂樂受苦受不苦不樂受復從受緣而生於愛愛有三種謂欲愛色愛無色愛復從愛緣而生於取取有四種所謂欲取見取戒禁取我語取復從取緣而生於有有者三種謂欲有色有無色有從有爲緣即有生法其生法者謂衆生界隨蘊生起處處差別生異滅法常所遷易從生爲本有蘊有界有處乃至命根等法是名爲生從生爲緣而有老死老者所謂心識昏昧髮白面皺氣力劣弱呻吟喘息身體羸劣乃至諸根而悉衰朽是名爲老死復何相死者謂諸衆生界趣差別悉歸無常壽限終盡捨於暖觸命根滅已諸蘊亦捨四大離散是名爲死如前所說老與死法是爲二種如是所說即名分別緣生之法若諸衆生能了知者是人當得具足五分法身爾時梵王聞佛所說緣生法已禮佛而退還梵天界

佛說分別緣生經

佛說法印經

宋西天譯經三藏朝奉大夫試鴻臚卿傳法大師施護奉 詔譯

爾時佛在舍衛國與苾芻衆俱是時佛告苾芻衆言汝等當知有聖法印我今爲汝分別演說汝等應起清淨知見諦聽諦受如善作意記念思惟時諸苾芻即白佛言善哉世尊願爲宣說我等樂聞佛言苾芻空性無所有無妄想無所生無所滅離諸知見何以故空性無處所無色相非有想本無所生非知見所及離諸有著由離著故攝一切法住平等見是眞實見苾芻當知空性如是諸法亦然是名法印復次諸苾芻此法印者即是三解脫門是諸佛根本法爲諸佛眼是即諸佛所歸趣故是故汝等諦聽諦受記念思惟如實觀察復次苾芻若有修行者當往林間或居樹下諸寂靜處如實觀察色是苦是空是無常當生猒離住平等見如是觀察受想行識是苦是空是無常當生猒離住平等見諸苾芻諸蘊本空由心所生心法滅已諸蘊無作如是了知即正解脫正解脫已離諸知見是名空解脫門復次住三摩地觀諸色境皆悉滅盡離諸有想如是聲香味觸法亦皆滅盡離諸有想如是觀察名爲無想解脫門入是解脫門已即得知見清淨由是清淨故即貪瞋癡皆悉滅盡彼滅盡已住平等見住是見者即離我見及我所見即了諸見無所生起無所依止復次離我見已即無見無聞無覺無知何以故由因緣故而生諸識即彼因緣及所生識皆悉無常以無常故識不可得識蘊既空無所造作是名無作解脫門入是解

脫門已知法究竟於法無著證法寂滅佛告
諸苾芻如是名爲聖法印即是三解脫門汝
諸苾芻若修學者即得知見清淨時諸苾芻
聞是法已皆大歡喜頂禮信受

佛說法印經

佛說大生義經

宋西天譯經三藏朝奉大夫試鴻臚卿傳法大師施護奉　詔譯

如是我聞一時佛在俱盧聚落與苾芻衆俱是時尊者阿難獨止一處於夜分中心生思念諸緣生法其義甚深難可了解唯佛世尊具正徧知善能宣說作是念已至明旦時離於本處來詣佛所到佛所已頭面禮足伸問訊已退住一面即白佛言世尊我獨止一處於夜分中心生思念諸緣生法甚深難解願佛世尊爲我宣說爾時世尊告阿難言如是如是彼緣生法甚深微妙難見難了復難思察唯諸聖者具善巧智即能分別非愚癡者之所曉解何以故愚癡衆生此世他世滅已復生如是輪迴皆由不了緣生法故阿難當知諸法皆由因緣展轉相生是故輪迴不能斷絕緣生法者所謂老死由生爲緣即有老死生法若無老死何有由是生緣展轉相生所謂水族緣故而生水族飛禽緣故而生飛禽衆類緣故而生衆類乃至人類緣故而生人類由是緣故彼彼衆生互相因緣而得生起阿難當知此生法者是虛妄法而不究竟此集此因此生此緣故有老死由是老死亦不究竟復次生法以何爲緣所謂有法爲緣因彼有故即起生法有法若無生法何得是故有法如前所說令諸趣類展轉相生而不斷絕阿難當知此有法者即虛妄法而不究竟此集此因此生此緣得起生法由是生法亦不究竟復次有法以何爲緣所謂取法爲緣由取法故即起有法取法若無有法何得阿難當知此取法者即虛妄法而不究竟此

集此因此生此緣得起有法由是有法亦不究竟復次取法以何爲緣所謂愛法爲緣因有愛故即起取法愛法若無取法何有阿難當知此愛緣故即起希求希求爲緣即有所得以所得故心不決定由不決定無所猒足以其內心無猒足故即生喜貪以貪緣故即生我見我見生已有所取著取著爲緣心即散亂由散亂故即起妄語論訟鬬諍刀杖相治由是因緣即便造作諸不善業如此諸業皆由散亂而得生起若無散亂諸業不生此散亂法以何爲緣所謂取著爲緣由取著故心即散亂取著若無散亂何得此取著法以何爲緣所謂我見爲緣取著得起我見若無即無取著此我見法以何爲緣所謂喜貪爲緣我見得起喜貪若無即無我見此喜貪法以何爲緣所謂內心無猒足爲緣以無猒足故即有喜貪若內心有所猒足即不生喜貪此內心無猒足法以何爲緣所謂不決定爲緣以不決定故即無猒足心若決定即生猒足此不決定法以何爲緣所謂有所得爲緣以有得故即不決定若無所得心即決定此有所得法以何爲緣所謂希求爲緣以希求故即有所得若無希求即無所得如是諸法皆由愛與希求互爲緣故展轉生起當知愛法有其二種所謂欲愛有愛由此二法生諸過失阿難當知此愛法者即虛妄法而不究竟此集此因此生此緣得起取法由是取法亦不究竟復次愛法以何爲緣所謂受法爲緣由受緣故即起愛法受法若無愛法何有阿難當知此受法者即虛妄法而不究竟此

集此因此生此緣得起愛法由是愛法亦不
究竟復次受法以何爲緣所謂觸法爲緣由
觸緣故即起受法觸法若無受法何有由是
眼觸爲緣内生諸受謂樂受苦受非苦樂受
如是耳鼻舌身意觸爲緣内生諸受此等諸
受皆由觸法以爲緣故阿難當知此觸法者
是虚妄法而不究竟此集此因此生此緣得
有受法是故受法亦不究竟復次觸法以何
爲緣所謂六處爲緣由六處緣即有觸法六
處若無觸法何有阿難當知此六處法是虚
妄故而不究竟此集此因此生此緣而生觸
法是故觸法亦不究竟復次六處以何爲緣
所謂名色爲緣由名色故即生六處名色若
無六處何有此名色者謂即色法及心等法
有積聚故即此名色與彼識法互相爲緣和
合得生是爲名色阿難當知名色法是虚妄
法而不究竟此集此因此生此緣得有六處
是故六處亦不究竟復次此名色法以何爲
緣所謂識法爲緣由識法故即有名色識法
若無名色何有此識法者最初受生居母胎
藏依羯邏藍識法具已無所增減識因緣故
而生諸蘊如是名色圓滿具足當知此識與
彼名色互相爲緣而得生起復次當知此識
緣者即是名色是故識爲名色緣名色爲識
緣由如是故苦果生起苦果既生即有老死
相續而轉由此集此因此生此緣是故苦果
是虚妄法而不究竟如是因緣識緣名色名
色緣六處六處緣觸觸緣受如是即得一大
苦蘊集佛告阿難汝今當知諸語言及語言
道非語言及非語言道所生及所生道如是

二種皆不離名色阿難若如是了知即住平等見是名了達緣生法此緣生法即是諸佛根本法爲諸佛眼是即諸佛所歸趣處是時尊者阿難作是讃言善哉世尊善説此法令我及諸苾芻皆得利樂爾時世尊告阿難言我今爲汝説無受法汝當諦聽諦受如善作意記念思惟阿難當知離於我相即無受法何以故我法若有受法隨生爲由了達我法是空何有受者阿難我及受法二皆滅已即無所有住平等見阿難受法有其三種謂樂受苦受非苦樂受言樂受者所謂受者及所受法於此二種若能了達是滅壞法即無樂受是故無所受法何以故當知樂受是無常法樂受滅已即離我相我相既無何爲受者復次苦受所謂受者及所受法於此二種若能了達是滅壞法即無苦受是故無所受法何以故當知苦受是無常法苦受滅已即離我相我相既無何爲受者復次非苦樂受亦復如是所謂受者受法有其二種若能了達此二是滅壞法即於苦於樂及非苦樂三法平等即無所受何以故此三受法皆是無常竟無有實此受滅已即離我相我相既無何有受者阿難於汝意云何當知諸受從心所生心無轉故即内無受者法無實故即外無所受是故阿難如是了知住平等見住是見者即爲了達無受法故此無受法即是諸佛根本法爲諸佛眼是諸佛所歸趣處是時阿難而復讃言善哉世尊善説此法我等聞已信解受持爾時世尊告阿難言我今爲汝説無我法汝等諦聽諦受如善作意記念思惟

阿難了受無所有即離我見離我見已住平等見住是見者於相平等由平等故即於世間無所生起了無生已即得我生已盡梵行已立所作已辦不受後有阿難當知我見不生住平等見如是即得心善解脱無知無見及無所得離諸思惟於得無得非有得非無得而悉了達如是了達即於語言及語言道非語言及非語言道所生及所生道皆悉無知無見如是了達已即離我見住平等見如實了知是即名爲達無我法此是諸佛根本法爲諸佛眼是諸佛所歸趣處是時阿難聞佛所説又復讃言善哉世尊善説此法我等聞已信解受持爾時世尊告阿難言我今爲汝重復宣説汝當諦聽諦受如善作意記念思惟阿難當知無有色相可得離諸我執如實了知既了知已觀想此身破壞不實非所愛樂如是觀察離諸色相不生我執我相滅已即了此身破壞不實如是得住平等見住是見者即於諸蘊了達皆空諸蘊既空我及色相於何有見復次阿難當知識所住處有其七種非識住處有其二種七識住處者所謂若有色有衆生種種身種種想是爲第一識所住處若有色有衆生種種身一想所謂初禪天此爲第二識所住處若有色有衆生一身種種想所謂二禪天是爲第三識所住處若有色有衆生一身一想所謂三禪天是爲第四識所住處若無色無衆生彼一切處離諸色想都一虛空所謂空無邊處天是爲第五識所住處若無色無衆生彼一切處離於空想都唯一識所謂識無邊處天是爲第

六識所住處若無色無衆生彼一切處離識無邊都無所有所謂無所有處天是爲第七識所住處阿難二種非識住處者所謂若有色有衆生即無想天是爲第一非識住處若無色無衆生於彼一切離無所有處非有想非無想即非想非非想處天是爲第二非識住處佛言阿難如是有色有衆生種種身種種想是爲第一識所住處汝等諸苾芻當如實了知於行坐語言常當稱讚此等法門廣爲他人分別演說如是乃至第七識所住處及二非識住處法門亦復如是於行坐語言常當稱讚諸佛所説生淨信心如實了知若了知者即得慧解脱阿羅漢果復次阿難當知有八解脱法門所謂若内有色觀外色是爲第一解脱若内無色觀外色是爲第二解脱若身證清淨解脱是爲第三解脱若得清淨已離諸色想觀一虛空無有邊際此觀成已是爲第四空無邊處解脱若離空無邊處當觀於識識亦無邊此觀成已是爲第五識無邊處解脱若離識無邊處已當觀一切都無所有此觀成已是爲第六無所有處解脱若離無所有處已當觀非想非非想處此觀成已是爲第七非想非非想處解脱若離是非想非非想處已當滅受想住三摩地彼身證已是爲第八滅受想解脱如是名爲八解脱法門佛言阿難汝今當知我先所説七識住處二非識住處及八解脱法門汝等諸苾芻如我所説如實了知常當隨喜稱讚復當如理修行若於此等法門圓满通達者是得二種解脱阿羅漢果爾時世尊説此經已尊

者阿難及諸苾芻皆大歡喜信受奉行

佛說大生義經

音釋

氎徒協切細毛布也　螺郎何切　羸力追切瘦也　羯邏藍梵語也此云凝滑　羯居謁切

佛說發菩提心破諸魔經

佛說聖佛母般若波羅蜜多經

宋西天三藏朝奉大夫試光祿卿傳法大師施護奉詔譯

清刻龍藏佛說法變相圖

二經同卷

佛說發菩提心破諸魔經上下卷

佛說聖佛母般若波羅蜜多經

佛說發菩提心破諸魔經卷上

宋西天三藏朝奉大夫試光祿卿傳法大師施護奉詔譯

如是我聞一時佛在王舍城迦蘭陀竹林精舍與大苾芻眾千二百五十人俱并諸菩薩摩訶薩眾而共集會是時王舍大城有迦葉氏大婆羅門住在彼城而忽一時於夜夢中見此閻浮提世界有其千葉廣大蓮華七寶莊嚴清淨可愛而彼華中有大月輪潔白圓滿周帀光明熾盛照耀彼婆羅門於其夢中得見是相心大歡喜適悅慶快從夢覺已作

是思惟我聞沙門瞿曇是大智者諸有智人無能過上善巧方便大慧具足我宜往彼請問其相時婆羅門作是念已過於夜分至明旦時詣迦蘭陀竹林精舍佛世尊所到已頭面禮世尊足合掌恭敬如夢所見具以白佛爾時世尊告婆羅門言如汝所夢是吉祥相婆羅門汝今當知若人夢中見四種相者皆是最上吉祥勝相何等爲四一者白蓮華二者白傘蓋三者月輪四者佛像若見如是四種相者當知必得最上大利爾時世尊欲重宣此義而説偈曰

夢中若見蓮華相　及白傘蓋皆吉祥
或見清淨大月輪　夢者當獲最上利
又復若見佛形像　是相最上中最勝
斯人一切所愛敬　當能成就諸功德

爾時婆羅門復白佛言世尊何等名爲最上大利佛以何緣作如是説爾時世尊即以伽陀答婆羅門曰

我今爲説彼大利　汝婆羅門當諦聽
若人能發菩提心　成二足尊名大利
轉輪聖王位尊勝　統四大洲而自在
若有衆生樂成就　應當發起菩提心
帝釋天主勝福報　三十三天中自在
若有衆生樂成就　應當發起菩提心
欲色無色三界中　彼彼福報皆增勝
若有衆生樂成就　應當發起菩提心
所有衆生界無邊　如其所應善化度
若有廣爲利樂者　應當發起菩提心
世間所有大醫王　普能療治一切病
若有衆生樂成就　應當發起菩提心

作大光明現世間　一切暗冥皆照耀
若有衆生樂成就　應當發起菩提心
雖復生於三界中　斷除一切顛倒行
若有衆生樂出離　應當發起菩提心
所有煩惱等諸障　及除一切不善法
若有衆生樂除斷　應當發起菩提心
所有三界諸結使　隨所造作爲魔攝
若有衆生樂除斷　應當發起菩提心
若能調伏於無明　一切愛網悉能斷
諸有衆生樂出離　應當發起菩提心
彼貪愛法若斷除　一切垢染皆清淨
若有衆生樂出離　應當發起菩提心
所生族氏及色力　愚人恃彼生憍倨
若有衆生樂除斷　應當發起菩提心
愚執我見壽者見　於自善利生憍倨
若有衆生樂除斷　應當發起菩提心
於諸色法生憍倨　從染愛生過失大
若有衆生樂除斷　應當發起菩提心
多聞持戒及修行　愚人恃以生憍倨
若有衆生樂除斷　應當發起菩提心
住阿蘭若行乞食　於如是事生憍倨
若有衆生樂除斷　應當發起菩提心
應供自在具神通　恃已尊勝生憍倨
若有衆生樂除斷　應當發起菩提心
愚癡執著我人相　恃彼我相生憍倨
若有衆生樂除斷　應當發起菩提心
現在未來佛世尊　尊重恭敬而獲福
若有衆生樂斯利　應當發起菩提心
諸佛出興於世間　轉大法輪普化度
若有衆生樂聽受　應當發起菩提心

一切惡法斷所斷　一切善法修所修
若有衆生樂成就　應當發起菩提心
諸修道者修梵行　由是得證無漏道
若有衆生樂成就　應當發起菩提心
我所宣說無常法　各各於身自觀察
若有衆生樂了知　應當發起菩提心
我說有漏行皆苦　智者見苦而生猒
若有衆生樂出離　應當發起菩提心
我爲有情廣宣說　當知一切法無我
若有衆生樂通達　應當發起菩提心
宣說涅槃寂靜法　證悟無上大菩提
若有衆生樂成就　應當發起菩提心
我所稱讚菩提心　汝婆羅門恭敬聞
如聞深信能發心　乃名修行菩提者

爾時婆羅門聞佛宣說是伽陀已即白佛言世尊若有人發菩提心者是人當得幾數福藴爾時世尊復以伽陀答婆羅門曰

正使一切衆生類　普集此佛世界中
一一修持淨戒行　悉能安住戒學地
而彼福藴量無邊　於諸福中爲最上
若人能發菩提心　十六分中不及一
正使一切衆生類　普集此佛世界中
一一發生淨信心　悉能安住信行地
而彼福藴量無邊　於諸福中爲最上
若人能發菩提心　十六分中不及一
正使一切衆生類　普集此佛世界中
一一修習妙法門　悉能安住法行地
而彼福藴量無邊　於諸福中爲最上
若人能發菩提心　十六分中不及一
正使一切衆生類　普集此佛世界中

廣修須陀洹行法　悉住須陀恒果位
而彼福蘊量無邊　於諸福中爲最上
若人能發菩提心　十六分中不及一
正使一切衆生類　普集此佛世界中
廣修斯陀含行法　悉住斯陀含果位
而彼福蘊量無邊　於諸福中爲最上
若人能發菩提心　十六分中不及一
正使一切衆生類　普集此佛世界中
廣修阿那含行法　悉住阿那含果位
而彼福蘊量無邊　於諸福中爲最上
若人能發菩提心　十六分中不及一
正使一切衆生類　普集此佛世界中
廣修阿羅漢行法　悉住阿羅漢果位
而彼福蘊量無邊　於諸福中爲最上
若人能發菩提心　十六分中不及一
若人於此佛世界　廣集上妙栴檀香
造佛塔寺勝莊嚴　高廣等彼須彌量
如是福蘊亦無邊　於諸福中爲最上
若人能發菩提心　十六分中不及一
又若造立諸佛塔　如其分量所應作
隨所作已廣莊嚴　是諸衆生勝果報
而彼福利廣無邊　於諸福中爲最上
若人能發菩提心　十六分中不及一
又若一切衆生類　假使住壽滿一劫
以諸樂具施衆生　隨衆生意使圓滿
如是福蘊量無邊　於諸福中爲最上
若人能發菩提心　十六分中不及一
我所宣説如是等　一一皆爲最上法
若有衆生忻樂者　當求菩提寂靜果
住是果者得大利　無比無等最尊勝

是故若人聞此法　應當尊重正慧行
廣修如是福蘊者　速證無上大菩提

爾時婆羅門聞佛世尊如是稱讚菩提心已即白佛言世尊我於菩提心中無少法可轉佛告婆羅門言如是如是婆羅門若人發菩提心者實無法可轉何以故婆羅門當知菩提有其三種何等爲三所謂聲聞菩提緣覺菩提無上菩提此中何名聲聞菩提婆羅門謂若有人雖發菩提心但樂自利不樂利他於利他心不能發起不能修持不能趣入不能安住於此經法不樂聽受亦復不能爲他宣說於後生中而不受身斷去來想亦不能得平等正智於現生中樂求解脱婆羅門以是義故名爲聲聞菩提又復何名緣覺菩提謂若有人雖發菩提心於大乘法不樂修習而不記念亦復自利趣求果證不樂利他於利他心不能修持不能趣入不能安住於此經法不樂聽受亦不爲他宣說教示不能安住平等正智但起心念觀諸緣法隨所觀察而得解脱婆羅門以是義故名爲緣覺菩提又復何名無上菩提謂若有人自能發生阿耨多羅三藐三菩提心已復勸他人發如是心於此經法自所聽受修習記念復爲他人廣說其義於輪迴身不生猒倦樂欲利樂一切衆生住平等智自解脱已欲令一切衆生皆得解脱自利利他得安隱樂以已善利普施一切天人大衆婆羅門以是義故名爲無上菩提修是行者名爲菩薩乘人婆羅門汝今當知佛語諦誠無有虚妄如我所說阿耨多羅三藐三菩提心是最上義若離此大菩

提心而發聲聞緣覺心者不能利他終不得至大涅槃界何以故而彼聲聞緣覺自所利已不復生起利他勝行以是緣故不能具足諸佛法分雖發菩提心而自謂解脫彼菩提心亦不能得利他果報婆羅門若人能發阿耨多羅三藐三菩提心者於自於他皆悉平等以自所利歡喜布施即以此心普攝世間一切衆生乃爲世間最上大利亦名世間善調御者如是即能住平等智最上最勝不可思議婆羅門此即名爲大菩提心汝當如是如實了知爾時婆羅門白佛言世尊佛說解脫云何有其種種相耶佛言婆羅門聲聞緣覺如來解脫無種種相婆羅門譬如有人乘三種獸欲詣寶所雖所履道隨有差別彼所向處而無有異其三獸者謂驢馬象彼驢乘者力勢羸劣由此因緣是人雖至寶所不能以其珍寶廣施衆生但樂自利取證涅槃彼馬乘者輕利快捷由彼力故是人雖至寶所亦復不能以其珍寶廣施衆生但與衆生作淨福田彼象乘者行步平正勇健多力由彼力故是人得至一切寶聚廣大城中至彼城已即作是念三乘珍寶皆於此出我當以此無量珍寶普施無邊一切衆生廣爲衆生作大利樂婆羅門三乘行人修三乘法亦復如是彼驢乘者即聲聞乘彼馬乘者即緣覺乘彼象乘者即是大乘汝今當知彼三乘道雖種種相所證涅槃所得解脫無種種相亦無差別婆羅門又如世間有三士夫俱欲過渡一深大河彼第一人依一小葉浮水而渡彼第二人而勝於前依其板木浮水而渡彼第

三人又復勝前乘以大船與多人衆安隱而渡得至彼岸此復猶如世間長子使其父母無所防護於一切處離諸憂惱婆羅門彼第一人依葉而渡者當知即是聲聞乘人彼第二人依其板木而得渡者當知即是緣覺乘人彼第三人乘船得渡者當知即是菩薩乘人自所得度復度他人婆羅門是故當知彼三乘人所修行法雖種種相而聲聞緣覺及彼如來所證涅槃無種種相爾時世尊欲重宣此義而說偈曰

三乘證涅槃　同一涅槃法　證道雖差別
涅槃無二相　三世一切佛　得最上解脫
如是等法眼　正覺尊所說　是最上法智
出生諸方便　諸有修行者　應當如是學

佛說發菩提心破諸魔經卷上

佛說發菩提心破諸魔經卷下

宋西天三藏朝奉大夫試光禄卿傳法大師施護奉詔譯

爾時大婆羅門白佛言世尊諸修大乘法者當行何行佛告婆羅門言如我今說當如是行婆羅門汝今當知若有修大乘法者自發阿耨多羅三藐三菩提心已復勸他人發如是心於此經法廣爲他人宣說教示如是等人應當親近尊重恭敬是人以四攝法普攝衆生何等爲四所謂布施愛語利行同事此中何名布施所謂於財施中若少若多隨其自力起廣大心以此所施攝彼慳貪如是名爲修大乘者布施所攝何名愛語所謂於一切處見諸衆生應當面目熙怡語言柔順以諸方便安慰善來以此愛語攝彼麤惡如是名爲修大乘者愛語所攝何名利行所謂見諸善法晝夜勤作於諸衆生起慈愍心以生淨信攝諸無信以持淨戒攝諸毀禁於一切處常樂利益如是名爲修大乘者利行所攝何名同事所謂於一切處先同其事復以方便教令精進堅固菩提諸有智者於如是法當如是行如是行者是爲菩薩所修正行若如是勇猛乃名最勝得到彼岸悉能通達最上法門如是名爲修大乘者同事所攝爾時婆羅門白佛言世尊諸菩薩摩訶薩依何而住乃能得成二足尊果住有幾種願佛世尊廣爲宣說所有住法如是說者即同宣說菩提法門最上希有佛告婆羅門言汝今當知住有三種所謂天住梵住聖住此中何名天住所謂但修慈行若人先於東方身業行慈語業行慈意業行慈廣大熾盛南西北方四

維上下亦復如是身業行慈語業行慈意業行慈廣大熾盛此說名爲天住何名梵住所謂修四無量行何等爲四謂慈悲喜捨此說名爲梵住何名聖住所謂修三解脫門何等爲三所謂空無相無願此說名爲聖住菩薩摩訶薩當依如是聖住中住爾時世尊欲重宣此義說伽陀曰

我所說三住　是勇猛勝法　爲諸菩薩衆
隨所應宣說　若於一切時　如說而能行
我當稱讚被　是求菩提者　天住及梵住
聖住亦復然　於此三住中　隨應而安住
若如是住者　當得無滅句

爾時婆羅門白佛言世尊菩提法門其義云何未來世中若有衆生問我此義我無智慧所有佛法不能通達我於爾時當云何答願佛世尊廣爲我說爾時世尊爲婆羅門說伽陀曰

婆羅門當知　我所爲汝說　此廣大正法
勸發菩提心　諸無智慧者　由此而獲得
若了此法門　是即菩提義　此所說正法
勸發菩提心　隨衆生所問　一一能開示
此所說正法　勸發菩提心　邪見諸疑惑
一切皆能斷　於後末世中　若有人得此
正法墮手者　是人若布施　謂廣大財等
即圓滿施行　由施成就故　得到於彼岸
又復末世中　若有人得此　正法墮手者
是人若持戒　清淨而無缺　即圓滿戒行
由戒成就故　得到於彼岸　又復末世中
若有人得此　正法墮手者　是人若忍辱
安受諸嬈惱　即圓滿忍行　由忍成就故

得到於彼岸　又復末世中　若有人得此
正法墮手者　是人若精進　勇猛而發起
即精進行圓　由精進成就　得到於彼岸
又復末世中　若有人得此　正法墮手者
是人若修定　住三摩呬多　即圓滿定行
由定成就故　得到於彼岸　又復末世中
若有人得此　正法墮手者　是人若修慧
解了最勝法　即圓滿勝慧　由慧成就故
得到於彼岸　又復末世中　若有人得此
正法墮手者　能尊重供養　當知如是人
名求菩提者　得近佛菩提　決定當成就
八十俱胝佛　加持此正法　若得墮手者
獲最上法聚　若現在佛前　聞此正法者
當知如是人　了知菩薩義　愛樂佛菩提
我知如是人　我見如是人　我念彼名字
我及一切佛　亦共所稱讚　若人聞此法
不轉爲他說　彼生我慢心　造廣大過失
當知彼等人　不尊重正法

爾時婆羅門白佛言善哉世尊善說此法門即是菩提義若人於現世中愛樂了知如是義者是人不久於此世間得大勇猛未來世中善說勝法安住菩提廣爲多人作大利益佛言婆羅門汝今已能得正智慧能說如是利益語言婆羅門若有人今於我前聞是法已我涅槃後於末世中若能於此正法書持讀誦者當知是人愛樂聖道發菩提心婆羅門我於往昔求菩提時於一阿蘭若處遇一苾芻宣說此法我當暫得聞是法時涕淚悲泣即自思惟我宿世中以何業障於此正法先不得聞作是念已即取摶食施彼苾芻後

復白言如所聞法我不能知我今樂聞願爲廣說時彼苾芻如其所應爲我宣說婆羅門我於爾時聞是法已即發願言願我當來以此正法於末世中加持護念廣爲衆生宣布演說婆羅門我時又念今此正法我於何時能爲衆生如應宣說後末世中諸衆生類少能於此愛樂修習後彼彼時此法在世佛不現前我於是事深生悲愍婆羅門我當作是念時有佛名無量光發如是言以願力故果報成就婆羅門以是義故我所悲愍一切衆生積集癡暗受輪迴怖後末世中有諸苾芻於此正法起猒離心毀壞禁戒作不律儀以是緣故不能宣通如是正法是故婆羅門我爲利益諸衆生故廣說此經汝應當知今此正法是廣大法門總攝四種阿含何等爲四所謂雜阿含長阿含中阿含增一阿含如是等總攝一切聲聞藏法諸聲聞人若於是中修學者即爲聲聞藏而能出生聲聞乘果亦攝聲聞菩提分法又此經中攝彼一切最上所說菩薩藏法是故得名諸法之母所有毗柰耶藏阿毗達磨藏亦於此經攝乃至八萬四千法蘊一一皆從此經中出又此經法是即一切智智最上根本而復出生聲聞緣覺之智廣大甚深不可思議是大光明普照三有此即從一切智根本出生諸佛菩提所有布施功德持戒忍辱精進禪定智慧及彼最勝解脫如是等衆功德藏悉於此經如理宣說又復苦集滅道四聖諦法而亦於此經中演說以要言之此經總說諸行無常諸法無我涅槃寂靜以是義故若聲聞乘若緣覺乘

若大乘法隨其所應是中廣説又此經者於諸法中廣大稱讚彼菩提心是故此經最上最勝婆羅門若有人現見諸佛親聞是法者當知是人已從先佛聞寶嚴經於彼經中已聞此法是故當知今此經法於三世中曾無斷絶彼彼衆生隨應得聞爾時婆羅門白佛言希有世尊佛所説法最上甚深若諸無智衆生得聞如是無量功德藏最上正法不能深生愛樂心者是人於阿耨多羅三藐三菩提當以何縁而能成就又復世尊何因縁故多有衆生於此大乘最上法中心生疑惑佛言婆羅門汝今當知此三千大千世界中有百俱胝天魔宫殿百俱胝魔王一一各有百俱胝天魔眷屬常時於此最上法門伺求其便起諸難事不令衆生書持讀誦何以故此三千大千世界中多有衆生取證阿羅漢果今得聞此大乘法門有善男子善女人發阿耨多羅三藐三菩提心者彼前功德稱量較計而不及此發菩提心是故天魔伺求難事魔爲難故多有衆生以此因縁心生疑惑婆羅門又復此經爲諸法中王以是縁故多諸難事爾時婆羅門白佛言世尊以何方便能令諸魔而自調伏佛言婆羅門我有祕密總持法門名曰破魔我若説此法門時所有一切魔及魔衆皆悉破壞婆羅門譬如日輪光明出照世間一切暗冥皆悉隱没破魔法門亦復如是我若説時一切魔衆皆悉破壞時婆羅門白佛言世尊何等是祕密總持破魔法門願佛爲説佛告婆羅門言汝當諦聽破魔法門其名如是

那謨引阿帝引多阿那引誐多鉢囉二合怛喻二合怛半二合泥引毗藥二合一薩哩嚩二合没提引毗喻引二合二婆誐嚩訥毗藥三合三怛靴寧也切他引四嗢哩没二合那五娑摩哩没二合那六嗢没那没那七壹賀没那八怛怛羅二合没那九你誐摩十多邏呬引朧没馱二合十一怛怛囉二合没十二怛嚕賀誐多十三誐摩那致十四摩呬引耨娑摩十五訥訥十六摩嚩囉蘇珂十七阿羅彌引多引伊迦囉叉引十八

世尊說是祕密總持破魔法門時一切魔宮皆大震動一切魔王及諸魔衆皆悉驚怖戰掉心生苦惱不能安坐咸作是念世尊爲一切衆生悲愍利益令得安隱以慈悲喜捨饒益衆生何故今時我等諸魔不爲饒益受斯苦惱不能安坐復次婆羅門我今以是祕密總持章句而加持此發菩提心大乘經典後末世中於一切處說此經時不爲一切天龍夜叉乾闥婆阿脩羅迦樓羅緊那羅摩睺羅伽人非人等伺得其便宣通流布無諸難事若有人書持讀誦此正法者是人遠離王難賊難水火蟲獸一切難事何以故今此正法最上祕密我爲悲愍利樂一切衆生故如是宣說婆羅門佛常不離慈悲喜捨饒益衆生若善男子善女人如所宣說如理修習者是人當得三業善行滅除諸罪於一切時離諸苦惱婆羅門以是因緣汝應當知今此正法能除一切苦能滅一切罪能破一切魔成就一切法爾時世尊欲重宣此義說伽陀曰

魔於修善者　常伺求其便　欲起諸難事
破壞彼善法　若聞說此經　一句或一偈

彼諸惡魔衆　而悉自調伏　大驚怖戰掉
苦惱不安坐　由彼罪業因　獲果報如是
於一切衆生　常起惱害心　障諸善法故
彼因果無失　若人於此法　書持讀誦者
是人當遠離　王難及賊難　水火蟲獸等
諸難不能侵　乃至人非人　伺不得其便
身語心善行　斷除一切罪　於一切時中
不生諸苦惱　遠離諸魔事　不見諸魔相
及離諸煩惱　由持此經故　若聞此經已
如聞而善學　善解一切法　進趣於彼岸
若修此法者　通達菩薩行　從菩提道來
成就正等覺

佛說此經已迦葉氏大婆羅門及諸菩薩聲聞世間天人阿脩羅乾闥婆等一切大衆聞佛所說皆大歡喜信受奉行

佛說發菩提心破諸魔經卷下

佛說聖佛母般若波羅蜜多經

宋西天三藏朝奉大夫試光祿卿傳法大師施護奉　詔譯

如是我聞一時世尊在王舍城鷲峯山中與大苾芻衆千二百五十人俱幷諸菩薩摩訶薩衆而共圍遶爾時世尊即入甚深光明宣說正法三摩地時觀自在菩薩摩訶薩在佛會中而此菩薩摩訶薩已能修行甚深般若波羅蜜多觀見五蘊自性皆空爾時尊者舍利子承佛威神前白觀自在菩薩摩訶薩言若善男子善女人於此甚深般若波羅蜜多法門樂欲修學者當云何學時觀自在菩薩摩訶薩告尊者舍利子言汝今諦聽爲汝宣說若善男子善女人樂欲修學此甚深般若波羅蜜多法門者當觀五蘊自性皆空何名五蘊自性空耶所謂即色是空即空是色色無異於空空無異於色受想行識亦復如是舍利子此一切法如是空相無所生無所滅無垢染無清淨無增長無損減舍利子是故空中無色無受想行識無眼耳鼻舌身意無色聲香味觸法無眼界無眼識界乃至無意界無意識界無無明無無明盡乃至無老死亦無老死盡無苦集滅道無智無所得亦無無得舍利子由是無得故菩薩摩訶薩依般若波羅蜜多相應行故心無所著亦無罣礙以無著無礙故無有恐怖遠離一切顛倒妄想究竟圓寂所有三世諸佛依此般若波羅蜜多故得阿耨多羅三藐三菩提是故應知般若波羅蜜多是廣大明是無上明是無等等明而能息除一切苦惱是即眞實無虛妄法諸修學者當如是學我今宣說般若波羅

蜜多大明曰

怛𪘨寧也切他引一唵引誐帝引誐帝引二播引囉誐帝引三播引囉僧誐帝引四冒提莎引賀引五

舍利子諸菩薩摩訶薩若能誦是般若波羅蜜多明句是即修學甚深般若波羅蜜多爾時世尊從三摩地安詳而起讚觀自在菩薩摩訶薩言善哉善哉善男子如汝所說如是如是般若波羅蜜多當如是學是即真實最上究竟一切如來亦皆隨喜佛說此經已觀自在菩薩摩訶薩并諸苾芻乃至世間天人阿脩羅乾闥婆等一切大衆聞佛所說皆大歡喜信受奉行

佛說聖佛母般若波羅蜜多經

音釋

憍倨 憍古堯切傲也倨居御切慢也 忻 許斤切與欣同喜也 慳 苦閑切吝也 較 古孝切計量也 伺 息利切察也 嗢 烏沒切 呬 虛器切

佛說大乘不思議神通境界經

宋西天三藏朝奉大夫試光祿卿傳法大師施護奉 詔譯

清刻龍藏佛説法變相圖

佛說大乘不思議神通境界經卷上中下同卷

宋西天三藏朝奉大夫試光禄卿傳法大師施護奉　詔譯

如是我聞一時世尊住法界光明菩薩宮與大苾芻衆五十萬人俱皆阿羅漢諸漏已盡無餘煩惱安住寂靜心善解脫慧善解脫如大龍王所作已辦捨諸重擔得大善利諸有結縛皆悉已盡正智無礙諸心善寂神通具足復有菩薩摩訶薩衆皆得不退轉地一生補處當得成就阿耨多羅三藐三菩提者而悉安住無邊如來神通變化菩提加持無著妙行一切衆生廣大愛樂住正念慧入普徧智具平等行成就無量衆功德聚現證如來平等法門轉妙法輪能善教授無邊學衆已獲一切白法功德善知一切衆生心意了別衆生諸根利鈍已到彼岸最上自在成就圓

滿一切善法諸佛事業皆悉成辦從他方界來集此會其名曰普賢菩薩摩訶薩普幢菩薩摩訶薩普步菩薩摩訶薩普信菩薩摩訶薩普眼菩薩摩訶薩普寤菩薩摩訶薩普光菩薩摩訶薩普香菩薩摩訶薩普意音菩薩摩訶薩普照菩薩摩訶薩普念菩薩摩訶薩普智幢菩薩摩訶薩普緣觀菩薩摩訶薩法界普光菩薩摩訶薩如是等萬二千人俱復有諸天子衆所謂智幢天子普華幢天子普光天子珠髻天子寶積摩尼峯天子如是等一萬天子衆俱是諸天子皆悉已於過去佛所種諸善根者來集此會爾時世尊即入普徧光明三摩地從是三摩地出已即放廣大光明普照三千大千世界乃至十方一切佛刹普皆照曜是時此諸世界所有一切衆生蒙光照者皆發阿耨多羅三藐三菩提心已發心者皆悉安住不退轉地爾時十方世界一切佛刹彼彼刹中諸佛世尊所有近侍諸菩薩衆見此光已各各白其佛言世尊今此光明普照世界有何因緣是何神力即時彼彼佛言諸善男子汝等當知有世界名娑婆佛號釋迦牟尼如來應供正等正覺與諸大菩薩衆而共集會欲說不思議境界正法以是因緣光明普照爾時彼諸近侍佛者各各白其佛言世尊我等今者樂欲往彼娑婆世界瞻禮恭敬釋迦牟尼如來隨喜聽受不思議境界正法及欲見彼諸菩薩衆時彼如來即各告諸近侍者言汝等可往今正是時隨其所欲爾時十方諸佛刹中所有一切近侍佛者即各以其菩薩神通現諸變化各與無

數天龍夜叉乾闥婆等恭敬圍遶來詣釋迦牟尼佛所是諸菩薩到佛會已頭面慇懃禮世尊足咸作是言世尊釋迦牟尼如來我等聞其不思議境界正法名字樂欲隨喜聽受宣說及欲見佛世尊瞻禮恭敬幷見此諸菩薩大衆以是因緣我等到此娑婆世界爾時東方大寶世界寶幢佛刹中所住妙吉祥菩薩摩訶薩即起是念今彼西方娑婆世界釋迦牟尼佛刹中有十方世界如殑伽沙數諸大菩薩摩訶薩衆皆悉集會聽彼佛說不思議境界正法我今亦宜往彼會中禮近世尊釋迦牟尼如來隨喜聽受彼正法門及見彼諸菩薩大士何以故十方一切諸佛刹中隨其所有集會利益我皆往彼無不往者又復我常所見諸佛菩薩集會說法無如今日彼佛刹中有如是等無量無邊菩薩大士廣大集會我觀是相甚爲難有若見若聞轉復甚難是故我今亦宜往彼爾時妙吉祥菩薩作是念已即謂慈氏菩薩摩訶薩言慈氏當知今世尊釋迦牟尼佛刹中有無數百千俱胝那庾多菩薩摩訶薩衆廣大集會聽受宣說不思議境界正法我等今者宜共往彼瞻禮世尊幷見彼諸菩薩大士何以故十方世界諸大菩薩普集一處甚爲難事爾時慈氏菩薩摩訶薩告妙吉祥菩薩言汝今自詣彼佛會中非我所往何以故此甚難故彼佛會中諸大菩薩皆悉已得陀羅尼門住無著智具諸善法雖彼集會若見若聞諸有相者我皆不能妙吉祥汝今當知若以如來色身有所見者實無可見是故我今所不能見若以如

來法身有所見者法身即是法性於法性中無見無聞無所供養無所瞻禮無所了知妙吉祥菩薩言汝今隨順往彼供養如來慈氏菩薩言不也妙吉祥非我所供養如來何以故有無如來能供養者如來即是眞如法眞如法中無有二相眞如法者即是如來妙吉祥菩薩問言即此無二相汝當云何說慈氏答言妙吉祥煩惱一性及種種性此說爲二若了一性即種種是無二法若起分別此是煩惱此出世間作是見者即爲二相又若分別此是持戒此非持戒此聲聞法此緣覺法此是布施此非布施此是正道此是邪道此是須陀洹斯陀含阿那含阿羅漢此是緣覺此是菩薩此是如來應供正等正覺此法斷滅此法有想此法決定此不決定此法是智所知此法爲識所識此證覺道此涅槃道作如是等有分別者皆爲二相於二相中隨識所轉若能不起如是等相是無二法妙吉祥若我以劫或以劫盡說是無二法假使辯才智慧說不能盡亦復不能知其邊際何以故彼一切法離種種性若中若邊皆不可見亦不可得妙吉祥菩薩言大哉慈氏汝已證得無生法忍故作是說如是如是假使若我以劫或以劫盡說是無二法亦非辯才智慧說所能盡慈氏菩薩言妙吉祥莫於文字而生有想彼一切法離諸文字是無生相亦無所動爾時妙吉祥菩薩普告彼佛刹中諸菩薩言善男子汝等今者宜共往彼世尊釋迦牟尼佛刹中瞻禮彼佛及見百千俱胝那庚多諸菩薩衆隨喜聽受不思議境界正法爾時

有菩薩名辯積幢王白妙吉祥菩薩言如來無有可能見者何故今言令我等往見佛如來何等如來是可見者復以何義說名如來何以故如來非過去未來現在可得彼一切法亦非三世皆悉空故於空法中無能見者如妙吉祥菩薩所言如來有所見者今云何見彼佛如來爲以何眼可觀察耶若以肉眼而能觀者肉眼即空於空性中而無所見若以天眼觀如來者天眼亦復是有得想若非眼所觀何名爲見是故我等今不能往妙吉祥菩薩言善男子汝今若住不平等法作是說者於佛如來即不能見亦非供養汝今若住無所著相如實說者於佛如來即有所見亦有所住亦可供養不著一切文字相故亦復不離諸文字相彼自性空是故我於平等法中作如是說諸佛如來本清淨故如來亦復無所動轉汝等今者若住忍意應當往彼若住非忍意亦當往彼是時妙吉祥菩薩如是重復爲諸菩薩方便宣說彼菩薩衆以佛威神力故即於諸法得無所住爾時妙吉祥菩薩復作是念我今不應而獨往彼娑婆世界何以故彼世界中所有衆生造不善業少見少聞不生淨信我今當現種種色相及希有事而可往彼令諸衆生見已生信得未曾有使其獲得廣大善利即時妙吉祥菩薩作是念已入於無垢普光三摩地於是三摩地中見無數百千菩薩摩訶薩而共圍繞所有大梵天王帝釋天主各執寶拂侍立左右是時妙吉祥菩薩於一一毛孔中出天蓮華大如車輪一一華中有佛世尊結加趺坐一一

世尊執寶蓮華是時三千大千世界所有衆生得大快樂妙吉祥菩薩即時普見一切衆生彼諸衆生亦同得見妙吉祥菩薩皆悉不退轉於阿耨多羅三藐三菩提心爾時妙吉祥菩薩見是相已出三摩地從彼東方大寶佛剎來此娑婆世界隨所經歷諸佛剎土悉現如是神通變化普令一切獲大利益於其種種佛剎皆見如來執寶蓮華各各爲彼衆生說法或見佛剎地獄衆生現受苦者佛爲救度皆得離苦及彼畜生餓鬼等趣互相食噉極苦惱者亦皆離苦乃至閻魔界中現受一切苦惱衆生見佛各爲如應說法是諸衆生一一皆得遠離苦惱各各發趣阿耨多羅三藐三菩提心有佛剎中或見如來廣爲一切阿脩羅衆如應說法各各得轉阿脩羅身

有佛剎中或見如來住妙吉祥神通境界爲諸剎帝利大族婆羅門大族長者大族如應說法各獲利益或爲四大王天諸天子衆如應說法謂諸天子言汝等當知彼一切行皆悉無常勿起意念謂究竟法聞是法者皆獲利益有佛剎中或見如來住妙吉祥神通境界爲三十三天帝釋天主等諸天子衆如應說法亦復謂言諸行無常非究竟法諸有智者當如實知不應於中作究竟想聞是法者皆獲利益有佛剎中或見如來住妙吉祥神通境界爲夜摩天諸天子衆知足天中諸天子衆化樂天中諸天子衆他化自在天中諸天子衆梵衆天中諸天子衆梵輔天中諸天子衆大梵王天諸天子衆如是乃至色究竟天諸天子衆各各如應爲其說法聞所說法

皆獲利益或見如來住妙吉祥神通境界爲諸初地菩薩摩訶薩衆如應說法或爲二地或爲三地或爲四地或爲五地或爲六地或爲七地或爲八地或爲九地或爲十地諸大菩薩摩訶薩衆或爲一生補處當得成就阿耨多羅三藐三菩提者各各如應說法要使令增進住不退轉乃至普令圓滿安住大涅槃界爾時妙吉祥菩薩現如是等種種神變隨所經歷諸佛刹土一切衆生見是相者皆悉發於阿耨多羅三藐三菩提心五百苾芻得諸漏盡心善解脫八千菩薩得無生法忍十千天子遠離塵垢得法眼淨即時所得利益諸菩薩等異口同音說伽陀曰

見是神通變化事　一切具足未曾有
妙吉祥尊境界中　一切衆生得利益

爾時十方諸佛刹中已來集會諸菩薩衆各各以神通力見如是等大希有事俱白世尊釋迦牟尼佛言今此三千大千世界光明普照及希有事是何神力所變化故願佛世尊爲我等說佛告諸菩薩摩訶薩言善男子汝等當知有菩薩大士名妙吉祥住不退轉已得灌頂從東方來欲入此會是彼神通現斯瑞應又善男子若人得聞彼妙吉祥名字者皆悉住於不退轉心況復得見甚爲難事是時世尊釋迦牟尼佛爲諸菩薩摩訶薩作是說時彼妙吉祥菩薩即以神通來入佛會到佛會已頭面著地禮世尊足前白佛言世尊釋迦牟尼佛少病少惱輕利調適得快樂不我從東方大寶世界寶幢佛刹來此會中禮近世尊聽說正法爾時普華幢天子在大會

中從座而起前白佛言世尊諸菩薩摩訶薩當修何法即得成就如妙吉祥神通事業最勝甚深辯才智慧佛告普華幢天子言若菩薩摩訶薩樂欲成就如是神通勝事業者應當具足四種法門何等爲四一者於甚深法隨喜聽受二者廣爲他人說甚深法三者隨所聞法請問其義四者聞已信解如理修行是爲四種復有四法應當具足何等爲四一者於佛如來所說經法總持決定二者於諸經法愛樂修習三者於諸經法記念不忘四者於諸經法廣說流通是爲四種復有四法應當具足何等爲四一者於正法門諦實聽受二者於說法師生尊重想三者於持法人恭敬承事不生懈退四者於說法師常所稱讚長時無倦是爲四種復有四法應當具足何等爲四所謂四心常當發起一者平等心二者柔軟心三者無懈心四者無毒心是爲四種若菩薩摩訶薩於如是等四種法門隨所修習即得如是神通變化最勝事業復能成就智慧辯才爾時世尊說是四種法門時五千菩薩得無生法忍四千天子遠離塵垢得法眼淨是諸菩薩及天子衆得所利已咸作是言普願衆生皆得安住諸佛境界於正法門深生信解所聞正法記念受持於未來世得大神通如妙吉祥於諸佛刹變化自在爾時普華幢天子白妙吉祥菩薩言菩薩從何所來至此佛會所住佛刹其名何等化主如來復何名字時妙吉祥菩薩告普華幢天子言莫作是說有所從來何以故天子當知法界無來亦無所去復無所行而無所住一

切無著彼法界性　無所疑惑離諸戲論天子
若言有來有去有所住者是戲論法爾時普
華幢天子及諸大衆聞妙吉祥菩薩説是法
已即時各各歎未曾有異口同音説伽陀曰
最上希有妙吉祥　從佛世尊所出生
具足神通諸法門　聞者見者得利益
大士今現此諸相　宣説甚深微妙法
我皆隨喜得見聞　咸於今日獲大利
我等昔聞大名士　今見神通妙色相
菩薩是大法光明　出現一切諸佛法
已能圓滿一切行　慚愧上服所莊嚴
自利利他妙吉祥　最勝功德難思議
菩薩猶如世間父　普攝一切爲所歸
開示涅槃方便門　咸令衆生到彼岸
菩薩猶如大師子　一音能破諸外論
正法功德悉已圓　一切染法皆清淨
菩薩猶如世間地　普能出生諸善法
復爲最上大醫王　能救衆生諸病苦
菩薩如月大清凉　令諸熱惱皆清淨
復如日光大熾盛　廣照一切三摩地
菩薩大利大導師　引示衆生菩提道
常生廣大慈愍心　救度惡趣衆生苦
菩薩常爲所依怙　了别一切衆生心
一切智智妙法門　普施衆生令解脱
爾時世尊告普華幢天子及諸大衆言如是
如是如汝所言妙吉祥菩薩有是功德

佛説大乘不思議神通境界經卷上

佛説大乘不思議神通境界經卷中

宋西天三藏朝奉大夫試光禄卿傳法大師施護奉　詔譯

爾時普華幢天子復白佛言世尊今此妙吉祥菩薩摩訶薩發菩提心爲久近耶佛言天子此妙吉祥菩薩過於無量無邊殑伽沙數劫已發菩提心天子我今爲汝及諸大衆略說其一是時普華幢天子白佛言世尊願爲我等一切衆會如理宣説佛言天子過去度如微塵數劫爾時此娑婆世界有佛名普觀清淨音王如來應供正等正覺出現於世彼佛法中有一苾芻名清淨音於彼法中出家修道得五神通時彼苾芻於四萬二千歲中以種種香華燈塗及衆妙具供養彼佛種是善根發於阿耨多羅三藐三菩提心天子於汝意云何彼時清淨音苾芻豈異人乎即今妙吉祥菩薩摩訶薩是汝等當知此妙吉祥菩薩已於無量無邊殑伽沙數佛世尊所發菩提心已度殑伽沙數衆生令住須陀洹斯陀含阿那含阿羅漢果已度殑伽沙數衆生令住緣覺果已度殑伽沙數衆生令住初地乃至已度殑伽沙數衆生令住十地妙吉祥菩薩如是廣大種諸善根成就善法復次天子假使有人滿三千大千世界七寶布施如來是人所獲功德其數甚多若復有人聞此妙吉祥菩薩名字恭敬受持乃至隨喜稱念者當知是人福多於彼又復天子若三千大千世界所有衆生一一皆得須陀洹乃至阿羅漢果是人得福甚多若復有人聞此妙吉祥菩薩名字能受持者福多於彼又若三千大千世界所有衆生一一皆悉得緣覺果是

人得福甚多若復有人聞此妙吉祥菩薩名字能受持者福多於彼何以故若有人稱讚受持諸佛名字若復有人稱讚受持妙吉祥菩薩名字如是二人所獲功德等無異爾時普華幢天子聞佛世尊作是説已即與四萬天子合掌恭敬作如是言善哉妙吉祥菩薩甚善甚善我等至誠歸命頂禮彼諸天子發是言時其聲普徧三千大千世界皆悉遥聞爾時尊者大目乾連聞是聲已來詣佛所前白佛言世尊今此三千大千世界皆得普聞讚歎音聲是何神力現此希有不思議事佛告大目乾連言汝今當知是妙吉祥菩薩摩訶薩已住不退轉被大鎧甲最勝大士在此會中諸天子等稱讚彼名是故音聲普聞三千大千世界大目乾連若有人隨其方處稱讚受持此妙吉祥菩薩名字者即時三千大千世界普皆震動是時尊者大目乾連復白佛言希有世尊此菩薩摩訶薩成就如是不思議事被大鎧甲勇猛精進成熟有情具諸佛法世尊若人以少善根不能如是圓滿具足大菩薩法爾時世尊爲大目乾連説是法時忽然出現大寶蓮華徧滿娑婆世界一切蓮華大如車輪其華各有種種色香諸妙寶網以爲莊嚴於其華中有一蓮華而最出現高顯妙好一切衆會皆悉覩見爾時尊者阿難見其蓮華殊妙莊嚴忽然出現即白佛言世尊云何此會先有是相佛言阿難汝今當觀不久即有六萬菩薩摩訶薩衆從普徧光明世界吉祥德王佛刹中而來此會各各處其寶蓮華上結加趺坐彼一蓮華最高顯

者當有菩薩名徧照藏處其華上加趺而坐是諸菩薩欲現空中故先示此寶蓮華相爾時會中諸菩薩等一切大衆咸共稱讚得未曾有各各合掌向空頂禮是時於虛空中有梵王帝釋執寶蓮華圍遶徧照藏菩薩摩訶薩而此菩薩與諸大士即時各各踊身虛空高七多羅樹一切衆會皆悉覩見時諸菩薩於其空中雨衆寶華種種色香殊妙第一以供養佛華供養已於虛空中出如是聲世尊吉祥德王如來應供正等正覺問訊世尊釋迦牟尼如來少病少惱輕利調適得大快樂氣力安不吉祥德王如來如是置問今徧照藏菩薩摩訶薩等六萬菩薩同來至此禮近世尊隨喜聽受不思議境界正法爾時空中出是聲已徧照藏菩薩摩訶薩及諸菩薩即時各各從空而下頭面著地禮佛足已住立佛前爾時世尊知是事已故復問言徧照藏菩薩摩訶薩等諸善男子汝等今者何故至此徧照藏菩薩白佛言世尊我等於普徧光明世界吉祥德王佛刹中聞此娑婆世界世尊釋迦牟尼如來與諸菩薩大士而共集會宣説不思議境界正法我等欲見世尊及聞正法以是因緣故來至此爾時尊者大迦葉在大會中前白佛言世尊普徧光明世界吉祥德王佛刹去此佛刹而不遠耶何故此諸大士於少時間速能至此徧照藏菩薩謂大迦葉言尊者汝若以自神通定力往彼世界至壽量盡亦未能到是故當知彼佛世界如是遠近爾時佛告大迦葉言去此世界度如六十殑伽沙數佛刹即到普徧光明世界此

諸菩薩以其最勝大神通力速能至此是時尊者大迦葉白佛言世尊我今樂欲往彼世界徧照藏菩薩即問尊者大迦葉言尊者云何於來去想有所動轉迦葉汝於何法見有來去汝謂色法有來去耶受想行識有來去耶大迦葉答言善男子色無來去受想行識亦無來去於定心中亦來去相若住定心即諸色不見色無見故即不能得彼來去相善男子若住定心即得勝義法門復次善男子汝諸菩薩來此久耶徧照藏答言我來久近如汝尊者所得漏盡證心解脫大迦葉言希有大士得大神通徧照藏言即汝尊者得心解脫亦云何久大迦葉言解脫已久徧照藏言如汝尊者得心解脫當以何義說名為心大迦葉言汝善男子亦云何說徧照藏言心有所縛何名解脫大迦葉言若如是者汝善男子有縛於心不名解脫亦復不名解脫知見徧照藏言尊者大迦葉心本無縛其何解脫大迦葉言若於無縛如實了知是即解脫徧照藏言尊者大迦葉為用何心而了知耶過去耶未來耶現在耶若過去心彼已滅盡若未來心當亦未至若現在心今即無住離此三世復以何心而了知耶大迦葉言善男子心法滅處非彼心分徧照藏言尊者大迦葉即此心滅處而可了知耶大迦葉言若心滅處即不能知徧照藏言彼一切法皆如心滅是故不能有所了知大迦葉言汝善男子得大辯才隨問能答我今不能有是辯才徧照藏言尊者大迦葉於汝意云何所有辯才若見若聞為有得耶大迦葉言無得無聞何

以故緣生性故徧照藏言豈非一切法皆同如是耶大迦葉言善男子諸法亦如是徧照藏言尊者大迦葉於汝意云何若見若聞於其辯才能無斷耶大迦葉言不壞亦不斷徧照藏言尊者大迦葉如是如是菩薩辯才隨有所問而不斷壞迦葉當知諸菩薩摩訶薩縱經劫數隨問能答所有辯才亦不斷壞爾時徧照藏菩薩及尊者大迦葉說是法時五十萬衆生皆發阿耨多羅三藐三菩提心二百菩薩得無生法忍爾時尊者大迦葉白佛言世尊勸請世尊爲妙吉祥菩薩及大會衆如應說法使其長夜得大利樂而能決定證諸法性爾時有菩薩名曰辯積在大會中從座而起白妙吉祥菩薩言妙吉祥云何尊者大迦葉於法精進能善宣說妙吉祥言此大迦葉於聲聞法中已得無畏辯積菩薩言此大迦葉云何不住大乘法中妙吉祥言善男子此大迦葉亦非不能住大乘法爲於聲聞法中得解脫故辯積菩薩言妙吉祥云何名爲聲聞法妙吉祥言世尊釋迦牟尼如來於此娑婆世界爲諸衆生說三乘法何等爲三所謂聲聞乘緣覺乘大乘是名三乘何以故有諸衆生起劣精進而求解脫故佛方便開示三乘辯積菩薩言妙吉祥云何如來廣說無量空解脫門無相解脫門無願解脫門妙吉祥言善男子如來以善方便宣說無量空無相無願解脫法門令諸衆生如理修行爾時妙吉祥菩薩爲辯積菩薩說是法時會中所有天龍夜叉乾闥婆等即時各各合掌恭敬異口同音說伽陀曰

所有一切供養具　寶衣寶器衆莊嚴
妙吉祥尊所嚴身　我今稱讚功德聚

爾時普華幢天子復白佛言世尊此妙吉祥菩薩摩訶薩最初於何佛世尊所發菩提心

佛告普華幢天子言汝今當知過去度如殑伽沙數劫前彼時有世界名金焰光明有佛出世號無垢日焰光明如來應供正等正覺明行足善逝世間解無上士調御丈夫天人師佛世尊十號具足天子彼佛壽量九百九十萬俱胝那庾多數爲諸衆生說三乘法所謂聲聞乘緣覺乘菩薩乘時彼如來初會說法有八百四十萬俱胝那庾多衆生住聲聞乘得阿羅漢諸漏已盡捨諸重擔得大善利諸有結縛皆悉已盡正智無礙心善解脫第二會說法時有七十萬俱胝那庾多苾芻得阿羅漢第三會說法時有六百五十萬俱胝那庾多苾芻得阿羅漢彼佛法中二分苾芻苾芻尼優婆塞優婆夷衆二分菩薩摩訶薩衆彼諸菩薩一切皆是不退轉者皆悉證得無生法忍普入無邊三摩地門圓滿善法復得無邊陀羅尼門如來爲說不退轉法輪況復彼諸初發大乘心者其數無量是中亦有無量衆生住緣覺者天子彼無垢日焰光明如來以其無量無數相應行法普攝衆生時彼金焰光明世界多以黃金而用莊嚴諸有樓閣殿堂衆寶爲柱一切樹林皆寶嚴飾於其樹間出妙音聲稱讚甚深不思議法所謂空聲無相聲無願聲無性聲無著聲無生聲無起聲出如是等讚諸法聲其所出聲一切衆生聞者愛樂彼佛滅後正法住世滿一千

歲天子時彼金焰光明世界中有轉輪王名最勝辯才爲四洲主是時彼王於無垢日焰光明佛刹中以其飲食衣服卧具幢旛寶蓋諸妙供具供養彼佛及其佛刹所有一切聲聞緣覺大菩薩衆如是供養滿一俱胝歲於彼佛所深種善根彼轉輪王種是善根時即有八萬四千衆生及王宫中有三百二十萬后妃眷屬同發阿耨多羅三藐三菩提心天子彼最勝辯才轉輪聖王有其千子先於聲聞法中發生信解後復發於阿耨多羅三藐三菩提心證得無生法忍爾時彼王有女名曰大慧具大辯才甚深信解是時大慧與七千二百宫女眷屬恭敬圍繞詣彼無垢日焰光明佛所到佛所已與諸眷屬頭面著地禮彼佛足時大慧女以善根故即發阿耨多羅三藐三菩提心既發心已前白佛言世尊我欲趣求阿耨多羅三藐三菩提果然我今者不能以此女人色相而取證彼阿耨多羅三藐三菩提唯願世尊爲我開示有何法門如理修行令我當得轉女人身成男子相速能取證阿耨多羅三藐三菩提果爾時無垢日焰光明如來即告大慧女言汝善女人當有一法能具足者即得轉女人身成男子相何等爲一所謂發起大菩提心無等等心一切三界最勝上心乃至一切聲聞緣覺起隨順心復有一法若具足者即得轉女人身成男子相何等爲一所謂於諸如來常所作意而不遠離聽受正法無所猒倦大慧復有十法若具足者即得轉女人身成男子相何等爲十所謂十善業道應當圓滿即得慈行成就

又復長時受學無懈聽法無懈親近法師亦復無懈若能圓滿如是等法即得轉女人身成男子相爾時彼佛說是法時其大慧女即於同來諸眷屬前轉彼女身得成男子即時大慧童子合掌恭敬前白佛言世尊我今已轉女身於佛法中樂欲出家持苾芻戒願佛攝受爾時彼佛即告大慧童子言善來苾芻是時大慧於刹那間鬚髮自落袈裟被身成苾芻相威儀庠序如百臘者即於會中證得無生法忍是時彼王所有諸子知是事已生希有心來入佛會皆求出家佛即攝受各各如應爲說法要爾時大慧苾芻告諸王子言我於今者得最上利永不復起聲聞之見決定趣求阿耨多羅三藐三菩提果修大悲行利益衆生汝等有發聲聞心者亦應如我發趣最上大菩提心當於正中正道起修行想時大慧苾芻爲諸王子如應說法皆得不退轉於阿耨多羅三藐三菩提爾時世尊釋迦牟尼佛告普華幢天子言彼無垢日焰光明佛刹中最勝辯才轉輪聖王大慧童女者豈異人乎即今妙吉祥菩薩摩訶薩是彼王所有千童子衆今已成就阿耨多羅三藐三菩提果現住說法教化衆生即千佛是所謂東方超過行如來無邊光明如來普光如來吉祥王如來寶相如來寶上如來寶明如來寶幢如來寶照明如來南方最極高如來大光明如來無量壽如來無量聲如來大名稱如來無邊名稱如來寶光如來清淨無邊壽如來月相如來月光如來西方無垢明如來清淨光如來日明如來無邊寶最上如來梵高

如來金色光明如來梵自在王如來龍自在王如來一切寶華自在王如來娑羅樹王如來北方堅固勇猛如來離塵如來吉祥藏光如來無量香光如來師子音王如來大勢力精進出生如來妙高步如來大寶聚如來不退轉輪如來寶句義吉祥如來普徧大日如來勝得如來如是等諸佛如來種種名字現在十方世界說法教化衆生佛告普華幢天子言如汝所問此妙吉祥菩薩摩訶薩於彼金焰光明世界無垢日焰光明佛所最初發於阿耨多羅三藐三菩提心

佛說大乘不思議神通境界經卷中

佛說大乘不思議神通境界經卷下

宋西天三藏朝奉大夫試光祿卿傳法大師施護奉　詔譯

佛告天子此妙吉祥菩薩從是已後復於七十二殑伽沙數佛世尊所發菩提心最初有佛名尸隣捺囉王如來應供正等正覺出現世間於彼佛所發菩提心其後有佛名寶光行吉祥出現世間其後有佛名蓮華上變化吉祥出現世間其後有佛名清淨寶吉祥出現世間其後有佛名無邊寶吉祥出現世間其後有佛名大寶吉祥出現世間其後有佛名虛空燈出現世間其後有佛名大法王出現世間其後有佛名衆寶聚持妙色相出現世間其後有佛名能仁主出現世間其後有佛名功德光明莊嚴吉祥出現世間其後有佛名大光吉祥出現世間其後有佛名無量光廣大莊嚴出現世間其後有佛名作變化雲千音聲王出現世間其後有佛名最上日光吉祥出現世間其後有佛名最上意出現世間其後有佛名多種光明吉祥王出現世間如是等七十二殑伽沙數佛世尊所發菩提心已復於九十一劫中值遇諸佛發菩提心又復於火頂如來衆尊如來作莊嚴如來飲光如來是諸如來所皆發菩提心種諸善根天子此妙吉祥菩薩能於如是無量無數佛世尊所發菩提心廣大方便種諸善根已乃至最後於我現在如來應供正等正覺所以神通變化作諸佛事爾時普華幢天子前白佛言世尊一切衆生欲種善根若能於此廣大正法發信解心聽受讀誦記念思惟爲人演說當知是人善得人身善見諸佛善聞

正法於其世間有所利益不空受食世尊而諸衆生云何當能於此正法發生信解佛告普華幢天子言汝今宜應以如是事問妙吉祥菩薩彼當爲汝如理宣說是時普華幢天子即白妙吉祥菩薩言云何當得一切衆生於此正法能生信解妙吉祥菩薩言天子無有法可生信解彼一切法自性空故無所生故若法自性空無所生當復云何而生信解普華幢天子復白妙吉祥菩薩言願爲我等略說菩薩行法妙吉祥言天子當知無行是菩薩行又復一切法是菩薩行普華幢天子言云何一切法是菩薩行妙吉祥菩薩言天子當知所言一切法者謂四念處八正道五根五力七覺支略說此等爲菩薩行若廣說者其數無量諸菩薩摩訶薩若得此法是即名爲眞菩薩行普華幢天子白妙吉祥菩薩言云何名爲四念處妙吉祥言天子若菩薩觀身如虛空不得身相住平等法如是名爲身中身念處若菩薩觀諸受法內外中間俱不可得皆悉空故如是名爲觀受念處若菩薩如實觀心於其名中無已可見即不可得所觀心相如是名爲心中心念處若菩薩如實了知彼一切法若善不善自性皆空如是名爲法中法念處天子此等名爲四念處法復次普華幢天子白妙吉祥菩薩言云何名爲八正道法妙吉祥菩薩言若菩薩觀一切法非境界相無二無分別無少法可取是名正見若菩薩觀一切法離諸分別及諸疑惑與無所觀正行相應是名正思惟若菩薩觀一切法自性眞實非有邊非無邊皆悉平等

如實宣說是名正語若菩薩觀一切法離所
作性而不可得若如所作若非所作皆悉平
等住如實義是名正業若菩薩知一切法本
不相續即於諸法無瞋無喜亦無所著安住
眞實平等法中是名正命若菩薩了一切法
無諸起作離種種相於精進行如實相應是
名正精進若菩薩於一切法不起諸念了知
諸業自性清淨住無所念是名正念若菩薩
入一切法自性平等於所緣相皆悉遠離畢
竟觀察了不可得是名正定天子此等名爲
八正道法復次普華幢天子白妙吉祥菩薩
言云何名爲五根妙吉祥言若菩薩了一切
法本無所生自性眞實無進無退平等法中
如實信解是名信根若菩薩於一切法心無
愛樂離遠近想住眞實性是名精進根若菩
薩於一切法非所作意以所緣相離種種性
由性離故諸念不生是名念根若菩薩於一
切法無所念無所得正定相應是名定根若
菩薩於一切法離所生相及不生相諦觀諸
法自性皆空是名慧根天子此等名爲五根
復次普華幢天子白妙吉祥菩薩言云何名
爲五力妙吉祥言若菩薩於一切法不起種
種虛妄分別是名信力若菩薩於一切法而
能請問如實勝義名精進力若菩薩於一切
法離諸失念正念相應是名念力若菩薩於
出世法心無懈倦是名定力若菩薩於諸業
報淨信不壞是名慧力天子此等名爲五力
復次普華幢天子白妙吉祥菩薩言云何名
爲七覺支妙吉祥言若菩薩了一切行本無
所生於喜樂法觀眞實性是名喜覺支若菩

薩於一切法無愛著心於所縁相觀不可得是名輕安覺支若菩薩見一切法自性無念無所作意是名念覺支若菩薩於一切法求種種相了不可得記諸善法如實出生是名擇法覺支若菩薩觀三界性不取三界相是名精進覺支若菩薩觀心無所得即於一切法亦無所覺了是名定覺支若菩薩知一切法本無所依即無所住復無所生亦無所覺是故一切法無所觀不可得住平等捨是名捨覺支天子此等名爲七覺支法如是略説四念處八正道五根五力七覺支法此諸法門若菩薩所修爲菩薩行聲聞所修爲聲聞行假使若有淨行諸婆羅門能修習者即得解諸怨結除滅棘刺息諸煩惱遠離病苦不生怖畏順向佛道住佛種性若諸沙門多聞佛子修此法者即得超越輪迴到於彼岸離諸塵垢得無相身去除重檐到無畏處獲大快樂若諸菩薩於此法門如實觀想如理修行得具足已是諸菩薩於天上人間應受廣大信施供養天子是故諸菩薩於其世間隨諸方處不空受食有大利益又復若欲出度輪迴破諸魔衆摧伏外道吹大法螺擊大法鼓轉大法輪立大法幢解脱衆苦得大涅槃當於如是勝妙法門如理修行天子汝前所問菩薩行者此一切法是菩薩行爾時妙吉祥菩薩摩訶薩爲普華幢天子説是法時會中有三萬二千天子聞已信解住法平等即時雨天曼陀羅華摩訶曼陀羅華及衆妙華住虛空中供養世尊及妙吉祥菩薩華供養已作如是言我等今者於佛法中暫得聞此

菩薩行法尚獲如是最勝利益況復有人於此正法能一心聽生淨信解如理修行當知是人順向佛道如妙吉祥神通具足爾時普華幢天子復白佛言世尊今此正法於後末世欲使廣大宣通流布唯願世尊以威神力加持護念佛告普華幢天子言如是如是諸佛如來而自知時爾時世尊普徧觀察諸衆會已作如是言諸善男子汝等衆中誰當能於無數百千俱胝那庾多劫持佛菩提護助正法爾時會中有三十二俱胝大菩薩衆異口同音俱白佛言世尊我等於佛住世及涅槃後以佛神力而能持佛菩提護助正法復次會中有梵天子名勝思惟從座而起前白佛言世尊諸菩薩摩訶薩於何福蘊修習具足當能於此甚深正法受持讀誦爲人演說

廣大流布佛告勝思惟梵天子言若菩薩摩訶薩於佛如來所有十力修習具足勇猛堅固證得無生法忍者當知是人即能持佛菩提護助正法爾時勝思惟梵天子復白佛言世尊如我解佛所說義今此不思議境界正法若有人聞不能發生清淨信解者我知是人非爲大士於正法門而不相應是故世尊不爲授記佛言梵天子如汝所說如是如是爾時慈氏菩薩摩訶薩從他方界還來佛會與妙吉祥菩薩摩訶薩俱白佛言世尊今此正法於後五百歲中唯願世尊以威神力加持護念使令正法廣大流布於其世間利益安樂一切衆生而諸魔衆欲生破壞不得其便爾時世尊當欲加持護念此正法故於其左右重復觀察一切衆會即時十方如殑伽

沙數所有佛剎六種震動而彼十方如殑伽沙數現住說法諸佛世尊知是事已亦各以其神力加持護念此正法門爾時帝釋天主前白佛言希有世尊今此甚深不可思議境界正法諸佛如來神通威力所加持故世尊於後末世城邑聚落所在方處若有善男子廣為他人說此正法者我當與諸眷屬往詣彼法師所密加護之使其精進處師子座勇猛無畏不令諸魔伺得其便我今復以祕密大明當為作護即說大明曰

怛𩕳(寧也切)他(引一)嗢契(二)目契(三)蘇目契(四)鉢囉(二合)摩哩那(二合)你(五)畔惹(仁左切下同)你(六)三畔惹你(七)嚩哩沙(二合)砌(引)那你(八)昧怛囉(二合)嚩帝末沒提(二合引九)

世尊若諸方處有說法師我當於其左右密誦此明結金剛持印而為加護使得正法廣大流通爾時三十三天中有一天子名眞鉢迦生天未久來此佛會處虛空中得聞正法見希有事即時雨天曼陀羅華摩訶曼陀羅華等種種妙華及諸廣大殊妙珍寶供養世尊并妙吉祥菩薩及所說法作如是等諸供養已從空而下繞佛三帀頭面著地禮世尊足持眞珠鬘五百肘量其鬘復以一切妙寶而為莊嚴奉上世尊作如是言希有世尊今此廣大甚深正法於後末世能與衆生多所饒益若有善男子等於城邑聚落及諸方處受持此法者當知是人從佛所生持佛菩提轉大法輪爾時佛告眞鉢迦天子言如汝所說如是如是若後末世有善男子能於城邑聚落及諸方處持此法者我說是人從佛所

生持佛菩提轉大法輪爾時世尊告妙吉祥菩薩摩訶薩言汝當受持此不思議境界正法又復告言汝當受持此不思議境界正法於後末世廣大流布不令斷絶使諸衆生得大利樂妙吉祥菩薩白佛言世尊如佛教旨我當奉持如佛教旨我當奉持若佛住世及涅槃後正法所住五百歲中乃至最後法欲滅時以佛如來所加持力我當護助宣通流布若有善男子等爲人演說此正法時我當往彼人所隱我身相而不出現聽受彼人所說正法如是隨喜展轉稱讚爾時世尊告尊者阿難言汝當受持此正法門廣大爲人宣布演說阿難若諸衆生受持讀誦此正法門一四句偈者當知是人決定成就阿耨多羅三藐三菩提果常爲諸佛共所觀察阿難正使有人以十方一切諸佛刹土滿中珍寶供養諸佛所獲福蘊不如有人於此正法發生淨信聽受讀誦而此福蘊無量無邊爾時尊者阿難白佛言世尊此經何名我當云何奉持佛告阿難是經名爲不思議境界正法亦名普華幢天子所問亦名妙吉祥菩薩遊戲神通亦名如來祕密法印亦名不退轉法門如是受持佛說此經已妙吉祥等諸大菩薩及普華幢天子乃至世間天人阿脩羅乾闥婆等一切大衆聞佛所說皆大歡喜信受奉行

佛說大乘不思議神通境界經卷下

音釋

窹五故切 髻古詣切 殑伽梵語也此云天堂來河名也殑其陵切

趺方無切跏趺屈足坐也 噉徒感切食也 怙古候切恃也 鎧苦亥切鉀也 捺乃曷切

佛說給孤長者女得度因緣經

宋西天三藏朝奉大夫試光祿卿傳法大師施護奉　詔譯

清刻龍藏佛說法變相圖

佛說給孤長者女得度因緣經卷上 中下同卷

宋西天三藏朝奉大夫試光祿卿傳法大師施護奉　詔譯

如是我聞一時佛在舍衛國祇樹給孤獨園與大聲聞衆俱而彼給孤獨長者具大福德妻子奴婢眷屬熾盛富饒自在廣積財寶其數無量與毗沙門天王等無有異而彼長者與諸眷屬常共圍繞嬉戲娛樂忽於一時其妻懷妊經於九月生一童女上色端嚴殊妙無比身諸相分上下圓滿人所瞻者無不愛樂其女生已而有種種吉祥善相以是因緣父爲立名號善無毒復次去此舍衛國一百六十由旬有一大城名曰福增彼有長者名謨尸羅亦具大福德妻子奴婢眷屬熾盛富饒自在廣積財寶其數無量與毗沙門天王等無有異而彼長者有一童子名曰牛授上

色端嚴殊妙無比人所瞻者無不愛樂然其長者及長者子俱事外道於諸外道深生敬信即不能知有佛世尊最上最勝世尊所有最上法門亦復不聞神通變化殊勝事業昔所未見是諸外道散居異處或在遬哩迦聚落或在福增大城或在作賢大城是時有一外道先在福增城中來詣牛授童子所謂童子言汝今何故而不納妻牛授答言世間若有色相端嚴與我等者我當娶彼時外道言童子當知舍衛國中給孤獨長者有一童女上色端嚴殊妙無比人所瞻者無不愛樂汝今宜應求彼爲妻牛授聞已心生歡喜即如其言易自常服著外道衣持鉢往詣舍衛國中到已次第持鉢乞食至給孤獨長者住舍門外時善無毒女聞乞食聲即持飲食出行布施其女出已時牛授童子得覩其相即生愛樂彼善無毒女以宿因緣力亦相顧視然彼善無毒女見牛授童子是外道相即時微笑作是告言汝是不正知者外道異學何故住此持鉢乞食牛授童子聞是語已亦復微笑不取其食離舍而去還歸福增城中白父毋言父毋當知舍衛國中給孤獨長者有一童女名善無毒願今與我求彼爲妻爾時謨尸羅長者聞是語已即詣舍衛國中給孤獨長者所具以此緣而相告語給孤獨長者言我雖相許然當俟我問佛世尊佛若聽許斯爲甚善時給孤獨長者即自往詣佛世尊所禮佛足已具陳上事佛言長者汝女不應剃髮出家當聽往彼乃爲甚善彼女若至福增城中而能廣大施作佛事最上吉祥是時給

孤獨長者即如佛勑還自舍中乃出種種珍寶等物備諸所用依世法儀以善無毒女適牛授童子乃至後時彼謨尸羅長者於自舍中飯諸外道長者即謂善無毒言童女可來隨喜布施彼善無毒女先所不知飯諸外道聞長者語已謂是佛諸弟子舍利子大目乾連阿難等至此受食即時踊躍歡喜而出乃見諸外道異學相貌醜惡如迦迦色著弊垢衣身體臭穢裸形無恥復如餓鬼見是相已心生忿恚一面而住時長者言童女何故心生退屈女即答言我非退屈然今長者所作施會若能供養諸聖衆者當獲勝福云何供養此諸外道作罪業者得何等利長者聞已驚而問言童女世間寧有最勝導師過於此者彼女答言長者善聽舍衛國中有一大園我父所造有佛世尊現止其中佛世尊者最上最勝是我之師父母清淨氏族高勝姓刹帝利金輪王種捨輪王位出家修道厭彼世間富貴等事歷修衆行菩提樹下降魔成佛諸根相好端嚴具足現少年相勝妙無比遊戲神通自在無礙面現喜輪而爲莊嚴於一切處所作相應又復三十二大人相八十種隨形好一一具足身諸相分圓光普照頂有光明如千日輪廣大熾盛最勝嚴飾普徧賢善巍巍無動如寶山現一切衆生見者愛樂瞻佛相好心無厭足爲諸聲聞隨應說法一一分別此是因緣此非因緣是出離道非出離道是所應行非所應行是神通事非神通事是世間慧是諸佛慧又復世尊善巧方便隨所宣說皆以最上法語而攝他語諸有所

說悉爲利他此是善惡業世尊如實說此是所作行世尊如實說此是先所說此是後所說世尊一一如實分別佛說法時面目熙怡遠離顰蹙常出柔軟語順善語甘美語可愛語巧妙語安慰語起諸方便隨應說法悲愍利樂一切衆生使諸衆生皆悉調伏又復世尊爲諸聲聞一一分別是聖人法是異道法是離塵法是無等法令諸聲聞如其所應如理修習得戒具足定具足慧具足解脫具足解脫知見具足又復世尊隨往一切聚落方處若行若止不爲一切人非人等而能嬈害於一切時常以天眼見諸色相常以天耳聞諸音聲智慧光明廣大照耀若時若非時常安住正念當知佛世尊有如是功德此名世間最勝導師爾時謨尸羅長者舍所集外道衆中有善根成熟者聞佛功德毛髮豎立涕淚悲泣於佛世尊起清淨心深生敬信即作是言我等願當投佛出家時謨尸羅長者聞善無毒女說佛功德於佛世尊即生淨信謂童女言汝今可能令我得見佛世尊不彼女答言若欲見佛世尊及聖衆者即當辦造最上飲食而爲供養是時長者即語其妻令辦飲食妻乃答言善哉長者飲食已辦長者謂童女言我不解法汝當請佛彼善無毒女即以妙華作曼拏羅向佛世尊所住方處遥伸禮敬燒衆名香散諸妙華一心合掌請佛世尊作如是言佛是一切智具大悲者隨諸衆生所可樂見皆令如意今此謨尸羅長者與諸眷屬發清淨心樂見世尊於自住舍已辦種種上味飲食欲伸供養世間導師及諸聖

衆我今召請唯願世尊廣爲悲愍利樂衆生哀受所請至長者舍是時童女所散妙華以佛威神力故於虛空中猶如鵝王徐徐而下至舍衛國祇樹給孤獨園佛世尊前其香如雲最上微妙結成樓閣旋轉空中爾時尊者阿難見是相已前白佛言世尊今所現瑞是何方來請佛之相佛言阿難汝今當知去此舍衛國一百六十由旬有一大城名曰福增彼有長者名謨尸羅而彼城中有諸外道今現集會謨尸羅長者請佛及聲聞衆我等當往各現神變令彼外道發生淨信已生信者使不退轉我當於彼作大利樂是彼所來請佛之相汝今宜應鳴彼揵椎集苾芻衆令自知時各現神通當往受供爾時尊者阿難受佛勑已即鳴揵椎集苾芻衆作是白言已得神通尊者諸阿羅漢諦聽佛勑令諸苾芻當自知時各現神通往福增城中受謨尸羅長者供而彼城中有諸外道今現集會當令彼等發生淨信已生信者使不退轉作大利樂尊者阿難如是白已次乃行籌諸阿羅漢各各受籌是時有一苾芻名崑努鉢陀那爲衆中上座已證須陀洹果然未得神通具足而亦受籌時尊者阿難即作是言上座苾芻今此舍衛國去彼福增城一百六十由旬佛勑各令現諸神變而可往彼時上座苾芻聞此語已便自棄置先所受籌以清淨心如實而住於剎那間即得阿羅漢果還執其籌起六神通譬如力士屈伸臂頃踊身空中說伽陀曰

不以色相爲最上　不以有力爲所重

離塵清淨乃莊嚴　獲得六通皆具足

爾時諸阿羅漢過是日已至明旦時各各隨應現諸神變次第而往福增城中謨尸羅長者舍爾時謨尸羅長者及妻眷屬即以香水散灑其地敷設最上莊嚴牀座安置種種上味飲食所作已竟長者及妻即出自舍住於門側與善無毒女牛授童子同俟佛降爾時長者作是思惟爲佛來此受我供耶爲詣餘方而受供耶如是念已向佛世尊所在方處瞻仰而住爾時尊者阿惹憍陳如以自神力化大蛇車安處其上復化微細天雨徐徐而下雷電光明交映而出現是神通三繞彼城次從空下入長者舍爾時長者見是相已問善無毒女言今此所來乘大蛇車復有微細天雨徐徐而下雷電光明交映而出現如是相入此舍者是汝師耶女即答言此非我師是佛世尊最初度者上首弟子名阿惹憍陳如佛於波羅柰國鹿野園中初轉法輪此人最先得聞法要而獲果證佛說是人於證涅槃中最上第一是此尊者最先而來復次尊者舍利子化師子車安處其上現是神通三繞彼城次從空下入長者舍爾時長者見是相已問善無毒女言今此所來乘師子車現如是相入此舍者是汝師耶女即答言此非我師是佛弟子名舍利子此人在母胎時其母自然智慧明利善能論義摧伏閻浮提中一切論師此子生已色相殊異諸根調適智慧超絕父母愛念即爲召諸相師而令相此所生童子時諸相師但貪觀此童子色相廣大殊勝忘不能答彼童子父母所問相事是

時父母即將童子詣大婆羅門所求彼爲相婆羅門言汝此童子色相殊異當於釋迦牟尼佛法中出家修道斷盡煩惱證阿羅漢果於諸聲聞弟子衆中能隨如來轉正法輪令此童子若人暫得覩其面者是人即得明記不忘何況聽其説法語言彼婆羅門如是相已後如其言出家證果又佛説言正使以大海量滿中盛墨須彌山量等其紙素大地所有草木叢林取以爲筆令四大洲所有人衆經若干時書此尊者舍利子廣大智慧亦不能盡又復普集一切有智慧人盡在一處而此尊者所有智慧亦復過上又復當知取要而言唯除佛世尊世間一切具智慧者若比舍利子廣大智慧於十六分中而不及一是故佛説此人於聲聞中智慧第一是此尊者次第而來

佛説給孤長者女得度因緣經卷上

佛說給孤長者女得度因緣經卷中

宋西天三藏朝奉大夫試光祿卿傳法大師施護奉　詔譯

復次尊者大迦葉化大金山其色晃耀復有種種樹林飛鳥周帀圍繞而此尊者處于山頂現是神通從空而來三繞彼城次從空下入長者舍爾時長者見是相已問善無毒女言今此所來處金山頂現如是相入此舍者是汝師耶女即答言此非我師是佛弟子名大迦葉此人未出家時其家大富金銀珍寶其數無量有百千種上妙衣服眷屬熾盛人所瞻敬此人猒捨如是富貴等事出家修道而獲果證又此尊者常止一處常持一衣少欲知足而能攝餘貪愛衆生而此尊者佛於一時分半座令坐佛說此人修頭陀行中最爲第一是此尊者次第而來復次尊者大目乾連自然相好端嚴殊特化大龍車安處其上現是神通從空而來三繞彼城次從空下入長者舍爾時長者見是相已問善無毒女言今此所來乘大龍車現如是相入此舍者是汝師耶女即答言此非我師是佛弟子名大目乾連此人有大神通於一時中在妙高山頂降伏難陀烏波難陀二龍王彼帝釋天主所住宮殿周千由旬高二由旬半有八萬四千寶柱種種嚴飾此人於彼動一足指而能令彼帝釋宮殿皆悉震動又復一時佛在吠蘭帝聚落告諸苾芻言今此聚落有飢饉相而諸苾芻乞食難得時此尊者大目乾連聞佛語已不離佛會即時轉此大地置於下方世界取彼世界一切所可食物安此大地悉令增長以神通力於上下方如是作已而

此大地還復如故令諸衆生遠離飢饉佛言大目乾連而此大地轉時所有衆生當復何能得安隱耶大目乾連白佛言我左手持衆生右手轉大地大地雖轉是諸衆生宛然安隱不知所轉佛言大目乾連如是轉時汝作何想大目乾連白佛言如我意者譬如力士轉芭蕉葉而不爲難我轉大地亦復如是佛言大目乾連善哉善哉汝能起是神通方便長者佛説此人神通第一是此尊者次第而來復次尊者摩訶迦旃延化水精樓閣有種種寶柱及衆寶網眞珠瓔珞間錯垂布廣大嚴飾於樓閣中結跏趺坐現是神通從空而來三繞彼城次從空下入長者舍爾時長者見是相已問善無毒女言今此所來衆寶莊嚴水精樓閣於其中間結跏趺坐現如是相入此舍者是汝師耶女即答言此非我師是佛弟子名摩訶迦旃延此人善能分別經典句義佛説此人於經典中議論第一是此尊者次第而來復次尊者摩訶俱絺羅化大牛車安處其上現是神通從空而來三繞彼城次從空下入長者舍爾時長者見是相已問善無毒女言今此所來乘大牛車現如是相入此舍者是汝師耶女即答言此非我師是佛弟子名摩訶俱絺羅此人威儀詳審諸根調寂初出家已自然純熟如八十臘者了知梵行如久修習佛説此人少欲第一是此尊者次第而來復次尊者優波離化金多羅樹林妙色華果皆悉具足有俱枳羅舍利囉等種種異鳥遊集其上出衆微妙可愛音聲而此尊者林中現身起是神通從空而來三繞

彼城次從空下入長者舍爾時長者見是相已問善無毒女言今此所來金多羅樹林林中現身起如是相入此舍者是汝師耶女即答言此非我師是佛弟子名優波離此人善持律行家族大富昔未出家時有五百釋種童子各樂出家以種種寶莊嚴其身來詣優波離前各脫所嚴種種寶具積置一處各作是言我等捨此而求出家時優波離見是相已即自思惟此諸童子色相端嚴家族富盛皆能棄捨而求出家我今何故愛樂嚴飾不自覺了如是念已以此因緣亦復棄捨莊嚴等事投佛出家最先證得阿羅漢果佛說此人持律第一是此尊者次第而來復次尊者馬勝威儀詳審諸相寂靜執持應器從空而來三繞彼城次從空下入長者舍爾時長者見是相已問善無毒女言今此所來威儀詳審諸相寂靜執持應器現如是相入此舍者是汝師耶女即答言此非我師是佛弟子名曰馬勝此人出家已後威儀詳審諸相寂靜能降醉象而獲果證此人一時爲舍利子說伽陀曰

由彼煩惱業　爲因而起作　是故於世間
隨轉無窮盡　若煩惱業因　是二不轉者
即出離世間　人中尊所說　若彼生與老
二法而不行　是故於世間　決定無有苦
彼當得解脫　此最上正語　大沙門牛王
了已故宣說

時舍利子暫得聞說是伽陀已即解其義乃於言下證須陀洹果佛說此尊者馬勝威儀第一是此尊者次第而來復次尊者滿慈子

化金蓮華其華千葉葉如車輪瑠璃爲莖金剛爲鬚如是莊嚴色光晃耀而此尊者處蓮華上現是神通從空而來三繞彼城次從空下入長者舍爾時長者見是相已問善無毒女言今此所來處于千葉金蓮華上色光晃耀現如是相入此舍者是汝師耶女即答言此非我師是佛弟子名滿慈子此人善能宣說正法佛說此人於說法人中而爲第一是此尊者次第而來復次尊者多財子化一大山四寶莊嚴殊妙幢旛種種寶鈴皆悉具足風吹和鳴聞者愛樂而此尊者處山頂上現是神通從空而來三繞彼城次從空下入長者舍爾時長者見是相已問善無毒女言今此所來處寶山頂現如是相入此舍者是汝師耶女即答言此非我師是佛弟子名多財子家族富盛一切受用皆悉具足常時安置坐卧牀榻清淨嚴飾以備四方往來僧衆隨其所應須者供給佛說此人於受用福中自在第一是此尊者次第而來復次尊者阿泥嚕駄化一金殿瑠璃間飾及種種寶交絡垂布莊嚴妙好於其殿上有師子座而此尊者處于座上現是神通從空而來三繞彼城次從空下入長者舍爾時長者見是相已問善無毒女言今此所來有大金殿瑠璃間飾於其殿上處師子座現如是相入此舍者是汝師耶女即答言此非我師是佛弟子名阿泥嚕駄此人曾於多劫之前發清淨心以一摶食施於緣覺由此善根七返人間作轉輪王又復七返作三十三天主如是業餘生大富族有百千萬金銀珍寶廣大熾盛皆能棄捨

出家修道出家已後亦復具足飯食衣服卧具醫藥一切如意淨修梵行而獲果證復以因緣得淨天眼佛説此人天眼第一是此尊者次第而來復次尊者聞俱胝化衆華座處于座上現是神通從空而來三繞彼城次從空下入長者舍爾時長者見是相已問善無毒女言今此所來處衆華座現如是相入此舍者是汝師耶女即答言此非我師是佛弟子名聞俱胝是大富長者子此人生時父母歡喜互相謂言我家富盛生福德子宜應廣出珍寶示富貴相如是議已即出庫藏種種異寶召彼所有諸識寶者長者謂言汝等當定我此衆寶價直幾何諸人答言今此珍寶最上殊異莫知其價長者即言價直俱胝諸人復言長者所有此一一寶價直俱胝耶長者答言如是如是諸人讚言長者大富無有等者爾時長者即作是言我此生子當立何名有人謂言童子生時聞説珍寶價直俱胝長者即如其言乃爲子立聞俱胝名佛説此人離塵第一是此尊者次第而來復次尊者樹提迦化孔雀車安處其上現是神通從空而來三繞彼城次從空下入長者舍爾時長者見是相已問善無毒女言今此所來乘孔雀車現如是相入此舍者是汝師耶女即答言此非我師是佛弟子名樹提迦此人未出家時在王舍城爲大富長者現於人中受天勝福於自舍中以上妙細氎而爲淨巾常所受用乃於一時以其淨巾向日而曝忽爲大風飄至頻婆娑羅王殿前時頻婆娑羅王見是淨巾忽在其前問侍臣言今此柔軟上妙

細氎世無等比我自處王位而未曾見從何所來汝等知不侍臣白言大王當知王此城中有大富長者名樹提迦佛說此人現於人中受天勝福臣等意謂是彼長者家中所有王當詔問必知其實爾時彼王即詔長者來至其前王乃次第詢問其故樹提迦言今此細氎是臣家中所用淨巾適乃向日而曝風飄至此其事如實願王放罪王言我非見罪但爲聞汝受天勝福其事實耶樹提迦言如是如是王言樹提迦我欲往汝舍中暫一觀視樹提迦言大王我是王民爲王所統若幸小舍深自忻慶王言汝可先還辦造飲食我當後至樹提迦言若受天勝福者不假力營飲食自辦願王今往爾時頻婆娑羅王即與臣從圍繞出詣樹提迦長者舍長者前行爲王引導時王至於長者舍門見守門婢色相端嚴妙寶莊飾王意謂是長者之妻王乃小住而不前進樹提迦言大王何故住而不進王言樹提迦汝妻在此我故小住樹提迦言此非臣妻是守門婢王乃漸行至中門外亦同前見又復小住樹提迦言王復何故住而不進爾時大王亦同前答樹提迦言此非臣妻亦是守門之婢王即入彼中門見摩尼寶地光明瑩徹有蟲魚等相王意謂是池沼亦復小住而未敢進樹提迦言大王何故復不前進王言此處有水故我不進樹提迦言此非是水是摩尼寶所成之地王復謂言若是寶地何故有諸蟲魚而在其中樹提迦言非實蟲魚但是摩尼寶光映照故爾爾時大王雖聞是說猶故未信即於自手而取指鐶順

擲其地鐶擊地聲方乃信是摩尼寶地時頻婆娑羅王即入其舍處師子座樹提迦長者侍立一面時長者妻即出王前致拜伸敬而忽淚下退立一面王言長者汝妻何故見王垂淚樹提迦言小臣之妻得拜王前心生大喜何敢垂淚但以王所著衣有木煙氣煙熏目故不覺淚垂是故大王受天勝福者所欲飲食不須煙火有如意寶自然能出王言善哉是事希有爾時頻婆娑羅王於樹提迦長者舍飯食訖已住彼舍中但貪觀視忘還王宮時諸近臣咸作是念我王住此豈非久耶若未還宮於國政事恐有所廢作是念已俱白王言大王住此無至久時願速還宮於國政事恐有所廢王謂諸臣言我住於此始經一日於國政事亦未久廢時樹提迦長者即

白王言王住小舍已經七日爾時大王謂長者言我住汝舍早經七日其事實不其事實不樹提迦言實爾大王實爾大王臣於王前何敢妄説王復問言汝此舍中當觀何相而知晝夜樹提迦言有華開合以分晝夜有摩尼寶光明熾盛不熾盛時以分晝夜有諸異鳥自然和鳴不和鳴時以分晝夜大王當知若華開時乃知是晝若華合時乃知是夜若摩尼寶光明熾盛此知是晝若摩尼寶光明不熾盛此知是夜異鳥和鳴而知是晝彼寂無聲而知是夜大王我舍即以如是等相而分晝夜爾時頻婆娑羅王謂樹提迦長者言希有希有佛語諦誠而無虛妄佛説汝於人中受天勝福今我所見其事如是爾時頻婆娑羅王作是語已出長者舍還復王宮謨尸

羅長者是故當知此人有如是等天人勝福悉能棄捨出家修道證阿羅漢果佛說此人受天勝福而爲第一是此尊者次第而來

佛說給孤長者女得度因緣經卷中

佛說給孤長者女得度因緣經卷下

宋西天三藏朝奉大夫試光祿卿傳法大師施護奉　詔譯

復次尊者聞二百億化種種色華果樹林細密滿空而此尊者林中現身起是神通從空而來三繞彼城次從空下入長者舍爾時長者見是相已問善無毒女言今此所來有種種色華果樹林林中現身起如是相入此舍者是汝師耶女即答言此非我師是佛弟子名聞二百億此人生已足不履地去地四指足下有金色毛表其異相若足履地時地即六種震動佛曾謂諸苾芻言汝等當知此聞二百億童子於九十一劫中皆同此名隨所生處足不履地此人由起重法精進心故福報無盡佛說此人精進第一是此尊者次第而來復次尊者畢陵伽婆蹉化大鵝車現是神通從空而來三繞彼城次從空下入長者舍爾時長者見是相已問善無毒女言今此所來乘大鵝車現如是相入此舍者是汝師耶女即答言此非我師是佛弟子名畢陵伽婆蹉常修悲行佛說此人悲行第一是此尊者次第而來復次尊者烏陀夷化大馬車四寶莊嚴現是神通從空而來三繞彼城次從空下入長者舍爾時長者見是相已問善無毒女言今此所來乘大馬車四寶莊嚴現如是相入此舍者是汝師耶女即答言此非我師是佛弟子名烏陀夷此人是釋種眷屬釋種之中有淨飯王白飯王斛飯王甘露飯王并耶輸陀羅娛閉迦没哩誐惹等六萬宮嬪婇女眷屬是諸眷屬廣大熾盛富樂自在此人棄捨出家修道而獲果證佛說此人於釋

種中端嚴第一是此尊者次第而來復次尊者摩訶劫賓那化室尾迦四寶莊嚴而此尊者乘彼室尾迦現是神通從空而來三繞彼城次從空下入長者舍爾時長者見是相已問善無毒女言今此所來乘室尾迦四寶莊嚴現如是相入此舍者是汝師耶女即答言此非我師是佛弟子名摩訶劫賓那此人棄捨家族出家修道而獲果證常出軟語衆所愛樂佛說此人軟語第一是此尊者次第而來復次尊者難陀化大園林華果茂盛復有鵝鴈鸚鵡孔雀舍利囉俱枳羅命命等種種異鳥遊集其內而此尊者在彼園中現如是相從空而來三繞彼城次從空下入長者舍爾時長者見是相已問善無毒女言今此所來處大園林華果茂盛異鳥遊集現如是相入此舍者是汝師耶女即答言此非我師是佛弟子名曰難陀淨飯王之子是佛親弟比佛身量而短四指三十二相莊嚴具足此人往昔以清淨心曾於迦葉如來應供正等正覺塔中施一傘蓋衆寶莊嚴最上殊妙以是因緣感勝福報經一千五百生作轉輪王受彼勝福而不出家乃至于今出家修道而獲果證此人於威儀中密護諸根佛說此人密護諸根第一是此尊者次第而來復次尊者羅睺羅化作轉輪王福德威容勝妙殊特眷屬侍衛七寶具足有八十四俱胝勇健步兵烏布沙陀等八萬四千最上象兵嚩羅賀迦等八萬四千調善馬兵難你瞿沙等八萬四千妙寶車兵復有無數百千侍衛人衆周帀圍繞動百千種微妙音樂寶嚴幢旛前後導

從大白傘蓋覆輪王頂現是神通從空而來三繞彼城未入其舍住虛空中爾時長者見是相已問善無毒女言今此所來轉輪聖王福德威容勝妙殊特象馬車步四兵具足現此勝相住空中者是汝師耶女即答言此非我師是佛弟子名羅睺羅此人是佛之子出家學戒而獲果證佛說此人學戒第一是此尊者現輪王身次第而來爾時羅睺羅即以所現轉輪王身住彼空中說伽陀曰

今我所現輪王身　以神通力故如是
如龍有力我亦然　七寶四兵皆具足
此所現身而非實　神通方便故隨宜
長者應當如實知　我是佛子羅睺羅
已獲果證神通具　人天供養悉歸依
我依佛勅故今來　牟尼大師後當至

說是伽陀已即從空下入長者舍如是等諸有神通大苾芻眾咸依佛勅各現神通次第來入長者舍中俟佛當至爾時世尊知時已至即入三摩地普徧觀察於是三摩地出已舉身出現青黃赤白種種妙色清淨光明如是色光廣大照耀徧舍衛國乃至福增城中所有一切人眾蒙光照者以佛神力皆見佛身內外映徹一切無礙佛放光時大地震動於是世尊著僧伽梨衣與彼一切所應隨佛崑努鉢陀那等苾芻大眾前後圍繞出舍衛國往詣福增城時娑婆界主大梵天王知是事已即與色界諸天子眾來佛右邊侍衛而行帝釋天主知是事已即與欲界諸天子眾來佛左邊侍衛而行復有善愛音等五百乾闥婆王奏百千種微妙音樂引導佛前又有

無數百千天龍鬼神人非人等隨從佛後又有無數天女在虛空中各持優鉢羅華鉢訥摩華俱毋那華奔拏利迦華天曼陀羅華摩訶曼陀羅華等及雨栴檀香末香你誐嚕香多誐嚕香多摩羅香等種種妙香供養於佛又復奏彼天妙音樂有如是等天人大衆圍繞而行爾時路次大曠野中有七千仙人先止於彼見佛世尊三十二相八十種好皆悉具足圓光照耀如千日輪廣大巍巍如寶山現吉祥勝相無有等比復有微妙金色光明周徧熾盛如是見已俱近佛前頭面禮足合掌恭敬退住一面此諸仙人皆以宿種善根力故而能最先見佛世尊爾時世尊普徧觀察如是七千仙人善根成熟即於曠野中乃爲如應略説四諦法門時諸仙人聞是法已智慧堅固心開意解各各歡喜即時踊身虛空高二十山峯俱證須陀洹果從空下已圍繞世尊即同隨從爾時世尊度是七千仙人已漸次前行將至福增城門即作是念此福增城有十八門我今若從西門而入餘門所有一切人衆不能見我我今宜應於彼諸門各現佛身隨諸門入令一切人皆見佛身我即實從西門而入爾時世尊作是念已即現其身隨諸門入一一皆有天人大衆周帀圍繞當佛入城門時以神通力自然除去荊棘砂礫一切不淨悉令清淨內外香潔地平如掌無高下相佛所行處彼彼諸門有低小者自然高大有迮狹處自然寬廣城中所有一切象馬等類其性獷悷不調伏者自然調伏又復城中一切人民各各歡喜瞻仰世尊又

復以佛神通力故其中所有盲者能視聾者能聞瘂者能言乃至諸根不完具者悉得完具迷惑醉亂顛狂心者皆得醒悟正定不亂爲毒所中者悉離諸毒互起恚恨者慈心相向諸懷妊者胎藏安隱生福德子諸貧匱者自然財寶悉得豐足佛入城時有如是等希有之事一切人民皆獲利益佛乃實從西門而入爾時世尊旣入城已攝諸化身唯一實身至謨尸羅長者舍時善無毒女即謂長者言此所來者是我大師號釋迦牟尼如來應供正等正覺是時長者并諸眷屬見佛如是神通威德種種相好心生敬信即各頭面禮佛雙足時善無毒女見佛世尊踊躍歡喜頭面禮足合掌向佛說伽陀曰

我佛常說最上語　而能調伏他語言
聞者能生清淨心　我不見佛深苦惱
佛悲愍故來此中　我等今日得大利
我以清淨至誠心　頂禮如來吉祥足

時善無毒女說伽陀已即取牛頭栴檀香水奉佛洗足佛洗足已處于最上莊嚴寶座諸苾芻衆亦各洗足次第而坐爾時善無毒女即持清淨上味飲食自手奉上供佛世尊及苾芻衆長者并眷屬亦各持食奉上於佛及苾芻衆如是次第行食已徧佛及苾芻隨應而食是時福增城中一切婆羅門長者居士外道尼乾陀等無數百千人衆悉詣長者舍欲觀世尊彼等意謂長者住舍而甚迫迮不能容受爾許人衆咸起礙想爾時世尊知其意已即變長者舍作水精舍內外瑩徹廣博嚴淨令諸人衆各得覲佛無所妨礙是諸人

衆各見佛巳心大歡喜異口同音說伽陀曰

今此長者舍　而水精所成　摩尼及眞金
諸寶皆映現　清淨復廣博　如天帝釋宮
各得見世尊　斯爲甚希有　我等一切衆
瞻仰住佛前　咸生清淨心　恭敬合掌禮
牟尼處衆會　如星中現月　功德所莊嚴
是故我歸命

爾時世尊飯食已訖諸苾芻衆亦各食訖於是世尊不起于座與無數百千大龍夜叉乾闥婆阿脩羅迦樓羅緊那羅摩睺羅伽人非人等并餘婆羅門長者居士外道尼乾陀乃至善無毒女及謨尸羅長者妻子眷屬如是等衆周帀圍繞聽佛說法爾時世尊普爲大衆如應演說苦集滅道四諦法門佛說是法門時諸外道中有善根成熟者聞法歡喜生淨信心歸依世尊隨其所應而獲利益又復衆中有得住煖位者有得住頂位者有得住忍位者有得須陀洹果者有得斯陀含果者有得阿那含果者有得阿羅漢果者謨尸羅長者聞佛說法發清淨心如其所應亦得利益善無毒女以宿善根力及聞說法得須陀洹果爾時諸苾芻俱白佛言世尊善哉希有此善無毒女眞是善知識因此女故多人獲益而能如是施作佛事佛言諸苾芻汝等當知此善無毒女非唯今日於我法中爲善知識能作佛事此人巳於過去佛法中爲善知識開導他人施作佛事汝等善聽我今略說時諸苾芻受教而聽佛言諸苾芻過去世中人壽二萬歲時有佛出世名曰迦葉如來應供正等正覺明行足善逝世間解無上士調

御丈夫天人師佛世尊彼佛一時在波羅柰國仙人墮處鹿野園中與苾芻衆俱彼國有王名爲哀愍其王具大福德正法治世王有一女生已自然頂有金鬘乃爲彼女立名金鬘王所愛念即勑后妃宮嬪眷屬養育侍衛後至成長彼女以其宿善根力於佛法中深生愛樂聞佛在彼鹿野園中即與五百宮嬪眷屬圍繞往詣鹿野園中瞻禮世尊到已至誠頭面禮足佛即如應爲說法要彼聞法已心生淨信而白佛言我自今日乃至盡壽常以飲食衣服卧具醫藥奉上世尊作是白已即如其言常以四事供給世尊時彼哀愍王忽於一夜得十種夢一者夢見有一大象從牕牖出身雖得出尾爲牕礙二者夢見有一渴人井隨其後是人寧忍於渴終不取飲三者夢見有人以其眞珠貿易於麨四者夢見有人以其栴檀香木貿易常木五者夢見有一大園華果茂盛忽爲猛風吹落散壞六者夢見有諸小象驅大香象奔走而出七者夢見有一獼猴身有糞穢四向馳走汙諸獼猴衆皆迴避八者夢見有一獼猴於一處坐有衆獼猴爲作灌頂九者夢見一張白氎有十八人各各執奪少分而氎不破十者夢見有多人衆聚集一處互相鬭諍論競是非此等是爲所得十夢王睡覺已作是思惟我得此夢是不吉祥豈非於我壞壽命耶作是念已至明旦時即集群臣共議斯夢是時諸臣皆悉不解復有諸婆羅門長者居士亦在佛會爾時彼佛即爲哀愍王及諸會衆如應說法示教利喜已佛即默然彼哀愍王從座而起

住立佛前具以十夢次第而說說已復言我以此緣恐於壽命有所損失願佛悲愍爲我開決佛言大王勿怖勿怖如所得夢皆非汝事亦非今時善惡之相於汝壽命亦無損失大王當知是未來世中人壽百歲時有佛出世名釋迦牟尼十號具足彼佛住世演說諸法教化衆生如其所應作佛事已而入涅槃入涅槃後於遺法中苾芻弟子諸所作事王今此夢是彼前相我今爲王次第而說如王所夢有一大象從牕牖出身雖得出尾爲牕礙者是彼佛入涅槃後於遺法中有婆羅門長者居士若男若女棄捨眷屬出家學道雖出家已心猶貪著名利俗事不能解脫如王所夢有一渴人井隨其後是人寧忍於渴終不取飲者是彼遺法中有諸苾芻爲婆羅門長者居士說佛經典彼婆羅門等心生厭捨不樂聽受如王所夢有人以其真珠貿易於麨者是彼遺法中有諸苾芻弟子不能依佛正典修習根力覺道禪定出世間法而復愛樂修習世間經書呪術歌詠言頌如王所夢有人以其栴檀香木貿易常木者是彼遺法中有諸苾芻以佛經典貿易世間經書外道典籍如王所夢有諸小象驅大香象奔走而出者是彼遺法中有諸破戒無德苾芻見彼持戒有德苾芻衆共嫌惡巧設方便擯令遠去如王所夢有一大園華果茂盛忽爲猛風吹落散壞者是彼遺法中有諸清淨持戒具德多聞苾芻安止僧伽藍摩爲彼所有不修身不修心不修慧麤惡苾芻衆共毀壞彼僧伽藍摩如是壞已復令清淨苾芻最勝事業

亦悉破壞如王所夢有一獮猴身有糞穢四向馳走汙諸獮猴衆皆迴避者是彼遺法中有諸破戒苾芻自破淨戒不具慚愧而復返於清淨信心王臣之前毀謗持戒有德苾芻如王所夢有一獮猴於一處坐有衆獮猴爲作灌頂者是彼遺法中不修勝行無德苾芻衆共成立爲僧中上首統攝有德修勝行者如王所夢一張白氎有十八人各各執奪少分而氎不破者是彼遺法中有諸弟子異見興執以佛教法分十八部雖復如是而佛教法亦不破壞如王所夢有多人衆聚集一處互相鬬諍論競是非者是彼遺法中有諸苾芻聚集議論世間名聞利養等事由此因緣互相鬬諍不能寂靜漸使世尊清淨法滅大王如是十夢皆非汝事是彼之相汝不應怖

壽命無失宜自安意爾時哀愍王聞佛爲説所夢事已心大歡喜禮彼佛足還復王宮諸苾芻彼迦葉如來爲哀愍王説所夢已復爲衆會説四諦法時彼會中有八萬四千人皆悉見諦而獲利益諸苾芻於汝意云何彼金鬘女於彼佛法中爲哀愍王作善知識建立佛事者豈異人乎即今善無毒女是諸苾芻是故當知此善無毒女已於過去佛法中爲善知識今於我法中亦與多人爲善知識使令多人皆獲利益爾時諸苾芻復白佛言世尊彼迦葉佛時金鬘女者以何因緣生已自然頂有金鬘又復何緣得生王家受大富樂佛言諸苾芻彼金鬘女過去世時於波羅柰國爲一貧女周行求乞諸莊嚴具及以塗香於一緣覺塔中莊嚴塗飾起清淨心發是願

言願我以此善根世世所生頂有金鬘生大富家富貴自在施作佛事諸苾芻彼時貧女者即彼迦葉佛法中金鬘女是以其善根及大願力於五百生中在在處處生已自然頂有金鬘諸苾芻是故今時此善無毒女以其過去善根及大願力今得生此給孤獨長者大富之家而善開導施作佛事是故當知決定善業決定善報於一切時一切處無能散失彼彼業因彼彼果報如外地界彼堅實性而非水火風界流潤等性如是蘊處界等彼彼差別所有一切衆生作善惡業亦復如是彼彼業因差別有異彼彼果報所得非一假使經於百劫之中而因果法決定無失佛言諸苾芻是故善男子善女人應當於佛法僧深生淨信尊重恭敬於此經典諦信受持宣通流布如理修行汝等諸苾芻亦如是修學

爾時世尊爲諸苾芻說善無毒女往昔因緣已如先已爲善無毒女及護尸羅長者眷屬乃至福增城中婆羅門長者居士等并餘一切天人大衆隨其所應宣說正法各獲利益于時世尊及苾芻衆即於會中隱身不現至舍衛國祇樹給孤獨園還復現身佛說此經已善無毒女等長者諸眷屬諸苾芻等一切大衆聞佛所說皆大歡喜信受奉行

佛說給孤長者女得度因緣經卷下

音釋

裸 郎果切赤體也
揵椎 梵語也此云鐘亦云磬凡法器之鳴者皆曰揵椎揵巨言切椎音地
枳 諸氏切
摶 徒官切手摶聚也
蹉 七何切
儱悷 儱力董切悷郎計切儱悷多惡不調也
嬪 毗賓切婦官也
貿 莫候切交易也
麨 尺沼切乾糧也
擯 必刃切斥逐也

佛說大集法門經

宋西天三藏朝奉大夫試光禄卿傳法大師施護奉詔譯

清刻龍藏佛說法變相圖

佛說大集法門經卷上（下卷同）

宋西天三藏朝奉大夫試光祿卿傳法大師施護奉　詔譯

如是我聞一時世尊遊行至彼末利城中與苾芻衆而共集會時彼城中有一淨信優婆塞亦名末利於其城内新造一舍種種嚴飾清淨寬廣是舍先未曾有沙門婆羅門等安止其中時末利優婆塞聞佛世尊與苾芻衆遊行至此心生歡喜即詣佛所到已頭面禮世尊足禮已合掌退住一面白佛言世尊我是優婆塞名曰末利我於世尊心生淨信我此城中新造一舍清淨寬廣是舍先未曾有沙門婆羅門等安止其中我今請佛及苾芻衆於我舍住願佛世尊悲愍我故受我所請爾時世尊默然而受時末利優婆塞知佛默然受所請已即時頭面禮世尊足右繞三帀

出離佛會還彼舍中重復嚴飾徧諸舍宇悉以香水散灑其地內外一切普令清淨時末利優婆塞如是嚴淨所造舍已還詣佛所到已重復禮世尊足前白佛言世尊先所造舍悉以香水散灑其地內外清淨願佛世尊及苾芻衆往彼舍住今正是時爾時世尊與大苾芻衆等恭敬圍繞往彼末利優婆塞所造新舍到彼舍已佛先洗足乃入其舍入已周帀普徧觀察佛即於舍中間安詳而坐諸苾芻衆亦各洗足次第而入禮佛足已於佛後面次第而坐末利優婆塞後入其舍禮世尊足合掌恭敬普徧頂禮諸苾芻衆乃於佛前一面而坐爾時世尊種種慰諭彼末利優婆塞已即爲如應宣說法要示教利喜時末利優婆塞聞法歡喜心生淨信如是世尊爲彼優婆塞如應說法示教利喜而過多夜佛即告言末利過是夜已當自知時是時末利優婆塞聞佛言已即從座起禮世尊足合掌恭敬普徧頂禮諸苾芻衆繞佛三帀出離佛會爾時世尊見彼末利優婆塞離會未久即告尊者舍利子言我此聲聞苾芻已離睡眠皆是離塵清淨大衆若諸苾芻樂說法者即當隨應而自宣說隨所利益不應止息時尊者舍利子受教而住爾時世尊即以僧伽棃衣等爲四褺處師子牀右脇著地吉祥安隱累足而卧佛卧未久爾時異處有外道尼乾陀惹提子等於聲聞苾芻而生輕謗欲作破壞欲與鬬諍出非法語種種毀呰作如是言我所知法彼聲聞人不能了知彼所有法我如實知邪行是汝正行是我有利益是我無利

益是汝汝所説法前言縱是後言即非後言或是前言還非而不能作大師子吼説法利益時尼乾陀惹提子等欲與廣大鬭諍因緣發如是等毀呰語時各各相視面目慘惡復作是言諸聲聞苾芻色相威儀而不寂靜不能離貪未得解脱不能見法不能善知彼出離道不能證彼所向聖果彼所習法非正等正覺所説發如是等毀呰語言與鬭諍事爾時尊者舍利子知是事已即自思念如來大師宴卧未久不應以是因緣而白世尊作是念已告諸苾芻言汝等當知異處有諸外道尼乾陀惹提子等於聲聞苾芻而生輕謗欲作破壞欲與鬭諍出非法語種種毀呰彼作是言我所知法諸聲聞人不能了知彼所有法我如實知邪行是汝正行是我有利益是我無利益是汝汝所説法前言縱是後言即非後言或是前言還非而不能作大師子吼説法利益諸苾芻彼尼乾陀惹提子等欲與廣大鬭諍因緣發如是等毀呰語時各各相視面目慘惡復作是言諸聲聞苾芻色相威儀而不寂靜不能離貪未得解脱不能見法不能善知彼出離道不能證彼所向聖果彼所習法非正等正覺所説發如是等毀呰語言與鬭諍事諸苾芻汝今當知我等諸聲聞大衆皆是離塵清淨心者現證諸法善能了知諸出離道各各已得所證聖果我等聲聞所修習法一一皆是如來大師應供正等正覺親所宣説一一真實而無虛妄諸苾芻當知佛所宣説謂契經祇夜記別伽陀本事本生緣起方廣希法如是等法佛悲愍心廣爲

衆生如理宣説而令衆生如説修習行諸梵行利益安樂天人世間

復次諸苾芻當知一法是佛所説謂一切衆生皆依食住此爲一法如是等法佛悲愍心廣爲衆生如理宣説而令衆生如説修習行諸梵行利益安樂天人世間

復次二法是佛所説謂一名二色如是等法佛悲愍心廣爲衆生如理宣説而令衆生如説修習行諸梵行利益安樂天人世間

復次三業是佛所説謂一者身業二者語業三者意業即此三業復有二種一善二不善何等爲善謂身業善行語業善行意業善行何名不善謂身業不善行語業不善行意業不善行復次三不善思惟是佛所説謂欲思惟瞋思惟害思惟復次三善思惟是佛所説謂離欲思惟無瞋思惟不害思惟復次三不善根是佛所説謂貪不善根瞋不善根癡不善根復次三善根是佛所説謂無貪善根無瞋善根無癡善根復次三漏是佛所説謂欲漏有漏無明漏復次三求是佛所説謂欲求有求梵行求復次三愛是佛所説謂欲愛色愛無色愛復次三界是佛所説謂欲界色界無色界復次三不善界是佛所説謂染欲界瞋恚界損害界復次三善界是佛所説謂無欲界無瞋界不害界復次三有是佛所説謂欲有色有無色有復次三聚是佛所説謂邪定聚正定聚不定聚復次三受是佛所説謂樂受苦受非苦樂受復次三苦是佛所説謂輪迴苦苦苦壞苦復次三種欲生是佛所説謂現處欲欲生化樂欲欲生他化自在欲欲

生復次三種樂生是佛所說謂有衆生生生已受樂如人中一類是名第一樂生復有衆生長受喜樂此樂廣大適悅慶快如光音天是名第二樂生復有衆生乃至盡壽受快樂足如徧淨天是名第三樂生復次三種福事成就慧行是佛所說謂布施莊嚴成就慧行持戒莊嚴成就慧行禪定莊嚴成就慧行復次三三摩地是佛所說謂有尋有伺三摩地無尋唯伺三摩地無尋無伺三摩地復有三三摩地是佛所說謂空解脫三摩地無願解脫三摩地無相解脫三摩地復次三住是佛所說謂天住梵住聖住復次三根是佛所說謂未知當知根已知根具知根復次三增上是佛所說謂世增上法增上我增上復次三佛是佛所說謂過去諸佛未來諸佛現在諸佛復次三言說事是佛所說謂過去言說事未來言說事現在言說事復次三眼是佛所說謂肉眼天眼慧眼復次三明是佛所說謂宿命智明衆生生滅智明漏盡智明復次三通是佛所說謂神境通說法通教誡通復次三不淨是佛所說謂身不淨語不淨心不淨復次三淨是佛所說謂身淨語淨心淨復次三學是佛所說謂戒學定學慧學復次三品是佛所說謂戒品定品慧品復次三火是佛所說謂貪火瞋火癡火復次三分位是佛所說謂生分位成分位法分位如是等法佛悲愍心廣爲衆生如理宣說而令衆生如說修習行諸梵行利益安樂天人世間

復次四念處觀是佛所說謂觀身不淨無生起想調伏無明離煩惱受觀受是苦觀心生

滅善觀諸法亦復如是復次四正斷是佛所說謂已生諸不善法發勤精進攝心志念皆悉斷除未生諸不善法發勤精進攝心志念防令不起未生諸善法發勤精進攝心志念而令生起已生諸善法發勤精進攝心志念而令一切增長圓滿此名四正斷復次四神足是佛所說謂欲三摩地斷行具足神足精進三摩地斷行具足神足心三摩地斷行具足神足慧三摩地斷行具足神足復次四禪定是佛所說謂若苾芻已能離諸欲不善法有尋有伺此名第一離生喜樂定若復苾芻止息尋伺內心清淨安住一想無尋無伺此名第二定生喜樂定若復苾芻不貪於喜住於捨行身得輕安妙樂此名第三離喜妙樂定若復苾芻斷除樂想亦無苦想無悅意無惱意無苦無樂此名第四捨念清淨定如是等名爲四禪定復次四無量是佛所說謂若苾芻發起慈心先於東方行慈南西北方四維上下亦然行慈而彼慈心於一切處一切世界一切種類廣大無量而無邊際亦無分限此名慈無量悲喜捨三亦復如是此等名爲四無量復次四無色定是佛所說謂若苾芻離一切色無對無礙而無作意觀無邊空此觀行相名空無邊處定復離空處而非所觀但觀無邊識此觀行相名識無邊處定復離識處而非所觀但觀一切皆無所有此觀行相名無所有處定復離無所有處行相名爲非想非非想處定如是名爲四無色定復次四智是佛所說謂法智無生智等智他心智復次四安住是佛所說謂一切行安住捨

行安住寂靜行安住慧行安住復次四聖諦是佛所説謂苦聖諦苦集聖諦苦滅聖諦苦滅往向聖諦復次四種布施清淨是佛所説謂有布施施者清淨非受者或有布施受者清淨非施者或有布施亦非施者亦非受者謂所施清淨或有布施施者受者二俱清淨復次四生是佛所説謂胎生卵生濕生化生復次四種母胎事是佛所説謂有能了知入母胎事住母胎事出母胎事此名第一母胎事有能了知入母胎事住母胎事不能了知出母胎事此名第二母胎事有能了知入母胎事不能了知住母胎事出母胎事此名第三母胎事有不能了知入母胎事住母胎事出母胎事此名第四母胎事如是等名爲四種母胎事復次四識住是佛所説謂色生色緣色住喜行廣大增長是識所住受生受緣受住喜行廣大增長是識所住想生想緣想住喜行廣大增長是識所住行生行緣行住喜行廣大增長是識所住如是等名爲四識住復次四法句是佛所説謂神通法句離恚法句平等法句平等三摩地法句復次四娑摩那曩法是佛所説謂若現在樂此爲苦報若現在苦此爲苦報若現在苦此爲樂報若現在樂此爲樂報此名四娑摩那曩法復次四向是佛所説謂無忍忍調伏寂靜復次四神通道是佛所説謂苦遲緩神通苦速疾神通樂遲緩神通樂速疾神通復次四預流身是佛所説謂有一類預流於佛如來信心不壞不毀沙門婆羅門天人魔梵了知世法有一類預流心得清淨證得佛法正見正行各

各了知自所修法有一類預流心生喜樂見在家者及彼出家持淨戒者心生尊敬有一類預流自修淨戒具足不壞智慧明利善相寂靜如是等名爲四預流身復次四沙門果是佛所說謂須陀洹果斯陀含果阿那含果阿羅漢果復次四取是佛所說謂欲取見取戒禁取我語取復次四三摩地想是佛所說謂有見法得樂行轉此爲三摩地想有知見轉此爲三摩地想有慧分别轉此爲三摩地想有身得漏盡轉此爲三摩地想復次四力是佛所說謂慧力精進力無礙力攝力復次四補特伽羅是佛所說有補特伽羅謂我能修行我持戒我如法相應非他能修行非他持戒非他如法相應有補特伽羅謂他能修行他持戒他如法相應非我能修行非我持戒非我如法相應有補特伽羅謂我能修行他亦能修行我持戒他亦持戒我如法相應他亦如法相應有補特伽羅謂我不能修行他亦不能修行我不持戒他亦不持戒我不如法相應他亦不如法相應如是等名爲四補特伽羅復次四隨衆事是佛所說謂與衆同一住處與衆同一飲食與衆同一懺悔與衆同一受用復次四大輪是佛所說謂善說妙法依止正士願心平等修先慧行復次四攝法是佛所說謂布施愛語利行同事復次四無礙解是佛所說謂義無礙解法無礙解樂說無礙解辯才無礙解復次四煩惱是佛所說謂欲煩惱有煩惱見煩惱無明煩惱復次四行是佛所說謂欲行有行見行無明行復次四身聚是佛所說謂無明身聚瞋身聚

戒禁取身聚一切著身聚復次四愛生是佛所說謂有苾芻因彼衣服而生愛心愛心起故即生取著有苾芻因彼飲食而生愛心愛心起故即生取著有苾芻因坐卧具而生愛心愛心起故即生取著有苾芻因諸受用而生愛心愛心起故即生取著此名四愛生復次四食是佛所說謂段食觸食思食識食復次四不護是佛所說謂如來不護身業身離諸過如來不護語業語離諸過如來不護意業意離諸過如來不護壽命命無損減復次四顛倒是佛所說謂無常謂常是故生起想顛倒心顛倒見顛倒以苦謂樂是故生起想心見倒無我謂我是故生起想心見倒不淨謂淨是故生起想心見倒如是等名爲四顛倒復次四惡語言是佛所說謂妄言綺語兩舌惡口復次四善語言是佛所說謂如實語質直語不兩舌語依法語復次四非阿曳囉行是佛所說謂不見言見不聞言聞失念言記念不知言知復次四阿曳囉行是佛所說謂實見言見實聞言聞不失念言記念實知言知復次四記是佛所說謂一向記分別記返問記默然記如是等法佛悲愍心廣爲衆生如理宣說而令衆生如說修習行諸梵行利益安樂天人世間

佛說大集法門經卷上

佛說大集法門經卷下

宋西天三藏朝奉大夫試光禄卿傳法大師施護奉　詔譯

復次諸苾芻當知五取蘊是佛所說謂色取蘊受取蘊想取蘊行取蘊識取蘊復次五欲是佛所說謂眼見於色心喜樂欲以樂欲心取著色塵耳聞於聲鼻齅於香舌了於味身覺於觸亦復如是復次五障是佛所說謂樂欲障瞋恚障睡眠障惡作障疑惑障復次五種煩惱分結是佛所說謂樂欲煩惱分結瞋恚煩惱分結有身見煩惱分結戒禁取煩惱分結疑惑煩惱分結復次五慳是佛所說謂飲食慳善事慳利養慳色相慳法慳復次五受根是佛所說謂樂受根苦受根喜受根憂受根捨受根復次五勝根是佛所說謂信根精進根念根定根慧根復次五力是佛所說謂信力精進力念力定力慧力復次五學力是佛所說謂信學力精進學力念學力定學力慧學力復次五出離界是佛所說謂有苾芻具多聞者不能見苦其心容受未能離欲隨諸欲境起所欲心不退不沒未能解脫即以此緣後復能觀所有欲境起離欲心欲心退沒愛樂解脫善作正行得心解脫解脫心起乃能遠離不相應法住無欲心以是義故由欲爲緣引生無漏有苾芻具多聞者不能見苦其心容受未能離瞋於違礙境起瞋恚心不退不沒未能解脫即以此緣後復能觀諸違礙境起離瞋心瞋心退沒愛樂解脫善作正行得心解脫解脫心起乃能遠離不相應法住無瞋心以是義故由瞋爲緣引生無漏有苾芻具多聞者不能見苦其心容受未

能離害於不可意境而起害心不退不没未能解脱即以此緣後復能觀諸不可意境起不害心害心退没愛樂解脱善作正行得心解脱解脱心起乃能遠離不相應法住不害心以是義故由害爲緣引生無漏有苾芻具多聞者不能見苦其心容受未離色相於諸色境起著色心不退不没未能解脱即以此緣後復能觀彼色境界起離色心色心退没愛樂解脱善作正行得心解脱解脱心起乃能遠離不相應法住離色心以是義故由色爲緣引生無漏有苾芻具多聞者不能見苦執著有身未離身相而於有身起實有想不退不没未能解脱即以此緣後復能觀有身當滅起身滅想執心退没愛樂解脱善作正行得心解脱解脱心起乃能遠離不相應法住身滅想以是義故有身爲緣引生無漏如是等名爲五出離界復次五解脱處是佛所說謂有苾芻於說法師所親近承事尊重恭敬修習梵行暫無止息隨其親近承事即得利益若時聞師宣說正法心生喜樂起重法想隨生彼心未能廣大聽受記念但於其中能知一法隨知一法即解一義若不解其義即不能於法而生喜心是故解了其義心生歡喜以心喜故身得輕安由身輕安即樂受相應由樂受故心住三摩呬多住彼心故能如實知復如實觀如實觀故即離塵離貪得解脱智解脱智起即得我生已盡梵行已立所作已辦不受後有有苾芻於說法師所親近承事尊重恭敬修習梵行暫無止息隨其親近承事即得聞法隨其所聞心生喜樂起

重法想隨生彼心能於其中廣大聽受廣大記念隨知諸法即解諸義若不解諸義即不能於法而生喜心是故解了諸義心生歡喜以喜心故身得輕安由身輕安即樂受相應由樂受故心住三摩呬多住彼心故能如實知復如實觀如實觀故即離塵離貪得解脫智解脫智起即得我生已盡梵行已立所作已辦不受後有有苾芻於說法師所親近承事尊重恭敬修習梵行暫無止息隨其親近承事即得聞法隨其所聞心生喜樂起重法想隨生彼心而能廣大聽受記念復能一一如實解了諸義廣爲他人分別演說若不解諸義即不能於法而生喜心是故解了諸義心生歡喜以心喜故身得輕安由身輕安即樂受相應以樂受故心住三摩呬多住彼心故能如實知復如實觀如實觀故即離塵離貪得解脫智解脫智起即得我生已盡梵行已立所作已辦不受後有有苾芻於說法師所親近承事尊重恭敬修習梵行暫無止息隨其親近承事即得聞法隨其所聞心生喜樂起重法想隨生彼心而能廣大聽受記念復能心住一境不退不沒於所聞法隨尋隨伺發生正慧隨起尋伺即於諸法一一了知隨知諸法即解諸義廣爲他人分別演說若不解諸義即不能於法而生喜心是故解了諸義心生歡喜以心喜故身得輕安由身輕安即樂受相應以樂受故心住三摩呬多住彼心故能如實知復如實觀如實觀故即離塵離貪得解脫智解脫智起即得我生已盡梵行已立所作已辦不受後有有苾芻於說

法師所親近承事尊重恭敬修習梵行暫無止息隨其親近承事即得聞法隨其所聞心生喜樂起重法想隨生彼心而能廣大聽受記念心住一境不退不没於所聞法隨尋隨伺發生正慧已復能於彼別三摩地門善住攝心隨所住心轉復增勝即於諸法一一了知隨知諸法即解諸義廣爲他人分別演説若不解諸義即不能於法而生喜心是故解了諸義心生歡喜以心喜故身得輕安由身輕安即樂受相應以樂受故心住三摩呬多住彼心故能如實知復如實觀如實觀故即離塵離貪得解脱智解脱智起即得我生已盡梵行已立所作已辦不受後有如是等名爲五解脱處復次五趣是佛所説謂地獄餓鬼畜生人天復次五淨居是佛所説謂無煩無熱善見善現色究竟復次五士夫入法是佛所説謂中入生入有行入無行入上流入此名五士夫入法如是等法佛悲愍心廣爲衆生如理宣説而令衆生如説修習行諸梵行利益安樂天人世間

復次内六處是佛所説謂眼處耳處鼻處舌處身處意處復次外六處是佛所説謂色處聲處香處味處觸處法處復次六識是佛所説謂眼識耳識鼻識舌識身識意識復次六觸是佛所説謂眼觸耳觸鼻觸舌觸身觸意觸復次六受是佛所説謂眼觸爲緣所生諸受耳觸爲緣所生諸受鼻觸爲緣所生諸受舌觸爲緣所生諸受身觸爲緣所生諸受意觸爲緣所生諸受復次六想是佛所説謂色想聲想香想味想觸想法想復次六愛是佛

所說謂色愛聲愛香愛味愛觸愛法愛復次六悅意處是佛所說謂見可愛色是悅意處聞可愛聲是悅意處齅可愛香是悅意處了可愛味是悅意處覺可愛觸是悅意處分別善法是悅意處復次六不悅意處是佛所說謂見不可愛色是不悅意處聞不可愛聲是不悅意處齅不可愛香是不悅意處了不可愛味是不悅意處覺不可愛觸是不悅意處分別不善法是不悅意處復次六捨行是佛所說謂見色行是色捨處聞聲行是聲捨處齅香行是香捨處了味行是味捨處覺觸行是觸捨處知法行是法捨處復次六念是佛所說謂念佛念法念僧念戒念施念天復次六行是佛所說謂見行聞行利益行學行分別行念行復次六離塵法是佛所說謂若苾芻現住身業行慈從初修習所有梵行堅固不壞有苾芻現住語業行慈從初修習所有梵行堅固不壞有苾芻現住意業行慈從初修習所有梵行堅固不壞有苾芻如法受利如法乞食隨有所得如法而食任持自行遠離非法從初修習所有梵行堅固不壞有苾芻修淨戒行不毀不缺離諸過失增益善力隨諸所行戒行具足從初修習所有梵行堅固不壞有苾芻不著身見作出離想求斷苦盡隨諸所行不住諸見從初修習所有梵行堅固不壞如是等名爲六離塵法復次六種鬬諍根本是佛所說謂有一類補特伽羅自樂作罪又樂親近彼作罪人常欲他人愛敬於巳有一類補特伽羅自樂作罪又樂親近彼作罪人常欲他人愛敬於巳又復不尊敬

佛不尊敬法不能觀法有一類補特伽羅自樂作罪又樂親近彼作罪人常欲他人愛敬於已又復樂欲與僧鬬諍有一類補特伽羅具有諂誑慳嫉覆等諸隨煩惱及身見邪見邊見見取不能遠離有一類補特伽羅具身見等起顛倒心又復不尊敬佛不尊敬法不能觀法有一類補特伽羅具身見等起顛倒心又復常樂與僧鬬諍如是等名爲六種鬬諍根本復次六種對治出離界是佛所說謂有苾芻作如是言我修慈心解脫觀隨所作事皆如實知發起精進慈心對治我於瞋心而悉能盡爲由如是慈心解脫觀故所有瞋心無處容受而但觀彼慈心現前是故瞋心不於是處有所生起何以故由彼慈心出離因故有苾芻作如是言我修悲心解脫觀隨所作事皆如實知發起精進悲心對治我於害心而悉能盡爲生如是悲心解脫觀故所有害心無處容受而但觀彼悲心現前是故害心不於是處有所生起何以故由彼悲心出離因故有苾芻作如是言我修喜心解脫觀隨所作事皆如實知發起精進喜心對治我於不喜心而悉能盡爲由如是喜心解脫觀故所有不喜心無處容受而但觀彼喜心現前是故不喜心不於是處有所生起何以故由彼喜心出離因故有苾芻作如是言我修捨心解脫觀隨所作事皆如實知發起精進捨心對治我於欲貪之心而悉能盡爲由如是捨心解脫觀故所有欲貪之心無處容受而但觀彼捨心現前是故欲貪之心不於是處有所生起何以故由彼捨心出離因故

有苾芻作如是言我修無相心解脫觀隨所作事皆如實知發起精進無相心對治我於取相之心而悉能盡爲由如是無相心解脫觀故所有取相之心無處容受而但觀彼無相心現前是故取相之心不於是處有所生起何以故由彼無相心出離因故有苾芻作如是言我修決定行以決定法對治我於疑惑之心而悉能盡爲由如是決定行故所有疑惑之心無處容受而但觀彼決定心現前是故疑惑之心不於是處有所生起何以故由彼決定心出離因故如是等名爲六種對治出離界如是等法佛悲愍心廣爲衆生如理宣說而令衆生如說修習行諸梵行利益安樂天人世間

復次七覺支是佛所說謂念覺支擇法覺支精進覺支喜覺支輕安覺支定覺支捨覺支復次七三摩地緣是佛所說謂正觀察正籌量正言說正施作正活命正勇猛正念住復次七解脫行想是佛所說謂不淨想死想飲食不貪想一切世間不可樂想無常想無常苦想苦無邊想復次七力是佛所說謂信力念力無畏力精進力忍力定力慧力復次七種補特伽羅是佛所說謂心解脫俱解脫慧解脫身證信解脫法行信行復次七識住是佛所說謂種種身種種想即欲界人天是識所住種種身一想謂初禪天是識所住一身種種想謂二禪天是識所住一身一想謂三禪天是識所住空無邊處天是識所住識無邊處天是識所住無所有處天是識所住此名七識住如是等法佛悲愍心廣爲衆生如

理宣說而令衆生如說修習行諸梵行利益安樂天人世間

復次八解脱是佛所說謂内有色想觀外色解脱内無色想觀外色解脱淨解脱具足住空無邊處解脱識無邊處解脱無所有處解脱非想非非想處解脱想受滅解脱復次八勝處是佛所說謂内有色想觀外色少作是觀時起勝知見是爲勝處内有色想觀外色多作是觀時起勝知見是爲勝處内無色想觀外色少作是觀時起勝知見是爲勝處内無色想觀外色多作是觀時起勝知見是爲勝處内無色想觀外色青所謂觀如烏摩華及青色衣於二分青中皆是青顯青現青光廣多清淨作是觀時起勝知見是爲勝處内無色想觀外色黄所謂觀如訖哩瑟拏阿迦囉華及黄色衣於二分黄中皆是黄顯黄現黄光廣多清淨作是觀時起勝知見是爲勝處内無色想觀外色赤所謂觀如滿度儞嚩迦華及赤色衣於二分赤中皆是赤顯赤現赤光廣多清淨作是觀時起勝知見是爲勝處内無色想觀外色白所謂觀如白色華及白色衣於二分白中皆是白顯白現白光廣多清淨作是觀時起勝知見是爲勝處如是等名爲八勝處復次八種世法是佛所說謂利衰毁譽稱譏苦樂復次八正道是佛所說謂正見正思惟正語正業正命正精進正念正定此名八正道如是等法佛悲愍心廣爲衆生如理宣說而令衆生如說修習行諸梵行利益安樂天人世間

復次九衆生居是佛所說謂種種身種種想

即欲界人天是衆生居種種身一想謂初禪天是衆生居一身種種想謂二禪天是衆生居一身一想謂三禪天是衆生居空無邊處天是衆生居識無邊處天是衆生居無所有處天是衆生居非想非非想處天是衆生居及無想天是衆生居此名九衆生居如是等法佛悲愍心廣爲衆生如理宣說而令衆生如說修習行諸梵行利益安樂天人世間

復次十具足行是佛所說謂不壞正見不壞正思惟不壞正語不壞正業不壞正命不壞正精進不壞正念不壞正定不壞正解脫不壞正智此名十具足行如是等法佛悲愍心廣爲衆生如理宣說而令衆生如說修習行諸梵行利益安樂天人世間

爾時世尊知尊者舍利子爲諸苾芻如應說法已佛即從其宴卧安詳而起告尊者舍利子言善哉善哉舍利子如汝所說是佛所說此法名爲大集法門後末世中能與衆生作大利益於後末世我諸苾芻修梵行者應當於此大集法門受持讀誦宣通流布又舍利子後末世中若人得此大集法門受持者是人於未來諸佛法中爲淨信善男子於佛教法深生愛樂廣大開曉心大歡喜爾時諸苾芻聞佛稱讚此大集法門已歡喜信受禮佛而退

佛說大集法門經卷下

音釋

褺徒協切重衣也　惹人者切　呰蔣几切譏毀也　慘七感切酷毒也　齅許救切以鼻擹氣也　呬虛利切

佛說光明童子因緣經

宋西天三藏朝奉大夫試光祿卿傳法大師施護奉　詔譯

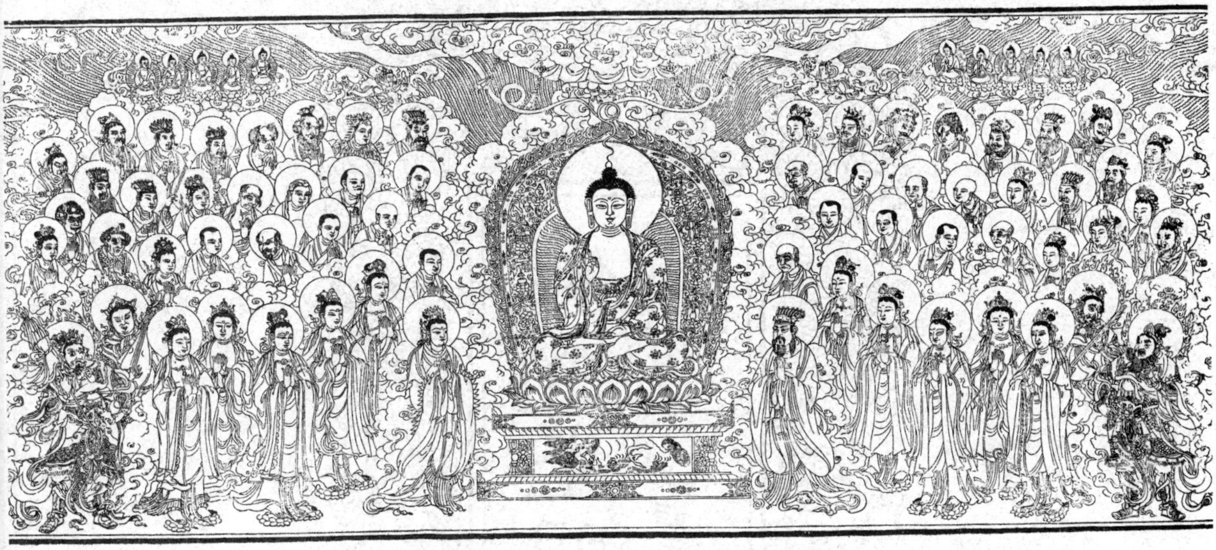

清刻龍藏佛說法變相圖

佛說光明童子因緣經卷第一 第二同卷

宋西天三藏朝奉大夫試光禄卿傳法大師施護奉 詔譯

如是我聞一時佛在王舍城迦蘭陀竹林精舍而彼城中有一長者名曰善賢有大財寶富饒自在然彼長者於諸外道尼乾陀等深生信重長者一時以彼世因緣故其妻懷妊而後一日世尊於其食時被袈裟衣執持應器入王舍城次第乞食漸次至彼善賢長者舍時彼長者遠見世尊漸近自舍即謂妻言我今同汝詣世尊所作是言已即與其妻前詣佛所到已白言世尊我名善賢此是我妻其人懷妊日月將滿當所生者是男是女佛言長者汝妻胎中決定是男其後生已家族富盛最上吉祥現於人中受天勝福乃至最後於我法中出家學道斷諸煩惱證阿羅漢

是時長者即取滿鉢上味清淨飲食奉上世尊世尊受已作如是言願其施者吉祥安樂世尊言已持所施食還復本處佛去未遠有一外道是彼善賢先所重者見佛世尊已即作是思惟豈非今時因此沙門瞿曇長者於我破本信心我宜往彼詢問其故沙門瞿曇來何所說時彼外道作是思惟已即詣長者舍作如是言長者沙門瞿曇有何願求來至汝舍復作何說長者白言我師聖者我妻懷妊故乃問彼沙門瞿曇當所生者是男是女彼謂我言定當生男生已決定家族富盛最上吉祥現於人中受天勝福乃至最後於我法中出家學道證阿羅漢而此外道本善占相聞是言已即取白石施設筭法筭量其事爲虛爲實彼設筭已具知其事如佛所言實無虛妄而彼外道雖知其實然作是念我今若以如實而說即此長者於彼沙門瞿曇定生信重我今宜應語長者言瞿曇所說有實有虛時彼外道作是念已呼長者妻近外道前取左右手復看手文及瞻面相爾時善賢長者即白外道言我師聖者先已設筭何故重復看其手文及瞻面相彼外道言我適筭彼瞿曇所說及相汝妻審知其事少分眞實少分虛妄長者復言何者眞實何者虛妄外道答言瞿曇所說汝妻生男此說是實所言生已家族富盛此亦是實然子生時合有少分火光明事此子後必壞汝家族所言最上吉祥現於人中受天勝福此是虛妄長者汝豈曾聞於人世中受天福者斯爲難信所言於瞿曇法中當出家者此說是實以彼衣食

因緣所逼切故而後決定於瞿曇邊樂求出家所言斷諸煩惱證阿羅漢者此是虚妄以沙門瞿曇法中決定無有斷諸煩惱證聖果者爾時善賢長者聞説是事若虚若實其心疑惑即生愁惱白外道言我師聖者其事云何我今宜應當何所作外道告言長者當令汝子生後於我教中出家修學即能普學一切事業長者我雖此説汝自籌量時彼外道作是言已即出其舍是時善賢長者静在一處審自思惟我今一切不能顧惜而悉棄捨宜設計謀壞所姙子作是思惟已善賢長者即持毒藥塗摩妻腹是時長者左邊摩藥子轉右邊右邊摩藥子轉左邊乃至徧腹無處容受塗摩毒藥其妻以故即趣命終善賢意謂毋既命終子亦隨滅而後無人壞我家族亦復無人得證聖果爾時長者既見其妻已趣命終即時涕淚號泣鄰人親屬來相慰問善賢長者汝妻何故忽然命終長者報言因懷姙故而忽命終親屬鄰人來相問已各還自舍善賢長者即自思惟我妻已歿勿置家中可爲施設諸所用物送尸陀林作是思惟已即爲備辦所用諸物將欲出送鄰人親屬知已復來謂長者言汝妻已歿不須啼泣徒自生惱是時長者即取青黄赤白衆色衣服及珍寶具而爲莊嚴長者即時與諸親屬圍繞出送置尸陀林爾時先占相者外道尼乾陀知是事已心大歡喜即持幢蓋嚴飾而行於王舍城周徧巷陌四衢道中告諸外道尼乾陀等言汝等知不沙門瞿曇先言善賢長者妻當生子其後生已家族富盛最上吉祥

現於人中受天勝福乃至最後於我法中出家學道斷諸煩惱證阿羅漢彼虚妄說令善賢妻已趣命終子亦隨滅汝等當知譬如大樹根既斷壞枝葉華果其何能得諸外道輩相言告已心皆歡喜諸有清淨信者當知佛世尊者法爾真實無所不知無所不見無所不解無所不了起大悲心普攝世間作一護念施一無畏已能圓滿止觀二行已能成就三調伏事已渡四流煩惱大海已能安住四神足行以四攝法普攝衆生於長夜中常念度脫已能成就四無所畏斷五分結已出五趣六法具足六波羅蜜悉皆圓滿具足六種佛常行法開七覺華成八正果成就三摩鉢底九先行善十力堅固名稱普聞十方世界具足千種最勝自在於日三時及夜三時常

以佛眼觀察世間正知見轉於衆生中諸所施作何處若有增何處若有減何處若煩惱何處受極苦何處若破壞何處具有煩惱極苦破壞等事何處施設少分方便何處施設大方便力何處施設諸方便事何處衆生墮於惡趣何處衆生得生天界何處衆生得解脫果何處衆生未種善根者令種善根何處衆生已種善根者使令成熟何處衆生已成熟者令得解脫佛世尊者具足如是功德言無虚妄離諸過失爾時世尊審知時處因緣等事知其所應放光明時即從口中出現青黄赤白衆色光明其光周徧上下照耀光中照時所有等活地獄黑繩地獄衆合地獄號叫地獄大號叫地獄炎熱地獄極炎熱地獄阿鼻地獄如是等八熱地獄光明照已悉變

清凉所有皰地獄皰裂地獄阿吒吒地獄呵呵鑁地獄虎虎鑁地獄青蓮華地獄紅蓮華地獄大紅蓮華地獄如是等八寒地獄光明照已悉變温暖以佛光明最勝因故其中衆生蒙光照觸身得離苦心生適悦各作是言我等以何罪因墮在此中今日覩是希有光明地獄衆生發起如是清淨心時世尊大悲復於光中現變化事彼諸衆生見所化已又作是言我等今日見是變化希有等相此處出已應不復於惡趣受生以佛光明最勝因緣故身離苦惱心生適悦作是言已各發最上清淨信心彼地獄業皆悉滅盡即分人天二趣受生地獄衆生由是真實如應得利已是佛光明又復上照四天王天忉利天夜摩天兜率天化樂天他化自在天梵衆天梵輔天大梵天少光天無量光天光音天少淨天無量淨天徧淨天無雲天福生天廣果天無煩天無熱天善見天善現天色究竟天光明上照如是等天已於其光中演出無常苦空無我之聲復於光中説伽陀曰

譬如大象没泥中　以勇力故即能出
佛教勇猛大力故　能令生死軍摧壞
今此正法善調伏　所行遠離諸過失
息彼三界廣輪迴　滅盡衆生苦邊際

爾時世尊所放光明各各隨往乃至徧照三千大千世界而佛世尊雖放一光其光收時隨應各異世尊若欲説過去事其光即當從佛後隱若欲説彼未來世事其光即當從佛前隱若欲説彼地獄趣事其光即從佛足心隱若欲説彼傍生趣事其光即從佛足面隱

若欲説彼餓鬼趣事其光即從佛足指隱若欲説於人趣中事其光即當從佛膝隱若欲説彼小轉輪王事其光從佛左手心隱若欲説彼大轉輪王事其光從佛右手心隱若欲説彼天趣中事其光即當從佛臍隱若欲説彼聲聞菩提其光即當從佛口隱若欲説彼緣覺菩提其光即當從佛眉隱若欲説彼阿耨多羅三藐三菩提其光從佛頂門而隱今佛世尊所放光明徧照三千大千世界已其光旋環却從世尊口中而隱爾時尊者阿難先侍佛邊見此光明即前合掌白佛言世尊今此種種妙色最上清淨光明從佛口出廣大照耀普徧世界以何因緣其事如是作是語已即説伽陀曰

佛於世間爲最上　安住正因而真實
久已遠離二語言　斷除憍慢等過失
如世商佉及蓮藕　非無因故色自白
如來最勝人中尊　非無因故光明現
如來以自行願力　現證神通及大智
觀察聽者樂聞法　佛人中主欲敷演
大智寂默大牛王　必説最上妙法語
如來清淨一音宣　衆生疑網皆除斷
又如大海及山王　若無因故不能動
如來正覺人中尊　無因不現光明相
大智觀察因緣事　如應所作皆利益
隨諸衆生所希望　故現如是光明相

爾時世尊告阿難言如是如是阿難當知如來應供正等正覺若無因緣不放光明我今將欲詣尸陀林汝可往告諸苾芻衆謂言如來將詣尸陀林中汝諸苾芻發勤勇者如應

各各被袈裟衣侍從如來往尸陀林是時阿難受佛教勑即詣諸苾芻所到已作如是言佛勑諸苾芻如來將詣尸陀林中汝諸苾芻發勤勇者如應各各被袈裟衣侍從如來往尸陀林爾時尊者阿若憍陳如馬勝蹲澁波大名跋捺哩迦舍利子目乾連迦葉滿稱等諸大聲聞衆受佛勑已即如常儀被袈裟衣來至佛所爾時世尊與諸大衆前後圍繞詣尸陀林所謂善調伏者調伏衆圍繞解脱者解脱衆圍繞安隱者安隱衆圍繞律儀者律儀衆圍繞應供者應供衆圍繞離貪者離貪衆圍繞妙相端直者妙相端直衆圍繞猶如牛王牛衆圍繞又如象王象衆圍繞如師子王衆獸圍繞如彼鵝王鵝衆圍繞如金翅鳥王金翅鳥衆圍繞如婆羅門學衆圍繞如大醫王求療者圍繞如勇猛將軍衆圍繞如大富者財寶圍繞如大商主商衆圍繞如最上首者多人衆圍繞如小國王臣佐圍繞如轉輪王千子圍繞如月天子衆星圍繞如日天子千光圍繞如持國天王乾闥婆衆圍繞如增長天王鳩槃荼衆圍繞如廣目天王龍衆圍繞如多聞天王夜叉衆圍繞如毗摩質多羅阿脩羅王阿脩羅衆圍繞如帝釋天主三十三天衆圍繞如大梵王梵衆圍繞如底彌囉魚現大海中如霹靂雲將降大雨周帀諸雲皆悉圍繞如來諸根調柔善順威儀端嚴離缺失相如大象王七支拄地平正圓滿離諸過失如來具足三十二相八十隨好殊妙莊嚴清淨體相無能勝者圓光熾盛廣大照耀如千日中一光明現又如寶山高顯而出

一切最勝普徧賢善十力四無所畏三不護三念住及大悲等諸功德法皆悉具足是時復有無數諸苾芻衆及無數百千人衆周帀圍繞隨佛行詣尸陀林中佛所行時有十八種法而可稱讃何等十八一無火怖二無水怖三無師子怖四無虎怖五無海難怖六無他軍怖七無賊盜怖八無王難怖九無惡人怖十無關稅津渡道路等怖十一無人怖十二無非人怖十三無非時怖十四天眼天耳如實見聞十五施設光明廣大照耀十六於法自在十七於人自在十八無病惱等如是善法佛所行時皆悉具足爾時復有無數百千天人各各來集隨從世尊往尸陀林觀佛世尊所應作事

佛説光明童子因緣經卷第一

佛説光明童子因緣經卷第二

宋西天三藏朝奉大夫試光禄卿傳法大師施護奉　詔譯

爾時王舍城中有二童子一姓婆羅門一姓刹帝利其刹帝利童子名曰壽命是二童子從王舍城出於其路左共爲戲劇彼壽命童子久發正信婆羅門童子不具正信乃謂壽命童子言我聞世尊先説善賢長者妻當生子其後生已家族富盛最上吉祥現於人中受天勝福乃至最後於我法中出家學道斷諸煩惱證阿羅漢彼善賢妻已趣命終子必隨滅長者親屬送置尸陀林中我知是事豈非世尊説妄語邪時壽命童子即爲婆羅門童子説伽陀曰

日月星宿可墜地　山石從地可飛空
海水淵深可令枯　佛語決定無虚妄

是時婆羅門童子聞是伽陀已謂壽命童子言汝或不信我今同汝往尸陀林審觀是事于是世尊從王舍城次第而行彼二童子猶在路左共爲戲劇時壽命童子遥見世尊大衆圍繞以宿善根故即説伽陀曰

希有大牟尼　離諸動亂相　人天大衆俱
次第而圍繞　以師子吼音　能破諸外論
善斷衆疑網　最上難得見　佛往尸陀林
威儀相可觀　如風飄密雪　清冷而徧空
釋迦牟尼尊　現光明變化　刹那瞻覩者
隨應獲利益

爾時摩伽陀國主頻婆娑羅王聞佛世尊先説善賢長者妻當生子其後生已家族富盛最上吉祥現於人中受天勝福乃至最後於我法中出家學道斷諸煩惱證阿羅漢彼妻

已趣命終長者親屬送尸陀林令佛世尊與諸大衆圍繞亦詣尸陀林中王聞是已即自思惟我佛世尊若無義利而輒不往彼尸陀林將非善賢之妻死而復生世尊往彼欲爲施作諸利益故我今宜應往觀是事是時頻婆娑羅王作是思惟已即與耆舊大臣宮嬪官屬圍繞而出王出城時彼二童子尚居路左共爲戲劇彼壽命童子遥見頻婆娑羅王已即時前詣説伽陀曰

最勝摩伽陀國主　臣佐圍繞出王城
發起決定淨信心　一切人衆皆歡喜

是時佛及一切人天大衆頻婆娑羅王乃至壽命童子等咸悉至於尸陀林中爾時世尊即從口中放淨光明普照衆會時彼先占相者外道尼乾陀等亦在會中覩佛世尊放光明已即作是念今此沙門瞿曇於大衆中現光明相豈非善賢之子不命終耶作是念已謂長者言長者我觀沙門瞿曇現光明相必是汝子存而不没善賢長者白言我師聖者此事若然我當云何外道告言長者汝子若在當令入我法中普徧修學爾時長者將焚其妻先已積薪并所用物置尸於中舉火以焚火燄既發即從臍間漸次破裂中出蓮華於其華中有一童子端然而坐面貌端正色相殊異是時會中無數大衆悉覩是相歎未曾有諸正信者憶佛前言誠無虛妄時彼外道尼乾陀覩是事已心生苦惱歛然而住爾時世尊即告善賢長者言長者汝今收此童子護持養育時外道尼乾陀竊覩長者面相已謂言長者焚尸火中忽出童子於一切事

皆不吉祥汝今不應收歸養育時善賢長者即不肯受是時佛告壽命童子言汝宜收此童子護持養育時壽命童子先審思已後白佛言於我舍中無處容受設得此子非我所宜時善賢妻焚燒已竟以佛光明威神力故火自息滅於剎那間天降細雪自然清冷收置餘薪淨其焚地是時火中出者童子安然而住于是世尊普告壽命童子等言汝等有正信者勿學外道邪異誑亂當住正念壽命童子白佛言世尊我於王族生亦於王族老我身清淨猶如牛頭妙栴檀香等無有異我實不知外道邪異誑亂等事是時世尊又復告彼善賢長者言今此童子是汝之子汝可收歸護持養育彼善賢長者邪見堅固不行正道即時又復竊覩外道尼乾陀面彼外道

言善賢長者汝宜審思今此童子火中遺殘大不吉祥雖火不燒而相豈善汝若收歸決定令汝家族破壞又復於汝命不相益及於汝身爲多損惱凡所欲事不得和合深自籌量無宜後悔長者聞外道言已復不肯受爾時世尊即謂頻婆娑羅王言大王汝今收此童子王宫養育時頻婆娑羅王受佛教勑即速起身曲躬伸手取其童子普徧觀瞻已即白佛言我依佛勑收歸王宫然此童子作何名字願佛世尊善爲安立佛言大王今此童子從火中得應爲立名號火光明爾時世尊於大衆中以此童子付授頻婆娑羅王已即時觀察審知頻婆娑羅王及諸會衆若體若性心所樂欲如其所應廣爲説法是諸會衆得聞法已中有多百人發起最上清淨正信

有證須陀洹果者有證斯陀舍果者有證阿那含果者有證阿羅漢果者有能進發煖位善根者有能進發頂位善根者有能進發忍位善根者有發聲聞菩提心者有發緣覺菩提心者有發阿耨多羅三藐三菩提心者有發歸依攝受心者有於學句起攝受心者如是會衆以佛功德及正法力衆和合事隨其所應咸得利益爾時頻婆娑羅王即離佛會將此童子還復王宮是時大王召八宮嬪以爲八母二爲養母使令恩養二爲乳母使令乳哺二爲淨母使令濯浣二爲戲母使令伴習戲翫如是王勑八母付其童子自乳哺中至於成長或乳或食及餘所須於晝夜中撫憐恩育無令闕失後漸長成如清淨池一蓮秀出愛護存惜其義亦然乃至後時光明童子有一舅氏久持財物出外商販漸歷歲年未由還復忽於一時外聞人說我妹懷姙佛爲記說定當生男其後生已家族富盛最上吉祥現於人中受天勝福乃至最後於我法中出家學道斷諸煩惱證阿羅漢時彼舅氏聞此語已即速聚收商販財物涉遠齎持還歸自舍既至舍中知妹已歿悲號啼泣審自思惟外先所聞佛記我妹定當生男乃至斷諸煩惱證阿羅漢今妹既歿佛虛說言豈佛世尊亦妄說邪作是念已即往鄰家詢問其故謂鄰人言我出外方商販始還先聞人說我妹懷妊佛爲記言定當生男其後生已家族富盛最上吉祥現於人中受天勝福乃至最後於我法中出家學道斷諸煩惱證阿羅漢我聞是說歡喜而歸洎至家中妹已亡歿

佛所説言豈非虛妄是時鄰人即謂舅氏説伽陀曰

星月可處地　山石可飛空　大海可令枯佛語誠無妄

時彼鄰人説伽陀已復謂舅氏言世尊所説實無虛妄汝妹亡歿然有其因以善賢長者信外道言造殺害業由殺因緣汝妹亡歿光明童子有大威力火不能燒蓮華中出而今在彼頻婆娑羅王宮中養育是時鄰人具以前事告其舅氏時彼舅氏聞此語已即還家中謂善賢長者言長者所爲不依理法以何事故我妹致終然我審知我妹懷妊汝設計謀不全生產汝以邪見信受外道起殺因緣殺害我妹光明童子有大威力火不能燒蓮華中出今在王宮此實非理汝可速詣王宮於今日中取童子歸斯爲甚善若不然者我必與汝作不和合我即當持白灰於街巷路陌四衢道中乃至隨處徧散其地普令地白使人驚異我當唱言善賢長者殺害女人我妹先因此人壞命光明童子今在王宮王亦爾時作無義利我於隨處必作此説汝自籌量無貽後恥爾時善賢長者聞此語已心生憂惱作是思惟如舅氏説將非實邪若實然者我必懷慚作是思惟已即詣王宮既至王所跪拜伸敬具以前事而白王言大王我尚輕小王最勝上若不與其童子恐謗於王願王今時與此童子王言長者我本無心取此童子是佛世尊付授於我若非佛勑我豈取耶汝若欲取此童子者今自宜應往詣佛所具陳斯意是時善賢長者即出王宮往詣佛

所到已白佛言我有親屬從外來歸彼謂我言光明童子今在王宮於今日中速令取歸斯爲甚善若不然者彼不和合乃至當於四衢道中唱言善賢殺害女人我妹先因此人壞命光明童子今在王宮王亦爾時作無義利我以是事適詣王宮取彼童子王言先因佛令收養故我來此願佛令王還我童子爾時世尊知是事已觀其善賢長者今時若不得此童子苦惱逼心無有是處定當嘔血而趣命終佛大慈悲爲作救護即告尊者阿難言阿難汝可往詣頻婆娑羅王宮如我辭曰佛問大王得無病不今有一事當聽佛言善賢長者來取光明童子王今宜應速當授與善賢長者若不得此童子苦惱逼心無有是處定當嘔血而趣命終王悉是事應如佛言

是時尊者阿難承佛聖旨即時往詣頻婆娑羅王宮到已見王如佛辭曰佛問大王得無病不今有一事宜聽佛言善賢長者來取光明童子善賢若不得此童子苦惱逼心無有是處定當嘔血而趣命終大王應悉是事宜速付授爾時頻婆娑羅王受佛勑已即作是言大德尊者迴至佛所願傳我語頻婆娑羅王稽首世尊足下致敬問訊世尊如佛教勑我已聽受是時尊者阿難即出王宮迴至佛所具如王言白佛世尊時頻婆娑羅王即速宣召善賢長者到已謂言善賢今此童子久在宮中護持養育八母看侍乳哺依時我心愛憐過其親子今雖佛勑還付於汝然汝亦當體我心意日日三時汝自將來我欲觀視善賢長者敬受王命即白王言我受王勑敢

不遵承日日三時將詣王所是時頻婆娑羅王即以衆寶妙莊嚴具鉸飾大象令光明童子乘此寶象別勑臣佐而令伴送至長者舍而後長者日日三時送至王宮王親觀視光明童子凡所施作皆如理法乃至後時其父善賢趣命終已光明童子即爲家主旣嗣家業轉復精進信佛信法信苾芻衆歸佛歸法歸苾芻衆其父善賢長者於此方處先造殺業光明長者今爲其父修營福事乃於自舍常時備辦四事豐足承事供給四方苾芻乃至將來結集世尊正法藏者上首耆年諸大聲聞亦常供給所須供養光明長者於王舍城修如是等種種福事悉爲其父而作利益爾時有一商客是彼善賢長者先同商販故舊伴侶久在外方商販未還素念此人不造善業又復聞知今已亡歿子名光明嗣爲家主其光明長者信佛信法信苾芻衆歸依三寶如理所作時彼商客聞是事已傷念善賢慶快光明長者即以上妙牛頭栴檀之香造一大鉢滿盛衆寶遠從外方遣人持來遺彼光明長者以爲信記又令來人傳如是言所願長時記念不忘是時光明長者即以呪句而加護之其呪句曰

計那唧呬吒夜嚩一句 室吒夜嚩二 羯哩迦吒計那嚩三 仡哩係怛哷四

說此呪已復作是言如是寶鉢若沙門若婆羅門若大威力諸神通者當受此鉢如應得樂如是加持已即持此鉢出王舍城先於路左立一大柱綵繪莊飾上復懸鈴置鉢於下永爲標記是時有諸外道如彼常法於明旦

時詣河洗浴經由路次見此寶鉢即時問彼光明長者言長者汝安此鉢當何所用光明長者具以元因告諸外道彼外道言諸有清淨沙門釋子堪受此鉢餘無力能而堪受者外道言已隨處而散乃至後有耆年大德諸苾芻衆入王舍城持鉢乞食亦於路左見此寶鉢即乃問彼光明長者言汝安此鉢當何所用光明長者亦以元因廣如前答諸苾芻言長者今此寶鉢非我等受當持奉佛即能增長善利滅諸罪垢時諸苾芻如是言已隨處而散

佛說光明童子因緣經卷第二

音釋

妊（汝鴆切孕也）炮（普教切）鋄（亡敢切）捺（乃曷切）翅（施智切）靉靆（靉倚在切靆湯亥切靉靆雲盛貌）劇（竭戟切戲也）哺（蒲故切口飼也）濯浣（濯直角切浣胡管切濯浣洗滌也）嘔（於口切吐也）鉸（居效切裝鉸也）

佛説光明童子因緣經卷第三 第四同卷

宋西天三藏朝奉大夫試光祿卿傳法大師施護奉　詔譯

爾時尊者十力迦葉遊行到彼置寳鉢所見是事已即詣光明長者舍問長者言汝置寳鉢於其路左當何所用光明長者即以前緣具白尊者是時十力迦葉作是思惟我聞善賢長者信重外道先造殺業光明長者今於此地爲作福事我今不應棄此鉢去宜現神力令光明長者圓滿志願作是思惟已即以神力舒其右手譬如壯士屈伸臂頃取其寳鉢持還所止時諸苾芻見十力迦葉持寳鉢來咸共白言尊者汝於何處而得此鉢十力迦葉具以前事告諸苾芻時諸苾芻又復白言尊者汝爲此鉢故所現神力如法儀不十力迦葉言諸苾芻設如法儀不如法儀我已施作今復云何時諸苾芻具以其事即共白佛佛告諸苾芻言若非時處及無義利不應輒現神力等相所現非宜必生過失爾時世尊即以神力化出四鉢一金二銀三吠瑠璃四頗胝迦化此四已又化四鉢一鍮石二赤銅三白銅四木如是化已將前四鉢次第安布將後四鉢亦復安布一一鉢中滿盛上好可食香藥送置一處令苾芻衆所應受者隨意而取於後佛攝神力鉢亦不現乃至後時光明長者天中勝福吉祥相現殊異等事時時自出是時王舍城瞻波國二界中間有標記柱綵繪莊飾下有二鉢一鐵二瓦是鉢先加持已安置於此二界不遠有一稅場諸商販者輸納王物有一守稅人諸子眷屬財帛具足然不修善故稅場所而忽命終作大惡

夜叉亦在彼方守護稅場諸子一夜夢夜叉言可於彼地標記柱上懸一大鈴凡諸商人經此稅場若有稅物隱而不納其鈴自動守稅人知即速追集重復搜檢獲所稅已而乃放去諸子得夢至明旦時即與親屬往稅場側尋見其柱乃依所夢懸鈴於上爾時瞻波國中有一居家婆羅門名曼馳怛謨營貿爲業忽於一時與自妻室同在一處妻謂夫言我今共汝營謀家業滋彼財穀以備所須豈可安然都無營作汝今宜應往市肆中買氎華藥極妙好者我當爲汝織成白氎持出貿易豈無利邪時婆羅門如其妻言買得持歸妻乃設以機織之具次第敷置緝織其氎是藥細輭妙好無比布以經緯緻密細匀如是勤力織成其氎即謂夫言今此白氎上妙細輭價直千金汝可持出外若有人酬千金價當可授與其或價直不滿千金汝應隨處可出輕言是處無人而能辯識此妙細氎唱是言已即當持往他處貿易爾時曼馳怛謨婆羅門具如妻言持此細氎入市貿易竟無有人酬千金者憶妻所說乃唱是言瞻波大城無有一人識此細氎言已持歸與妻同議此既無人酬是價直宜往他國必有識者更相告已時婆羅門復將一段曽所著者同前新氎置傘柄中隨商人衆隱覆而行漸出本國適王舍城經彼二界所有稅場是諸商人既至彼已置隨行物聚集一處時守稅人次第搜檢彼諸商人即各以其所應稅物輸納於王衆中唯有曼馳怛謨婆羅門隱覆先置柄中白氎而不輸納獨在一面是時稅場之側

先所安立標記之柱其所置鈴自然作聲彼守稅人即知衆中有隱稅者乃謂商主言今此柱上鈴自作聲非風吹動非人搖擊我已審知汝此衆中豈非有人隱覆稅物不輸納邪時守稅人即速呼集重復搜檢於此衆中不見一人有其稅物隱不納者時諸商人互相知悉無稅物已咸欲前進鈴又作聲如是數四累細檢覆無隱稅者商主乃謂守稅人言我此衆中無隱稅者必是他衆私隱前去作是言已衆共僉議謂是此一婆羅門隱覆稅物乃至最後彼守稅人於曼馳怛謨婆羅門處執而不捨堅求其稅時婆羅門言汝今何故而相謀執汝已顯見我實無物若有少物隱不納者罄我所有悉以輸稅作是言已鈴又作聲時守稅人秖於此婆羅門處委細搜檢乃謂彼言咄婆羅門汝今何故堅隱稅物而不肯納汝今聞此鈴聲頻震是事希有汝今當知此柱之下必有天神而作加護汝宜輸物無自貽咎婆羅門言天神加力我信是實言已於傘柄中出其白氎示守稅人作如是言此即是我所隱稅物汝宜收之時守稅人受此氎已謂婆羅門言既不輸王非我所受迴奉天神言已持氎掛於柱上復謂婆羅門言我已掛氎奉彼天神汝或欲者當自取之時婆羅門即取其氎而乃前進於一靜處亦復如前安傘柄內隱覆而行漸次入於王舍城中時婆羅門顯張其氎貨於市肆冀望有人酬千金價如是周行竟無有人酬千金者時婆羅門作是唱言王舍大城無人辯識此妙細氎唱是言時光明長者乘以寶象

方從王宮還歸自舍適聞此語而忽驚愕即
時暫住謂婆羅門言汝今何故於此城中出
輕易語彼婆羅門即時無答光明長者言汝
宜具說此事元因婆羅門言我從本國持此
二段上妙細氎而來貿易若人酬我千金價
者我即與之我已周行無人酬價光明長者
言汝可持來我暫觀視時婆羅門即隨長者
至於舍中乃展其氎示於長者長者見已即
能辯識乃謂婆羅門言今此二氎一新一故
故者酬汝五百金錢婆羅門言長者所酬其
價未當光明長者言我今現見此是故物浣
濯乃新長者即時將此故氎於重樓上自空
投下其氎體重即速墜地光明長者復謂婆
羅門言餘一新氎我欲觀視時婆羅門即取
新氎持授長者長者觀已亦復如前向空投
下其氎體輕良久徐徐方乃墜地彼婆羅門
即生信重乃作是言光明長者有大威力今
此細氎若新若故我悉奉汝不取其價汝當
受之長者答言我家巨富汝歷艱辛安可無
名受汝此物我今各與汝千金錢鬻我二氎
時婆羅門得其價已持還所止光明長者先
以故氎授彼家僮後將新氎自作淨巾而常
受用乃至後時光明長者用是巾已向日曬
曝是時頻婆娑羅王臣佐圍繞方欲上殿忽
爲暴風飄其浴巾落於王前時頻婆娑羅王
謂侍臣言今此細氎從何所來唯應王者乃
可受用侍臣白言大王曾聞轉輪聖王臨位
七日天雨黃金王今統臨天雨細氎後必非
久亦雨黃金王言汝等知不我聞佛記光明
長者現於人中受天勝福今此細氎必應是

彼所用之物風飄至此可召其人而還授之是時光明長者即至王前王言長者佛先記汝現於人中受天勝福今此細氎必汝所有今還授汝時光明長者鞠躬伸手捧受其氎受已觀見是已所有即白王言此是我家所用淨巾適因曝於日中風飄至此其事如實王言長者佛記於汝受天勝福吉祥相現佛語諦誠其事如是又言長者汝今勝相若此何不請王於汝舍中暫一觀視長者白言願王今時幸我小舍王言長者汝可先還備諸飲食長者白言大王受天福者不假營造自然成辦願王臨幸爾時頻婆娑羅王即與臣佐圍繞出詣光明長者舍長者前導王至彼舍於其外門見守門婢色相殊異王乃暫住長者白言大王何故住而不進王言長者我見汝妻故乃暫住長者白言此非我妻是守門婢王即前行至中門外又見一守門婢王復不進長者白言王復何故住而不進王同前答長者白言此非我妻亦是守中門婢王即前進入於中門見摩尼寶地上有蟲魚流水之相王意謂是池沼在此亦復暫住長者白言大王何故住而不進王言此處有水故不前進長者白言大王此處無水是摩尼寶所成之地王言長者若是寶地何故有諸蟲魚流水等相長者白言大王上有旋輪雕鏤蟲魚等相下是摩尼寶光映照故爾王雖聞是說猶故未信即時取自指環前擲於地環擊地聲王乃信是摩尼寶地時頻婆娑羅王既入其舍處師子座時長者妻出拜王前而忽淚下王言長者汝妻何故見王垂淚長者

白言大王妻拜王前何敢垂淚但爲王所著衣有木煙氣煙薰目故而忽淚下是故大王受天福者所欲飲食有如意寶自然能出爾時頻婆娑羅王在長者舍住經七日忘還王宮時諸臣寮共詣阿闍世太子所白言太子王在光明長者舍經今七日於國政事有所妨廢太子宜往請王還宮時阿闍世太子即詣光明長者舍白父王言我王何故忘還王宮於國政事有所妨廢王言我在此舍始經一日國有政事汝豈不能暫代吾治太子白言父王當知住於此舍已經七日王聞是語顧視光明長者問言實不長者白言實尔大王已經七日王言長者汝此舍中觀於何相以分晝夜長者白言華開華合以分晝夜異鳥和鳴及不和鳴以分晝夜摩尼寶珠光現不現以分晝夜其或有華合而非夜有華開而非晝有珠光隱而非夜有珠光現而非晝有異鳥寂然而非夜有異鳥和鳴而非晝時頻婆娑羅王聞是事已即謂光明長者言我信佛語眞實無妄佛所說汝現於人中受天勝福其事如實時頻婆娑羅王言已出長者舍彼阿闍世太子方出舍時私竊取一摩尼寶珠名扇怛俱授一侍人還王宮已召而謂言適所授汝摩尼寶珠汝可持來我欲觀視侍人開手欲奉太子其珠不見即時白言不知此珠失於何處是時太子即將侍人而行捶打光明長者以天福力即知其事來問太子言何故捶打此侍人耶太子答言我適汝舍盜摩尼珠授此侍人今忽隱諱我已作盜此復轉盜其罪愈甚故行捶打長者白言汝

取我珠此不名盜今既不見亦非他盜此珠現今復在我舍何以故受天福者方可用故太子若復別有所欲悉當奉汝我無所恪時阿闍世太子心生疑念我今於此長者未有希取將來我父頻婆娑羅王命終已後我乃求彼財寶諸物作是念已阿闍世太子與提婆達多結搆異謀害父王命乃至後時殺其父已自行灌頂處於王位乃召光明長者而謂言曰長者可為我兄欲就汝舍而共居止凡有所須汝應給我時光明長者作是思惟頻婆娑羅王正法治世此人猛惡又復勃逆殺其父王私自灌頂處於王位今於我前出矯誑語欲止我舍我應隨順我若違彼必因此人壞我家族作是念已白言大王我知汝心必有所欲願就我舍凡有所須隨意受用我當於後却往王宮阿闍世王言若能如是乃為甚善作是議已是時大王先詣其舍長者還復來詣王宮長者所有天人吉祥勝相寶藏諸物長者行處而悉隨至彼阿闍世王在長者舍見珍寶藏七徧出現七徧隱沒作是思惟今此舍中寶藏諸物必隨彼去我不能得我今宜應別設異謀潛遣數人極兇惡者同載一車往光明長者所盜竊珍寶彼人到已巧設計謀伺行盜竊時光明長者在高樓上侍女圍繞時諸侍女見此車中所載之人先已默識是兇惡人來作盜竊侍女見已笑指而言此是兇惡盜竊之人是時長者忽聞笑言具知其事於是諸人隱之終夕至明旦時多人共見咸唱是言阿闍世王是惡逆人殺害父王今復遣諸惡人來長者所偷竊

珍寶時阿闍世王知是事已即遣使人來光明長者所謂言長者何故多人輕謗於我時光明長者知王意已即速驅逐惡人令去長者知王意已即速驅逐惡人令去長者即自思惟阿闍世王極大惡逆殺害父王豈非後時亦復於我致殺害事我今棄捨一切所有憶佛先記於佛法中出家學道斷諸煩惱證阿羅漢我今宜應投佛出家作是思惟已即出寶藏施作種種悲愍利樂布施等事

佛説光明童子因緣經卷第三

佛說光明童子因緣經卷第四

宋西天三藏朝奉大夫試光祿卿傳法大師施護奉　詔譯

爾時光明長者施作種種悲愍利樂布施等事已而不告諸眷屬親愛潛詣佛所到已頭面禮世尊足前白佛言世尊願佛今時施我善利我今於佛法中樂欲出家受具足戒而為苾芻淨修梵行願佛大慈攝受於我佛言善來於我法中勤修梵行作是言時光明長者鬚髮自落僧伽梨衣自然著身成苾芻相然後執持應器及淨軍持經七晝夜心住正念淨修梵行威儀可法如百臘者佛以自著僧伽梨衣與覆其頂光明苾芻諸根寂靜一心正住是時空中有聲讚言佛於今時與滿意願光明苾芻即復發起勤勇堅固之意諦觀五趣生死輪迴動轉循環無有窮盡衆生諸行種種差別隨生死中唯佛正法而能解脫如是觀已見四諦法了知生死遠離三界貪愛之想視諸金寶與泥土等斷盡煩惱證阿羅漢果三明六通悉得具足最上無比履空高舉如意自在於世名聞利養等事而悉不著釋梵諸天咸來供養是時會中諸苾芻衆見是事已心生疑念俱白佛言世尊今此光明苾芻以何因緣未出家時現於人中受天勝福入佛法中始出家已即能斷除一切煩惱證阿羅漢佛言諸苾芻此光明苾芻宿種善根今已成熟逮得所利如應決定今正是時是故光明苾芻以宿善因緣獲如是果復次諸苾芻當知諸業果報皆從自因所作非外地界所成亦非水火風界所成亦非從餘蘊處界成若善不善皆由自業獲諸報應

爾時世尊爲諸苾芻說伽陀曰

一切衆生所作業　縱經百劫亦不忘
因緣和合於一時　果報隨應自當受

佛告諸苾芻汝等諦聽光明苾芻往昔因緣過去九十一劫有佛出世號毗婆尸如來應供正等正覺明行足善逝世間解無上士調御丈夫天人師佛世尊其佛與六百二十萬苾芻衆遊行到滿度摩底大國城中安止一處彼國有王名滿度摩其王正信正法治國國土廣大人民熾盛安隱豐樂離諸疾苦飢饉等難亦無鬬諍怨害盜賊恐怖人民和順善相具足時彼城中有一長者名曰積財於法正信其家大富財寶無量與毗沙門天王等無有異時彼長者知毗婆尸如來與苾芻衆來至城中即自思惟我欲請佛及苾芻衆飲食供養及就我舍安居三月作是思惟已詣彼佛所到已頭面禮佛雙足退坐一面時毗婆尸佛乃爲長者如其所應宣說法要示教利喜積財長者聞正法已即從座起整治衣服合掌向佛而白佛言世尊我今請佛及苾芻衆就我舍中飲食供養及就我舍安居三月一切所須供給承事願佛慈悲赴我所請毗婆尸佛即時默然積財長者見佛默然知已受請心生歡喜頭面禮足即出佛會還復自舍是時滿度摩王聞毗婆尸佛與六百二十萬苾芻衆遊行到此國城之中即作是念我今請佛及苾芻衆就我宮中飲食供養及就我宮安居三月一切所須隨應供給作是念已即與臣佐官屬圍繞詣彼佛所到已頭面禮佛雙足退坐一面是時彼佛如其所

應爲說法要示教利喜王聞法已即從座起整治衣服合掌向佛而白佛言世尊我今請佛及苾芻衆就我宮中飲食供養及就我宮安居三月一切所須飲食衣服卧具醫藥隨應供給承事供養願佛慈悲受我所請佛言大王我已先受積財長者所請王言願佛且就我宮飲食供養我當告勑積財長者佛言大王法爾不應違於先請爾時滿度摩王頭面禮毗婆尸佛足禮已即從佛會還所居宮亟遣人使詣積財長者所傳教勑言汝今當知我已先請毗婆尸佛及苾芻衆汝可別日營辦供養積財長者白使者言願王哀察我已先請彼佛及苾芻衆使還白王王復遣告長者汝今居我國中於理亦應我先供佛長者白使者言大王若言居王國中王合先請者理實不然願王今時勿相違礙使還具白王王復遣言長者當知設汝所請我亦不障然若能造勝上食者佛當自赴爾時積財長者聞是語已即於是夜然以香木營辦種種清淨最勝上味飲食滿度摩王亦於宮中辦造飲食至明旦時長者舍中敷設莊嚴妙好牀座及淨水器安布已訖遣人詣佛白彼佛言飲食已辦食時亦至願佛降赴今正是時爾時毗婆尸佛與苾芻衆食時著衣執持應器詣積財長者舍受其供養到彼舍已佛先洗足處於最上妙好之座諸苾芻衆亦各洗足次第而坐積財長者恭敬合掌前禮佛足禮已即持最上飲食躬自奉上佛世尊已次第各各奉諸苾芻是時彼佛及苾芻衆飯食訖已收置其鉢盥手清淨次第安坐積財長者

亦於佛前恭肅而坐聽佛說法爾時毗婆尸佛爲積財長者如其所應宣說法要示教利喜長者得聞法已心大歡喜頂禮佛足積財長者如是供養已佛出其舍爾時滿度摩王尚於宮中營辦飲食求勝長者乃謂侍臣言我此宮中眷屬嬪御而甚廣大何人善爲營造勝上殊妙飲食而能勝彼積財長者侍臣白言大王但當禁止諸賣薪者而彼長者自不能辦供佛之膳王如其言即令禁止若固賣者不應住我國中時積財長者聞有教勅禁賣薪者心生忿恚即作是言今我舍中自有香木何須彼薪以焚身耶是時長者舍中先然香木及以香油營造飲食是香普熏彼大城中滿度摩王聞是香已問侍臣言今此妙香從何所來侍臣白言此是積財長者然以香木營造飲食是彼餘香來至於此王聞是語知佛已赴長者所請轉復愁惱謂侍臣言今我宮中何無香木侍臣白言市無香木其何能得大王當知彼積財長者家雖巨富而無子息一旦終歿必無繼嗣凡彼所有悉歸於王時滿度摩王雖聞是語亦復不悅臣白王言大王且止愁惱王當別日請佛供養如王所欲我悉能令勝彼長者爾時臣佐作是言已即於滿度摩底城中悉令除去一切沙礫不淨等物以栴檀香水灑令清淨列淨水瓶焚諸妙香以真珠寶交錯垂布立諸幢旛散種種華猶如天中歡喜之園等無有異清淨莊嚴衆寶具足敷置種種妙寶之座營辦廣大細軟甘美種種上味清淨飲食色香具足如天酥陀悅意上味如是飲食所應供

養三界中尊既安布已時諸臣佐具白王言今此大城内外清淨種種莊嚴上味飲食悉已成辦願王請佛飯食供養時滿度摩王見是事已心生歡喜即遣使者詣毗婆尸佛所而白佛言飯食已辦食時亦至願佛降赴今正是時爾時毗婆尸佛與苾芻衆食時著衣執持應器詣滿度摩王宫受其供養到已佛先洗足處於最上妙好之座諸苾芻衆亦各洗足次第而坐時滿度摩王即持寶吉祥瓶自佛已降徧行淨水以佛神力故有吉祥龍自然住空持白傘蓋覆佛世尊及苾芻頂王第一妃執其珠金衆寶莊嚴上妙寶扇侍立佛側餘諸宫嬪亦執寶扇侍苾芻側時滿度摩王前禮佛足已即持上味飲食躬奉世尊然後各各奉諸苾芻爾時積財長者知佛亦赴滿度摩王所請即時遣人潛詣王宫覩其敷設莊嚴飲食等事所作何若是人至彼具見殊勝貪止不還如是累遣人去亦復不還最後長者即亦自往至王宫已備見莊嚴供養等事乃自思惟今王宫中如是敷設不知何人而能辦作我家何故無能此者作是念已還歸自舍謂守庫人言汝可取諸金寶置於門首有來求者隨意當與勿須引入我不能見時積財長者作是念已即入舍中寂止一處揞顋不悅是時帝釋天主以淨天眼見是事已乃作是念今此界中積財長者布施供養毗婆尸佛是爲上首施主彼心淨信我宜變身助其營造作是念已隱帝釋天主身現婆羅門相詣積財長者所到彼舍已謂守門人言汝可入告長者言有憍尸迦族婆羅

門今在門外欲見長者守門人曰長者有言凡有來者不應引入或有所求隨意當給汝婆羅門若有所欲自宜持去何故須求見長者耶婆羅門言我於諸物都無希取然今但欲求見長者汝宜爲我速入通達時守門人即入白言有一憍尸迦族婆羅門今在門外欲見長者長者告言汝可謂彼婆羅門曰若有所求自當持去何故須欲求見我耶時守門人即出具告婆羅門復言我無所求唯欲與彼長者相見時守門人再白長者於是長者許其相見婆羅門入已白長者言汝今何故揞顋不悅有何憂愁爾時長者說伽陀曰

我不說憂事　說亦不能脫　若令我得脫
我即爲汝說

時婆羅門言汝但具說憂愁所因我必爲汝善解其事時積財長者具說所因已彼帝釋天主即攝婆羅門相還復本身謂長者言我是帝釋天主我今當遣毗首羯磨天子來助於汝營辦勝上飲食供佛作是語已隱復天宮即勅毗首羯磨天子言汝往積財長者舍潛助營辦供佛之事不亦善乎時彼天子奉帝釋命潛助長者乃以神力即變大城悉令清淨如天境界敷設種種上妙珍寶嚴飾之具天諸寶座天妙飲食皆悉具足有愛羅縛努龍王自然住空持白傘蓋覆於佛頂餘吉祥龍各持傘蓋覆諸苾芻頂有天童女執金寶莊嚴最上寶扇侍立佛側餘諸天女各執寶扇侍苾芻側時積財長者即持種種上味飲食躬自奉上佛及苾芻時滿度摩王即謂使者言汝可潛詣積財長者舍觀其敷設莊

嚴飲食其事何若使者奉命即潛詣彼具見莊嚴殊異等事見已忘還復遣近臣去亦不還遣太子去亦復不還乃至最後王自詣彼潛立門側爾時毗婆尸佛知王在外即謂長者言汝先因滿度摩王發不善語業斯爲罪咎其王今在汝舍門外汝可速出悔謝其過長者即出見其王已悔過自責迎王前入王入舍已具見種種天妙莊嚴及飲食等見已悉忘前事乃謂長者言汝所供佛勝上若此如能日日如是供養佛及苾芻斯無等比時積財長者起清淨心前禮佛足發是願言願我以此如實布施佛及苾芻所作善根當生獲得大富自在一切具足所生之處得於人中現受天福不起多貪具離貪行願如今日得善法利值佛正法歸佛出家發是願已毗

婆尸佛及苾芻衆即往長者舍安居三月爾時釋迦牟尼佛告諸苾芻言於汝意云何爾時毗婆尸佛法中積財長者豈異人乎今光明苾芻是也彼時於滿度摩王所出不善語業由是因故果報無失於五百生中與母同其火焚乃至今生亦復如是然於毗婆尸佛所先種善根及發大願今已成熟爲大富長者一切具足現於人中受天勝福所作善利乃至威力等事與彼毗婆尸佛時等無有異而今最後於我法中出家學道斷諸煩惱證阿羅漢諸苾芻以是因緣汝等當知一切衆生若造一黑業因決定當受一黑業報若造一白業因決定當受一白業報是故諸苾芻若黑業因若白業因一一果報決定無失當知皆是自分所作汝等諸苾芻應如是修學

佛說此經已諸苾芻衆聞佛所說皆大歡喜
信受奉行

佛說光明童子因緣經卷第四

音釋

鍮他侯切銅屬　繪胡對切畫也　[illegible]寗也　貿莫候切交易也　緝七入切績也　緯于貴切經緯縱曰經横曰緯　緻直利切密也　罄苦定切空也　愕逆各切錯愕也　曝步木切日乾也　鏤郎豆切雕刻也　捶主蘂切擊也　饉渠吝切不熟曰饉　搘頤搘章移切拄也頤盈之切頷也

佛說寶帶陀羅尼經

佛說金身陀羅尼經

佛說入無分別法門經

佛說淨意優婆塞所問經

宋西天三藏朝奉大夫試光祿卿傳法大師施護奉　詔譯

清刻龍藏佛說法變相圖

四經同卷

佛說寶帶陀羅尼經

佛說金身陀羅尼經

佛說入無分別法門經

佛說淨意優婆塞所問經

佛說寶帶陀羅尼經

宋西天三藏朝奉大夫試光祿卿傳法大師臣施護奉　詔譯

如是我聞一時佛在釋種住處迦毗羅城尼拘律陀樹園與大衆俱是時羅睺羅童子居止異處於夜分中忽爲大惡羅刹所怖時羅睺羅即於是夜與諸童子衆前後圍繞出迦毗羅城往詣佛所到已頭面禮佛雙足乃於佛前涕泣而住爾時世尊知是事已即告尊者阿難言阿難當知我有大明名曰寶帶有大功德能爲羅睺羅童子而作擁護我今宣

說汝當受持而此大明若諸天衆龍衆夜叉衆羅刹衆阿脩羅衆迦樓羅衆乾闥婆衆緊那羅衆必舍左衆必隸多衆鳩槃茶衆布單那衆羯吒布單那衆諸宿曜衆二十八大夜叉將四大夜叉主四大天王諸離欲仙衆雪山住者乃至十方一切諸部多衆并羅刹女衆迦你里布寫那哩計吒羯蘭拏蘇摩那摩賀訶哩等諸母鬼衆三毋訥誐彌羯臘波大羅刹及東方訶哩大羅刹女南方虞拏西大羅刹女西方計舍哩大羅刹女北方珠髻大羅刹女此四大羅刹女各與六十眷屬俱如是等衆若聞宣說寶帶大明於一切處能為一切衆生而作擁護爾時世尊即說寶帶大明曰

竭你引屹囉二合引一竭那鉢底二瞿彌引屹囉二合引三瞿摩鉢底四鉢哩引迦五竭哩尼六竭囉鉢底七娑引囉鉢底八達那鉢底九蘇囉鉢底十阿棃波十一阿棃波鉢底十二摩鉢底十三阿鉢底十四末虎鉢底十五虎羅十六呬棃十七虎盧十八底棃十九呬棃二十唧致二十一棃鉢多二合二十二鉢跓引吒吒吠引二十三唵引二十四藍尾引二十五摩尾薩哩引二十六摩賀引呬棃二十七虎虎二十八三滿多薩薩哩引二十九阿三滿多薩囉鉢棃引三十珂薩哩引三十一阿引嚩哩多二合三十二摩賀引嚩哩多二合三十三竭你引三十四彌引珂棃引三十五

佛言阿難我此宣說寶帶大明有大功德若有持是明者隨諸所求皆得圓滿所有持明天衆部多衆吠多拏衆大力天衆諸神通精進仙衆於持明者不能為障阿難當知今此寶帶大明諸佛世尊共所宣說普為一切衆

生利益安樂乃至於一切處容作擁護阿難大地所有大惡難調攝人威光者極惡業者若方若隅乃至一切處聞是寶帶大明時皆大驚怖又此大明周帀十由旬內能爲一切衆生而作擁護救諸難事攝持護念令諸衆生息災安樂不爲杖打不爲兵傷不爲毒中一切惡毒自然消滅惡友遠離一切惡者作禁縛事自然解脫若人及非人欲於一切衆生作惱害者應當依法建立壇場以諸香華供養如來依法結界沐浴清淨誦是寶帶大明彼諸惡者自然攝伏不能爲害乃至一切病苦亦得息除復說大明曰

怛𡂡(切身下同)他(引一)你黎你棃(二)尾摩棃(引三)多摩棃(引四)虎唧虎唧(五)悉哩(六)底哩(七)薩棃(引)囉(八)

復次阿難又此大明有大功德說是大明時若鬼衆聞者驚怖戰掉若天衆聞者悉來集會若龍王若部多王聞者亦悉來集若梵王帝釋大自在天童子天等聞是大明者皆從異處咸來集此稱讚隨喜寶帶大明爾時慈氏菩薩摩訶薩白佛言世尊我亦爲羅睺羅童子及一切衆生作擁護法救諸難事攝持護念息災安樂刀杖諸毒不能爲害惡友禁縛自然遠離以是利益故隨喜宣說寶帶大明曰

怛𡂡他(引一)阿嚩那(引)底(二)鉢那(引)你(三)阿尾那(引)努(四)祖盧祖盧(五)烏哩馱(二合)難尼(引六)阿馱難尼(引七)三滿多難尼(引八)你哩捫(二合)尼(引九)你哩彌(引二合)牟你(引十)扇(引)底莎悉爹(二合)野曩(十一)摩摩薩哩嚩(二合)薩埵(引)喃(引)左(十二)犖(力角切下同)

又俱嚕莎引賀引十三

爾時娑婆世界主大梵天王亦隨喜宣說寶帶大明曰

薩拽替引唐一嗌虞哩引二半虞哩引三阿訥哩引四農訥哩引五室契六室珂哩引七訥捺没二合哩引八訥哩訥二合囉野底九阿左阿左十尾毋左十一扇引鼎莎悉爹二合野曩俱嚕十二摩摩薩哩縛二合薩埵引難引左莎引賀引十三

爾時夜摩天子亦隨喜宣說寶帶大明曰

薩拽替引唐一囉引瑟致哩三合二鉢那引瑟致哩三合引三嚕地囉羯蘭尼三合引四儼鼻引哩引五訥哩那二合哩引六毋唧舍引計也二合羅引吤引七扇引鼎莎悉爹二合野曩羯嚕彌八摩摩犖叉俱嚕莎引賀引九

爾時帝釋天主亦隨喜宣說寶帶大明曰

薩拽替引唐一難尼引二達努試引三蘇難尼引蘇難尼引四帝引難尼引帝引難尼引五訥哩彌二合引六蘇彌引七捺摩泥引八捺彌引九底黎十彌黎十一摩摩薩哩嚩二合薩埵引難引左犖叉引羯嚕彌十二扇引鼎莎悉爹二合野曩十三野引嚩細引摩滿唐羯嚕彌莎引賀引十四

帝釋天主說是大明已復說大明曰

薩拽替引唐一難尼引二達努試引三羯捺踰二合引多訖哩二合四目軌引五入嚩二合黎引六捺彌引七尾可黎引八娑引哩引九娑引囉嚩底十扇引鼎莎悉爹二合野曩十一摩摩薩哩嚩二合薩埵引難引左十二野引嚩細引摩引滿度引婆嚩覩莎引賀引十三

爾時持國天王亦隨喜宣說寶帶大明曰

薩拽替引唐一達哩引達哩引二達囉尼引達

哩引三阿痆帝引四布嚕五毋嚕六扇引鼎莎悉
爹二合野曩七摩摩薩哩嚩二合薩埵引難引左
椊叉羯嚕引彌八野引嚩細引摩引滿度引
婆縛覩莎引賀引九
爾時增長天王亦隨喜宣說寶帶大明曰
薩拽替引唐一案拏哩引二半拏哩引三羯羅引
尼引四羯囉鉢帝引五羯囉嚕毗引六羯哩達哩引七
羯諾羯鉢帝哩二合八嚕嚕彌引九叉叉彌引十阿
引叱彌引十一博叱扇引底莎悉爹二合野曩十二
摩摩薩哩嚩二合薩埵引難引左椊叉引俱嚕
十三野引嚩細引摩引滿馱婆嚩覩莎引賀引十
四
爾時廣目天王亦隨喜宣說寶帶大明曰
薩拽替引唐一摩惹羅摩惹羅二惹惹摩羅
三地哩地哩四計哩計哩五三滿多計哩六

扇引鼎莎悉爹二合野曩七摩摩薩哩嚩二合薩
埵引難引左八野引嚩細引摩引滿唐羯嚕
彌莎引賀引九
爾時月天子亦隨喜宣說寶帶大明曰
薩拽替引唐一唵引二嚩引祢引三尾摩棃引四鉢
囉二合婆引莎哩引五設多囉濕彌二合引六薩賀薩
囉二合囉濕彌二合引七鉢囉二合底薩囉底八扇引
鼎莎悉爹三合野曩俱嚕九摩摩薩哩嚩二合薩
埵引難引左十野引嚩細引摩引滿唐羯嚕
彌莎引賀引十一
爾時諸天衆亦隨喜宣說寶帶大明曰
薩拽替引唐一俱嚕俱嚕二蘇嚕蘇嚕三布
嚕布嚕四扇引鼎莎悉爹二合野曩俱嚕五摩
摩薩哩嚩二合薩埵引難引左六野引嚩細引
摩引滿唐羯嚕彌莎引賀引七

爾時諸星宿衆亦隨喜宣說寶帶大明曰

薩拽替引唐一怛棃二引怛摩棃三引阿棃四引捺棃五阿引迦引舍尾摩棃六引扇引鼎莎悉爹二合野曩羯嚕彌七摩摩薩哩縛二合薩埵引難引左八野引嚩細引摩引滿唐羯嚕彌莎引賀九引

爾時諸龍衆亦隨喜宣說寶帶大明曰

薩拽替引唐一末棃二引摩棃三引阿左棃四引末提五引阿引戍末提六引布引計七引扇引鼎莎悉爹二合野曩俱嚕八摩摩薩哩嚩二合薩埵引難引左九野引嚩細引摩引滿唐羯嚕彌莎引賀十引

爾時二十八大夜叉將亦隨喜宣說寶帶大明曰

薩拽替引唐一捺哩一合荼鉢底捺哩二合荼鉢底二嚕嚕達囉引嚕嚕達囉三引扇引鼎莎悉爹二合野曩羯嚕彌四摩摩薩哩縛二合薩埵引難引左五野引嚩細引摩引滿唐羯嚕彌莎引賀六引

爾時必隸多衆必舍左衆鳩槃荼衆亦同隨喜宣說寶帶大明曰

薩拽替引唐一尾部底二三嚩哩多二合那引尾部底三扇引鼎莎悉爹二合野曩四摩摩薩哩嚩二合薩埵引難引左五野引嚩細引摩引滿唐羯嚕彌莎引賀六引

爾時布單那羯吒布單那衆亦隨喜宣說寶帶大明曰

薩拽替引唐一鉢訥彌二引羯囉引尼引三嗢迭多四祖蘭拏二合薩彌引囉尼五引龐龐鉢帝六引扇引鼎莎悉爹二合野曩羯嚕彌七摩摩薩哩

嚩二合薩埵引室左二合八野引嚩細引摩引滿唐羯嚕彌莎引賀引九

爾時諸母鬼衆亦隨喜宣說寶帶大明曰

薩拽替引唐一計引棃引二摩計引棃引三拏哩引四拏摩哩引五扇引鼎莎悉爹二合野曩羯嚕彌六摩摩薩哩嚩二合薩埵引難引左七野引嚩細引摩引滿唐羯嚕彌莎引賀引八

爾時四方四大羅刹女亦隨喜宣說寶帶大明曰

薩拽替引唐一阿引泥引播引泥二渴吩引三渴嚩吩引四枯枯哩五棃必六鉢哩賀哩引七扇引鼎莎悉爹二合野曩羯嚕彌八摩摩薩哩嚩二合薩埵引難引左九野引嚩細引摩引滿唐羯嚕彌莎引賀引十

爾時會中有一大羅刹女名囉彌拏亦隨喜宣說寶帶大明曰

薩拽替引唐一捺哩那二合哩引捺哩那二合哩引二賀賀賀賀三呬呬呬呬四虎虎虎虎五試軌軌試軌軌六唧軌七尾目契引八摩珂九惹珂十契吒十一彌致十二遏吒十三遏吒吒十四羅吒吒十五訖囉二合摩惹十六俱儒仁祖切下同俱儒十七訥訥訥十八訥嚕二合訥嚕二合訥嚕二合十九砌彌棃二十彌彌棃二十一阿那聒聒二十二渴訥彌二合二十三訥訥訥二十四底體二十五底彌二十六底你二十七體棃二十八彌吒二十九唧底三十彌致三十一棃致三十二必致三十三必帝哩二合三十四閉引帝哩二合尼三十五訥呬你三十六毋呬你三十七羅係引三十八嚩係引三十九捺波曳引四十

時羅刹女說是大明已前白佛言我此所說寶帶大明中眷屬大明善爲一切衆生而作

擁護息災安樂刀杖惡毒不能侵害一切惡友自然遠離過一由旬二由旬乃至十二由旬若天若龍若夜叉若羅刹若乾闥婆若阿脩羅若迦樓羅若緊那羅若摩睺羅伽若鳩槃茶若必舍左若必隷多若布單那若羯吒布單那若塞健馱若阿波三摩囉若吠多拏若一日瘧若二日瘧乃至人非人等伺求其便欲惱害者皆不得便若得便者無有是處除宿業障不可制止又此大明能令一切衆生於一切處息一切怖遠離一切嬈亂等事爾時世尊告尊者阿難言如我所說寶帶大明及此羅刹女等所說諸寶帶大明眷屬明句有大功德汝當受持宣通流布又此大明亦能禁止諸惡風雲若持是明者善自作護復能護他若城邑聚落乃至一切處悉能擁護又此大明於一切天龍鬼神乃至沙門婆羅門外道梵志尼乾陀等中若有惡毒心者不調伏者作惱害者不吉祥者悉能調伏不爲惱害乃至一切大惡宿曜悉能制止又復阿難寶帶大明最上最勝所有沙門婆羅門外道梵志尼乾陀及梵王帝釋四大天王欲自在天日月星宿天龍鬼神夜叉羅刹人與非人山峯住者山下住者虚空住者乃至隨一切處住者諸部多等彼彼所有一切呪句此悉能斷不爲他呪之所斷故又復阿難寶帶大明善作擁護善救善攝能與衆生息災安樂刀杖惡毒不能侵害一切惡友自然遠離過一由旬二由旬乃至十二由旬又復阿難我不見彼一切世間天人魔梵等有違越此寶帶大明者若違越者無有是處何以故

阿難當知一切佛真實法真實僧真實實語真實一切哩尸衆真實是故於此祕密法門無違越者阿難此五種真實不可違越佛真實不可違越法真實不可違越僧真實不可違越實語真實不可違越哩尸衆真實不可違越是故阿難此寶帶大明若有受持者得離一切病解脫一切縛息除一切惡得大安樂最上吉祥佛說此經已羅睺羅童子得離怖畏阿難等諸大衆聞佛所說皆大歡喜信受奉行

佛說寶帶陀羅尼經

佛說金身陀羅尼經

宋西天三藏朝奉大夫試光祿卿傳法大師施護奉　詔譯

爾時世尊普爲利益一切衆生說此陀羅尼
曰
那謨引沒馱引喃引一摩帝引多引那引誐多
鉢囉二合怛踰二合怛半二合那引喃引二那謨引阿
彌多引婆引野怛他引誐多引野阿囉喝二合
帝引三藐訖三二合沒馱引野三怛⿰身也切身下同他
引四唵引五摩引尾引哩引摩引尾引哩引六彌引
馱引嚩帝引彌引馱引嚩帝引七阿客哩二合覩
引訥婆二合吠引八沒馱摩帝引九沒馱婆引始多
十薩哩嚩二合達哩謨二合引勒迦二合引入嚩二合
引里你十一沒提沒提十二摩賀引沒提十三摩賀
引尾引哩引十四吠引誐嚩底十五誐嚕拏吠引
誐嚩底十六印捺囉二合嚩日囉合五吠引誐嚩底
十七沒馱尾路吉帝引十八牟你牟你十九摩賀引
牟你發吒半音二十那謨引沒馱達哩摩二合僧伽
喃引末黎引那二十一薩哩嚩二合藥叉羅引叉
娑二十二必舍引左二十三酤引瑟曼二合引拏二十
四布引怛那二十五羯吒布怛那二十六薩哩嚩
二合屹囉二合賀祢引嚩引⿰身也引二十七訥瑟吒二合唧
二合當引二十八波囉閉引拏剛引二十九屹哩二合恨拏二合
屹哩二合恨拏二合三十屹囉二合娑屹囉二合娑三十一
摩引囉摩引囉三十二伴惹伴惹三十三捺賀捺
賀三十四鉢左鉢左三十五賀那賀那三十六薩哩
嚩二合沒馱引喃引末黎引那三十七那引設野
那引設野三十八頻捺頻捺三十九親捺親捺四十
牟嚕牟嚕四十一尾捺囉二合引鉢野尾捺囉二合
引鉢野四十二薩哩嚩二合囉引叉桑引四十三阿⿰身也
引室左二合摩耨賒阿摩耨賒引四十四滿馱滿馱

四十五桑酤引左桑酤引左四十六尾酤引左尾酤引左四十七塞怖引二合吒塞怖引二合吒四十八怛哩惹二合怛哩惹二合四十九誐哩惹二合誐哩惹二合五十賀那賀那五十一薩哩嚩二合滿怛嚂二合五十二薩哩吠引二合嚕引昂引五十三尾賀那尾賀那五十四犖力角切叉鎗引薩波哩嚩引囉五十五薩哩嚩二合薩埵引難引左莎引賀引五十六

佛言此陀羅尼有大功德若有人能戴於頂上所有一切羅刹必舍左鬼等於千由旬內不能侵害又若有人當誦此陀羅尼一徧時有諸天子及其眷屬在千由旬外爲作擁護又若有人誦此陀羅尼時所有一切設咄嚕及彼大惡虎狼蟲獸而自攝伏不能爲害又若有人能發至誠於日日中誦此陀羅尼數滿百徧是人即得安膳那藥成就當用點眼即能見彼三世中事又若有人誦此陀羅尼時能令忿怒心者生敬愛心又若有人至心誦此陀羅尼二洛叉徧一切煩惱悉能消滅又若有人長時誦此陀羅尼是人即得宿命智又若有人以此陀羅尼加持淨油塗於頭上腹上是人若有頭病腹病及餘一切惡毒等病隨所塗處病得消散又若有人取一粒胡椒以此陀羅尼加持二十一徧持詣囉惹處隨所願求皆得如意此陀羅尼有大功德若欲成就如上等事應當受持

佛説金身陀羅尼經

佛說入無分別法門經

宋西天三藏朝奉大夫試光祿卿傳法大師施護奉　詔譯

如是我聞一時佛與無數百千大衆俱是諸大衆恭敬圍繞聽佛說法其所演說謂以大乘無分別法而爲發起爾時世尊普觀大會諸菩薩衆即時會中有一菩薩名無分別光從座而起偏袒右肩右膝著地合掌向佛而白佛言唯願世尊演說入無分別法門令諸菩薩聞是法已如理修學佛言善男子汝等諦聽我當宣說入無分別法門時無分別光菩薩復白佛言善哉世尊願樂欲聞時諸菩薩受教而聽佛言善男子若諸菩薩得聞增上無分別法住無分別心即一切分別相離此言無分別者應先了知從初自性有分別相分別相者謂取捨二法即此取捨是自性分別相由此即起有漏事相以有漏相故即有五取蘊五取蘊者謂色取蘊受取蘊想取蘊行取蘊識取蘊善男子云何得離自性分別相謂不現前別異作意如是即離自性分別相若異自性取相是有所行此不能得無礙相應是故應知布施無色無分別相持戒忍辱精進禪定智慧無色無分別相何以故謂自性無色功用無色眞實無色若起別異作意欲離分別相者即後有無色無分別相可離如是即有所行而不能得無礙相應是故應知空無色無分別相眞如實際勝義諦法界無色無分別相何以故謂自性無色功用無色眞實無色是故應於無色無分別相不異性觀不作意離若別異作意離者即於無色無分別相後有所得如是乃爲有所行

即不能得現前無礙相應何以故謂初地所得法無色無分別相乃至十地所得法亦無色無分別相得無生法忍亦無色無分別相得授記莂亦無色無分別相得嚴淨佛土成熟有情亦無色無分別相乃至得一切相智亦無色無分別相如是所説謂以自性無色功用無色眞實無色若菩薩於是諸所得法起異所得分別相別異作意者即於一切無分別相悉起別異作意如是即與無分別理而不相應彼不能入無分別界若菩薩住三摩地心入無分別界而於所入起無所得想彼正相應是正所行是正所修正所作事是正作意住無作行而無發悟是名眞入無分別界所行清淨善男子所言無分別界者以何義故名無分別界謂於一切色過諸分別於一切根過諸分別過一切分別境界過一切表了一切煩惱隨煩惱障無所攝藏是故說名無分別界於是無分別界中無色無見無住無礙無表了無種種相若菩薩如是了知已如是安住無分別界是即入無分別智與虛空等於一切法無所觀而觀得大樂行增長大心得大智慧大說無礙於一切時一切相普爲一切衆生作大利益得勇力增長於無發悟佛事得大輕安善男子譬如一處有一大石山於其山下有大寶藏衆寶充滿所謂銀寶金寶及種種異寶復有大摩尼寶出大光明是時有求寶人來詣此山欲求珍寶彼有一人先知其寶所藏伏處見來求者即謂彼言汝求寶人當知此處大石山下有大寶藏衆寶充滿復有大摩尼寶出現光明

時求寶人聞其言已即時勤力堅固作意開鑿彼山取大摩尼寶開已乃見銀寶現光石無光現是人見已不作大珍寶想時先知寶人亦如前人開鑿彼山而取其寶開已乃見金寶現光石無光現是人亦復不作大珍寶想時知寶人乃作是言汝求寶人不應勤力堅固作意而求大寶若不作意者應得見彼廣大珍寶以作意故寶不能得若有得彼大珍寶者即得大富如意自在自他俱利普徧施作悉得圓滿佛言善男子如是等事以喻說故若有菩薩如是義者即見是義如先所言一大石山者即煩惱一法二處作行增語山下有寶藏者即是無分别界增語彼求寶人者即是菩薩增語彼知寶人者即是如來增語石自性者即是有分别自性增語開鑿

取寶者即不作意增語石下有銀光者是自性分别增語石下有金光者是空等分别相增語石下有種種寶光者是有所得分别相增語念求大寶者即是樂入無分别界善男子是義云何若菩薩如所說能如實觀者即入無分别界又善男子諸菩薩當於無分别界如虛空界住何以故若色自性若分别自性如是觀時相不現前若行我有色是行分别相若行他有色是行分别相若行色有生有滅有染有淨是行分别相若於色自性若因若果若業若行取有取無者此爲行色行若如是行是行分别相若於色中見所表者是行分别相是故當知色法於一切處若對礙若有表若無表畢竟無少法可得即此色法一切無表無性可觀與此色法一切無表

無性可觀彼色對礙表了悉無性可觀於有表中非一性可觀非異性可觀即彼表了而亦無性此無性非無性若如是觀即平等觀如是觀時一切分別悉無分別是爲無分別界諸菩薩應如是觀如是入入是無分別界者於有分別於無分別悉無分別如是平等觀是爲真入無分別界是名菩薩得安住無分別界受想行識及布施持戒忍辱精進禪定智慧諸波羅蜜多空真如實際勝義諦法界十地所證法乃至一切相智出世間行亦復如是於受想行識乃至一切相智若自性若因若果若業若行取有取無者即於一切相智等乃爲對礙若如是行是行分別相而彼一切相智等無表了性若有所表了即行一切相智等是行分別相彼一切相智等若於表了中有相可行者是行分別相若言無相可行者亦行一切相智等是行分別相是故當知此表了法非一性可觀非異性可觀此表了法無性亦非無性若如是於一切相智等若表若無表悉無分別即此無分別不取相者是無分別界諸菩薩應如是觀如是入如是入者是爲真入無分別界是名菩薩得安住無分別界爾時世尊復說伽陀曰

無分別心若安住　彼從諸佛正法生
一切分別悉遠離　所行即得無分別
是法寂靜無垢勝　名稱功德而普集
無分別法最上樂　菩薩得已成菩提

佛說入無分別法門經

佛說淨意優婆塞所問經

宋西天三藏朝奉大夫試光祿卿傳法大師施護奉　詔譯

如是我聞一時佛在舍衛國祇樹給孤獨園與大衆俱是時城中有一族姓兜泥耶子名曰淨意來詣佛所到佛所已見佛相好心生歡喜種種稱讚合掌恭敬禮佛足已退住一面時淨意兜泥耶子前白佛言世尊我有少法欲伸請問願佛世尊聽許我說佛言淨意隨有所疑今恣汝問佛當一一爲汝開決爾時淨意兜泥耶子白佛言世尊我見世間一切人衆種種行相而各差別或見有人得長壽者有短壽者有多病者有少病者有端正者有醜陋者有如意者有不如意者有生下族者有生上族者有富貴者有貧窮者有愚癡者有智慧者如是等類種種差別以何因緣報應如是願佛世尊爲我宣說佛言淨意汝今當知世間衆生所作因行有差別故其所得果而各有異時淨意兜泥耶子復白佛言世尊如佛所言因果差別願佛世尊略爲開示若廣說者我於是義不能解了佛言淨意汝當諦聽如善作意今爲汝說是時淨意兜泥耶子受教而聽佛言淨意汝今當知世間一類男子女人心懷惡毒或時持刀或時執杖伺求方便殺害生命無悲愍心不生慚愧或自手殺或教他殺由此因緣身壞命終墮在惡趣受地獄苦地獄報盡縱得爲人在在所生壽命短促淨意當知由殺命因獲短壽果復次淨意世間一類男子女人心無惡毒不持刀杖不殺生命具悲愍心有大慚愧由此因緣身壞命終得生善趣受天人身天

中報盡來生人間在在所生壽命長遠淨意當知由不殺因感長壽果復次淨意世間一類男子女人或時執持杖木瓦石打擲有情或復自手觸惱於人由此因緣身壞命終墮在惡趣受地獄苦地獄報盡縱得爲人在在所生多諸疾病淨意當知由惱害因感多病果復次淨意世間一類男子女人不持杖木瓦石打擲有情不以自手觸惱於人由此因緣身壞命終得生善趣受天人身天中報盡來生人間在在所生少諸疾病淨意當知由不惱害因感少病果復次淨意世間一類男子女人常起忿恨瞋恚之心生諸過失由此因緣身壞命終墮在惡趣受地獄苦地獄報盡縱得爲人在在所生相貌醜陋淨意當知由忿恚因感醜陋果復次淨意世間一類男子女人不起忿恨瞋恚之心不生過失由此因緣身壞命終得生善趣受天人身天中報盡來生人間在在所生相貌端正淨意當知由不忿恚因感端正果復次淨意世間一類男子女人若見他人所有利養乃至名聞諸可意事即以方便而爲障礙不令他得由此因緣身壞命終墮在惡趣受地獄苦地獄報盡縱得爲人在在所生凡所施作皆不如意淨意當知由障可意事因感不如意果復次淨意世間一類男子女人若見他人所有利養乃至名聞諸可意事不以方便而爲障礙欲令他得由此因緣身壞命終得生善趣受天人身天中報盡來生人間在在所生凡所施作悉得如意淨意當知由不障他可意事因感如意果復次淨意世間一類男子女人

於他人所應尊重者而不尊重所應恭敬而不恭敬所應供養而不供養常起我慢自高其心由此因緣身壞命終墮在惡趣受地獄苦地獄報盡縱得爲人在在所生常生下族淨意當知由起我慢自高爲因感下族果復次淨意世間一類男子女人於他人所應尊重者即起尊重所應恭敬即起恭敬所應供養即當供養不起我慢自高之心由此因緣身壞命終得生善趣受天人身天中報盡來生人間在在所生常生上族淨意當知由不起我慢自高爲因感上族果復次淨意世間一類男子女人其心慳悋不以飲食衣服卧具醫藥住舍牀座乃至不以塗香末香施諸沙門婆羅門等由此因緣身壞命終墮在惡趣受地獄苦地獄報盡縱得爲人在在所生貧窮闕乏淨意當知由慳悋因感貧窮果復次淨意世間一類男子女人心不慳悋常以飲食衣服卧具醫藥住舍牀座乃至塗香末香施諸沙門婆羅門等由此因緣身壞命終得生善趣受天人身天中報盡來生人間在在所生富貴自在淨意當知由不慳悋因感富貴果復次淨意世間一類男子女人心不愛樂正法經典又復不於沙門婆羅門所請問諸義何者是善何者不善何者應發起何者不應發起何者應行何者不應行不能如是請問開決由此因緣身壞命終墮在惡趣受地獄苦地獄報盡縱得爲人在在所生愚癡無智淨意當知由不樂法不問法因感愚癡果復次淨意世間一類男子女人心常愛樂正法經典又復能於沙門婆羅門所請問

諸義何者是善何者不善何者應發起何者不應發起何者應行何者不應行而能如是請問開決由此因緣身壞命終得生善趣受天人身天中報盡來生人間在在所生具大智慧淨意當知由愛樂法請問法因感智慧果復次淨意如我上說如是因果種種差別是故當知短壽因得短壽果長壽因得長壽果多病因得多病果少病因得少病果醜陋因得醜陋果端正因得端正果不如意因得不如意果如意因得如意果下族因得下族果上族因得上族果貧窮因得貧窮果富貴因得富貴果愚癡因得愚癡果智慧因得智慧果淨意是故汝今如實了知短壽因果是佛所說長壽因果是佛所說多病因果是佛所說少病因果是佛所說醜陋因果是佛所說端正因果是佛所說不如意因果是佛所說如意因果是佛所說下族因果是佛所說上族因果是佛所說貧窮因果是佛所說富貴因果是佛所說愚癡因果是佛所說智慧因果是佛所說是故智者如說而行淨意當知佛說長壽爲勝善報少病爲勝善報端正爲勝善報如意爲勝善報上族爲勝善報富貴爲勝善報智慧爲勝善報淨意如是等法是佛所說汝當修學爾時淨意兜泥耶子聞是法已心生歡喜白佛言世尊譬如世間諸黑闇處不能通達所行之道雖有眼目不能觀照若有智者持以燈炬彼所行道悉能通達世尊亦復如是善說正法破諸無智而能一一分別諸法是善是不善是應發起是不應發起是所應行是不應行如是等法唯佛

如來應供正等正覺出現世間能善宣說我於今日快得善利我今歸佛歸法歸苾芻僧持不殺等戒爲優婆塞願佛世尊攝受於我佛言善哉今攝受汝時淨意優婆塞即白佛言世尊今此舍衛城中諸族姓子若聞是事咸應念言兜泥耶子於長夜中善爲衆生利益開導爾時淨意優婆塞作是語已禮佛而退

佛說淨意優婆塞所問經

音釋

屹魚乞切　跓直主切　犖力角切　聒古活切　艌年舍切　莂筆列切

佛說金剛場莊嚴般若波羅蜜多教中一分

佛說息諍因緣經

宋西天三藏朝奉大夫試光祿卿傳法大師施護奉　詔譯

清刻龍藏佛說法變相圖

二經同卷

佛說金剛場莊嚴般若波羅蜜多教中一分

佛說息諍因緣經

佛說金剛場莊嚴般若波羅蜜多教中一分

此於大部支流別行

宋西天三藏朝奉大夫試光祿卿傳法大師施護奉　詔譯

爾時十方一切如來又復雲集勸請世尊金剛瑜伽大祕密主大毗盧遮那如來願說根本無性般若波羅蜜多法門爾時世尊金剛瑜伽大祕密主大毗盧遮那如來聞諸如來勸請言已即入一切佛境界大智金剛三摩地從是三摩地出已於刹那間安住一切如來及妙吉祥菩薩金剛真實智慧性中於是

性中復入一切如來心光明妙堅固性智慧三摩地於是三摩地中從一切如來心出現一切佛境界光明徧照法界普及一切盡有情界悉皆照耀令一切有情智慧清淨從一切有情菩提心出生敬愛鉤召灌頂法如善所作如理安住金剛薩埵三摩地中所作圓滿又從寶光幢笑祕密大士出生最上大自在性安住金剛薩埵三摩地覺悟性中又從法利因語祕密大士出生堅固心所作清淨性安住蓮華薩埵三摩地自性清淨最上法性藏從是建立種種增上事業以護念法成熟有情從一切如來身語心乃至盡有情界普令成熟如理安住已還復世尊大毗盧遮那如來心隨入一切如來智慧性中住爾時世尊大毗盧遮那如來說伽陀曰

大哉無漏因正慧　一切如來所出生
正慧無垢不思議　衆生聚性所從來
大哉諸法不思議　一切佛事皆清淨
若性無性分別時　是心即於二處轉

爾時妙吉祥菩薩摩訶薩即於會中現神通力從如來心化出十六大菩薩身圍繞世尊大毗盧遮那如來於一切如來左右現大日曼拏羅光明於其光中復現妙月曼拏羅妙吉祥菩薩處中而坐作如是言勸請世尊金剛瑜伽大祕密主大毗盧遮那如來宣說金剛場莊嚴般若波羅蜜多教諸正法句爾時世尊大毗盧遮那如來讚妙吉祥菩薩摩訶薩言善哉善哉妙吉祥汝能問佛如是正義汝當諦聽如善作意我今宣說是時世尊大毗盧遮那如來安住一切如來自在性中即

說金剛場莊嚴般若波羅蜜多諸法大明句
所謂四念處等四念處者於身中身內外隨
觀行正念正知於受中受內外隨觀行正念
正知於心中心內外隨觀行正念正知於法
中法內外隨觀行正念正知如是身受心法
四念處觀若正念正知即一切清淨住無著
行乃於世間悉無所有而身語心常住般若
波羅蜜多平等法門此名四念處平等法般
若波羅蜜多教大明曰

盎引一嵓引二唵引撥埵引哩娑蜜哩三合怛踰二合
波塞他二合那引曩引三

復次四正斷謂於未生諸不善法發起精進
當令不生攝心正念已生諸不善法發起精
進而悉令斷攝心正念未生諸善法發起精
進悉令生長攝心正念已生諸善法發起精
進悉令增長堅固廣大修習圓滿攝心正念
如是四正斷即一切法不斷而斷是爲覺了
第一義諦此名正斷廣大門般若波羅蜜多
教大明曰

唵引一三藐訖鉢囉三合賀引拏二薩哩縛二合怛
他引誐多三摩多引地瑟姹也二合三惡四囉
五吽六引

復次四神足謂欲三摩地斷行具足神足精
進三摩地斷行具足神足心三摩地斷行具
足神足慧三摩地斷行具足神足如是四神
足從一切法如幻相出生是即轉一切法輪
般若波羅蜜多第一義諦體門此名神足波
羅蜜多平等智般若波羅蜜多教大明曰

唵引一哩提播引那播引囉彌帝引二羅縛野囉
吽引吽引三

復次五根謂信根精進根念根定根慧根如是五根悉無戲論一切法平等性轉此名根平等般若波羅蜜多教大明曰

唵引一 印捺哩引二合 夜引 嚩冐達鉢囉二合 儞引二 壹試引 惹那引 摩三 奓波誐多引 野四 阿引五 唵引六

復次五力謂信力精進力念力定力慧力如是五力即一切法平等行於一切力悉離戲論本來清淨此名力增般若波羅蜜多教大明曰

唵引一 薩哩嚩二合 怛他引 誐多引 末羅阿引二 吽引 吽引三 嚩四

復次七覺支謂念覺支擇法覺支精進覺支喜覺支輕安覺支定覺支捨覺支如是七法住平等性此名平等出生相般若波羅蜜多教大明曰

唵引一 颯鉢多二合 冐亭誐三摩多引二 蘇鉢囉二合 底瑟恥二合 帝引三 突籠引二合四 鑁引五

復次八正道謂正見正思惟正語正業正命正勤正念正定如是八法從大菩提心出生正道無盡而善覺了一切智智此名八正道平等般若波羅蜜多教大明曰

唵引一 阿引 哩也引二合 瑟咍引二合 仵引 摩引 聖誐二合 摩引 跓引半音二

復次三三摩地謂空無相無願何名空三摩地謂若空相無所有相無自性相與一切法皆同一相是相無生此說名爲空三摩地何名無相三摩地謂若於一切法無作相無希望無別異住寂靜相離相心止一境此說名爲無相三摩地何名無願三摩地謂若苦無

常相等於一切法無覺了性無起作若如是知若異如是知無求無行無希望此說名為無願三摩地如是三三摩地乃至一切性一切三摩地門隨入般若波羅蜜多門大明曰

唵(一引)朅三摩(引)薩哩嚩(二合)達哩摩(二合引二)亢(三引)

復次八解脫謂有色觀諸色解脫內無色想觀外色解脫淨解脫復過諸色想不起礙想不作我想緣無邊空而作觀行即空無邊處解脫復過空無邊處緣無邊識而作觀行即識無邊處解脫復過識無邊處緣無所有處而作觀行即無所有處解脫復過無所有處緣非想非非想處而作觀行即非想非非想處解脫復過非想非非想處於想受滅三摩鉢底正觀行即想受滅解脫如是八法即一切法離戲論相非染非淨非定非散非三摩鉢底非非三摩鉢底此名離處非處般若波羅蜜多教大明曰

唵(一引)三滿多跋捺哩(二合引二)薩哩嚩(二合)婆(引)嚩尾戍提(三引)唐(四引)湯(五引)亢(六引)

復次九次第定謂離欲諸惡不善法有尋有伺離生喜樂初禪定彼尋伺止息內心清淨住一境性無尋無伺定生喜樂二禪定於喜離著住捨念行身得妙樂離喜妙樂三禪定若苦若樂二法悉斷如先所起悅意惱意而皆止息無苦無樂捨念清淨四禪定過諸色想不起礙想於種種想而不作意緣無邊空而作觀行即空無邊處定過空無邊處緣無邊識而作觀行即識無邊處定過識無邊處緣無所有處而作觀行即無所有處定過無所有處緣非想非非想處而作觀行即非想

非非想處定及想受滅定如是九法若有性若無性悉離分別即一切法無二覺了平等性此名一切解脫平等般若波羅蜜多教大明曰

唵引一阿難多尾誐引叉目珂春二

復次六念謂念佛念法念僧念捨念戒念天如是六法與一切法同一念即勝義空一切法同一相謂即無相是相亦離此名平等門三摩地名稱般若波羅蜜多教大明曰

唵引一薩哩嚩引二合搙娑蜜哩三合底二嚩朗二合引三唐引四桑引五鉢那引袮始六吽引吽引吽引七

復次菩薩十分位謂發心分位童真分位初習業分位修行分位生貴分位相應具足分位正心分位不退轉分位得灌頂分位一生補處分位如是菩薩分位即非分位離諸分位入第一義安住一分位性一分位者即無分位此名無分位般若波羅蜜多教大明曰

唵引一薩哩嚩二合哶嚩娑他引二合那尾誐帝引吽引二

復次菩薩十自在謂壽命自在業自在資具自在信解自在願自在神通自在出生自在力自在法自在心自在如是十自在即非自在自性離故乃得一切自在中最上寂靜一切法善住清淨性此名一切自在般若波羅蜜多教大明曰

唵引一薩哩嚩二合嚩始帝引二怛覽引二三合突籠二合引四吽引五

復次十波羅蜜多謂布施波羅蜜多持戒波羅蜜多忍辱波羅蜜多精進波羅蜜多禪定波羅蜜多慧波羅蜜多方便波羅蜜多願波

羅蜜多力波羅蜜多智波羅蜜多如是十波羅蜜多攝一切波羅蜜多是即無等等波羅蜜多離戲論波羅蜜多如實義波羅蜜多一切法真實義波羅蜜多金剛波羅蜜多寶波羅蜜多法波羅蜜多羯磨波羅蜜多一切法平等波羅蜜多如是等法而悉安住堅固隨順相應法門此名一切波羅蜜多平等般若波羅蜜多教大明曰

唵一引 薩哩嚩二合 播引 囉彌多引 哩他二合 波哩布引 囉尼二 唵三引 鉢覽引二合四 吽五引 當六引

復次十地謂歡喜地離垢地發光地燄慧地難勝地現前地遠行地不動地善慧地法雲地如是十地即一切地而同一義所謂智義即此智義亦無所有無相無文字無聲無名不可記別本來清淨現無垢光住真實義此名地清淨般若波羅蜜多教大明曰

唵引一 部彌尾秫馱你二 薩哩嚩引二合 哩他二合 波哩布囉尼三 鍐四引 蓬五引

復次四梵行謂慈悲喜捨如是四法安住梵行此名一切法平等性般若波羅蜜多教大明曰

唵一引 波囉二合 賀摩二合 尾賀引 囉阿地瑟姹二合 那二 崗三引 鉿四引 訥龍引二合五 叉六 吽七引 拏龍二合八引

復次十力謂處非處智力業報智力種種界智力了別自他根智力種種信解智力苦滅道智力染淨智力宿住隨念智力五神通智力漏盡智力如是十力即一切如來平等善出生性此名十力平等般若波羅蜜多教大明曰

唵引一捺舍末羅摩帝引奭引二

復次四無所畏謂如來應供正等正覺了知如是法成正等覺具一切智於一切世間天人魔梵沙門婆羅門等大衆中得無所畏平等觀察得大安樂行得勇猛行轉正法輪不轉一切世間之法又復如來了知如是法斷盡諸漏得無所畏又復如來說諸染法障礙聖道平等所說得無所畏又復如來作如是說修諸正行能盡諸苦平等所說得無所畏如是四法皆如實說正中正義即無所畏平等住一切法如幻相離我我所性此名無所畏平等般若波羅蜜多教大明曰

唵引一吠引舍引囉⿰寧也切身三摩多引鉢囉二合引二鉢多二合二阿三阿引四暗引五惡六

復次四無礙解謂詞無礙解法無礙解義無礙解樂說無礙解如是四法住平等性此名一切法如幻相無礙解般若波羅蜜多教大明曰

唵引一鉢囉二合底三尾那二莎入三吽引四

復次十八不共法謂如來身無失語無失意無失無不定心無異想無不擇捨欲無減精進無減念無減慧無減解脫無減解脫知見無減過去無礙無著願知見轉未來無礙無著願知見轉現在無礙無著願知見轉身業隨智慧行語業隨智慧行意業隨智慧行如是十八法如來於一切時一切處一切平等而善安住即隨入一切法空性大慧清淨此名不共法平等般若波羅蜜多教大明曰

唵引一阿引尾引尼迦沒馱達哩摩二合三摩帝引二阿引三尾引囉吽引四亢引五

爾時十方來者一切如來聞世尊大毗盧遮那如來宣說祕密諸法句已咸共稱讚說伽陀曰

善哉無上菩提心　一切如來勝自在
善哉諸佛最上法　是即三摩地名稱
善哉金剛廣大智　善住金剛堅固心
善哉諸法無量門　善住清淨第一義
善說如是祕密句　一切如來從是生

爾時世尊大毗盧遮那如來歡喜歸命一切如來亦以伽陀而稱讚曰

歸命頂禮諸如來　自他清淨大法身
我先歸命祕密言　大力金剛堅固智
諸法畢竟寂靜禮　安住金剛法性門
已得圓滿大乘句　歸命大悲大自在
本來清淨大無畏　最上最勝最第一
信禮一切善逝尊　最上正法諸文字
以所宣說正法門　普徧供養一切佛

佛說金剛場莊嚴般若波羅蜜多教中一分

佛說息諍因緣經

宋西天三藏朝奉大夫試光禄卿傳法大師施護奉　詔譯

如是我聞一時世尊在舍摩迦子聚落之中坐夏安居諸苾芻衆去佛不遠亦各安居時有沙門名曰尊那在惹盧迦林中坐夏安居彼有外道尼乾陀惹提子是極惡者忽爾命終彼尼乾陀有子欲於沙門而興鬭諍作如是言我之法律唯我自知非汝所知汝之法律唯汝自知亦非我知我所有法皆悉如理汝所有法一切非理和合法是我不和合法是汝汝諸所說前言縱是後言即非後言或是前言即非諸有語言皆無義利亦無所取雖廣所說不能解說亦不能知最上實義謂沙門所說不同我法云何能令我起解心彼尼乾陀子故作是語起破壞事欲與鬭諍損減力能以苦惱緣壞安樂法以是因緣欲於沙門清白法中起不善業而興鬭諍種種破壞生我慢心而謂勝他乃言沙門諸有所說皆非法律不正了知不能出離於菩提道不能趣向汝師非是如來應供正等正覺爾時尊那沙門坐夏既滿造衣已竟即離是處著衣持鉢次第而行往舍摩迦子聚落之中到已收衣鉢洗足而詣尊者阿難所頭面禮足退住一面是時尊者阿難問尊那沙門言尊那汝於何處坐夏安居復以何緣而來至此尊那白言尊者我在惡處惹盧迦林中坐夏安居彼有外道尼乾陀惹提子是極惡者忽爾命終尼乾陀有子欲於沙門而與鬭諍乃至彼言汝師非是如來應供正等正覺我以是緣故來至此阿難告言尊那我知是事以

佛世尊不在衆中故有外道欲與鬬諍而汝今時不得與諍若起鬬諍即不能利益多人復令多人生諸苦惱乃至諸天人衆悉無利益咸生苦惱如汝尊那所説事等唯佛世尊而悉知見我今與汝同詣佛所具陳上事尊那白言善哉尊者若得見佛我獲大利又於佛所或得聽聞甚深正法時尊者阿難即與尊那沙門同詣佛所到已各禮佛足退住一面時尊者阿難前白佛言世尊此尊那沙門在惹盧迦林中坐夏安居彼有外道尼乾陀惹提子是極惡者忽爾命終尼乾陀有子欲於沙門而興鬬諍乃至彼言汝師非是如來應供正等正覺以是緣故來語於我世尊我時謂尊那言以佛世尊不在衆中故有外道欲與鬬諍而汝今時不得與諍若起鬬諍即不能利益多人復令多人生諸苦惱乃至諸天人衆悉無利益咸生苦惱佛言阿難汝見何緣乃言佛不在衆有外道輩起鬬諍事耶阿難白佛言世尊我於一時見二苾芻佛所稱讚是二苾芻善持律法威儀次序在一處行我時見已乃謂彼言汝二苾芻不應如是現威儀相佛不在衆或有外道見是相已起鬬諍事若鬬諍起即令多人乃至諸天人衆悉無利益咸生苦惱我憶此緣故爲尊那作如是説佛言阿難於汝意云何阿難白佛言世尊我於是事不能了知佛言阿難我以自智現成正覺於其中間廣説諸法謂四念處四正斷四神足五根五力七覺支八正道如是等法我所宣説悉知悉見阿難多諸外道於苾芻衆而興鬬諍此鬬諍緣汝能知不阿

難白佛言世尊我不能知佛言阿難謂有苾芻於戒有增或時有減威儀有增或時有減阿難若戒及威儀有增有減即失常法隨所行處乃有外道見是事已即起鬬諍若鬬諍起即令多人乃至諸天人衆無所利益咸生苦惱何以故阿難諸外道尼乾陀輩非一切智亦非眞實於一切處一切所見悉不清淨是故常樂起鬬諍事阿難當知諸苾芻衆諍事起時由有種種鬬諍根本阿難白佛言善哉世尊善哉善逝今正是時願佛宣說鬬諍根本令諸苾芻聞已憶持常離過失佛言阿難汝等諦聽如理作意如善記念今爲汝說阿難若有苾芻起忿恨心由忿恨故乃於師長不生恭敬尊重等心亦復不能承事供養由不恭敬彼師長故即不見法以不見法故於苾芻衆中不正觀察由不正觀察故乃興鬬諍由鬬諍起故即令多人乃至諸天人衆悉無利益咸生苦惱又有苾芻於內於外悉計爲有作實觀察注意積集喜爲邪惡極惡作意勇發邪勤出邪妄語引起鬬諍如是妄念不正知起不相應乃至於鬬諍緣不能斷滅阿難如是等事爲鬬諍根本是故生諸苦惱苦惱因者謂由先起忿恨心故如是復起覆誑諂嫉慳無慚無愧不正知見取等及諸執著邪妄憶念以如是等諸惡因緣故乃於師長不生恭敬尊重等心亦復不能承事供養由不尊敬彼師長故即不見法以不見法故即於苾芻衆中不正觀察由不正觀察故乃興鬬諍阿難如先所說如是等緣皆是鬬諍根本以此緣故若鬬諍起時有七種滅諍

法如我所說阿難諸有諍事若已起若未起悉能息滅何等爲七所謂現前毗尼憶念毗尼不癡毗尼自言治多人語知所作如草覆地是爲七種云何名爲現前毗尼滅諍法阿難所謂一人爲一人說法毗尼一人爲二人說一人爲多人說一人爲大衆說現前成四二人爲一人說法毗尼二人爲二人說二人爲多人說二人爲大衆說現前成四多人爲一人說法毗尼多人爲二人說多人爲多人說多人爲大衆說現前成四大衆爲一人說法毗尼大衆爲二人說大衆爲多人說大衆爲大衆說現前成四如是名爲現前毗尼滅諍法以此法故能令諍事而得息滅云何名爲憶念毗尼滅諍法阿難謂有苾芻隨犯罪已不自憶念餘苾芻謂言汝犯是罪應當憶念於大衆中求哀大衆作憶念毗尼是苾芻即入衆中求哀大衆作憶念毗尼是時大衆如大師教與作憶念毗尼是苾芻得出罪已息滅諍事如是名爲憶念毗尼滅諍法以此法故能令諍事而得息滅云何名爲不癡毗尼滅諍法阿難謂若苾芻癡狂心亂痛惱所纏雖復多聞不能順行於所聞法翻謂雜說作是言已捨衆而去是苾芻後時還得本心餘苾芻謂言汝犯是罪當入衆中求哀大衆作不癡毗尼是苾芻即入衆中求哀大衆作不癡毗尼是時大衆如大師教與作不癡毗尼是苾芻得出罪已息滅諍事如是名爲不癡毗尼滅諍法以此法故能令諍事而得息滅云何名爲自言治滅諍法阿難謂若苾芻不知罪相言廣知廣解復於衆中發如是言

尊者我於利養難所得故餘苾芻謂言汝於罪相不知不解言廣知廣解汝犯是罪當於衆中求哀大衆悔謝其罪是苾芻即入衆中求哀大衆而自悔責是時大衆如大師教與自言治法是苾芻得出罪已息滅諍事如是名爲自言治滅諍法以此法故能令諍事而得息滅云何名爲多人語滅諍法阿難謂若二苾芻共一住處諍事忽起出種種語廣興諍論各執一言有言是法有言非法有言是毗尼有言非毗尼有言是有罪有言非有罪是二苾芻諍事起時息滅者善若不息滅此二苾芻離本住處異處與諍離是處已能於中路息滅者善若不息滅即多苾芻衆共爲滅諍有以經爲分別說者有以律爲分別說者有以摩怛里迦爲分別說者以是多人爲分別說故是二苾芻諍事息滅如是名爲多人語滅諍法以此法故能令諍事而得息滅云何名爲知所作滅諍法阿難謂若苾芻隨犯罪已自知有犯或語他人或不語人而自思念已詣餘苾芻所脫去革屣於苾芻前偏袒一肩右膝著地三稱已名及自族氏我犯是罪不敢覆藏來尊者所求哀懺悔唯願尊者布施歡喜時彼尊者即聽懺悔是苾芻得清淨已彼尊者言汝見是罪相不苾芻答言我已見是罪相尊者復言汝當如法奉持律儀苾芻答言我今如法奉持律儀如是三說如是名爲知所作滅諍法以此法故能令諍事而得息滅云何名爲如草覆地滅諍法阿難謂諸苾芻衆共在一處互起鬬諍分兩朋住時一朋中耆年者耆年者一處知法者知

法者一處上首者上首者一處於是朋中有苾芻爲利養故而起諍事起諍事已於自衆中作如是言某處白衣舍利養易得我於彼中如法律說有餘苾芻以是緣故於我起諍諸大德若我以是事故犯諍罪者願諸大德捨我是罪乃至我故入白衣舍亦悉聽懺除犯突吉羅罪故我從今已往不作是事若有所作當於諸大德所求哀懺悔我有所作不敢覆藏是苾芻作是懺時而自朋中唯一苾芻不聽許懺時彼苾芻即入他朋脫去革屣偏袒一肩從耆年上座次第問訊已還至上座前右膝著地合掌而住即白衆言諸大德某處白衣舍利養易得我於彼中如法律說有餘苾芻以是緣故於我起諍我即於自衆中如法求懺時我衆中有一苾芻不聽許懺

我故來此求哀懺悔諸大德若我以是事故犯諍罪者願諸大德捨我是罪乃至我從白衣舍出亦悉聽懺除犯突吉羅罪故我今於諸大德前求哀懺悔我有所作不敢覆藏願諸大德聽許我懺布施歡喜時彼大衆即聽許懺是苾芻得清淨已彼上座謂言汝見是罪相不苾芻答言我已見是罪相彼上座復言汝當如法奉持律儀苾芻答言我今如法奉持律儀如是三說時他朋中亦如此朋耆年者耆年者一處知法者知法者一處上首者上首者一處於是朋中有苾芻爲利養故而起諍事起諍事已於自衆中作如是言某白衣舍利養易得我於彼中如法律說有餘苾芻以是緣故起鬬諍事如是乃至第二第三問答等事廣如前說阿難彼彼苾芻知自

有犯往來陳懺已互相見時恭敬問訊息滅諍緣止諸語論無復少法而起分別如是名爲如草覆地滅諍法以此法故能令諍事而得息滅阿難如是等七滅諍法汝諸苾芻應當記念復次阿難有六種和敬法汝等諦聽如理作意如善記念今爲汝說何等爲六所謂於其身業行慈和事常於佛所淨修梵行於諸正法尊重禮敬如理修行於苾芻衆和合共住此名身業和敬法復於語業出慈和語無諸違諍此名語業和敬法復於意業起慈和意無所違背此名意業和敬法又復若得法利及世利養悉同所受或時持鉢次第行乞隨有所得飲食等物白衆令知與衆同受勿私隱用若衆同知者即同梵行此名利和敬法又復於戒不破不斷戒力堅固離垢清淨已知時知處普徧平等應受施主飲食供養如是淨戒同一所修同所了知同修梵行此名戒和敬法又復若見聖智趣證出離之道乃至盡苦邊際於如是相如實見已同一所作同所了知同修梵行此名見和敬法如是等名爲六和敬法阿難如先所説鬬諍根本汝諸苾芻應當斷除於七滅諍法應當了知諸有諍事若已起若未起悉令息滅已同修六和敬法汝諸苾芻若如是行乃於東西南北隨往方所若行若止令汝苾芻悉得安樂離諸諍事乃至我涅槃後亦復令汝諸苾芻衆於一切處常得安樂如我現在住世說法教化衆生等無有異

佛説息諍因緣經

音釋

撥子括切 颯悉合切 啗徒濫切 舂書容切 秫食律切

佛說初分說經

宋西天三藏朝奉大夫試光祿卿傳法大師施護奉　詔譯

清刻龍藏佛說法變相圖

佛說初分說經卷上 上下同卷

宋西天三藏朝奉大夫試光祿卿傳法大師施護奉　詔譯

爾時世尊往諸優樓頻螺耆年迦葉所到彼處已時彼迦葉見佛世尊自遠而來即白佛言善來大沙門諸有所須衣服飲食我悉供給是時世尊即謂迦葉言我今於汝此舍之中止息一夜迦葉白言此舍非我所止之處是我事火之舍有一大龍見止其中彼龍具大神通有大威力汝今若止其中恐彼侵害於是世尊第二第三謂迦葉言但令我今於此舍中止息一夜時彼迦葉亦復再三而白佛言大龍居中恐彼侵害汝今宜應信受我語爾時世尊即作是念我今不應多與其言起悲愍心決定轉故作是念已即入火舍以僧伽梨衣四疊安置淨草之處然後世尊跏

趺而坐是時彼龍心生瞋恚乃吐煙燄充塞其舍世尊即入火界三昧亦出煙燄周帀其舍都成一聚大火熾燄彼龍復出青黃赤白種種色相大惡火燄世尊亦出青黃赤白種種色燄爾時優樓頻螺耆年迦葉與自眷屬於其火舍周帀旋轉已作如是言此大沙門最上色相先不聽我言必為龍所害是時世尊以神通力於須臾間彼龍威光自然收攝時彼迦葉知佛世尊亦得神通盡其夜分隨其所應佛現神通時即往觀察乃見其龍威光漸少世尊光明轉復熾盛爾時世尊於明旦時攝伏彼龍入其鉢中持示迦葉言此是火舍中龍我已攝伏迦葉此龍有大威力若諸凡夫即不能入其舍時彼迦葉即生歎異乃發淨信我出家心豈可止耶復次優樓頻螺耆年迦葉欲於日初分時作事火法即作是念此大沙門有大威力具大神通乃至大威力龍亦能攝伏我今但於日初分時作事火法彼大沙門於日後分時應作神通事是時世尊知彼迦葉信佛神通世尊即為攝神通力而彼迦葉於日初分得作火事已即生歎異乃發淨信我出家心豈可止耶又復迦葉欲於日後分時作事火法即作是念此大沙門有大威力具大神通乃至大威力龍亦能攝伏我今但於日後分時作事火法彼大沙門於日初分時應作神通事是時世尊知彼迦葉信佛神通世尊即為攝神通力而彼迦葉於日後分時得作火事已即生歎異乃發淨信我出家心豈可止耶又復迦葉別作然火法種種施作皆不能然復以乾木投擲

其中及以乾草乾瞿摩夷酥油等物所應用者悉擲其内復作不善相出是呪言伊梨薩哥多梨薩哥一切能燒此何不然作是呪已火亦不然時彼迦葉即作是念此大沙門具大神通有大威力乃至大威力能亦能攝伏我以何物當爲供養是時世尊知彼迦葉信佛神通世尊即爲起神通力其火乃然時彼迦葉即生歎異乃發淨信我出家心豈可止耶又復迦葉既作法已欲滅其火種種施作不能息滅乃取淨土傾擲其中復投以灰乃灑以水亦作不善相出是呪言伊梨薩哥多梨薩哥一切燒已此何不滅作是呪已火亦不滅時彼迦葉即作是念此大沙門具大神通有大威力乃至大威力能亦能攝伏我以何物當爲供養是時世尊知彼迦葉信佛神通世尊即爲攝神通力其火乃滅時彼迦葉即生歎異乃發淨信我出家心豈可止耶復次迦葉於晝日分而暫睡眠世尊即化五百耆年衆狀如迦葉俱詣其所化衆到已高出其聲互相戲笑迦葉由戲笑聲乃從睡覺作是思惟我今何故耽著睡眠同梵行者來亦不知時彼化衆咸讃是言善哉善哉是時迦葉普徧觀察各各見其色相乃作是念豈非大沙門神力所化耶彼大沙門具大神通有大威力乃至大威力能亦能攝伏我以何物當爲供養是時世尊知彼迦葉信佛神通世尊即爲攝神通力彼諸化衆忽然不見時彼迦葉即生歎異乃發淨信我出家心豈可止耶爾時世尊離彼迦葉住處往詣泥連河岸珂那聚落中阿惹播羅樹下

世尊行時體具威儀容相可觀既到彼已而暫止息是時迦葉即作是念我等今時亦往泥連河岸作潔淨事水法而大沙門亦復在彼作是念已即與眷屬詣泥連河岸到已忽見其水逆流復作是念此水逆流豈非大沙門神通所作耶而此大沙門具大神通有大威力乃至大威力龍亦能攝伏我以何物當爲供養是時世尊知彼迦葉信佛神通世尊乃爲攝神通力水即順流時彼迦葉即生歎異乃發淨信我出家心豈可止耶又復世尊漸次欲渡泥連河往縛象聚落中是時大雲忽起暴雨澍流河聲泛漲如角見響世尊爾時於急流中徐緩而進水分兩派步步塵生時彼迦葉乃作是念此大沙門方涉中流河水迅急將非漂沒作是念時乃見世尊於急流中水分兩派步步塵生漸至其岸即生歎異希有難得此大沙門名我於諸世間曾所未聞迦葉爾時乃發淨信我出家心豈可止耶迦葉見佛如是等神通事已轉發最上清淨信心深生愛樂乃發是言佛大沙門能作如是神通事業我以何物當爲供養爾時世尊既至彼岸於縛象聚落中而乃止息即於是夜東方持國天王來詣佛所恭敬禮足彼身光明廣大照耀迦葉是夜覩斯光已至明旦時往詣佛所到已白言大沙門夜中何故東方光來廣大照耀世尊告言夜中所現東方光者是彼持國天王來禮我足彼身光明照耀如是迦葉爾時即作是念彼之名字我等雖聞而不能見況復能來禮沙門足我觀是事希有難得乃發淨信我出家心豈可止

耶第二夜中南方增長天王來詣佛所恭敬禮足彼身光明廣大照耀迦葉是夜覩斯光已至明旦時往詣佛所到已白言大沙門夜中何故南方光來廣大照耀世尊告言夜中所現南方光者是彼增長天王來禮我足彼身光明照耀如是迦葉爾時即作是念彼之名字我等雖聞而不能見況復能來禮沙門足我觀是事希有難得乃發淨信我出家心豈可止耶第三夜中西方廣目天王來詣佛所恭敬禮足彼身光明廣大照耀迦葉是夜覩斯光已至明旦時往詣佛所到已白言大沙門夜中何故西方光來廣大照耀世尊告言夜中所現西方光者是彼廣目天王來禮我足彼身光明照耀如是迦葉爾時即作是念彼之名字我等雖聞而不能見況復能來禮沙門足我觀是事希有難得乃發淨信我出家心豈可止耶第四夜中北方多聞天王來詣佛所恭敬禮足彼身光明廣大照耀迦葉是夜覩斯光已至明旦時往詣佛所到已白言大沙門夜中何故北方光來廣大照耀世尊告言夜中所現北方光者是彼多聞天王來禮我足彼身光明照耀如是迦葉爾時即作是念彼之名字我等雖聞而不能見況復能來禮沙門足我觀是事希有難得乃發淨信我出家心豈可止耶第五夜中上方帝釋天主來詣佛所恭敬禮足彼身光明廣大照耀迦葉是夜覩斯光已至明旦時往詣佛所到已白言大沙門夜中何故上方光來廣大照耀世尊告言夜中所現上方光者是彼帝釋天主來禮我足彼身光明照耀如是迦

葉爾時即作是念彼之名字我等雖聞而不能見況復能來禮沙門足我觀是事希有難得乃發淨信我出家心豈可止耶第六夜中四方四大天王上方帝釋天主俱詣佛所恭敬禮足四王身光四方互照帝釋身光上方照耀然彼諸光悉於世尊三摩地光中之所收攝迦葉是夜覩斯光已至明旦時往詣佛所到已白言大沙門夜中何故四方光來及彼上方光來照耀世尊告言夜中所現四方光者是彼四方天王上方光者是帝釋天主俱來禮足彼諸身光照耀如是迦葉爾時即作是念五方俱來禮沙門足我觀是事希有難得乃發淨信我出家心豈可止耶復次世尊謂迦葉言汝今為我於菴摩勒林中取彼果來迦葉以佛威神力故如言即取持以奉佛世尊又言汝於呵梨勒林中取彼藥來迦葉如言取以奉佛世尊又言汝於贍部樹先取其果次復可取隨應知者種種果來迦葉如言取以奉佛世尊又言汝於北俱盧洲取彼飯來迦葉如言取以奉佛世尊又言汝於三十三天中取彼曼陀羅華來迦葉如言取以奉佛爾時迦葉知佛世尊有如是等種種神通轉復發起最上淨信世尊知彼心已於迦葉前復以神力於虛空中別見身相起三威儀謂住威儀行步威儀跏趺坐威儀如是所現諸威儀相皆悉迅疾如履急流是相亦然又於空中化現眾寶所成樓閣又復普現黃金色相世尊現如是等諸神通已還攝神力本相如故爾時迦葉常於年中而擇一日於自住處作祀天會所有摩伽陀國王舍大

城頻婆娑羅王及其國中一切人民咸來赴會而彼迦葉知設會時至還本住處乃作是念我常所設祀天施會今正是時王及人民咸悉來集彼大沙門面相平滿遠離顰蹙無復恚怒出善語言見者歡喜此最上善人若來我舍我祀天會何能施作爾時世尊知彼心念已即現神力往北俱盧洲如常乞食還詣雪山邊安坐而食食已於彼作草菴舍止息一夜時彼迦葉祀天既畢設會亦周飲食所須而尚豐溢迦葉見已即作是念彼大沙門今時若來我當授食世尊知其念已從虛空中來現其前迦葉見已作如是言善來大沙門我昨設會汝何不來世尊答言知汝起念故我不來世尊即為如念而說迦葉復言汝於今日何故乃來世尊答言亦知汝念欲授我食故我斯來是時迦葉即作是念希有難得此大沙門知我心意此必同我亦得阿羅漢世尊知其所念即時謂言迦葉汝非阿羅漢不知阿羅漢法迦葉聞已復作是念希有希有此大沙門若心若意若尋若伺皆悉能知作是念已頭面著地前禮佛足白言世尊我今歸佛出家受具足戒惟願善逝哀愍攝受佛言迦葉汝今不應投佛出家所以者何摩伽陀國王及人民皆悉宗敬供養於汝汝於親屬知識眾中是最善人宜應今時審自思忖迦葉白佛言莫作是說莫作是說我於世尊所生極喜心發勝愛樂豈復審思我今決定歸佛出家何以故世尊我出家已於沙門婆羅門外道眾中摧伏一切譏毀過失者執持勝幢於王舍大城中次第經行表示

我優樓頻螺耆年迦葉能於世尊清淨法中而得解脱是故我今決定歸佛出家惟願世尊哀愍攝受佛言迦葉汝能決定歸佛出家者斯爲甚善然汝今時亦應與自眷屬而共評議爾時迦葉如佛教勑即與眷屬而相議言汝等當知佛大沙門具大神通有大威力一切見者咸生歡喜我於佛所深發最上清淨信心我今決定歸佛出家諸眷屬言我師聖者尚能如是發輕利心我等諸人豈不出家是故今時亦各樂欲歸佛出家

佛説初分説經卷上

佛説初分説經卷下

宋西天三藏朝奉大夫試光祿卿傳法大師施護奉　詔譯

爾時優樓頻螺耆年迦葉與五百眷屬還詣佛所到已偏袒右肩右膝著地合掌頂禮而白佛言世尊我今歸佛出家奉持戒律願佛攝受佛言善來汝今於我法中修持梵行時彼迦葉鬚髮自落袈裟被身執持應器成苾芻相爾時尊者優樓頻螺迦葉即以其髮奉上世尊作如是言世尊此我之髮用拭佛足願佛慈悲受我所獻如是迦葉既出家已彼諸眷屬亦各出家復次迦葉即時取彼先事火具所謂淨草虎皮牛皮果樹皮三杖淨水缾珂哩哥潔淨器等而悉棄擲泥連河中爾時那提迦葉在於彼河下流之側與三百眷屬俱見所棄擲事火之具流至彼已乃作是念我兄優樓頻螺耆年迦葉豈非爲彼人或非人所惱害邪若不然者何故棄擲所用之物作是念已即與眷屬往詣其所到已乃見兄及五百眷屬俱在佛邊而爲苾芻修持梵行即作是言我兄優樓頻螺此摩伽陀國王及人民尊重恭敬供養於汝汝於今時何所見聞乃於大沙門邊而能出家修持梵行我觀是事甚爲希有優樓頻螺迦葉言佛世尊者具大神通有大威力能作種種神變等事我見是相乃發淨信於佛法中出家修道汝今宜應亦發淨信歸佛出家是時那提迦葉聞其語已發出家心即與眷屬前詣佛所偏袒右肩右膝著地合掌頂禮而白佛言世尊我等歸佛出家奉持戒律願佛攝受佛言善來汝今於我法中修持梵行時彼那提迦葉

鬚髮自落袈裟被身執持應器成苾芻相彼諸眷屬亦各出家復次那提迦葉即時取彼先事火具所謂淨草虎皮牛皮果樹皮三杖淨水缾珂哩哥潔淨器等而悉棄擲泥連河中爾時伽耶迦葉亦在彼河下流之側與二百眷屬俱見所棄擲事火之具流至彼已乃作是念我兄優樓頻螺迦葉那提迦葉豈非爲彼人或非人所惱害耶若不然者何故棄擲所用之物作是念已即與眷屬漸次前詣詢問其故乃見二兄并諸眷屬俱在佛邊而爲苾芻修持梵行即作是言我兄優樓頻螺此摩伽陀國王及人民尊重恭敬供養於汝汝於今時何所見聞乃於大沙門邊而能出家修持梵行我觀是事甚爲希有優樓頻螺迦葉言佛世尊者具大神通有大威力能作種種神變等事我見是相乃發淨信於佛法中出家修道汝今宜應亦發淨信歸佛出家是時伽耶迦葉聞其語已發出家心即與眷屬前詣佛所偏袒右肩右膝著地合掌頂禮而白佛言世尊我等歸佛出家奉持戒律願佛攝受佛言善來汝今於我法中修持梵行時彼伽耶迦葉鬚髮自落袈裟被身執持應器成苾芻相彼諸眷屬亦各出家復次伽耶迦葉即時取彼先事火具所謂淨草虎皮牛皮果樹皮三杖淨水缾珂哩哥潔淨器等而悉棄擲泥連河中如是三迦葉并諸眷屬俱出家已時尊者優樓頻螺迦葉於眷屬衆中即謂一人言汝往頻婆娑羅王所如我詞曰優樓頻螺迦葉告白王言我今并弟眷屬俱已隨佛出家修道我先受王諸有信施今日

已還願王止息使人受命即往白王爾時世尊化三迦葉已與如是等苾芻衆俱往詣象頭山到已安止即作是念迦葉眷屬雖復耆舊先事火天宗信火法而不能知諸法無常我今爲說世尊作是念已即時踴身於虚空中現大火燄光明熾盛如是現已還復本座告諸苾芻言汝等當知眼根無常色境無常眼識無常眼觸無常眼觸爲緣所生苦樂捨受皆悉無常耳鼻舌身意根無常聲香味觸法境無常耳鼻舌身意識無常耳鼻舌身意觸無常耳鼻舌身意觸爲緣所生諸受皆悉無常諸苾芻貪火無常瞋火無常癡火無常生老死憂悲苦惱皆悉無常諸苾芻是故汝等應如是知諸法無常復次諸苾芻汝等當知眼根不受色境不受眼識不受眼觸不受眼觸爲緣所生諸受皆悉不受耳鼻舌身意根不受聲香味觸法境不受耳鼻舌身意識不受耳鼻舌身意觸不受耳鼻舌身意觸爲緣所生諸受皆悉不受諸苾芻由如是故一切法不受以不受故即遠離塵垢而得解脫我生已盡梵行已立所作已辦不受後有佛說是法時會中有六十苾芻不受諸法得心解脫餘諸苾芻亦悉知法爾時世尊說是法已與苾芻衆往詣杖林山到已安止世尊乃爲諸苾芻現三種神通所謂神境通說法通教誡通以如是神通而示利喜佛言諸苾芻汝等應當如是作意如是伺察如是了知當如是行即獲利樂時諸苾芻於是三種神通等事而悉見聞示利喜已會中有得心解脫者說是伽陀曰

象頭山與杖林山　世尊說法現神變
攝伏外道歸正眞　使彼邪心皆解脫

爾時世尊謂苾芻衆言我今欲入王舍大城時頻婆娑羅王初聞有如來應供正等正覺明行足善逝世間解無上士調御丈夫天人師佛世尊十號具足出興於世於諸天人梵魔沙門婆羅門大衆中以自智力而成正覺宣說諸法初善中善後善文義深遠純一無雜圓滿清白梵行之相彼佛會中有優樓頻螺迦葉那提迦葉伽耶迦葉并諸眷屬歸佛出家修持梵行是佛世尊今日欲入王舍大城其王即勑修治王城內外街巷道陌悉令清淨燒衆名香散諸妙華張設珠瓔樹立幢蓋如是普徧處處嚴麗乃至城中一切人民發歡喜聲互相得聞時頻婆娑羅王被新妙衣著衆寶履嚴整四兵與無數眷屬前後導從出王舍城迎候世尊其王與諸眷屬出城向遠漸近世尊王乃下車徒步而進爾時世尊與諸苾芻前後圍遶詣王舍城王及眷屬見佛遠至肅恭前迎從佛入城佛入城時城中人民異口同音說伽陀曰

世尊入此王舍城　出現師子光明相
解脫耆年清淨衆　彼彼恭敬而圍遶

爾時頻婆娑羅王前導世尊往迦蘭陀竹林園中到已世尊周徧觀察王乃爲佛敷設其座佛處座已諸苾芻衆各居佛後是時王及眷屬衆中有禮佛足者有但合掌頂禮者有發歡喜心者有隨發歡喜心即生愛樂者如是各各伸敬已退坐一面王乃復從座起偏袒右肩右手執持上妙金瓶出妙香水灌世

尊手灌已白言我此園林奉上世尊并四方僧安止受用此是最初園林布施惟願世尊爲我納受佛即爲受王禮佛足已向尊者優樓頻螺迦葉前歡喜合掌作如是言迦葉此摩伽陀國中一切人民宗敬於汝我亦常所尊重供養汝今何所見聞歸佛出家修持梵行迦葉答言大王當知今佛世尊具大神通有大威力能作種種神變等事以是緣故我發淨信歸佛出家時衆會中有生疑念此優樓頻螺迦葉今在大沙門邊修持梵行何所求邪此能歸心佛能攝受互見何相致如是耶又復衆中有作是言此優樓頻螺迦葉今在大沙門邊修持梵行不復能得頻婆娑羅王恭敬供養爾時世尊知衆疑已即告尊者優樓頻螺迦葉言迦葉汝今知時宜現神通

是時迦葉受佛勅已隨其所應即入三摩地猶如鵝王起現空中以神通力身上出火身下出水身下出火身上出水右邊出火左邊出水左邊出火右邊出水於其四方現行坐卧相現是神通已從空而下還住佛前偏袒右肩右膝著地合掌恭敬頂禮世尊作是白言佛是我師我是聲聞弟子若我所知若我不知佛悉能知如佛所了知是爲最上知佛言迦葉汝先所作事火之法汝見何義爲於其中得寂靜耶能斷染耶如汝所作皆不解脫今問此義汝隨應答迦葉白佛言我無智故先所不知世尊大龍善爲救度令我今時見無上句世尊我先所作以飲食供設然火祀天實不解脫而飲食者設使美味種種具足終不能離三欲之數今蒙佛開導我如是

見佛言迦葉又如汝所作事火等法於天人世間不可愛樂迦葉白佛言我今於佛正法見最上句住寂靜意畢竟不復墮於欲有別異教中更不修習是故棄捨事火等法爾時尊者那提迦葉白尊者優樓頻螺迦葉言佛世尊者證涅槃法離過無染最上清淨出世說法廣大利益而汝迦葉亦能善說爾時尊者伽耶迦葉為頻婆娑羅王說伽陀曰

善來大王聽我說　我本居止伽耶山
正等正覺出世間　說涅槃句我得利
佛最勝者大象龍　無上調伏最上尊
無畏善御諸衆生　三摩呬多心寂靜
我昔長夜心染汚　起諸邪見不解脫
佛令破我邪見心　一切纏結皆消散

是時衆會疑念皆息乃知尊者優樓頻螺迦葉并諸眷屬歸佛出家修持梵行甚為希有爾時世尊知彼衆會已息疑心乃為頻婆娑羅王等宣說法要如先佛世尊所說法式謂施論戒論生天之論欲為染汚生諸過失愛若不生心即離障時王并諸眷屬聞是法已咸發淨信歸依佛法僧受持學句即於世尊起安樂心柔輭心最上心離障心無著心善順心是時世尊知王及衆心開意解如先佛世尊所說法式以無數方便復為宣說苦集滅道四諦法門時王并衆不起于座悉能了知苦集滅道四聖諦理見法知法得白淨法平等法堅固法安住法無恚法無壞法無墮法猶如白衣易受染色王等獲利亦復如是時王并諸眷屬蒙佛宣說法要示利喜已從座而起頂禮佛足是時有守空神守種子神

守國界神守事業神守草神守木神守畜類神守樹林神守道路神如是諸神咸作人言互相謂曰世尊具大神通有大威力能作種種神變等事即說伽陀曰

今日頻婆娑羅王　并諸眷屬歸依佛
聞法獲利竹林中　我等諸神亦歸佛

爾時頻婆娑羅王并諸眷屬右遶世尊出離衆會復次王舍城有一外道名删闍夜與自眷屬居止其中而删闍夜後亡歿已彼二弟子一名舍利子一名大目乾連是二弟子棄捨彼衆已互相謂言我等二人若先有所證必相告語後於一時有尊者烏波西那食時著衣持鉢入王舍城次第乞食時舍利子見彼尊者自遠而來諸根調寂威儀整肅即作是念今此尊者威儀進止希有最上念已前詣問言尊者汝師何人復說何法烏波西那答言我師是大沙門於大衆中決定宣說無屈伏力廣大法門舍利子言汝今可能於彼法門若少若多為我宣說烏波西那言我師所說緣生之法緣生法者謂一切法從因緣生從因緣滅復以是義說伽陀曰

若法因緣生　法亦因緣滅　是生滅因緣
佛大沙門說

時舍利子聞是法已遠塵離垢得法眼淨即說伽陀曰

如是緣生妙章句　尊者為我善開示
我於那庾多劫中　不見不聞今得遇

說是伽陀已又言尊者世尊今在何處烏波西那答言世尊今在迦蘭陀竹林精舍又言我今得詣世尊處不彼答言汝當隨意時舍

利子憶念大目乾連先所言約今應往告念已即往時大目乾連見舍利子進止威儀勝彼先時知必證法乃謂舍利子言汝有所證耶舍利子言世尊所說緣生之法烏波西那爲我略說我已證悟如彼所說伽陀曰

若法因緣生　法亦因緣滅　是生滅因緣

佛大沙門說

大目乾連聞是法已遠塵離垢得法眼淨佛說此經已迦葉等諸大聲聞及一切世間天人阿脩羅乾闥婆等聞佛所說歡喜信受

佛說初分說經卷下

音釋

顰蹙 顰毗賓切蹙子六切顰蹙愁貌　鉼 蒲丁切與瓶同　刪 師姦切

佛說無畏授所問大乘經

佛說月喻經

佛說醫喻經

佛說灌頂王喻經

宋西天三藏朝奉大夫試光禄卿傳法大師施護奉　詔譯

清刻龍藏佛說法變相圖

四經同卷

佛說無畏授所問大乘經上中下卷

佛說月喻經

佛說醫喻經

佛說灌頂王喻經

佛說無畏授所問大乘經卷上

宋西天三藏朝奉大夫試光祿卿傳法大師施護奉　詔譯

如是我聞一時世尊在舍衛國祇樹給孤獨園與大苾芻衆千二百五十人俱皆是阿羅漢諸漏已盡無復煩惱心善解脫慧善解脫如大龍王所作已辦棄諸重擔隨得已利盡諸有結正智解脫諸心寂靜皆到彼岸唯一補特伽羅所謂阿難復有五百大菩薩衆悉得一切陀羅尼門及三摩地門皆是一生補處時舍衛城有一長者名無畏授大富自在

有大財寶積諸受用庫藏充滿金銀瑠璃眞珠珊瑚螺貝寶等皆悉具足廣有車乘象馬牛羊復多眷屬奴婢僕從執事人等及諸朋友一時無畏授與五百長者而共集會潛相謂言諸仁者遇佛出世斯爲難事人身難得時難契會於佛教中淨信極難捨家出家成苾芻相此亦爲難修行復難彼諸有情知恩念報而復甚難但能少分施作尙不壞失何況廣多又諸有情若於如來教中能生淨信信已復能依教修行極爲難事又諸有情若能莊嚴如來教法復能解脫輪迴極爲難事是故我等不應於聲聞乘及緣覺乘中趣求涅槃應於無上大乘法中趣求涅槃於是衆會以如是事互言議已咸悉發起廣大勝心皆言我今悉於無上大乘法中趣求涅槃不樂聲聞緣覺之乘時無畏授與五百長者俱共圍繞出舍衛城詣世尊所到已頭面禮世尊足右繞七帀退坐一面爾時世尊知是事已故謂無畏授等五百長者言汝諸長者以何緣故來詣如來應供正等正覺所時無畏授等五百長者悉從座起偏袒一肩右膝著地向佛合掌頂禮白言世尊我等向者共會一處潛相謂言遇佛出世斯爲難事人身難得時難契會於佛教中淨信極難捨家出家成苾芻相此亦爲難修行復難彼諸有情知恩念報而復甚難但能少分施作尙不壞失何況廣多又諸有情若於如來教中能生淨信信已復能依教修行極爲難事又諸有情若能莊嚴如來教法復能解脫輪迴極爲難事我等今時不應於聲聞乘及緣覺乘中趣

求涅槃應於無上大乘法中趣求涅槃世尊我等以如是事互言議已咸悉發起廣大勝心皆於無上大乘法中趣求涅槃不樂聲聞緣覺之乘我等乘此緣故來詣如來應供正等正覺所世尊諸菩薩摩訶薩欲證阿耨多羅三藐三菩提者當云何住復云何學云何修行爾時世尊讚無畏授等五百長者言善哉善哉汝諸長者甚善甚善汝今能爲安住阿耨多羅三藐三菩提故來詣如來應供正等正覺所汝等諦聽極善作意今爲汝說時無畏授等五百長者受教而聽佛言諸長者若菩薩摩訶薩欲證阿耨多羅三藐三菩提者如其所住當如是學如是修行又若菩薩摩訶薩欲證阿耨多羅三藐三菩提者應於一切有情起大悲心普徧親近廣爲攝受觀察施作而菩薩摩訶薩於自身命不應愛著所有舍宅妻子眷屬飲食衣服乘馭牀座珍寶財穀香華燈塗乃至一切受用樂具悉不應著何以故多諸有情愛著身命故廣造罪業彼彼所作業成熟已墮在惡趣地獄中生若於一切有情起大悲心於自身命不愛著故即於一切善趣中生諸長者是故菩薩摩訶薩欲證阿耨多羅三藐三菩提者於一切有情起大悲心於自身命不生愛著所有舍宅妻子眷屬飲食衣服乘馭牀座珍寶財穀香華燈塗乃至一切受用樂具悉不愛著已然後自捨一切廣行惠施不求果報安住戒行三相清淨修諸忍辱堪能具足一切有情於已所作不饒益事悉能忍伏被大精進堅固甲冑若身若命悉能棄捨安住寂靜心一

境性遠離散亂勝慧決擇諸善法分不起我人衆生壽者士夫補特伽羅意生等見廣爲一切作諸勝行爲一切有情作意行施爲一切有情作意護戒爲一切有情作意行忍爲一切有情作意發起堅固精進爲一切有情作意安住諸勝定門爲一切有情作意修慧爲一切有情習學一切善巧方便爾時無畏授等五百長者俱白佛言世尊我等昔來於自身命皆生愛著所有舍宅妻子眷屬飲食衣服乘馭牀座珍寶財穀香華燈塗乃至一切受用樂具悉生愛著世尊菩薩摩訶薩作何觀察能於身命乃至一切受用樂具不生愛著願佛爲說爾時世尊告無畏授等五百長者言菩薩摩訶薩以無數種相觀察於身何等無數所謂此身不實緣法合集如極微聚從頂至足次第破壞彼九竅門及諸毛孔不淨流溢猶如蟻聚蛇毒止中蛇毒違害如怨敵如猿猴多所損惱如極惡友常起諍競身如聚沫不可撮摩又如水泡旋有即壞又如陽燄渴愛所生又如芭蕉中無堅實又如幻化從虛妄起又如王者多種教令又如怨對常來伺便又如盜賊無有信義又如殺者極難調制如惡知識常不歡喜如破法者隱沒慧命又如邪朋滅失善法又如空聚離於主宰又如瓦器終歸破壞如小便坑不淨充滿如大便處常多滓穢又如食噉諸不淨鬼及蛆蟲狗等樂臭穢中又如廣積穢物遠聞其臭如惡瘡疱難合其竅痛不可忍又如毒箭入身酸楚如惡家主難爲侍養又如朽舍及如漏船雖假修治旋歸散壞又如坯器難

爲固惜又如惡友常假將護如河岸樹風所動揺如大河流終歸死海又如客舍多種違惱如無主舍無所攝屬如巡警人常專檢察又如邊方多所侵嬈如積沙處漸當減下如火蔓莚如海難渡如地難平如蛇置篋隨生損害又如嬰兒常須存愛又如破器無所堪用如惡方處常虞壞亂如雜毒食常當遠離如求丐人得種種物得已旋棄又如大車負極重等唯諸智者於法覺了應如是知

佛説無畏授所問大乘經卷上

佛說無畏授所問大乘經卷中

宋西天三藏朝奉大夫試光祿卿傳法大師施護奉　詔譯

復次長者菩薩摩訶薩觀察此身最初何因之所成立謂依父母精血合集生起彼因復由受其飲食食已變壞旋聚即散歸痰癊藏痰癊流潤終歸不淨然後火大增强煑變成熟後歸風力由其風力各分滓重及與流潤滓重所謂大小便等流潤謂血血變成肉肉成於脂脂成於骨骨成其髓髓成其精精等乃成此不淨身菩薩歡此不淨身故乃起思惟此身多種合集各別名相謂三百骨六十肪及膏相合四百膜五百肉團六百腦七百脈九百筋十六肋骨復有三事內纏其腸分生熟藏腸有十六交絡而住二千五百脈道透映一百七節八十萬俱胝毛孔具有五根九竅七藏不淨充滿髓有一掬腦有一掬脂有三掬痰癊六掬滓重六掬風力隨徧血有一斗如是一切各各充滿有七水脈而復圍繞吸諸滋味內火大增熾然燒煑逼切疲極身脈汗流是等諸相極難可見此之臭穢不淨體相是中云何起增上愛如求丐人得所用物得已旋棄又如大車負極重等唯諸智者於法覺了應如是知即說頌曰

此身多種不淨聚　愚無智者不了知
强起增上愛著心　如穢瓶破多穢氣
耳目口鼻皆穢物　彼等何者爲香潔
涎眵結聹及涕洟　諸蟲雜惡何生愛
譬如愚者取於炭　勤力摩治欲令白
炭盡力疲白莫成　無智妄貪亦如是
如人意欲成潔淨　多種修治於此身

百轉沐浴及香塗　身壞命終歸不淨

爾時世尊復告無畏授等五百長者言長者當知菩薩摩訶薩欲證阿耨多羅三藐三菩提者觀察此身有四十四相何等四十四謂菩薩摩訶薩觀察此身誠所猒棄菩薩觀身不可愛樂以不饒益故菩薩觀身極爲臭穢膿血滿故菩薩觀身甚不堅牢終破壞故菩薩觀身體性羸劣筋骨相聯故菩薩觀身不淨穢惡常流故菩薩觀身如幻愚夫異生強起虚妄動亂相故菩薩觀身多所漏失以九竅門常流注故菩薩觀身熾然燒爇謂貪火所焚瞋火猛聚癡火暗冥故菩薩觀身貪瞋癡網常所蓋覆愛網相續故菩薩觀身竅穴所依以九竅門及諸毛孔周徧流注雜穢充故菩薩觀身多種逼惱四百四病常增損故菩薩觀身是爲窟宅八萬四千戸蟲之所聚故菩薩觀身無常終歸死法故菩薩觀身無知於法不知故菩薩觀身如器用衆縁合成終破壞故菩薩觀身逼切衆多憂惱故菩薩觀身無歸趣畢竟老死故菩薩觀身深隱諂誑所行故菩薩觀身如地難平滿故菩薩觀身如火以所愛色隨繫著故菩薩觀身無猒足隨五欲故菩薩觀身破壞煩惱對礙故菩薩觀身無定分位以其利衰現所受故菩薩觀身無自他縁不得源流故菩薩觀身馳流心意以種種縁作意伺察故菩薩觀身棄背畢竟歸於棄尸林故菩薩觀身爲他所食鷲鳥豺狼等食噉故菩薩觀身如輪盤影現筋骨連接故菩薩觀身無所顧惜殘棄漏失膿血滿故菩薩觀身耽著滋味飲食所成故菩

薩觀身勤苦無利以是無常生滅法故菩薩觀身如惡友起諸邪妄故菩薩觀身如殺者重重現增苦故菩薩觀身爲苦器三苦逼惱故所謂行苦壞苦苦苦菩薩觀身爲苦聚五藴隨轉無主宰故菩薩觀身極不自在種種縁成故菩薩觀身無壽者離男女相故菩薩觀身空寂諸藴處界所合成故菩薩觀身虚假以如夢故菩薩觀身不實以如幻故菩薩觀身動亂如陽燄故菩薩觀身馳流如響應故菩薩觀身虚妄所起如影現故長者菩薩摩訶薩以如是等四十四相觀察於身而菩薩摩訶薩作此觀察時所有於身樂欲於身顧惜於身執我於身愛染於身積集於身繫著一切悉斷由是於命樂欲於命顧惜於命執我於命愛染於命積集於命繫著乃至舍宅妻子眷屬飲食衣服乘馭牀座珍寶財穀香華燈塗一切受用樂具若樂欲若顧惜若執我所若愛染若積集若繫著一切亦斷由於身命能棄捨故乃至一切受用樂具亦悉棄捨如是乃能圓滿六波羅蜜多長者菩薩摩訶薩以能圓滿波羅蜜多故即能速證阿耨多羅三藐三菩提爾時世尊欲重宣此義即說頌曰

應知人身極難得　莫因此身造衆罪
豺狗取食棄尸林　空將此身爲殘棄
愚無智者常動亂　虚僞身中起貪愛
此身難馭違背深　晝夜受苦無停息
此身苦輪常生病　此身不淨廣充盈
飢渴隨逐嬈惱深　誰諸智者生愛著
此身如地廣無主　及如惡友愚生愛

因此身故眾罪興　畢竟還自受諸苦
此身不同金剛堅　莫因此身廣造罪
智者應修勝福因　於佛教中生淨信
此身不久徒存養　衣服香嚴飲食資
終歸破壞暫任持　邪勤施作何空過
經百劫中難得遇　大牟尼尊出世間
速於佛教淨信生　莫於惡趣受極怖
假使壽千俱胝歲　彼尚匆應生貪愛
何況壽不滿百年　豈生貪愛無猒足
或有一類奢侈者　不念此身極難得
廣集嬉戲歌妓人　於前戲劇求快樂
廣集財寶何有樂　護惜重重苦惱增
下劣愚夫喜悅生　智者於中離貪著
富貴不實如夢幻　愚者馳流於心意
刹那破壞刹那成　誰諸智者生貪愛

佛說無畏授所問大乘經卷中

佛說無畏授所問大乘經卷下

宋西天三藏朝奉大夫試光祿卿傳法大師施護奉 詔譯

譬如幻所成物像　如乾闥婆城莊嚴
愚人貪愛富亦然　不知是妄生耽著
百種苦求於財富　得已極苦逼於身
王官水火散壞時　智者豈生於愛著
妻子眷屬隨所愛　廣作諸罪當破壞
極重過失不覺知　智者於身不生著
慳悋者求財富時　父母亦不生尊重
妻子眷屬返憎嫌　一向常貪於財利
慳者不知於恩義　唯念莫壞我所有
背正向邪諂求財　智者於彼不生信
慳者意異語如實　所應信者不生信
見人雖將愛子同　此是慳者諂妄起
慳悋之者在世間　雖親典教亦通解
馳流散亂出惡言　心無悲愍極麤獷
慳者處世無所託　亦無知識及親朋
有所依附但求財　智於慳者不生信
慳者因求財富故　於極惡事起思念
是故智者正所觀　愚人於彼生歡喜
金寶珠貝珊瑚等　善業引生如聚沫
於中貪愛諍競興　彼不了知幻化性
賢劫一佛出世時　彼尊立名爲慈氏
徧覆大地得黃金　彼從何來何因故
於外隨逐五欲境　愚人散亂癡迷法
如日中分夏月時　渴欲奔馳燄爲水
空後一劫成世間　虛空所成空自性
焚燒破壞復還成　此從何來彼何去
灩澗池沼及大海　枯涸破壞彼皆同
虛假不實貪亦然　誰諸智者生愛著

智者慧力色相具　於身常自作稱量
此中無味染何因　舍宅財利應棄捨
隨逐五欲造惡業　養育妻子并眷屬
死時妻子及諸親　誰能救護自當苦
死時眷屬不隨去　但隨自作衆業行
苦惱逼逐於己身　彼時誰爲我分受
三有獨怖無親愛　妻子眷屬假相親
愚人取以爲樂因　但增苦惱及憂慼
父母妻子親朋聚　爲求財利故相會
彼等不隨死者行　唯自所作業相逐
一切皆隨業所行　一切亦隨業所住
當知此身業所成　智者應修於善業
父母妻子眷屬等　以不了無故貪愛
愚人廣造衆罪因　智者不入無間獄
所有餘處業報盡　無間極苦不解脫

是故畏彼惡趣因　智者勤劬離諸罪
閻摩王前治罰時　彼無朋友爲救護
亦無父母及諸親　隨自所作業當受
王言汝所得人身　得已何不離諸罪
今受極苦捶打時　皆由汝作不善業
自心所作不善已　而復不信有業報
如彼閻摩法王言　汝受治罰非我罪
自作業因自造罪　自造罪已汝來此
當受極苦自甘心　由先所作非愛業
死時衆苦所逼迫　親屬不能令解脫
汝欲自求解脫時　是故應離諸罪惡
打擊拷掠及杻械　此等若欲求遠離
舍宅親友起怖心　於佛教中修正行
舍宅猛火大苦根　而此心火常熾然
智者於斯愛不生　如大火聚極可怖

佳舍養親常憂慼　富樂憂愁亦復然
自他過失等無差　是故應離諸罪惡
智者佛教生信樂　不種自收勝樂根
愚者不生愛樂心　但貪舍宅諸苦本
女身筋肉骨合集　假起妄貪爲我妻
諸無智者染愛生　不知女身都如幻
智者了知諸欲樂　及舍宅等皆生猒
止法藥治貪病除　速疾出離諸纏縛

爾時無畏授等五百長者聞是正法已悉得無生法忍得法忍已皆生最上踊躍歡善即說頌曰

快哉於今日　我等得大利　彼一切利中
此利益最上　我等所發起　廣大菩提心
於佛正法中　清淨生渴仰　所起勝愛樂
無上菩提心　爲一切有情　廣施諸安樂
我等從今日　極盡其身命　誓於此深經
生最上愛樂　由起愛樂故　得一切有情
於彼當來世　見者生歡喜　彼一切有情
諸欲發心者　皆發起無上　廣大菩提心
若一切有情　愛樂菩提心　當得勝果報
最上金色身　相好以莊嚴　種種勝殊妙
及得大光明　世間廣照耀　無上菩提心
此心廣大心　勝出一切心　最上復清淨
彼一切功德　由此心具足　復具大勝力
能脫一切病　諸尠福有情　不樂菩提心
此心懈退因　不能觀生死　菩提神通智
獲最勝福力　廣積滿虛空　普施諸情品
若人於河沙　等數諸佛剎　滿以七珍財
供養正等覺　若人但合掌　歸向菩提心
此勝供養因　超過諸供養　此供養無等

所謂菩提心　過此外無餘　為最勝最上
菩提心功德　是勝妙良藥　一切病能治
施有情安樂　觀見諸有情　三火常燒然
無量劫拔除　菩薩不懈退　修此菩提行
為勇猛醫王　救苦諸有情　常遠離疲懈
數數往諸趣　不捨菩提心　勤於佛法中
出現希有相　我等得大利　樂此菩提心
願我等當成　大覺釋師子

爾時世尊從其面門出現廣大神通光明無數種色所謂青黃赤白及紫碧綠是光普照無邊世界上徹梵世映蔽日月光明不現其光旋環右繞世尊百千帀已却從世尊頂門而入爾時尊者阿難即從座起偏袒一肩右膝著地向佛合掌頂禮白言世尊何因何緣現是光明若無因緣如來應供正等正覺不放光相時尊者阿難即說頌曰

佛上勝者若無因　法爾不現光明相
願為悲愍劣有情　說放光明何因故
一切有情皆貧乏　佛應為施大聖財
世間暗冥作明照　願說此光所因現

爾時世尊告尊者阿難言阿難汝今見此五百長者不悉為發阿耨多羅三藐三菩提心故來詣我所阿難白佛言唯然已見佛言阿難是五百長者今此會中聞正法已皆得無生法忍阿難此諸長者皆於過去佛所奉近供養深種善根從此沒已不復墮諸惡趣生人天中受勝妙樂次第至彼慈氏如來應供正等正覺出現世時生彼佛剎親近供養尊重承事其後乃至賢劫諸佛彼彼出世時於一一佛所親近供養聽受正法讀誦記念廣

爲人說最後過二十五劫於種種佛刹皆當成就阿耨多羅三藐三菩提果同名蓮華吉祥藏如來應供正等正覺出現世間爾時尊者阿難前白佛言今此廣大甚深正法希有世尊希有善逝此經何名我等云何奉持佛言阿難是經名爲菩薩瑜伽師地法門亦名無畏授所問如是名字汝當受持佛說此經已尊者阿難等諸大聲聞及諸菩薩摩訶薩衆并五百長者世間天人阿脩羅等一切大衆聞佛所說皆大歡喜信受奉行

佛說無畏授所問大乘經卷下

佛說月喻經

宋西天三藏朝奉大夫試光祿卿傳法大師施護奉 詔譯

如是我聞一時世尊在王舍城迦蘭陀竹林精舍與苾芻衆俱是時世尊告諸苾芻言如世所見皎月圓滿行於虛空清淨無礙而諸苾芻不破威儀常如初臘者具足慚愧若身若心曾無散亂如其法儀入白衣舍清淨無染亦復如是諸苾芻又如明眼人或入大水深廣之中或涉江河險惡之處或履山巖高下之所以明眼故而悉能見離諸疑懼如前所說苾芻亦然諸苾芻今我所說猶月行空清淨無礙譬明眼人涉履諸險離諸疑懼而迦葉苾芻不破威儀常如初臘者具足慚愧若身若心曾無散亂如其法儀入白衣舍清淨無染離諸怯懼亦復如是爾時世尊復告諸苾芻言汝等苾芻若入白衣舍時當起何心當以何相而入其舍諸苾芻白佛言世尊佛是所歸向佛爲諸法本佛爲清淨眼我等不知是義云何願佛世尊善爲宣說令諸苾芻聞已了知佛言諸苾芻汝等諦聽當善作意今爲汝說若諸苾芻欲入白衣舍時應起無著無縛無執取心依律儀相而入其舍雖受利養但欲爲彼作諸福事隨自所得分量而受復善作意於自不高於他不下起如是心以如是相應入白衣舍爾時世尊舉手捫空告苾芻衆言於汝意云何虛空有著不有縛不有執取不諸苾芻言不也世尊佛言若苾芻以無著無縛無執取心入白衣舍亦復如是爾時世尊又復舉手捫空告苾芻衆言諸苾芻於汝意云何虛空有著不有縛不有

執取不諸苾芻言不也世尊佛言迦葉苾芻亦復如是以無著無縛無執取心入白衣舍雖受利養但欲爲彼作諸福事隨自所得分量而受復善作意於自不高於他不下諸苾芻以是義故如迦葉苾芻者應入白衣舍堪受利養爾時諸苾芻重白佛言世尊若諸苾芻爲白衣說法時或有清淨或不清淨其事云何願佛世尊善爲宣說佛言諸苾芻汝等諦聽當善作意今爲汝說若苾芻爲欲令他發起信心及作信心事給施衣服飲食坐卧之具病緣醫藥以是利故爲他說法者此不清淨若苾芻於佛所說法安住正見離諸染污如鍊眞金去除鑛穢見如是法證如是法如佛所發起是法能離生老病死憂悲苦惱以如是法爲他演說令他得聞如是法已隨順修行於長夜中得大利樂以此緣故發生慈心悲愍等心由是因故令佛正法得久住世諸苾芻若起如是心爲他說法者斯則清淨復次諸苾芻汝等當知迦葉苾芻能起清淨心爲他說法以清淨故令佛正法得久住世是故汝等諸苾芻衆亦應如是如理修學又諸苾芻若有能起如是心爲他說法者我說名爲最上清淨眞實能令如來正法得久住世佛說此經已諸苾芻衆歡喜信受

佛說月喻經

佛說醫喻經

宋西天三藏朝奉大夫試光祿卿傳法大師施護奉　詔譯

如是我聞一時世尊在舍衛國中與苾芻衆俱是時世尊告諸苾芻言汝等當知如世良醫知病識藥有於四種若具足者得名醫王何等爲四一者識知某病應用某藥二者知病所起隨起用藥三者已生諸病治令病出四者斷除病源令後不生是爲四種云何名爲識知某病應用某藥謂先識知如是病相以如是藥應可治療令得安樂云何名爲知病所起隨起用藥謂知其病或從風起或從癀起或從痰起或從癃起或從骨節起或從積實所起知如是等病所起處隨用藥治令得安樂云何名爲已生諸病治令病出謂知其病應從眼出或於鼻中別別治療而出或煙熏水灌鼻而出或從鼻竅引氣而出或吐瀉出或於徧身攻汗而出乃至身分上下隨應而出知如是等病可出處善用藥治令得安樂云何名爲斷除病源令後不生謂識知病源如是相狀應如是除當勤勇力現前作事而善除斷即使其病後永不生令得安樂如是等名爲四種知病識藥如來應供正等正覺亦復如是出現世間宣說四種無上法藥何等爲四謂苦聖諦集聖諦滅聖諦道聖諦如是四諦佛如實知爲衆生說而令斷除生法苦本生法斷故而老病死憂悲苦惱諸苦永滅如來應供正等正覺爲是利故宣說如是無上法藥令諸衆生得離諸苦諸苾芻又如轉輪聖王四兵具足故得如意自在如來應供正等正覺亦復如是佛說此經已諸苾

芻衆歡喜信受

佛說醫喻經

佛說灌頂王喻經

宋西天三藏朝奉大夫試光祿卿傳法大師施護奉　詔譯

爾時世尊在舍衛國以因緣故告諸苾芻言汝等當知有三刹帝利王於三時中在於其方受王灌頂而彼三王乃至盡壽常所思念何等爲三謂第一王年方少盛依灌頂法在於其方受王灌頂得灌頂已乃至盡壽常所思念又第二王功力漸大依灌頂法在於其方受王灌頂得灌頂已乃至盡壽常所思念又第三王有大威力戰勇最勝一切對敵而悉信伏以最勝故得勝安住依灌頂法在於其方受王灌頂得灌頂已乃至盡壽常所思念汝諸苾芻亦復如是於三時中在於其方作修證事乃至盡壽常所思念何等爲三謂有苾芻發正信心捨家出家剃除鬚髮被袈裟衣此爲第一在於其方修苾芻事乃至盡壽常所思念又有苾芻修諸勝行爲證滅故斷諸集法如是知已遠塵離垢於諸法中得法眼淨此爲第二在於其方修苾芻事乃至盡壽常所思念又有苾芻諸漏已盡非漏隨增心善解脫慧善解脫自智所證已得成就我生已盡梵行已立所作已辦不受後有此爲第三在於其方證聖果事乃至盡壽常所思念

佛說灌頂王喻經

音釋

馭 牛據切與御同
竅 苦弔切穴也
蔓莚 蔓無販切莚延面切蔓莚不斷
覩丐 居太切乞也
掬 居六切兩手捧也
滓 壯士切
涎眵 涎徐連切眵充之切目汁凝也
聹 乃頂切耳中垢也
涕洟 涕他計切洟延知切
拷掠 拷苦浩切擊也掠力仗切笞也
杻械 杻敕九切手械也械下戒切

鑛古猛切金𨪌也

佛說尼拘陀梵志經

宋西天三藏朝奉大夫試光祿卿傳法大師施護奉 詔譯

清刻龍藏佛說法變相圖

佛說尼拘陀梵志經卷上 上下同卷

宋西天三藏朝奉大夫試光禄卿傳法大師施護奉 詔譯

如是我聞一時世尊在王舍城迦蘭陀竹林精舍時彼城中有一長者名曰和合於一日中飯食事訖出王舍城詣迦蘭陀竹林精舍佛世尊所瞻禮親近是時長者其出未久作是思惟今日已過清旦佛及苾芻各處自房宜應且止勿詣佛所瞻禮親近我今當往尼拘陀梵志聚集之所時彼梵志在烏曇末梨園中與諸梵志圍遶而住高舉其聲發諸言論所謂王論戰論盜賊之論衣論食論婦女之論酒論邪論繁雜之論如是乃至海等相論此等言論皆悉繫著世間之心是時尼拘陀梵志遥見和合長者自外而來即告衆言止止汝等宜各低小其聲此所來者是沙門

瞿曇聲聞弟子爲大長者處王舍城名曰和合此人本性少語其所傳受亦復寂靜是故汝等小聲言論彼既知已乃可斯來時梵志衆聞是語已咸各默然爾時和合長者來詣尼拘陀梵志所到彼會已時尼拘陀相與承迎歡喜言論彼言論已各坐一面時和合長者白尼拘陀梵志言汝此衆會有所別異向聞汝等高舉其聲發諸言論所謂王論戰論如是乃至海等相論此等言論皆悉繫著世間之心有異於我世尊如來應供正等正覺佛世尊者於曠野中隨自所樂坐卧居止遠離憒鬧絶於人跡寂守是相身任一處心不散亂專注一境隨應所行時尼拘陀梵志告和合長者言長者彼沙門瞿曇我今云何相與議論若我以事發其問端彼種種慧而不

能轉以沙門瞿曇處於空舍慧何能轉既於空舍慧不能轉乃於曠野坐卧居止遠離憒鬧絶於人跡寂守是相身任一處心不散亂專注一境隨應所行長者譬如一目之牛周行邊際當知彼牛其何能行沙門瞿曇亦復如是處於空舍慧何能轉長者若或沙門瞿曇來此會中我時必當相與議論建立勝義發一問端而爲叩擊我應得勝彼必墮負如擊空瓶易爲破壞是時世尊處於自房寂默宴坐以清淨天耳遥聞和合長者與尼拘陀梵志所共集會如是言論爾時世尊於日後分從自房出是時天雨方霽晴光煥若漸次行詣善無毒池到池岸已徐步經行時尼拘陀梵志遥見世尊在彼池岸即告衆言沙門瞿曇即今在此善無毒池岸徐步經行彼或

來此會中汝等云何爲起承迎邪或相與言論邪或但離座邪或復輟已所坐而召命邪作是言時自然有來爲佛世尊敷設其座復聞是言尊者瞿曇來此有座隨自所樂當就是座爾時世尊於善無毒池岸經行事已來詣尼拘陀梵志之所時彼梵志遥見世尊自外而來即告衆言沙門瞿曇來此會時我當發問而汝瞿曇法律之中以何法行能令修聲聞行者到安隱地止息内心清淨梵行爾時世尊到彼會已諸梵志衆自然感生踊躍歡喜各從座起前向承迎時尼拘陀梵志合掌向佛頂禮白言善來瞿曇汝具徧知是汝所座汝應就座佛告尼拘陀梵志言汝但就座所應爲我施設之座而我自知我自當坐是時諸梵志衆高聲唱言希有難有此沙門瞿曇今此會中無人説示以神通力自知其座時尼拘陀梵志與佛世尊歡喜言論彼言論已退坐一面佛告尼拘陀梵志言如來今到此會汝等有何言論分別尼拘陀梵志白佛言我向見汝自遠而來見已我時輙告衆言沙門瞿曇來此會時我當發問而汝瞿曇法律之中以何法行能令修聲聞行者到安隱地止息内心清淨梵行瞿曇汝既到此我以是事便爲問端是即與汝言論分別爾時世尊告尼拘陀梵志言尼拘陀汝於是事而實難知何以故異法異見異師異行但應於汝自法教中隨應發問是時諸梵志衆高聲唱言希有難有沙門瞿曇此所問事不以自教而爲見答返能於他教中令發問端隨問當遣時尼拘陀梵志白佛言若我異法異見

異師異行於汝法律我難知者我今於其自法教中請問於汝云何修行能得出離清淨得最上潔白及得眞實得清淨眞實中住佛告尼拘陀梵志言如汝尼拘陀法中所修行者我今略說汝謂能得四戒具足謂能修行能得最上增勝於前修行出離不滅諸欲尼拘陀云何是汝修行所持四戒謂不自殺生不教他殺不隨喜殺不自偷盜不教他盜不隨喜盜不自妄語不教他妄語不隨喜妄語不自邪染不教他邪染不隨喜邪染汝尼拘陀以如是等謂我能得四戒具足尼拘陀云何是汝能得修行汝所修行謂高處遊止施設座位或翹足而立以爲法行或常受苦澀麤惡飲食而爲法行或寂止空地而爲法行或不去鬚髮而爲法行或偃臥棘刺或臥編椽而爲法行或居止常處凌雲高顯而爲法行或繫著一處而爲法行乃至一日三時沐浴其身如是多種遍切苦惱治療於身而爲法行如是等事是汝尼拘陀修行之法云何是汝尼拘陀修行者計爲出離尼拘陀如汝所修出離行者謂裸露身體計得出離又於飲食事訖舐手取淨不受顰蹙面人及瞋恚面人所施飲食不於街巷中食不於刀杖兵器中住周行城邑杜默不語不說所從來不說所向詣不說所住止不出違順語不出多種語亦無所說授或受一家食或受二家三家乃至七家食或但受一家不受餘家食或一日不食或二日三日乃至七日或復半月一月不食或於食中不食其麨不食其飯不食豆及魚肉牛乳酥酪油及蜜等不飲酒不

飲甘漿不飲醋漿但飲糠粃清潔之水而爲活命又常食菜或食稊稗或食瞿摩夷或食藥苗藥根或食乾生米穀或食諸餘麤惡草菜或但著一衣或著草衣或著吉祥草衣或著樹皮衣或柴木爲衣或果樹皮爲衣或以棄屍林中亂髮爲衣或以羊毛鹿毛鹿皮爲衣或以底哩吒鳥翅爲衣或以鵂鶹翅爲衣如是等事是汝尼拘陀修行者計爲出離之行尼拘陀此等所行而還實得出離清淨耶得最上潔白耶得眞實耶得清淨眞實中住耶時尼拘陀梵志白佛言如是如是沙門瞿曇我此修行是得出離清淨得最上潔白及得眞實得清淨眞實中住佛告尼拘陀梵志言尼拘陀汝所修行如是等事非爲出離非得出離清淨非得最上潔白非得眞實非得清淨眞實中住但於修行法中而得少分尼拘陀梵志白佛言沙門瞿曇如汝所說雖爲甚善然我此修行是得最上出離是得眞實是得無上佛告尼拘陀梵志言復次汝所修行謂我能得四戒具足謂能修行謂得最上增勝於前修行出離不減諸欲持四戒時與慈心俱先於東方起慈心觀具足所行廣大周普無二無量無寃無害然後南西北方四維上下一切世界與慈心俱具足所行亦復如是尼拘陀汝作是意謂我能如是修行得出離清淨耶得最上潔白耶得眞實耶得清淨眞實中住耶時尼拘陀梵志白佛言如是如是沙門瞿曇我此修行實得出離清淨得最上潔白及得眞實得清淨眞實中住佛告尼拘陀梵志言尼拘陀此如是等汝所修行

非得出離清淨非得最上潔白非得眞實非得清淨眞實中住汝謂有所得此亦非眞尼拘陀梵志白佛言沙門瞿曇如汝所說雖爲甚善然我修行是得出離清淨是得眞實是得無上佛告尼拘陀梵志言尼拘陀復次如汝修行謂我能得四戒具足我能修行我得最上增勝於前修行出離不滅諸欲謂以宿住通能知過去一二三生乃至百生之事尼拘陀汝作是意謂我能如是修行得出離清淨耶得最上潔白耶得眞實耶得清淨眞實中住耶時尼拘陀梵志白佛言如是如是沙門瞿曇我此修行實得出離清淨得最上潔白及得眞實得清淨眞實中住佛告尼拘陀梵志言尼拘陀此如是等汝所修行非得出離清淨非得最上潔白非得眞實非得清淨眞實中住雖有所得而非眞實尼拘陀梵志白佛言沙門瞿曇如汝所說雖爲甚善然我此修行是得出離清淨是得眞實是得無上佛告尼拘陀梵志言尼拘陀復次如汝修行謂我能得四戒具足我能修行我得最上增勝於前修行出離不滅諸欲能以清淨天眼觀見世間一切衆生若生若滅若好若醜或生善趣或生惡趣若貴若賤隨業報應悉能觀見尼拘陀汝作是意謂我能如是修行得出離清淨耶得最上潔白耶得眞實耶得清淨眞實中住耶時尼拘陀梵志白佛言如是如是沙門瞿曇我此修行實得出離清淨得最上潔白及得眞實得清淨眞實中住佛告尼拘陀梵志言尼拘陀如是等事以汝所修雖爲清淨然我所說如汝修行未離種種煩

惱隨增尼拘陀梵志白佛言沙門瞿曇云何我所修行雖爲清淨汝瞿曇説未離種種煩惱隨增佛告尼拘陀梵志言尼拘陀汝等修行爲欲彰其修行功業以我修成如是行故彼國王大臣刹帝利婆羅門等必當尊重恭敬供養於我尼拘陀此即是爲汝所修行煩惱隨增復次尼拘陀汝雖修行恃已所修起貢高相凌懱於他此即是爲汝所修行煩惱隨增復次尼拘陀汝等修行起我慢心及增上慢此即是爲汝所修行煩惱隨增復次尼拘陀汝等修行於餘沙門婆羅門輕毀凌辱作如是言汝諸沙門婆羅門以多種食而爲活命普食世間五種種子所謂根種子身種子虛種子最上種子種子中種子如是五種以資其命汝尼拘陀如是周行出輕辱言伺求諍論迅疾快利其猶雷轉摧伏破壞又如霜雹尼拘陀此即是爲汝所修行煩惱隨增復次尼拘陀汝等修行或見餘沙門婆羅門爲他同類等衆之所尊重恭敬供養乃生種種憎嫉之心即作是言汝諸沙門婆羅門貪多種食而爲活命返爲他衆之所尊重恭敬供養我常但以苦澀虛淡之物而爲活命何故他衆不作恭敬供養於我尼拘陀此即是爲汝所修行煩惱隨增

佛説尼拘陀梵志經卷上

佛說尼拘陀梵志經卷下

宋西天三藏朝奉大夫試光祿卿傳法大師施護奉　詔譯

復次尼拘陀汝等修行若於如來或於如來弟子之所方伸請問嫌恚旋生瞋惱既興障礙斯作以障礙故起諸過失尼拘陀此即是爲汝所修行煩惱隨增復次尼拘陀汝等修行若於如來或於如來弟子之所詢問正法時佛如來正以一心善爲開說決定如應除遣所疑而汝等輩乃以外論而來指說互相違背欲奪其理返謂所問不正分別尼拘陀此即是爲汝所修行煩惱隨增復次尼拘陀汝等修行知佛如來或如來弟子實有最上增勝功德所應敬仰而不敬仰尼拘陀此即是爲汝所修行煩惱隨增復次尼拘陀有修行者於饒益事或生厭離或損害事不起厭離汝等以是二事中若於損害事不生厭離者尼拘陀此即是爲汝所修行煩惱隨增復次尼拘陀汝等修行謂起慢相有所表示我能修行尼拘陀此即是爲汝所修行煩惱隨增復次尼拘陀汝等修行或得珍妙飲食耽著其味而生簡別我此所樂我此不樂若所樂者我即可受由是取著隨生耽染以耽染故隱覆過失是故勝慧不得出離所餘飲食若不樂者猶故貪惜俛仰而捨尼拘陀此即是爲汝所修行煩惱隨增復次尼拘陀汝等修行於深隱處以如善相寂然而坐有來問言汝於何法而能解了復於何法而不解了而汝等輩於所了處言我不解於不了處而言我解如是多種皆謂正知起諸妄語尼拘陀此即是爲汝所修行煩惱隨增復次尼拘

陀汝等修行常時發起忿恚尤蛆尼拘陀此即是爲汝所修行煩惱隨增復次尼拘陀汝等修行於一切處無慚無愧尼拘陀此即是爲汝所修行煩惱隨增復次尼拘陀汝等修行常起懈怠及劣精進尼拘陀此即是爲汝所修行煩惱隨增復次尼拘陀汝等修行而常失念及不正知尼拘陀此即是爲汝所修行煩惱隨增復次尼拘陀汝等修行其心散亂諸根減劣尼拘陀此即是爲汝所修行煩惱隨增復次尼拘陀汝等修行起於損害堅固前心不求出離一向自見於此等法實生取著尼拘陀此即是爲汝所修行煩惱隨增復次尼拘陀汝等修行邪見深厚行顛倒法尼拘陀此即是爲汝所修行煩惱隨增復次尼拘陀汝等修行於無邊際計爲有邊起見亦然尼拘陀此即是爲汝所修行煩惱隨增復次尼拘陀汝等修行常起貪愛及瞋恚心尼拘陀此即是爲汝所修行煩惱隨增復次尼拘陀汝等修行於諸所行愚癡暗鈍尼拘陀此即是爲汝所修行煩惱隨增復次尼拘陀汝等修行不能聽受既如聾者無所説示又類瘂羊尼拘陀此即是爲汝所修行煩惱隨增復次尼拘陀汝等修行樂作罪業又樂親近作罪業者爲他惡友之所繫屬及爲攝伏尼拘陀此即是爲汝所修行煩惱隨增復次尼拘陀汝等修行起增上慢計有得想未見謂見未作謂作未得謂得未知謂知未證謂證尼拘陀此即是爲汝所修行煩惱隨增尼拘陀於汝意云何如上所説諸煩惱法彼有一類修行之者具是事耶尼拘陀梵志白

佛言沙門瞿曇豈獨一類修行之者具是煩惱如我意者其數甚多佛告尼拘陀梵志言如我上說汝等修行爲欲彰其修行功業以我修成如是行故令彼國王大臣剎帝利婆羅門等尊重恭敬供養於我尼拘陀汝等若或如是爲欲彰其修行功業令彼國王大臣等恭敬供養乃至起增上慢計有得想未見謂見未作謂作未知謂知未得謂得未證謂證此如是等皆不清淨一切悉爲煩惱隨增當知皆是染分所攝尼拘陀於汝意云何如我上說如是等事如是修行謂得出離清淨耶得最上潔白耶得眞實耶得清淨眞實中住耶尼拘陀梵志白佛言如是如是沙門瞿曇如我等輩如是修行是得出離清淨是得最上潔白是得眞實是得清淨眞實中住佛告尼拘陀梵志言我今爲汝如實而說如汝向者問於我言沙門瞿曇法律之中以何法行能令修聲聞行者到安隱地止息內心清淨梵行如是所問乃爲眞實當知聲聞止息處者上中最上極爲高勝是諸聖者止息之所爾時諸梵志衆咸共讚言奇哉奇哉沙門瞿曇法律之中所作清涼爾時和合長者聞是言已知彼在會諸梵志衆於佛世尊少生向慕即告尼拘陀梵志言尼拘陀汝向所言與佛世尊互相議論建立勝義發一問端而爲叩擊我應得勝彼必墮負如擊空瓶易爲破壞汝今何故不發問耶佛告尼拘陀梵志言於汝意云何汝實曾發斯語言耶尼拘陀梵志白佛言沙門瞿曇我實曾說如是語言佛告尼拘陀梵志言尼拘陀汝豈不聞古師

先德耆年宿舊智者所説諸佛如來應供正等正覺亦如汝等今時集會高舉其聲發諸言論所謂王論戰論盜賊之論衣論食論婦女之論酒論邪論繁雜之論如是乃至海等相論邪尼拘陀或復曾聞古師所説諸佛如來應供正等正覺如我今時於曠野中坐卧居止遠離憒閙絶於人跡寂守是相身住一處心不散亂專注一境如應所行耶尼拘陀梵志白佛言如是瞿曇我亦曾聞古師先德耆年宿舊智者所説諸佛如來應供正等正覺非如我等今時集會高舉其聲發諸言論所謂王論戰論盜賊之論衣論食論婦女之論酒論邪論繁雜之論如是乃至海等相論我復曾聞古師所説諸佛如來應供正等正覺如汝今時於曠野中坐卧居止遠離憒閙絶於人跡寂守是相身住一處心不散亂專注一境如應所行佛告尼拘陀梵志言尼拘陀汝等昔聞古師説時豈不作是思惟彼諸佛世尊能隨宜説法自覺悟已復爲他説覺悟之法自解脱已復爲他説解脱之法自安隱已復爲他説安隱之法自得涅槃已復爲他説涅槃之法尼拘陀汝等爾時而返謂言沙門瞿曇作如是説於師法事業有所分别又復説言沙門瞿曇作如是説於寂靜住事業有所分别又復説言沙門瞿曇作如是説彼尼拘陀師法之中罪不善法有所合集又復説言沙門瞿曇作如是説彼尼拘陀師法之中多種善法有所離散又復説言沙門瞿曇作如是説爲欲宣示彼因緣事此如是等多種言説不應如是見尼拘陀何故不應如

是見邪謂以彼諸師法彼諸所行乃至彼諸因縁事等皆悉有異尼拘陀是故我不説彼師法事業亦不説彼寂靜住事業亦不説彼師法之中罪不善法有所合集亦不説彼師法之中多種善法有所離散亦不欲説彼因縁事尼拘陀我常作是説或有正士不諂不曲及不虚誑正修行者我即爲彼説法教示如應開導令彼正士如我正説及正教示於七年中或復六年五四三二一年之中一向不亂離諸熱惱清淨身心專注趣求我説是人見法知法趣初二果直進第三有餘依位阿那舍果復次尼拘陀我常作是説或有正士不諂不曲及不虚誑正修行者我即爲彼説法教示如應開導令彼正士如我正説及正教示於七月中或復六月五四三二一月半月一向不亂離諸熱惱清淨身心專注趣求我説是人見法知法趣初二果直進第三有餘依位阿那舍果復次尼拘陀我常作是説或有正士不諂不曲及不虚誑正修行者我即爲彼説法教示如應開導令彼正士如我正説及正教示於七日中或復六日五四三二一日半日乃至食前食後一向不亂離諸熱惱清淨身心專注趣求我説是人見法知法趣初二果直進第三有餘依位阿那舍果爾時世尊作是説時會中所有諸梵志衆障累深重無所曉悟身心惑亂沉迷昏懵彼諸辯才不能施設俛首寂然憂思而住爾時世尊知是事已顧謂和合長者言長者今此等輩誠爲癡者旣昧見聞復絶言説如人以物自杜其口罪垢斯深是大魔事彼等不能

於佛如來發是問言而汝沙門法律之中以何法行能令修聲聞行者到安隱地止息内心清淨梵行爾時世尊乃為和合長者隨應說法示教利喜已身放光明廣大熾盛普徧照耀即於會中踊身虚空還迦蘭陀竹林精舍

佛說尼拘陀梵志經卷下

音釋

憒（古對切亂也）煥（呼玩切明也）輟（陟劣切止也）舐（甚爾切餂也）麨（尺沼切乾糧也）稊稗（稊杜兮切稗旁卦切稊稗似穀穢草也）鵂鶹（鵂虚尤切鶹力求切鵂鶹鵄梟也）懱（莫結切輕易也）懵（母亘切不明也）

佛說白衣金幢二婆羅門緣起經

宋西天三藏朝奉大夫試光祿卿傳法大師施護奉詔譯

清刻龍藏佛說法變相圖

佛說白衣金幢二婆羅門緣起經卷上 中下同卷

宋西天三藏朝奉大夫試光祿卿傳法大師施護奉　詔譯

如是我聞一時世尊在舍衛國故廢園林鹿母堂中是時彼處有白衣金幢二婆羅門去佛近住樂求出家成苾芻相爾時世尊日後分時自房而出詣鹿母堂旋復經行時白衣婆羅門見佛世尊詣鹿母堂旋復經行已即謂金幢婆羅門言金幢世間嬉戲諸所樂法悉是戲論我雖所作竟無其實若身若心旋生懈倦以其身心有懈倦故即起失念此失念因即是無常是不堅牢是不究竟是散壞法汝今不應如是修作戲樂法者謂即施設事火之法金幢婆羅門言汝云何知白衣答言我從尊者瞿曇所聞而彼瞿曇有大辯才善知是義彼所說言事火之法謂從古仙之

所傳習乃至所有事火法教彼亦皆知彼有一類仙人於沙門婆羅門所起過失意故作火事其過失者謂互相憎嫉伺求其短由此互起過失因故而諸有情壽命滅没又復有情於別界中壽命盡已而來生此若能清淨捨家出家苦行增修眞實相應正善作意如其色心入三摩地隨等引心即能記念彼宿住事是等有情不樂互相憎嫉伺短由不起彼過失因故是即常住是即堅牢是即究竟是不散壞法若復有情互相伺短由彼互起過失因故是即無常是不堅牢是不究竟是散壞法是故諸婆羅門不應如是修作勿起過失意施設事火法金幢汝可知不此佛世尊日後分時自房而出詣鹿母堂旋復經行汝今可能同我往詣佛世尊所頭面禮足佛經行時隨從經行彼佛世尊必爲我等隨宜説法時金幢婆羅門言善哉我往爾時白衣金幢二婆羅門互言議已同詣佛所到已俱時頭面禮足隨佛經行爾時世尊告白衣金幢二婆羅門言汝等當知諸婆羅門自謂了達三明名稱上族種姓清淨從事火天勝族中生父淨母淨善生善種乃至七世父母尊高種族殊勝無罪無謗是等皆因種姓淨故又謂洞達明了五種記論一本母法等究竟三明二諸物定名三該吒婆那四文字章句五戲笑妙言是等記論諸圍陀典本師婆羅門悉善了知白衣諸婆羅門於三明中豈無輕毀凌辱及譏謗耶白衣金幢二婆羅門俱白佛言世尊諸婆羅門於三明中云何得無輕毀凌辱及諸譏謗而婆羅門三明典中作

如是言諸婆羅門如是清淨是眞婆羅門是梵王子清淨口生梵王種類梵王所化梵王所授是故諸婆羅門如是清淨是眞婆羅門世尊而我白衣金幢亦以眷屬所纒不得解脫減失善法增長惡法世尊此亦是爲我婆羅門三明典中輕毀淩辱譏謗等事佛告白衣金幢二婆羅門言汝等當知諸婆羅門於三明中所招輕毀及譏謗者爲以婆羅門有如是言諸婆羅門如是清淨是眞婆羅門是梵王子清淨口生梵王種類梵王所化梵王所授是故諸婆羅門如是清淨是眞婆羅門白衣彼諸婆羅門雖作是說返爲破壞劣弱自身而復損失彼婆羅門所破壞者爲以不實起諸執著返於正法而生訶猒由是即起互相諍論何以故白衣或有婆羅門謂所生時時分別異胎中亦異執彼所見生時異故乃爲清淨而諸婆羅門亦同如是清淨所生是故作如是言諸婆羅門是梵王子清淨口生梵王種類梵王所化梵王所授是故諸婆羅門如是清淨是眞婆羅門白衣當知有四種類即爲四族何等爲四所謂刹帝利族婆羅門族毗舍族首陀族白衣於是四族中造黑業者感黑業報非勝所作智者訶猒死墮惡趣又四族中有造白業者感白業報是勝所作智者稱讚死生天趣白衣云何黑業所謂殺生偷盜邪染妄言綺語兩舌惡口貪瞋邪見此是黑業云何白業謂不殺生不偷盜不邪染不妄言不綺語不兩舌不惡口不貪不瞋正見此是白業復次白衣汝勿起是意謂殺生等此諸黑業感黑業報非勝所作智

者訶猒彼刹帝利毗舍首陀諸族類中皆有是事而婆羅門獨無是事白衣金幢二婆羅門白佛言世尊云何作此說是事不然若造黑業者感黑業報諸刹帝利婆羅門毗舍首陀皆有是事而婆羅門何獨無耶佛言白衣汝又勿起是意謂諸黑業婆羅門無餘三族有此說即爲三明典中相應之語以婆羅門是梵王子清淨口生梵王種類梵王所化梵王所授本生清淨故是眞婆羅門白衣汝又勿起是意若四族中皆有黑業此說即爲三明典中不相應語復次白衣汝勿起是意謂不殺生等此諸白業感白業報是勝所作智者稱讃彼刹帝利毗舍首陀諸族類中皆無是事而婆羅門獨有是事白衣金幢二婆羅門白佛言世尊云何作此說是事不然若造

白業者感白業報諸刹帝利婆羅門毗舍首陀皆有是事而婆羅門何獨有耶佛言白衣汝又勿起是意謂諸白業婆羅門有餘三族無此說即爲三明典中相應之語以婆羅門是梵王子清淨口生梵王種類梵王所化梵王所授本生清淨故是眞婆羅門白衣汝又勿起是意若四族中皆有白業此說即爲三明典中不相應語復次白衣汝勿起是意謂刹帝利毗舍首陀諸族類中造殺生等諸黑業故身壞命終墮於地獄而婆羅門獨無是事白衣金幢二婆羅門白佛言世尊云何作此說是事不然諸刹帝利婆羅門毗舍首陀造黑業者身壞命終皆墮地獄而婆羅門何獨無耶佛言白衣汝又勿起是意謂造黑業墮於地獄婆羅門無餘三族有此說即爲三

明典中相應之語以婆羅門是梵王子清淨口生梵王種類梵王所化梵王所授本生清淨故是眞婆羅門白衣汝又勿起是意若四族中有黑業故皆墮地獄此說即爲三明典中不相應語復次白衣汝勿起是意謂造不殺生等諸白業故身壞命終生於天趣彼刹帝利毗舍首陀皆無是事而婆羅門獨有是事白衣金幢二婆羅門白佛言世尊云何作此說是事不然諸刹帝利婆羅門毗舍首陀造白業者身壞命終皆生天趣而婆羅門何獨有耶佛言白衣汝又勿起是意謂造白業生於天趣婆羅門有餘三族無此說即爲三明典中相應之語以婆羅門是梵王子清淨口生梵王種類梵王所化梵王所授本生清淨故是眞婆羅門白衣汝又勿起是意若四族中有白業故皆生天趣此說即爲三明典中不相應語復次白衣我向所說是等法中若善若不善若黑若白若有罪若無罪若淨分若染分若勝若劣若寬若狹如是諸法隨應轉時諸婆羅門一向堅執我說是人眞實癡者以自識心而爲知解白衣又諸婆羅門或起種姓言論或族氏言論或自教言論又起是意他人所應爲我設座汲水獻供前起承迎合掌問訊我即不應於其他人作如是事起是意者我說是人不見正法復次白衣或有沙門或婆羅門計著種姓族氏言論或復計著自教言論者我說此爲非眞出離沙門非眞出離婆羅門白衣或有沙門或婆羅門不計著彼種姓言論亦不計著族氏言論又不計著自教言論我說此爲眞得出離正

了知者沙門婆羅門復次白衣彼憍薩羅主勝軍大王見釋種子沙門瞿曇從釋族中捨家出家彼勝軍王於其釋子歡喜慰安恭敬禮拜前起承迎合掌問訊白衣彼憍薩羅主勝軍大王於佛如來歡喜慰安恭敬禮拜前起承迎合掌問訊者其王不以沙門瞿曇是高勝族王亦不起高勝族意不以沙門瞿曇相好端嚴王亦不起相好之意不以沙門瞿曇有大名稱王亦不起名稱之意由此應知法爾如是白衣是法本來最上最大最極高勝如是正見諸法本母是即增上畢竟歸趣

復次白衣若人於我安住正信是人即得堅固增長根本出生不壞淨信何以故謂若沙門若婆羅門若天魔梵三界一切悉是我子皆同一法而無差別正法口生同一法種從法所化是眞法子白衣或有問言汝等一切各各父母種姓族氏何故棄捨返作是言我等皆是沙門釋子白衣當知法爾如是是法本來最上最大最極高勝如是正見諸法本母是即增上畢竟歸趣

佛說白衣金幢二婆羅門緣起經卷上

佛說白衣金幢二婆羅門緣起經卷中

宋西天三藏朝奉大夫試光祿卿傳法大師施護奉　詔譯

復次白衣過極久遠此界壞時當界有情還復往生光音天中過極久遠此界成時別界有情光音天歿而來生此是諸有情各有身光清淨皎潔騰空而行隨欲能往適悅快樂如意自在以彼有情身有光故世界爾時日月光明悉不出現以其日月光不現故星亦不現星不現故宿亦不現宿不現故亦不分別晝夜殊異以其不分晝夜異故年月日時亦無差別亦復不分男女形相爾時有情法爾自然身光互照復次白衣彼時大地大水湧現色如酥乳味如甘蔗又或如蜜香美細妙爲人所食資益諸根其名地味時一有情於是地味極生愛樂舉以指端用嘗其味餘諸有情見已亦然起希欲想亦以指端舉嘗其味隨生愛樂爾時有情既於地味極生愛樂而爲所食資養支體由多食已諸有情身漸覺堅實旋復麤重以麤重故不能騰空隨欲而往身光隱沒身光沒故爾時大地皆悉冥暗世間乃有日月出現日月現故星宿亦現始分晝夜既分晝夜即有年月日時差別復次白衣彼時有情初食地味其味久時爲世資養以彼有情貪食多者色相瘦弱若食少者色相充實時充實者見瘦弱者不知其故乃作是言汝是瘦弱者我是充實者由此乃起憍慢之想以是緣故地味隱沒爾時有情見彼地味既隱沒已咸唱是言苦哉苦哉今此地味何故隱沒復次白衣地味既沒地餅復生色如餐那迦味如甘蔗又或如蜜香

美細妙爲人所食彼時有情次食地餅久爲資養以彼有情貪食多者色相瘦弱若食少者色相充實時充實者見瘦弱者不知其故乃作是言汝是瘦弱者我是充實者由此乃起憍慢之想以是緣故地餅隱沒爾時有情見彼地餅既隱沒已咸唱是言苦哉苦哉今此地餅何故隱沒復次白衣地餅既沒林藤復生如迦籠嚩迦枝有四種色味如甘蔗又或如蜜香美細妙爲人所食彼時有情後食林藤久爲資養以彼有情貪食多者色相瘦弱若食少者色相充實時充實者見瘦弱者不知其故乃作是言汝是瘦弱者我是充實者由此乃起憍慢之想以是緣故林藤隱沒爾時有情見彼林藤既隱沒已咸唱是言苦哉苦哉今此林藤何故隱沒白衣如今時人

或有苦法當觸惱時亦唱是言苦哉苦哉復次白衣林藤既沒香稻復生而此香稻無糠無粃妙香可愛依時成熟旦時刈已暮時還生暮時刈已旦時還生取已旋活中無間絶旦暮二時取其香稻但爲資養不知本因彼時有情而競貪食以是緣故身轉麤重乃有男女二相差別由此有情互起憎愛以憎愛故互相毀謗又復漸起互相染著此染著因爲過失本又諸有情由毀謗故乃以杖木瓦石互相打擊於是世間乃生非法及不正行白衣如今世人以其童女飾以衆華嚴諸妙服求其異姓而用妻之設此非法以爲正法然於其義都不能知彼時有情亦復如是過去正法今爲非法過去律儀爲非律儀如是漸生諸非法行由起非法行故漸生逼迫滅

失厭離旋增懈惰或於一日二日三日乃至一月不住家中不營家業遊行曠野覆藏過非時有一人性懶惰故不能依時往取香稻乃作是念我今何故受斯苦惱旦時旦時去取香稻暮時暮時還復往取我今若能一日一往併取旦暮二時香稻豈非善耶作是念已即往併取二時香稻復次白衣時別一人來相謂言汝今同我往取香稻懶惰者言汝但自往我已取來旦暮二時所食香稻時來喚者乃作是念日取二時所食香稻既爲善者我今何不一往併取二日三日所食香稻作是念已即往併取復次白衣時又一人來相謂言汝今同我往取香稻前人答言汝但自往我已取來二日三日所食香稻其人爾時乃作是念一往併取二日三日所食香稻既爲善者我今何不一往併取四日五日所食香稻作是念已即往併取復次白衣初取香稻無糠無秕香美妙好一懶惰者而爲因故其後漸次展轉多取乃爲貯積充已受用爾時香稻漸生糠秕旦時刈已暮時不生暮時刈已旦時不生不復還活不知其因彼諸有情即共集會互相議言我等初時各有身光騰空而行快樂自在以身光故日月星宿光明不現亦不分別晝夜殊異年月日時亦無差別亦復不分男女形相法爾有情身光互照是時大地大水湧現色如酥乳味如甘蔗又或如蜜香美細妙爲人所食資益諸根其名地味時一有情見極生愛樂以指端用甞其味餘諸有情見已亦然皆甞其味咸生愛樂我等爾時用爲所食資養支體於是地

味貪食既多我等身支漸覺麤重以是緣故不能騰空隨欲而往身光隱没由是世界皆悉冥暗爾時乃有日月星宿光明出現始分晝夜年月日時亦有差別是時地味我等所食久爲資養貪食多者色相瘦弱若食少者色相充實時充實者見瘦弱者起憍慢想以是緣故地味隱没地餅復生甘美細妙色香具足我等所食久爲資養貪食多者色相瘦弱若食少者色相充實時充實者見瘦弱者起憍慢想以是緣故地餅隱没林藤復生甘美細妙色香具足我等所食久爲資養貪食多者色相瘦弱若食少者色相充實時充實者見瘦弱者起憍慢想以是緣故林藤隱没香稻復生爾時香稻無糠無粃妙香可愛旦時刈已暮時還生暮時刈已旦時還生我等所食但爲資養不知本因貪食既多滓穢旋礙爾時乃有男女相異後起憎愛互相毀謗又復漸生互相染著此染著因爲過失本我等爾時互毀謗故杖木瓦石互相打擊於是世間乃生非法起非法故漸生逼迫滅失厭離旋增懈惰一日二日乃至一月不住家中不營家業遊行曠野覆藏過非時有一人性懶惰故不能依時往取香稻乃作是念我今何故受斯苦惱旦時旦時去取香稻暮時暮時還復往取我今宜應一日一往併取旦暮二時香稻作是念已即往併取時別一人來相謂言汝今同我往取香稻懶惰者言汝但自往我已取來二時香稻其人爾時乃作是念二時香稻取爲善者我今一往當取二日三日香稻作是念已即往併取時又一人來

相謂言汝今同我往取香稻前人答言汝但自往我已取來三日香稻其人爾時乃作是念三日香稻取爲善者我今一往當取四日五日香稻作是念已即往併取汝等當知初取香稻無糠無粃後漸多取以爲貯積爾時香稻漸生糠粃旦時刈已暮時不生暮時刈已旦時不生不復還活不知其因我等今時宜應普以一切地界均布分擘各爲齊限此是汝地界此是我地界彼諸人衆互相議已即分地界立爲齊限佛言白衣爾時人衆分地界已時有一人往取香稻艱難所得即作是念我今云何能得所食云何令我養活其命我今自分香稻將盡他界雖有然彼不許我今須往盜其少分作是念已以已香稻密固護之即往他界竊取香稻其主見已告盜人言咄汝盜人何故來此竊我香稻盜人答言我不如是不曾取汝界中香稻復次前人於第二時往取香稻亦復難得又生前念我今云何能得所食云何令我養活其命我今自分香稻將盡他界雖有然彼不許我今須往盜其少分作是念已以已香稻密固護之即往他界竊取香稻其主復見於第二時還來盜已又復告言咄汝盜人何故復來竊我香稻盜人答言我不如是不曾取汝界中香稻

佛說白衣金幢二婆羅門緣起經卷中

佛説白衣金幢二婆羅門緣起經卷下

宋西天三藏朝奉大夫試光祿卿傳法大師施護奉　詔譯

復次白衣前人又於第三時中往取香稻亦復難得乃作是念我今云何能得所食云何令我養活其命我今自分香稻將盡他界雖有然彼不許我今于三盜其少分作是念已以己香稻窖固護之即於他界而與盜竊其主見彼于三來此與盜竊已心生瞋恚復作是言咄汝盜人何故于三來此盜竊即捉雙手舉杖以打盜人被打叫呼啼泣世間爾時乃生非法諸不正行由此而興杖捶之名是初建立因彼偷盜乃生瞋恚苦惱等事是爲非法非法生故不正行與由此乃有三不善法首初建立所謂偷盜妄言杖捶復次白衣爾時人衆見是事已又復集會共相議言我等初時身有光明隨欲自在以身光故日月星宿悉不出現不分晝夜年月日時亦無差別爾時大地大水湧現其名地味我等食之久爲資養乃至最後我等自起不善法故地味隱没地餅復生取以食之久爲資養乃至最後我等自起不善法故地餅隱没林藤復生取以食之久爲資養乃至最後我等自起不善法故林藤隱没香稻復生無糠無粃取以食之久爲資養乃至最後我等自起不善法故彼香稻中乃生糠粃旦時刈已暮時不生暮時刈已旦時不生不復還活不知其因我等爾時即以香稻均分地界分地界已時有一人往取香稻艱難而得乃於他界而與盜竊其主見已告盜人言咄汝盜人何故來此而爲盜竊盜人答言我不如是不曾竊汝

界中香稻復次前人第二第三竊取香稻亦復如是其主見已乃生瞋恚復作是言咄汝盗人何故于三來此盗竊即捉雙手舉杖以打盗人被打吽呼啼泣世間爾時乃生非法諸不正行杖捶之名由此而興三不善法最初建立所謂偷盗妄言杖捶我等今時宜共選擇色相具足有大威德大智慧者立爲田主我等諸人自界香稻各各當分一分與彼是人平正應調制者即調制之應攝受者即攝受之善護地方及護人衆我等應當各各承稟時諸人衆參議成已即共選擇色相具足有大威德大智慧者立爲田主而作主宰衆皆承稟佛言白衣爾時田主衆許立故由是名爲衆許田主此田主名最初墮於文字數中又於地界善作守護爲主宰故名刹帝利此刹帝利名第二墮於文字數中又能於衆善出和合慰安語故名慰安者此慰安者即名爲王此王之名第三墮於文字數中此時世間初始建立刹帝利境界白衣當知若此若彼諸有情類若同若異若法若非法雖有差別法爾自然最上最勝最極高大見如是法如是法生增上歸趣復次白衣彼時衆中後有一人見不實法逼迫滅失旋生厭離棄在家法乃於曠野寂靜之處構立草菴繫心一處修禪寂止至日暮時爲飲食故入聚落中又至旦時爲飲食故還入聚落餘諸人衆見是人已乃起思念今此人者見不實法逼迫滅失旋生厭離棄在家法乃於曠野寂靜之處構立草菴繫心一處修禪寂止此乃名爲修禪行者後又立名憒閙之者後又立

名修禪憒閙者後又立名作教授者後又立名造不善業者復次白衣彼時衆中又一類人初修禪已後復還起作意思惟止聚落中設其場界聚以學徒教授典章餘諸人衆見是人已互相謂言此一類人初於曠野修禪寂止後復還起作意思惟止聚落中設其場界聚以學徒教授典章此乃不名爲修禪者是時立名爲教授者又名多說婆羅門此婆羅門名最初墮於文字數中由是世間乃有婆羅門一類境界白衣當知若此若彼諸有情類若同若異若法若非法雖有差別法爾自然最上最勝最極高大見如是法如是法生增上歸趣復次白衣彼時衆中又一類人廣布田種施作農事養活其命以彼營作田種事故名爲毗舍此毗舍名最初墮於文字數中由是世間乃有毗舍一類境界白衣當知若此若彼諸有情類若同若異若法若非法雖有差別法爾自然最上最勝最極高大見如是法如是法生增上歸趣復次白衣彼時衆中又一類人巧僞漸生營雜惡事名爲首陀此首陀名最初墮於文字數中由是世間乃有首陀一類境界白衣當知若此若彼諸有情類若同若異若法若非法雖有差別法爾自然最上最勝最極高大見如是法如是法生增上歸趣復次白衣彼刹帝利族中有出離者厭惡逼迫生老病死憂悲苦惱艱危災患故捨家出家即我沙門最初得名此沙門者刹帝利族中如是修作已彼婆羅門毗舍首陀亦復如是若能厭惡逼迫生老病死憂悲苦惱艱危災患故捨家出家悉爲沙

門而無差別由此世間乃有沙門一類境界最初建立白衣當知若此若彼諸有情類若同若異若法若非法雖有差別法爾自然最上最勝最極高大見如是法如是法生增上歸趣佛言白衣由是次第有五類境界首初於此世間建立所謂刹帝利境界婆羅門境界毗舍境界首陀境界沙門境界於此五中而沙門者最尊最上廣大名稱無復過上白衣譬如高峯極爲高峻或有群牛周行彼峯切能往欲奔其頂竟不能到而彼峯頂法爾自然最上最大最極高顯彼五境界亦復如是而沙門境界法爾自然於諸世間最上最大最極高顯無復有上復次白衣彼刹帝利族中有造身不善業及彼語意不善業已起邪見者身壞命終墮於惡趣地獄中生而婆羅門毗舍首陀諸族亦然有造身不善業及彼語意不善業已起邪見者身壞命終墮於惡趣地獄中生沙門亦然有造身不善業及彼語意不善業已起邪見者身壞命終墮於惡趣地獄中生復次白衣彼刹帝利族中有造身雜業及彼語意諸雜業已起雜見者身壞命終生於人中而婆羅門毗舍首陀及彼沙門諸類亦然有造身雜業及彼語意諸雜業已起雜見者身壞命終生於人中復次白衣彼刹帝利族中有造身善業及彼語意諸善業已身壞命終生於天界而婆羅門毗舍首陀及彼沙門諸類亦然有造身善業及彼語意諸善業已身壞命終生於天界復次白衣彼刹帝利修身語意諸善業已而起正見於四念處安住正心如理修習七覺支已自

能證悟彼涅槃界而婆羅門毗舍首陀及彼沙門諸類亦然修身語意諸善業已而起正見於四念處安住正心如理修習七覺支已自能證悟彼涅槃界復次白衣彼最初時大梵天王說伽陀曰

剎帝利族人中尊　種姓眞實復清淨
三明諸行悉周圓　爲人天中勝尊者

白衣彼大梵天王所說伽陀深爲善說爲善歌詠此語誠實非妄說者何以故我亦宣說剎帝利族爲人中尊種姓眞實又復清淨三明諸行皆悉圓滿於人天中是尊勝者爾時白衣金幢二婆羅門合掌恭敬前白佛言世尊我等昔時愚癡所覆不自開曉譬如傴者復如癡者又如冥暗一切所向不能通達我等今日蒙佛世尊教示正義分別顯說豁然醒悟如傴者得伸癡者開導冥暗得炬今日已往誓歸依佛歸依正法歸依僧伽近事世尊乃至盡壽奉持佛法如護身命常具慚愧悲愍有情下至螻蟻起護念想我今隨佛出家受具足戒爾時世尊告苾芻衆言諸苾芻今此白衣金幢二婆羅門歸佛出家汝諸苾芻當爲彼等受具足戒時諸苾芻如佛教勑即爲彼等受具足戒白衣金幢二婆羅門於剎那間成苾芻相戒行具足是時尊者白衣金幢二苾芻專注一境離諸散亂清淨身心趣求正理即得天眼宿住漏盡三明具三明已是正知者聞所說法得大利益

佛說白衣金幢二婆羅門緣起經卷下

音釋

伺（相吏切，察也）貯（展呂切，積也）刈（倪祭切，割也）糠粃（糠丘剛切，穀皮也；粃卑履切，不成粟也）構（居候切，架也）傴（於武切，不伸也）

佛說福力太子因緣經

宋西天三藏朝奉大夫試光祿卿傳法大師施護奉 詔譯

清刻龍藏佛說法變相圖

佛說福力太子因緣經卷上 中下同卷

宋西天三藏朝奉大夫試光祿卿傳法大師施護奉 詔譯

爾時世尊從本座起詣安陀林於一樹下晝日棲止宴寂而坐是時諸苾芻衆於其園林別會一舍依次而坐所謂尊者阿難尊者聞二百億尊者阿泥樓馱尊者舍利子如是等諸苾芻衆既共集會乃相謂言世間人衆何所修作多獲義利尊者阿難言色相行業若人修作多獲義利尊者聞二百億言精進行業若人修作多獲義利尊者阿泥樓馱言工巧行業若人修作多獲義利尊者舍利子言智慧行業若人修作多獲義利如是說已咸作念言我等今者言說差別不相齊等所謂各各建立最勝若以此義往問世尊必爲我等隨應宣說如其所說我等奉持何以故世

尊大師能斷疑故是大悲者譬如日光燭諸幽暗以一切智破諸疑惑解除苦網救度有情令歸正道等視有情猶如一子一切法中而得自在以一切法作大利益大牟尼尊能與一切息諸疑惑佛常勤爲解除疑結是故我等宜共往問時諸苾芻互言議已欲往見佛是時世尊在於林中以淨天耳過於人耳聞苾芻衆以如是事集會議論即從三摩地起詣苾芻所時諸苾芻前迎世尊設座奉請佛就座已告苾芻言諸苾芻向聞汝等共相議言世間人衆何所修作多獲義利初阿難言色相修作多獲義利聞二百億言精進修作多獲義利阿泥樓馱言工巧修作多獲義利舍利子言智慧修作多獲義利如是說已又起念言所說差別不相齊等所謂各各建立最勝若以此義往問世尊佛必爲我隨意宣說如其所說我等奉持是事云何諸苾芻白佛言誠哉世尊我等向者爲以此緣集會議論願佛令時開決疑惑爾時世尊爲發此緣說伽陀曰

色相工巧與精進　智慧於中爲最勝
若諸有情修福因　所獲福果又極勝

說是伽陀已復告苾芻言諸苾芻或時有人於色相等若隨修作非一切種一切時多獲義利若修福力於一切種及一切時多獲義利諸苾芻如福力者我不見有一法而諸有情隨修作已多獲義利何以故諸苾芻我念過去世時有王名曰眼力安止王城善布國政威神廣大安隱豐樂人民熾盛其王有后名曰廣照色相殊妙人所樂見彼廣照后後

於一時與王同會嬉戲娛樂由戲樂故誕生一子容止端嚴人所樂見殊妙過人具天色相而彼太子生生廣植妙色相因由彼具足殊妙色相是故今爲立名色力如是次第乃至其後別生三子彼第一者精進具足第二工巧具足第三智慧具足復次苾芻彼廣照后最後復有一子託陰是日忽然其王宮中種種珍寶自天而降復有徽妙種種莊嚴珠寶露幔俱時出現覆王后上時眼力王見是希有殊特事已中心異之即召相師而詢問言今此希有殊特之相其故云何相師對曰大王當知王后有子託質聖胎其子大福具大威德當具名稱王聞語已復生驚歎乃至後時其廣照后忽起思念乃作是言大哉我今欲乘上妙師子之座覆以白蓋及須寶拂即以此事具白於王王聞其言心生歡喜勑令周徧清淨嚴潔宮城内外如其所欲悉爲辦造又復一時彼廣照后忽起思念乃作是言我今往彼大金寶聚踞於其上隨意舉手自取金寶普爲一切廣行布施使匱乏者財寶豐盈以事聞王王隨所作又復一時彼廣照后忽起思念乃作是言快哉我今欲令釋放一切禁繫以事聞王王隨所欲勑令内外釋諸禁繫又復一時彼廣照后忽起思念乃作是言快哉我今欲遊園林以事聞王王隨所欲使淨園林令其觀賞又復一時彼廣照后忽起思念乃作是言快哉我今於此宮屬多人衆前以如是事發誠實語若我真實有福報者惟願天人速疾奉我殊妙莊嚴勝師子座我若得已處其座上廣爲人衆宣說法

要如是言已顒俟諸天降希有相以事聞王時眼力王即於宮中勑令周徧清淨嚴潔所有王城內外一切人衆悉著淨衣及妙嚴飾各持異香華鬘咸來集會時廣照后以衆嚴具殊妙嚴飾宮嬪眷屬侍從圍遶出詣衆前相好莊嚴其猶天女一切人衆咸所瞻仰俱生歡悅是時王后於諸有情隨起慈心仰瞻虛空以其眞實加持力故說伽陀曰

天主人主及解脫　是三福力若最勝
由此眞實我今時　願天速布師子座

說是伽陀已即時忽然天降勝妙師子之座及散妙華空中諸天悉皆欣悅時彼人衆見是希有殊特事已咸生愛樂俱共歎異說伽陀曰

希有大福大力能　一切世間今供養
人間所欲天能成　彼天福力爲勝上

時廣照后心生歡喜處師子座昇是座已即時大地六種震動其師子座從地湧起住虛空中高七人量復有種種殊妙珍寶莊嚴露幔覆於座上彼諸人衆見是福力瑞相殊特生欣樂意各以所持異香華鬘供獻王后合掌肅恭以利益心居前而坐聽受其語時眼力王見是事已極大歡悅與諸官屬合掌肅恭依次而坐爾時廣照后即說伽陀曰

人當修作諸福因　如彼所作勿間斷
隨其樂欲施作時　由福藏故獲妙樂

說是伽陀已空中自然有聲讚言汝今善說最上善說又復空中奏天微妙可愛音樂其眼力王與諸人衆聞說伽陀時自然天降殊妙衣服及莊嚴具各墮其身王及人衆即以

所降衣服莊嚴前奉王后異口同音作是讚言善說善說即時王后從師子座自空徐下安處于地爾時天樂即隨停止復奏人間所有音樂王及人衆咸生尊重廣供奉已悉皆歡喜時廣照后迴入宮中既入宮已彼師子座空中隨隱時諸人衆顯明覩見如上瑞相歡喜讚言奇哉福力具大威德奇哉福力是甘美果爾時廣照后處于宮中諸所思作皆悉止息乃至其後滿足十月日初出時誕生太子色相端嚴人所樂見即時大地六種震動於其宮內空中自然雨七珍寶王城內外徧一切處悉雨種種天妙衣服及雨最上悅意妙華處處所有華樹果樹開敷結實觸處布灑霏微甘雨四方徐起調適和風太子生已安處于地即時四大天王以其威神忽然地裂湧出上妙衆寶莊嚴勝師子座以奉太子帝釋天主以天妙蓋及衆寶拂持覆其上忉利天衆雨天妙衣及寶露幔又或雨其種種珍寶或莊嚴具或妙衣飾或天妙華或復末香塗香華鬘或天音樂出妙歌音吡首羯磨天子以天神力王城內外除去一切荊棘沙礫布以繒帛珠瓔莊嚴豎立微妙衆寶幢旛徧灑清淨栴檀香水周帀安置諸妙香瓶散種種華乃至一切悅意施設復次有百大象從曠野中自然來入王宮住於廐舍復有百牛來于田里不以耕耘自然依時一切種子具足成熟復次於其師子座下有五大藏衆寶充盈顯開其門隨取給用終不能盡又復爾時所有一切怨對有情於須臾間慈心相向爾時太子以宿命力神通威德生已即

時觀察四方說伽陀曰

人當修作諸福因　如彼所作勿間斷
隨其樂欲施作時　由福藏故獲妙樂

是時空中別有一類天衆見此廣大神通威德希有殊特福力事已皆生歡悅深心愛樂爲其發起福威力故說伽陀曰

四大王天諸天子　忉利天宫天主等
彼諸福力極可愛　見此勝福復忻樂

時眼力王與其宫嬪侍衛眷屬耆舊臣佐等顯觀如是吉祥勝相咸生歎異作如是言奇哉太子有大福力奇哉太子具大名稱今人中生乃有如是天中吉祥廣大勝相俱時出現時王歡喜憐愛子故勅主藏者汝今應開我之庫藏廣出一切所有金寶我當爲施所有一類善祝願者使彼皆得財寶豐盈今其爲我妙善稱讚廣作福事然復願我生生廣集吉祥勝福當爲太子安立名字即時謂彼諸臣佐言今此太子當立何名近臣白言大王今此太子現生廣有吉祥福力勝相出現是故宜應立名福力即時王勅福力爲名爾時王以福力太子授其八母二母抱持二母乳哺二母濯浣二母嬉戲令彼八母依時養育乳哺濯浣及戲翫等乃至餘諸妙好樂具一切供給受用豐足願速成長如淨蓮華處於池沼其後太子漸成長已習學諸書隨學即能窮究奥妙於剎帝利王種族中乃至一切所應學者學悉通達而彼太子深信賢善內心清淨一切所行自利利他具悲愍者於法自在哀拯有情作諸布施無所積集一切能捨大捨徧捨無有少分而不捨者謂若沙

門婆羅門貧窮孤露諸乞丐者或有來求自身血肉是時太子於乞丐人即起慈心觀如虛空乃作是念快哉我今令其乞者得滿所願隨即施與況復所有金銀珍寶飲食衣服塗香華鬘諸卧具等及餘所欲諸受用具願我一切應念出現得已施彼一切求者使令意願皆悉圓滿太子具是德故名稱徧滿於閻浮提下至龍界上徹梵天一切普聞

佛說福力太子因緣經卷上

佛說福力太子因緣經卷中

宋西天三藏朝奉大夫試光祿卿傳法大師施護奉　詔譯

復次福力太子乃至後時與彼四兄出遊園苑而於中路有無數千針口餓鬼居山半腹容貌羸瘦其猶聚骨徧身熾燄鬼衆圍繞人所不見唯福力太子先覩其狀而彼餓鬼合掌居前白太子言汝大福德有大名稱是悲愍者我等飢渴苦惱所逼願今餉我少分飲食我等宿世造慳恡因故此生中墮餓鬼界無數千歲不得水飲況復於食而可見耶時福力太子仰瞻虛空即起悲念快哉我今若得天降少分飲食當用餉此諸餓鬼衆是時忽然有多飲食自天而降福力太子即以此食餉諸餓鬼彼餓鬼衆宿業力故悉不能見咸作是言太子我昔聞汝是悲愍者何故今時不以飲食餉於我等太子告言我以天降飲食前授汝等云何于今不取食耶餓鬼白言太子我等宿業力故悉不能見時福力太子復起是念愍哉慳恡是不可愛乃作是言若諸福報有大力能以我如是真實語故令此餓鬼得見飲食一切隨應皆能取食發是言已彼諸餓鬼悉能見食即時各變面相如人福力太子心生歡喜遂以飲食恣其所取彼餓鬼衆既得食已頓止飢渴身力完具壯實充盛無醜惡形乃於福力太子各起清淨歡喜之意即時命終皆得生於兜率天上旋處空中白太子言太子我等得生兜率天上皆由汝之威神建立福力太子聞此妙善語已深大慶悅即時前進詣園林中與彼諸兄共會議言世間人衆何所修作多獲義利彼

色相具足者言今此世間色相行業若人修作多獲義利何故知耶謂若有人他昔未見見即歡喜昔未信重見已信重如我往昔師尊仙人亦作是説若有具足妙色相者爲人所喜妙色可觀瞻奉愛樂猶如智人樂最上法設諸供養復次精進具足者言非修色相多獲義利今此應知精進行業若人修作多獲義利何以故雖修色相而無精進豈能現世及他世中獲可意果或謂色相多獲義利者彼是愚人癡見所覆如我所説精進行業於現世中能成可意果者謂猶農夫植種商賈獲利仕者受禄學人通教修習禪定得輕安果皆爲現世精進所成諸可意果又此精進於他世中能成可意果者謂生善趣及生天界大富自在現證解脱皆爲他世精進所成諸可意果由此一切功德皆以精進而爲依止又此精進能治怯弱若運精進無有少法而難成者復次工巧具足者言汝諸仁者雖復多種所説而實不能稱可我心何以故所有精進若無工巧而終不能現有所成若復精進同工巧作乃能如實所作現成是故應知工巧行業若人修作多獲義利又復具工巧者若王若臣若沙門婆羅門諸長者等乃至下族中人及諸工巧之者悉來供獻復次智慧具足者言汝等當知人所修作多獲義利者且非色相亦非精進又非工巧何以故所觀色相若無智慧雖復相似而不淨妙所起精進若無智慧雖得義利而無有成所作工巧若無智慧雖復營修不能攝持是故應知智慧能成一切事業若人修作多獲義

利又此智慧能得色相能成工巧能發精進能獲人中一切妙樂爾時福力太子熈怡瞻視具智慧者而謂之言如是如是汝言眞實所有色相工巧精進若無智慧不能多獲義利故知智慧普能攝持諸如實果仁者然此智慧若無福力諸有所作亦不得成是故實知若人修福多獲義利何以故福是純一果福爲光澤果福爲可意果福是適悅果如是福果我不能盡說其功德今爲汝等使開覺故於福門中說一少分汝等善聽由有福故能獲色相福具精進福得吉祥亦獲大富福具智慧福能歌詠正法功德福具聰利福遊正道福生上族福得宿念福具名稱福圓戒行福能布施福力常得諸根不壞福常快樂有福常受智者所供福完諸力福常會遇善友知識福力能作一切事業謂若耕植田里或復商賈求利少施其功大獲積集富盛自在有福即能於思念間虛空自然雨其衣服飲食珍寶一切具足隨受快樂福獲可意妙好舍宅福於現世及於他生常得姝麗妻女眷屬及財穀等福者所行之地自然無其荆棘沙礫住立平穩福者亦獲廣大身相若有患人福者手所觸時病隨輕差又復福者隨觸於人即能出彼飲食衣服珍寶財穀給用無盡福者常得天龍夜叉羅刹鬼等隨處衛護其猶雨時護苗稼神守護亦然福者常得多人尊重愛樂福有善譽福爲人讃福常能具諸善法分福者語言人所信順福者常得光澤可愛福者常出微妙梵音福者身肢自然柔軟福者常發妙善語言福者常值良友

智人不壞眷屬福者無病福者爲人所愛福獲財利福者勇猛又大福者得爲人王無不具足離諸疾病福者常得富盛不壞福者獲得轉輪伏藏七寶具足福者能於虛空中行福者威光與日月等福者得成月天福者得成日天福者得成梵王福者得成帝釋福者能於天宫樓閣中行如彼天子福者有大力勢如阿脩羅王福者常生善趣福者捨離惡趣福者常獲最極難得悦意妙華福者所作成就福者能爲世間作諸照明福者常得天人阿脩羅等正信供養太子説是諸福事時四兄異見修作不同於是太子又復言曰我今欲與諸兄潛適他國隨所住處證驗其事爲當色相人多修耶或復精進工巧智慧福力人多修耶是時四兄聞其言已悉隨所行不復告白父王即適他國入一國已易其莊飾各求棲止時色相具足者以妙色故人所瞻覩皆生悦意隨獲富盛受用資養精進具足者以勇力故能有所取而忽見一迅流大河深廣可怖中有極大栴檀香樹彼精進者取得其樹貨易獲利而成富盛受用資養工巧具足者以工巧力隨作諸事由獲富盛受用資養智慧具足者以巧智故能解勝怨復能親附有財力者悦可其意令生歡喜隨獲衣食及財寶等如所快樂受用資養爾時福力太子隨自勝福大威德力周行施作利益福事一日忽過貧人之舍乃入其中以彼太子福威力故是舍忽有廣大吉祥勝相出現金寶財穀周帀充盈時彼貧人見已驚怪歡喜思念此如是事昔所未有由何所起從何

所來豈非此人來我舍中是其威力之所致耶又念我昔極受貧苦今獲勝利一切豐盈必由是人來此所致使我舍中吉祥相現此人大福有大名稱宜應於彼尊重供養由是尊奉相續無間太子於其貧人舍中致諸富盛令快樂已乃至後時徧流聲譽其甲舍中昔甚貧匱有一異人來入其舍彼威力故是舍忽然吉祥相現諸人聞已於福力太子咸生信重俱共讚言奇哉勝福有大力能又以太子福威力故於彼方處華樹果樹開敷結實時令不愆徧灑甘雨種子生成而得滋茂時諸人衆於福力太子深生愛樂俱來瞻仰是時太子爲諸來者普攝其心故作是念快哉今時我此舍中可能獲得一切珍寶種種樂具及諸妙巧悦意等物給所來者使令具足發是心時應念即現諸珍寶等皆悉豐盈時諸人衆驚異歎言奇哉大福爲甘美果乃於太子咸生尊重是時太子即爲諸人如其所應以四攝法平等攝持悉令和合所謂同一布施愛語利行同事由是名稱普聞一切國邑聚落乃至後時太子漸次到一國中見其國王治罰一人善醫業者勑彼獄官破其身肢斷截手足流血既多楚毒苦惱是時被治罰人見太子已發大苦聲啼泣告言仁者救我仁者救我太子即時惻愴斯事乃自思惟我今作何方便救此人苦由是念間忽生智解如我所有施作福力世間現見作是念已悲心内激即破自身多出其血授彼令飲苦惱得除太子又見手足已斷甚大苦惱即取利刀斷已手足置於彼人手足斷處是時

太子觀察虛空普於一切有情隨起慈心即發廣大眞實願言我於此生曾無少分不善之業若我所說爲眞實者願令此人手足斷處即於今時支節相合平復如故發是言已彼人即時支節相合身體完具平復如故太子見已意願圓滿即作是念我以勤勇所作得成出自身血救此人苦斷自手足續其支節又以眞實大誓願力使彼身命全復如故願我以此最上善根成就阿耨多羅三藐三菩提果當以法味授於彼人畢竟令住安樂涅槃發是願時一切大地六種震動帝釋天宮亦復震警爾時帝釋天主即自思惟此何事相而復觀察乃見福力太子作彼最上極難行事歡喜歎異又念今此大威德者作是難事何所求耶我今宜往證驗其故即變婆羅門相自天而降住太子前告言太子我向見汝斷自手足何所爲耶太子答言仁者他有苦惱即我苦惱若他快樂即我快樂故我向者見一被治罰人甚大苦惱我時乃以眞實力故棄捨自身手足支分塡續其人所斷割處願力眞誠彼獲如故是時帝釋天主愈生歎異即復本形告太子言汝今豈非以不實心或異所求或退轉故捨自身耶太子白言天主我所棄捨自身手足無不實心亦無異求又非退轉帝釋復言汝若然者云何使我證知是事太子白言天主汝豈不聞如我所作皆眞實力太子即於一切有情隨起慈心觀察四方以實願力說伽陀曰

若我所言是眞實　貪愛自身爲纏縛
眞實不退轉今時　願我此身即如故

說是伽陀已太子身肢即獲如故由是空中徧雨天華奏天微妙可愛音樂和風徐起現諸瑞相

佛說福力太子因緣經卷中

佛説福力太子因緣經卷下

宋西天三藏朝奉大夫試光禄卿傳法大師施護奉　詔譯

爾時帝釋天主見是福力現生果報希有瑞相又知人天悉皆胥悦心頗異之乃謂福力太子言太子汝今如是勤修勝行有何所求太子白言天主我爲求證阿耨多羅三藐三菩提果拯拔一切有情出生死海悉令安住究竟涅槃時帝釋天主知福力太子勤求阿耨多羅三藐三菩提深心不動猶若須彌稱可其意作是讚言善哉善哉大士汝有廣大最上願力必當速證阿耨多羅三藐三菩提如是言已隱身不現復次於後彼國之王耆年而終其王未立灌頂太子於是王之宗族臣佐人民共會議言我等于今當令何人紹灌頂位時一人言若有福力大名稱者可宜紹位如是言已衆意悉同即遣使人周行求訪是時福力太子當繼王位善根開發與諸侍從出遊園林太子行時道路平坦觸處皆無荆棘砂礫於其中路吉祥相現細雨散空旋布其頂異色飛鳥順次宛轉童男童女發勝妙聲踊躍奔馳咸生歡悦一切人衆身毛喜豎皆得輕安又聞空中悦意之言太子覩斯事相即起思念此相出現我當決定紹灌頂位作是念已進詣園中受諸福樂其園有一大無憂樹華開茂盛太子於彼安然寢寐諸同徃者樂華果故各於園中隨處遊賞又復太子福威力故彼有龍王忽然從地涌出千葉微妙蓮華其量廣大色香具足最上可愛而彼龍王又以神力徐置太子在蓮華上爾時太子都無動覺由是漸過食時日正中

分餘諸樹影悉皆移動唯無憂樹影覆太子身如故不動又彼園中諸餘華樹皆悉傾向大無憂樹吉祥勝相悦意可觀時福力太子夢見自身處穢汚上又見自身穢汚所染又見自以舌舐虚空又見自身蓮華中立又見自身上起山峯又見衆人頂禮於已太子寤已隨應占察如上所夢如我夢見自身在於穢汚上者我必應居灌頂王位大富自在斯爲前相如我所見穢汚染身者我應處于大師子座如我所見上起山峯者我應於一切處常居最上如我所見衆人頂禮者我應爲彼衆所尊重如是等事審占其相我今決定爲灌頂王爾時彼國臣佐先遣使人周行求訪到彼園中具見太子次第相續吉祥勝相心生驚異此大福力有大名稱即時速還具陳上事時諸臣佐聞彼言已皆生歡喜即依法儀悉備所須行詣園中授其灌頂到已見諸吉祥勝相時福力太子即於微妙大蓮華上結跏趺坐以福力開發故四大天王奉天莊嚴大師子座帝釋天主奉天妙蓋及衆寶拂忉利諸天奉種種寶嚴飾露幔散衆寶華如雲而下四大王天諸天子衆雨種種寶奏天微妙可愛音樂及散妙衣國中園林周徧清淨一切悉無荊棘砂礫竪立幢旛珠繒交絡設妙香瓶散諸異華與天宫等帝釋天主勅毗首羯磨天子晉於園林悉令化出四寶所成廣大樓閣以備太子隨意受用時彼臣佐又覩如是希有勝相轉復異之咸各肅恭虔命太子處師子座頂禮尊奉如其法儀爲授灌頂太子得灌頂已身出光明周徧照耀

一由旬量映蔽日光而不顯現是時衆中有一類人見斯光已咸悉稱言此勝光王一類人言此福力王爾時福力王將入王城帝釋天主等於其王前隨依法儀作供獻已隱復天宮時福力王既入城已善布國政人民熾盛安隱豐樂息諸鬪諍却除他敵悉無賊盜饑饉疾病愛護人民猶如一子華果樹林悉皆茂盛時令不愆稼穡豐阜雨澤順時大地受潤復次其後王之四兄聞斯異事咸生驚怪共會議言福力太子勝過我等福慧二全以福力故爲大國王最上大富稱可我心我等今時宜共往彼於是四兄同詣福力王所到已即時咸祝之言願汝最勝增長壽命又復讚言善哉大王汝昔要期今能固立福慧若斯勝過我等於他國中統王大位皆由汝勝福力所成我等親朋具悉瞻覲時福力王從師子座歡喜而下致敬問訊如應施設高廣之座命彼諸兄次第而坐諸兄即令王復本座衆坐已定作諸供獻如先所論互談議已皆生決定歡喜之心時王起尊重意各以所奉如是集會過二三日王爲諸兄及彼人衆開發令知福非福事說伽陀曰

無福者墮地獄中　受大苦惱常無間
或墮餓鬼或畜生　受飢渴苦及負重
無福之者壞其身　無福爲奴重疲極
無福墮於聾瘂中　無福愚鈍多邪慧
無福之者魑魅著　無福之者醜形容
無福多於下族生　無福心亂人所惡
無福之者多迷惑　無福爲他所輕謗
無福之者諸所爲　雖復勤力不成就

無福之者身麤澀　悉無威光不可意
無福之人凡所居　草木青潤成枯瘁
無福人所不隨順　外境觸害亦復然
諸惡鬼神羅剎娑　常時侵嬈無福者
無福者用藥治病　返成非藥病增劇
由無福故受貧窮　復爲他人所輕慢
無福之人生子息　其性麤惡衆憎嫌
無福者雖眷屬多　常時離散生苦惱
無福者壞於眼目　而復相續諸苦生
多病皆由無福因　小生疾病固難差
無福之人多兇惡　無福常發麤惡聲
手指攣拳體不完　語言人多不信順
無福之人諸所有　王官水火盜賊銷
無福唯聞非愛言　觸處常生於驚怖
無福雖居平坦地　隨處旋當荆棘生
設或植種及經商　雖常多作無義利
無福者於一切時　所有財寶皆散壞
世間無少顧戀心　實不可愛無善利
諸無福者如是相　智者當知皆破壞
福者所作善護持　於一切時無散失
福者所行不懈倦　常起堅固勇悍心
如蓋覆蔭廣無邊　復能制除諸惡雨
猶犢隨母常飼乳　福者如意善欲同
又如劫樹悅意觀　常獲一切所欲果
福者能具忍辱力　及得悅意大吉祥
信行深固可依從　生生皆具妙色相
福者廣布大名稱　能具多聞及智慧
見者咸生愛樂心　又能獲得聞持念
福者臨終無疾病　臨終亦復歡喜生
極惡境相不現前　遠離驚怖及苦惱

福者臨終受天樂　天宮樓閣現其前
忉利諸天夜摩天　彼彼天人來引接
兜率天宮諸天子　化樂天衆亦復然
他化自在欲界天　咸來衛護於福者
福者猶如大梵王　俱胝天衆皆宗奉
於其一千梵界中　廣大尊勝而自在
福者諸所作皆成　復常處於快樂位
一切皆生愛樂心　乃至外境無觸害

是時諸兄及其人衆聞伽陀已於福力王心皆信伏極大歡喜現世他生顯明開示一向悉知福力最勝時福力王爲諸人衆廣說福事開發心已觀察虛空作是念言快哉我今可能徧於王城內外悉雨種種珍寶衣服發是心時忽有種種殊妙衣服及悅意華諸妙珍寶自天而降悉皆充滿王城內外現是相時人天胥悅咸生驚異悉起廣大淨信之心俱發是言快哉天子有是福力具大威德復次其後諸小國王聞是事已咸起思念彼王有大福力具大名稱我今宜應往彼尊奉由是諸王共會一處各領四兵所謂象馬車步兵衆同詣福力王所下車前進肅恭伸拜合掌白言天子大福具大名稱爲大國王威德特尊我等今時故來親奉時福力王即復致問普爲慰安如次坐已并其官屬各與無價上妙珍寶又以十善法門普爲攝化是時諸王俱獲勝利各還本國復次其後父眼力王展轉聞知如是奇事先遣使人詣彼國已自當速疾與諸官屬終日竟夜促途前進父王到已愛念子故即時遙見雙目淚垂悲喜交盈聲哀心切速從車下前執其手久而視之

父王乃言我是汝父汝必深知我今年耄衰朽若斯國政甚難我不堪任今付於汝汝當負荷言已即時卸自寶冠置於子頂子如父教兼統其國

佛說福力太子因緣經卷下

音釋

顒魚容切仰也　羸倫爲切瘦也　餉式亮切饋也　愴楚亮切悽愴也　激古歷切激切也　寤五故切覺也　瘂倚下切不能言也　攣閭緣切手拘攣也　悍侯旰切性勇急也　耄莫報切八十九十曰耄

佛說身毛喜豎經

宋三藏朝散大夫試鴻臚卿光梵大師惟淨等奉　詔譯

清刻龍藏佛說法變相圖

佛說身毛喜豎經卷上 中下同卷

宋三藏朝散大夫試鴻臚卿光梵大師惟淨等奉 詔譯

如是我聞一時世尊在毗舍離國最勝大城最勝林中與苾芻衆俱時彼城中有長者子名曰善星捨離佛法其來未久以多種緣謗佛法僧而作是言沙門瞿曇尚無人中最上之法況聖知見最勝所證入於論難彼爲聲聞宣說諸法所求所修以自辯才及不正智而爲所證其所說法豈能出要盡苦邊際爾時尊者舍利子於其食時著衣持鉢入毗舍離大城次第乞食聞彼城中善星長者子以多種緣謗佛法僧時尊者舍利子既行乞已還復本處飯食事訖收攝衣鉢洗雙足已往詣佛所頭面著地禮世尊足退坐一面而白佛言世尊我於今日入毗舍離大城乞食聞

彼城中善星長者子以多種緣謗佛法僧而作是言沙門瞿曇尚無人中最上之法況聖知見最勝所證入於論難彼爲聲聞宣說諸法所求所修以自辯才及不正智而爲所證其所說法豈能出要盡苦邊際世尊彼長者子捨離佛法其來未久斯何等故發如是言爾時佛告尊者舍利子言汝今當知彼善星長者子是大麤惡覆藏自罪以覆藏故謗佛法僧乃發是言舍利子如汝所聞彼長者子出非義語而爲誹謗即作是言沙門瞿曇彼爲聲聞所說諸法豈能出要盡苦邊際者汝當善聽我今爲汝略說其事舍利子彼長者子於我法中不具信種所有如來應供正等正覺明行足善逝世間解無上士調御丈夫天人師佛世尊十號具足彼長者子於如是事雖知雖見以不信故乃發是言沙門瞿曇尚無人中最上之法況聖知見最勝所證入於論難彼爲聲聞宣說諸法所求所修以自辯才及不正智而爲所證由彼心言及彼所見相續謗故速墮地獄如墜重擔又如聲聞苾芻戒定慧學皆悉具足少用勤力智獲果證不以爲難彼墮惡趣亦復如是又舍利子彼長者子於我法中不具信種所有如來應供正等正覺於阿蘭若處棲止坐臥遠離闠鬧種種憒鬧人所應用房舍坐臥諸緣具等亦悉棄置彼長者子於如是事雖知雖見以不信故乃發是言而爲誹謗由彼心言及彼所見相續謗故速墮地獄又舍利子彼長者子於我法中不具信種所有如來應供正等正覺離欲離罪息不善法有尋有伺離生喜

樂證初禪定彼長者子於如是事雖知雖見以不信故乃發是言而為誹謗由彼心言及彼所見相續謗故速墮地獄又舍利子彼長者子於我法中不具信種所有如來應供正等正覺止息尋伺內外清淨心一境性無尋無伺定生喜樂證二禪定彼長者子於如是事雖知雖見以不信故乃發是言而為誹謗由彼心言及彼所見相續謗故速墮地獄又舍利子彼長者子於我法中不具信種所有如來應供正等正覺離於喜貪如實正知修捨念行身受妙樂離於貪想如聖所觀捨念之行離喜妙樂證三禪定彼長者子於如是事雖知雖見以不信故乃出是言而為誹謗由彼心言及彼所見相續謗故速墮地獄又舍利子彼長者子於我法中不具信種所有如來應供正等正覺苦樂悉斷離先所有悅意惱意二種之法除苦樂想捨念清淨證四禪定彼長者子於如是事雖知雖見以不信故乃發是言而為誹謗由彼心言及彼所見相續謗故速墮地獄又舍利子彼長者子於我法中不具信種所有如來應供正等正覺過諸色想離想對礙於種種想而不作意緣無邊空以為行相證空無邊處定彼長者子於如是事雖知雖見以不信故乃發是言而為誹謗由彼心言及彼所見相續謗故速墮地獄餘之所證九次第定亦復如是又舍利子彼長者子於我法中不具信種所有如來應供正等正覺於處非處以自智力悉如實知如來成就如是智力彼長者子於如是事雖知雖見以不信故乃發是言而為誹謗由

彼心言及彼所見相續謗故速墮地獄又舍利子彼長者子於我法中不具信種所有如來應供正等正覺一切所行所至之道悉以正智如實了知如來成就如是智力彼長者子於如是事雖知雖見以不信故乃發是言而為誹謗由彼心言及彼所見相續謗故速墮地獄又舍利子彼長者子於我法中不具信種所有如來應供正等正覺於種種界無數世界悉以正智如實了知如來成就如是智力彼長者子於如是事雖知雖見以不信故乃發是言而為誹謗由彼心言及彼所見相續謗故速墮地獄又舍利子彼長者子於我法中不具信種所有如來應供正等正覺於諸有情所有無數種種信解悉以正智稱量如實一一了知如來成就如是智力彼長者子於如是事雖知雖見以不信故乃發是言而為誹謗由彼心言及彼所見相續謗故速墮地獄又舍利子彼長者子於我法中不具信種所有如來應供正等正覺於諸有情差別諸根悉以正智稱量如實一一了知如來成就如是智力彼長者子於如是事雖知雖見以不信故乃發是言而為誹謗由彼心言及彼所見相續謗故速墮地獄又舍利子彼長者子於我法中不具信種所有如來應供正等正覺於諸有情積集諸業及其壽量悉以正智稱量如實一一了知如來成就如是智力彼長者子於如是事雖知雖見以不信故乃發是言而為誹謗由彼心言及彼所見相續謗故速墮地獄又舍利子彼長者子於我法中不具信種所有如來應供正等正

覺一切禪定解脱三摩地三摩鉢底染淨所起悉以正智如實了知如來成就如是智力彼長者子雖知雖見以不信故乃發是言而為誹謗由彼心言及彼所見相續謗故速墮地獄又舍利子彼長者子於我法中不具信種所有如來應供正等正覺以淨天眼過於人眼能觀世間一切有情生滅好醜若貴若賤隨業所受若諸有情於身口意造不善業毀呰賢聖起於邪見因斯積集邪見業故身壞命終墮在惡趣生地獄中若諸有情於身口意造衆善業不毀賢聖起於正見因斯積集正見業故身壞命終生於善趣天界之中即以天眼及以正智悉見悉知如來成就如是智力彼長者子於如是事雖知雖見以不信故乃發是言而為誹謗由彼心言及彼所見相續謗故速墮地獄又舍利子彼長者子於我法中不具信種所有如來應供正等正覺種種宿住隨念智力所謂能知一生二生三四五生若十二十乃至百生千生百千生無數百千生於諸生中若成若壞諸有一切成壞劫事昔如是姓如是名字如是種族如是色相如是飲食如是壽量如是呰樂此滅彼生彼滅此生如是等事悉以正智如實思念一一了知如來成就如是智力彼長者子於如是事雖知雖見以不信故乃發是言而為誹謗由彼心言及彼所見相續謗故速墮地獄又舍利子彼長者子於我法中不具信種所有如來應供正等正覺諸漏已盡非漏隨增心善解脱慧善解脱於如是法以自通力成就所證舍利子如來圓滿如是十力彼

長者子於如是事雖知雖見以不信故乃發是言而爲誹謗由彼心言及彼所見相續謗故速墮地獄又舍利子彼長者子於我法中不具信種所有如來應供正等正覺成就四無所畏而悉能知聖所行處於大衆中作師子吼轉大梵輪餘諸沙門婆羅門若魔若梵悉不能轉何等爲四一者如來應供正等正覺證一切智此法彼法無所不知於大衆中作如是言我得安樂無恐無畏如實了知聖所行處作師子吼轉大梵輪餘不能轉我不見有一切沙門婆羅門及天人魔梵與我等者二者如來應供正等正覺諸漏已盡於大衆中作如是言我得安樂無恐無畏如實了知聖所行處作師子吼轉大梵輪餘不能轉我不見有一切沙門婆羅門及天人魔梵與我等者三者如來應供正等正覺爲隨法行諸聲聞人宣說所修隨法所行如先廣說最上所證於大衆中作如是言我說貪欲是障道法我得安樂無恐無畏如實了知聖所行處作師子吼轉大梵輪餘不能轉我不見有一切沙門婆羅門及天人魔梵與我等者四者如來應供正等正覺爲諸聲聞說正道法而能出要盡苦邊際於大衆中作如是說我得安樂無恐無畏如實了知聖所行處作師子吼轉大梵輪餘不能轉我不見有一切沙門婆羅門及天人魔梵與我等者舍利子如來圓滿如是四無所畏彼長者子於如是事雖知雖見以不信故乃發是言而爲誹謗由彼心言及彼所見相續謗故速墮地獄又舍利子世有八衆何等爲八一刹帝利衆二婆

羅門衆三長者衆四沙門衆五四大王天衆六忉利天衆七魔衆八梵天衆舍利子我昔曾往無數百千刹帝利會中隨彼衆會何等色相我亦同彼現其形相隨彼衆會光明分量我亦同彼具其光相彼衆或以自教說法我亦先當同其所說然後我說勝彼之法我雖如是所說彼衆亦悉不能知解以是緣故彼衆疑念適所說法爲沙門耶婆羅門耶天人魔梵之所說耶我時復爲說最上法示教利喜如其所應示教利喜已我於爾時隱身不現我雖如是隱其身相彼衆亦悉不能知覺復起疑念適所隱者爲沙門耶婆羅門耶或天人魔梵耶舍利子我時現自身相與彼同等彼衆尚猶不能見我況復超勝我時所說最上法者所謂最勝神通知見又舍利子我昔曾往無數百千婆羅門會中隨彼衆會何等色相我亦同彼現其形相隨彼衆會光明分量我亦同彼具其光相彼衆或以自教說法我亦先當同其所說然後我說勝彼之法我雖如是所說彼衆亦悉不能知解以是緣故彼衆疑念適所說法爲沙門耶婆羅門耶天人魔梵之所說耶我時復爲說最上法示教利喜如其所應示教利喜已我於爾時隱身不現我雖如是隱其身相彼衆亦悉不能知覺復起疑念適所隱者爲沙門耶婆羅門耶或天人魔梵耶舍利子我時現自身相與彼同等彼衆尚猶不能見我況復超勝我時所說最上法者所謂最勝神通知見餘之長者沙門四大王天忉利天及魔衆會亦復如是又舍利子我昔曾往無數百千梵天會

中隨彼衆會何等色相我亦同彼現其形相隨彼衆會光明分量我亦同彼具其光相彼衆或以自教說法我亦先當同其所說然後我說勝彼之法我雖如是所說彼衆亦悉不能知解以是緣故彼衆疑念適所說法爲沙門耶婆羅門耶天人魔梵之所說耶我時復爲說最上法示教利喜如其所應示教利喜已我於爾時隱身不現我雖如是隱其身相彼衆亦悉不能知覺復起疑念適所隱者爲沙門耶婆羅門耶或天人魔梵耶舍利子我時現自身相與彼同等彼衆尚猶不能見我況復超勝我時所說最上法者所謂最勝神通知見舍利子彼長者子於如是事雖知雖見以不信故乃發是言而爲誹謗由彼心言及彼所見相續誹謗故速墮地獄又舍利子其有地獄所行之道所趣業因乃至有情所受報應我悉如實一一了知又復畜生所行之道所趣業因乃至有情所受報應悉如實知又復餓鬼所行之道所趣業因乃至有情所受報應悉如實知所有阿脩羅道人所行道天所行道所趣業因乃至彼彼有情所受報應悉如實知舍利子至于涅槃所行聖道及涅槃法乃至有情證涅槃果悉如實知舍利子彼長者子於如是事雖知雖見以不信故乃發是言而爲誹謗由彼心言及彼所見相續誹謗故速墮地獄

佛說身毛喜竪經卷上

佛說身毛喜豎經卷中

宋三藏朝散大夫試鴻臚卿光梵大師惟淨等奉　詔譯

復次舍利子所有地獄之道及地獄因乃至有情所受報應我悉能知今復少以譬喻略明斯義舍利子譬如世間有大火聚高等人量或踰人量其火熾盛後當息滅煙燄暖氣而悉銷盡或有一人於盛夏時炎暑之月物景熾然酷熱可畏其人自遠而來加復疲困飢渴所逼但隨道徑詣火滅處欲求憩止其傍有一明目之人見彼炎熱極困苦者奔馳道徑而求憩止時明目人竊作是念彼大火聚高等人量或踰人量其火方息非清凉地是人往彼或坐或卧轉增熱惱甚不適意必受極苦作是念時彼人前往果如所念受極苦惱舍利子有一類人墮地獄者亦復如是彼人若心若意我悉能知由其不知正道所行身壞命終墮於惡趣生地獄中甚不適意受極苦惱如來以淨天眼過於人眼諦觀斯事舍利子是故如來於地獄道及地獄因乃至有情所受報應而悉能知又舍利子彼畜生道及畜生因乃至有情所受報應我悉能知舍利子譬如世間有穢惡聚高等人量或踰人量穢惡之物周帀充滿或有一人於盛夏時炎暑之月物景熾然酷熱可畏其人自遠而來加復疲困飢渴所逼但隨道徑詣穢惡處欲求憩止其傍有一明目之人見彼炎熱極困苦者奔馳道徑而求憩止時明目人竊作是念彼穢惡聚高等人量或踰人量是人往彼非清凉地轉增熱惱甚不光澤不可愛樂必受極苦作是念時其人前往或坐或

臥果如所念甚不光澤不可愛樂舍利子有一類人墮畜生者亦復如是彼人若心若意我悉能知由其不知正道所行身壞命終墮於惡趣生畜生中甚不光澤不可愛樂復不適意受極苦惱如來以淨天眼過於人眼諦觀斯事舍利子是故如來於畜生道及畜生因乃至有情所受報應而悉能知又舍利子彼餓鬼道及餓鬼因乃至有情所受報應我悉能知舍利子譬如有樹高等人量或踰人量枯朽乾悴枝葉凋墜時有一人於盛夏時炎暑之月物景熾然酷熱可畏其人自遠而來加復疲困飢渴所逼但隨道徑詣枯樹下欲求憩止其傍有一明目之人見彼人往枯樹之下而求憩止竊作是念此人往彼非清涼地轉受其苦作是念時其人前往或坐或臥果如所念轉受其苦舍利子有一類人墮餓鬼者亦復如是彼人若心若意我悉能知由其不知正道所行身壞命終墮於惡趣生餓鬼中轉受其苦如來以淨天眼過於人眼諦觀斯事舍利子是故如來於餓鬼道及餓鬼因乃至有情所受報應而悉能知又舍利子彼阿脩羅道阿脩羅因乃至有情所受報應我悉能知舍利子譬如有樹蟻聚其下高等人量或踰人量或有一人於盛夏時炎暑之月物景熾然酷熱可畏其人自遠而來加復疲困飢渴所逼但隨道徑詣彼樹下欲求憩止其傍有一明目之人見彼人往蟻樹之下而求憩止竊作是念此人往彼非安隱地轉受其苦作是念時其人前往或坐或臥果如所念轉受其苦舍利子有一類人墮阿脩

羅趣者亦復如是彼人若心若意我悉能知由其不知正道所行身壞命終墮於惡趣阿脩羅中轉受其苦如來以淨天眼過於人眼諦觀斯事舍利子是故如來於阿脩羅道及阿脩羅因乃至有情所受報應而悉能知又舍利子所有人道及人趣因乃至有情所受報應我悉能知舍利子譬如有樹高等人量或踰人量盤根莖榦而悉廣大然其枝葉而不相等或處踈隙或處欝密敷蔭于下亦悉差别或有一人於盛夏時炎暑之月物景熾然酷熱可畏其人自遠而來加復疲困飢渴所逼但隨道徑詣彼樹下欲求憩止其傍有一明目之人見彼人往大樹之下而求憩止竊作是念此人往彼大樹之下或坐或卧亦苦亦樂間雜所受作是念時其人前往或坐或卧果如所念苦樂雜受舍利子一類有情生人趣者亦復如是彼人若心若意我悉能知由其不知聖所行道身壞命終生人趣中苦樂雜受如來以淨天眼過於人眼諦觀斯事舍利子是故如來於彼人道及人趣因乃至有情所受報應而悉能知又舍利子所有天道及天趣因乃至有情所受報應我悉能知舍利子譬如有一高廣樓閣周帀杇墁重複堅密中無空隙戶扉窻牖而悉扃閉使彼風日不能侵映於其中間敷設于座以赤繒帛而爲茵縟次第增累厚十六重又於其上覆以白繒或有一人於盛夏時炎暑之月物景熾然酷熱可畏其人自遠而來加復疲困飢渴所逼隨路而進欲登其上以求憩止其傍有一明目之人見彼人來欲登其上而求

憇止竊作是念此人若或登其樓閣窻戸蔭閉茵縟重厚甚可愛樂而復適意必受其樂作是念時其人前往登于重閣或坐或卧果如所念受於快樂舍利子有一類人生天界者亦復如是彼人若心若意我悉能知由其不知聖所行道身壞命終生於善趣天界之中適悅快樂如來以淨天眼過於人眼諦觀斯事舍利子是故如來於彼天道及天趣因乃至有情所受報應而悉能知又舍利子所有涅槃聖道及涅槃因有情所證涅槃果法我悉能知舍利子譬如世間城邑不遠有天池沼方面四等其水清淨澄湛可愛周帀皆是菴摩羅樹贍部之樹頗拏娑樹婆咩羅樹俱嚩播泥嚩多樹龍鬚樹等徧覆四面觸其水者身支勝益或有一人於盛夏時炎暑之月物景熾然酷熱可畏其人自遠而來加復疲困飢渴所逼恒隨道路詣彼池沼欲飲其水沐浴其身滌除炎熱疲困之苦其傍有一明目之人見彼人來詣池沼處竊作是念此人遠來疲困所苦若詣彼池飲其水已沐浴其身息除炎熱疲困之苦後當隨意詣樹影間或坐或卧隨其所欲得安隱樂作是念時彼人前往果如所念舍利子有一類人證涅槃者亦復如是彼人若心若意我悉能知由其履踐聖所行道修涅槃因得涅槃果諸漏已盡非漏隨增心善解脫慧善解脫以自神力證如是法如來諦觀斯事見彼有情漏盡解脫證法得樂我生已盡梵行已立所作已辦不受後有舍利子是故如來於涅槃道及涅槃法乃至有情證涅槃果而悉能知舍利

子彼長者子於如是事雖知雖見以不信故乃發是言沙門瞿曇尚無人中最上之法況聖知見最勝所證入於論難彼爲聲聞宣說諸法所求所修以自辯才及不正智而爲所證其所說法豈能出要盡苦邊際舍利子由彼心言及彼所見相續謗故速墮地獄如墜重檐又如聲聞苾芻戒定慧學皆悉具足少用勤力智獲果證不以爲難彼墮惡趣亦復如是復次舍利子世有一類婆羅門者作事火法計爲清淨彼相謂言其甲其甲人作事火法而得清淨舍利子彼事火法極不清淨非我往昔曾不修習雖歷所修終無勝利以無始來久遠世中不出生死而剎帝利婆羅門及長者等大族之中隨見所行求之少分人中上法尚不能得況聖知見最勝所證何以故彼所計者於其聖慧不能了知復不覺悟由於聖慧不覺了故何能出要盡苦邊際舍利子若於聖慧如實覺了即能閉三有門盡生死道後不復生又舍利子世有一類婆羅門者以作福施會計爲清淨彼相謂言其甲其甲人作福施會而得清淨舍利子彼福施會極不清淨非我往昔曾不修習雖歷所修終無勝利以無始來久遠世中不出生死而剎帝利婆羅門長者大族隨見所行多種作法所謂殺馬祀天殺人祀天殺象祀天殺羊祀天設法受食作無遮會以衆色蓮華作清淨事以白蓮華作清淨事以物投火作祀天法作帝釋天法作月天法及出金寶作施會等如是所修求之少分人中上法尚不能得況聖知見最勝所證何以故彼於聖慧不

能了知復不覺悟由於聖慧不覺了故何能出要盡苦邊際舍利子若於聖慧如實覺了即能閉三有門盡生死道後不復生又舍利子世有一類婆羅門者以自教中所有呪法計爲清淨彼相謂言其甲其甲人以其呪法而得清淨舍利子彼呪法者極不清淨非我往昔曾不修習雖歷所修終無勝利以無始來久遠世中不出生死而刹帝利婆羅門長者大族隨見所行求之少分人中上法尚不能得況聖知見最勝所證何以故彼於聖慧不能了知復不覺悟由於聖慧不覺了故何能出要盡苦邊際舍利子若於聖慧如實覺了即能閉三有門盡生死道後不復生又舍利子世有一類婆羅門者在輪迴中受生死身計爲清淨彼相謂言其甲其甲人在輪迴中受生死身而得清淨舍利子輪迴生死極不清淨非我往昔不歷生死以無始來久遠世中不能出離除五淨居天舍利子淨居天中一生彼已不復還來人間受生即於彼天趣證涅槃舍利子未出生死者求之少分人中上法尚不能得況聖知見最勝所證何以故彼所計者於其聖慧不能了知復不覺悟由於聖慧不覺了故何能出要盡苦邊際舍利子若於聖慧如實覺了即能閉三有門盡生死道後不復生又舍利子世有一類婆羅門者以六趣處計爲清淨彼相謂言其甲其甲人往六趣處而得清淨舍利子而彼六趣極不清淨非我往昔曾所不歷以無始來久遠世中六趣輪轉除五淨居天舍利子淨居天中一生彼已不復還來人間受生即於彼

天趣證涅槃舍利子未離諸趣者求之少分人中上法尚不能得況聖知見最勝所證何以故彼所計者於其聖慧不能了知復不覺悟由於聖慧不覺了故何能出要盡苦邊際舍利子若於聖慧如實覺了即能閉三有門盡生死道後不復生又舍利子世有一類婆羅門者以所生處計爲清淨彼相謂言某甲某甲人生於某處而得清淨舍利子彼所生處極不清淨非我往昔不歷所生以無始來久遠世中不出生死除五淨居天舍利子淨居天中一生彼已不復還來人間受生即於彼天趣證涅槃舍利子未離所生者求之少分人中上法尚不能得況聖知見最勝所證何以故彼所計者於其聖慧不能了知復不覺悟由於聖慧不覺了故何能出要盡苦邊際舍利子若於聖慧如實覺了即能閉三有門盡生死道後不復生又舍利子世有一類婆羅門者以自種子計爲清淨彼相謂言某甲某甲人依自種子而得清淨舍利子彼之種子極不清淨非我往昔不依種生以無始來久遠世中不出生死除五淨居天舍利子淨居天中一生彼已不復還來人間受生即於彼天趣證涅槃舍利子未出生死者求之少分人中上法尚不能得況聖知見最勝所證何以故彼所計者於其聖慧不能了知復不覺悟由於聖慧不覺了故何能出要盡苦邊際舍利子若於聖慧如實覺了即能閉三有門盡生死道後不復生又舍利子世有一類婆羅門者作如是言若修四種之法得具足者是爲梵行清淨舍利子彼修四法以爲

梵行得清淨者我悉能知我於是中皆得最上何等爲四一者彼能修行我亦同彼最上修行二者彼能猒離我亦同彼最上猒離三者彼能苦切逼身我亦同彼最上苦切逼身四者彼能寂靜我亦同彼最上寂靜舍利子云何同彼最上修行謂彼外道或常舉手我亦同之或不坐牀席或常蹲踞或食穢氣麤糲飲食或不定止一處隨意旋轉或剃髮留髭或卧棘刺之上或卧版木之上或空舍中住或定住一處或一日三浴乃至種種苦逼其身我亦一一隨彼所行是爲同彼最上修行云何同彼最上猒離舍利子謂彼外道或離服裸形舉手受食我亦隨行或不受醜面人食不受顰蹙面人之食不食兩臼中間之食不食兩杵中間之食不食兩杖中間之食不食兩壁中間之食不受懷妊人食不受執炮者食不與二人同一器食若處或有乞丐之人在於門首即不食之若處或有犬在門首亦不食之若處或有蠅蟲旋復亦不食之不受無言人食不受多言人食若人言去不受彼食若人言來不受彼食若因諍訟所成之食而亦不受或唯受其一家之食或復二三至七家食或一餐一咽或復二三至七食咽或一日一食或復二三或復七日或復半月至于一月乃一食之於所食中不食於麨亦不食飯不食小豆不飲華果所造之酒不飲米所造酒不食於肉不食乳酪及以酥油亦不食蜜及蜜所造之果或不飲漿不食多種煿炙之食唯飲洗稻之水以爲資養或食穢稻或食茅草或食棘樹之果或食生米或

食牛糞或食樹根枝葉果實或復專詣曠野
之中採彼多種根莖枝葉種子等食舍利子
彼如是行我亦隨行是爲我修最上猒離

佛說身毛喜竪經卷中

佛說身毛喜竪經卷下

宋三藏朝散大夫試鴻臚卿光梵大師惟淨等奉　詔譯

復次舍利子云何同彼最上苦切遍身謂我身支塵土坌汚初則微少漸增後積譬如鼎訥迦樹枝葉塵坌從微漸增後積成大我之身分亦復如是舍利子我雖塵垢坌汚增積然於晝夜未嘗念言嗚呼何故今我此身塵垢所合誰當爲我之所拂除舍利子此即是爲同彼最上苦切遍身又舍利子云何同彼最上寂靜謂於曠野寂靜之處坐卧居止遠離喧繁一切憒閙棄置所應受用之具獨處閑寂隨所應往舍利子我時如是同其所行或牧牛人或畜養人或採薪人或治園人或行路人是等見已我即奔馳極深隱處勿復令見譬如野鹿或見如上牧放等人奔深隱處而遠避之怖彼所見我居曠野遠離憒閙亦復如是即此是爲同彼所行最上寂靜舍利子雖如是行求之少分人中上法尚不能得況聖知見最勝所證何以故彼於聖慧不能了知復不覺悟由於聖慧不覺了故何能出要盡苦邊際舍利子若於聖慧如實覺了即能閉三有門盡生死道後不復生又舍利子世有一類婆羅門者作如是言我於冬分月初八夜遇雪飛時於其曠野孤逈之所或近河側裸露其身於深雪中一向而卧過于夜分如是所行討爲清淨舍利子我知是事亦同彼行乃於冬分月初八夜遇雪飛時於其曠野孤逈之所或近河側裸露其身於深雪中一向而卧過于夜分舍利子雖如是行求之少分人中上法尚不能得況聖知見最

勝所證何以故彼於聖慧不能了知復不覺悟由於聖慧不覺了故何能出要盡苦邊際舍利子若於聖慧如實覺了即能閉三有門盡生死道後不復生又舍利子世有一類婆羅門者作如是言我於冬分月初八夜遇雪飛時詣于深水量過項處住是水中經於夜分如是所行計爲清淨舍利子我知是事亦同彼行乃於冬分月初八夜遇雪飛時詣于深水量過項處住是水中經於夜分舍利子雖如是行求之少分人中上法尚不能得況聖知見最勝所證廣說乃至盡生死道後不復生又舍利子世有一類婆羅門者作如是言我當盛夏炎暑之月酷熱可畏日正中時住於沙中其沙深積量過于膝我於爾時裸露其身翹立一足日光所照隨日而轉如是所行計爲清淨舍利子我知是事亦同彼行乃於盛夏炎暑之月酷熱可畏日正中時過于膝量深沙之中裸露其身翹立一足爲日所照隨日而轉舍利子是時若男若女一切人衆知是事已咸悉奔詣接踵駢臨以求瞻覩衆所評議我心自調得其所樂不念熱惱不起懈意舍利子雖如是行求之少分人中上法尚不能得況聖知見最勝所證廣說乃至盡生死道後不復生又舍利子世有一類婆羅門者作如是言我以艱苦而求難所得食計爲清淨舍利子我知是事亦同彼行何等是爲難所求食謂我專詣曠野之中群牛聚處於彼求乞犢子之乳隨其所得而用食之此即是爲難所求食舍利子雖如是行求之少分人中上法尚不能得況聖知見最勝

所證廣說乃至盡生死道後不復生又舍利子世有一類婆羅門者但食其麥計爲清淨作如是言若但食麥如是修行而得清淨彼取麥已或碎其末或淘其水或以多種治事而食爲其資養舍利子我知是事亦同彼行何等是我取麥爲食舍利子我唯取其一粒而食無復加二後於異時由食麥故身支肥重或復滋澤我亦不起是念復過其量取麥食之亦唯一粒無復加二舍利子我以一麥食故而極羸瘦身分上下如迦羅迦鳥及阿娑多鳥又復足腨枯細人所惡觀如駝如羊其足無異又於頂背露現其骨或窊或凸猶如累石高下不等又如露地空閑草舍兩面透徹椽木踈離中復開敞互可窺視我之兩脇骨節踈露中復開敞亦可互見又如暑月日光燄熾所曝之水至夕有人於其水中覆觀星宿極深極遠微微映現我之兩目瘦極深遠似有所見亦復如是又如苦瓠青未成熟人所斷取而彼枝葉尋即萎悴漸次枯弱後乃乾合我之身分自頭至足亦復如是初即憔悴漸次羸弱後極消瘦肌骨相合舍利子我初身體强自攝持攀附荆棘而爲倚仗力所不任欲起還坐支節解散頭頸低垂劣不能語其猶瘂羊我雖如是而乃堅固内攝其心外策其體善自調息復欲舉身還爲塵土之所坌汚以其塵土所積汚故我之身毛銷磨悉盡舍利子彼時周帀城邑聚落若男若女而悉奔馳競共瞻覩咸作是言呰哉呰哉沙門瞿曇身體銷瘦加復青黑昔日形貌妙善端嚴亦有威光今何隱没呰切修練容

質若斯舍利子雖如是行求之少分人中上法尚不能得況聖知見最勝所證廣説乃至盡生死道後不復生又舍利子世有一類婆羅門者但食其米計爲清淨作如是言若但食米如是修行而得清淨彼取米已或碎其末或淘其水或以多種治事而食爲其資養舍利子我知是事亦同彼行何等是我取米爲食舍利子我唯取其一粒而食無復加二後於異時由食米故身支肥重或復滋澤我亦不起是念復過其量取米食之亦唯一粒無復加二舍利子我當如是修밤行時有諸人民來作是言昔日形貌妙善端嚴亦有威光今何隱没밤切修練容質若斯舍利子雖如是行求之少分人中上法尚不能得況聖知見最勝所證廣説乃至盡生死道後不復生又舍利子世有一類婆羅門者但食其麻計爲清淨作如是言若但食麻如是修行而得清淨彼取麻已或碎其末或淘其水或以多種治事而食爲其資養舍利子我知是事亦同彼行何等是我取麻爲食舍利子我唯取其一粒而食無復加二後於異時由食麻故身支肥重或復滋澤我亦不起是念復過其量取麻食之亦唯一粒無復加二我當如是修밤行時有諸人民來作是言昔日形貌妙善端嚴亦有威光今何隱没밤切修練容質若斯舍利子雖如是行求之少分人中上法尚不能得況聖知見最勝所證廣説乃至盡生死道後不復生又舍利子世有一類婆羅門者不食一切計爲清淨作如是言若於一切所食之物悉不食者如是修行而得清

淨舍利子我知是事亦同彼行我於一切所食之物悉不食之由不食故身極羸瘦如是廣說苦行修行乃至人衆來作是言苦哉苦哉沙門瞿曇儀容疕瘦如莾麌鳥昔日形貌妙善端嚴亦有威光今何隱没苦切修練容質若斯舍利子我於爾時竊作是念世諸沙門婆羅門等歷諸極苦加復殘毀逼迫其身皆爲已行以求清淨我於是中亦隨所行正使碎身如其塵末都無勝利乃至過去未來世中及今現在一切沙門婆羅門等歷諸極苦加復殘毀逼迫其身皆爲已行以求清淨我於是中悉隨所行正使碎身如其塵末都無勝利我今不復如是苦切逼迫其身彼求人中少分上法尚不能得況聖知見最勝所證故知此道非正覺道我不復修舍利子我時又念初出家後我往釋種園中閻浮樹下安詳而坐日影不轉蔭覆清涼我於爾時離諸欲染不善之法有尋有伺離生喜樂證初禪定此爲正道如實覺了我於處處勤歷諸道此正道外無復餘道而爲眞實是故我今寧假如是一切不食身體羸瘦加復疲倦而自殘毀以取其道我今應可隨以所食而用食之作是念時有一外道所奉苦行仙聖知我之念來詣我所而相謂言聖者瞿曇汝之苦行勿宜退轉我於身毛孔中當出威光助佐於汝令汝身支自然滋益舍利子我時復作是念我所不食一切之物國邑聚落一切人衆咸悉聞知沙門瞿曇苦行修行一切不食身體羸瘦今時或謂有苦行仙聖身出威光助佐滋益彼彼人衆豈非以我爲妄語邪

故我怖彼妄語猒謗仙聖之言止而不受舍利子我時作是念已乃漸增廣隨用食之或緑豆汁或黄豆汁或赤豆汁以資其命如是漸次隨用食故身力勢分漸漸而生力勢生已先詣龍河次泥連河到已徐緩沐浴其身潔淨清涼漸次行至一聚落中有一女人名曰善生即以乳糜而奉於我我既食已乃詣邪嚩悉迦仙人住處求吉祥草得已執持漸次往詣大菩提樹到已右繞其樹三帀於彼樹下内外周布吉祥之草而為其座舍利子我時於上結跏趺坐端身正念離諸欲染不善之法有尋有伺離生喜樂證初禪定次當止息尋伺内心清淨住一境性無尋無伺定生喜樂證二禪定次當離於喜貪住捨念行如實正知身受妙樂如聖所觀捨念之行離喜妙樂證三禪定次當苦樂悉斷如先所起悦意惱意而悉離著不苦不樂捨念清淨證四禪定舍利子我時次第住三摩呬多心清淨潔白離隨煩惱輭品之業安住不動於初夜分如實證得天眼智明心善開曉舍利子我所證得天眼清淨過於人眼觀見世間一切有情生滅好醜若貴若賤隨業所受皆如實知若諸有情於身口意造不善業毀謗賢聖起於邪見由彼積集邪見業故身壞命終墮在惡趣生地獄中若諸有情於身口意造衆善業不謗賢聖起於正見由彼積集正見業故身壞命終生於善趣天界之中我於如是等事以淨天眼而悉知見又舍利子我時次第住三摩呬多心清淨潔白離隨煩惱輭品之業安住不動於中夜分如實證得宿命

智明心善開曉舍利子我所證得宿命之智能知過去種種之事所謂一生二生三四五生若十二十乃至百生千生百千生無數百千生如是無數生中若成若壞成壞劫事昔如是姓如是名字如是種族如是色相如是飲食如是壽量苦樂等事此滅彼生彼滅此生如是無數種事我以宿命智力如實思念又舍利子我時次第住三摩呬多心清淨潔白離隨煩惱輭品之業安住不動於後夜分如實證得漏盡智明心善開曉次第於其明星現時吉祥歡喜人中大龍人中師子人中大仙人中勇猛人中衆色蓮華人中白蓮華人中最上人中無上善調御者人中調御士於一切處知所應知得所應得覺所應覺證所應證如是一切於刹那間起相應心以如實智成正覺道復次舍利子我知世間有沙門婆羅門作如是言若人幼少顏貌光澤頂髮黰潤志氣壯盛心力具全年正二十或過二十是人能於正慧隨轉修行若復有人年壽耆耄心力衰微將欲謝世是人不能於其正慧隨轉修行舍利子我今耆耄年將八十俯期謝世譬如朽故車輪以雜繩索而用繫縛强使運轉我亦如是舍利子汝可周行從國至國從邑至邑觀察諸有聲聞弟子於如來身及神通力勝慧辯才此之五事皆悉減少舍利子若人頂以火盆從國至國從邑至邑如是周行未足爲難若於勝慧辯才不令減少是則爲難又舍利子若或有人雖遇如來大師出世於苦法樂法非苦樂法悉以淨心宣說正語是人返以爲妄失法舍利子不

應以佛正語爲妄失法何以故如來大師出現世間於苦樂法非苦樂法悉以淨心宣說正語是無妄失法舍利子如賢劫中有四如來出現世間如是四佛聲聞弟子次第至今壽命百歲彼彼所有念行慧壽皆悉具足譬如力士持挽硬弓端直而射悉獲中的舍利子前三如來聲聞弟子亦復如是念行慧壽皆悉具足彼彼皆能於日日中親近請問諸法之義舍利子今我法中聲聞弟子一能請問而無有載又復一聞我說不能於中審解所說文句義理況復末世餘諸弟子若時飲食嗜著其味睡眠疲倦運動憇止大小便事諸所施作時悉妨廢舍利子前之三佛聲聞弟子壽量長遠今壽百歲極爲迅速舍利子過百歲時勝慧辯才有所減失舍利子彼時聲聞弟子以如來大師出世所說正語爲妄失法舍利子彼不應以佛說正語而爲妄失何以故如來大師出現世間於苦樂法非苦樂法悉以淨心所說正語是無妄失法爾時會中有一尊者名曰龍護去佛不遠執孔雀扇侍佛之側時卽置扇前詣佛所合掌頂禮而白佛言我今得聞此正法已身毛悚竪生大歡喜世尊此經何名我等云何奉持佛言龍護今此正法名身毛喜竪如是名字汝當受持佛說是經已毗舍離國最勝大城最勝林中諸苾芻衆聞佛所說歡喜信受

佛說身毛喜竪經卷下

音釋

豎 臣庾切 立也　訾 將此切 識也　憇 夫例切 息也　悴 秦醉切 枯悴也

蹲踞 蹲徂尊切 踞居御切　糲 郎達切 脫栗也　髭 即移切 口上須也　煿 補各切 迫於火也

翹 祈堯切 舉也　踵 主勇切 足跟也　駢 蒲眠切 駢聯也

腨 市兗切 腓腸也　敞 楚兩切 豁也　瓠 胡故切 匏也　萎 於危切 枯也

黝 於糾切 青黑色也

大乘本生心地觀經

唐罽賓國三藏般若等譯

清刻龍藏佛說法變相圖

大乘本生心地觀經序

唐憲宗皇帝製

噫夫物我既殊嗜欲方熾六根陷因緣之境七情奔利害之場蓋纏其眞執縛於妄愛惡攻内紛華蕩前心類騰猿身若狂象豈復悟菩提之性息塵埃以自明了眞如之理本空寂而爲樂不有妙覺其孰拯斯溺乎由是至人開法大士傳教濟羣迷於彼岸漸諸妄於此門不滅不生視色空而俱泯無來無去觀性相以皆如然則泯色空者非言無以極其致如性相者非文無以會其歸設此筌蹄納諸達路此蓋西方神人之大教也大乘本生心地觀經者釋迦如來於耆闍崛山與文殊師利彌勒等諸大菩薩之所說也其梵夾我烈祖高宗之代師子國之所獻也寶之歷年

祕于中禁朕嗣守丕業虔奉昌圖聽政之暇澡心於此以爲攝念之旨有輔於時潛導之功或裨於理且大雄以慈悲致化而朕生而不傷法王以清淨爲宗而朕安而不擾敷教于下用符方便之門勵精以思是叶修行之地無爲之益不其至乎夫如是得不演暢眞宗闡弘奥義者也乃出其梵本於醴泉寺詔京師義學大德罽賓三藏般若等八人翻譯其旨命諫議大夫孟簡等四人潤色其文列爲八卷勒成一部如來秘藏歷塵劫而初開大乘眞理超沙界而方證燭其昏昧示以津梁俾披閲之者甘露灑於心田曉悟之者醍醐流於性境嗟歎不足披翫豈忘亦既書寫聊爲序引雖離諸文字詎假發揮而啓其宗源式存年代時我唐御天下一百九十有四年也

大乘本生心地觀經卷第一

唐罽賔國三藏般若等譯

序品第一

如是我聞一時佛住王舍城耆闍崛山中與大比丘衆三萬二千人皆是阿羅漢心善解脱慧善解脱所作已辦離諸重擔逮得已利盡諸有結得大自在住清淨戒善巧方便智慧莊嚴證八解脱到於彼岸其名曰具壽阿若憍陳如阿史彼室多摩訶那摩波帝利迦摩訶迦葉憍梵波提離波多優樓頻螺迦葉那提迦葉伽耶迦葉舍利弗大目揵連摩訶迦旃延摩訶迦毗那眞提那富樓那彌多羅尼子阿尼樓馱微妙臂須菩提薄拘羅孫陀羅難陀羅睺羅如是具壽阿羅漢有學阿難陀等各與若干百千眷屬俱各禮佛足退坐一面復有菩薩摩訶薩八萬四千人俱皆是一生補處大法王子有大威德如大龍王百福圓滿身光照曜猶如千日破諸昏闇智慧澄徹逾於大海了達諸佛祕密境界然大法炬引導衆生於生死海作大船師憐愍衆生猶如赤子於一切時恒施安樂名稱普聞十方世界自在遊戲微妙神通已能善達諸總持門具四無礙辯才自在已得圓滿大願自在妙善成就事業自在已能善入三昧自在具足圓滿福德自在常爲衆生不請之友經無量劫勤修六度歷事諸佛不住涅槃斷諸煩惱講說妙法無量世界化利羣生制諸外道摧伏邪心離斷常因令生正見而無往來動搖之相非嚴而嚴十方佛上不說而說妙理寂然住無所住度人天衆無所不受廣大

法樂披精進甲執智慧劒破魔軍衆而擊法鼓身恒徧坐一切道場吹大法螺覺悟羣品一切有情悉蒙利益聞名見身無空過者具三達智悟三世法善知衆生諸根利鈍應病與藥無復疑惑布大法雲澍甘露雨轉不退轉智印法輪閉生死獄開涅槃門發弘誓願盡未來際度脱羣生此諸菩薩不久當得阿耨多羅三藐三菩提其名曰無垢菩薩彌勒菩薩師子吼菩薩妙吉祥菩薩維摩詰菩薩觀自在菩薩得大勢菩薩金剛藏王菩薩地藏王菩薩虛空藏王菩薩陀羅尼自在王菩薩三昧自在王菩薩妙高山王菩薩大海深王菩薩妙辯嚴王菩薩歡喜高王菩薩大神變王菩薩法自在王菩薩清淨雨王菩薩藥王菩薩藥上菩薩療煩惱病菩薩寶山菩薩寶財菩薩寶上菩薩寶德菩薩寶藏菩薩寶積菩薩寶手菩薩寶印手菩薩寶光菩薩寶施菩薩寶幢菩薩大寶幢菩薩寶雨菩薩寶達菩薩寶杖菩薩寶髻菩薩寶吉祥菩薩寶自在菩薩栴檀香菩薩大寶炬菩薩大寶嚴菩薩日光菩薩月光菩薩星光菩薩火光菩薩電光菩薩能念慧菩薩破魔菩薩勝魔菩薩常精進菩薩不休息菩薩不斷大願菩薩大名稱菩薩無礙辯才菩薩無礙轉法輪菩薩如是無垢菩薩摩訶薩等各與若干百千眷屬俱復有億萬六欲天子其名曰善住天子威德天子普光天子清淨慧天子吉祥天子大吉祥天子自在天子大自在天子日光天子月光天子如是等天子釋提桓因而爲上首悉皆愛樂大乘妙法願隨奉事三世如

來入不思議祕密境界莊嚴諸佛衆會道場各與若干百千眷屬俱復有恒河沙色界天子其名曰大光普照天子無垢莊嚴天子神通遊戲天子三昧自在天子陀羅尼自在天子大那羅延天子圓滿上願天子無礙辯才天子吉祥福慧天子常發大願天子如是等天子光明大梵天王而爲上首悉皆具足三昧神通樂說辯才歷事諸佛三世如來菩提樹下坐金剛座破魔軍已證菩提特徧至衆會皆於最初勸請如來轉妙法輪開甘露門度人天衆善悟諸佛祕密意趣於大菩提不復退轉各與若干百千眷屬俱復有四萬八千諸大龍王摩那斯龍王德叉迦龍王難陀龍王跋難陀龍王阿耨達池龍王大金面龍王如意寶珠龍王雨妙珍寶龍王常澍甘雨龍王有大威德龍王彊力自在龍王如是等龍王娑竭羅龍王而爲上首悉皆愛樂大乘妙法發弘誓願恭敬護持各與若干百千眷屬俱復有五萬八千諸藥叉神大師子王藥叉神轉輪光照藥叉神妙那羅延藥叉神甚可怖畏藥叉神蓮華光色藥叉神諸根美妙藥叉神外護正法藥叉神供養三寶藥叉神雨衆珍寶藥叉神摩尼鉢羅藥叉神如是等諸藥叉神僧慎爾耶藥叉神而爲上首悉皆具足難思智光難思智炬難思智行難思智聚而爲衆生制伏惡鬼使得安樂能延福智守護大乘令不斷絕各與若干百千眷屬俱復有八萬九千乾闥婆王頂上寶冠乾闥婆王普放光明乾闥婆王金剛寶幢乾闥婆王妙音清淨乾闥婆王徧至衆會乾闥婆王普

現諸方乾闥婆王愛樂大乘乾闥婆王轉不退輪乾闥婆王如是等乾闥婆王諸根清淨乾闥婆王而爲上首皆於大乘深生愛敬利樂衆生恒無懈倦各與若干百千眷屬俱復有千億阿脩羅王羅睺羅阿脩羅王毗摩質多羅阿脩羅王出現威德阿脩羅王大堅固力阿脩羅王美妙音聲阿脩羅王光明徧照阿脩羅王鬪戰恒勝阿脩羅王善巧幻化阿脩羅王如是等阿脩羅王廣大妙辯阿脩羅王而爲上首善能修習離諸我慢受持大乘尊重三寶各與若干百千眷屬俱復有五億迦樓羅王寶髻迦樓羅王金剛淨光迦樓羅王速疾如風迦樓羅王虛空淨慧迦樓羅王妙身廣大迦樓羅王心不退轉迦樓羅王廣目清淨迦樓羅王大腹飽滿迦樓羅王有大威德迦樓羅王智慧光明迦樓羅王如是等迦樓羅王寶光迦樓羅王而爲上首悉皆成就不起法忍善獲饒益一切衆生各與若干百千眷屬俱復有九億緊那羅王動地緊那羅王妙寶華幢緊那羅王寶樹光明緊那羅王善法光明緊那羅王最勝莊嚴緊那羅王火法光明緊那羅王受持妙法緊那羅王妙寶嚴飾緊那羅王成就妙觀緊那羅王如是等緊那羅王悅意樂聲緊那羅王而爲上首皆悉具於清淨妙慧身心快樂自在遊戲各與若干百千眷屬俱復有九萬八千摩睺羅伽王妙髻摩睺羅伽王具大威德摩睺羅伽王莊嚴寶髻摩睺羅伽王淨眼微妙摩睺羅伽王光明寶幢摩睺羅伽王師子胷臆摩睺羅伽王如山不動摩睺羅伽王可愛光明摩

睺羅伽王如是等摩睺羅伽王遊戲神通摩睺羅伽王而爲上首已能修習善巧方便令諸衆生永離愛纏各與若干百千眷屬俱復有佗方萬億國土轉輪聖王金輪轉輪聖王銀輪轉輪聖王銅輪轉輪聖王鐵輪轉輪聖王及與七寶千子眷屬莊嚴無量象馬車乘無數寶幢懸大寶旛華鬘寶蓋繒綵白拂種種珍奇妙寶瓔珞塗香末香和合萬種微妙殊香各執無價衆寶香鑪燒大寶香供養世尊以妙言詞稱讚如來甚深智海而白佛言世尊我今不求三界有漏人天果報唯求出世阿耨多羅三藐三菩提所以者何三界之中人天福樂雖處尊位先世福盡還生惡趣受無量苦誰有智者樂世間樂作是語已一心合掌各與若干百千眷屬俱復有十六諸大國王迦毗羅國淨飯大王摩伽陀國頻婆娑羅王波羅柰國迦斯大王有于陀國于闐大王娑羅國主迦毗那王如是等十六大王及諸小王舍衛國主波斯匿王名曰月光而爲上首悉皆具足福智神通有大威德如轉輪王一切怨敵自然降伏人民熾盛國土豐樂無量佛所種諸善根常爲諸佛之所護念莊嚴劫中千佛出現如是諸王常爲施主賢劫之中千佛出現如是諸王亦爲施主於當來世星宿劫中千佛出現當爲施主乃至未來一切諸佛出現世間如是諸王以本願力常行檀施饒益有情隨宜善入諸方便門雖作國王不貪世樂猒離生死修解脱因勤求佛道愛樂大乘化利羣生不著諸相紹三寶種使不斷絶爲聽法故供養如來廣修珍膳

嚴持香華來至佛所各與一萬二萬乃至千萬諸眷屬俱復有十六大國王夫人韋提希夫人妙勝鬘夫人甚可愛樂夫人三界無比夫人福報光明夫人如意寶光夫人末利夫人妙德夫人如是等夫人殊勝妙顏夫人而爲上首已能善入無量正定爲度衆生示現女身以三解脫修習其心有大智慧福德圓滿無緣大慈無礙大悲憐愍衆生猶如赤子以本願力得值世尊爲欲聽法來詣佛所瞻仰尊顏目不暫捨以無量種人中上供奉獻世尊及以無數妙寶瓔珞供養如來各與若干百千眷屬俱復有百千無央數人比丘比丘尼優婆塞優婆夷諸婆羅門刹帝利薜舍戍達羅及諸國界長者居士一切人民是諸大衆發清淨信起殷重心宿種善根生值佛法爲求出世起難遭想來詣佛所一心合掌各與若干百千眷屬俱復有無數諸外道衆苦行外道多聞外道世智外道樂遠離外道路伽耶陀外道路伽耶治迦你外道而爲上首成就五通飛行自在發希有心爲聽法故來詣佛所各與若干百千眷屬俱復有無量無數非人餓鬼謂無財鬼食人吐鬼惱衆生鬼食涕唾鬼食不飽鬼毗舍闍鬼臭極臭鬼食糞穢鬼食人胎鬼食生子鬼食不淨鬼生吉祥鬼如是諸鬼毗盧陀伽大鬼神王而爲上首捨離毒心歸佛法僧悉皆衛護如來正法爲聽法故來詣佛所五體投地渴仰世尊各與若干百千眷屬俱復有無量無數禽獸諸王命命鳥王鸚鵡鳥王及師子王象王鹿王如是一切諸禽獸王金色師子王而爲上

首悉皆歸命如來大師爲欲聽法來詣佛所各隨願力供養世尊而白佛言惟願如來哀受我等微少供養永離三塗惡業種子得受人天福樂果報開闡大乘甘露法門速斷愚癡當得解脫時諸鳥王作是語已一心合掌瞻仰如來各與若干百千眷屬俱復有百千琰魔羅王與無央數諸大羅刹種種形類及諸惡王幽冥官屬校計罪福獄吏刑司承佛威力捨離惡心與琰魔羅王同來聽法而白佛言一切衆生以愚癡故貪五欲樂造五逆罪入諸地獄輪轉無窮自業所因受大苦惱如世蠶繭自爲縈纏惟願如來雨大法雨滅地獄火施清涼風開解脫門閉三惡趣時琰魔羅王作是語已種種珍寶供養如來一心恭敬遶百千帀與若干百千眷屬俱各禮佛足退坐一面

爾時世尊坐寶蓮華師子座上其師子座色紺瑠璃種種珍奇間錯嚴飾玻瓈寶珠以爲其臺紫磨黃金作蓮華葉其蓮華臺以摩尼寶而爲華鬚八萬四千閻浮檀金大寶蓮華而爲眷屬爲諸大衆前後圍遶供養恭敬尊重讚歎時薄伽梵於師子座結跏趺坐威儀殊特猶如四寶蘇迷盧山處于大海自然迥出如百千日照曜虛空放無量光破諸昏暗亦如俱胝圓滿月輪獨處衆星放清涼光明朗世界入有頂天極善三昧名心瓔珞寶莊嚴王住此定已身心不動時無色界一切天子雨無量種微妙華香於虛空中如雲而下色界諸天十八梵王雨衆雜色無數天華百千萬種梵天妙香徧滿虛空如雲而下六欲

諸天及天子衆以天福力雨種種華優鉢羅華波頭摩華拘物頭華芬陀利華瞻蔔迦華阿提目多華波利尸迦華蘇摩那華曼陀羅華摩訶曼陀羅華曼殊沙華摩訶曼殊沙華於虛空中繽紛亂墜而供養佛及衆法寶又雨天上無價寶香其香如雲作百寶色以天神力香氣徧滿此諸世界供養大會爾時世尊從三昧起即於本座復入師子奮迅三昧現大神通令此三千大千世界六種震動謂動極動徧極動涌極涌徧極涌振極振徧極振擊極擊徧極擊吼極吼徧極吼爆極爆徧極爆又此世界東涌西没西涌東没南涌北没北涌南没中涌邊没邊涌中没其地嚴淨悉皆柔輭滋長卉木利益羣生令三千界無有地獄餓鬼畜生及餘無暇惡趣衆生皆得離苦捨此身已生於人道及六欲天皆識宿命歡喜踊躍同詣佛所以殷重心頂禮佛足持諸珍寶無數瓔珞悟三輪空以報佛恩爾時如來於胷臆間及諸毛孔放大光明名諸菩薩遊戲神通使不退轉阿耨多羅三藐三菩提其光明色如閻浮檀金此金色光普照三千大千世界及餘佗界乃至百億妙高山王一切雪山香山黒山金山寶山及彌樓山大彌樓山目眞隣陀山摩訶目眞隣陀山小鐵圍山大鐵圍山江河大海流泉浴池及以百億四大洲界日月星辰天宮龍宮諸尊神宮并諸國邑王宮聚落琰魔羅界所有一切八寒八熱諸地獄中罪業衆生受苦之相乃至十方畜生餓鬼受苦之相一切世間五趣衆生受苦樂相如是皆現於此金色大光明

中又此光中影現菩薩修行佛道種種相貌釋迦菩薩於往昔時作光明王最初發於阿耨多羅三藐三菩提心乃至菩提樹下得成佛道娑羅林中入於涅槃於其中間三僧企耶百萬劫中所有一切慈悲喜捨八萬四千波羅蜜乃於過去作金輪王王四天下盡大海際人民熾盛國土豐樂正法化世經無量劫一切珍寶充滿國界時彼輪王觀諸世間皆悉無常厭五欲樂捨輪王位出家學道或於大國爲王愛子棄捨身命投於餓虎或作尸毗王割身救鴿或救孕鹿捨鹿王身或於雪山爲求半偈而捨全身或現受生於淨飯王家捨後宮六萬婇女及捨種種上妙妓樂踰城出家六年苦行日食麻麥降諸外道菩提樹下破魔軍已得阿耨多羅三藐三菩提有如是等百千恒沙難思行願一切相貌悉皆頓現於此金色大光明中又此光中影現如來不可思議八大寶塔拘娑羅國淨飯王宮生處寶塔摩伽陀國伽耶城邊菩提樹下成佛寶塔波羅柰國鹿野園中初轉法輪度人寶塔舍衛國中給孤獨園與諸外道六月論議得一切智聲名寶塔安達羅國曲女城邊昇忉利天爲母說法共梵天王及天帝釋十二萬衆從三十三天現三道寶階下閻浮時神異寶塔摩竭陀國王舍城邊耆闍崛山說大般若法華一乘心地經等大乘寶塔毗舍離國菴羅衛林維摩長者不可思議現疾寶塔拘尸那國跋提河邊娑羅林中圓寂寶塔如是八塔大聖化儀人天有情所歸依處供養恭敬爲成佛因如是音聲及諸影像而

於三世難思議事悉皆影現大光明中又十方界三世諸佛及大菩薩道場衆會神通變化希有之事及諸如來所說妙法皆如響應於此金色大光明中無不見聞一切衆生遇此光明見彼瑞相皆發無等等阿耨多羅三藐三菩提心時諸大衆覩佛神力不可思議歎未曾有各相謂言如來今日入於三昧放大光明照十方界得見如來往昔所有難思議事調伏惡世邪見衆生令生信解趣向菩提希有如來能爲一切世間之父無量劫中難可得見我等累劫修諸行願得遇三界人天大師惟願慈尊哀愍世間從定而起說甚深法示教利喜一切衆生作是語已瞻仰尊顏默然而住爾時會中有一菩薩名師子吼三僧企耶修行福智於賢劫中次補佛處受灌頂位作大法王四向觀視海會大衆發大音聲而作是言我於往昔無量劫中已發阿耨多羅三藐三菩提心歷事恒沙一切諸佛曾於第一衆會道場見不思議神通變化未嘗覩此金色光明影現一切菩薩行願及現如來種種相貌令見三世難思議事惟願仁者一心合掌瞻仰尊顏從定而起授甘露藥除熱惱病令證法身常樂我淨是諸如來有二種法於三昧中不復久住一者大慈二者大悲依大慈故與衆生樂依大悲故拔衆生苦以是二法於無數劫熏修其心而成正覺世間衆生多諸苦惱以是因緣如來不久從三昧起當爲演說心地觀門大乘妙法告諸大衆無求一切人天福樂速求出世阿耨多羅三藐三菩提所以者何今日世尊從胷臆

中放金色光所照之處皆如金色佛所顯示意趣甚深一切世間聲聞緣覺盡思度量所不能知汝等凡夫不觀自心是故漂流生死海中諸佛菩薩能觀心故度生死海到於彼岸三世如來法皆如是放此光明非無因緣是諸衆會聞大士言心懷踊躍得未曾有爾時師子吼菩薩摩訶薩欲重宣此義而說偈言

敬禮天人大覺尊　恒沙福智皆圓滿
金光百福莊嚴相　發起衆生愛樂心
超過三界獨居尊　功德最勝無倫匹
普用神通自在力　隨所造業現其前
我以天眼觀世間　一切無有如佛者
希有金容如滿月　希有過於優曇華
無邊福智利羣生　大光普照如千日
愚癡衆生長夜苦　蒙光所照悉皆除
我觀如來昔所行　親近供養無數佛
經歷僧祇無量劫　爲衆生故趣菩提
常於生死苦海中　作大船師濟羣品
演說甘露眞淨法　令入無爲解脫門
三僧祇劫度衆生　勤修八萬波羅蜜
因圓果滿成正覺　住壽凝然無去來
一一相好周法界　十方諸佛相皆然
甚深境界難思議　一切人天莫能測
諸佛體用無差別　如千燈照互增明
智慧如空無有邊　應物現形如水月
無邊法界常寂然　如如不動等虛空
如來清淨妙法身　自然具足恒沙德
周徧法界無窮盡　不生不滅無去來
法王常住妙法宮　法身光明靡不照

如來法性無罣礙　隨緣普應利羣生
衆生各見在其前　爲我宣說甘露法
隨心能滅諸煩惱　人天衆苦悉皆除
破有法王甚奇特　光明照曜如金山
爲度衆生出世間　能然法炬破昏暗
衆生没在生死海　輪迴五趣無出期
善逝恒爲妙法船　能截愛流超彼岸
大智方便不可量　恒與衆生無盡樂
能爲世間大慈父　憐愍一切諸有情
如來出世甚難值　無數億劫時一現
譬如優曇妙瑞華　一切人天所希有
於無量劫時一現　覩佛出世亦同然
是諸衆生無福慧　恒處沉淪生死海
億劫不見諸如來　隨諸惡業恒受苦
我等無數百千劫　修四無量三解脱
今見大聖牟尼尊　猶如盲龜值浮木
願於來世恒沙劫　念念不捨天人師
如影隨形不暫離　晝夜勤修於種智
惟願世尊哀愍我　常令得見大慈尊
三業無倦常奉持　願共衆生成正覺
今者三界大導師　座上跏趺入三昧
獨處凝然空寂舍　身心不動如須彌
世間一切梵天魔　莫能警覺如來定
此界他方凡聖衆　悉知調御住於禪
廣設無邊微妙供　奉獻能仁最勝德
六欲諸天來供養　天華亂墜徧虛空
十善報應無價香　變化香雲百寶色
徧覆人天無量衆　雨雜妙寶獻如來
香氣氤氳三寶前　百千妓樂臨空界
不鼓自鳴成妙曲　供養人中兩足尊

十八梵眾雨天華　及雨雜寶千萬種
梵摩尼珠妙瓔珞　眾寶嚴飾天妙衣
大寶華幢懸勝播　持以供養牟尼尊
無色界天雨寶華　其華廣大如車輪
雨微細香滿世界　供養三昧難思議
龍王脩羅人非人　奉獻所感珍妙寶
各以供養天中人　樂聞最勝菩提道
時薄伽梵大醫王　善治世間煩惱苦
師子頻伸三昧力　六種震動徧三千
以此覺悟諸有緣　於此無緣了不覺
隨彼人天應可度　見佛種種諸神通
瞻仰月面牟尼尊　以淨三業皆雲集
如來能以無緣慈　饒益眾生成勝德
胷臆放此大光明　名諸菩薩不退轉
如劫盡時七日現　熾然照曜放千光
世間所有諸光明　不及一佛毛孔光
無量無礙大神光　徧照十方諸佛刹
如來福智皆圓滿　所放神光亦無比
其光赫弈如金色　徧照十方諸國土
大聖金光影現中　悉見世間諸色像
三千大千諸世界　所有一切諸山王
四寶所成妙高山　雪山香山七金山
目真隣陀彌樓山　大鐵圍山小山等
大海江河及浴池　無數百億四大洲
日月星辰眾寶宮　天宮龍宮諸神宮
國邑王宮諸聚落　如是光中悉顯現
又現如來徃昔因　積功累德求佛道
如來昔在尸毗國　曾居尊位作人王
國界珍寶皆充盈　常以正法化於世
慈悲喜捨恒無倦　能捨難捨趣菩提

割身救鴿甞無悔　深心悲愍救衆生
時佛往昔在凡夫　入於雪山求佛道
攝心勇猛勤精進　爲求半偈捨全身
以求正法因緣故　十二劫超生死苦
昔爲摩納仙人時　布髮供養然燈佛
以是精進因緣故　八劫超於生死海
昔爲薩埵王子時　捨所愛身投餓虎
自利利他因緣故　十一劫超生死因
流水長者大醫王　平等救護衆生故
濟魚各得生天上　天雨瓔珞來報恩
七日翹足讚如來　以精進故超九劫
昔爲六牙白象王　其牙殊妙無能比
捨身命故投獵者　求佛無上大菩提
或作圓滿福智王　施眼精進求佛道
又作金色大鹿王　捨身精進求佛道

爲迦尸國慈力王　全身施與五夜叉
又作大國莊嚴王　以妻子施無悋惜
或爲最上身菩薩　頭目髓腦施衆生
如是菩薩行慈悲　皆願求證菩提道
佛昔曾作轉輪王　四洲珍寶皆充滿
具足千子諸眷屬　十善化人百千劫
國土安隱如天宮　受五欲樂無窮盡
時彼輪王覺自身　及以世間不牢固
無想諸天八萬歲　福盡還歸諸惡道
猶如夢幻與泡影　亦如朝露及電光
了達三界如火宅　八苦充滿難可出
未得解脫超彼岸　誰有智者樂輪迴
唯有出世如來身　不生不滅常安樂
如是難行菩薩行　一切悉現金光内
又此光中現八塔　皆是衆生良福因

淨飯王宮生處塔　菩提樹下成佛塔
鹿野園中法輪塔　給孤獨園名稱塔
曲女城邊寶堦塔　耆闍崛山般若塔
菴羅衛林維摩塔　娑羅林中圓寂塔
如是世尊八寶塔　諸天龍神常供養
金剛密跡四天王　晝夜護持恒不離
若造八塔而供養　現身福壽自延長
增長智慧衆所尊　世出世願皆圓滿
若人禮拜及心念　如是八塔不思議
二人獲福等無差　速證無上菩提道
如是三世利益事　於此光中無不見
十方佛土諸菩薩　神通遊戲衆靈仙
萬億國土轉輪王　尋此光明普雲集
各以神力來供養　雨如意寶奉慈尊
諸天妓樂百千種　不鼓自然出妙音
天華亂墜滿虛空　衆香普熏於大會
寶幢無數諸瓔珞　持以供養人中尊
微妙伽陀讚如來　善哉能入於三昧
現不思議大神力　調伏難化諸有情
惟願世尊從定起　爲諸衆生轉法輪
永斷一切諸煩惱　令住無住大涅槃
如我等類心清淨　從萬億國來聽法
以三昧力常諦觀　於我微供哀納受
能施所施及施物　於三世中無所得
我等安住最勝心　供養一切十方佛

大乘本生心地觀經卷第一

音釋

序

澌斯義切盡也　筌且緣切　耆闍崛梵語也此云鷲峯闍石遮切崛渠勿切　裨班糜切補也　罽賓梵語也此云賊種罽居刈切

經

闇烏紺切與暗同　澍朱戍切霔也　膳時戰切與饍同　鬘莫班切　琰魔羅梵語也此云靜息琰以冉切　繭吉典切蠶衣也　俱胝梵語也此云百億胝張尼切　輭乳兗切柔也　氛氳氛敷文切氳於軍切氛氳氣貌　翹祁堯切舉也

大乘本生心地觀經卷第二

唐 罽賓國三藏般若等 譯

報恩品第二上

爾時世尊從三昧安詳而起告彌勒菩薩摩訶薩言善哉善哉汝等大士諸善男子爲欲親近世間之父爲欲聽聞出世之法爲欲思惟如如之理爲欲修習如如之智來詣佛所供養恭敬我今演說心地妙法引導衆生令入佛智如是妙法諸佛如來過無量劫時乃說之如來世尊出興於世甚難值遇如優曇華假使如來出現於世說此妙法亦復爲難所以者何一切衆生遠離大乘菩薩行願趣向聲聞緣覺菩提猒離生死永入涅槃不樂大乘常樂妙果然諸如來轉於法輪遠離四失說相應法一無非處二無非時三無非器四無非法應病與藥令得復除即是如來不共之德聲聞緣覺未得自在諸菩薩衆不共之境以是因緣難見難聞菩提正道心地法門若有善男子善女人聞是妙法一經於耳須臾之頃攝念觀心薰成無上大菩提種不久當坐菩提樹王金剛寶座得成阿耨多羅三藐三菩提爾時王舍大城有五百長者其名曰妙德長者勇猛長者善法長者念佛長者妙智長者菩提長者妙辯長者法眼長者光明長者滿願長者如是等大富長者成就正見供養如來及諸聖衆是諸長者聞是世尊讚歎大乘心地法門而作是念我見如來放金色光影現菩薩難行苦行我不愛樂行苦行心誰能永劫住於生死而爲衆生受諸苦惱作是念已即從座起偏袒右肩右膝著

地合掌恭敬異口同音前白佛言世尊我等不樂大乘諸菩薩行亦不喜聞苦行音聲所以者何一切菩薩所修行願皆悉不是知恩報恩何以故遠離父母趣於出家以自妻子施於所欲頭目髓腦隨其願求悉皆布施受諸逼惱三僧祇劫具修諸度八萬四千波羅蜜行越生死流方至菩提大安樂處不如趣向二乘道果三生百劫修集資粮斷生死因證涅槃果速至安樂方名報恩爾時佛告五百長者善哉善哉汝等聞於讚歎大乘心生退轉發起妙義利益安樂未來世中不知恩德一切衆生諦聽諦聽善思念之我今爲汝分別演說世出世間有恩之處善男子汝等所言未可正理何以故世間之恩有其四種一父母恩二衆生恩三國王恩四三寶恩如是四恩一切衆生平等荷負善男子父母恩者父有慈恩母有悲恩母悲恩者若我住世於一劫中說不能盡我今爲汝宣說少分假使有人爲福德故恭敬供養一百淨行大婆羅門一百五通諸大神仙一百善友安置七寶上妙堂内以百千種上妙珍膳垂諸瓔珞衆寶衣服栴檀沈香立諸房舍百寶莊嚴牀臥敷具療治衆病百種湯藥一心供養滿百千劫不如一念住孝順心以微少物色養悲母隨所供侍比前功德百千萬分不可校量世間悲母念子無比恩及未形始自受胎經於十月行住坐臥受諸苦惱非口所宣雖得欲樂飲食衣服而不生愛憂念之心恒無休息但自思惟將欲生産漸受諸苦晝夜愁惱若産難時如百千刃競來屠割遂致無常若

無苦惱諸親眷屬喜樂無盡猶如貧女得如意珠其子發聲如聞音樂以母胷臆而爲寢處左右膝上常爲遊履於胷臆中出甘露泉長養之恩彌於普天憐愍之德廣大無比世間所高莫過山岳悲母之恩逾於須彌世間之重大地爲先悲母之恩亦過於彼若有男女背恩不順令其父母生怨念心母發惡言子即隨墮或在地獄餓鬼畜生世間之疾莫過猛風怨念之微復速於彼一切如來金剛天等及五通仙不能救護若善男子善女人依悲母教承順無違諸天護念福樂無盡如是男女即名尊貴天人種類或是菩薩爲度衆生現爲男女饒益父母若善男子善女人爲報母恩經於一劫每日三時割自身肉以養父母而未能報一日之恩所以者何一切男女處于胎中口吮乳根飲噉母血及出胎已幼稚之前所飲母乳百八十斛母得上味皆與其子珍妙衣服亦復如是愚癡鄙陋情愛無二昔有女人遠遊佗國抱所生子渡殑伽河其水暴漲力不能前愛念不捨母子俱没以是慈心善根力故即得上生色究竟天作大梵王以是因緣母有十德一名大地於母胎中爲所依故二名能生經歷衆苦而能生故三名能正恒以母手理五根故四名養育隨四時宜能長養故五名智者能以方便生智慧故六名莊嚴以妙瓔珞而嚴飾故七名安隱以母懷抱爲止息故八名教授善巧方便導引子故九名教誡以善言辭離衆惡故十名與業能以家業付囑子故善男子於諸世間何者最富何者最貧悲母在堂名之

爲富悲母不在名之爲貧悲母在時名爲日中悲母死時名爲日沒悲母在時名爲月明悲母亡時名爲闇夜是故汝等勤加修習孝養父母若人供佛福等無異應當如是報父母恩善男子衆生恩者即無始來一切衆生輪轉五道經百千刧於多生中互爲父母以互爲父母故一切男子即是慈父一切女人即是悲母昔生生中有大悲故猶如現在父母之恩等無差別如是昔恩猶未能報或因妄業生諸違順以執著故反爲其怨何以故無明覆障宿住智明不了前生曾爲父母所可報恩互爲饒益無饒益者名爲不孝以是因緣諸衆生類於一切時亦有大恩實爲難報如是之事名衆生恩國王恩者福德最勝雖生人間得自在故三十三天諸天子等恒與其力常護持故於其國界山河大地盡大海際屬于國王一人福德勝過一切衆生福故是大聖王以正法化能使衆生悉皆安樂譬如世間一切堂殿柱爲根本人民豐樂王爲根本依王有故亦如梵王能生萬物聖王能生治國之法利衆生故如日天子能照世間聖王亦能觀察天下人安樂故王失正治人無所依若以正化八大恐怖不入其國所謂佗國侵逼自界叛逆惡鬼疾病國土飢饉非時風雨過時風雨日月薄蝕星宿變怪人王正化利益人民如是八難不能侵故譬如長者唯有一子愛念無比憐愍饒益常與安樂晝夜不捨國大聖王亦復如是等示羣生如同一子擁護之心晝夜無捨如是人王令修十善名福德王若不令修名非福王所以

者何若王國内一人修善其所作福皆爲七分造善之人得其五分於彼國王常獲二分善因王修同福利故造十惡業亦復如是同其事故一切國内田地園林所生之物皆爲七分亦復如是若有人王成就正見如法化世名爲天主以天善法化世間故諸天善神及護世王常來加護守王宫故雖處人間修行天業賞罸之心無偏黨故一切聖王法皆如是如是聖主名正法王以是因緣成就十德一名能照以智慧眼照世間故二名莊嚴以大福智莊嚴國故三名與樂以大安樂與人民故四名伏怨一切怨敵自然伏故五名離怖能却八難離恐怖故六名住賢集諸賢人評國事故七名法本萬姓安住依國王故八名持世以天王法持世間故九名業主善惡諸業屬國王故十名人主一切人民王爲主故一切國王以先世福成就如是十種勝德大梵天王及忉利天常助人王受勝妙樂諸羅刹王及諸神等雖不現身潛來衛護王及眷屬王見人民造諸不善不能制止諸天神等悉皆遠離若見修善歡喜讚歎盡皆唱言我之聖王龍天喜悅澍甘露雨五穀成熟人民豐樂若不親近諸惡人等普利世間咸從正化如意寶珠必現王國於王隣國咸來歸服人與非人無不稱歎若有惡人於王國內而生逆心於須臾頃如是之人福自衰滅命終當墮地獄之中經歷畜生備受諸苦所以者何由於聖王不知恩故起諸惡逆得如是報若有人民能行善心敬輔仁王尊重如佛是人現世安隱豐樂有所願求無不稱心

所以者何一切國王於過去時曾受如來清淨禁戒常爲人王安隱快樂以是因緣違順果報皆如響應聖王恩德廣大如是善男子三寶恩者名不思議利樂衆生無有休息是諸佛身眞善無漏無數大劫修因所證三有業果永盡無餘功德寶山巍巍無比一切有情所不能知福德甚深猶如大海智慧無礙等於虛空神通變化充滿世間光明遍照十方三世一切衆生煩惱業障都不覺知沈淪苦海生死無窮三寶出世作大船師能截愛流超昇彼岸諸有智者悉皆瞻仰善男子等唯一佛寶具三種身一自性身二受用身三變化身第一佛身有大斷德二空所顯一切諸佛悉皆平等第二佛身有大智德眞常無漏一切諸佛悉皆同意第三佛身有大恩德定通變現一切諸佛悉皆同事善男子其自性身無始無終離一切相絕諸戲論周圓無際凝然常住其受用身有二種相一自受用二他受用自受用身三僧祇劫所修萬行利益安樂諸衆生已十地滿心運身直往色究竟天出過三界淨妙國土坐無數量大寶蓮華而不可說海會菩薩前後圍遶以無垢繒繫於頂上供養恭敬尊重讚歎如是名爲後報利益爾時菩薩入金剛定斷除一切微細所知諸煩惱障證得阿耨多羅三藐三菩提如是妙果名現利益是眞報身有始無終壽欲劫數無有限量初成正覺窮未來際諸根相好徧周法界四智圓滿是眞報身受用法樂一大圓鏡智轉異熟識得此智慧如大圓鏡現諸色像如是如來鏡智之中能現衆生

諸善惡業以是因緣此智名爲大圓鏡智依大悲故恒緣衆生依大智故常如法性雙觀眞俗無有間斷常能執持無漏根身一切功德爲所依止二平等性智轉我見識得此智慧是以能證自他平等無二我性如是名爲平等性智三妙觀察智轉分别識得此智慧能觀諸法自相共相於衆會前說諸妙法能令衆生得不退轉以是名爲妙觀察智四成所作智轉五種識得此智慧能現一切種種化身令諸衆生成熟善業以是因緣名爲成所作智如是四智而爲上首具足八萬四千智門如是一切諸功德法名爲如來自受用身諸善男子二者如來他受用身具足八萬四千相好居眞淨土說一乘法令諸菩薩受用大乘微妙法樂一切如來爲化十地諸菩薩衆現於十種他受用身第一佛身坐百葉蓮華爲初地菩薩說百法明門菩薩悟已起大神通變化滿於百佛世界利益安樂無數衆生第二佛身坐千葉蓮華爲二地菩薩說千法明門菩薩悟已起大神通變化滿於千佛世界利益安樂無量衆生第三佛身坐萬葉蓮華爲三地菩薩說萬法明門菩薩悟已起大神通變化滿於萬佛國土利益安樂無數衆生如是如來漸漸增長乃至十地他受用身坐不可說妙寶蓮華爲十地菩薩說不可說諸法明門菩薩悟已起大神通變化滿於不可說佛微妙國土利益安樂不可宣說不可宣說無量無邊種類衆生如是十身皆坐七寶菩提樹王證得阿耨多羅三藐三菩提諸善男子一一華葉各各爲一三千世界

各有百億妙高山王及四大洲日月星辰三界諸天無不具足一一葉上諸贍部洲有金剛座菩提樹王其百千萬至不可說大小化佛各於樹下破魔軍已一時證得阿耨多羅三藐三菩提如是大小諸化佛身各各具足三十二相八十種好爲諸資粮及四善根諸菩薩等二乘凡夫隨宜爲說三乘妙法爲諸菩薩說應六波羅蜜令得阿耨多羅三藐三菩提究竟佛慧爲求辟支佛者說應十二因緣法爲求聲聞者說應四諦法度生老病死究竟涅槃爲餘衆生說人天教令得人天安樂妙果諸如是等大小化佛皆悉名爲佛變化身善男子如是二種應化身佛雖現滅度而此佛身相續常住諸善男子如一佛寶有如是等無量無邊不可思議利樂衆生廣大恩德以是因緣名爲如來應正徧知明行圓滿善逝世間解無上士調御丈夫天人師佛世尊善男子一佛寶中具足六種微妙功德一者無上大功德田二者無上有大恩德三者無足二足及以多足衆生中尊四者極難值遇如優曇華五者獨一出現三千大千世界六者世出世間功德滿一切義依具如是等六種功德常能利樂一切衆生是名佛寶不思議恩爾時五百長者白佛言世尊如佛所說一佛寶中無量化佛充滿世界利樂衆生以何因緣世間衆生多不見佛受諸苦惱佛告五百長者譬如日光天子放百千光照明世界而有盲者不見光明汝善男子於意云何日光天子而有過否時長者言不也世尊佛言善男子諸佛如來常演正法利樂有

情是諸衆生常造惡業都不覺知無慚愧心於佛法僧不樂親近如是衆生罪根深重經無量劫不得見聞三寶名字如彼盲者不覩日光若有衆生恭敬如來愛樂大乘尊重三寶當知是人業障銷除福智增長成就善根速得見佛永離生死當證菩提諸善男子如一佛寶有無量佛如來所説法寶亦然一法寶中有無量義善男子於法寶中有其四種一者教法二者理法三者行法四者果法一切無漏能破無明煩惱業障聲名句文名爲教法有無諸法名爲理法戒定慧行名爲行法無爲妙果名爲果法如是四種名爲法寶引導衆生出生死海到於彼岸善男子諸佛所師即是法寶所以者何三世諸佛依法修行斷一切障得成菩提盡未來際利益衆生以是因緣三世如來常能供養諸波羅蜜微妙法寶何況三界一切衆生未得解脱而不能敬微妙法寶善男子我昔曾爲求法人王入大火坑而求正法永斷生死得大菩提是故法寶能破一切生死牢獄猶如金剛能壞萬物法寶能照癡闇衆生如日天子能照世界法寶能救貧乏衆生如摩尼珠雨衆寶故法寶能與衆生喜樂猶如天鼓樂諸天故法寶能爲諸天寶階聽聞正法得生天故法寶能爲堅牢大船渡生死海到彼岸故法寶猶如轉輪聖王能除三毒煩惱賊故法寶能爲珍妙衣服覆蓋無慚諸衆生故法寶猶如金剛甲冑能破四魔證菩提故法寶猶如智慧利劒割斷生死離繫縛故法寶正是三乘寶車運載衆生出火宅故法寶猶如一切明燈

能照三塗黑闇處故法寶猶如弓箭矛稍能鎮國界摧怨敵故法寶猶如險路導師善誘衆生達實所故善男子三世如來所說妙法有如是等難思議事是名法寶不思議恩善男子世出世間有三種僧一菩薩僧二聲聞僧三凡夫僧文殊師利及彌勒等是菩薩僧如舍利弗目揵連等是聲聞僧若有成就别解脫戒眞善凡夫乃至具足一切正見能廣爲他演說開示衆聖道法利樂衆生名凡夫僧雖未能得無漏戒定及慧解脫而供養者獲無量福如是三種名眞福田僧復有一類名福田僧於佛舍利及佛形像并諸法僧聖所制戒深生敬信自無邪見令他亦然能宣正法讚歎一乘深信因果常發善願隨其過犯悔除業障當知是人信三寶力勝諸外道百千萬倍亦勝四種轉輪聖王何況餘類一切衆生如鬱金華雖然萎悴猶勝一切諸雜類華正見比丘亦復如是勝餘衆生百千萬倍雖毀禁戒不壞正見以是因緣名福田僧若善男子善女人等供養如是福田僧者所得福德無有窮盡供養前三眞實僧寶所獲功德正等無異如是四類聖凡僧寶利樂有情恒無暫捨是名僧寶不思議恩爾時五百長者白佛言世尊我等今日聞佛法音得悟三寶利益世間然今不知以何義故說佛法僧得名爲寶願佛解說顯示衆會及未來世敬信三寶一切有情永斷疑網得不壞信令入三寶不思議海爾時佛告諸長者言善哉善哉汝善男子能問如來甚深妙法於未來世利益安樂一切衆生譬如世間第一珍寶

具足十義莊嚴國界饒益有情佛法僧寶亦復如是一者堅牢如摩尼寶無人能破佛法僧寶亦復如是外道天魔不能破故二者無垢世間勝寶清淨光潔不雜塵穢佛法僧寶亦復如是悉能遠離煩惱塵垢三者與樂如天德瓶能與安樂佛法僧寶亦復如是能與衆生世出世樂四者難遇如吉祥寶希有難得佛法僧寶亦復如是業障有情億劫難遇五者能破如如意寶能破貧窮佛法僧寶亦復如是能破世間諸貧苦故六者威德如轉輪王所有輪寶能伏諸怨佛法僧寶亦復如是具六神通降伏四魔七者滿願如摩尼珠隨心所求能雨衆寶佛法僧寶亦復如是能滿衆生所修善願八者莊嚴如世珍寶莊嚴王宮佛法僧寶亦復如是莊嚴法王菩提寶宮九者最妙如天妙寶最爲微妙佛法僧寶亦復如是超諸世間最勝妙寶十者不變譬如真金入火不變佛法僧寶亦復如是世間八風不能傾動佛法僧寶具足無量神通變化利樂有情蹔無休息以是義故諸佛法僧說名爲寶善男子我爲汝等略說四種世出世間有恩之處汝等當知修菩薩行應報如是四種之恩爾時五百長者白佛言世尊如是四恩甚爲難報當修何行而報是恩佛告諸長者言善男子爲求菩提有其三種十波羅蜜一者十種布施波羅蜜多二者十種親近波羅蜜多三者十種真實波羅蜜多若有善男子善女人發阿耨多羅三藐三菩提心能以七寶滿於三千大千世界布施無量貧窮衆生如是布施但名布施波羅蜜多不名

眞實波羅蜜多若有善男子善女人發大悲心爲求無上正等菩提以自妻子施與他人心無悋惜身肉手足頭目髓腦乃至身命施來求者如是布施但名親近波羅蜜多未名眞實波羅蜜多若善男子善女人發起無上大菩提心住無所得勸諸衆生同發此心以眞實法一四句偈施一衆生使向無上正等菩提是名眞實波羅蜜多前二布施未名報恩若善男子善女人能修如是第三眞實波羅蜜多乃名眞實能報四恩所以者何前二布施有所得心第三施者無所得心以眞法施一切有情令發無上大菩提心是人當得證菩提時廣度衆生無有窮盡紹三寶種使不斷絕以是因緣名爲報恩爾時五百長者從佛聞是昔所未聞報恩之法心懷踊躍得未曾有發心求趣無上菩提得忍辱三昧入不思議智永不退轉爾時會中八萬四千衆生發菩提心得堅固信及此三昧海會大衆悉得金剛忍辱三昧悟無生忍及柔順忍或證初地得不起忍無量衆生發菩提心住不退位爾時佛告五百長者未來世中一切衆生若有得聞此心地觀報四恩品受持讀習解說書寫廣令流布如是人等福智增長諸天衞護現身無疾壽命延長若命終時即得往生彌勒內宮覩白毫相超越生死龍華三會當得解脫十方淨土隨意往生見佛聞法入正定聚速成阿耨多羅三藐三菩提如來智慧

大乘本生心地觀經卷第二

音釋

吮食尹絶兖二切嗽也 殑伽梵語也此云天堂來謂從高處來故殑其陵切 薄蝕薄伯各切侵迫也蝕實職切虧敗也 稍所角切矛屬 萎悴萎於危切焦也悴秦醉切猶枯也 蹔昨濫切與暫同

大乘本生心地觀經卷第三

唐罽賓國三藏般若等譯

報恩品第二下

爾時王舍大城東北八十由旬有一小國名增長福於彼國中有一長者名曰智光其年衰邁唯有一子其子惡性不順父母所有教誨皆不能從遥聞釋迦牟尼如來在王舍城耆闍崛山爲濁惡世無量衆生宣說大乘報恩之法父母及子并諸眷屬爲聽法故齎持供具來詣佛所供養恭敬而白佛言我有一子其性弊惡不受父母所有教誨今聞佛說報四種恩爲聽法故來詣佛所惟願世尊爲我等類及諸眷屬宣說四恩甚深妙義令彼惡子生孝順心此世當生令得安樂爾時佛告智光善哉善哉汝爲法故來至我所供養恭敬樂聞是法汝等諦聽善思念之若有善男子善女人發菩提心爲聞法要舉足下足隨其遠近所踐之地微塵數量以是因緣感得金輪轉輪聖王聖王報盡作欲天王欲天報盡作梵天王見佛聞法速證妙果汝大長者及餘衆等爲於法故來至我所如是經過八十由旬大地微塵一一塵數能感人天輪王果報既聞法已當來證得阿耨多羅三藐三菩提我雖先說甚深四恩微妙義趣今復爲汝重宣此義而說偈言

最勝法王大聖主　一切人天非等倫
具諸相好以嚴身　智海如空無有量
自他利行皆圓滿　名稱普聞諸國土
永斷煩惱餘習氣　善持密行護諸根
百四十種不共德　廣大福海悉圓滿

三昧神通皆具足　八自在宮常遊樂
十方人天及外道　無有能難調御師
金口能宣無礙辯　雖無能問而自說
如大海潮時不失　亦如天鼓稱天心
如是自在唯佛有　非五通仙魔梵等
難思劫海修行願　證獲如是大神通
我入三昧大寂室　觀察諸根及藥病
自出禪定而讚歎　三世佛法心地門
時諸長者退大心　樂住二乘自利行
我開大智方便教　引入三空解脫門
如來意趣莫能量　唯佛能知眞秘密
利根聲聞及獨覺　勤求不退諸菩薩
十二劫數共度量　無有能知其少分
假使十方凡聖智　受與一人爲智者
如是智者如竹林　不能測量其少分
世間凡夫無慧眼　迷於恩處失妙果
五濁惡世諸衆生　不悟深恩恒背德
我爲開示於四恩　令入正見菩提道
慈父悲母長養恩　一切男女皆安樂
慈父恩高如山王　悲母恩深如大海
若我住世於一劫　說悲母恩不能盡
我今略說於少分　猶如蚊虻飲大海
假使有人爲福德　供養淨行婆羅門
五通神仙自在者　大智師長及善友
安置七珍爲堂殿　及以牛頭栴檀房
療治萬病諸湯藥　盛滿金銀器物中
如是供養日三時　乃至數盈於百劫
不如一念申少分　供養悲母大恩田
福德無邊不可量　筭分喻分皆無比
世間悲母孕其子　十月懷胎長受苦

於五欲樂情不著　隨時飲食亦同然
晝夜常懷悲愍心　行住坐卧受諸苦
若正誕其胎藏子　如攢鋒刃解肢節
迷惑東西不能辯　徧身疼痛無所堪
或因此難而命終　六親眷屬咸悲惱
如是衆苦皆由子　憂悲痛切非口宣
若得平復身安樂　如貧獲寶喜難量
顧視容顏無猒足　憐念之心不暫捨
母子恩情常若是　出入不離胷臆前
母乳猶如甘露泉　長養及時曾無竭
慈念之恩實難比　鞠育之德亦難量
世間大地稱爲重　悲母恩重過於彼
世間須彌稱爲高　悲母恩高過於彼
世間速疾唯猛風　舉心一念過於彼
若有衆生行不孝　令母暫時起恨心
怨念之辭少分生　子乃隨言遭苦難
一切佛與金剛天　神仙祕法無能救
若有男女依母教　承順顏色不相違
一切災難盡消除　諸天擁護常安樂
若能承順於悲母　如是男女悉非凡
大悲菩薩化人間　示現報恩諸方便
若有男子及女人　爲報母恩行孝養
割肉刺血常供給　如是數盈於一劫
種種勤修於孝道　猶未能報暫時恩
十月處於胎藏中　常銜乳根飲胎血
自爲嬰孩及童子　所飲母乳百斛餘
飲食湯藥妙衣服　子先母後爲常則
子若愚癡人所惡　母亦恩憐不棄遺
昔有女人抱其子　渡於恒河水瀑流
以沉水故力難前　與子俱沒無能捨

為是慈念善根力　命終上生於梵天
長受梵天三昧樂　得遇如來受佛記
一名大地二能生　三能正者四養育
五與智者六莊嚴　七名安隱八教授
九教誡者十與業　餘恩不過於母恩
何法世間最富有　何法世間最貧無
母在堂時為最富　母不在時為最貧
母在之時為日中　悲母亡時為日沒
母在之時皆圓滿　悲母亡時悉空虛
世間一切善男子　恩重父母如丘山
應當孝敬恒在心　知恩報恩是聖道
不惜身命奉甘旨　未曾一念虧色養
如其父母奄喪時　將欲報恩誠不及
佛昔修行為慈母　感得相好金色身
名聞廣大徧十方　一切人天咸稽首
人與非人皆恭敬　自緣往昔報慈恩
我昇三十三天宮　三月為母說眞法
令母聽聞歸正道　悟無生忍常不退
如是皆為報悲恩　雖報恩深猶未足
神通第一目揵連　已斷三界諸煩惱
以神通力觀慈母　見在受苦餓鬼中
目連自往報母恩　救免慈親所受苦
上生他化諸天衆　共為遊樂處天宮
當知父母恩最深　諸佛聖賢咸報德
若人至心供養佛　復有精勤修孝養
如是二人福無異　三世受報亦無窮
世人為子造諸罪　墮在三塗長受苦
男女非聖無神通　不見輪迴難可報
哀哉世人無聖力　不能拔濟於慈母
以是因緣汝當知　勤修福利諸功德

以其男女追勝福　有大金光照地獄
光中演說深妙音　開悟父母令發意
憶昔所生常造罪　一念悔心悉除滅
口稱南無三世佛　得脫無暇苦難身
往生人天長受樂　見佛聞法當成佛
或生十方淨土中　七寶蓮華爲父母
華開見佛悟無生　不退菩薩爲同學
獲六神通自在力　得入菩提微妙宮
皆是菩薩爲男女　乘大願力化人間
是名眞報父母恩　汝等衆生共修學
有情輪迴生六道　猶如車輪無始終
或爲父母爲男女　世世生生互有恩
如見父母等無差　不證聖智無由識
一切男子皆是父　一切女人皆是母
如何未報前世恩　却生異念成怨嫉
常須報恩互饒益　不應打罵致怨嫌
若欲增修福智門　晝夜六時當發願
願我生生無量劫　得宿住智大神通
能知過去百千生　更相憶識爲父母
循環六趣四生中　令我一念常至彼
爲說妙法離苦因　使得人天長受樂
勸發堅固菩提願　修行菩薩六度門
永斷二種生死因　疾證涅槃無上道
十方一切諸國王　正法化人爲聖主
國王福德爲最勝　所作自在名爲天
三十三天及餘天　恒將福力助王化
諸天擁護如一子　以是得稱天子名
世間以王爲根本　一切人民爲所依
猶如世間諸舍宅　柱爲根本而成立
王以正法化人民　如大梵王生萬物

王行非法無政理　如琰魔王滅世間
王所容受姦邪人　象蹋華池等無異
如日天子照世間　國王化世亦如是
日光夜分雖不照　能使有情得安樂
王以非法化於世　一切人民無所依
世間所有諸恐怖　依王福力不能生
人民所成安隱樂　當知是王福所及
世間所有勝妙華　依王福力而開敷
世間所有妙園林　依王福力皆滋茂
世間所有諸藥草　依王福力差諸疾
世間百穀及苗稼　依王福力皆成實
世間人民受豐樂　依王福力常自然
譬如長者有一子　智慧端嚴世無比
父母恩愛如眼目　晝夜常生護念心
國大聖王亦如是　愛念衆生如一子
養育耆年拯孤獨　賞罰之心常不二
如是仁王爲聖主　羣生敬仰等如來
仁王化治國無災　萬姓恭勤常安隱
國王無法化於世　疾疫流行災有情
如是一切人非人　罪福昭然無所覆
善惡法中分七分　造者獲五王得二
園林田宅悉皆然　所稅等分亦如是
轉輪聖王出現時　分作六分王得一
時諸人民得五分　善惡業報亦皆然
若有人王修正見　如法化世名天主
以依天法化世間　毗沙門王常擁護
及餘三天羅刹衆　皆當守護聖王宮
聖王出世理國時　饒益衆生成十德
一名能照於國界　二名莊嚴於國土
三名能與諸安樂　四名能伏諸怨敵

五名能遮諸恐怖　六名修集諸聖賢
七名諸法爲根本　八名護持於世間
九名能作造化功　十名國界人民主
若王成就十勝德　梵王帝釋及諸天
夜叉羅刹鬼神王　隱身常來護國界
龍王歡喜降甘雨　五穀成熟萬姓安
國中處處生珍寶　人馬彊力無怨敵
如意寶珠現王前　境外諸王自賓伏
若生不善於王國　一念起心成衆惡
是人命終墮地獄　受苦永劫無出期
若有勤神助國王　諸天護念增榮祿
智光長者汝應知　一切人王業所感
諸法無不因緣成　若無因緣無諸法
說無生天及惡趣　如是之人不了因
無因無果大邪見　不知罪福生妄計

王今所受諸福樂　往昔曾持三淨戒
戒德熏修所招感　人天妙果獲王身
若人發起菩提心　願力資成無上果
堅持上品清淨戒　起居自在爲法王
神通變化滿十方　隨緣普濟諸羣品
中品受持菩薩戒　福得自在轉輪王
隨心所作盡皆成　無量人天悉遵奉
下上品持大鬼王　一切非人咸率伏
受持戒品雖缺犯　由戒勝故得爲王
下中品持禽獸王　一切飛走皆歸伏
於清淨戒有缺犯　由戒勝故得爲王
下下品持琰魔王　處地獄中常自在
雖毀禁戒生惡道　由戒勝故得爲王
以是義故諸衆生　應受菩薩清淨戒
善能護持無缺犯　隨所生處作人王

若有不受如來戒　尚不能得野干身
何況能感人天中　最勝快樂居王位
是故王者非無因　戒業精勤成妙果
國王自是人民主　慈恤如母養嬰兒
如是人王有大恩　撫育之心難可報
以是因緣諸有情　若能修證大菩提
於諸衆生起大悲　應受如來三聚戒
若欲如法受戒者　應當懺罪令消滅
起罪之因有十緣　身三口四及意三
生死無始罪無窮　煩惱大海深無底
業障峻極如須彌　造業由因二種起
所謂現行及種子　藏識持緣一切種
如影隨形不離身　一切時中障聖道
近障人天妙樂果　遠障無上菩提果
在家能招煩惱因　出家亦破清淨戒
若能如法懺悔者　所有煩惱悉皆除
猶如劫火壞世間　燒盡須彌并巨海
懺悔能燒煩惱薪　懺悔能往生天路
懺悔能得四禪樂　懺悔雨寶摩尼珠
懺悔能延金剛壽　懺悔能入常樂宮
懺悔能出三界獄　懺悔能開菩提華
懺悔見佛大圓鏡　懺悔能至於寶所
若能如法懺悔者　當依二種觀門修
一者觀事滅罪門　二者觀理滅罪門
觀事滅罪有其三　上中下根爲三品
若有上根求淨戒　發大精進心無退
悲淚泣血常精懇　哀感徧身皆血現
繫念十方三寶所　并餘六道諸衆生
長跪合掌心不亂　發露洗心求懺悔
惟願十方三世佛　以大慈悲哀愍我

我處輪迴無所依　生死長夜常不覺
我在凡夫具諸縛　狂心顛倒徧攀緣
我處三界火宅中　妄染六塵無救護
我生貧窮下賤家　不得自在常受苦
我生邪見父母家　造罪依於惡眷屬
惟願諸佛大慈尊　哀愍護念如一子
一懺不復造諸罪　三世如來當證明
如是勇猛懺悔者　名爲上品求淨戒
若淚交橫不覺知　徧身流汗哀求佛
發露無始生死業　願大悲水洗塵勞
滌除罪障淨六根　施我菩薩三聚戒
我願堅持不退轉　精修度脫苦衆生
自未得度先度他　盡未來際常無斷
如是精勤勇猛者　不惜身命求菩提
若有下根求淨戒　發是無上菩提心
涕淚悲泣身毛豎　於所造罪深慚愧
對於十方三寶所　及以六道衆生前
至誠發露無始來　所有惱亂諸衆生
起於無礙大悲心　不惜身命悔三業
已作之罪皆發露　未作之惡更不造
如是三品懺諸罪　皆名第一清淨戒
以慚愧水洗塵勞　身心俱爲清淨品
諸善男子汝當知　已說淨觀諸懺悔
於其事理無差別　但以根緣應不同
若於修習觀正理　遠離一切諸散亂
著新淨衣跏趺坐　攝心正念離諸緣
常觀諸佛妙法身　體性如空不可得
一切諸罪性皆如　顛倒因緣妄心起
如是罪相本來空　三世之中無所得
非內非外非中間　性相如如俱不動

眞如妙理絶名言　唯有聖智能通達
非有非無非有無　非不有無離名相
周徧法界無生滅　諸佛本來同一體
惟願諸佛垂加護　能滅一切顚倒心
願我早悟眞性源　速證如來無上道
若有清信善男子　日夜能觀妙理空
一切罪障自消除　是名最上持淨戒
若人觀知實相空　能滅一切諸重罪
猶如大風吹猛火　能燒無量諸草木
諸善男子眞實觀　名爲諸佛祕要門
若欲爲他廣分別　無智人中勿宣說
一切凡愚衆生類　聞必生疑心不信
若有智者生信解　念念觀察悟眞如
十方諸佛皆現前　菩提妙果自然證
善男子等我滅後　未來世中淨信者
於二觀門常懺悔　當受菩薩三聚戒
若欲受持上品戒　應請戒師佛菩薩
請我釋迦牟尼佛　當爲菩薩戒和尚
龍種淨智尊王佛　當爲淨戒阿闍黎
未來導師彌勒佛　當爲清淨教授師
現在十方兩足尊　當爲清淨證戒師
十方一切諸菩薩　當爲修學戒伴侶
釋梵四王金剛天　當爲學戒外護衆
奉請如是佛菩薩　及以現前傳戒師
普爲報於四恩故　發起清淨菩提心
應受菩薩三聚戒　饒益一切有情戒
修攝一切善法戒　修攝一切律儀戒
如是三聚清淨戒　三世如來所護念
無聞非法諸有情　無量劫中未聞見
唯有過去十方佛　已受淨戒常護持

二障煩惱永斷除　獲證無上菩提果
未來一切諸世尊　守護三聚淨戒寶
斷除三障并習氣　當證正等大菩提
現在十方諸善逝　俱修三聚淨戒因
永斷生死苦輪迴　得證三身菩提果
超越生死深大海　菩薩淨戒爲船筏
永斷貪瞋癡繫縛　菩薩淨戒爲利劒
生死嶮道諸怖畏　菩薩淨戒爲舍宅
息除貧賤諸苦因　淨戒能爲如意寶
鬼魅所著諸疾病　菩薩淨戒爲良藥
人天爲王得自在　三聚淨戒作良縁
及餘四趣諸王身　淨戒爲縁獲勝果
是故能修自在因　當得爲王受尊貴
應先禮敬十方佛　日夜增修清淨戒
諸佛護念當受持　戒等金剛無破壞
三界諸天諸善神　衞護王身及眷屬
一切怨敵皆歸伏　萬姓歡娯感王化
是故受持菩薩戒　感世出世無爲果
三寶常住化於世　恩德廣大不思議
過未及現劫海中　功德利生無休息
佛日千光恒照世　利益羣生度有縁
無縁不覩佛慈光　猶如盲者無所見
法寶一味無變易　前佛後佛說皆同
如雨一味普能霑　草木滋榮大小別
衆生隨根各得解　草木稟潤亦差殊
菩薩聲聞化衆生　如大河水流不竭
衆生無信化不被　如處幽冥日難照
如來月光甚清涼　能除衆暗亦如是
猶如覆盆月不照　迷惑衆生亦如是
法寶甘露妙良藥　能治一切煩惱病

有信服藥證菩提　無信隨緣墮惡道
菩薩聲聞常在世　無數方便度衆生
若有衆生信樂心　各入三乘安樂位
如來不出於世間　一切衆生入邪道
永離甘露飲毒藥　長溺苦海無出期
佛日出現三千界　放大光明照長夜
衆生如睡不覺知　蒙光得入無爲室
如來未說一乘法　十方國土悉空虛
發心修行成正覺　一切佛土皆嚴淨
一乘法寶諸佛母　三世如來從此生
般若方便無間修　解脫道成登妙覺
若佛菩薩不出現　世間衆生無導師
生死嶮難無由過　如何得至於寶所
以大願力爲善友　常說妙法令修行
趣向十地證菩提　善入涅槃安樂處
大悲菩薩化世間　方便引導衆生故
內祕一乘眞實行　外現緣覺及聲聞
鈍根小智聞一乘　怖畏發心經多劫
不知身有如來藏　唯欣寂滅猒塵勞
衆生本有菩提種　悉在賴耶藏識中
若遇善友發大心　三種鍊磨修妙行
永斷煩惱所知障　證得如來常住身
菩提妙果不難成　眞善知識實難遇
一切菩薩修勝道　四種法要應當知
親近善友爲第一　聽聞正法爲第二
如理思量爲第三　如法修證爲第四
十方一切大聖主　修是四法證菩提
汝諸長者大會衆　及未來世清信士
如是四法菩薩地　要當修習成佛道
善男子等應諦聽　如來所說四恩者

佛寶之恩最爲上　爲度衆生發大心
三僧企耶大劫中　具修百千諸苦行
功德圓滿徧法界　十地究竟證三身
法身體徧諸衆生　萬德凝然性常住
不生不滅無來去　不一不異非常斷
法界徧滿如虛空　一切如來共修證
有爲無爲諸功德　依止法身常清淨
法身本性如虛空　遠離六塵無所染
法身無形離諸相　能相所相悉皆空
如是諸佛妙法身　戲論言辭相寂滅
遠離一切諸分別　心行處滅體皆如
爲欲證得如來身　菩薩善修於萬行
智體無爲眞法性　色心一切諸佛同
譬如飛鳥至金山　能使鳥身同彼色
一切菩薩如飛鳥　法身佛體類金山
自受用身諸相好　一一徧滿十方刹
四智圓明受法樂　前佛後佛體皆同
雖徧法界無障礙　如是妙境不思議
是身常住報佛土　自受法樂無間斷
他受用身諸相好　隨機應現無增減
爲化地上諸菩薩　一佛現於十種身
隨所應現各不同　展轉倍增至無極
稱根爲說諸法要　令受法樂入一乘
彼獲神通漸增長　所悟法門亦如是
下地菩薩起智慧　不能了達於上地
能化所化隨地增　各隨本緣爲所屬
或一菩薩多佛化　或多菩薩一佛化
如是十佛成正覺　各坐七寶菩提樹
前佛入滅後佛成　不同化佛經劫現
十佛所坐蓮華臺　周徧各有百千葉

一一葉中一佛土　即是三千大千界
一一界中有百億　日月星辰四大洲
六欲諸天及四禪　空處識處非想等
其四洲中南贍部　一一各有金剛座
及以菩提大樹王　爾所變化諸佛身
一時證得菩提道　轉妙法輪於大千
菩薩緣覺及聲聞　隨所根宜成聖果
如是所說三身佛　最上無比名爲寶
應化二身所說法　教理行果爲法寶
諸佛以法爲大師　修心所證菩提道
法寶三世無變易　一切諸佛皆歸學
我今頂禮薩婆若　故說法寶爲佛師
或入猛火不能燒　應時即得眞解脫
法寶能摧生死獄　猶如金剛碎萬物
法寶能作堅牢船　能渡愛河超彼岸
法寶能與衆生樂　譬如天鼓應天心
法寶能濟衆生貧　如摩尼珠雨衆寶
法寶能爲三寶階　聞法修因生上界
法寶金輪大聖王　以大法力破四魔
法寶能爲大寶車　能運衆生出火宅
法寶能爲大導師　能引衆生至寶所
法寶能吹大法螺　覺悟衆生成佛道
法寶能爲大法燈　能照生死諸黑闇
法寶能爲金剛箭　能鎭國界伏諸怨
三世如來所說法　能利衆生脫苦縛
引入涅槃安樂城　是名法寶恩難報
智光長者汝諦聽　世出世僧有三稱
菩薩聲聞聖凡衆　能益衆生爲福田
文殊師利大聖尊　三世諸佛以爲母
十方如來初發心　皆是文殊教化力

一切世界諸有情　聞名見身及光相
并見隨類諸化現　皆成佛道難思議
彌勒菩薩法王子　從初發心不食肉
以是因緣名慈氏　爲欲成熟諸衆生
處於第四兜率天　四十九重如意殿
晝夜恒說不退行　無數方便度人天
八功德水妙華池　諸有緣者悉同生
我今弟子付彌勒　龍華會中得解脱
於末法中善男子　一摶之食施衆生
以是善根見彌勒　當得菩提究竟道
舍利弗等大聲聞　智慧神通化羣生
若能成就解脱戒　眞是修行正見人
爲佗說法傳大乘　如是福田爲第一
或有一類凡夫僧　戒品不全生正見
讚詠一乘微妙法　隨犯隨悔障消除
爲諸衆生成佛因　如是凡夫亦僧寶
如鬱金華雖萎悴　猶勝一切諸妙華
正見比丘亦如是　四種輪王所不及
如是四類聖凡僧　利樂有情無暫歇
稱爲世間良福田　是名僧寶大恩德
如我所說四恩義　是名能造世間田
一切萬物從是生　若離四恩不可得
譬如世間諸色塵　能造四大而得生
有情世間亦復然　由彼四恩得安立

爾時智光長者及諸子等聞佛所說四種大恩得未曾有歡喜合掌而白佛言善哉善哉大慈世尊爲濁惡世不信因果不孝父母邪見衆生說眞妙法利樂世間惟願世尊說報恩義我等既悟甚深四恩而今未知修何善業而報是恩佛告長者善男子等我爲五百

長者先已廣說而今爲汝略說少分若善男子善女人爲得阿耨多羅三藐三菩提精勤修行十波羅蜜若有所得未名報恩若人須臾能行一善心無所得乃名報恩所以者何一切如來觸無所得乃成佛道化諸衆生若有淨信善男子等得聞是經信解受持解說書寫以無所得三輪體空竊爲一人說四句法除邪見心趣向菩提是即名爲報於四恩何以故是人當得無上菩提展轉教化無量衆生令入佛道三寶種子永不斷絶爾時智光長者聞是偈已得忍辱三昧猒離世間得不退轉時諸子等八千人俱得此三昧皆發無等等阿耨多羅三藐三菩提心四萬八千人亦證三昧遠塵離垢得法眼淨

大乘本生心地觀經卷第三

音釋

蚊䖟（蚊無分切䖟眉庚切）瀑流（瀑蒲報切與暴同）終（之戎切死也）嶮（虛檢切與險同）薩婆若（梵語也此云一切智若爾者切）

大乘本生心地觀經卷第四

唐 罽 賔 國 三 藏 般 若 等 譯

猒捨品第三

爾時智光長者承佛威神即從座起頂禮佛足恭敬合掌而白佛言世尊我今從佛聞是報恩甚深妙法心懷踊躍得未曾有如飢渴人遇甘露食我今樂欲酬報四恩投佛法僧出家修道常勤精進希證菩提佛大慈悲於一時中在毗舍離城爲無垢稱說甚深法汝無垢稱以清淨心爲善業根以不善心爲惡業根心清淨故世界清淨心雜穢故世界雜穢我佛法中以心爲主一切諸法無不由心汝今在家有大福德衆寶瓔珞無不充足男女眷屬安隱快樂成就正見不謗三寶以孝養心恭敬尊親起大慈悲給施孤獨乃至螻蟻尚不加害忍辱爲衣慈悲爲室尊敬有德心無憍慢憐愍一切猶如赤子不貪財利常修善捨供養三寶心無猒足爲法捨身而無悋惜如是白衣雖不出家已具無量無邊功德汝於來世萬行圓滿超過三界證大菩提汝所修心即眞沙門亦婆羅門是眞比丘是眞出家如是之人此則名爲在家出家世尊或有一時於迦蘭陀竹林精舍爲其惡性六羣比丘說教誡法而告之言汝等比丘諦聽諦聽入佛法海信爲根本渡生死河戒爲船筏若人出家不護禁戒貪著世樂毀佛戒寶或失正見入邪見林引無量人墮大深坑如是比丘不名出家非是沙門非婆羅門形似沙門心常在家如是沙門無遠離行遠離之行有其二種一身遠離二心遠離身遠離者

若人出家身處空閑不染欲境名身遠離身
雖離故心貪欲境如是之人不名遠離若淨
信男及淨信女身居聚落發無上心以大慈
悲饒益一切如是修行名眞遠離於是六羣
惡性比丘聞是法音得柔順忍然今我等雖
信佛說各各懷疑意未決定善哉世尊能斷
世間一切疑者於一切法得自在者眞實語
者無二語者是知道者是開道者惟願如來
爲我等輩及未來世一切有情捨於方便說
眞實法永離疑悔令入佛道今此會中有二
菩薩一者出家二者在家是二菩薩善能利
樂一切有情而無休息如我惟忖出家菩薩
不及在家修菩薩行所以者何昔有金輪轉
輪王發阿耨多羅三藐三菩提心猒離世間
無常苦空捨輪王位如棄洟唾清淨出家入
於佛道是時後宮夫人婇女八萬四千見王
出家各懷戀慕心生號慟生大逼惱起愛別
離如地獄苦金輪聖王初受位時所感寶女
及王千子大臣眷屬共傷離別捨位出家號
泣之聲滿四天下此諸眷屬各作是言我王
福智無量無邊如何見棄捨我出家哀哉苦
哉世界空虛從今已去無依無怙若有淨信
善男子善女人歸佛法僧發菩提心捨離父
母出家入道父母憐愍恩念情深離別悲哀
感動天地如涸轍魚宛轉于地愛別離苦亦
復如是如彼輪王眷屬之心出家菩薩饒益
衆生云何嬈害父母妻子令無量人受大苦
惱以是因緣出家菩薩無慈無悲不利衆生
是故非如在家菩薩具大慈悲憐愍衆生利
益一切爾時佛告智光長者善哉善哉汝大

慈悲勸請我説出家在家二種勝劣汝今所問出家菩薩不如在家是義不然所以者何出家菩薩勝於在家無量無邊不可爲比何以故出家菩薩以正慧力微細觀察在家所有種種過失所謂世間一切舍宅積聚其中不知滿足猶如大海容受一切大小河水未曾滿足善男子香山之南雪山之北有阿耨池四大龍王各居一角東南龍王白象頭西南龍王水牛頭西北龍王師子頭東北龍王大馬頭各從四角涌出大河一殑伽河其水所至白象隨出二信渡河其水所至水牛隨出三縛芻河其水所至師子隨出四私陀河其水所至大馬隨出如是大河一一河各有五百中河中河各有無量小河是大中小一切衆水皆入大海然此大海未曾滿足世間衆生所有一切居處舍宅亦復如是聚諸珍寶從四方來悉入宅中未曾滿足多求積聚造種種罪無常忽至棄捨故宅是時宅主隨業受報經無量劫終無所歸善男子所爲宅者即五蘊身其宅主者是汝本識誰有智者樂有爲宅唯有菩提安樂寶宮離老病死憂悲苦惱若有利根淨信深厚善男子等欲度父母妻子眷屬令入無爲甘露宅者須歸三寶出家學道爾時如來重説偈言

出家菩薩勝在家　筭分喻分莫能比
在家逼迫如牢獄　欲求解脱甚爲難
出家閑曠若虚空　自在無爲離繫著
諦觀在家多過失　造諸罪業無有邊
營生會求恒不足　猶如大海難可滿
阿耨達池龍王等　四角涌出四大海

大中小河所有水　晝夜流注無蹔歇
然彼大海未嘗滿　所貪舍宅亦如是
在家多起諸惡業　未嘗洗懺令滅除
空知愛念危脆身　不覺命隨朝露盡
琰魔使者相催逼　妻子屋宅無所隨
幽冥黑闇長夜中　獨往死門隨業受
諸佛出現起悲愍　欲令衆生猒世間
汝今已獲難得身　當勤精進勿放逸
在家屋宅深可猒　空寂寶舍難思議
永離病苦及憂惱　諸有智者善觀察
當來淨信善男女　欲度父母及眷屬
令入無爲甘露城　願求出家修妙道
漸漸修行成正覺　當轉無上大法輪

復次善男子出家菩薩觀世舍宅猶如石火深生猒患何以故譬如微火能燒一切諸草木等世間舍宅亦復如是貪心求覔馳走四方若有所得受用不足於一切時追求無猒若無所得心生熱惱日夜追求是故世間一切舍宅能生無量煩惱之火爲起貪心恒無知足世間財寶猶如草木貪欲之心如世舍宅以是因緣一切諸佛說於三界名爲火宅善男子出家菩薩能如是觀猒離世間名眞出家爾時如來重說偈言

出家菩薩觀世宅　猶如人間微少火
一切草木漸能燒　世宅當知亦如是
衆生所有衆財寶　更互追求常不足
求不得苦恒在心　老病死火無時滅
以是因緣諸世尊　說於三界爲火宅
若欲超過三界苦　應修梵行作沙門
三昧神通得現前　自利利佗悉圓滿

復次善男子愛樂出家當觀舍宅如彼深山石窟之中有大寶藏譬如長者唯有一子其家大富財寶無量奴婢僕從象馬無數其父於後忽遭重病名醫良藥不能救療長者自知將死不久即命其子而告之言凡我所有一切財寶付囑於汝勤加守護勿令漏失旣付囑已即便命終時長者子不順其命恣行放逸旣損家業財物散失僮僕逃逝而無所依時彼老母心懷憂惱遂得重病即便終歿其子貧窮無所恃怙遂投山谷拾薪採果貨鬻自給彼時遇雪入石窟中權自憩息然此窟中是昔國王藏七寶所無能知者經數百千年迥絶人跡時彼貧人業因緣故偶入窟中見無量金心大歡喜得未曾有因而分割若干分金造立舍宅若干分金爲娶妻財如是奴婢如是象馬隨心所欲皆如其意作是計時有諸羣賊爲趂走鹿到於窟前見此貧人以金分配遂捨其鹿殺人取金愚癡凡夫亦復如是深著世樂不樂出離深山石窟如世舍宅伏藏金寶猶如善根琰魔使者即是羣賊隨業受報墮三惡道不聞父母三寶名字喪失善根以是因緣應當猒離發於無上大菩提心出家修道希成妙覺爾時如來重說偈言

愛樂在家諸菩薩　觀於舍宅如寶藏
譬如長者有一子　其家大富饒財寶
奴婢僕從及象馬　一切所須無不豐
於後長者身有病　舉世良醫皆拱手
臨終告命諸親族　付囑家財與其子
教誨令存孝養心　當勤享祀無斷絶

是時其子違父命　廣縱愚癡多放逸
老母懷憂疾病身　又因惡子尋喪逝
眷屬乖離無所託　拾薪貨鬻以為常
往彼山中遇風雪　入於石窟而暫息
窟中往昔藏妙寶　已經久遠無人知
樵人得遇眞金藏　心懷踊躍生希有
尋時分配眞金寶　隨意所欲悉用之
或以造舍或妻財　奴婢象馬并車乘
校計未來無能捨　羣賊因鹿到其前
是彼怨家會遇時　遂煞貧人取金去
愚癡衆生亦如是　石窟猶如世間宅
伏藏眞金比善根　惔魔鬼使如劫賊
以是因緣諸佛子　早趣出家修善品
應觀身命類浮泡　勤修戒忍波羅蜜
當詣七寶菩提樹　金剛座上證如如
常住不滅難思議　轉正法輪化羣品

復次善男子世間所有一切舍宅猶如雜毒甘露飲食譬如長者唯有一子聰慧利根達迦樓羅祕密觀門能辯毒藥善巧方便父母恩憐愛念無比時長者子為有事緣往至鄽肆未及歸家爾時父母與諸親族歡喜宴樂具設甘饍時有怨家密以毒藥致飲食中無人覺知是時父母不知食中有雜毒藥遂令長幼服雜毒食其子後來父母歡喜所留飲食賜與其子是長者子未須飲食念迦樓羅祕密觀門便知食中有雜毒藥其子雖知父母服毒而不為說悞服毒藥所以者何若覺服毒更加悶亂毒氣速發必令人死即設方便白父母言我且不食如是飲食蹔往市中却來當食何以故我先買得無價寶珠留在

櫃中而忘封閉於是父母聞說寶珠生歡喜心任子所往子遂馳走詣醫王家求阿伽陀解毒妙藥既得此藥疾走還家乳酥粆糖三味合煎和阿伽陀作是藥已白父母言惟願父母服是甘露此是雪山阿伽陀藥所以者何父母向來悞服毒藥我所覓出本爲父母及諸人等求得如是不死妙藥於是父母及衆人等心大歡喜得未曾有即服妙藥吐諸毒氣便得不死更延壽命出家菩薩亦復如是過去父母沈淪生死現在父母不能出離未來生死難可斷盡現在煩惱難可伏除以是因緣爲度父母及諸衆生激發同體大慈悲心求大菩提出家入道善男子是名舍宅如雜毒藥入甘美食爾時如來重說偈言

世間所有諸舍宅　說名雜毒甘美食
譬如長者有一子　聰明利智復多才
善迦樓羅祕密門　能辯毒藥巧方便
子有事緣往鄽肆　覽時貨易未還家
父母宴樂會諸親　百味珍羞皆具足
有一惡人持毒藥　密來致之於飲食
其子是時不在家　父母爲兒留一分
舉家悞服雜毒藥　子念觀門知有毒
即便奔馳到醫所　求得伽陀不死藥
三味和煎藥已成　遂白諸親速令服
如是所服如甘露　差諸雜毒皆安樂
一切信心善男子　出家修道亦如是
爲濟父母及衆生　所服煩惱諸毒藥
狂心顛倒造諸罪　永沈生死憂悲海
割愛辭親入佛道　得近調御大醫王
所修無漏阿伽陀　還生父母三界宅

令服法藥斷三障　當證無上菩提果
盡未來際常不滅　能度衆生作歸依
畢竟處於大涅槃　及佛菩提圓鏡智

復次善男子出家菩薩常觀世間一切舍宅猶如大風不能蹔住何以故善男子在家之心恒起妄想執著外境不能了眞無明昏醉顛倒觸境亦常不住惡覺易起善心難生由妄想緣起諸煩惱因衆煩惱造善惡業依善惡業感五趣果如是如是生死不斷唯有正見不顛倒心作諸善業因三善根及以信等增長無漏法爾種子能起無漏三昧神通如是如是證聖相續若伏妄想修習正觀一切煩惱永盡無餘爾時智光長者白佛言世尊修習正觀有無量門修何等觀能伏妄想爾時世尊告長者言善男子應當修習無相正觀無相能伏妄想唯觀實性不見實相一切諸法體本空寂無見無知是名正觀若有佛子安住正念如是觀察長時修習無爲妄想猛風寂然不動聖智現觀證理圓成善男子是名賢聖是名菩薩是名如來阿耨多羅三藐三菩提以是因緣一切菩薩爲伏妄想永不起故爲報四恩成就四德出家修學息妄想心經無量劫成就佛道爾時如來重說偈言

出家菩薩觀在家　猶如暴風不蹔住
亦如妄執水中月　分別計度以爲實
水中本來月影無　淨水爲緣見本月
諸法緣生皆是假　凡愚妄計以爲我
即此從緣法非眞　妄想分別計爲有
若能斷除於二執　當證無上大菩提

凡情妄想如黑風　吹生死林念念起
四顛倒鬼常隨逐　令造五種無間因
三不善根現爲纏　生死輪迴鎭相續
若人聞經深信解　正見能除顛倒心
菩提種子念念生　大智神通三昧起
若能修習深妙觀　惑業苦果無由起
唯觀實相眞性如　能所俱亡離諸見
男女性相本來空　妄執隨緣生二相
如來永斷妄想因　眞性本無男女相
菩提妙果證皆同　妄計凡夫生異相
三十二相本非相　了相非相爲實相
若人出家修梵行　攝心寂靜處空閑
是爲菩薩眞淨心　不久當證菩提果

復次善男子出家菩薩日夜恒觀世間舍宅一切皆是煩惱生處何以故如有一人造立舍宅以諸寶物而自莊嚴造此宅已而作是念今此舍宅是我所有不屬佗人唯我舍宅最爲吉祥佗人舍宅所不能及如是執著能生煩惱由煩惱故我我所執而爲根本八萬四千諸塵勞門更相競起充滿宅中所以者何在家凡夫深著五欲妻子眷屬奴婢僕使悉皆具足以是因緣生老病死憂悲苦惱怨憎合會恩愛別離貧窮諸衰求不得苦如是衆苦如影隨形如響應聲世世相續恒不斷絕如是衆苦非無所因大小煩惱而爲根本一切財寶追求而得若無先因不可追求假使追求亦無所獲善男子以是義故一切煩惱追求爲本若滅追求無量煩惱悉皆斷盡然今是身衆苦所依諸有智者當生猒離如是去世迦葉如來爲諸禽獸而說偈言

是身爲苦本　餘苦爲枝葉　若能斷苦本
衆苦悉皆除　汝等先世業　造罪心不悔
感得不可愛　雜類受苦身　若起殷重心
一念求懺悔　如火焚山澤　衆罪皆銷滅
是身苦不淨　無我及無常　汝等咸應當
深生猒離心

爾時無量諸禽獸等聞此偈已於一念心至誠懺悔便捨惡道生第四天奉覲一生補處菩薩聞不退法究竟涅槃善男子以是因緣今此苦身猶如舍宅一切煩惱即爲宅主是故淨信善男子等發菩提心出家入道必得解脫一切衆苦皆當成就阿耨多羅三藐三菩提爾時如來重說偈言

出家菩薩恒觀察　舍宅所生諸煩惱
如有一人造舍宅　種種珍寶以嚴飾
自念壯麗無能比　不屬他人唯我有
工巧所修最殊妙　世間舍宅無能及
如是分別生執著　以我我所爲根本
八萬四千諸煩惱　充滿舍宅以爲災
世間一切諸男女　六親眷屬皆圓滿
以是因緣生衆苦　所謂生老及病死
憂悲苦惱常隨逐　如影隨形不蹔離
諸苦所因貪欲生　若斷追求盡諸苦
是身能爲諸苦本　勤修猒離趣菩提
三界身心如舍宅　煩惱宅主居其中
汝等應發菩提心　捨離凡夫出三界

復次善男子出家菩薩常觀在家猶如大國有一長者其家豪富財寶無量於多劫中父子因緣相襲不斷修諸善行名稱遠聞是大長者所有財寶皆分爲四一分財寶常求息

利以贍家業一分財寶以充隨日供給所須一分財寶惠施孤獨以修當福一分財寶拯濟宗親往來賓旅如是四分曽無斷絶父子相承爲世家業後有一子愚癡弊惡深著五欲恣行放逸違父母教不依四業起諸舍宅七層樓觀倍於常制衆寶嚴飾瑠璃爲地寶窻交映龍首魚形無不具足微妙音樂晝夜不絶受五欲樂如忉利天鬼神憎嫌人天遠離於是隣家忽然火起猛焰熾盛隨風蔓延焚燒庫藏及諸樓臺時長者子見是猛火起大瞋心速命妻子奴婢眷屬入於重舍閉樓閣門以愚癡故一時俱死在家凡夫亦復如是世間愚人如長者子諸佛如來猶如長者不順佛教造作惡業墮三惡道受大苦惱以是因緣出家菩薩當觀在家如長者子不順父母爲火所燒妻子俱死善男子等應生猒離人天世樂修清淨行當證菩提爾時如來重説偈言

出家菩薩觀在家　猶如長者生愚子
其家富有諸財寶　久遠相承無闕乏
先世家業傳子孫　一切資産爲四分
常修勝行無過惡　名稱徧滿諸國土
金銀珍寶數無邊　出入息利徧佗國
慈悲喜捨心無倦　惠施孤貧常不絶
長者最後生一子　愚癡不孝無智慧
年齒已邁筋力衰　家財内外皆付子
子違父命行放逸　四業不紹墮於家
造立七層珍寶樓　用紺瑠璃作窻牖
歌吹管絃曽不歇　常以不善師於心
受五欲樂如天宫　一切龍神皆遠離

隣家欻然災火起　猛燄隨風難可禁
庫藏珍財及妻子　層樓舍宅悉焚燒
積惡招殃遂滅身　妻子眷屬同殞歿
三世諸佛如長者　一切凡夫是愚子
不修正道起邪心　命終墮在諸惡趣
長劫獨受焚燒苦　如是展轉無盡期
在家佛子汝當知　不貪世樂勤修證
猒世出家修梵行　山林寂靜離諸緣
爲報四恩修勝德　當於三界爲法王
盡未來際度衆生　作不請友常說法
永截愛流超彼岸　住於清淨涅槃城

復次善男子出家菩薩觀於世間一切舍宅猶如大夢譬如長者有一童女年始十五端正殊妙爾時父母處三層樓將其愛女受諸歡樂於夜分中母女同宿在一寶牀而共安寢於是童女夢見父母娉與夫家經歷多年遂生一子端正殊妙有聰慧相日漸恩養能自行步處在高樓因危墮落未至於地見有餓虎接而食之是時童女倍復驚怖舉聲號哭遂便夢覺爾時父母問其女言以何因緣忽然驚怖時女羞恥不肯說之其母慇懃竊問其故時女爲母密說如上所夢之事善男子世間生死有爲舍宅長處輪迴未得真覺爾所分位恒處夢中生老病死三界舍宅如彼童女處於夢中虛妄分別亦復如是琰魔鬼使忽然而至如彼餓虎於虛空中接彼嬰孩而噉食之一切衆生念念無常老病死苦亦復如是誰有智者愛樂此身以是因緣觀於生死長夜夢中發菩提心猒離世間當得如來常住妙果爾時如來重說偈言

佛子至求無上道　當觀舍宅如夢中
譬如富貴大長者　有一童女妙端嚴
隨其父母上高樓　觀視遊從甚歡樂
女向樓中作是夢　分明夢見適他人
後於夫家誕一子　其母愛念心憐愍
子上樓臺躭喜樂　因危墜墮於虎口
遂乃失聲從夢覺　方知夢想本非真
無明闇障如長夜　未成正覺如夢中
生死世間常不實　妄想分別亦如是
唯有四智大圓明　破闇稱為真妙覺
無常念念如餓虎　有為虛假難久停
宿鳥平旦各分飛　命盡別離亦如是
往來任業受諸報　父母恩情不相識
哀哉凡夫生死身　輪轉三塗長受苦
若知善惡隨業感　應當懺悔令消滅
一切人天妙樂果　慚愧正見為所因
應發堅固菩提心　被精進甲勤修學

復次善男子出家菩薩觀於舍宅如牝馬口海出於猛焰吞納四瀆百川衆流無不燒盡譬如往昔羅陀國中有一菩薩名妙得彼岸然是菩薩有慈悲心常懷饒益有諸商人入海採寶將是菩薩同載船舶皆達寶洲度於嶮難而無所礙到於彼岸後時菩薩年漸衰老已經百歲起坐扶策力不能前有一商主詣菩薩所禮拜供養白菩薩言我欲入海求諸珍寶永離貧窮得大富貴今請菩薩與我同往爾時菩薩告商主言我今衰老筋力微弱不能入海商主復言惟願大士不捨慈悲哀受我請於我舶中但自安坐是我所願爾時菩薩受商人請乘大舶船入於大海向東

南隅詣其寶所時遇北風漂墮南海猛風迅疾晝夜不停經於七日見大海水變爲金色猶如鎔金爾時衆商白菩薩言以何因緣水變金色有如是相菩薩告言汝等當知我今已入黃金大海無量無邊紫磨眞金充滿大海金寶交映有如是相汝等旣能超過正路墮此海中各自勤求設諸方便還歸北方復經數日見大海水變爲白色猶如珂雪菩薩告言汝等當知我今已入眞珠大海白玉眞珠充滿海中珠映水色有如是相汝當盡力設諸方便還歸北方復經數日大海之水變爲青色如青瑠璃菩薩告言我及汝等已入青玻瓈海無量無邊青玻瓈寶充滿大海玻瓈之色交映如是復經數日大海之水變爲紅色猶如血現菩薩告言我及汝等已入紅玻瓈海無量無邊紅玻瓈寶充滿大海寶色紅赤交映如是復經數日水變黑色猶如墨汁遥聞猛火爆裂之聲猶如大火燒乾竹林熾然烽焞甚可怖畏如是相貌曾未見聞又見大火起於南方猶如攢峯高逾百丈焰勢飛空或合或散光流掣電如是之相未曾見聞我等身命實難可保於是菩薩告衆人言汝等今者甚可怖畏何以故我等已入牝馬口海皆被燒盡所以者何由諸衆生業增上力自然天火能燒海水若是天火不燒海水一日夜中一切陸地變成大海所有衆生悉皆漂沒然今我等遇大黒風漂流如是牝馬口海我今衆人餘命無幾爾時舶船有千餘人同時發聲悲號啼哭或自拔髮或自投身作如是言我等今者爲求珍寶入於大海遇

此險難哀哉苦哉以何方便得免是難時千人等至誠歸命或稱悲母或稱慈父或稱梵天或稱摩醯首羅天王或稱大力那羅延天或有歸命得岸菩薩敬禮大士而作是言惟願菩薩濟我等輩爾時菩薩爲是衆人離諸恐怖而說偈言

世間最上大丈夫　雖入死門不生畏
汝若憂悲失智慧　應當一心設方便
若得善巧方便門　離諸八難超彼岸
是故安心勿憂懼　應當懇念大慈尊

於是菩薩說此偈已燒衆名香禮拜供養十方諸佛發是願言南無十方諸佛南無十方諸佛諸大菩薩摩訶薩衆四向四果一切賢聖有天眼者有天耳者知他心者衆自在者我爲衆生運大悲心棄捨身命濟諸苦難然今我身有一善根受持如來不妄語戒無量生中未曾缺犯若我一生有妄語者今此惡風轉加增盛如是戒德非虛妄者願以此善迴施一切我與衆生當成佛道若實不虛願此惡風應時休息如意便風隨念而至然諸衆生即是我身衆生與我等無差別是大菩薩發起如是同體大悲無礙願已經一念頃惡風尋止便得順風解脫衆難得至寶所獲諸珍寶爾時菩薩告商人言如是珍寶難逢難遇汝等先世廣行檀施得值如是衆妙珍寶昔修施時心有恪惜以是因緣遇是惡風汝諸商人所得珍寶須知限量無使多取以縱貪心後招大難汝等當知衆寶之中命寶爲最若存其命是無價寶時商人等蒙菩薩教生知足心不敢多取爾時衆人得免災難

獲大珍寶遠離貧窮到於彼岸諸善男子出家菩薩亦復如是親近諸佛善友知識如彼商人得遇菩薩永離生死到於彼岸猶如商主獲大富貴世間所有有爲舍宅如牝馬口海能燒衆流出家菩薩亦復如是審諦觀察在家過失汝善男子不染世間諸五欲樂猒離三界生死苦難得入清涼安樂大城爾時如來重說偈言

出家菩薩觀舍宅　如牝馬海燒衆流
譬如往昔羅吒國　有一菩薩名得岸
具大富智巧方便　無緣慈悲攝有情
得是菩薩乘舶船　商人獲寶超彼岸
然是大士年衰老　不樂利他好禪寂
有一商主請菩薩　欲入大海求珍寶
惟願大士受我請　令我富饒無闕乏
於是菩薩運大悲　即便受請乘船舶
時張大帆遇順風　直往東南諸寶所
忽遇暴風吹舶船　漂墮南海迷所往
經過七日大海水　悉皆變作黃金色
紫磨黃金滿海中　寶映光現眞金色
復經數日大海水　變爲白色如珂雪
眞珠珍寶滿海中　所以海水成白色
又經數日大海水　變作紺青如瑠璃
青玻瓈珠滿大海　所以水作紺青色
又經數日大海水　悉皆變作紅赤色
紅玻瓈珠滿海中　故變水色同於彼
復經數日大海水　變爲黑水如墨汁
如是天火所焚燒　海水盡皆如墨色
此海名爲牝馬口　吞納四海及衆流
一切船舶若經過　有人到此多皆死

天火熾盛如山積　爆裂之聲如雷震
衆人遥見心驚怖　號叫槌胷白大師
於是菩薩起慈悲　不惜身命垂救護
暴風尋止順風起　渡於險難至寶所
各獲珍琦達彼岸　永離貧窮受安樂
出家菩薩亦如是　親近諸佛如商主
永離火宅超眞覺　猶如商人歸本處
世間所有諸宅舍　如彼牝馬大口海
出家常猒於在家　不染世間離五欲
樂住空閑心不動　善達甚深眞妙理
或處人間聚落中　如蜂採華無所損
四威儀中恒利物　不貪世樂及名聞
口中常出柔輭音　麤鄙惡言斷相續
知恩報恩修善業　自他俱得入眞常

爾時智光及諸長者一萬人俱異口同音而白佛言善哉世尊希有善逝如是如是世尊所説微妙第一善巧方便饒益有情如佛所説我今悉知世間宅舍猶如牢獄一切惡法從舍宅生出家之人實有無量無邊勝利由是我等深樂出家現在當來恒受法樂爾時世尊告諸長者善哉善哉汝等發心樂欲出家若善男子善女人發阿耨多羅三藐三菩提心一日一夜出家修道二百萬劫不墮惡趣常生善處受勝妙樂遇善知識永不退轉得值諸佛受菩提記坐金剛座成正覺道然出家者持戒最難能持戒者是眞出家時諸長者白佛言世尊我等持戒修諸梵行願我速出生死苦海願我速入常樂寶宮願我廣度一切衆生願我疾證於無生智爾時世尊告彌勒菩薩及文殊師利如是長者付囑汝

等勸令出家受持淨戒時九千人於彌勒前出家修道受持佛戒七千人俱於文殊前出家修道受佛禁戒如是人等既得出家成就法忍入於如來祕密境界不復退轉無量萬人發菩提心至不退轉位無數人天遠塵離垢得法眼淨

大乘本生心地觀經卷第四

音釋

涸曷各切水竭也　歿莫勃切死也　鬻余六切賣買也　憩去例切息也　櫃求位切匣也　襲席入切嗣也　蔓無販切　筋舉欣切　欻許勿切　殞羽敏切歿也　娉匹正切娶問也　牝婢忍切　烽㶿烽蒲紅切㶿蒲没切烽㶿煙起貌　𦈢傾雪切與缺同

大乘本生心地觀經卷第五

唐 罽賓國三藏般若等譯

無垢性品第四

爾時智光及諸長者旣出家已齊整法服五輪著地禮如來足合掌恭敬白佛言世尊我等從佛聞所未聞在家所有種種過失發菩提心猒離世間剃除鬚髮而作比丘惟願如來應正等覺爲我等類及諸衆生演說出家殊勝功德令得聞者發淸淨心樂遠離行不斷佛種世尊大恩無緣慈悲憐愍衆生如羅睺羅出家菩薩應云何住云何修習無垢之業云何調伏有漏之心爾時世尊讚歎智光諸比丘等善哉善哉是眞佛子能爲未來一切衆生問於如來如是此事如是如是如汝所說如來世尊憐愍衆生平等無二猶如一子汝今諦聽善思念之吾當爲汝分別演說出家菩薩如是住如是修行無垢之業如是調伏有漏之心唯然世尊願樂欲聞爾時佛告智光比丘出家菩薩住如是心常作是觀我得人身諸根具足從何處沒來生此間我於三界中當生何界於四大洲復生何處六道之中受生何道以何因緣得離父母妻子眷屬出家修道免八難身莊嚴劫中過去千佛皆已涅槃星宿劫中未來千佛未出於世賢劫之中現在千佛幾佛如來出現於世化緣將盡入般涅槃幾佛世尊未出於世是諸衆生根緣未熟未聞正法復於何時當來彌勒從兜率天下生人間現成佛道於我身中有何善業戒定慧學當有何德過去諸佛皆已不遇當來世尊得見不耶我今現在諸凡

夫地三業煩惱何最爲重一生已來造何罪業於何佛所曾種善根我此身命能得幾時是日已過命隨減少猶如牽羊詣彼屠所漸漸近死無所逃避身壞命終生於何處三惡道苦如何脱免然我此身愛樂長養念念衰老無時蹔停誰有智者愛樂此身智光當知出家菩薩常於晝夜如是觀察勿貪世間受五欲樂精勤修習未甞暫捨如去頂石如救頭然心常懺悔過去先罪安住如是四無垢性一心修行十二頭陀調伏其心如旃陀羅如是佛子是名出家智光比丘以何義故説名眞實修沙門行如旃陀羅其旃陀羅每遊行時手執錫杖不敢當路若人逼近振錫令聞於大衆中心行謙下不敢輕慢被呵責時心無恚恨未甞加報罵辱鞭撻默然受之何以故自知下性不階衆流以是因緣被瞋無報智光當知出家菩薩亦復如是剃除鬚髮形同嬰兒執持應器依他活命身著袈裟如被甲胄杖錫而行如持鉾矟執智慧劒破煩惱賊修嬰兒行饒益一切是故一切三毒利箭不入眞實沙門之身出家菩薩以三觀門修忍辱行名眞出家觀諸衆生是佛化身觀於自身爲實愚夫觀諸有情作尊貴想觀於自身爲僮僕想又觀衆生作父母想觀自已身如男女想出家菩薩常作是觀或被打罵終不加報善巧方便調伏其心智光比丘汝等諦聽云何名爲四無垢性衣服卧具飲食湯藥如是四事隨有所得麤細稱心遠離貪求是無垢性諸比丘等以何因緣如是四行名無垢性智光當知諸佛如來三十七品菩

提分法皆從此生佛法僧寶常不斷絕是故得名爲無垢性爾時世尊而說偈言

智光比丘汝諦聽　出家菩薩所應作
無緣大慈攝衆生　猶如一子皆平等
發菩提心求正覺　應作三種成佛法
心常住四無垢性　當修十一頭陀行
下心猶如旃陀羅　四威儀中作是念
十方無量諸菩薩　刹那刹那趣聖道
彼既修證我亦爾　如何流轉三界中
恒居生死無量苦　我今是身住何界
六道輪迴處何道　胎卵濕化受何生
身口意業於何修　所造罪中何者重
三性之心何心多　如是微細觀察已
大慈大悲恒相續　大喜大捨爲先心
爲有緣者說妙法　晝夜修心不暫停
如去頂石救頭然　念三觀門常不離
觀諸有情是佛身　唯我獨處於凡類
一切衆生等尊貴　我爲僮僕居卑賤
世間衆生同父母　我如男女行孝養
被佗打罵不瞋嫌　勤修忍辱無恚嫉
四事供養心不著　是則名爲無垢性
三十七品菩提分　及以如來果報身
如是殊勝無漏法　四無垢性爲根本
不放逸行常修習　是名出家眞佛子
菩提智種念念增　無漏聖道皆成就
速得超於無量劫　端坐華王法界中
福智二嚴皆圓滿　無邊劫海利羣生
由無垢性皆成熟　證獲如來常住果

復次智光比丘出家菩薩於所著衣不應貪著若細若麤隨其所得恒於施者爲生福田

勿嫌麤惡不得爲衣廣説法要起諸方便與貪相應世間凡夫爲衣服故非法貪求造不善業墮於惡道經無量劫不遇諸佛不聞正法受苦畢已復生人間貧窮困苦求不得苦晝夜逼迫衣不蔽形食不支命如是衆苦皆由先世爲衣服故多殺生命造種種罪出家菩薩即不如是隨其所得不嫌麤惡但懷慙愧以充法衣得十勝利一者能覆其身遠離羞恥具足慙愧修行善法二者遠離寒熱及以蚊寅惡獸毒蟲安隱修道三者亦現沙門出家相貌見者歡喜遠離邪心四者袈裟即是人天寶幢之相尊重敬禮得生梵天五者著袈裟時生寶幢想能滅衆罪生諸福德六者本制袈裟染令壞色離五欲想不生貪愛七者袈裟是佛淨衣永斷煩惱作良田故八者身著袈裟罪業消除十善業道念念增長九者袈裟猶如良田能善增長菩薩道故十者袈裟猶如甲胄煩惱毒箭不能害故智光當知以是因緣三世諸佛緣覺聲聞清淨出家身著袈裟三聖同坐解脱寶牀執智慧劒破煩惱魔共入一味諸涅槃界爾時世尊而説偈言

智光比丘應善聽　大福田衣十勝利
世間衣服增欲染　如來法服不如是
法服能遮世羞恥　慙愧圓滿生福田
遠離寒暑及毒蟲　道心堅固得究竟
示現出家離貪欲　斷除五見正修持
瞻禮袈裟寶幢相　恭敬生於梵王福
佛子披衣生塔想　生福滅罪感人天
肅容致敬眞沙門　所爲不染諸塵俗

諸佛稱讚爲良田　利樂羣生此爲最
袈裟神力不思議　能令修植菩提行
道芽增長如春苗　菩提妙果類秋實
堅固金剛眞甲冑　煩惱毒箭不能害
我今略讚十勝利　歷劫廣說無有邊
若有龍身披一縷　得脫金翅鳥王食
若人渡海持此衣　不怖龍魚諸鬼難
雷電霹靂天之怒　披袈裟者無恐畏
白衣若能親捧持　一切惡鬼無能近
若能發心求出家　猒離世間修佛道
十方魔宮皆振動　是人速證法王身

復次智光菩薩出家佛子常行乞食應捨身命不斷是心所以者何一切有情皆依食住是以乞食利益無窮汝等當知出家菩薩常行乞食有十勝利云何爲十一者常行乞食以自活命出入自由不屬他故二者行乞食時先說妙法令起善心然後自食三者爲不施人發大悲心爲說正法令起捨心而生勝福四者依佛教行增長戒品福德圓滿智慧無窮五者常行乞食於七九慢自然消滅衆所恭敬是良福田六者於乞食時當得如來無見頂相應受世間廣大供養七者汝等佛子隨學此法住持三寶饒益有情八者於乞食時不得爲求飮食起希望心讚歎一切男子女人九者行乞食時須依次第不應分別貧富之家十者常行乞食諸佛歡喜得一切智最爲良緣智光菩薩我爲汝等略說如是十種利益若廣分別無量無邊汝等比丘及未來世求佛道者應如是學爾時世尊而說偈言

智光菩薩汝諦聽　出家大士應離貪
當發出世修行心　乞食頭陀爲根本
凡夫住於有漏食　聖者悉依無漏食
有漏無漏諸聖凡　一切無不依食住
我爲汝等諸佛子　開演出世二利行
三世如來所稱讚　乞食功德有十利
偏稱此行最爲勝　出入自在無繫縛
先令施主發初心　令趣菩提然後食
爲除慳貪說妙法　能趣大捨無量心
依大師教行乞食　增長無量諸梵行
七九種慢自除滅　爲諸人天所尊敬
如來頂相不可見　轉妙法輪化十方
盡未來際傳此法　令不斷絕三寶種
若爲飲食起妄心　不應讚歎諸男女
起大慈悲平等意　不生分別貧與富
清淨乞食佛所讚　一切種智從此生
三世如來出于世　爲諸衆生說四食
段觸思識爲其四　皆是有漏世間食
唯有法喜禪悅食　乃是聖賢所食者
汝等猒離世間味　當求出世無漏食

復次智光菩薩出家佛子於諸醫藥不應貪著若有病時佗煎藥巳所棄捨藥訶梨毗棃及阿摩勒取是等藥即應服之乃至一生服所棄藥於諸藥等常生知足如是名爲眞實沙門出家佛子恒服棄藥是人獲得十種勝利云何爲十一者爲求藥草不近佗人永息貪求安住正念二者不淨觀門易得成就出世之心能得堅固三者於諸珍味恒不貪著速證正智餐禪悅味四者於諸世間一切財物常能知足早得解脫五者不近世間一切

凡夫親近出世清淨善友六者由不嫌惡諸棄藥等於麤飲食亦得解脫七者於所重藥永不希望一切世間無不尊故八者速能調伏諸煩惱病證得如來常住法身九者永斷三界一切煩惱能療衆生身心重病十者能順佛教修菩薩行福智圓滿得大菩提智光當知我爲汝等略說棄藥十種勝利如是妙行去來現在出家菩薩皆共修學汝等應當爲諸衆生演說流布無令斷絶即爲如來廣設供養世間所有財敬供養所不能及於菩薩行不復退轉速證無上正等菩提爾時世尊重說偈言

智光比丘汝善聽　出家所服無垢藥
菩薩妙行此爲先　衆生有病如已病
以大悲恩救衆苦　復用慈心施安樂
最上妙藥與他人　前人所棄而自服
菩薩不擇貴賤藥　但療衆病令安隱
取他所棄之餘藥　飲服以充治所疾
取他棄藥有十利　三世如來共稱讚
雖求醫藥不近他　永息追求住正念
不淨觀門易成熟　而能遠作菩提因
不著甘味離諸貪　當求法喜禪悅食
於世財寶能知足　獲得無漏七聖財
捨彼凡愚不共住　親近聖賢爲良友
由是不嫌衆棄藥　亦於飲食斷貪求
珍膳妙藥不希望　世間所以咸尊重
能療身心煩惱病　悟得眞如法性身
永斷三界諸習氣　證得無上眞解脫
能順佛教趣菩提　福智圓成報身果
汝等佛子皆修學　當坐金剛眞道場

復次智光出家菩薩遠離喧閙住阿蘭若修攝其心無量千歲以求佛道三世如來離諸喧閙寂然閑居萬行增修證菩提果緣覺聲聞一切賢聖證得聖果亦復如是其阿蘭若有十種德能令證得三菩提果云何名爲十種勝德一者爲得自在住阿蘭若四威儀中不屬佗故二者離我我所名阿蘭若於樹下時無執著故三者於卧具等無所愛著由斯當卧四無畏牀四者阿蘭若處三毒微薄離貪瞋癡所緣境故五者樂阿蘭若修遠離行不求人天五欲樂故六者能捨喧閙住閑寂處修習佛道不惜軀命七者愛樂寂靜世間一切事業易得成就無障礙故經本元少九第八段者阿蘭若處是三昧空能得百千大三昧故十者清淨如空以爲舍宅心無障礙得大智故智光當知阿蘭若處有如是等無量功德以是因緣出家佛子誓捨身命不離山林若爲聽法供養病人師僧父母出阿蘭若入聚落中宜速還歸於蘭若處若有因緣未得歸者應作是想今此聚落猶如山林所得財物虛假如夢若有所得不應貪著如是佛子是摩訶薩爾時世尊而說偈言

遠離喧閙處寂靜　此是神仙所居處
三世菩薩求菩提　於蘭若中成正覺
緣覺聲聞諸聖衆　亦於此處證菩提
住阿蘭若獲十利　能令證得三乘果
自在遊行如師子　四威儀中無繫縛
山林樹下聖所樂　無我我所名蘭若
衣服卧具無繫著　坐四無畏師子座
離諸煩惱名蘭若　一切貪愛無所著

常居物外猒塵勞　不樂世間五欲樂
遠離憒閙寂靜者　棄身捨命求佛道
能住寂靜無人聲　於諸散亂心不起
世出世間諸善業　心無障礙皆成就
由是蘭若爲根本　能生百千諸三昧
以大空寂爲虛空　行者身心無障礙
具足如是十勝利　是故衆聖常居止
智光汝等諸佛子　若欲速成一切智
乃至夢中莫捨離　阿蘭若處菩提道
我滅度後發心者　而能住於蘭若處
不久當坐寶華王　證得法身常樂果

爾時世尊說是法時無量百千初發心者於無上道得不退轉時智光等諸菩薩衆得陀羅尼具大神通百萬人天發菩提意悟三解脫爾時如來告諸大衆若有淨信善男子善女人得聞如是四無垢性甚深法門受持讀習解說書寫如是人等所生之處遇善知識修菩薩行永不退轉不爲一切諸業煩惱之所擾亂而於現世獲大福智住持三寶得自在力紹繼佛種使不斷絕命終必生知足天宮奉覲彌勒證不退位龍華初會得聞正法受菩提記速成佛道若欲願生十方佛土隨其所願而得往生見佛聞法究竟不退阿耨多羅三藐三菩提

阿蘭若品第五

爾時會中有一菩薩摩訶薩名常精進承佛威神即從座起偏袒右肩右膝著地合掌恭敬而白佛言世尊如佛所說阿蘭若處是菩提道場若有發心求菩提者不應捨離阿蘭若處是蘭若中有多衆生虎豹豺狼毒蟲惡

獸乃至飛鳥及與獵師不識如來不聞正法又不敬僧此諸有情無復善根遠離解脱何故如來令修學人住阿蘭若速得成佛惟願世尊爲諸衆生分別解說決疑令喜發菩提心使不退轉爾時佛告常精進菩薩善哉善哉善男子汝以大慈問於如來清淨解脱饒益未來諸修行者功德無量諦聽諦聽善思念之我今爲汝分別演説阿蘭若處種種功德唯然世尊願樂欲聞爾時佛告常精進菩薩如汝所説阿蘭若處得成聖者山林之中多諸衆生以何因緣不得成佛是義不然所以者何彼諸衆生不識三寶不知猒足不識善惡於山林中雖有世間種種珍寶而不能知伏藏之處菩薩摩訶薩即不如是善男子菩薩能知佛法僧寶是出世寶七珍伏藏是世間寶悉能辯其種種色相知其所在而不貪求亦不樂見何況取乎菩薩出家發堅固心不惜身命捨離父母六親眷屬樂住山林常作是念假使三千大千世界劫盡之時七日並出火災熾然焚燒萬物日月星辰妙高山王及七金山鐵圍山等時至皆散三界之頂非非想天八萬劫盡還生下地轉輪聖王千子圍遶七寶眷屬四洲咸伏壽命報盡須臾不停我今亦爾假使壽年滿一百歲七寶具足受諸快樂琰魔使至不免無常作是思惟我今不如代其父母及諸衆生修菩薩行當得金剛不壞之身還來三界救度父母作是願已住阿蘭若爲諸衆生發弘誓願上根菩薩發是願言願我未得成佛已來常於露地長坐不卧中根菩薩發是願言願我未得

成佛已來於樹葉中常坐不卧下根菩薩發是願言願我未得成佛已來於石室中常坐不卧如是三根出家菩薩坐三種座各作是念過去菩薩坐於此座而能證得陀羅尼門功德自在過現未來諸菩薩等皆於此座得陀羅尼修證自在我亦如是今坐此處必當成就於陀羅尼而得自在若未成就得自在者終不捨離阿蘭若處或有菩薩未得圓滿四無量心終不捨離阿蘭若處或有菩薩未得圓滿五通神力終不捨離阿蘭若處或有菩薩未得圓滿六波羅蜜終不捨離阿蘭若處或有菩薩未得圓滿善巧方便終不捨離阿蘭若處或有菩薩未能調伏一切有情終不捨離阿蘭若處或有菩薩未得圓滿四種攝法終不捨離阿蘭若處或有菩薩未能修習六念之法終不捨離阿蘭若處或有菩薩未能成就多聞智慧終不捨離阿蘭若處或有菩薩未能成就堅固信力終不捨離阿蘭若處或有菩薩未能斷除六十二見終不捨離阿蘭若處或有菩薩未能修習八種正道終不捨離阿蘭若處或有菩薩未能永斷二障習氣終不捨離阿蘭若處或有菩薩未能圓滿隨病與藥微妙智慧終不捨離阿蘭若處或有菩薩未能圓滿大菩提心終不捨離阿蘭若處或有菩薩未能圓滿恒沙三昧終不捨離阿蘭若處或有菩薩未能成就無量神通終不捨離阿蘭若處或有菩薩以定通力見十八空而心不驚如是大事若未成就終不捨離阿蘭若處或有菩薩未能圓滿一切智智終不捨離阿蘭若處或有菩薩未得

圓滿一切種智終不捨離阿蘭若處或有菩薩未得修習三十七種菩提分法終不捨離阿蘭若處或有菩薩未得圓滿十地萬行終不捨離阿蘭若處或有菩薩於百劫中未能修行相好之業終不捨離阿蘭若處或有菩薩未得圓滿如來四智終不捨離阿蘭若處或有菩薩未能圓滿證大涅槃終不捨離阿蘭若處或有菩薩坐金剛座未能證得阿耨多羅三藐三菩提常坐不起是名菩薩阿蘭若行善男子出家菩薩發菩提心入於山林坐三種座鍊磨身心經三大劫而修萬行證得無上正等菩提爾時世尊重說偈言

昔諸如來因地時　住阿蘭若離塵處
伏斷煩惱所知障　超過三界證菩提
過去菩薩修行願　以阿蘭若爲舍宅
阿僧祇劫修福智　十地究竟證三身
未來菩薩求佛果　入於深山修妙行
斷除二障生死因　當證三空眞解脫
現在十方諸菩薩　修持萬行住空閑
不惜身命求菩提　念念證得無生智
若欲速證深三昧　因修妙定超神通
阿蘭若處心無諍　能變大地爲七寶
若欲遊戲十方國　往來自在運神通
供養諸佛利羣生　住阿蘭若無畏處
欲證有無如幻智　了達諸法本來空
住阿蘭若菩提場　令衆亦入眞解脫
若欲速得如如智　證會諸法如如性
盡大劫海利羣生　當住蘭若空寂處
若人欲得難思智　妙高山王納芥子
山王芥子不壞相　入於蘭若神通室

若人欲得無礙智　以一妙音演說法
隨類衆生各得解　當住蘭若修妙觀
若欲無生及無滅　應現十方諸國土
放光說法利羣生　莫離蘭若空寂室
若以足指按大地　令十方界皆振動
觀相發心除邪見　當住蘭若觀自心
若欲諸佛出現時　最初獻於微妙供
檀波羅蜜皆圓滿　住阿蘭若修妙行
若人於佛涅槃時　最後供養成檀義
永斷貧窮及八難　誓願住於蘭若中
若欲福智皆圓滿　未來諸佛臨涅槃
受佛付囑廣弘願　住阿蘭若修六念
若於諸佛涅槃後　結集遺法度衆生
助於諸佛讚眞乘　住阿蘭若空寂舍
人天大師薄伽梵　難見難遇過優曇
若欲奉覲修供養　當住蘭若弘悲願
衆寶之尊法爲最　成佛化利皆由此
如人欲得常聽法　住阿蘭若修梵行
始從今身至佛身　常願發心弘正教
乃至未得大菩提　念念不捨阿蘭若
若人欲報父母恩　代於父母發誓願
入阿蘭若菩提場　晝夜常修於妙道
若欲現世增福智　當來不墮八難中
如是有情發善心　住阿蘭若修悲願
三世菩薩求眞覺　得道涅槃蘭若中
是故名爲大道場　三乘聖衆皆同處
菩薩猒苦入山林　爲度羣生求聖道
自未成佛先度他　六道四生皆悲愍
上根菩薩居露地　中根菩薩居葉中
下根菩薩居石室　未成佛道常不卧

三世菩薩住蘭若　得陀羅尼自在力
今我誓同菩提心　未得總持恒止此
得大菩薩在蘭若　入大圓寂由住處
菩薩起於金剛智　斷惑證眞成妙覺
廣化衆生遊聚落　爲求寂滅樂山林
萬行因滿果亦圓　盡未來時度羣品

爾時世尊演說如是出家菩薩阿蘭那行無量菩薩證極喜地恒河沙等無數菩薩永離相用微細煩惱證不動地不可說不可說菩薩摩訶薩斷一切障入妙覺地無邊有情發無等等阿耨多羅三藐三菩提心九萬七千衆生遠塵離垢得法眼淨

大乘本生心地觀經卷第五

音釋

鉾 莫侯切與矛同 翅 施智切 閙 奴教切不靜也 憒 古對切亂也

大乘本生心地觀經卷第六

唐罽賓國三藏般若等譯

離世間品第六

爾時會中有一菩薩摩訶薩名樂遠離行承佛威力從坐而起於大衆中爲諸菩薩說阿蘭若行普告一切諸菩薩言出家菩薩住阿蘭若應作是念以何因緣遠離世間修阿蘭若清淨妙行諸佛子等一心諦聽我承佛力今爲汝等分別演說阿蘭若行諸菩薩言善哉大士爲我等輩及未來世求菩薩者惟願說之我等樂聞是時樂遠離行菩薩告諸大衆一切世間多諸恐怖出家菩薩爲猒世間種種恐怖捨離父母及諸眷屬住阿蘭若修遠離行云何名爲種種恐怖或有菩薩而作是念我爲恐怖一切煩惱從我生故或有菩薩而說我所是爲恐怖一切煩惱我所生故或有菩薩而說七慢是爲恐怖種種慢不敬善人故或有菩薩以彼三毒而爲恐怖造無量罪墮惡道故或有菩薩以彼五欲而爲恐怖耽著世樂墮八難故譬如世間有七步蛇當害人時毒力熾盛出過七步即便命終一蛇毒力尚能損人何況五蛇共爲傷殺毒力轉盛命難得全世間五欲亦復如是一一欲樂各能引起八萬四千微細塵勞迷惑愚夫令墮地獄餓鬼畜生及餘難處受大苦惱何況具足貪著諸塵如恒河沙無數諸佛出興於世說法教化隙光迅疾終不得見常在惡道猶於自家處無暇中如戲園觀過去有佛欲令衆生猒捨五欲而說偈言

譬如飛蛾見火光　以愛火故而競入

不知焰性燒然力　委命火中甘自焚
世間凡夫亦如是　貪愛好色而追求
不知色欲染著人　還被火燒衆來苦
譬如羣鹿居林藪　貪於豐草而自養
獵師假作母鹿聲　羣鹿中箭皆致死
世間凡夫亦如是　貪著種種可意聲
不知聲能染著人　還受三塗諸苦報
譬如蜜蜂能飛遠　遊於春林採衆花
爲愛醉象頰上香　象耳因之而掩死
世間凡夫亦如是　愛著一切受用香
不知香能染著心　生死輪迴長夜苦
譬如龍魚處於水　游泳沈浮而自樂
爲貪芳餌遂吞鉤　愛味忘生皆致死
世間凡夫亦如是　舌根躭味以資身
殺他自活心不平　感得三塗極重苦
譬如白象居山澤　自在猶如師子王
欲心醉亂處昏迷　追尋母象生貪染
一切凡夫亦如是　趣彼妙觸同狂象
恩愛纏縛不休息　死入地獄苦難量
世間男女互貪求　皆由樂著諸色欲
人天由此故纏縛　墮墜三塗黑闇中
若能捨離貪欲心　住阿蘭若修梵行
必得超於生死苦　速入無爲常樂宮

或有菩薩以貪多財而爲恐怖自已財寶恒求積聚而不受用何況能施貧乏衆生於已財寶深生貪著於他財寶欲令損減以是因緣命終之後墮大地獄受無量苦如是苦報名爲第一正感之果從地獄出受畜生身身常勞苦水草不足經多時中酬損他財如是衆苦名爲第二正感之果受是罪已生餓鬼

中因飢渴苦無量千劫不聞漿水飲食之名其咽如針其腹如山縱得飲食隨變爲火如是苦身名爲第三正感之果畢是罪已來生人間貧窮下賤爲佗所使於諸財寶所求難得於一切時而不自在如是餘報名相似果一切菩薩分明知見如是因果常生恐怖欲求解脫由是恐怖遠離眷屬住阿蘭若或有菩薩以渴愛心而爲恐怖於諸未得一切財寶日夜追求生渴愛故或有菩薩我我所見而爲恐怖爲諸煩惱作依止故或有菩薩以諸法見而爲恐怖與所知障作依止故或有菩薩六十二見而爲恐怖入邪見林難出離故或有菩薩疑爲恐怖於眞正法生疑惑故或有菩薩以彼斷見而爲恐怖執無後世撥無因果生大邪見入地獄故或有菩薩以彼常見而爲恐怖執五趣身恒常決定隨善惡業無變易故或有菩薩以彼嫉妬而爲恐怖不耐佗榮懷惡心故或有菩薩常以掉舉而爲恐怖心不寂靜生散亂故或有菩薩以不信心而爲恐怖如人無手雖至寶山終無所得無信手者雖遇三寶無所得故或有菩薩以彼無慚而爲恐怖內無羞恥常造諸惡業障無明難見佛故或有菩薩以無愧心而爲恐怖外無羞恥棄恩背德生死輪迴墮三塗故或有菩薩以忿恨等而爲恐怖能損自佗互爲怨結於多劫中障佛道故或有菩薩以彼忘失而爲恐怖於所聞法不能憶持忘失文義增愚癡故或有菩薩乃至一切不善黑業而爲恐怖何以故一切不善是生死因輪轉三界不得出離於是無量無邊恐怖皆能

障礙出世勝法或有菩薩以五種蓋而爲恐怖五種煩惱覆蓋菩薩菩提心故或有菩薩以憎惡心而爲恐怖於諸衆生無憐愍心修菩提行多退轉故或有菩薩以破戒垢而爲恐怖汙穢聖法難得果報或有菩薩以彼憂惱而爲恐怖妄想熾然失善業故或有菩薩以惡作心而爲恐怖於所修善生追悔故或有菩薩而說狂醉是爲恐怖不識善惡無尊卑故或有菩薩以非時死而爲恐怖不住正念歸無常故或有菩薩以妄語業而爲恐怖生生世世所有言說一切衆生不信受故或有菩薩以四顛倒而爲恐怖由四顛倒輪迴生死起煩惱業不求佛故或有菩薩而說惡友是爲恐怖隨不善友造惡業故或有菩薩以五蘊魔而爲恐怖是五蘊身從煩惱生生已即起無量煩惱因諸煩惱造不善業由諸惑業墮大深坑以是因緣而生恐怖或有菩薩以煩惱魔而爲恐怖大小煩惱能續生死退菩提心墮惡道故或有菩薩猒患死魔而爲恐怖發菩提心未得不退身壞命終生退轉故或有菩薩以諸天魔而爲恐怖大魔眷屬充滿欲界障修道人退菩提故或有菩薩以無記心而爲恐怖於諸善法不能進修空過長時退善業故或有菩薩以彼八難而爲恐怖墮八難者從冥入冥生死長夜難遇明故或有菩薩觀彼地獄而爲恐怖一墮地獄經無量劫受大苦惱難解脫故或有菩薩墮畜生道而爲恐怖傍生界中受愚癡報經無量劫難出離故或有菩薩覩餓鬼道而爲恐怖於恒沙劫受飢渴苦難可值遇佛法僧故

或有菩薩想欲界生而爲恐怖煩惱雜起造諸惡業墮三塗故或有菩薩以彼色界而爲恐怖有覆煩惱能障定故或有菩薩以無色界而爲恐怖三界之中最爲寂靜猶如涅槃有情妄執而爲究竟劫盡命終墜地獄故或有菩薩數數生死而爲恐怖生邪見家難出離故或有菩薩猒離生死而爲恐怖死此生彼常受苦惱障菩薩行求涅槃故或有菩薩以世間語是爲恐怖心常散亂妨善業故或有菩薩以心意識而爲恐怖所緣行相不可知故若在俗家由斯恐怖晝夜相續擾亂善心不能證得無恐怖法過去菩薩住阿蘭若皆能證得無恐怖法即是阿耨多羅三藐三菩提未來菩薩住阿蘭若悉皆當得無恐怖法阿耨多羅三藐三菩提現在十方諸大菩薩住阿蘭若斷一切障得無恐怖阿耨多羅三藐三菩提汝等當知隨應修學三世菩薩攝念身心住阿蘭若調伏妄想永無恐怖究竟阿耨多羅三藐三菩提復次出家菩薩住阿蘭若當作何業作何等念日夜常作如是思惟世間所有一切恐怖皆從我生一切恐怖著我生故一切恐怖我爲根本故一切恐怖我愛生故一切恐怖我想生故一切恐怖我見生故一切恐怖我爲住處一切恐怖因我生故一切恐怖分別生故一切恐怖煩惱生故一切煩惱我愛生故若我住在阿蘭若處不能捨離我我所執不應住是阿蘭若中不如還住白衣屋舍何以故若有我想不應住止阿蘭若處若有補特伽羅相者不應住止阿蘭若處若人具有我我所執不應住止

阿蘭若處若有法見不應住止阿蘭若處若有具此四顛倒執不應住止阿蘭若處汝等諦聽若有修行依涅槃相不應住止阿蘭若處何況更起諸煩惱相汝等諦聽若有不著一切相應當安住阿蘭若處是名當坐無著道場一切諸法皆不可得若心調柔無有諍論應當安住阿蘭若處於世因緣都無所著應當安住阿蘭若處於色聲香味觸等法無依止者應當安住阿蘭若處於一切法有平等見應當安住阿蘭若處於四威儀能調自心應當安住阿蘭若處能捨一切諸恐怖者應當安住阿蘭若處諸佛子等以要言之於諸煩惱得解脱者應當安住阿蘭若處若得成就涅槃因者應當安住阿蘭若處能善修行四無垢性應當安住阿蘭若處若有少欲能知足者應當安住阿蘭若處具足多聞有智慧者應當安住阿蘭若處若能修行三解脱者應當安住阿蘭若處永斷能縛煩惱結者應當安住阿蘭若處能審觀察十二因緣應當安住阿蘭若處所作已辦者應當安住阿蘭若處捨諸重擔者應當安住阿蘭若處證悟真如深妙理者應當安住阿蘭若處汝等當知阿蘭若處種種藥草大小樹木生阿蘭若曾無恐怖亦無分別菩薩摩訶薩住阿蘭若亦復如是觀自身心猶如枯樹牆壁瓦礫等無有異於一切法無有分別我觀身心猶如幻夢中無有實念念衰老其息出已更不復入由善惡因隨業受報是身無常速起速滅是身虛假終不久停如是身中無我我所無有情無命者無養育者無士夫者無補

特伽羅者無作業者無有見者如是等相本來空寂猶如虛空亦如泡沫常應念念作如是觀一切恐怖皆得解脱如彼樹木無有恐怖時諸菩薩得大安樂無畏生處是名菩薩住阿蘭若求阿耨多羅三藐三菩提復次出家菩薩住阿蘭若晝夜相續應如是觀是阿蘭若善能修習四無垢性安樂之處是阿蘭若善能修習知足之處是阿蘭若於諸煩惱得解脱處是阿蘭若具足多聞智慧之處是阿蘭若伏斷煩惱所知障處是阿蘭若能入三種解脱門處是阿蘭若善能證得八解脱處是阿蘭若善能觀察十二緣處是阿蘭若善能斷除業障之處是阿蘭若能得初果預流之處是阿蘭若能得第二一來果處是阿蘭若能得第三不還果處是阿蘭若得第四果阿羅漢處是阿蘭若證得辟支佛果之處是阿蘭若已辦所作得自在處是阿蘭若捨諸重擔得輕安處是阿蘭若證得二空眞如之處是阿蘭若能修無量大慈心處是阿蘭若修證無量大悲心處是阿蘭若能善修習喜無量處是阿蘭若善能修習捨無量處是阿蘭若能發菩提心處是阿蘭若菩薩修持到十信處是阿蘭若復次進修到十住處是阿蘭若展轉增修到十行處是阿蘭若展轉修行十迴向處是阿蘭若善能修習四善根處是阿蘭若修行六度波羅蜜處是阿蘭若修行初地至十地處是阿蘭若證得六根清淨之處是阿蘭若善能證得天眼通處是阿蘭若得天耳通及宿住智生死智明神境他心如是通處是阿蘭若有慚愧處是阿蘭若

不放逸處是阿蘭若修五根處是阿蘭若證得無量無邊三昧之處是阿蘭若能得恒沙陀羅尼門證自在處是阿蘭若悟無生忍是阿蘭若永出三界斷生死處是阿蘭若得不退轉是阿蘭若降伏一切衆魔怨敵銷除業障見佛聞法如是之處是阿蘭若得佛不共最上法門是阿蘭若修習戒蘊清淨之處是阿蘭若出生無漏三摩地處是阿蘭若能生般若證解脫處是阿蘭若能生解脫知見之處是阿蘭若得三十七菩提分法是阿蘭若能得解脫十二入處是阿蘭若永離有漏十八界處是阿蘭若微妙觀察十八空處是阿蘭若容受一切諸法空處是阿蘭若增長十善法生之處是阿蘭若增長堅固菩提心處是阿蘭若三世諸佛讚歎之處是阿蘭若一切菩薩恭敬讚歎如是之處是阿蘭若毗婆尸佛於尼俱陀樹下成道是阿蘭若尸棄如來於尸利沙樹下成道是阿蘭若毗舍如來阿尸婆多樹下成道是阿蘭若俱留孫佛無憂樹下成等正覺是阿蘭若俱那含牟尼如來優曇樹下成等正覺是阿蘭若迦葉如來娑陀樹下成等正覺是阿蘭若釋迦如來於畢鉢羅樹下成道之處汝等當知阿蘭若處有如是等無量無邊功德勝利爾時樂遠離行菩薩爲諸大衆而説偈言

出家菩薩住蘭若　當作何念及何業
世間所有諸恐怖　皆從我見我所生
若能斷除我我所　一切恐怖無所依
若有能執我見心　畢竟不成菩提道
涅槃常住皆無相　何況煩惱非法相

不著諸法及衆生　心無諍論修正念
四威儀中調伏心　應住蘭若常寂靜
能斷煩惱心知足　住於蘭若空寂舍
入三解脱無相門　住於蘭若離塵垢
能觀十二因緣法　四諦二空眞妙理
世間八法不傾動　如是大士住蘭若
能觀自身如枯木　亦如水沫及幻夢
不著二邊平等相　如是薩埵住蘭若
罪業纒縛無常身　本來虛假元無實
我法二執及罪相　於三世中不可得
自身他身無有二　一切諸法亦如是
諦觀法性無去來　如是菩薩住蘭若
栴檀塗身及讚歎　以刀屠割并罵辱
於此二人無愛憎　如是菩薩住蘭若
出家樂住阿蘭若　晝夜應作如是觀

阿蘭若處眞道場　一切如來成正覺
阿蘭若處妙法空　出世正法之所生
阿蘭若處聖所尊　能生三乘聖道故
阿蘭若處聖所宅　一切聖賢常住故
阿蘭若處如來宮　十方諸佛所依故
阿蘭若處金剛座　三世諸佛得道故
阿蘭若處涅槃宫　三世如來圓寂故
阿蘭若處大慈室　菩薩住此修慈故
阿蘭若處是悲田　三世諸佛修悲故
阿蘭若處六通室　菩薩於此遊戲故
阿蘭若處大無畏　能斷一切恐怖故
阿蘭若處三摩地　諸求道者得定故
阿蘭若處陀羅尼　諸持呪人神力故
阿蘭若處善法堂　增長一切善法故
阿蘭若處菩提室　菩薩修道得忍故

若欲永超三界苦　菩提涅槃當修證
徧周法界利羣生　應居蘭若菩提室
所修六度四攝法　迴施三有及四恩
自他俱入甘露城　同證一如眞法界

爾時樂遠離行菩薩摩訶薩爲諸大衆說是法已佛言善哉善哉善男子汝爲大衆及未來世求佛道者分別演說阿蘭若處殊勝功德利益安樂現在未來一切衆生趣向菩提正眞覺道汝所成就無量功德千佛共說不能窮盡爾時會中智光菩薩無量阿僧祇菩薩大衆聞阿蘭若最勝功德即得聞持陀羅尼門無量衆生發無等等阿耨多羅三藐三菩提心得不退轉千億衆生遠塵離垢得法眼淨

猒身品第七

爾時彌勒菩薩摩訶薩即從座起偏袒右肩右膝著地合掌恭敬而白佛言世尊我等旣悟出家菩薩摩訶薩猒離世間住阿蘭若調伏其心修無垢行然此菩薩住空閑處自於是身應作何觀爾時佛告彌勒菩薩言善哉善哉善男子汝爲衆生起大悲心請問如來入聖智觀妙行法門汝當善聽今爲汝說唯然世尊願樂欲聞善男子出家菩薩住阿蘭若求阿耨多羅三藐三菩提時四威儀中微細觀察是有漏身三十七種不淨穢惡是不可愛是不堅牢當觀此身猶如坏器外以雜彩金銀七寶巧飾莊嚴內以糞穢種種不淨填塞充滿兩肩擔負隨器而行其有見者皆生愛樂不知器中盛滿不淨有六黑蛇常在此器一蛇隨動器即破壞毒害臭惡竟無所

堪世間之人莊嚴其身如彼彩畫盛不淨器貪瞋癡三名爲心病風黃痰癊名爲身病內外六病能害身心如彼六蛇居於器內一一蛇動器即破壞一一病發身即無常善男子出家菩薩處於空閑觀察是身名爲第一不淨觀相出家菩薩於日夜中又觀自身臭穢不淨猶如死狗何以故彼身亦是父母不淨爲生緣故出家菩薩又觀自身如蟻子臺安住衆蟻時有白象來至臺邊以身觸臺臺即崩碎善男子此臺所謂五蘊之身白象是爲琰魔羅使身歸後世如象壞臺出家菩薩又觀自身而作是念我今此身從頂至足皮肉骨髓共相和合以成其身猶如芭蕉中無實故出家菩薩又觀自身無有强力皮肉薄覆如塗附牆億萬毛髮如草生地微細風大出入毛孔誰有智者當樂此身刹那刹那衰敗轉故出家菩薩又觀自身如養毒蛇而取其害我今雖以飲食衣服資長是身而不識恩畢竟還令墮於惡道出家菩薩又觀自身譬如怨家詐作親友伺求其便而將毒藥斷彼命根我身如是本非眞實終致無常非聖愛故出家菩薩又觀自身如水上泡雖復妙好瑠璃珠色刹那因緣起滅無恒有爲念念不久住故出家菩薩又觀自身如乾闥婆城雖現相狀而不實有今者我身亦復如是出家菩薩又觀自身猶如影像我身亦爾雖有非眞出家菩薩又觀自身譬如外國强盛怨敵今者我身亦復如是煩惱怨敵侵掠善根出家菩薩又觀自身如朽舍宅雖加修葺當必崩壞我身亦爾雖加愛念當必無常出家菩

薩又觀自身如近怨國城邑人民常懷恐怖今者我身亦復如是於念念中畏無常怨出家菩薩又觀自身如無量薪為火燒爇然是猛火曾無猒足我身亦爾以貪愛火燒五欲薪其心增長亦復如是出家菩薩又觀自身如新生子慈母憐愍恒加守護我身亦爾若不守護病之身心即便不能有所修證出家菩薩又觀自身本性不淨譬如有人猒患炭色設諸方便以水洗之經無量時黑色仍舊乃至炭盡終無所益我身亦爾有漏不淨假使海水盡未來際洗之無益亦復如是出家菩薩又觀自身如油沃薪以火焚燒又遇大風勢不可止是身亦爾名五蘊薪沃貪愛油縱瞋恚火愚癡風力無有休息出家菩薩觀於自身猶如惡疾四百四病所住處故亦如大腸八萬四千蟲所住故是無常處出息不還即無常故亦如非情神識易脫同瓦石故亦如河水剎那前後不暫住故亦如壓油於一切事受勞苦故無所依者猶如嬰兒失父母故無救護者猶如蝦蟆蛇所吞故如穴無底心心所法不可知故恒不知足於五欲樂心無猒故恒不自在斷常二見所繫縛故不生慚愧雖蒙眷屬養育棄捨生故亦如死屍於日夜分近滅壞故唯受諸苦於一切處無真樂故為苦所依一切衆苦依身住故如空聚落於是身中無主宰故畢竟空寂徧計所執妄搆畫故如谷中響皆是虛妄所顯現故亦如船舶若無船師即漂沒故亦如大車運載財寶何以故乘於大乘到菩提故善男子出家菩薩日夜觀察非不愛惜如是之身欲

令衆生出生死海到彼岸故爾時世尊說是法已告彌勒菩薩摩訶薩言善男子修如是行此則名爲出家佛子所觀法要若有佛子發菩提心爲求阿耨多羅三藐三菩提住阿蘭若修習如是三十七觀亦教佗修如是法要解說書寫受持讀習遠離一切我我所執永斷貪著五欲世樂速能成熟不壞信心求大菩提不惜軀命何況世間所有珍寶現身必得究竟成滿一切如來金剛智印於無上道永不退轉六度萬行速得圓滿疾成阿耨多羅三藐三菩提爾時會中八萬四千新發意菩薩深猒世間得大忍力不復退轉於無上道百千婆羅門發菩提心成熟信根得不退轉三萬六千善男子善女人遠離塵垢得法眼淨

大乘本生心地觀經卷第六

音釋

藪（蘇後切）餌（忍止切食也）咽（因肩切咽也）掉（徒弔切搖也）礫（郎狄切小石也）坏（鋪杯切未燒瓦器）痰（徒甘切病液也）癊（於禁切中心病）葺（七入切修補也）

大乘本生心地觀經卷第七

唐 罽賓國三藏般若等譯

波羅蜜多品第八

爾時彌勒菩薩摩訶薩白佛言世尊以何因緣慇懃稱讚住阿蘭若修菩薩行而不稱讚住於餘處修菩薩行如來一時在靈鷲山爲諸菩薩廣說法要而作是言菩薩或時止婬女家親近屠者示教利喜無數方便饒益衆生爲說妙法令入佛道世尊今日爲新發意所說妙法而不如是然我等類親於佛前得聞深法無有疑惑惟願如來爲未來世求佛道者演說甚深微妙眞理令菩薩行無復退轉爾時佛告彌勒菩薩摩訶薩善男子發阿耨多羅三藐三菩提心求菩提道有二菩薩一者在家二者出家在家菩薩爲欲化導婬室屠肆皆得親近出家菩薩則不如是然此菩薩各有九品上根三品皆住蘭若無間精進利益有情中下二根諸菩薩等隨宜所住方處不定或住蘭若或居聚落隨緣利益安隱衆生如是行門汝應觀察復次善男子出家菩薩修習佛道已得無漏眞實之法隨緣利樂一切有情若有佛子未得眞智住於蘭若要當親近諸佛菩薩若有值遇眞善知識於菩薩行必不退轉以是因緣諸佛子等應當至心求見一佛及一菩薩善男子如是名爲出世法要汝等咸當一心修學復次善男子出家菩薩猒離世間住阿蘭若省用功力得圓滿八萬四千波羅蜜行速證阿耨多羅三藐三菩提所以者何若捨名利住山林者於身命財必無悋惜永無繫屬自然易滿三

種波羅蜜多彌勒菩薩白佛言世尊住阿蘭若出家菩薩不畜財寶以何因緣能得圓滿檀波羅蜜佛告彌勒菩薩摩訶薩善男子住阿蘭若出家菩薩入於聚落所乞之食先以少分施於衆生又以餘分施於所欲即得名爲檀波羅蜜以自身命供養三寶頭目髓腦施來求者即得名爲親近波羅蜜爲求法者說出世法令發無上菩提心故即得名爲眞實波羅蜜善男子是名出家菩薩成就布施波羅蜜多復次善男子出家菩薩住阿蘭若故修十二頭陀之行若行步時看二肘地不損衆生即得名爲持戒波羅蜜堅持禁戒不惜軀命即得名爲親近波羅蜜爲求出世說法教化令發無上菩提之心即得名爲眞實波羅蜜善男子是名出家菩薩成就持戒波羅蜜多復次善男子出家菩薩住阿蘭若能滅瞋恚得慈心三昧亦無毀辱一切衆生即得名爲忍辱波羅蜜（古今原少親近一段）若爲一人說一句法令發阿耨多羅三藐三菩提心即得名爲眞實波羅蜜善男子是名出家菩薩成就忍辱波羅蜜多復次善男子出家菩薩爲令衆生得成佛故修精進行未得成佛福智羸弱不貪安樂不造衆罪於昔菩薩行苦行中深生歡喜翹敬宗仰常無休息以是因緣即得名爲精進波羅蜜棄捨身命如捐涕唾一切時中未甞懈息即得名爲親近波羅蜜遇有緣者說最上道令趣無上正等菩提即得名爲眞實波羅蜜由精進心如是十行過去不退現在堅固未來速滿善男子是名出家菩薩摩訶薩成就精進波羅蜜多復次善

男子出家菩薩住阿蘭若修習三昧爲攝諸法令不散失入諸解脫永斷邊見現於神通化彼衆生令得正智斷煩惱本入眞法界悟如實道當趣菩提以是因緣即得名爲禪定波羅蜜欲令衆生如我無異悉得滿足調伏有情不捨三昧不惜身命修此三昧即得名爲親近波羅蜜爲諸衆生說深妙法皆令趣向無上菩提即得名爲眞實波羅蜜善男子是名出家菩薩成就禪定波羅蜜多復次善男子出家菩薩處於空閑親近供養諸佛菩薩一切智者常樂聽聞甚深妙法心生渴仰恒無猒足善能分別二諦眞理斷除二障通達五明說諸法要能決衆疑以是因緣即得名爲般若波羅蜜爲求半偈棄捨身命不憚衆苦至大菩提即得成就親近波羅蜜於大會中爲人說法於深妙義無所祕惜能令發起大菩提心於菩薩行得不退轉常能觀察我身蘭若及菩提心眞實法身如是四種無有差別如是如是觀妙理故即得名爲眞實波羅蜜善男子是名出家菩薩成就般若波羅蜜多復次善男子出家菩薩住空閑處常能修習方便勝智波羅蜜多以佗心智能了有情意樂煩惱心行差別應病與藥悉令除差自在遊戲神通三昧發大悲願成熟衆生諸佛之法無不通達以是因緣即得名爲方便善巧波羅蜜多爲欲饒益諸衆生故於身命財都不固惜即得名爲親近波羅蜜多爲諸衆生怨親平等說微妙法令入佛智即得名爲眞實波羅蜜多善男子是名出家菩薩成就方便善巧波羅蜜多復次善男子出家

菩薩入於山林爲諸衆生常能修習願波羅蜜心恒歡察諸法眞性非有非空中道妙理於世俗事悉能辨了爲化有情恒修慈悲以是因縁即得名爲願波羅蜜以四弘願攝受衆生乃至捨身不壞悲願即得名爲親近波羅蜜説微妙法辯才無礙若有聽聞畢竟不退即得名爲眞實波羅蜜善男子是名出家菩薩成就願波羅蜜多復次善男子出家菩薩住阿蘭若以正智力善了有情心行黑白能爲衆生説相應法令入大乘甚深妙義即能安住究竟涅槃以是因縁即得名爲力波羅蜜以正智眼照見五蘊空寂之理能捨身命利衆生故即得名爲親近波羅蜜以妙智力化邪見衆令斷輪迴生死惡業趣向常樂究竟涅槃即得名爲眞實波羅蜜善男子是名出家菩薩成就力波羅蜜多復次善男子出家菩薩住阿蘭若於一切法了知善惡遠離邪見攝受正法不猒生死不樂涅槃即得名爲智波羅蜜不愛自身憐愍衆生於身命財恒修大捨即得名爲親近波羅蜜以微妙智爲諸衆生説一乘法令入阿耨多羅三藐三菩提以是因縁即得名爲眞實波羅蜜善男子是名出家菩薩成就智波羅蜜多善男子如是等波羅蜜多以何義故説爲八萬四千差別汝等當知爲多貪者分別演説二千一百波羅蜜多爲多瞋者分別演説二千一百波羅蜜多爲多癡者分別演説二千一百波羅蜜多爲等分者分別演説二千一百波羅蜜多善男子於如是等二千一百波羅蜜多以爲根本轉增上倍遂成八萬四千波羅

蜜多如是等法皆利佗行善男子若有衆生其性難調聞是法已心未調伏即爲宣說八萬四千諸三昧門如是妙法皆自利行若有衆生其性難調聞是法已心未調伏即爲宣說八萬四千陀羅尼門如是妙法皆利他行善男子我爲調伏一切有情說如是法及以無數善巧方便現種種相教化衆生善男子以是義故一切人天普稱如來名爲導師善男子未來現在諸佛世尊悉皆修習八萬四千波羅蜜門八萬四千諸三昧門八萬四千陀羅尼門永斷八萬四千微煩惱障八萬四千微所知障皆詣蘭若菩提樹下坐金剛座入金剛定降伏一切天魔怨已證得阿耨多羅三藐三菩提爾時世尊欲重宣此義而說偈言

超過三界大法王　出現世間化羣品
恒河沙等諸菩薩　入佛甘露智慧門
歷劫得道慈氏尊　以大悲心而啓問
善哉無垢法王子　智慧能開眞佛乘
我以師子無畏辯　說大乘中趣覺路
汝等一心善諦聽　轉授未來所應授
十方世界可使空　無令斷盡出世道
將求解脫出世道　不過三根九品類
上根三品居蘭若　中下隨緣化世間
所求道果等無差　同說眞如佛性海
已獲無漏眞大士　隨宜應現濟羣生
開示有空不二門　自利利佗無間斷
未得無漏諸佛子　應正勤修三種學
善根迴向施衆生　一心專念佛菩薩
願我常覲佛菩薩　無邊莊嚴功德身

若使恒聞法雨音　普得同霑心不退
以身常處於地獄　非不親近大慈尊
以身常處於輪迴　非不親聞微妙法
以是因緣諸佛子　繫心常念天人師
若有佛子修聖道　發起無上菩提心
猒世住於蘭若中　亦得名修三種度
每日自食先布施　兼將法寶施衆生
三輪清淨是檀那　以此修因德圓滿
當知證獲波羅蜜　唯由心淨不由財
若有染心施珍財　不如淨心施少分
財施即得名檀度　此波羅蜜非二三
能施身命及妻子　如是得名親近度
若有求法善男女　爲說一切大乘經
令發無上菩提心　乃名眞實波羅蜜
慈悲淨信具慚愧　攝受衆生離於貪
願成如來無上智　財法二施名初度
堅持菩薩三聚戒　開發菩提離生死
擁護佛法住世間　能悔誤犯眞持戒
伏瞋恚心慈悲觀　當念宿因對怨害
不惜軀命救衆生　是名忍辱波羅蜜
能行難行不暫捨　三僧祇劫常增進
不共染污恒鍊心　爲度有情求解脫
出入三昧得自在　變化神通遊十方
爲斷衆生煩惱因　三摩地門求解脫
若欲成就眞智慧　親近菩薩及如來
樂聞出世妙理門　修達三明斷二障
能知衆生心差別　隨病與藥令服行
慈悲善巧應根宜　方便利生度羣有
觀一切法眞句義　不著中邊離有無
淨智無間會眞如　二利均平周法界

智力能了衆生性　爲說相應種種法
智力能入衆生心　令斷輪迴生死本
智力能分黑白法　隨應取捨各了知
生死涅槃本平等　成就有情離分別
如是十種殊勝行　攝入八萬四千中
隨其品類勝法門　乃名菩薩波羅蜜
八萬四千三摩地　能滅衆生散亂心
八萬四千總持門　能除惑障銷魔衆
大聖法王方便力　三種法要化衆生
教網垂於生死海　置彼人天安樂處

爾時世尊說是法時八萬四千忉利天子斷諸界障證歡喜地無數百千六欲天子悟無生忍得陀羅尼十六大國王得聞持陀羅尼無量四衆聞菩薩行或得不退地或得三昧門或得陀羅尼或得大神通或有菩薩證得三地乃至十地踊躍歡喜無量百千諸人天等發阿耨多羅三藐三菩提心不復退轉八千人天遠塵離垢得法眼淨

功德莊嚴品第九

爾時彌勒菩薩摩訶薩白佛言世尊如佛所說住阿蘭若功德成就當得作佛菩薩云何修諸功德而能住是阿蘭若中惟願世尊爲我解說爾時佛告彌勒菩薩摩訶薩言汝善男子當修學者但有一德是人應住阿蘭若處求無上道云何爲一謂觀一切煩惱根源即是自心了達此法堪能住止阿蘭若處所以者何譬如狂犬被人驅打但逐瓦石不逐於人未來世中住阿蘭若新發心者亦復如是若見色聲香味觸法其心染著是人不知煩惱根本不因五境從自心生即此名爲未

能善住阿蘭若處以是因緣樂住寂靜求無上道一切菩薩摩訶薩等若五欲境現前之時觀察自心應作是念我從無始至于今日輪迴六趣無有出期皆自妄心而生迷倒於五欲境貪愛染著如是菩薩名爲堪住阿蘭若處若有人問何等有情於未來世當得作佛應指是人於當來世出三界苦破四魔軍速成菩提入佛智慧一切世間天龍八部阿蘇羅等皆應供養若善男子及善女人以清淨心供養如是住阿蘭若眞善佛子所獲福德無量無邊若復有人以衆珍寶供養悲母所獲功德亦無差別何以故是人當得阿耨多羅三藐三菩提轉正法輪度人天衆紹三寶種使不斷絶當爲衆生作歸依故復次善男子有二種法繫縛行者令不堪任住阿蘭若一者愛樂斷見邪法二者愛樂財寶樂具又善男子有二種人不堪居住阿蘭若處一者具足憍慢二者惡大乘法又善男子有二種人不應居住阿蘭若處一者邪見不信佛語二者身自破戒策役持戒如是等人不應居住阿蘭若處求無上道復次善男子具四種德應當安住阿蘭若處云何爲四一者名聞總持不忘二者分明能解妙義三者正念常不放逸四者隨順如教而行善男子若有佛子成就如是四種勝德應當安住阿蘭若處修菩薩行求無上道復次善男子出家菩薩復有四德莊嚴自身住阿蘭若求佛智慧云何爲四一者大慈二者大悲三者大喜四者大捨善男子如是四法能生一切福德智慧利益安樂無量衆生速證無上大菩提法

復次善男子出家菩薩復有四德持戒清淨能至菩提云何爲四一者恒住四無垢性二者常行十二頭陀三者遠離在家出家四者永離諂誑嫉妬善男子一切菩薩依此四法永離生死得大菩提復次善男子出家菩薩復有四法永離生死得大菩提復次善男子出家菩薩復有四法攝一切善云何爲四一者淨持禁戒復有多聞二者入諸三昧能具智慧三者得六神通兼修種智四者善巧方便又不放逸善男子如是四法三世菩薩共所修學汝等佛子亦應修習疾證廣大無上菩提復次善男子出家菩薩具四種法於菩薩行得不退轉云何爲四一者布施二者愛語三者利行四者同事善男子如是四行趣菩提路利生根本一切菩薩皆應修學復次善男子出家菩薩復具四德住於蘭若持戒清淨莊嚴自身云何爲四一者觀察自無本性伏斷二執證無我故二者佗身亦無本性於怨親所離憎愛故三者身心快樂心心所法無分別故四者得平等智生死涅槃無差別故善男子如是四法一切菩薩所應修習汝等佛子亦當修習速趣無上正等菩提復次善男子一切菩薩復有四願成熟有情住持三寶經大劫海終不退轉云何爲四一者誓度一切衆生二者誓斷一切煩惱三者誓學一切法門四者誓證一切佛果善男子如是四法大小菩薩皆應修學三世菩薩所學處故復次善男子出家菩薩復有四法住阿蘭若持戒清淨云何爲四一者愛樂空性空所顯故二者得無恐怖證三昧故三者於諸

衆生起大悲願四者於二無我無猒背心善男子如是四法一切菩薩入聖要門依此四法斷二障故復次善男子出家菩薩復有四法住阿蘭若善持禁戒莊嚴其身云何爲四一者永捨我見二者捨我所見三者離斷常見四者深能悟解十二因緣善男子如是四法能除毀禁守護淨戒莊嚴其身復次善男子出家菩薩住阿蘭若又觀四法能護禁戒妙行增修趣求佛智云何爲四一者觀察五藴生滅二者觀十二處如空聚落三者觀十八界性同法界四者於俗諦法無捨無著善男子如是四法一切菩薩所應修學是故佛子住阿蘭若一心修習求無上道復次善男子出家菩薩住阿蘭若具足四種持戒清淨莊嚴自身云何爲四一者成就不見身觀二者成就不見諸觀三者成就不見意觀四者遠離六十二見善能成就一切智觀善男子若有佛子成就如是四種清淨現身證獲正性離生乃至速證無上菩提以是因緣汝等佛子觀如是等四種法門斷四惡道證四涅槃盡未來際度諸有情令證阿耨多羅三藐三菩提復次善男子出家菩薩住阿蘭若具足八種三昧清淨莊嚴自身云何爲八一者獨坐蘭若三昧清淨二者遠離綺語三昧清淨三者遠離五欲三昧清淨四者調伏身心三昧清淨五者飲食知足三昧清淨六者遠離惡求三昧清淨七者遠離因聲起愛三昧清淨八者爲衆説法不求利養三昧清淨善男子應當修習速證無上正等菩提復次善男子出家菩薩住阿蘭若復有八種智慧清

淨云何爲八一者五蘊善巧智慧清淨二者十二處善巧智慧清淨三者十八界善巧智慧清淨四者二十二根善巧方便智慧清淨五者三解脫門善巧方便智慧清淨六者能滅一切煩惱善巧方便智慧清淨七者能滅隨煩惱善巧方便智慧清淨八者能滅六十二見善巧方便智慧清淨善男子如是八種智慧清淨汝等菩薩當勤修習速證無上正等菩提復次善男子出家菩薩住阿蘭若復有八種神通清淨莊嚴自身云何爲八一者於諸色法得無障礙天眼善巧方便神通清淨二者於諸聲境得無障礙天耳善巧方便神通清淨三者於諸衆生心心所法得無障礙佗心智善巧方便神通清淨四者憶念過去生處死處得無障礙宿住智善巧方便神通清淨五者能往十方無數佛刹得無障礙神境智善巧方便神通清淨六者能知衆生漏盡未盡得無障礙漏盡智善巧方便神通清淨七者能滅一切煩惱得無障礙無漏智善巧方便神通清淨八者現見自身一切善根迴向衆生善巧方便神通清淨善男子如是八種神通清淨十方菩薩同所修學汝等菩薩亦應修習速證無上正等菩提復次善男子出家菩薩住阿蘭若現身獲得八種清淨云何爲八一者身業清淨二者語業清淨三者意業清淨四者正性清淨五者正念清淨六者頭陀清淨七者離諂清淨八者一念不忘菩提心清淨善男子若有佛子住阿蘭若具足如是八種清淨現身成就無邊善根不復退轉阿耨多羅三藐三菩提復次善男

子出家菩薩復有八種多聞清淨莊嚴自身云何爲八一者尊敬和尚阿闍梨多聞清淨二者遠離憍慢生謙下心多聞清淨三者精進勇猛多聞清淨四者安住正念多聞清淨五者爲求法者説甚深義多聞清淨六者不愛自護毀佗多聞清淨七者常能觀察一切善法多聞清淨八者聽聞正法如説修行多聞清淨善男子如是八種多聞清淨汝等菩薩皆應修習速證無上正等菩提爾時世尊説如是等菩薩行已告彌勒菩薩摩訶薩言善男子我涅槃後後五百歲法欲滅時無量衆生猒離世間渴仰如來發阿耨多羅三藐三菩提心入阿蘭若爲無上道修習如是菩薩願行於大菩提得不退轉如是發心無量衆生命終上生覩史天宫得見汝身無邊福智之所莊嚴超越生死證不退轉於當來世大寶龍華菩提樹下得阿耨多羅三藐三菩提爾時世尊説是法時二萬五千新發意菩薩於菩提行將欲退轉聞如是法發堅固心超十信位至第六位三萬八千淨行婆羅門永斷邪見得大法忍及陀羅尼七萬六千人皆發無等等阿耨多羅三藐三菩提心

大乘本生心地觀經卷第七

大乘本生心地觀經卷第八

唐罽賓國三藏般若等譯

觀心品第十

爾時文殊師利菩薩摩訶薩即從座起整衣服偏袒右肩右膝著地曲躬合掌白佛言世尊如佛所說告妙德等五百長者我爲汝等敷演心地微妙法門而此道場無量無邊人天大衆皆生渴仰我今爲是啓問如來云何爲心云何爲地惟願世尊無緣大慈無礙大悲爲諸衆生分別演說未離苦者令得離苦未安樂者令得安樂未發心者令得發心未證果者令得證果同於一道而得涅槃爾時薄伽梵以無量劫中修諸福智所獲清淨決定勝法大妙智印印文殊師利言善哉善哉汝今真是三世佛母一切如來在修行地皆曾引導初發信心以是因緣十方國土成正覺者皆以文殊而爲其母然今汝身以本願力現菩薩相請問如來不思議法諦聽諦聽善思念之吾當普爲分別解說唯然世尊我等樂聞爾時薄伽梵妙善成就一切如來最勝住持平等性智種種希有微妙功德已能善獲一切諸佛決定勝法大乘智印已善圓證一切如來金剛秘密殊勝妙智已能安住無礙大悲自然救攝十方有情已善圓滿妙觀察智不觀而觀不說而說是薄伽梵告諸佛母無垢大聖文殊師利菩薩摩訶薩言大善男子此法名爲十方如來最勝秘密心地法門此法名爲一切凡夫入如來地頓悟法門此法名爲一切菩薩趣大菩提真實正路此法名爲三世諸佛自受法樂微妙寶宮此

法名爲一切饒益有情無盡寶藏此法能引諸菩薩衆到色究竟自在智處此法能引詣菩提樹後身菩薩眞實導師此法能雨世出世財如摩尼寶滿衆生願此法能生十方三世一切諸佛功德本源此法能銷一切衆生諸惡業果此法能與一切衆生所求願印此法能度一切衆生生死險難此法能息一切衆生苦海波浪此法能救苦惱衆生一切急難此法能竭一切衆生老病死海此法善能出生諸佛因緣種子此法能與生死長夜爲大智炬此法能破四魔兵衆而作甲冑此法即是正勇猛軍戰勝旌旗此法即是一切諸佛無上法輪此法即是最勝法幢此法即是擊大法鼓此法即是吹大法螺此法即是大師子王此法即是大師子吼此法猶如國大

聖王善能正治若順王化獲大安樂若違王化尋被誅滅善男子三界之中以心爲主能觀心者究竟解脫不能觀者永處纏縛譬如萬物皆從地生如是心法生世出世善惡五趣有學無學獨覺菩薩及於如來以是因緣三界唯心心名爲地一切凡夫親近善友聞心地法如理觀察如說修行自作教他讚勵慶慰如是之人能斷二障速圓衆行疾得阿耨多羅三藐三菩提爾時大聖文殊師利菩薩白佛言世尊如佛所說唯將心法爲三界主心法本元不染塵穢云何心法染貪瞋癡於三世法誰說爲心過去心已滅未來心未至現在心不住諸法之內性不可得諸法之外相不可得諸法中間都不可得心法本來無有形相心法本來無有住處一切如來尚

不見心何況餘人得見心法一切諸法從妄想生以何因緣今者世尊爲大衆說三界唯心願佛哀愍如實解說爾時佛告文殊師利菩薩言如是如是善男子如汝所問心心所法本性空寂我說衆喻以明其義善男子心如幻法由徧計生種種心想受苦樂故心如水流念念生滅於前後世不蹔住故心如大風一刹那間歷方所故心如燈焰衆緣和合而得生故心如電光須臾之頃不久住故心如虛空客塵煩惱所覆障故心如猿猴遊五欲樹不蹔住故心如畫師能畫世間種種色故心如僮僕爲諸煩惱所策役故心如獨行無第二故心如國王起種種事得自在故心如怨家能令自身受大苦故心如埃塵坌污自身生雜穢故心如影像於無常法執爲常故心如幻夢於我法相執爲我故心如夜叉能噉種種功德法故心如青蠅好穢惡故心如殺者能害身故心如敵對常伺過故心如盜賊竊功德故心如大鼓起鬪戰故心如飛蛾愛燈色故心如野鹿逐假聲故心如羣豬樂雜穢故心如衆蜂集蜜味故心如醉象耽牝觸故善男子如是所說心心所法無內無外亦無中間於諸法中求不可得去來現在亦不可得超越三世非有非無常懷染著從妄緣現緣無自性心性空故如是空性不生不滅無來無去不一不異非斷非常本無生處亦無滅處亦非遠離非不遠離如是心等不異無爲無爲之體不異心等心法之體本不可說非心法者亦不可說何以故若無爲是心即名斷見若離心法即名常見永離二

相不著二邊如是悟者名見眞諦悟眞諦者名爲賢聖一切賢聖性本空寂無爲法中戒無持犯亦無大小無有心王及心所法無苦無樂如是法界自性無垢無上中下差別之相何以故是無爲法性平等故如衆河水流入海中盡同一味無別相故此無垢性非實非虛此無垢性是第一義無盡滅相體本不生此無垢性常住不變最勝涅槃我所淨故此無垢性遠離一切平等不平等體無異故若有善男子善女人欲求阿耨多羅三藐三菩提者應當一心修習如是心地觀法爾時世尊欲重宣此義而說偈言

三世覺母妙吉祥　請問如來心地法
我今於此大會衆　開演成佛觀行門
此法難遇過優曇　一切世間應渴仰
十方諸佛證大覺　無不從此法修成
我是無上調御師　轉正法輪周世界
化度無量諸衆生　當知由悟心地觀
一切有情聞此法　欣趣菩提得授記
一切有緣得記人　修此觀門當作佛
諸佛自受大法樂　住心地觀妙寶宮
受職菩薩悟無生　觀心地門徧法界
後身菩薩坐覺樹　入此觀行證菩提
此法能雨七聖財　滿衆生願摩尼寶
此法名爲佛本母　出生三世三佛身
此法名爲金剛甲　能敵四衆諸魔軍
此法能作大舟船　令渡中流至寶所
此法最勝大法鼓　此法高顯大法幢
此法金剛大法螺　此法照世大法炬
此法猶如大聖主　賞功罰過順人心

此法猶如沃潤田　生成長養依時候
我以衆喻明空義　是知三界唯一心
心有大力世界生　自在能爲變化主
惡想善心更造集　過現未來生死因
依止妄業有世間　愛非愛果恒相續
心如流水不暫住　心如飄風過國土
亦如猨猴依樹戲　亦如幻事依幻成
如空飛鳥無所礙　如空聚落人奔走
如是心法本非有　凡夫執迷謂非無
若能觀心體性空　惑障不生便解脫

爾時如來於諸衆生起大悲心猶如父母愛念一子爲滅世間大力邪見利益安樂一切有情宣說觀心陀羅尼曰

唵一室佗二波羅二合底三吠憚四迦盧弭五

爾時如來說眞言已告文殊師利菩薩摩訶薩如是神呪具大威力若有善男子善女人持此呪時舉清淨手左右十指更互相叉以左壓右更相豎握如縛著形名金剛縛印成此印已習前眞言盈滿一徧勝於讀習十二部經所獲功德無有限量乃至菩提不復退轉

發菩提心品第十一

爾時薄伽梵已能善獲一切如來灌頂寶冠超過三界已得圓滿陀羅尼自在已善圓證三摩地自在妙善成熟一切智智一切種智能作有情種種差別是薄伽梵爲諸衆生宣說觀心妙門已告文殊師利菩薩摩訶薩言大善男子我爲衆生已說心地亦復當說發菩提心大陀羅尼令諸有情發阿耨多羅三藐三菩提心速圓妙果爾時文殊師利菩薩

白佛言世尊如佛所說過去已滅未來未至現在不住三世所有一切心法本性皆空彼菩提心說何名發善哉世尊願爲解說斷諸疑網令趣菩提佛告文殊師利善男子諸心法中起衆邪見爲欲除斷六十二見種種見故心心所法我說爲空如是諸見無依止故譬如叢林蒙密茂盛師子白象虎狼惡獸潛住其中毒發害人迥絕行跡時有智者以火燒林因林空故諸大惡獸無復遺餘心空見滅亦復如是又善男子以何因緣立空義耶爲滅煩惱從妄心生而說是空善男子若執空理爲究竟有空性亦空執空作病亦應除遣何以故若執空義爲究竟者諸法皆無因無果路伽耶陀有何差別善男子如阿伽陀藥能療諸病若有病者服之必差其病既愈藥隨病除無病服藥藥還成病善男子本設空藥爲除有病執有成病執空亦然誰有智者服藥取病善男子若起有見勝起空見空治有病無藥治空善男子以是因緣服於空藥除邪見已自覺悟心能發菩提此覺悟心即菩提心無有二相善男子自覺悟心有四種義云何爲四謂諸凡夫有二種心諸佛菩薩有二種心善男子凡夫二心其相云何一者眼識乃至意識因緣自境名自悟心二者離於五根心心所法和合緣境名自悟心善男子如是二心能發菩提善男子賢聖二心其相云何一者觀眞實理智二者觀一切境智善男子如是四種名自悟心爾時文殊師利菩薩白佛言世尊心無形相亦無住處凡夫行者最初發心依何等處觀何等相佛言

善男子凡夫所觀菩提心相猶如清淨圓滿月輪於胷臆上明朗而住若欲速得不退轉者在阿蘭若及空寂室端身正念結前如來金剛縛印冥目觀察臆中明月作是思惟是滿月輪五十由旬無垢明淨內外澄澈最極清涼月即是心心即是月塵翳無染妄想不生能令衆生身心清淨大菩提心堅固不退結此手印持念觀察大菩提心微妙章句一切菩薩最初發心清淨眞言

唵一菩地二室多三牟致波四陀耶五弭六

此陀羅尼具大威德能令行者不復退轉去來現在一切菩薩在於因地初發心時悉皆專念持此眞言入不退地速圓正覺善男子時彼行者端身正念都不動搖繫心月輪成熟觀察是名菩薩觀菩提心成佛三昧若有凡夫修此觀者所起五逆四重十惡及一闡提如是等罪盡皆消滅即獲五種三摩地門云何爲五一者刹那三昧二者微塵三昧三者白縷三昧四者起伏三昧五者安住三昧云何名爲刹那三昧謂暫想念滿月而住譬如獼猴身有所繫遠不得去近不得停唯困飢渴須臾住止凡夫觀心亦復如是暫得三昧名爲刹那云何名爲微塵三昧謂於三昧少分相應譬如有人常自食苦未曾食甜於一時中得一許蜜到於舌根增勝歡喜倍生踊躍更求多蜜如是行者經於長劫食衆苦味而今得與甘甜三昧少分相應名爲微塵云何名爲白縷三昧謂凡夫人自無始時盡未來際今得此定譬如染皂多黑色中見一白縷如是行者於多生死黑闇夜中而今方

得白淨三昧名之爲縷云何名爲起伏三昧所謂行者觀心未熟或善成立未善成立如是三昧猶稱低昂名爲起伏云何名爲安住三昧修前四定心得安住善能守護不染諸塵如人夏中遠涉沙磧備受炎毒其心渴乏殆無所堪忽得雪山甘美之水天酥陀等頓除熱惱身意泰然是故三昧名爲安住入此定已遠離惑障發生無上菩提之芽速登菩薩功德十地爾時會中無量人天聞此甚深諸菩薩母不可思議大陀羅尼已九萬八千諸菩薩等證歡喜地無量衆生發阿耨多羅三藐三菩提心

成佛品第十二

爾時薄伽梵能善安住清淨法界三世平等無始無終不動凝然常無斷盡大智光明普照世界善巧方便變現神通化十方土靡不周遍是薄伽梵告文殊師利菩薩摩訶薩言瑜伽行者觀月輪已應觀三種大秘密法云何爲三一者心秘密二者語秘密三者身秘密云何名爲心秘密法瑜伽行者觀滿月中出生金色五鈷金剛光明煥然猶如鎔金放於無數大白光明以是觀察名心秘密云何名爲語言秘密

唵一地室多二合婆爾羅二合二

此陀羅尼具大威力一切菩薩成佛眞言是故名爲語言秘密云何名爲身秘密法於道場中端身正念手結引導無上菩提最第一印安置胷臆心月輪中善男子我當爲汝説其印相先以左右二大拇指各入左右手掌之内各以左右頭指中指及第四指緊握拇

指作於手拳即是堅牢金剛拳印次不改拳舒左頭指直竪虛空以其左拳著於心上右拳小指緊握左拳頭指一節次以右拳頭指之頭即指右拳拇指一節亦著心前是名引導無上菩提第一智印亦名能滅無明黑闇大光明印以結此印加持力故十方諸佛摩行者頂授大菩提勝決定記是大毗盧遮那如來無量福聚大妙智印爾時行者結此印已即作此觀一切有情共結此印持念眞言十方世界無三惡道八難苦果同受第一清淨法樂我今首上有大寶冠其天冠中五佛如來結跏趺坐我是毗盧遮那如來圓滿具足三十二相八十種好放大光明照十方界利益安樂一切衆生如是觀察名入毗盧遮那如來最勝三昧譬如有人悟迦盧微妙觀門自作是觀我身即是金翅鳥王心意語言亦復如是以此觀力能消毒藥一切惡毒不能爲害凡夫行者亦復如是作降伏坐身不動搖手結智印密念眞言心入此觀能滅三毒消除業障增長福智世出世願速得圓滿八萬四千諸煩惱障不能現起恒河沙等所知重障漸漸消滅無漏大智能斷金剛般若波羅蜜現前圓滿速得阿耨多羅三藐三菩提爾時文殊師利菩薩白佛言希有世尊希有善逝如來出世過優曇華假使出世說是法難如是心地三種祕密無上法輪實能利樂一切衆生入如來地及菩薩地眞實正路若有衆生不借身命修行此法速證菩提爾時佛告文殊師利菩薩言若有善男子善女人欲得修習三種祕密成佛妙門早獲如來

功德身者當著菩薩三十二種大金剛甲修此妙觀必證如來清淨法身云何名爲三十二甲一者於無量劫爲衆生故不猒生死受苦大甲二者誓度無量有情乃至螻蟻不捨大甲三者覺悟衆生生死長夢安置三種祕密大甲四者擁護佛法於一切時猶如響應護法大甲五者永滅能起有無二見一切煩惱金剛大甲六者頭目髓腦妻子珍寶有來求者能捨大甲七者家中所受一切樂具永不貪著能施大甲八者能持菩薩三聚淨戒及不捨離頭陀大甲九者著忍辱衣遇諸違緣毀罵鞭打不報大甲十者教化所有一切緣覺聲聞令趣一乘迴心大甲十一者譬如大風晝夜不歇度諸有情精進大甲十二者身心寂靜口無過犯修行解脫三昧大甲十三者生死涅槃無有二見饒益衆生平等大甲十四者無緣大慈利益羣品恒無猒捨與樂大甲十五者無礙大悲救攝一切無有限量拔苦大甲十六者於諸衆生無有怨結恒作饒益大喜大甲十七者雖行苦行不憚劬勞恒無退轉大捨大甲十八者有苦衆生來菩薩所代彼受苦不猒大甲十九者如觀掌中阿摩勒果如是能見解脫大甲二十者見五蘊身如旃陀羅損害善事無著大甲二十一者見十二入如空聚落常懷恐怖猒捨大甲二十二者見十八界猶如幻化無有眞實大智大甲二十三者見一切法同於法界不見衆相證眞大甲二十四者掩佗人惡不藏已過猒離三界出世大甲二十五者如大醫王應病與藥菩薩隨宜演化大甲二十六者

見彼三乘體本不異究竟回心歸一大甲二十七者紹三寶種使不斷絶轉妙法輪度人大甲二十八者佛於衆生有大恩德爲報佛恩修道大甲二十九者觀一切法本性空寂不生不滅無垢大甲三十者悟無生忍得陀羅尼樂説辯才無礙大甲三十一者廣化有情坐菩提樹令證佛果一味大甲三十二者一刹那心般若相應悟三世法無餘大甲是名菩薩摩訶薩三十二種金剛大甲文殊師利菩薩若有善男子善女人身被如是金剛甲冑當勤修習三種祕密於現世中具大福智速證無上正等菩提爾時大聖文殊師利菩薩摩訶薩及諸大衆聞佛所説三種祕密心地妙法及三十二金剛甲冑一切菩薩所應學處各脱無價瓔珞寶衣供養毗盧遮那如來及十方尊而讚佛言善哉善哉薄伽梵演説無邊菩薩行願利益安樂一切衆生捨凡夫身使入佛地今者我等海會大衆爲報佛恩不惜身命爲諸衆生徧諸佛土分別演説此微妙法受持讀誦書寫流布令不斷絶惟願如來遥垂護念爾時大會聞此妙法得大饒益不可稱計無數菩薩各得證悟不退轉位一切人天皆獲勝利乃至五趣一切有情斷諸重障得無量樂悉皆當得阿耨多羅三藐三菩提

囑累品第十三

爾時釋迦牟尼如來告文殊師利菩薩等阿僧祇海會大衆言我於無量那庾多百千大劫不惜身命頭目手足血肉骨髓妻子國城一切珍寶有來求者悉用布施修習百千難

行苦行獲證大乘心地觀門今以此法付囑汝等當知此甚深經十方三世無上十力之所宣說如是經寶最極微妙能爲有情一切利樂於此三千大千世界十方諸佛國土之中所有無邊諸有情類傍生餓鬼地獄衆生由此大乘心地觀經殊勝功德威神之力令離諸苦得受安樂如是經力福德難思能令所在國土豐樂無諸怨敵譬如有人得如意珠置於家中能生一切殊妙樂具此妙經寶亦復如是能與國界無盡安樂亦如三十三天末尼天鼓能出種種百千音聲令彼天衆受諸快樂此經法鼓亦復如是能令國界最勝安樂以是因緣汝等大衆住大忍力流通此經爾時文殊師利菩薩白佛言世尊希有如來希有善逝乃說甚深大乘微妙心地觀經能廣利益大乘行者唯然世尊實爲深妙若有善男子善女人能持此經乃至一四句偈如是之人得幾所福爾時薄伽梵告文殊師利菩薩言若有善男子善女人於恒河沙三千大千世界滿中七寶以用供養十方諸佛爲一一佛造立精舍七寶莊嚴安置供養佛及菩薩滿恒沙劫彼諸如來所有無量聲聞弟子亦以供養一切所須如供養佛等無差别如是諸佛及聲聞等般涅槃後起大寶塔供養舍利若善男子善女人暫聞信解此心地經一四句偈發菩提心受持讀念解說書寫乃至極少爲一人說以彼種種供養功德比此說經所獲功德十六分中不及其一乃至算數譬喻所不能及況能具足受持讀習廣爲人說所得福利不可限量若有女人

發菩提心受持讀習書寫解說此心地經如是女人爲最後身更不復受不墮惡道八難之處於現身中感得十種勝利之福一者增益壽命二者除衆病惱三者能滅業障四者福智倍增五者不乏資財六者皮膚潤澤七者爲人愛敬八者得孝養子九者眷屬和睦十者善心堅牢文殊師利在在處處若讀若諷若解說若書寫經卷所住之處即是佛塔一切天人非人等應以人中天上上妙珍寶而供養之所以者何若此經典所在之處即爲有佛及諸菩薩緣覺聲聞何以故一切如來修行此經捨凡夫已得阿耨多羅三藐三菩提一切賢聖皆從此經得解脫故文殊師利我涅槃後後五百歲法欲滅時若有法師受持讀習解說書寫此心地經衆經中王如是法師與我無異若有善男子善女人供養尊重此法師者即爲供養十方三世一切諸佛所得福德平等無二是名眞法供養如來如是名爲正行供養所以者何是大法師在無佛時爲濁惡世邪見有情演說甚深心地經王使離惡見趣菩提道廣宣流布令法久住如是名爲無相好佛一切人天所應供養若有善男子善女人合掌恭敬此法師者我授無上大菩提記是人當得阿耨多羅三藐三菩提若人得聞此心地經爲報四恩發菩提心若自書若使人書若讀念誦利如是人等所獲福德以佛智力籌量多少不得其邊是人名爲諸佛眞子一切諸天梵王帝釋四大天王訶利帝母五百眷屬你羅跋多大鬼神王龍神八部一切聽法諸鬼神等晝夜不

離常當擁護如是佛子增長念慧與無礙辯教化衆生令種佛因文殊師利如是善男子善女人臨命終時現前得見十方諸佛三業不亂初獲十種身業清淨云何爲十一者身不受苦二者目睛不露三者手不掉動四者足無伸縮五者便溺不遺六者體不汗流七者不外捫摸八者手拳舒展九者顔容不改十者轉側自如由經力故有如是相次獲十種語業清淨云何爲十一者出微妙語二者出柔輭語三者出吉祥語四者出樂聞語五者出隨順語六者出利益語七者出威德語八者不背眷屬九者人天敬愛十者讚佛所說如是善語皆由此經次獲十種意業清淨云何爲十一者不生嗔恚二者不懷結恨三者不生慳心四者不生妬心五者不說過惡六者不生怨心七者無顛倒心八者不貪衆物九者遠離七慢十者疾欲證得一切佛法圓滿三昧文殊師利如是功德皆由受持讀習通利解說書寫深妙經典難思議力此心地經於無量處於無量時不可得聞何況得見具足修習汝等大會一心奉持速捨凡夫當成佛道爾時文殊師利法王子等無量大菩薩智光菩薩等新發意菩薩阿若憍陳如等諸大聲聞天龍八部人非人衆各各一心受持佛語皆大歡喜信受奉行

大乘本生心地觀經卷第八

音釋

坌蒲悶切塵起貌 伺相吏切察也 弭緜婢切 必差差楚懈切病除也 澈直列切澄清也 一闡提梵語也此云信不具闡齒善切 磧七迹切虜中沙漠曰磧 鉆音古 捫摸捫音門摸音莫

五經同卷

清刻龍藏佛說法變相圖

五經同卷

佛說出生無邊門陀羅尼經

一切如來心祕密全身舍利寶篋印陀羅尼經

佛說大吉祥天女十二名號經

佛說大吉祥天女十二契一百八名無垢大乘經

佛說一切如來金剛壽命陀羅尼經

佛說出生無邊門陀羅尼經

唐三藏沙門大廣智不空譯

如是我聞一時薄伽梵住毗舍離大林重樓閣與大苾芻眾八千人俱眾多菩薩摩訶薩

爾時世尊以念具慧知我棄捨壽行却後三

月當般涅槃時世尊即命具壽大目揵連往大千世界徧告諸苾芻咸皆集會於大林重樓閣大目揵連白佛言唯然奉教即剎那頃以自神足力到須彌頂以大音聲宣告大千世界

汝等咸聽此世界　其中有情佛弟子

大師今當降法雨　願樂聽者咸來集

爾時即四萬苾芻皆來集會於大林重樓閣是諸苾芻既見世尊頂禮佛足却坐一面爾時舍利弗承佛威力作是念我當應作如是色類神通現行由此神通現行作已乃至三千大千世界中住者或聲聞乘者緣覺乘者大乘者我皆令集會於大林重樓閣時舍利弗即作如是神通現行由此神通現行乃至三千大千世界中住者或聲聞乘者緣覺乘者大乘者悉皆來集會於大林重樓閣彼等皆來見世尊已頭面禮足遶佛三帀退坐一面爾時世尊即告諸大菩薩摩訶薩所謂不空見菩薩文殊師利童真菩薩滅惡趣菩薩斷憂暗菩薩除一切蓋障菩薩網光菩薩滅一切境界慧菩薩觀自在菩薩不疲倦意菩薩香象菩薩勇猛菩薩虛空庫菩薩無量光菩薩月光菩薩智幢菩薩賢護菩薩海慧菩薩無盡慧菩薩金剛藏菩薩虛空藏菩薩普賢菩薩辯積菩薩慈氏菩薩汝等可往十方恒河沙數佛國土召集末後身菩薩一生補處菩薩不退轉菩薩得無生法忍菩薩或信解菩薩彼等皆令集會於大林重樓閣即時彼諸菩薩承佛聖旨聞已唯然世尊即於剎那頃作如是神通境界由此神通境界於大

林重樓閣不可說不可說百千俱胝那庾多住末後身菩薩皆來集會復有九十俱胝百千那庾多一生補處菩薩皆來集會復有三十俱胝百千那庾多得無生法忍菩薩皆來集會復有八俱胝那庾多百千或信解菩薩如是等菩薩皆來集會彼等來見世尊已頭面禮足遶佛三帀退坐一面時舍利弗見大菩薩集會即作是念我當於如來應供正徧知問如是義利由聞如是隨應義理記莂於菩薩摩訶薩斷一切疑速得無礙辯才智慧於殑伽沙數佛土於諸如來聽聞法要聞已悉皆受持乃至得無上菩提於其中間所聞法要念持不忘菩薩有四清淨行法何謂四法有情清淨法清淨願清淨佛土莊嚴功德清淨得彼法已有四種悅意法身悅意語悅意心悅意生悅意得彼法已能入四陀羅尼門云何為四所謂入出生無盡陀羅尼門入衆生根善巧陀羅尼門入業報善巧無為陀羅尼門入甚深法忍陀羅尼門時舍利弗如是義理如前所說決定思惟廣為世尊宣說惟願世尊所說義理法要於諸菩薩修行得清淨惟願世尊敷演說之如是說已告舍利弗言善哉善哉舍利弗汝能愍念多人安樂哀愍為多人利樂人天汝能問如是義汝當善聽極善聽思惟繫念吾當為說舍利弗從佛聞已唯然世尊願為宣說時世尊告舍利弗菩薩摩訶薩於諸一切法不取不著應當受持此真言陀羅尼句

怛你也(二合)他阿寧(尼經切)一阿嗘二歷嗘三目嗘四三曼多目嗘五素迷六娑底(丁以切)也囉迷

七掃底欲訖低二合八你嚕訖諦三合九你嚕訖
底二合十鉢囉二合陛十一呬黎十二呬里迦騰鞞二合
十三迦騰二合波私娑引嚟十四娑囉嚩底二合十五呬
黎十六呬黎十七呬黎十八呬黎十九呬黎二十
一呬里黎二十二摩訶呬呬黎讚嫁二十三遮嚩
泥二十四折囉引遮囉泥二十五阿折黎二十六麽
折黎二十七阿難帝二十八阿難多孽底二十九阿
囉儜三十涅麽泥三十一涅嚩波泥三十二涅靺怛
儜三十三涅彈帝三十四達麽馱嚟三十五你引呵
嚟三十六涅寧逸切呵黎三十七微麽黎三十八尸羅
尾戍馱寧三十九鉢囉二合訖哩二合底你引波寧
四十皤去聲嚩尾皤嚩寧四十一阿僧蜺四十二阿僧
俄尾阿嚟四十三娜迷四十四微麽黎四十五微麽
羅鉢囉二合鞞四十六僧迦哩灑二合你四十七地黎
四十八地地嚟四十摩訶地地黎五十也世五十一
也戍嚩底五十二者黎五十三阿者黎五十四麽者
黎五十五三麽者黎五十六涅哩二合荼上聲散地五十
七蘇悉體聽以切嚟五十八阿僧蜺五十九阿僧誐
微訶嚟阿僧誐涅哩二合呵引黎六十你引呵囉
微麽黎六十一你呵囉戍馱泥六十二涅哩二合荼
蘇迷六十三悉體二合嚟六十四娑他二合迷六十五迷
佗二合麽靺底六十六麽訶鉢囉二合鞞六十七三曼
多鉢囉二合陛六十八微補羅鉢囉二合陛六十九微
補羅囉濕迷七十三曼多目嵠七十一薩嚩怛囉
二合引努蘖低七十二阿那砌泥七十三馱囉抳七十
四達磨你馱那愚午句切怛嚟二合七十五三曼多
皤捺黎二合七十六薩嚩怛他蘖多地瑟咤二合那
地瑟恥二合諦七十七娑嚩二合引訶引七十八

說是陀羅尼已告舍利弗當受持此陀羅尼

時菩薩摩訶薩不思惟有為無為法無所得

不誹謗不棄捨不執受不開發彼所得於斷於修不生增益不作不非作不現行不見法合不見法散不見法生不見過去法滅不見未來現在法增減不施設於法有益無益但應念佛三摩地修習之時無色非無色無相非無相無隨形好非無隨形好無識非無識無煩惱非無煩惱無戒非無戒無三摩地非無三摩地無慧非無慧無解脫非無解脫無解脫知見非無解脫知見非生非無生非族姓非不族姓非眷屬非無眷屬非住非無住非得非無得非現證非無現證非煩惱盡非無煩惱盡非蘊界處非無蘊界處非智非無智非說法非無說法非自清淨非他清淨非有情清淨非無有情清淨非自利非他利非法非調伏非身清淨非語清淨非意清淨非行清淨非前際行清淨非後際行清淨非現世行清淨非自形非他形舍利弗此之菩薩入一切法無言說念佛三昧一切法平等得名無畏陀羅尼住持勝義得名決定一切意樂圓滿三摩地一切善根智慧積集不由他力法藏族姓隨形相好名不被他凌辱陀羅尼最勝希求善巧亦名超一切魔業陀羅尼舍利弗若菩薩得此出生無邊門陀羅尼義得不退轉速疾證無上正等菩提何以故於此一切佛法功德之藏決定亦於是一切菩薩行差別由無相陀羅尼獲得爾時世尊說伽他曰

不求於空法　不戲論菩提　不傾動法界
則得陀羅尼　應當聽此經　無盡陀羅尼
由是智成就　從此證菩提　持此陀羅尼

菩薩得無畏　於諸十方佛　得聞殊勝法
能知勝妙法　諸義文相應　猶如日光耀
得句義亦然　獲得殊勝法　廣大陀羅尼
一切皆現前　由持此經故　若有諸有情
住劫問難者　悉皆斷彼疑　智慧皆無盡
法王之長子　得近勝菩提　委寄佛法藏
由愛此經故　有情皆愛樂　諸佛亦憐愍
名聞徧世間　由持陀羅尼　八十俱胝佛
臨命終時現　伸手接彼人　由持陀羅尼
千俱胝劫中　先作衆罪業　一月皆清淨
由持陀羅尼　菩薩福德聚　俱胝劫積集
一月超於彼　由持陀羅尼　三界諸有情
假使盡爲魔　不能爲障難　由持此經故
念行及智慧　得殊勝聞持　常轉於舌端
乃至證菩提　如說於此經　決定得總持
如來於此說　於中得菩提　由聞此總持
然燈授我記　剎那見諸佛　數如殑伽沙
若欲知諸佛　悉皆所說法　應當習此經
悉皆疾獲得　佛剎爲清淨　聲聞得成就
光相皆清淨　此經皆能作　應爲不放逸
七日當思惟　八十俱胝佛　授與陀羅尼
思惟勿應思　不思慎莫思　所思勿應思
則得陀羅尼　猶如入大海　不求諸財寶
得此陀羅尼　不求餘安樂　得近於正覺
是故汝當習　獲得寂靜句　即得三菩提

爾時世尊復告舍利弗菩薩有四法成就得此陀羅尼何者爲四所謂不著貪欲於諸有情不生嫉妬一切自巳財物捨施心無追悔晝夜愛法與法自娛舍利弗菩薩摩訶薩由成就四法得陀羅尼爾時世尊復說伽他曰

應棄晁穢欲　弊惡魔之境　由此爲地獄
亦爲惡趣因　於他勿嫉妬　爲親名利故
慈目視衆生　得大威妙力　衆生所諍訟
積聚爲根本　是故應棄貪　捨貪得總持
晝夜專求法　一心求菩提　陀羅尼現前
由習如是經

復次舍利弗菩薩摩訶薩成就四法得陀羅尼云何爲四所謂習阿蘭若極無諍處住深法忍辱力不著利養恭敬名聞於諸所愛物捨施而不顧戀乃至於身命舍利弗由成就此四法即得陀羅尼爾時世尊復說伽他曰

應住蘭若佛稱讚　住彼勿應輕他人
當樂甚深之法忍　精勤猶如救頭然
勿於利養生貪著　由此因緣成矯行
精麤知足猶如鳥　得爲人身作果實
奇哉善獲如來法　棄捨宅舍多苦本
應當清淨身口意　深生恭敬於佛法
貪利之人無念慧　無信無戒無恩法
菩提遙遠如空地　是故遠離貪愛心

復次舍利弗菩薩摩訶薩成就四法得此陀羅尼云何爲四所謂入八字義何者爲八謂跛字者勝義隨入一切法無我　囉字者相隨形好無相隨形好故隨入一切如來法身　嚩字者愚夫法聖人法隨入無二　惹字者生老死非生老死去不去隨入無生無滅　迦字者業異熟隨入非業異熟　駄字者陀羅尼法要空無相無願隨入法界捨字者奢摩他毗鉢舍那非奢摩他毗鉢舍那一切法隨入真如　乞灑(二合)字者一切法刹那無盡無壞無身本寂故隨入一切法涅槃如是

八字義應當隨入此是入初義於此陀羅尼法要善應書寫當受持之即隨入第二義於此陀羅尼法要半月半月當讀勤加修習繫念則隨入第三義於此陀羅尼法要修習菩薩摩訶薩應當勸發慰喻讚歎一切衆生令修學此陀羅尼則隨入第四義舍利弗菩薩摩訶薩由四法成就得是陀羅尼爾時世尊復說伽他曰

思惟八字義　書寫持此經　半月當讀習
亦勸他有情　近菩提廣慧　現見一切佛
所住十方界　從彼學生信

舍利弗菩薩摩訶薩修習此陀羅尼者得四種功德何者爲四所謂十方一切諸佛如來咸皆攝受無諸魔障業障速得遠離獲得無礙辯才舍利弗菩薩摩訶薩由習此陀羅尼得四種功德爾時世尊復說伽他曰

諸佛皆攝受　魔衆不得便　業障速遠離
得無礙辯才

舍利弗古往過去無數過無數廣大高遠無量劫是時有佛名寶吉祥威光王劫如來應供正徧知出興於世明行足善逝世間解無上士調御丈夫天人師佛世尊復次舍利弗彼寶吉祥威光王劫如來般涅槃時有人王名持光轉輪聖王具七寶彼王有子號不思議功德寶吉祥年始十六從彼佛聞此出生無邊門陀羅尼法要纔聞是陀羅尼精勤而住七萬歲未曾睡眠不貪王位及身命財七萬歲一向宴默脅不著地於九萬俱胝佛所聽聞正法聞已悉皆總持即承事彼寶吉祥威光王劫如來應供正徧知即於彼佛所而

得出家却後九萬歲成就此出生無邊門陀羅尼既成就已廣爲一切有情而敷演即於一生中八萬俱胝那庾多衆生建立無上正等菩提得不退地舍利弗於彼會中有長者子名日月幢從法師苾芻聞此出生無邊門陀羅尼門已深生隨喜由隨喜善根於九萬俱胝佛所聽聞正法聞已悉皆總持則爲得勝陀羅尼者最勝端嚴語者最勝不斷辯才者彼等衆多佛於三劫中恭敬承事却後三劫證無上正等菩提舍利弗或有猶豫生疑異慧者當彼異時其月幢長者子不應如是見何以故其然燈佛彼時爲月幢長者子舍利弗或有猶豫生疑異慧者當彼異時其不思議功德寶吉祥法師者不應如是見何以故其無量壽如來彼時爲不思議功德寶吉祥法師舍利弗我等賢劫中菩薩摩訶薩聞此經已深生隨喜由隨喜善根棄背四十俱胝劫流轉生死於九萬俱胝佛所聽聞正法咸皆得爲勝陀羅尼者最勝端嚴語者最勝不斷辯才者是故舍利弗欲求速疾無上正等菩提者菩薩摩訶薩於此法乃至作隨喜修習何以故則彼菩薩得不退轉地承事法師於無上菩提爲因何況書寫受持讀誦正念思惟爲他人說此福德聚唯除如來一切有情不知其量不可知不可思爾時世尊復說伽他曰

聞此經已生隨喜　書寫受持及讀誦
一切衆生不能測　福德流注生不絕
一切生中見諸佛　獲得淨信不思議
解了深經及理趣　速疾覺悟勝菩提

彼不壞失三摩地　不失神通陀羅尼
不失色財及見佛　乃至末證無上覺
我念古往於前生　爲長者子聞總持
親覲諸佛如恒沙　隨喜覺悟大菩提
然燈昔爲長者子　無邊光明於前生
佛無量壽爲法師　我等賢劫皆隨喜
樂欲速疾證菩提　欲得速疾摧諸魔
願樂百福相莊嚴　由此加行得不難
若世界如殑伽沙　悉皆捨施滿七寶
書持從所生福德　譬喻捨施彼不及
是故聞已專精勤　智慧菩薩受持此
書寫總持思惟者　我說菩提得不難

復次舍利弗於此出生無邊門陀羅尼加行菩薩摩訶薩有八大藥叉住雪山中皆來增加修行者身威力晝夜加持擁護何者爲八所謂初名戍囉藥叉（此言勇猛）次名涅哩（二合）荼藥叉（此言堅固）三名鉢囉（二合）部藥叉（此言主宰）四名那羅延末羅（二合）藥叉（此言那羅延力）五名左哩怛囉（二合）末底藥叉（此言行慧）六名訥達沙藥叉（此言難摧）七名迦拏囉藥叉（此言噬柴）八名蘇摩呼藥叉（此言妙臂）彼等悉皆來增益修行者威力應當澡浴著新淨衣應習經行不惜身命應起大慈心普徧一切衆生應當誦念此陀羅尼彼八大藥叉速疾示其行者諸門有八大菩薩生欲界天彼等亦來加持攝受何者爲八所謂徧照明菩薩慧光菩薩日光菩薩警覺菩薩滿一切意樂菩薩星宿王菩薩行慧菩薩彼八菩薩摩訶薩得陀羅尼住加行修習陀羅尼加行菩薩住實期信知恩報恩愛樂佛法住深法忍修陀羅尼習經行者菩薩摩訶薩於財於法

應習平等性乃至捨施微少尚習平等何况於多世尊說是陀羅尼時三十殑伽沙數那庾多百千俱胝菩薩由得此出生無邊門陀羅尼於無上正等菩提得不退轉百六十頻婆羅人天先所未發阿耨多羅三藐三菩提今皆發無上菩提心爾時舍利弗白佛言世尊云何名此經我當受持佛告舍利弗是故此經名出生無邊門汝當受持亦名決定得薩婆若智汝當受持亦名決定出生菩薩汝當受持亦名摧壞魔衆汝當受持佛說是經已具壽舍利弗與大菩薩天人阿脩羅乾闥婆等皆大歡喜信受奉行

佛說出生無邊門陀羅尼經

一切如來心祕密全身舍利寶篋印陀羅尼經

唐三藏沙門大廣智不空譯

如是我聞一時薄伽梵在摩伽陀國無垢園寶光明池中與大菩薩衆及大聲聞僧天龍藥叉健闥婆阿蘇羅迦樓羅緊那羅摩睺羅伽人非人等無量百千衆俱前後圍遶爾時衆中有一大婆羅門名無垢妙光多聞聰慧人所樂見常奉十善於三寶所決定信向善心殷重智慧微細常欲令一切衆生相應善利大富豐饒資具圓滿時彼婆羅門無垢妙光從座而起往詣佛所遶佛七帀以衆香華奉獻世尊無價妙衣瓔珞珠鬘持覆佛上頂禮雙足却住一面作是請言惟願世尊與諸大衆明日晨朝至我宅中受我供養爾時世尊默然許之時婆羅門知佛受請遽還所住即於是夜廣辦餚饍百味飲食張施殿宇種種莊嚴至明旦已與諸眷屬持衆香華及諸伎樂至如來所白言時至願赴我請今正是時願垂聽許爾時世尊安慰彼婆羅門無垢妙光言已顧視大衆告言汝等皆應往彼婆羅門家爲欲令彼獲大利故於時世尊即從座起纔起座已從佛身出種種光明間錯妙色照觸十方悉皆警覺一切如來既警覺已然後取道時婆羅門以恭敬心持以香華與諸眷屬及天龍八部釋梵護世先行治道奉引如來爾時世尊前路不遠中至一園名曰豐財於彼園中有古朽塔摧壞崩倒荊棘所沒榛草充徧覆諸礓礫狀若土堆爾時世尊逕往塔所時塔上放大光明赫然熾盛於土

聚中出善哉聲讚言善哉善哉釋迦牟尼如來今日所行極善境界又言汝婆羅門汝於今日獲大善利爾時世尊禮彼朽塔右遶三帀脫身上衣用覆其上泫然垂淚涕泗交流泣已微笑當爾之時十方諸佛皆同觀視亦皆泣淚俱放光明來照是塔是時大衆集會皆同怪異驚怖而住爾時金剛手菩薩亦皆流淚威燄熾盛執杵旋轉往詣佛所白言世尊此何因緣現是光相何於如來眼流淚如是此是佛之大瑞光相現前惟願如來於此大衆解釋我疑時薄伽梵告金剛手此大全身舍利聚如來塔一切如來俱胝如胡麻心陀羅尼印法要今在其中金剛手有此法要在是中故塔即爲如胡麻俱胝百千如來之身亦是如胡麻百千俱眡如來全身舍利聚

乃至八萬四千法蘊亦住其中即九十九百千俱胝如來頂相在其中是塔一切如來之所授記若是塔所在之處有大功勳具大威德能滿一切吉慶爾時大衆聞佛是說遠塵離垢及隨煩惱得法眼淨其中即有得須陀洹果者得斯陀含果者得阿那含果者得阿羅漢果者或有得辟支佛道者或有入菩薩位者或有得阿毗跋致者或有得菩提授記者或有得初地二地乃至十地者或有滿足六波羅蜜者其婆羅門遠塵離垢得五神通爾時金剛手菩薩見此奇特希有之事白佛言世尊甚奇特希有但聞此事尚獲如是殊勝功德何況於此法要種植善根獲大福聚佛言諦聽金剛手若有善男子善女人比丘比丘尼優婆塞優婆夷書寫此經典者即爲

書寫彼九十九百千俱胝如胡麻如來所說經典即於彼九十九百千俱胝如胡麻如來種植善根即爲彼等如來護念攝受若人讀誦即爲讀誦過去一切諸佛所說經典若受持此經即彼九十九百千俱胝如胡麻如來應正等覺彼一一如來一一方所遙加攝護晝夜現身若人供養此經以香華塗香華鬘衣服嚴具而供養者即於彼十方九十九百千俱胝如來之前成天妙華香衣服嚴具七寶所成積如須彌而爲供養種植善根亦復如是爾時天龍八部人非人等見聞是已各懷希奇互相謂言奇哉威德是朽土聚以如來神力所加持故有是神變金剛手白佛言世尊何因緣故是七寶塔現爲土聚佛告金剛手此非土聚乃七寶所成大寶塔耳復次金剛手由諸衆生業果故隱非如來全身而可毀壞豈有如來金剛藏身而可壞也但以衆生業果因緣示現隱耳復次金剛手後世末法逼迫爾時多有衆生習行非法應墮地獄不求佛法僧不種植善根爲是因緣好法當隱唯除此塔以一切如來神力所持以是事故我今流淚彼諸如來亦以是事悉皆流淚爾時金剛手菩薩白佛言世尊若有人書寫此經安置塔中獲幾所福佛告金剛手若人書寫此經置塔中者是塔即爲一切如來金剛藏窣堵波亦爲一切如來陀羅尼心祕密加持窣堵波即爲九十九百千俱胝如胡麻如來窣堵波亦爲一切如來佛頂佛眼窣堵波即爲一切如來神力所護若於佛形像中安置及於一切窣堵波中安置此經者其

像即爲七寶所成其窣堵波亦爲七寶傘蓋珠網露槃交結徳宇鈴鐸純爲七寶一切如來於此法要加其威力以誠實言本誓加持若有有情能於此塔種植善根必定於阿耨多羅三藐三菩提不退轉乃至應墮阿鼻地獄者若於此塔一禮拜一圍遶必得解脫皆得不退轉於阿耨多羅三藐三菩提塔及形像所在之處一切如來神力所護其處不爲寒風雷雹霹靂所害又復不爲毒蛇毒蟲毒獸所傷不爲惡星怪鳥鸚鵡鸜鵒蟲鼠鼠狼蚔蜂蠆之所傷害亦無藥叉羅刹部多毗舍遮癲癇之怖亦不爲一切寒熱諸病癧瘻癰毒瘡癬疥癩所染若人暫見是塔一切皆除其處亦無人馬牛疫童子童女疫亦不爲非命所夭亦不爲刀杖水火所傷亦不爲他敵所役饑饉所逼厭魅呪禱不能得便四大天王與諸眷屬晝夜衛護二十八部大藥叉將及日月幢雲彗星晝夜護持一切龍王加其精氣順時降雨一切諸天與忉利天三時下來亦爲供養禮拜塔故一切諸仙三時來集讚詠旋遶釋提桓因與諸天女晝夜三時來下供養其處即爲一切如來護念加持若人作塔或土石木金銀赤銅書此法要安置其中纔安置已其塔即爲七寶所成上下階陛露槃傘蓋鈴鐸網綴純爲七寶其塔四方如來形相亦復如是則一切如來神力所持其七寶塔大全身舍利藏高至阿迦尼吒天宮一切諸天守衛供養金剛手白佛言世尊何因緣故此法如是殊勝功徳佛告金剛手以此寶篋陀羅尼威神力故金剛手言惟願如

來哀愍我等說是陀羅尼佛言諦聽金剛手此是未來現在及已般涅槃者全身舍利皆在寶篋陀羅尼中是諸如來所有三身亦在是中爾時世尊即說陀羅尼曰

娜莫悉怛哩也四合地尾二合迦南一薩婆怛佗引蘖多南二唵三部尾婆嚩娜嚩㗚四嚩者㗚五者者𪘨知皆切六祖嚕祖嚕馱囉七薩嚩怛佗蘖多八馱引都馱㗚鉢娜鉿二合婆嚩底九惹也嚩犁十敵祖犂薩麼二合囉十一怛佗蘖多達摩斫訖囉二合十二鉢囉二合靺㗚哆二合娜嚩日囉二合犂音冐地滿拏十三楞迦引囉引十四楞訖哩二合諦十五薩嚩怛佗引蘖多引地瑟恥二合下同諦十六冐馱野冐馱野十七冐地冐地十八沒馱沒馱十九參冐馱你參冐馱野二十者攞者攞二十一者懶覩二十二薩嚩嚩囉拏你二十三薩嚩播引波尾蘖諦二十四戶嚕戶嚕二十五薩嚩戍迦弭蘖帝二十六薩嚩怛佗蘖多二十七紇哩二合下同那野嚩日哩二合抳二十八參婆囉參婆囉二十九薩嚩怛佗蘖多三十麌呬野二合馱囉抳敵涅犂二合下同三十一沒悌蘇沒悌三十二薩嚩怛佗蘖多引地瑟恥多三十三馱覩蘖陛娑嚩二合訶三十四參摩耶引地瑟恥二合帝娑嚩二合訶三十五薩嚩怛佗蘖多紇哩二合那野馱覩敵捺㘑二合娑嚩二合呵三十六蘇鉢囉二合底瑟恥二合多蘖覩二合閉怛佗蘖多引地瑟恥二合帝戶嚕戶嚕吽吽娑嚩二合訶三十七唵薩嚩怛佗蘖多三十八塢瑟抳三合沙馱都敵捺囉二合尼薩嚩怛佗蘖單娑引馱都尾部使多引地瑟恥二合帝三十九吽吽娑嚩二合引訶引四十

爾時世尊說是陀羅尼時從朽塔處有七寶

窣堵波自然涌出高廣嚴飾莊嚴微妙放大光明時彼十方九十九百千俱胝那庾多如來皆來稱讚釋迦牟尼佛各作是言善哉善哉釋迦如來能說如是廣大法要安置如是法藏於閻浮提令諸衆生受樂安隱若有善男子善女人安此法要安置此陀羅尼於塔像中者我等十方諸佛隨其方處恒常隨逐於一切時以神通力及誓願力加持護念爾時世尊說此大全身舍利寶篋印陀羅尼廣作佛事已然後往彼婆羅門家受諸供養令無數天人獲大福利已却還所住爾時大衆比丘比丘尼優婆塞優婆夷天龍夜叉揵闥婆阿脩羅迦樓羅緊那羅摩睺羅伽人非人等皆大歡喜信受奉行

一切如來心祕密全身舍利寶篋印陀羅尼經

佛說大吉祥天女十二名號經

唐三藏沙門大廣智不空譯

如是我聞一時薄伽梵住極樂世界與無量大菩薩衆前後圍遶而爲說法爾時觀自在菩薩摩訶薩大吉祥天女菩薩摩訶薩等皆從座起詣世尊所頭面禮足各坐一面爾時世尊爲欲利益薄福貧窮諸有情故告觀自在菩薩言善男子若有苾芻苾芻尼近事男近事女諸有情類知此大吉祥天女十二名號能受持讀誦修習供養爲他宣說能除一切貧窮業障獲大富貴豐饒財寶爾時會中天龍八部異口同音咸作是言如世尊說真實不虛我等願聞十二名號惟願世尊大悲演說佛言汝當善聽今爲汝說所謂吉慶

吉祥蓮華　嚴飾　具財　白色　大名稱

蓮華眼　大光曜　施食者　施飲者

寶光　大吉祥　是爲十二名號汝當受持

我今復說大吉祥陀羅尼曰

怛你也(二合)佗(去聲引一)室哩(二合)抳室哩(二合)抳(二)薩嚩迦(引)哩野(二合)娑(去聲引)馱額(三)悉額悉額(四)額額額額(五)阿(上聲)洛乞史茗(三合)曩(引)捨野娑嚩(引一合)賀(引六)

爾時世尊說是陀羅尼已告觀自在菩薩言此大吉祥陀羅尼及十二名號能除貧窮一切不祥所有願求皆得圓滿若能晝夜三時讀誦此經每時三徧或常受持不間作饒益心隨力虔誠供養大吉祥天女菩薩速獲一切財寶豐饒吉祥安樂時觀自在菩薩摩訶薩及諸大衆天龍八部從佛聞說十二名號及陀羅尼歎未曾有皆大歡喜信受奉行

佛說大吉祥天女十二名號經

佛說大吉祥天女十二契一百八名無垢大乘經

唐三藏沙門大廣智不空譯

如是我聞一時薄伽梵住安樂世界與大菩薩衆所謂觀自在菩薩得大勢菩薩除一切蓋障菩薩地藏菩薩普光菩薩虛空藏菩薩金剛手菩薩除一切怖畏菩薩持一切清淨吉祥菩薩持一切福相菩薩持日月三世菩薩文殊師利菩薩如是等菩薩摩訶薩而爲上首爾時觀自在菩薩摩訶薩往詣世尊所頭面禮足退坐一面時大吉祥天女亦往詣佛所頭面禮足無量百千帀圍遶及禮一切安樂世界所住菩薩退坐一面爾時世尊見吉祥天女有無量百千福莊嚴俱胝如來圍遶一切釋梵護世讚揚稱歎以大梵音告觀自在菩薩摩訶薩言觀自在菩薩若有國王王子比丘比丘尼優婆塞優婆夷婆羅門刹利毗舍首陀若受持大吉祥天女十二契一百八名無垢讚歎其王剎利國界所有衆生一切怖畏逼惱並皆息除一切怨賊人非人怖亦不爲害一切財穀皆悉豐饒吉祥天女於彼王刹利宅中常所居止時彼菩薩摩訶薩說如是言善哉善哉世尊妙說此語若有持吉祥天女名號彼獲如是福利時無畏觀自在菩薩摩訶薩即白佛言世尊吉祥天女於何處種植善根佛言彼於恒河沙如來應供正徧知處種植善根無畏觀自在菩薩我念過去世於寶生世界寶華功德海吠瑠璃金山金光明吉祥如來應供正徧知出興於世大吉祥天女於彼種植善根及餘多如來

所由稱如是如來名號此大吉祥天女作成就善根此諸如來常隨逐大吉祥天女作成就善根此諸如來常隨逐大吉祥天女能脱一切罪除滅一切煩惱令一切身作無垢召集增益一切財穀能除貧窮能攝召一切天龍藥叉羅刹乾闥婆阿脩羅迦樓羅緊那羅摩呼羅伽能息一切逼惱諍訟鬬戰能成辦六波羅蜜所謂 曩謨吉祥容如來 曩謨寶華功德海吠瑠璃金山光明吉祥如來 曩謨恒河一切津口吉慶吉祥如來 曩謨栴檀華威德星光吉祥如來 曩謨普徧照曜勝鬬戰吉祥如來 曩謨功德海照曜曼荼羅吉祥如來 曩謨法神通幢進吉祥如來 曩謨曜寂靜香照曜吉祥如來 曩謨衆生意樂寂靜身吉祥如來 曩謨願海光吉祥如來 曩謨妙徧稱讃名號吉祥如來 曩謨不退輪寶處吉祥如來 曩謨日輪照曜踊起吉祥如來 曩謨無數精進妙住吉祥如來 曩謨無量善住吉祥如來 曩謨音聲支分吉祥如來 曩謨般若燈無數光幢吉祥如來 曩謨那羅延禁戒甲冑吉祥如來 曩謨梵吉祥如來 曩謨摩醯首羅吉祥如來 曩謨日月吉祥如來 曩謨甚深法光王吉祥如來 曩謨虚空燈現喜吉祥如來 曩謨日光幢吉祥如來 曩謨香燈吉祥如來 曩謨海藏生吉祥如來 曩謨變化雲妙聲吉祥如來 曩謨一切照曜莊嚴吉祥如來 曩謨樹王增長吉祥如來 曩謨寶焰山王吉祥如來 曩謨智焰海吉祥如來 曩謨大願精進吉祥如來

曩謨大雲吉祥如來　曩謨念幢王吉祥如來　曩謨帝幢旛王吉祥如來　曩謨鉤召一切財穀吉祥如來　曩謨鉤召寂靜吉祥如來　曩謨鉤召吉慶吉祥如來

如是如來名號若有恭敬受持讚誦者彼善男子善女人得發生甚多福聚一切如來授記大吉祥天女汝當於吉祥寶莊嚴世界成等正覺號吉祥摩尼寶生如來應供正徧知其世界種種天寶以爲莊嚴於彼世界唯此如來作光明彼菩薩衆於彼佛世界中自然光明壽命無量從空演出佛法僧聲音所有菩薩於彼佛世界生者一切皆蓮華臺化生云何十二契一百八名無垢讚歎無畏觀自在汝今諦聽所謂　一切如來所灌頂一　一切如來母二　一切天母三　一切如來吉祥四　一切菩薩吉祥五　一切賢聖聲聞縁覺吉祥六　梵毗紐摩醯首羅吉祥七　一切天上首吉祥八　一切處到吉祥九　一切天龍藥叉羅刹乾闥婆阿脩羅迦樓羅緊那羅摩睺羅伽吉祥十　一切持金剛手持金剛吉祥十一　四五護世吉祥十二　八曜二十八宿吉祥十三　唵娑尼怛哩十四　馱怛哩麼多十五　四明吉祥十六　吉祥鬼母十七　勝十八　最勝十九　恒河二十　一切津二十一　一切吉慶二十二　無垢吉祥二十三　一切除罪二十四　無逸二十五　月吉祥二十六　日吉祥二十七　一切曜吉祥二十八　乘師子二十九　百千俱胝頻婆羅蓮華莊嚴三十　蓮華三十一　大蓮華三十二　蓮華座三十三　蓮華藏三十四　持蓮華三十五　具蓮華三十六　無量寶光明三十七　施財三十八　白三十九　大白四十　白臂四十一　持一切吉慶四十二　莊嚴一切福身四十三　調

柔者四十四百千臂四十五百千眼四十六百千頭四十七持種種間錯摩尼冠四十八妙色四十九種種色五十名稱五十一極名稱五十二寂靜五十三貳母多五十四清淨髮五十五月光五十六日光五十七作端嚴五十八一切有情對面吉祥五十九聖者六十依華六十一華自在六十二一切須彌山王吉祥六十三一切江河吉祥六十四一切海水吉祥六十五一切津口吉祥六十六一切藥草樹財穀吉祥六十七施金六十八施飲食六十九色清淨身七十色者七十一一切如來自在者七十二一切天衆對面吉祥七十三焰摩水天俱尾羅嚩平娑嚩上首吉祥七十四與者七十五食者七十六威光七十七具威光七十八豐饒七十九榮盛八十增長八十一高遷八十二法吉祥八十三依春八十四俱牟陀藏八十五慈悲者八十六依丈夫身八十七一切清淨吉慶手八十八除一切不祥者八十九鉤召一切福吉祥九十一切地王吉祥九十一一切持明吉祥九十二一切鬼藥叉羅刹餓鬼毗舍遮鳩槃茶摩睺羅伽吉祥九十三一切天宮諸天吉祥九十四一切念誦護摩吉祥九十五曜極喜九十六福德遊戲九十七一切仙清淨吉祥九十八一切吉祥九十九一切宮殿尊勝吉祥一百一切緊那羅吉祥一百一一切日勝吉祥一百二無罪處流者一百三意樂一百四適悅者一百五俱尾羅一百六愛者一百七法王吉祥一百八

如上一百八名眞言曰

唵一怛你也二合佗尾路引迦野跢囉野二謨引者野三薩嚩耨契毗藥四二合薩嚩補尼野二合五糝素感切婆去聲囉曩引麼引六目契矩嚕娑嚩二合引訶引七唵八嶷誐魚迦切引九薩嚩底丁逸切十

佗目企娑嚩(二合引)訶(引十一)唵(十二)娑(引)尾底哩(二合)娑嚩(二合引)訶(引十三)薩嚩曹誐攞(十四)馱(引)哩抳娑嚩(二合)訶(十五)者咄吠娜(十六)薩嚩諾乞叉(二合)怛囉(二合十七)蘖囉(二合)訶誐拏(引)地慕帶曳(二合)娑嚩(二合引)訶(十八)没囉(二合)紇麼(二合)野娑嚩(二合引)訶(十九)尾瑟努(二合)吠娑嚩(二合)訶(二十)嚕捺囉(二合)野娑嚩(二合引)訶(二十一)尾濕嚩(二合)目佉野(引)娑嚩(二合引)訶(二十二)唵(一十三)儗里(二合)寧(上聲)儗里(二合)寧(二十四)薩嚩迦(引)哩也(二合)僧娑(引)馱寧(二十五)私(息夷切下同)寧私寧(上聲二十六)寧寧寧寧(並上聲二十七)阿攞乞史弭(三合)茗曩(引)捨野(二十八)阿(引)嚩訶泥尾室唎(二合二十九)吠室囉(二合)麼拏(引)野娑嚩(二合引)訶(引三十)蘇(上聲)韈拏馱(上聲)曩(三十一)馱(引)寧夜(二合)羯灑抳娑嚩(二合引)訶(引三十二)薩嚩補尼夜(二合)羯灑抳娑嚩(二合引)訶(引三十三)室唎(二合)泥(上聲)嚩跢羯

灑抳薩嚩(二合引)訶(引三十四)薩嚩播(引)跛(三十五)曩捨寧(上聲)薩嚩(二合引)訶(引三十六)薩嚩(引)攞乞史弭(三合引三十七)鉢囉(二合)捨麼寧(上聲)娑嚩(二合引)訶(引三十八)薩嚩怛佗(引)誐跢毗色跢曳(引)娑嚩(二合引)訶(引三十九)薩嚩泥嚩跢毗色跢曳薩嚩(二合引)訶(引四十)薩嚩泥嚩跢(引)鉢囉(二合)目佉(四十一)室哩(二合)曳(引)娑嚩(二合引)訶(引四十二)阿欲麼攞(四十三)韈拏迦囉(引)曳(引)娑嚩(二合引)訶(引四十四)薩嚩跛尾怛囉(二合四十五)曹誐囉訶娑跢(二合)曳(引)娑嚩(二合引)訶(引四十六)僧(息孕切)賀嚩(引)呬奈曳娑嚩(二合引)訶(引四十七)跛納麼(二合)三步跢(引)曳娑嚩(二合引)訶(引四十八)薩嚩訖哩(二合)丁也(二合四十九)迦屈(引)娜(五十)尾曩(引)施奈曳娑嚩(二合引)訶(引五十一)

無畏觀自在菩薩此大吉祥真言及以一百八名號能除一切煩惱能摧一切罪能鉤召

一切福能除一切不祥能鉤召一切福德若有人受持讀誦及諸如來名號者彼當早起於一切佛燒香及華供養爲吉祥天女應燒檀香應讀此經其人不久獲得一切吉祥一切安樂喜悅一切天擁護一切事業悉皆成就佛說是經已觀自在菩薩摩訶薩及大吉祥天女一切大衆聞佛所説皆大歡喜信受奉行

天阿蘇羅藥叉等　來聽法者應至心
擁護佛法使長存　各各勤行世尊教
諸有聽徒來至此　或在地上或居空
常於人世起慈心　晝夜自身依法住
願諸世界常安隱　無邊福智益羣生
所有罪障並消除　遠離衆苦歸圓寂
恒用戒香塗瑩體　常持定服以資身
菩提妙華徧莊嚴　隨所住處常安樂

佛說大吉祥天女十二契一百八名無垢大乘經

佛說一切如來金剛壽命陀羅尼經

唐南天竺國三藏金剛智共沙門智藏奉　詔譯

如是我聞一時佛住殑伽河側與諸比丘及大菩薩無量天人大衆俱爾時世尊告毗沙門等四天王言有四種法甚可怖畏若男若女童男童女一切有情無能免者所謂生老病死於中一法最爲逼惱難可對治所謂死怖我愍是故說對治法爾時四天王白佛言世尊我於今日爲獲大利惟願世尊爲衆生故宣說是法爾時世尊面向東方彈指召集一切如來作是誓言所有十方一切如來應正等覺爲衆生故證菩提者咸皆助我令我以一切如來威神力故悉令如是一切衆生轉非命業使增壽命我昔未爲衆生轉此法輪於今方轉能令衆生壽命色力皆得成就無夭死怖如是南西北方四維上下召集警告亦復如是爾時十方盡佛眼所到若干世界一切如來皆悉赴集徧滿虛空數如微塵爾時一切諸佛爲加持故異口同音即說一切如來金剛壽命陀羅尼曰

怛你也(去聲二合引)侘(一)者犂(二)者攞(引)者犂(三)尾娜胝薩嚩(二合)薩底(二合)稽(四)斫訖浪(二合)糵喃(五)鉢囉(二合)舍滿都(六)薩嚩路(引)誐薩嚩薩怛嚩(二合)喃(七)阿娜蘇(知解切八)倶娜蘇(九)摩賀娜蘇(十)者[口*隸]者[口*隸]係麼澆哩(十一)係麼你鏟尼(去聲十二)係麼尸棄(十三)矯囉微(十四)矯囉讖(十五)係倶囉微(十六)倶囉[口*犂](十七)倶麼底(十八)微捨麼抳麼抳(十九)戍毗(引)嚩(二十)阿者犂(二十一)彌者犂(二十二)麼尾㘓麼(二十三)戶暮戶暮(二十四)唵嚩囉(二合)諭曬(其甲)薩嚩(二合)賀(引二十五)

爾時十方佛所一切執金剛菩薩異口同音亦說延命陀羅尼曰

吽吽尸棄薩嚩（引合）二 賀（引一）

如是一切如來及十方執金剛菩薩說是陀羅尼已隱而不現爾時毗沙門天王白佛言我以佛神力爲一切衆生加持護念除非命故說陀羅尼曰

始尾（二合）帝（一）始尾（二合）怛犂（二）栗利（三）

爾時毗樓勒叉天王又白佛言我以佛神力故爲多衆生除夭命故說陀羅尼曰

摩蹬霓摩蹬倪尼（一）輸摩輸謀（二）

爾時提頭賴吒天王亦白佛言我亦爲諸衆生除死怖故說陀羅尼曰

者嚕禮者嚕禮（一）者囉哩（引二）

爾時毗樓博叉天王亦白佛言我亦以佛神力故令一切衆生除非命故說陀羅尼曰

末臨（一）嚩嚩嚩嚩（二）

佛告四天王言若有讀誦此經日日受持乃至一徧當應敬彼善男子善女人應如佛想終不墮三惡道定增壽命若人每日爲一切衆生轉誦此經終無夭死短命之怖亦無惡夢魘魅呪詛惡形羅刹鬼神之怖亦不爲水火兵毒之所傷害一切諸佛菩薩攝受護念其處亦爲佛所護持爾時世尊說是經已毗沙門天王等一切大衆皆大歡喜信受奉行

佛說一切如來金剛壽命陀羅尼經

音釋

剪筆列切 嘐音溪 呬虛器切 嚟力夷切 孼魚列切 儜尼耕切 蜺研奚切 娜奴可切 哩音里 䩭音末又亡發切 櫱魚列切 抳尼氏切 咤陟駕切 臰尺救切與臭同 礓居良切石也 塠都回切與堆同 窣堵波梵語也此云高顯窣蘇骨切 蠆五邁切蜂後毒芒也 癲癇癲丁年切狂也癇音閑病也 癧音歷瘰癧也 瘻郎豆切漏病也 阿迦尼吒梵語也此云質礙究竟吒陟駕切 ⿰亭夜亭夜切 攞力可切 麌虞矩切 ⿰寧頁乃挺切 鏟楚限切 ⿰言䜌吐緩切 ⿰口覽力淡切 蹬唐豆切 ⿰口禮音禮 跢丁佐切 佉丘迦切 儗偶起切

佛說穰麌梨童女經

佛說雨寶陀羅尼經

慈氏菩薩所說大乘緣生稻𦼮喻經

唐三藏沙門大廣智不空奉詔譯

清刻龍藏佛說法變相圖

三經同卷

佛說穰麌梨童女經

佛說雨寶陀羅尼經

慈氏菩薩所說大乘緣生稻䕠喻經

佛說穰麌梨童女經

唐三藏沙門大廣智不空奉詔譯

如是我聞一時薄伽梵住舍衛國祇樹給孤獨園與大苾芻衆千一百五十人俱復有無量菩薩摩訶薩及諸天龍藥叉乾闥婆阿修羅迦樓羅緊那羅摩睺羅伽人非人等皆來集會爾時世尊告諸苾芻我念往昔住雪山北遊香醉山見一童女百福相好莊嚴其身鹿皮爲衣以諸毒蛇而爲瓔珞將諸毒蟲蚖蝮之類前後圍遶常爲伴戲飲毒漿食毒果

彼女見我謂言仁者當知聽我宣說穰麌梨眞言能除世間一切諸毒若人聞此眞言及持我名者不被一切諸毒所害爾時童女爲我宣說我從彼女聞已常持此法饒益有情我今當說眞言曰

怛你也(二合)佗(去聲引)唵(引)壹里蜜帝(引一)底(丁以切)里蜜帝(引二)壹里庡里蜜帝(引三)努(鼻)迷努(鼻)麼(引)里(引)曳(平聲引四)訥泚訥蹉(去聲引)里(引)曳(平聲五)得羯囉抳(尼呈切鼻六)嚩(無博切)羯囉抳(鼻上同七)羯濕弭(二合引)[口*隸](引八)羯濕弭(二合引)囉穆訖帝(二合引九)惡祇(祇戌切十)惡伽(去聲)寧(十一)惡伽(去聲)曩伽寧(十二)壹里曳(十三)壹里壹里(引)曳(十四)阿(上聲)佉(去聲引)夜(引)曳(平聲十五)始(烏合切)播(引)夜(引)曳(平聲十六)濕吠(二合引)帝(引十七)濕吠(二合引)多頓妳(引十八)阿(上)曩(引)努(鼻)囉乞灑(二合引)娑嚩(二合引)賀(十九)

佛告諸苾芻若人一切聞陀羅尼却後七年遠離一切諸毒若常受持一切毒蟲及諸毒藥悉不能害若有毒蛇來嚙此人者頭破作七分猶如蘭香萷其有受持此眞言法應以白物先供養師然後受持必獲成就苾芻當知勿於蛇前稱誦此明其蛇必死應當以此眞言加持死蛇令其蘇息眞言曰

怛你也(二合)佗(去聲引一)唵(引)壹羅(引二)尾羅(引三)斫句(引)嚩句(去聲引四)句(引)拏(引)句妳(引)底(丁以切五)報(引)拏(引)報(引)妳(引)底(同前)顊矩嚕拏(引六)顊矩魯妳(引)底(同前七)普吒囉葵(引)普吒囉葵(引八)普吒袚(上)(適簡切)拏囉葵(引九)薩跛囉葵(引十)薩跛吒袚(准上音)拏囉葵(引十一)曩(引)誐囉葵(引十二)曩(引)誐吒袚(同前)拏囉葵(引十三)阿(上)泚(引)蹉禮(引十四)摋攞尾灑(引十五)試(引)帝(引)試(引)多[口*纏]寧(引十六)滿跢(引)

黎(引十七)伊(上)里黎(引十八)賀黎賀黎(十九)旦妳(引)旦妳(引二十)怛𪘏(二十一)娑普(二合)吒娑普(二合)吒娑嚩(二合)賀(引二十二)

爾時世尊說此陀羅尼已告諸苾芻我此眞言能解世間一切諸毒蟲毒魅毒蠱毒藥毒等不能爲害若有被毒中者以此眞言加持皆得消滅諸苾芻此穰麌梨陀羅尼於一切如來大會中說眞實不虛不顛倒語如語不異語諸有藥毒呪毒蟲毒魅毒欲來相害能令却著本所與者令使諸毒入水入火入柱入壁亦令入地所有諸毒不令成毒悉能除滅若人受持此經日誦一徧非但滅世間諸毒亦能除滅身中三毒爾時世尊復說穰麌梨童女隨心眞言及成就法修行者欲成就此法先斷五辛亦不食鹽不食油斷語於一淨處三時澡浴三時換衣結印誦隨心眞言滿一萬徧則行法成就復作一切事必獲成就隨心眞言曰

唵(引)阿(上聲)枲(思以切)爾賀(二合引一)戌(引)攞爾賀吠(二合引二)嚩囉(二合)迦(引)史(引三)仡囉(二合)娑仡囉(二合)娑(四)入嚩(二合)羅入嚩(二合)羅(五)摩賀(引)迦(引)里(六)摩賀(引)喻祇(覔夷切引七)濕嚩(二合)里(引)曳(引八)唵(引)頗𪘏(引九)普吒囉奚(引)娑嚩(二合引)賀(引十)吽癹吒(上半聲)娑嚩(二合引)賀(引十一)

我今復說穰麌梨印及觀行法其根本印以二手相搏如搦物勢以二小指相並餘八指各散開微曲即成結此印誦前根本眞言加持自身五處所謂右肩左肩心喉額等項上散印次結隨心印以右手五指散開微屈如師子爪形即成結此印誦隨心眞言七徧加

持五處修行者作先行成就法已欲作法除毒之時觀想自身爲穰麌梨童女身緑色狀如龍女具足七頭項有圓光應想四臂右第一手持三戟又第二手執三五莖孔雀尾左第一手把一黑蛇第二手施無畏又想七寶瓔珞耳璫環釧臂脚釧莊嚴其身并以諸蛇用爲瓔珞想從一一毛孔流出火焰作此觀已於被螫人前結根本印及隨心印加持自身五處取一熟銅椀盛水誦隨心眞言加持七徧以右手掬水打被螫人心上所有毒氣漸漸消除即於眞言句中增加此句所謂

左攞娑嚩(二合引)賀(引)尾鑠(跡覺切)娑縛(二合引)賀(引)

即取淨土加持七徧周帀圍遶被螫之人一切諸毒應時消滅又法於被螫人前結本印數誦吽字一字眞言或誦撲字一字眞言加持皆能除毒若常受持此穰麌梨法能滅世間一切諸毒所求無不遂心爾時世尊說此經已時彼大會天龍藥叉人非人等聞佛所說皆大歡喜信受奉行

佛說穰麌梨童女經

佛說雨寶陀羅尼經

唐三藏沙門大廣智不空奉詔譯

如是我聞一時薄伽梵住憍睒彌國建吒迦林與大苾芻衆五百人俱又與多諸大菩薩摩訶薩俱時憍睒彌國中有一長者名曰妙月諸根寂靜心意寂靜多有男女及多僮僕淨信成就往詣佛所頭面禮足遶百千帀却住一面合掌恭敬而白佛言世尊欲問如來應正等覺少有所疑事惟願大慈垂愍聽許爾時世尊告長者言恣汝意問當爲汝說令汝心喜時彼長者聞是語已歡喜踊躍世尊云何善男子善女人諸貧匱者可得富饒諸有疾病令無疾病爾時世尊告妙月長者言何緣作如是問時彼長者重白佛言世尊我等在家多諸眷屬資財乏少難可支濟又多疾病惟願世尊開示法要當令貧者永離貧窮倉庫財寶皆悉盈滿存濟家中妻子男女眷屬有來求者必生歡喜爲大施主使諸倉庫金銀珍寶如意摩尼金剛諸珍商佉室羅赤珠碼碯金寶之類豐饒無有盡竭周給親屬廣修惠施饒益有情爾時世尊告妙月長者言善男子我於過去阿僧祇劫前遇佛世尊名持金剛海音如來應正徧知從彼如來受得此雨寶陀羅尼受持讀誦思惟計念隨喜爲他廣說流布由此陀羅尼威德力故若善男子人與非人藥叉羅刹畢隸多畢舍遮鳩槃拏烏娑多羅迦布單那羯吒布單那等起惡心者不能爲害復有諸鬼噉人脂髓膿血涕唾大小便利欲來惱者不能爲障礙佛告妙月若有善男子心念手持書寫但聞名

字受持隨喜廣爲他敷演者彼善男子善女人長夜安隱受諸快樂爲瑜伽資糧安隱豐饒故若有人欲受持此雨寶陀羅尼者應供養一切如來一夜二夜或三夜專心誦持受敬淨信三寶諸天悉皆歡喜即雨財寶穀麥爲彼讀誦法師故即說陀羅尼曰

曩謨(引)婆(去聲)誐嚩帝(一)嚩囉(二合)馱囉(二)娑(引)誐囉捏(奴逸切)具灑(引)耶(三)怛佗(引)孽多(引)野(引四)怛你也(二合)佗(引)唵素嚕閉(五)跛捺囉(二合)嚩底(丁以切六)䁬誐阿左㘑(七)阿左跛㘑(八)嗢(烏骨切)伽(引)跢你(九)嗢陛娜你(十)薩寫嚩底(十一)馱(引)孃(上聲)嚩底(丁以切十二)馱曩嚩底(十三)室唎(二合)麼底(十四)鉢囉(二合)婆嚩底(十五)阿(上聲)麼㘑(十六)尾麼黎(十七)嚕嚕(十八)素嚕閉(十九)尾麼黎(二十)阿娜多悉帝(二合)(二十一)尾娜多悉帝(二合二十二)尾濕嚩(二合)計如(二十三)鴦矩㘑(二十四)䁬矩㘑(二十五)地地冥(二十六)度度冥(二十七)跢跢㘑(二十八)多囉多囉(二十九)嚩日㘑(二合三十)阿(引)韈跢你(三十一)步計屋計(三十二)吒計吒計(三十三)韈囉灑(二合)尼(三十四)你澀播(二合引)娜你(三十五)婆誐挽(三十六)嚩囉(二合)馱囉(三十七)娑(引)誐囉(三十八)捏具(引)衫(三十九)怛佗(引)孽跢麼弩娑磨(二合)囉(四十)娑麼(二合)囉娑麼(二合)囉(四十一)薩嚩怛佗(引)孽多(四十二)薩底也(二合四十三)麼弩娑麼(二合)囉(四十四)僧伽薩底也(二合)麼弩娑麼(二合)囉(四十五)怛吒怛吒(四十六)布(引)囉布(引)囉(四十七)布(引)囉也布(引)囉野(四十八)婆囉婆(去聲)囉婆(去聲)囉抳(四十九)素䁬誐麗(五十)扇(引)跢麼底(五十一)薔誐攞麼底(五十二)鉢囉(二合)婆(引)麼底摩訶(引)麼底(五十三)素婆捺囉(二合)嚩底(五十四)阿(引)孽蹉(引)阿(引)孽蹉(五十五引)三麼野麼弩娑麼(二合)囉娑嚩(二合)

引賀引五十六阿馱引囉訖麼訖娑麼二合囉娑嚩二合引賀引五十七鉢囉二合娑去聲引嚩麼訖娑麼二合囉娑嚩二合引賀引五十八馱哩二合底麼訖娑麼二合囉娑嚩二合引賀引五十九尾惹野麼訖娑麼二合囉娑嚩二合賀引六十薩嚩薩怛嚩二合尾惹野麼訖娑麼二合囉娑嚩二合賀引六十一

佛告妙月長者此名雨寶陀羅尼以此陀羅尼威力病患飢儉疾疫業障悉皆消滅若善男子善女人先應供養一切如來於一日一夜無間斷誦持此陀羅尼其家即雨寶如大人量一切災禍悉皆消滅是故善男子當受持此雨寶陀羅尼廣為他人分別演說善哉世尊妙月長者聞佛所說歡喜踊躍我今從佛受此雨寶陀羅尼受持讀誦廣為他人分別解說爾時妙月長者受佛教已右遶世尊百千帀已合掌恭敬頭面禮足歡喜而去爾時佛告具壽阿難陀汝往妙月長者家看彼長者諸庫藏中種種財穀諸珍寶物及諸資具今悉盈滿爾時具壽阿難陀受佛教已往詣憍睒彌大城往妙月長者家中入已見諸庫藏之中財寶悉皆盈滿見此事已心大歡喜踊躍而還爾時具壽阿難陀怪未曾有心甚歡喜而白佛言世尊以何因緣妙月長者家中庫藏盈滿佛言善男子妙月長者淨信於我受持此雨寶陀羅尼為一切有情宣說是故阿難受持此陀羅尼廣為人說我以佛眼觀諸世間天人魔梵沙門婆羅門於此受持雨寶陀羅尼者作其障難何以故如來不異語故此真言句不可壞故此陀羅尼無善根有情耳尚不聞何況書寫受持讀誦何以

故一切如來真語宣說一切如來隨喜一切如來稱讚一切如來顯揚一切如來種植阿難陀白佛言善哉世尊以妙伽他而說頌曰

諸佛不思議　佛法亦復然　淨信不思議
果報亦復然　寂慧一切智　法王不生滅
已到勝彼岸　稽首佛勇猛

爾時具壽阿難陀聞佛說此雨寶陀羅尼經踊躍歡喜白佛言世尊今此法要當何名此經我等今者云何奉持佛告阿難陀此經名妙月長者所問汝當受持亦名能獲一切財寶伏藏亦名一切如來稱讚雨寶陀羅尼教汝當受持時薄伽梵說此經已無量苾芻及諸菩薩并諸天人阿蘇羅等一切大衆聞佛所說皆大歡喜信受奉行

心真言曰

唵嚩素馱嚛娑嚩引二合賀引

心中心真言曰

唵室唎二合嚩素娑嚩引二合賀引

小心真言曰

唵嚩素娑嚩引二合賀引

佛說雨寶陀羅尼經

慈氏菩薩所說大乘緣生稻稈喻經

唐三藏沙門大廣智不空奉　詔譯

如是我聞一時婆伽梵住王舍城鷲峯山中與大苾芻僧千二百五十人俱及大菩薩摩訶薩衆爾時慧命舍利子往至慈氏菩薩摩訶薩經行處其慈氏菩薩與舍利子俱坐磐石上時慧命舍利子問慈氏菩薩摩訶薩言今日世尊觀見稻稈告諸苾芻而說是語汝等苾芻若見緣生即是見法若見法即見佛婆伽梵如是說已默然而住如來所說是經當有何義云何是緣生云何是法云何是佛云何見緣生即見法云何見法即見佛說是語已慈氏菩薩摩訶薩告舍利子言薄伽梵常爲苾芻說如此義若見緣生即見法若見法即見佛緣生者所謂無明緣行行緣識識緣名色名色緣六處六處緣觸觸緣受受緣愛愛緣取取緣有有緣生生緣老死如來說此是爲緣生云何是法如來略說八支聖道果得涅槃是名爲法云何是佛覺悟一切法故以聖慧眼證於涅槃見作菩提所學之法是名爲佛云何見緣生如來說此緣生常住無人無我無衆生無壽命不顚倒無生無作無爲無對無礙見自性寂靜即見法若見如是種類常住無人無我無衆生無壽命不顚倒無生無對無礙是即見法從此已後即見法身得見如來現證正智又問緣生者是何義答言有因有緣非無因緣名爲緣生而於此中如來略說緣生之相由此因故能生是果若如來出世及不出世法性法住法位順於緣生眞如不顚倒如不異如眞實不異實

不顛倒不錯謬爲如是等復次緣生由二種因起云何爲二一者繫屬因二者繫屬緣其緣生法應知二種所謂外内外緣生者繫屬因云何所謂從種子生芽從芽生葉從葉生枝從枝生莖從莖生蘚從蘚生華從華生果若無種子芽無從生乃至無華果亦無所從生有種故生芽乃至有華生果其種不作是念我能生芽芽亦不作是念我從種生乃至華亦不作是念我能生果果亦不作是念我從華生然有種子故生芽乃至有華生果如是外緣生應知繫屬於因云何外緣生繫屬於緣所謂六界和合緣生繫屬於緣云何六界地水火風空時和合緣生繫屬於緣云何地界水火風空時界令種子攝持名爲地界令種子滋潤名爲水界令種子成熟名爲火界令種子增長名爲風界令種子作無障礙名爲空界令種子變易名爲時界若無衆緣子不生芽若不闕地界不闕水火風空時界則一切和合種子生芽其地界不作是念我能攝持種子水界不作是念我能滋潤種子火界不作是念我能成熟種子風界不作是念我能增長種子空界不作是念我能令種子作無障礙時界不作是念我能變易種子其種子亦不作是念我從衆緣而得生芽然假如是種子生芽其芽不自作不佗作不二俱作不自在天作不時變易作不自性生不繫屬作者無因得生如是種子以地水火風空時和合故而生此外緣生法應知五種不常不斷不移轉因少果多相似相續不生異物云何不常種子芽異故不即是種是芽亦

不以壞種而得生芽實種壞故而生以種壞芽生故名不常云何不斷先不壞種而生芽亦非不壞如是種和合生芽名爲不斷不移轉者種子芽爲異故因少果多者種子少果實多相似相續者隨其植種收果亦耳如是外緣生法五種應知云何內緣生有二種得生云何爲二種一者繫屬因二者繫屬緣內緣生法繫屬於因云何所謂無明緣行乃至生緣老死若無無明則無行然有無明即有行乃至有生緣老死得生其無明不作是念我能生行行不作是念我從無明生乃至生不作是念我能生老死然有無明即有行生乃至有生即有老死生如是內緣生法繫屬於因云何內緣生法繫屬於緣六界和合生云何六界和合所謂地水火風空識界和合緣生繫屬於緣云何地界令身聚合堅體名爲地界云何水界令身作攝持名爲水界云何火界令身中食飲成熟名爲火界云何風界令身中作出入息名爲風界云何空界令身中成竅隙名爲空界云何識界令轉名色如束蘆五識相應有漏意識名爲識界若無六界則不成身若不闕內地界不闕水火風空識界則一切和合能生其身其地界不念我能令身聚合堅體水界不念我能令身作攝持火界不念我能令身中食飲成熟風界不念我能令身作出入息空界不念我能令身中成竅隙識界亦不作是念我能轉名色猶如束蘆其身亦不作是念我被衆緣所生然有如是衆緣而生其身是地界無我無人無命無壽者無意生無儒童無女無男無非

男無吾我亦無餘水火風空識界亦無我無人無命無壽者無意生無儒童無女無男無非男無吾我無餘云何無明於此六界起一想合想常想堅想常恒想樂想靜想衆生想命想壽者想意生想儒童想吾我作者想生如是種種無知名爲無明於如是有無明境界生貪瞋癡於彼貪瞋癡生行於行事施設名爲識其識生四蘊彼名色所依諸根則六處三法和合名爲觸觸生受受躭著故生愛愛廣大故名爲取取復生有業有作因生蘊蘊熟故名老蘊壞故名死於愛迷惑貪著熱惱故名愁追感往事言音哀感名爲歎五識身相應名爲苦意不悅故名憂隨煩惱故名爲惱愚闇名無明造作名爲行了別名爲識互相攝持爲名色依處所故名爲六處觸境故名爲觸領納故名受渴愛故名爲愛取著故名爲取取復生有故名爲有能生故名生根熟故名老滅壞故名死哀感故名愁悵快故名歎意不悅故名憂逼迫身故名爲苦不稱情故名惱不修眞實行名邪行無知名無明有無明故種種造作福近行行非福近行行不動近行行起福近行行非福近行行者故名爲識是故名爲無明緣行起非福近行行非福近行行者亦即是識是故名行緣識起不動近行行不動近行行者亦是於識是故名爲識緣名色名色增長作六處門是故名爲名色緣六處六處身轉是故名爲六處緣觸同類觸生同類受是故觸緣受於受差別躭著喜悅是故名爲受緣愛愛躭著樂故愛不捨數數忻求故名爲愛緣取如是營求

復生有起業於身於語於意是故名爲取緣有從業生五蘊轉名爲有緣生從生蘊令熟壞滅名生緣老死如是名爲十二緣生迭互爲因不常不造作無思亦無緣生無盡法無離欲法無滅法無始來流轉不間斷隨轉如河駛流設使緣生不間斷隨轉如河駛流是十二支緣生四支和合而作轉因云何爲四所謂無明愛業識是識種子自性爲因業由自性爲因無明愛煩惱自性爲因業煩惱識能生種子如是業識作種子由愛識種子作沃潤無明識令種子開發其業不作是念我與識種子作由愛不作是念我與識種子作沃潤無明不作是念我令識種子開發識種子亦不作是念我從衆緣而生然實識種子安立業煩惱以愛令沃潤以無明土覆生名

色芽其名色芽不自作不他作不二俱作不自在天作不時變易作不從自性生不繫屬因無因亦不生然復從父母和合時相應及餘緣相應相續生是識種子於母腹中名色芽生於無生無我授法如幻相因緣不闕從五種緣生眼識云何五種眼緣色明虛空從彼生作意眼識作依止色作所緣光明以爲照虛空作無礙從彼生作意以爲審慮若無衆緣眼識不生若闕內眼處如是色光明虛空作意則眼識不生如是五緣不闕則一切和合能生眼識其眼不作是念我與眼識作所依其色不作是念我與眼識爲所緣光明不作是念我與眼識作照緣虛空不作是念我與眼識爲無礙緣所生意不作是念我與眼識作審慮又眼識不作是念我爲衆多緣

所生然有衆多緣而生眼識餘四根者應如前知實無有法不從此世移轉至於彼有業報施設因緣不闕故譬如明鏡現其面像其面像不移轉至於鏡中而此鏡中有其面像因緣不闕故如是不從此滅至於餘處有業果感招因緣不闕故譬如月輪去地四萬由旬於金器中而有少水則現月像而實不從彼謝至於金器少水中現然有衆緣和合影現如是不從此滅生於餘處有業報相感因緣不闕故譬如無薪火則不生有薪則火生業煩惱所生識種子從彼生處相續名色芽轉如是無生無我法無所攝法互爲因緣如幻相自性法因緣不闕內緣生法五種應知不常不斷不移轉因少果多相似相續生云何不常從此邊蘊死於餘處邊蘊生非即死邊蘊是彼生邊蘊然死邊蘊滅於彼生邊蘊起是故不常云何不斷不先滅於死邊蘊而起生邊蘊亦非不滅於死邊蘊即於彼時而生中有蘊如秤不低昂名爲不斷云何不移轉然於異類轉生名不移轉云何因少果多於此身作少善惡業於來生身多受善惡報云何相似相續猶如現受身作業即於來生受報若是此緣生法如實以正慧眼長時修無人無我不顛倒不生不滅無作無爲無礙無所緣寂靜無畏無奪無盡如幻自性空寂不堅如痛如癰質礙無常性苦性空性無我性則前際不流轉謂我於過去爲曾有耶誰爲我過去曾爲有耶我於過去云何有耶復於後際流轉謂我於未來當有耶誰謂我未來當有耶我於未來當云何有耶我於未來

不有耶誰謂我於未來不有耶我於未來云何不有耶復於中際不流轉我於今有耶誰謂我今有耶云何謂我今有耶此有情於此殁復往何處所有沙門婆羅門世間中異見所謂我是繫衆生見繫壽者見繫諸見繫希望吉祥繫若以正見相應於此時悉斷諸結證得徧知如斷多羅樹無所有性入於勝義於諸趣長時悟不生不滅得成就忍廣作無邊利樂有情事若有善男子善女人於此經中若須臾頃審諦觀察緣生義理者即能頓滅無始時來極重業障廣集福德智慧通達永斷邪見說法無畏大德舍利子婆伽梵與彼善男子善女人授無上等覺大菩提記具壽舍利子并天龍藥叉彥達嚩阿蘇囉蘖嚕拏緊那囉摩護囉誐人及非人聞慈氏菩薩說是經已心大忻悅深生隨喜從此而起禮慈氏菩薩足歡喜奉行

慈氏菩薩所說大乘緣生稻簳喻經

佛說除蓋障菩薩所問經

宋西天三藏朝散大夫試鴻臚少卿傳梵大師法護等奉 詔譯

清刻龍藏佛說法變相圖

佛說除蓋障菩薩所問經卷第一 第二同卷

宋西天三藏朝散大夫試鴻臚少卿傳梵大師法護等奉 詔譯

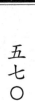

如是我聞一時佛在象頭山中與大苾芻衆七萬二千人俱皆是阿羅漢諸漏已盡無復煩惱心善解脫慧善解脫如大龍王諸有所作悉已成辦釋諸重擔逮得已利盡諸有結正智妙心俱得解脫諸心自在到勝彼岸善入法界建立法幢心能棄捨一切利養正善出家極善具圓滿足諸願住涅槃道唯一補特伽羅現居學地所謂尊者阿難諸菩薩摩訶薩八萬四千人皆是一生補處獲諸總持得一切智現前趣向一切智漸入一切智增廣一切智得無礙總持諸三摩地復能安住首楞嚴王妙三摩地具大神通遊戲自在履輕安道離諸所起一切障累大慈大悲廣徧

十方一切世界超越無邊一切佛剎通達空行及無相行諸願離著勤劬發起一切有情利益勝行善入一切佛之境界心如虛空具無邊智心如大海深無涯底心如須彌山王堅固不動心如蓮華離諸染著心如妙寶極善清淨心如眞金精鍊瑩潔其名曰寶星菩薩摩訶薩寶手菩薩摩訶薩寶印手菩薩摩訶薩寶冠菩薩摩訶薩寶髻菩薩摩訶薩寶峯菩薩摩訶薩寶積菩薩摩訶薩寶頂菩薩摩訶薩寶幢菩薩摩訶薩金剛藏菩薩摩訶薩金藏菩薩摩訶薩寶藏菩薩摩訶薩吉祥藏菩薩摩訶薩淨藏菩薩摩訶薩淨無垢藏菩薩摩訶薩如來藏菩薩摩訶薩智藏菩薩摩訶薩日藏菩薩摩訶薩等持藏菩薩摩訶薩蓮華藏菩薩摩訶薩解脫月菩薩摩訶薩普月菩薩摩訶薩普賢菩薩摩訶薩觀自在菩薩摩訶薩得大勢菩薩摩訶薩普光菩薩摩訶薩普眼菩薩摩訶薩蓮華眼菩薩摩訶薩廣眼菩薩摩訶薩普威儀道菩薩摩訶薩普嚴相菩薩摩訶薩普戒慧菩薩摩訶薩智慧菩薩摩訶薩法慧菩薩摩訶薩勝慧菩薩摩訶薩上慧菩薩摩訶薩金剛慧菩薩摩訶薩最勝慧菩薩摩訶薩師子慧菩薩摩訶薩師子遊戲菩薩摩訶薩大音聲王菩薩摩訶薩師子吼聲菩薩摩訶薩震吼深妙音聲菩薩摩訶薩無染著菩薩摩訶薩離諸垢菩薩摩訶薩月光菩薩摩訶薩日光菩薩摩訶薩智光菩薩摩訶薩智吉祥菩薩摩訶薩賢吉祥菩薩摩訶薩月吉祥菩薩摩訶薩蓮華吉祥菩薩摩訶薩寶吉祥菩薩摩訶薩妙吉祥

童眞菩薩摩訶薩如是等諸菩薩衆而爲上首復有賢護等十六大士慈氏等賢劫中一切菩薩摩訶薩衆四大王天主等四大王天諸天子衆帝釋天主等忉利天中諸天子衆須夜摩天主等夜摩天中諸天子衆兜率陀天主等兜率陀天諸天子衆善變化天主等化樂天中諸天子衆他化自在天主等他化自在天中諸天子衆導師等善分魔王天衆大梵天主等梵衆天中諸天子衆大自在天主等五淨居天諸天子衆毗摩質多羅阿脩羅王大力阿脩羅王羅睺阿脩羅王等無數百千阿脩羅衆阿那婆達多大龍王摩那斯大龍王娑伽羅大龍王阿難多大龍王嚩蘇枳大龍王等無數百千龍王之衆吉祥威光龍王子等無數百千龍王之子幷諸龍女及餘無數百千天龍夜叉乾闥婆阿脩羅迦樓羅緊那羅摩睺羅伽人非人等大衆集會時象頭山徧四方面四由旬内天人大衆充滿虛空乃至無有一毛端量極微塵量之所空缺於如是等天龍夜叉乾闥婆阿脩羅迦樓羅緊那羅摩睺羅伽人非人等衆會中間敷佛所坐妙師子座其座高一由旬縱廣正等各半由旬嚴設無數百千天妙寶衣寶鈴寶網張設幰蓋彌覆其上復有無數百千天妙繒帛周帀垂掛散眞珠華及諸妙華又師子座周帀地方皆是金剛所成嚴飾殊妙平如掌柔輭清淨妙香芬馥無數百千天妙寶華散布其地復有蓮華大若車輪無數百千黃金爲葉瑠璃爲莖帝青爲臺碼碯爲鬚妙香可愛適悅快樂如是莊嚴佛所受用又復師

子之座於其四隅不近不遠有四寶樹而極聳拔高半由旬周廣盤鬱三俱盧舍爾時世尊在大衆中處師子座以極淨慧轉妙法輪摧伏魔軍不染世法作師子吼明煥無畏猶如大池清淨無雜又如大海廣積妙寶深無涯底如須彌山王高出衆山如日光明威耀赫奕如滿月輪人所愛樂如大龍王能雨法雨如大梵王世間最上而佛世尊與無數百千俱胝那庾多梵王護世等無邊善調伏者弟子衆俱是時大衆一心誠諦瞻仰世尊爾時世尊先以常光照諸大衆於常光中復從頂上放大光明其名普照是光復有無數百千光明眷屬其光即於十方一切世界普照耀已旋環佛所右繞三帀復從世尊口門而入而佛世尊口門之相悉無動靜譬如日月光明悉從虛空界入而虛空界亦無動靜佛之光明口門入時無動靜相亦復如是又如積以乾沙投之酥油或投以水彼等入時悉無動靜佛之光明口門入時無動靜相亦復如是爾時東方去此佛剎過殑伽沙數等世界有世界名大蓮華其中有佛號蓮華眼如來應供正等正覺明行足善逝世間解無上士調御丈夫天人師佛世尊爲諸菩薩宣說法要彼所說法唯以一乘發起利益彼佛剎中無有聲聞緣覺名字況復聲聞緣覺乘法又彼世界有情皆修菩薩行法得不退轉於阿耨多羅三藐三菩提又彼世界不以飲食而爲資養彼諸菩薩悉以等持靜慮法喜爲食又彼世界不以日月星宿而爲照明皆彼如來身光普照而悉清淨又復其土無諸草

木沙礫土石山等地平如掌彼有菩薩摩訶薩名除蓋障獨止一處若諸有情聞是菩薩名者一切障累悉得蠲除是時除蓋障菩薩摩訶薩蒙佛光明之所照觸離自所止詣彼佛所到已頭面禮佛雙足退住一面并餘菩薩各各蒙光所照觸已悉離所止咸來詣彼世尊蓮華眼如來所到已頭面各禮佛足退住一面爾時除蓋障菩薩摩訶薩即從座起偏袒右肩右膝著於蓮華臺上合掌頂禮白其佛言世尊何故有是光明極善無垢清淨悅意使諸有情蒙光照者身心調暢爾時蓮華眼如來告除蓋障菩薩摩訶薩言善男子西方去此佛剎過殑伽沙數等世界有世界名娑婆其中有佛號釋迦牟尼如來應供正等正覺明行足善逝世間解無上士調御丈夫天人師佛世尊若諸有情聞彼如來名字之者悉得不退轉於阿耨多羅三藐三菩提是彼如來所現此光明即時除蓋障菩薩摩訶薩復白佛言世尊何因何緣而諸有情聞彼如來名字之者悉得不退轉於阿耨多羅三藐三菩提蓮華眼如來告除蓋障菩薩摩訶薩言善男子彼佛如來往昔修行菩薩道時發是願言願我當來成正覺已一切有情聞我名者悉得不退轉於阿耨多羅三藐三菩提除蓋障菩薩言云何世尊彼世界中一切有情悉得不退轉耶佛言不也善男子除蓋障菩薩言云何世尊若然者亦有有情不聞彼佛名耶佛言善男子一切皆聞除蓋障菩薩言若皆聞者何故乃有不得不退轉者佛言善男子所言一切不退轉亦非一切不

退轉除蓋障菩薩言如佛所説一切不退轉亦非一切不退轉其義云何佛言善男子若有有情得聞如來名字生起不退轉種子者我説斯等有情得不退轉非是得聞如來名字俱時皆得不退轉地善男子我今復説譬喻以成斯義譬如有樹初植種子而其種子離諸過失後以諸緣得生芽莖乃至滋長果實成結善男子彼樹何故但説種子除蓋障菩薩言世尊由其種子離諸過失乃至果實成辦故説種子佛言善男子得不退轉有情亦復如是由彼纔聞如來名字之時不退轉種子生起具足而其有情即於阿耨多羅三藐三菩提得不退轉爾時除蓋障菩薩摩訶薩白蓮華眼如來言世尊我今欲往娑婆世界瞻覲世尊釋迦牟尼如來應供正等正覺禮奉親近尊重供養於是蓮華眼如來告除蓋障菩薩言善男子汝當可往今正是時餘諸菩薩俱白蓮華眼如來言世尊我等亦欲往詣娑婆世界瞻覲世尊釋迦牟尼如來應供正等正覺禮奉親近尊重供養時彼世尊告諸菩薩言善男子汝等可往今正是時然汝往彼世界勿生放逸何以故彼世界中諸有情類極貪瞋癡無沙門婆羅門父母之想非法欲行暴惡麤獷口出惡言高倨輕慢染著想恚破戒造惡慳嫉增盛如是多種煩惱隨煩惱等彼佛世尊於如是等惡有情中而爲説法彼諸菩薩白其佛言世尊彼佛如來難行能行於如是等惡有情中能爲説法佛言諸善男子如是如是彼佛如來難行能行惡有情中能爲説法又善男子彼諸有情亦

復如是難行能行於彼雜染世界之中能起一善心者斯爲極難何以故若清淨世界中清淨有情發起善心豈爲希有雜染世界之中能起善行者極爲希有能於一彈指頃發淨信心一彈指頃能歸依佛及法僧寶一彈指頃修持淨戒一彈指頃離貪著心一彈指頃起悲愍意發阿耨多羅三藐三菩提心極爲希有諸菩薩言希有世界希有善逝爾時除蓋障菩薩摩訶薩等諸菩薩衆咸歎善哉於彼佛所如其行相聞佛所言順佛教勑各各頭面禮佛足已從佛會出俱時往詣娑婆世界於世尊釋迦牟尼佛所作供養事或有化現諸寶樹者枝幹牖圓色相榮茂華果具足或現瑠璃寶樹或現頗胝迦樹或現劫樹或眞金樹或衆華樹或衆果樹或現妙寶衣雲或莊嚴雲或塗香雲或寶鬘雲或妙蓋雲或末香雲或鼓樂雲如其所應各化現已咸悉萃集前導除蓋障菩薩摩訶薩等諸菩薩衆來詣娑婆世界爾時除蓋障菩薩摩訶薩告諸菩薩言仁者彼娑婆世界諸有情等苦之深重仁等宜應隨其神力善化而往使彼有情得勝妙樂時諸菩薩聞是語已如教而行爾時除蓋障菩薩摩訶薩如其色相以自神力作諸化事即從身中放大光明善妙無垢清淨適悅使諸有情蒙光照者身心調暢是光普徧廣照於此三千大千世界而此三千大千世界之中所有地獄餓鬼畜生等趣諸有情類蒙光照觸皆得離苦息恚害心互相皆起父母之想又此三千大千世界之中幽隱暗瞑日月光明所不照處是光普照所

有日月具大神力有大威德自在照耀爲此光明映蔽不現悉無燄赫光耀之用又此三千大千世界光明普照其中所生諸有情類互得相見又此三千大千世界諸鐵圍山大鐵圍山目眞隣陀山摩訶目眞隣陀山寶山黑山及諸山等其光普照上至梵世下至阿鼻大地獄於其中間一切方分而無光明所不照處爾時諸菩薩衆隨彼色相如其所應亦以神力作諸化事令諸有情須食者得食須飲者得飲須衣者得衣須輦輿者得輦輿須財者得財盲者能視聾者能聽躶者得覆迷亂之者還得正念苦者得樂諸懷妊者產生無難

佛說除蓋障菩薩所問經第一

佛説除蓋障菩薩所問經卷第二

宋西天三藏朝散大夫試鴻臚少卿傳梵大師法護等奉　詔譯

爾時除蓋障菩薩摩訶薩等諸菩薩衆來詣於此象頭之山去山不遠彼諸大士俱時化現殊妙寶網徧覆三千大千世界又於空中雨衆天華及天果雲天寶鬘雲天塗香雲天衣服雲天末香雲及天上服寶蓋幢旛諸供具雲廣大化現隨所現已而諸有情皆得瞻覩悉能獲得最上快樂彼象頭山所有樹林即時自然離其地方別現種種微妙寶樹劫樹華樹果樹旃檀香樹沉水香樹彼等皆是神力所化又於空中自然出妙天鼓音聲於鼓音中說伽陀曰

龍彌尼園最勝生　不以煩惱種等比
稽首無等如虛空　故我來此最勝山
坐勝道樹成菩提　警覺摧伏魔力軍
稽首持勝無垢光　故我來此最勝山
如幻如燄如水月　此等理法悉覺了
稽首最上大福樹　故我來此最勝山
覺了世法如戲劇　巧現衆法如帝弓
稽首無動勝福藏　故我來此最勝山
久遠歷於多百劫　爲欲圓滿悲心欲
稽首無垢月面尊　故我來此最勝山
多百俱胝菩薩衆　諸天供養亦復然
稽首已離癡暗瞋　故我來此最勝山
已得最上聖法藏　悲所成身棄世財
稽首無等作大利　故我來此最勝山
住寂靜心常慈意　如蓮在水離諸染
稽首勝上持功德　故我來此最勝山
妙相開華清淨身　隨形衆好世資養

稽首寶樹無邊枝　來此供養願攝受

其鼓音中說是伽陀已尊者大目乾連即從座起偏袒右肩右膝著地合掌向佛而白佛言世尊何故今時現是瑞相昔所未聞昔所未見佛告尊者大目乾連言東方去此佛刹過殑伽沙數等世界有世界名大蓮華彼佛世尊號蓮華眼如來應供正等正覺現住說法教化利益彼佛刹中有菩薩摩訶薩名除蓋障與彼無數俱胝那庾多百千菩薩大士同來詣此娑婆世界彼衆將至故先現瑞說是語已除蓋障菩薩摩訶薩與無數俱胝那庾多百千菩薩之所圍繞各以廣大神通威力來詣佛所到已頭面各禮佛足時除蓋障菩薩摩訶薩說伽陀曰

具大名稱大勝慧　得大無畏大牟尼
已度生死險難中　稽首出過煩惱岸
汝爲普徧熾燄光　汝爲普徧大燈炬
汝得一切解脫門　稽首歸命無等等
堅固不動如山王　深廣無底如大海
一切邪外不能破　稽首稱讚大法王
本來寂靜法無生　自性如是當寂滅
我法聖尊善開明　稽首轉大法輪者
或有宣說諸正道　或說趣入眞實理
或說涅槃正妙門　或說授記成覺果
有情心意汝悉知　是中無少不知者
有情觀汝法行圓　是故隨奉汝教勑
所有貪瞋癡三毒　及餘種種垢染等
坐道樹成正覺尊　以大智火悉焚爇
汝自得度度有情　汝自解脫利世間
汝於世間善所求　永破生死諸險難

無智久沉於睡眠　有情流轉生死輪
善爲開覺汝聖尊　稽首等視如親愛
汝觀此諸大士衆　一切安信菩提道
皆欲聽聞妙法門　唯願世尊隨爲說

爾時除蓋障菩薩摩訶薩說是伽陀讚歎佛已時佛勑令處蓮華臺一面而坐餘諸菩薩大衆佛亦勑令隨其所應處蓮華臺一面而坐爾時除蓋障菩薩摩訶薩從座而起偏袒右肩右膝著於蓮華臺上合掌向佛而白佛言世尊我今欲問如來應供正等正覺若佛世尊垂見聽者我當發問願爲宣說佛告除蓋障菩薩摩訶薩言大士恣汝所問斯爲常事諸佛如來亦悉聽許隨其所疑如來爲汝一一宣說爾時除蓋障菩薩摩訶薩承佛聖旨即白佛言世尊諸菩薩摩訶薩云何修行即得布施具足復云何得持戒具足云何得忍辱具足云何得精進具足云何得禪定具足云何得慧具足云何得方便具足云何得願具足云何得力具足云何得智具足云何得菩薩如地云何得如水云何得如火云何得如風云何得如虛空云何得如月云何得如日云何得如師子云何調伏云何了知云何得如蓮華云何得廣大心云何得清淨心云何得無疑惑心云何得如海智云何得微妙智云何得智辯才云何得解脫辯才云何得清淨辯才云何得一切有情歡喜辯才云何得信順語云何得正法語云何得隨法行云何善入法界云何住空境界云何得無相行云何得諸願離著云何得慈身云何得悲身云何得喜行云何得捨行云何得神通遊

戲云何得離八難云何得不忘失菩提心云何得宿命智云何得不捨善知識云何得常離惡知識云何獲得如來法性之身云何獲得金剛眞實之身云何得大導師云何得善知諸道云何善說無顚倒道云何得常安住妙等引心云何著糞掃衣云何持三衣云何常坐不卧云何常乞食云何一坐食云何食後不飲漿云何受阿蘭若法云何樹下坐云何空地坐云何死屍間住云何節量食云何隨敷座云何得相應行云何持經云何持律云何持論云何於軌範所行及威儀道而得具足云何得離慳嫉二法云何於一切有情起平等心云何於佛如來善作供養承事云何能摧伏諸慢云何能廣多淨信云何善知世俗云何善了勝義云何善知諸緣生法云何知自云何知他云何能於清淨佛土中生云何能離胎藏垢染中生云何能得捨家出家云何能得淨命自資云何能得心無懈倦云何得受諸佛教勑云何獲得熙怡面相云何得離顰蹙之相云何得多聞云何得正法攝受云何得法王子云何能得勝出梵王帝釋護世天等云何能知有情心意云何能知成熟有情諸有法式云何能成智者云何能得常處妙樂云何善知四攝之法云何獲得妙相具足云何得爲他所依止云何得如大妙藥樹云何乃能勤修福行云何善了諸變化事云何速能證得阿耨多羅三藐三菩提果爾時世尊讚除蓋障菩薩摩訶薩言善哉善哉善男子如汝所問斯爲極善悲愍世間能令天人大衆獲善利樂能問如來如是等

義汝今諦聽極善作意當爲汝說於是除蓋障菩薩摩訶薩受教而聽佛言善男子菩薩若行十種施法即得布施具足何等爲十一者法施二者無畏施三者財施四者不求饒益果施五者悲愍施六者不輕慢施七者恭敬施八者供養承事施九者無所著施十者清淨施善男子云何法施謂若菩薩不以財利心自所受法即於他人隨應教授不以希欲利養恭敬因故不望他人所知識故不求名稱故不以餘事因故但自思惟何等有情受諸苦惱我爲蠲除即以是法亦復不懷希求之心無二平等爲他宣說若復爲王及與王臣之所宣說或爲旃陀羅及旃陀羅子說法亦然何況餘諸人衆而菩薩行是法施時不起高心善男子如是名爲菩薩法施云何是無畏施謂若菩薩自所嫌棄刀杖等器亦復教示他人令棄於彼一切有情起如父想如母想如子想如眷屬想及餘親愛知友之想何以故菩薩作是思惟如佛所說彼彼生中一切轉易於諸有情聚中未有不是父母及子并餘親愛知友乃至於彼微細情命之中皆爲發起利益設自身肉尚亦與之何況餘諸大有情類善男子如是名爲菩薩無畏施云何是財施謂若菩薩或見有情造極不善業即時以財攝彼有情由財攝已是故令其於不善業而悉除斷於諸善業使彼安住菩薩作是思惟如佛所說布施是菩薩菩提菩薩所行布施除斷三種不善之法一嫉二慳三貪是故我於如來所受布施之法彼所布施而無高心善男子如是名爲菩薩財施

云何是不求饒益果施謂若菩薩所行布施不以希欲爲因不以財利爲因不以眷屬爲因不以世間近事爲因菩薩修持布施法爾如是彼因彼緣所行布施遠離一切饒益果報善男子如是名爲菩薩不求饒益果施云何是悲愍施謂若菩薩見諸有情受諸苦惱或飢渴者或裸露者或穢污殘缺之者無主無救無歸無依之者無福者等菩薩見已生悲愍心我爲此等有情故發阿耨多羅三藐三菩提心念此無主無救無依歸等諸有情類流轉生死而我今當以何方便爲此有情爲主爲救與作依歸作是念時菩薩由此悲心所逼即以方便隨爲攝受菩薩攝受彼等有情俱時所起善根而無高心善男子如是名爲菩薩悲愍施云何是不輕慢施謂若菩薩行布施時不以輕重分别故施不以慢心故施不以毁謗故施亦不令他勞力故施不恃豪富驕恣故施不希名稱故施不恃多聞倨慢故施菩薩若行施時心必恭敬尊重專注供養親奉施之善男子如是名爲菩薩不輕慢施云何是恭敬施謂若菩薩於軌範師親教師及餘所應尊重之者修梵行者身極恭順心極尊重由恭順尊重故發言慰安合掌頂禮稽首承迎於其有情即以彼彼善相應事而普及之善男子如是名爲菩薩恭敬施云何是供養承事施謂若菩薩或作佛事或法僧事若於如來塔像之所或掃去塵穢或嚴飾清淨或以妙香華及塗香等而爲供養又或修治如來故壞塔廟是爲佛事何名作法事所謂隨聞何等法門即當受持書寫

讀誦思惟修習及爲他解說或以無顛倒相應修學是爲法事何名作僧事謂以衣服飲食坐卧之具病緣醫藥奉施衆僧乃至但以少分清冷之水而爲供施是爲僧事善男子如是名爲菩薩供養承事施云何是無所著施謂若菩薩行布施時起如是心我今所行布施不求天報或天之餘不求王報或王之餘善男子如是名爲菩薩無所著施云何是清淨施謂若菩薩隨其所說布施之法即起伺察如其彼彼起伺察時於布施法伺察得無過失無垢染無障難耶善男子如是名爲菩薩清淨施菩薩若能修此十法者即得布施具足又善男子菩薩若修十種戒法者當得持戒具足何等爲十一者別解脫戒行二者菩薩攝律儀戒行三者離諸煩惱燒然戒行四者離不深固作意戒行五者怖業戒行六者怖罪戒行七者怖非所取戒行八者堅固志意戒行九者無依著戒行十者三輪清淨戒行善男子云何是別解脫戒行謂若菩薩於諸如來所有經中或戒律中及餘學句所宣示處如善作意尊重大師所說於一一法中如理修學不愛著氏族不愛著所見不愛著衆會無我人過失於彼學句中而生尊重善男子如是名爲菩薩別解脫戒行云何是攝律儀戒行謂若菩薩作是伺察我於別解脫戒中不能取證阿耨多羅三藐三菩提果謂若如來於一一經中宣示菩薩所行及菩薩學句我當於彼如理修學何等是菩薩所行所謂菩薩無非處非方非時所行無非時所說無不知時無不知方無不知量何以

故或有有情於如來所生不信心爲令彼等生信解故及彼有情隨爲攝護故菩薩自能圓滿菩提勝行善具威儀柔輭容緩不雜憒閙趣寂止門極清淨門此是菩薩所行何等是菩薩學句謂若如來於一一經中宣示菩薩所學之法菩薩於中而生信順不生障難此是菩薩學句善男子如是名爲菩薩攝律儀戒行

佛說除蓋障菩薩所問經卷第二

音釋

幰 許偃切車上張繒曰幰 殑伽 梵語也此云天堂來殑其京切 倨 居御切傲也 ⿰月庸 丑凶切圓直也

佛說除蓋障菩薩所問經卷第三 同卷第四

宋西天譯經三藏朝散大夫試鴻臚少卿傳梵大師法護等奉　詔譯

復次善男子云何是離諸煩惱燒然戒行謂若菩薩或貪火燒然或瞋火燒然或癡火燒然或餘煩惱之火燒然或餘諸受用侵害火燒然若欲不燒然者當起貪之對治及應遠離貪所起緣何謂貪之對治即不淨觀是貪對治不淨觀者謂自身中諸不淨物髮毛爪齒涎淚涕唾痰癃垢汗大小便利皮膚血肉骨髓肪膏腦膜筋脉脾腎心肺肝膽腸胃胞及肚胘凡如是等諸不淨物菩薩應當作此觀想起是思惟世間所有彼愚癡者不明解者造不善者尚能了知諸如是等不淨物已不處貪心況智者乎此爲菩薩多種不淨之觀是貪對治何者是貪所起緣謂著諸欲染或見女人端嚴妙色起可愛心而生希取爾時見已當作是觀如佛所説夢境無實何故智者於此如夢境界之中而起貪心是名菩薩遠離貪所起緣何謂菩薩瞋之對治及遠離彼瞋所起緣所謂菩薩於諸有情所多起慈心以此慈心及此因緣而彼忿恚瞋怒有情心意皆能攝伏瞋恚因緣悉得遠離是名菩薩瞋之對治及遠離彼瞋所起緣當作如是觀察之時即離癡法由離癡故彼諸所欲及諸受用不爲侵害之火燒然此等是爲菩薩離諸煩惱燒然戒行云何是離不深固作意戒行謂若菩薩獨處一方寂靜而住不起是心我不雜亂所行我寂靜住我復能行如來法律餘諸沙門或婆羅門彼等皆是雜亂所行多諸閙閙而悉墜失如來法律若能不

起如是心者是爲菩薩離不深固作意戒行云何是菩薩攝善法戒行謂若菩薩作是伺察如佛所説諸苾芻應當尊敬修福尊敬護戒尊敬修慧何以故尊敬福者福是現受可愛精光悦意果報如是信者而能遠離諸不善業是爲菩薩攝善法戒行云何是怖罪戒行謂若菩薩或有如微塵罪見悉生怖不順所作乃至少罪亦不生輕作是思惟如來所説諸苾芻譬如有人中於少毒亦趣命終若中多毒亦趣命終諸有罪者若少若多皆墮惡趣若作如是伺察之時菩薩於罪乃生恐怖是爲菩薩怖罪戒行云何是怖非所取戒行謂若菩薩或有具信沙門婆羅門及餘人衆信菩薩故或以金銀摩尼真珠珊瑚瑠璃螺貝珍寶財物及餘受用之具於菩薩所囑累寄託雖或單已而菩薩心不起貪著輒生希取又復於諸塔寺之物及衆僧物設使有人勸令掌執菩薩於中亦不希取爲自資養作是思惟如佛所説菩薩寧自割其身肉而噉食之終不以佗不與不許若飲若食及餘物等而懷希取是爲菩薩怖非所取戒行云何是堅固志意戒行謂若菩薩或爲魔王或諸魔衆及餘天等或現女相或以餘緣來作魔事之所嬈惱欲破壞時而菩薩不動不摇亦無減失是爲菩薩堅固志意戒行云何是無依著戒行謂若菩薩持戒行時不起是念我所持戒爲求天報或天之餘爲求王報或王之餘是爲菩薩無依著戒行云何是三輪清淨戒行謂若菩薩身業清淨語業清淨意業清淨身業清淨者謂遠離身三不善業一

殺生二偷盜三邪染如是名爲身不善業語業清淨者謂遠離語四不善業一妄言二兩舌三惡口四綺語是名語不善業意業清淨者謂遠離意三不善業一貪二瞋三邪見是名意不善業由能遠離諸不善業是故即得三輪清淨是爲菩薩三輪清淨戒行善男子菩薩若行如是十法即得戒行具足善男子菩薩若修十種法者即得忍辱具足何等爲十一者安受苦忍二者外忍三者諦察法忍四者佛許可忍五者無定方忍六者無差別忍七者不以事因故忍八者耐怨害忍九者悲心忍十者願力救拔忍善男子云何是安受苦忍謂若菩薩或自心有憂悲苦惱隨生起時菩薩安然悉能忍受不起瞋心是爲菩薩安受苦忍云何是外忍謂若菩薩親聞他人所出惡言或展轉聞因其毀謗父母師長親友知識或有惡言謗佛法僧菩薩聞已不生瞋恨是中安然悉能忍受是爲菩薩外忍云何是諦察法忍謂若菩薩若聞如來所說最極甚深經中有法能斷輪迴種子脱諸結縛壞相續者謂一切法本來寂靜及一切法自性涅槃菩薩得聞如是法已不生驚怖作是思惟若不了知此法及不得此法者豈能證得阿耨多羅三藐三菩提果邪由此因緣故應於如是甚深法中受持思惟修習伺察及生勝解是爲菩薩諦察法忍云何是佛許可忍謂若菩薩設起忿恚瞋害心已即當伺察此恚害心從何所起復何處滅何因故生生復何住作是觀時都不見有恚害之法若生若滅二法可得隨生即滅若因若緣亦不

可得以是緣故菩薩於中安然忍受無復生起佛所許可是爲菩薩佛許可忍云何是無定方忍謂若菩薩非於晝分能忍夜不能忍或夜能忍晝不能忍自國能忍他國不能忍或他國能忍自國不能忍慣習者能忍不慣習者不能忍菩薩不然於一切國一切處一切時一切種皆悉能忍是爲菩薩無定方忍云何是無差别忍謂若菩薩不於已之父母師長眷屬親友知識等處能忍餘諸人所而不能忍何以故菩薩乃至於旃陀羅眷屬等處有所侵惱而悉能忍是爲菩薩無差别忍云何是不以事因故忍謂若菩薩所起忍行不以財利因故不以怖畏故不爲資養故不以世間近事故不爲隱覆慚耻等故忍何以故菩薩常行忍辱心故是爲菩薩不以事因故忍云何是耐怨害忍謂若菩薩或無他緣來加其惡菩薩爾時即無所忍或時怨對若執刀杖若復持拳起瞋怒心而來打擊或復期剋惡語罵詈菩薩見如是等他怨對來打擊罵詈之時堅固其心深自伏忍作是思惟此等怨對皆是我之自業所感業成熟已來相逼惱誠非父母眷屬親友所造皆是自業造作所成熟故而亦非外地界水界火界風界之所成熟是亦非内四大成熟菩薩作是思惟時由此因緣故於有怨害及無怨害平等其心皆悉能忍受是爲菩薩耐怨害忍云何是悲心忍謂若菩薩設得王位或爲臣佐大富自在威德特尊見諸有情多苦惱者而彼有情於其王所生忿恚心而來毁罵及諸嬈亂其王爾時不生瞋恚不恃尊豪而行凌

逼作是思惟此諸有情我之向化我應爲彼作其救護是故我今不恃王之威相但爲彼等作其衛護使不破壞以是因緣悲心起故安然忍受是爲菩薩悲心忍云何是願力救拔忍謂菩薩作是思惟我於如來應供正等正覺所作師子吼發是願言願我得成阿耨多羅三藐三菩提果已普爲救拔一切有情出生死海我所勤行救拔一切有情不取其相但爲令諸有情悉得解脱令諸有情其心調伏住奢摩他菩薩爾時若自心生瞋恚不能忍者如佛所説善男子譬若有人善療眼疾能除患者昏翳暗障時醫眼師作是思惟我欲普令除去患者所有昏翳醫師忽然自喪其目善男子於汝意云何而彼醫師能療眼不答言不也佛言善男子菩薩亦復如是欲以慧眼開導世間一切有情愚癡暗瞑而菩薩若自爲彼癡暗所覆即不能與一切有情除去暗瞑是故菩薩於諸損惱不生瞋恚安然忍受是爲菩薩願力救拔忍善男子菩薩若修如是十種法者即得忍辱具足又善男子菩薩若修十種法者即得精進具足何等爲十一者被甲精進二者無能勝精進三者離二邊精進四者利樂精進五者加行精進六者相續精進七者清淨精進八者不共精進九者不隨他教精進十者無高心精進善男子云何是被甲精進謂若菩薩發大精進普爲一切有情未得涅槃者令得涅槃未得度者悉令得度未解脱者普令解脱未安隱者而令安隱未成正覺者當使成正覺菩薩發行是精進時或有魔來欲令斷壞菩

薩勝行及生嬈惱魔作是言善男子汝今宜應止此精進何以故我亦曾發此之精進普爲一切有情未得涅槃者令得涅槃未得度者悉令得度未解脱者普令解脱未安隱者而令安隱未成正覺者當使成正覺此等皆是不實妄失之法愚人諍論之語善男子我不曾見有人發如是精進能令一有情得阿耨多羅三藐三菩提者我但知彼無數俱胝有情趣證聲聞緣覺涅槃善男子以是緣故應須退轉於阿耨多羅三藐三菩提心若不然者汝所發精進徒增煩惱唐捐其功魔作是言已菩薩乃自思惟此諸惡魔伺求其便欲來嬈我菩薩知是事已乃謂魔言汝今勿應逼迫於我汝於世間但勿有慮如佛所說世間一切從自業種子所生長故自所造作彼彼之業是所歸趣今汝亦然自業種子所生長故自所造業是所歸趣汝今速應從所來道還歸本處勿復嬈我嬈亂我故使汝長夜於諸有情苦惱逼迫作不饒益時彼惡魔潛伏退屈即於是處隱而不現菩薩於是諸惡魔衆或魔天等來嬈亂時而菩薩心不驚不怖亦不怯弱是爲菩薩被甲精進云何是無能勝精進謂若菩薩隨其諸相發起精進如所起時而爲最勝正使餘諸久修道行菩薩比此菩薩精進勝行數分筭分乃至烏波尼殺曇分皆不及一何況聲聞緣覺何以故菩薩隨起一念精進之心具諸勝力即能普攝一切佛法斷諸惡法故是爲菩薩無能勝精進云何是離二邊精進謂若菩薩所起精進不應增劇不應沉下何以故若增劇時其

心髙倨若沉下時即生掉舉離此二者乃名菩薩精進勝行是爲菩薩離二邊精進云何是利樂精進謂若菩薩發是精進願我此身得與佛身而相等比願我得佛無見頂相及佛圓光相好具足及無能勝無邊勝智佛大威德佛勝自在菩薩爲是等故發起精進是爲菩薩利樂精進云何是加行精進此加行者譬如有人取摩尼寶或真金等磨瑩治鍊去諸瑕垢悉使其寶明淨清潔光色赫奕爾時方見摩尼真金煥然有異菩薩亦復如是於諸精進中加行修治使去垢染即離過失精進垢者所謂懈怠是精進垢沉下是精進垢飲食不知節量是精進垢妄執主宰是精進垢不依正法是精進垢不深固作意是精進垢諸精進中有是垢染乃名過失是故菩薩若離此者即得潔白清淨自性明亮是爲菩薩加行精進云何是相續精進謂若菩薩於諸威儀道中所起精進隨所起時若身若心而不懈倦相續無間是爲菩薩相續精進云何是清淨精進謂若菩薩即彼所起相續精進行中所有諸不善業及於障礙菩提道法無利義事常當除斷若諸善法謂隨順涅槃順正道行趣向菩提菩提分法使諸善法悉令廣大而復增長乃至於一念間尚不起於極微不善之法何況麤重等諸過失是爲菩薩清淨精進云何是不共精進謂若菩薩作是思惟假使普徧十方殑伽沙數等世界從於阿鼻大地獄中出大火聚充滿是等世界都爲一聚過是世界之外若一有情受極苦惱無主無救無依歸者我寧忍受其苦復

跋是等世界越其火聚至彼有情所而爲救度何況微小之苦不能忍受菩薩所發如是精進不與一切聲聞緣覺邪外等輩之所共有是爲菩薩不共精進云何是不隨他教精進謂若菩薩不同聲聞之人起如是心凡夫位中求佛菩提極爲難得我所發精進而甚微少懈怠劣弱我若爲求菩提假使頂上然火經多百千俱胝劫數如是勤行亦不能成故我不能堪忍其苦亦復不能荷斯重擔菩薩應起是心所有過去諸佛已成正覺者現在諸佛現成正覺者未來諸佛當成正覺者諸佛世尊皆爲求菩提故勤行精進彼彼如是修諸勝行而諸佛如來亦不但爲已故求成正覺令我亦然勤行精進成諸勝行亦不但爲已故所有善根普與一切有情共之爲有情故發起精進我所求成阿耨多羅三藐三菩提果普爲利樂一切有情亦不自利取證涅槃爲有情故我寧常處大地獄中乃爲勝上是爲菩薩不隨他教精進云何是不高心精進謂若菩薩所發精進時亦不於中而生味著不毀謗他不自稱讚菩薩作是思惟若不勤行自事警策於他何名智者是故菩薩所起勝行而不高心是爲菩薩無高心精進善男子菩薩若修如是十種法者即得精進具足

佛說除蓋障菩薩所問經卷第三

佛說除蓋障菩薩所問經卷第四

宋西天譯經三藏朝散大夫試鴻臚少卿傳梵大師惟淨奉 詔譯

復次善男子菩薩若修十種法者即得禪定具足何等爲十一者廣集福德二者多生猒患三者發起精進四者具於多聞五者無顛倒教授勤行修習六者隨正法行七者根性明利八者具純善心九者善了止觀十者不著禪相云何是廣集福德謂若菩薩於大乘法中久積善根彼彼生中善修戒行爲善知識之所攝受隨所生處常生婆羅門大族姓家或刹帝利大族或長者大族皆具正信於彼生中以其因緣轉復廣大增長善根而常不離於善知識何者是善知識所謂佛及菩薩而能增長宿世善根由慣習力故作是思惟世間大苦 世間災患世無暫停久受縈纏癡暗所覆彼等皆由貪欲爲因貪欲爲緣了此因緣是爲菩薩廣集福德云何是多生猒患謂若菩薩以是緣故乃起思惟我今不應於此世間合會相中染著親近諸欲境界而諸欲者虛妄分別如世尊言常以多種因緣毀呰貪欲所謂欲如利叉欲如利戟欲如劍鋒欲如刀鋒欲如毒蛇欲如聚沫欲如癰疽欲極臭穢如是欲境心生猒惡乃剃除鬚髮被袈裟衣發正信心捨家出家是爲菩薩多生猒患云何是發起精進謂若菩薩由出家故發起精進未得法者皆令得法未悟者令悟未證者令證是爲菩薩發起精進云何是具於多聞謂若菩薩由此因緣能聽能受諸有所說世俗諦法及勝義諦法是爲菩薩具於多聞云何是無顛倒教授勤行修習謂若

菩薩於其世俗勝義二種法中能正教授勤行修習無顛倒法是爲菩薩無顛倒教授勤行修習云何是隨正法行謂若菩薩於正見正思惟正語正業正命正勤正念正定此等正法中菩薩如是行即覺了正道是爲菩薩隨正法行云何是根性明利謂若菩薩由行正法故辯慧明了利根轉勝是爲菩薩根性明利云何具純善心謂若菩薩利根勝故多生猒患遠離大衆一切憒鬧及世雜語欲覺瞋覺害滅等覺皆悉遠離亦復不著知識親愛名聞利養所欲等事身心寂靜得純善心由善心故作是觀察今我此心於何法中行若善若不善若無記耶若行善法即得歡喜清淨心生何者是善法所謂三十七菩提分法若行不善法者當起猒患多種觀察勤行斷除不善之法何者是爲不善之法謂貪瞋癡貪有三種上中下品上品貪者若身若心極其分位而生染著無離貪心由染著故於一切處不生慚愧何者是無慚謂獨止一處作是思惟而起尋求諸所欲事稱讚欲境自現有德是爲無慚何者是無愧由彼貪欲因緣於父母等前違背狠戾及生惱害於餘師尊之所亦無恥忸自現有德是爲無愧以是因緣命終之後墮惡趣中此名上品貪中品貪者謂若親近諸欲境時自初至末雖復暫有所成旋起離貪之心即生變悔此名中品貪下品貪者謂若親近諸欲境時或身相觸或共語言或瞻視間旋起即滅此名下品貪總要而言一切濟命受用資具有所欲者皆名下品貪瞋有三種上中下品上品瞋者隨

於所起諸瞋境中生極瞋恚而復暴惡徧造五無間罪或隨造一無間罪或謗正法凡如是等總聚五無間罪算分數分及譬喻分乃至烏波尼殺曇分皆不能及由此因縁身壞命終墮大地獄若或暫得生於人間身相黒色其目赤惡性多恚暴此因縁故還墮地獄此名上品瞋中品瞋者隨於諸瞋境中若暫起已或微分造不善罪業即速變悔旋起對治而令止息此名中品瞋下品瞋者謂於親愛和合境中隨以瞋縁輒生輕謗雖復暫起於刹那間即生變悔旋起對治而令息滅此名下品瞋癡有三種上中下品上品癡者謂一切處若行若止悉無善作亦無憂戚不生變悔此名上品癡中品癡者若起少分不善之業雖有所成即速變悔於同梵行人所懺謝其罪不現已德此名中品癡下品癡者謂於如來所制戒中不越性罪違犯初篇戒學之罪此名下品癡菩薩離是染法即得心善寂靜由是善故能離欲愛欲貪諸欲染著何以故隨心善故若行無記法者謂即想念勤行伺察何等是無記若心不縁外亦不縁内不縁善不縁不善不住止法不行觀法其心沉下著於睡眠如人睡覺目視不明若無記心現前心不明利亦復如是是故菩薩若行善心即得心生歡喜其心安住是爲菩薩具純善心云何是善了上觀謂若菩薩由具如是純善心故能觀諸法此法如幻此法如夢此法不善此法是善此法出離此法非出離菩薩作是思惟彼一切法心爲依止心爲先導應當善攝其心善調伏心善覺了心由此

即能善攝諸法亦善調伏及善覺了如是即能正觀諸法此因緣故得心寂止以心繫心以心止心以心住心如是策勤心寂止故即得心一境性心一境故即成三摩地三摩呬多由是現前得離生喜樂由喜樂心故即能遠離罪不善法乃能成就有尋有伺離生喜樂初禪定法次復於諸尋伺悉無對礙於其喜樂不生味著作無常觀已還從初禪定心漸次而起遠離尋伺有所著心即能成就無尋無伺定生喜樂二禪定法次復於樂觀苦作苦觀已即得捨行捨念行成如聖所觀能正覺了妙樂現前即能成就離喜妙樂三禪定法次復於三禪定中作空觀已引四禪心彼四禪中除去我執我執離故苦樂悉斷苦樂斷故如先所起悅意惱意亦悉捨離即能成就捨念清淨四禪定法次復於自身相與虛空相等作一解脫觀如是解脫故於一切處一切種類過諸色想及離障礙由過色想離障礙故彼種種想悉無作意緣無邊虛空而爲行相即能成就空無邊處定法次復於空無邊處俱時觀彼識無邊處而爲行相即能成就識無邊處定法次復過彼識無邊處緣無所有處而爲行相即能成就無所有處定法次復過彼無所有處緣非想非非想處而爲行相即能成就非想非非想處定法次於上心無復行相滅諸想受離諸發悟名滅盡定如是等法是爲菩薩善了止觀云何是不著禪相謂若菩薩雖入滅定亦不樂著寂滅即能俱時發起慈心悉離怨親違順等境運心廣大先於一方起慈無量行普徧觀察

作解脱已南西北方四維上下亦復如是慈心起已悲喜捨心亦悉如前遠離怨親違順等境運心廣大周徧十方起悲喜捨無量之行普徧觀察悉作解脱菩薩如是即能起五神通亦不以自足不著禪相而復進求上法圓滿菩提勝行是爲菩薩不著禪相善男子菩薩若修如是十種法者即得禪定具足又善男子菩薩若修十種法者即得勝慧具足何等爲十一者善解無我二者善知業報三者善了有爲之法四者善知輪迴流轉五者善解輪迴出要之法六者善解聲聞緣覺乘法七者善解大乘之法八者善能遮止魔業九者具無顛倒慧十者具無等慧善男子云何是善解無我謂若菩薩以正慧觀察色受想行識觀彼色時色生不可得集亦不可得滅亦不可得受想行識生不可得集不可得滅不可得彼勝義諦不離世俗諦若勝義諦若世俗諦彼二自性但有言說假名而無實體菩薩雖如是觀亦不以此緣棄捨諸行發勤精進爲諸有情成利益事如救頭然及如燒衣是爲菩薩善解無我云何是善知業報謂若菩薩作是伺察今此世間合會之相猶如幻化及如乾闥婆城自性皆空若於情非情中著於我執彼等有情由是不能覺了正道而彼有情作如是念若無我無有情無壽命蠕動養者士夫補特伽羅意生摩拏嚩迦等即無善不善業而可表示誰爲受者無實有情業報可得菩薩雖復如實了知無實有情而亦顯彰善惡業報菩薩以其正慧如實了者是爲菩薩善知業報云何是善了有爲

法謂若菩薩於有爲法中以其正慧能善覺已乃作是念此有爲法而無暫停念念流動猶如露滴及如澗水迅流不住豈有智者於此等法中而生取著及起愛樂若樂境謝時或生憂戚由此因緣是故深生猒離樂求寂滅是爲菩薩善了有爲法云何是善知輪迴流轉謂若菩薩作是伺察今此世間合會之相無明暗蔽輪迴相續皆由愛繩所繫縛故愛故生取由取因故善不善業諸行造作以彼善不善業行起作故有有相續有故有生生故老死由死法故憂悲苦惱隨起纏縛如是即一大苦蘊集而生死輪相續流轉猶汲水輪宛轉上下菩薩以其正慧於此等法如實了知是爲菩薩善知輪迴流轉云何是善解輪迴出要之法謂若菩薩作是伺察若無無明即無行無行即無識無識即無名色六處觸受愛取有生無生即老死憂悲苦惱等法皆悉斷滅菩薩以其正慧於此等法如實覺了是爲菩薩善解輪迴出要之法云何是善解聲聞緣覺乘法謂若菩薩作是伺察此法得須陀洹果此法得斯陀含果此法得阿那含果此法盡漏斷諸有結不受後有究竟涅槃得阿羅漢果此法得緣覺果如犀一角菩薩於如是等果以其正慧如實了已然亦不於彼法之中而爲取證何以故菩薩作是思惟我攝受一切有情作師子吼我應爲彼一切有情於生死曠野險難之中與作救拔我今不應獨出生死菩薩起是行願堅固是爲菩薩善解聲聞緣覺乘法云何是善解大乘謂若菩薩於諸學門能善修學然於學時

而不可得於所學道亦不可得菩薩雖於彼相不可得故亦不以彼因緣墮於斷見是爲菩薩善解大乘云何是善能遮止魔業謂若菩薩於一切處常離惡知識亦不至惡國復不親近修習外道典籍於一切處而常遠離世間利養供給等事及餘煩惱等障菩提道者而悉除遣即起對治破壞之法是爲菩薩善能遮止魔業云何是具無顛倒慧謂若菩薩於世間一切文論典章諸事業中悉以勝慧引入修學菩薩學者但爲成熟諸有情故不爲知識名稱所欲等事不顯已德謂以如來法律是爲最上最勝言説具大威德由顯如是勝功德故精勤修學終不墮於外道邪見是爲菩薩具無顛倒慧云何是具無等慧謂若菩薩於世間天人魔梵沙門婆羅門諸有情中無與菩薩智慧等者而菩薩慧中唯除如來應供正等正覺智慧最勝世間天人魔梵衆中無復過上是爲菩薩具無等慧善男子菩薩若修如是十種法者即得勝慧具足乂善男子菩薩若修十種法者即得方便具足何等爲十一者善解迴向方便二者善迴外道諸見方便三者善迴五塵境界方便四者善除疑悔方便五者善知救度有情方便六者善解有情濟命方便七者善知受施方便八者善迴二乘趣入大乘方便九者善知示教利喜方便十者善知供養承事如來方便善男子云何是善解迴向方便謂若菩薩於其一切非已所有無攝屬者若華若果若衆香樹若妙香樹若諸寶樹若氍樹若華樹若果樹非已所有無攝屬者常當晝三時

中夜三時中想作供養諸佛菩薩以彼善根迴向阿耨多羅三藐三菩提又於佛說廣大甚深經中諸供養法聽已深心而生信樂以此善根迴向諸佛菩薩又於十方世界一切菩薩及諸有情所作一切善業圓滿菩提行者菩薩深心而悉隨喜以此善根迴向阿耨多羅三藐三菩提又於如來塔廟或於如來像前以華香塗香布施供養當願一切有情蠲除破戒穢惡之香普願一切有情獲得戒香清淨又若掃塔塗地之時當願一切有情離諸惡相獲得相好端嚴具善威儀又以華蓋供養佛時當願一切有情離諸煩惱燒然又若入塔寺時即起是念當願一切有情入涅槃城出塔寺時即起是念當願一切有情出離生死又於所止若開戶時即起是念當願開諸善趣出世智門若閉戶時即起是念當願扃閉諸惡趣門若隨坐時即起是念當願一切有情坐菩提場若右脇臥時即起是念當願一切有情悉作如是右脇涅槃若或起時即作是念當願一切有情超出煩惱淤泥若動止時即作是念當願一切有情獲得大人所行所止若安住時即起是念當願一切有情離諸憂惱若大小便利時即起是念當願一切有情滌除煩惱垢染過失若盥手時即起是念當願一切有情蠲除煩惱穢氣若濯足時即起是念當願一切有情除去種種煩惱塵坌若嚼齒木時即起是念當願一切有情離諸垢染乃至身諸分位若運用時皆願一切有情悉得利益安樂若於如來塔廟作禮奉時即起是念當願一切有情悉得

天人尊重禮奉是爲菩薩善解迴向方便

佛説除蓋障菩薩所問經卷第四

音釋

肪音方膏也　脾頻彌切土藏也　腎時忍切水藏也　胘胡涓切百葉也　螺盧戈切蚌屬　劇竭戟切甚也

佛說除蓋障菩薩所問經卷第五同卷第六

宋三藏朝散大夫試鴻臚少卿傳梵大師惟淨等奉　詔譯

復次善男子云何是善迴外道諸見方便謂若菩薩於左囉迦波哩沒羅惹迦尼乾陀等諸外道處作諸化事使其調伏爲欲成熟彼因緣故菩薩作是思惟此等外道我慢貢高我今不應先行師教要先恭事現爲弟子然後使其調伏於彼法中而求出家如其所行策勤修學隨諸外道種種法式多聞苦行咸悉究盡而復過勝彼衆推許有所言說悉皆聽受如奉師尊不相違戾由得親近諸外道故乃呵毀言諸仁者汝此所修非出離道亦非離欲又非寂滅由是漸能使彼調伏而令安住如來法中又復於彼具五神通諸外道所學修梵行隨其所修而復勤行令得彼法隨能成辦外道所修禪定之法即能勝過彼諸外道勤勇進修難行之行於外道中智者共許菩薩知其根成熟時於其所修禪定之法乃呵毀言諸仁者汝修定法非出離道亦非離欲又非寂滅由是漸次使令安住如來法中是爲菩薩善迴外道諸見方便云何是善迴五塵境界方便謂若菩薩或見有人極多貪愛菩薩不以別異方便但隨所樂而爲調伏乃以神力化現女身端正殊妙勝諸女人是人見已極生貪著時化女身於刹那間變成死屍爛壞臭穢彼貪愛人見即驚怖乃生猒患逼惱其心作如是言云何速能離此臭穢爾時菩薩即住其前如應說法彼貪染人隨得離欲是爲菩薩善迴五塵境界方便云何是善除疑悔方便謂若菩薩或見有人

造五無間業或諸不善業即詰其所而語之言汝今何故愁不悦意是人答言善男子我造五無間業以因緣故愁不悦意將非我於長夜之中無有快樂極大苦惱菩薩乃爲其人說戒懺悔又復如應說甚深法是人未能捨疑悔罪菩薩若現神通適其心念使令生信是人即時於菩薩所乃起信心清淨歡喜由喜心故堪任受法菩薩引之令入正道於其人前化現父母而加殺害謂其人言我今與汝同造斯罪勿生疑悔作是語已復現神通是人念言菩薩所有神通智慧猶害父母況復我邪爾時爲如是人說種種法使其罪業而得輕微猶如蚊翅是爲菩薩善除疑悔方便云何是善知救度有情方便謂若菩薩或見有人堪任受法然以是人造極惡業菩薩爲欲度斯等故隨應化現若以王身得度者即現王身若以宰官身得度者即現宰官身若以刹帝利婆羅門庶民等身得度者即現刹帝利婆羅門庶民等身若以天身得度者即現天身若以金剛力士身得度者即現金剛力士身若以柔善可愛之身得度者即現彼身若以恐畏繫縛鞭打等身得度者即皆現之若復有人欲造五無間業或有人欲於菩薩所生觸嬈者菩薩乃以種種方便悉令禁止或置之異方使其不造無間業等後於其前作諸化現乃至或現地獄等相又復諸有未得神通菩薩壽量色相菩薩悉知又諸有情欲成欲壞菩薩起大悲心悉能思念此有情欲壞此有情已壞菩薩一一如實了知如觀掌中菴摩勒果菩薩起猒離心作是

思惟若一有情造惡業已將墮阿鼻大地獄中彼之定業我復無異方便能爲救拔我寧代受地獄之苦乃至彼一有情安住無餘依涅槃界中是爲菩薩善知救度有情方便云何是善知有情濟命方便謂若菩薩或見有情無所堪任復無力能不識正法但貪飲食衣服而無餘求菩薩乃爲斯等顯示書筭技術種種事業如是善者悉令學習隨有所得使其濟命是爲菩薩善知有情濟命方便云何是善受供養方便謂若菩薩或得寶聚如須彌山菩薩亦受或得諸餘微毫之物菩薩亦受何以故菩薩作是思惟世間有情慳貪諂曲以是緣故如水中魚而常出沒生死大海菩薩深愍斯等有情使令長夜利益安樂是故受已不攝於已不起貪心周給於餘一切有情而復施作佛法僧事諸貧苦者徧行拯濟令諸施主心生歡喜是爲菩薩善受供養方便云何是善迴二乘令入大乘方便謂若菩薩或見二乘之人堪任阿耨多羅三藐三菩提器者菩薩乃於聲聞緣覺乘中以其方便迴轉彼心令住大乘乃至彼之徒衆亦令轉捨二乘之心是爲菩薩善迴二乘令入大乘方便云何是善知示教利喜方便謂若菩薩未發菩提心者使令發心若雖已發心而懈怠懶惰以少戒行爲喜足者當爲策勤進修諸行若於戒學有少鈌壞以是緣故生障礙心不起清淨歡喜心者菩薩如應爲說法要以善方便使令發起清淨之心是爲菩薩善知示教利喜方便云何是善知供養承事如來方便謂若出家菩薩得少財利而生

喜足唯求法利獨止一處寂靜而住作是思惟我今何故不起想念供養如來即時運心想以種種供養諸佛隨想念時便能圓滿六波羅蜜多云何觀想能具六波羅蜜多謂若想作供養事時即具布施波羅蜜多若於供養法中令一切有情起所緣善心即具持戒波羅蜜多若於供養法中發生歡喜愛樂之心即具忍辱波羅蜜多若於供養法中心不懈退即具精進波羅蜜多若於供養法中寂住其心即具禪定波羅蜜多若於供養法中莊嚴衆行即具般若波羅蜜多是爲菩薩善知供養承事如來方便善男子菩薩若修如是十種法者即得方便具足又善男子菩薩若修十種法者即得諸願具足何等爲十一者不卑下發願二者不畏生死發願三者出過一切有情發願四者諸佛稱讚發願五者善降諸魔發願六者不以他緣故發願七者無邊發願八者不恐怖發願九者不懈退發願十者善具圓滿發願云何是不卑下發願謂若菩薩不於三有中欲受樂故而乃發願是爲菩薩不卑下發願云何是不畏生死發願謂若菩薩不猒患三界不求離欲不趣寂滅故發願是爲菩薩不畏生死發願云何是出過一切有情發願謂若菩薩發如是願乃至普盡諸有情界願彼一切得大涅槃已然後我當亦入涅槃是爲菩薩出過一切有情發願云何是諸佛稱讚發願謂若菩薩發如是願普盡有情界中未發菩提心者普願一切發菩提心已發心者次第修行菩薩行已坐菩提場我皆一一恭敬供養然後勸請轉

妙法輪若欲入涅槃時亦悉勸請令久住世利益有情是爲菩薩諸佛稱讃發願云何是善降諸魔發願謂若菩薩發如是願如我所行我及一切有情當成正覺時其佛刹中不聞魔聲況復魔衆是爲菩薩善降諸魔發願云何是不以他緣故發願謂若菩薩不由他緣故發阿耨多羅三藐三菩提願何以故菩薩以自勝慧觀察有情界中種種苦惱爲救度故乃發阿耨多羅三藐三菩提願是爲菩薩不以他緣故發願云何是無邊發願謂若菩薩所發願者無限方分何以故謂菩提行廣大無量無有邊際菩薩當發願時偏袒一肩右膝著地於諸世間心生猒患發是願言普觀十方一切世界諸菩薩衆現修苦行者現坐菩提場成等正覺轉法輪者願諸菩薩觀照我心乃至説法度脱得度脱已我悉隨喜以是隨喜善根迴向阿耨多羅三藐三菩提是爲菩薩無邊發願云何是不恐怖發願謂若菩薩從初發心聞甚深法或聞諸佛有大甚深威德之力或聞菩薩遊戲神通甚深法門或聞諸佛善巧方便甚深之法聞已皆悉不驚不怖菩薩作是思惟佛菩提無邊佛境界無邊諸佛世尊成熟有情亦悉無邊我之智力而不能知唯佛與佛乃能究盡是爲菩薩不恐怖發願云何是不懈退發願謂若菩薩或見有情㦬戾難調以斯等故生棄捨心欲生淨土我不願聞此等有情諸惡名字菩薩雖以此緣不應棄捨利有情事何以故菩薩具悲智故起如是心徧有情界中諸有少智起劣精進癡盲瘖瘂無涅槃分者悉爲

諸佛菩薩呵毀棄捨斯等有情普願於我刹中悉令發起阿耨多羅三藐三菩提心乃至坐菩提場成等正覺菩薩發是心時一切魔宫皆悉震動諸佛讃歎嚴淨佛土速證阿耨多羅三藐三菩提果是爲菩薩不懈退發願云何是善具圓滿發願謂若菩薩誓願坐於大菩提場降伏魔軍證阿耨多羅三藐三菩提果此上無復更求餘願善男子譬如鉢器盛酥或油若平滿已無復更受一塵之滴菩薩亦復如是成正覺已無復減少一塵之願是爲菩薩善具圓滿發願善男子菩薩若修如是十種法者即得諸願具足又善男子菩薩若修十種法者即得諸力具足何等爲十一者無能勝力二者無屈伏力三者福力四者慧力五者徒衆力六者神通力七者自在力八者陀羅尼力九者不動加持力十者不越教勑力云何是無能勝力謂若菩薩力無能勝一切外道二乘無與菩薩力齊等者是爲菩薩無能勝力云何是無屈伏力謂若菩薩具勝力故於有情聚中無能屈伏菩薩力者是爲菩薩無屈伏力云何是福力謂若菩薩世出世間諸有福行無不積集是爲菩薩福力云何是慧力謂若菩薩於佛法中正慧悉知無有少法不見不證不覺了者是爲菩薩慧力云何是徒衆力謂若菩薩所有徒衆不缺戒行不壞正見不越法式不染淨命何以故菩薩徒衆同其菩薩正直行故是爲菩薩徒衆力云何是神通力謂若菩薩所有世間神通之力尚能超勝一切聲聞緣覺神通境界而此菩薩勝上神力於一微塵中而能

容受閻浮提世界及四大洲小千世界中千世界大千世界或一殑伽沙數世界乃至不可説不可説殑伽沙數是等世界於一微塵中悉容受已而微塵不增世界不減其中有情不相觸礙是爲菩薩神通力云何是自在力謂若菩薩力自在故欲使三千大千世界七寶充滿隨其所欲乃至不可説不可説世界悉能充滿種種珍寶是爲菩薩自在力云何是陀羅尼力謂若菩薩於不可説不可説佛刹中諸佛世尊所説之法諸名句文種種義理於刹那間悉能受持解了修習是爲菩薩陀羅尼力云何是不動加持力謂若菩薩勝加持力所加持故諸有情中無能虧動菩薩力者唯除如來應供正等正覺是爲菩薩不動加持力云何是不越敎勑力謂若菩薩於有情中而不見有敢違菩薩敎勑之者唯除善巧方便利益等事是爲菩薩不越敎勑力善男子菩薩若修如是十種法者即得諸力具足

佛説除蓋障菩薩所問經卷第五

佛說除蓋障菩薩所問經卷第六

宋三藏朝散大夫試鴻臚少卿傳梵大師惟淨等奉　詔譯

復次善男子菩薩若修十種法者即得諸智具足何等爲十一者人無我智二者法無我智三者無方分智四者知定境界智五者加持智六者不壞智七者善觀一切有情諸行智八者無發悟智九者善解一切法相智十者出世間智云何是人無我智謂若菩薩觀諸蘊生及諸蘊滅若蘊生時觀法無實虛妄不堅若蘊滅時觀法離散亦無所至菩薩作是思惟此諸蘊中無我人有情壽者養者而愚夫異生執著於我乃起是念蘊中有我耶我中有蘊耶我不是蘊耶蘊不是我耶由是計執不了眞實由不了故如旋火輪展轉生死菩薩於如是法悉如實知是爲菩薩人無我智云何是法無我智謂若菩薩若諸法成若諸法壞悉如實知菩薩作是思惟此於假法之中分別建立而彼諸法無實自性乃至文字亦無自性但唯憶想分別世俗所行不應於彼而生取著然其世俗假借諸法而亦非無謂以諸法藉緣而有法從緣生法從緣滅如是等法菩薩悉知是爲菩薩法無我智云何是無方分智所謂菩薩之智無局方分非但一刹那中智能隨轉第二刹那智不隨轉何以故菩薩之智於刹那中普徧一切隨轉隨現是爲菩薩無方分智云何是知定境界智謂若菩薩能知聲聞所修之定知緣覺定知菩薩定知如來定若聲聞所修禪定境界菩薩隨知若緣覺所修禪定境界菩薩隨知若菩薩所修禪定境界菩薩隨知若如來

所行禪定境界菩薩亦知然非宿報所成已之智力而能了知但以如來威神力故乃能知之餘諸定法以自智力悉可了知是爲菩薩知定境界智云何是加持之智謂若菩薩於聲聞所有加持之法如說能知緣覺加持如說能知菩薩加持如說能知況復於餘諸有情耶是爲菩薩加持之智云何是不壞智謂若菩薩得不壞智已諸魔外道及一切聲聞緣覺無能沮壞是爲菩薩不壞智云何是能觀一切有情諸行智謂若菩薩以其無著無斷清淨之智普觀一切有情界中而悉能見或有有情發菩提心者或有不發菩提心者或有滿足菩提行者或有不滿足菩提行者或有住初地者或有乃至住十地者或有現成正覺者或有成正覺已轉法輪者或有廣作一切化利事已入大涅槃者或有入聲聞乘涅槃者或有入緣覺乘涅槃者或有生於善趣之者或有生於惡趣之者此如是等菩薩之智悉能觀察是爲菩薩觀一切有情諸行智云何是無發悟智所謂菩薩於行住坐卧四威儀中悉無發悟而菩薩之智自然常轉譬如人睡俱無動作而出入息自然常轉菩薩之智亦復如是於一切處無礙而轉是爲菩薩無發悟智云何是知一切法智謂若菩薩善知一切法平等之相一相種種相如幻相虛妄分別等相悉如實知是爲菩薩知一切法相智云何是出世間智謂若菩薩具無漏智出過一切世間之智是爲菩薩出世間智善男子菩薩若修如是十種法者即得諸智具足又善男子菩薩若修十種法者

即得勝行如地何等爲十一者如地廣大無量二者存濟一切有情三者遠離損惱饒益等育有情四者普能容受大法雲雨五者爲諸有情共所依止六者能生善法種子七者爲大寶器八者爲大妙藥九者不可傾動十者不生驚怖善男子云何是如地廣大無量譬如大地周徧廣大無其限量菩薩亦復如是福智勝行周徧廣大無其限量是爲菩薩如地廣大無量云何是存濟一切有情譬如大地周給一切有情彼彼所須受用之物菩薩亦復如是以施戒忍精進禪慧等法及無數種菩提行法隨其所應普能攝受化度有情是爲菩薩存濟一切有情云何是遠離損惱饒益等育有情譬如大地損惱無戚饒益無忻無此二想菩薩亦復如是於諸有情損惱無戚饒益無忻平等利樂於一切處不生忻戚是爲菩薩遠離損惱饒益等育有情云何是普能容受大法雲雨譬如大地大雲含潤一切悉能容受任持菩薩亦復如是如來與大密雲注大法雨如其所説悉能容受亦悉任持是爲菩薩普能容受大法雲雨云何是爲諸有情共所依止譬如大地一切有情若行若止悉依於地菩薩亦復如是一切有情依止菩薩故生於善趣向涅槃道是爲菩薩爲諸有情共所依止云何是能生善法種子譬如大地一切種子依地而植依地而生菩薩亦復如是一切有情善法種子悉依菩薩種植生長是爲菩薩能生善法種子云何是爲大寶器譬如大地種種珍寶由地而生是故地者即大寶器菩薩亦復如是種種功

德智寶皆由菩薩所現是故菩薩即大寶器是爲菩薩爲大寶器云何是爲大妙藥譬如大地世間所有一切藥草悉依地生而能治療種種病苦菩薩亦復如是現大法藥普療世間一切有情諸煩惱病是爲菩薩爲大法藥云何是不傾動譬如大地一切蚊蚋蝱蟲濕生等類及彼大風不能傾動菩薩亦復如是一切有情所起内外諸緣苦惱等事悉不能動是爲菩薩不可傾動云何是不生驚怖譬如大地一切龍王鹿王哮吼震響聞已皆悉不生驚怖菩薩亦復如是聞諸魔外道聲已不生驚怖是爲菩薩不生驚怖善男子菩薩若修如是十種法者即得如地又善男子菩薩若修十種法者即得如水何等爲十一者善法如水流潤赴下二者種植諸善法種三者信樂歡喜四者漬壞諸煩惱根五者自體無雜清淨六者息除煩惱炎熾七者能止諸欲湯愛八者深廣無涯九者高下充滿十者息諸煩惱塵坌云何是善法流潤赴下譬如大水奔流赴下潤澤滋長菩薩亦復如是所修善法流潤赴下滋長有情是爲菩薩善法如水流潤赴下云何是種植諸善法種譬如大地種植一切樹林藥草由水滋溉增長成結菩薩亦復如是廣植一切菩提分法種子定水滋溉數數增長乃至得成一切智樹以其一切智樹獲成立故種種佛法果實繁茂普爲一切有情存濟慧命是爲菩薩種植諸善法種云何是信樂歡喜譬如大水自性流潤復潤於他菩薩亦復如是自性愛樂淨信歡喜復能令他一切有情愛樂淨信歡喜

愛樂者所謂樂求出世間法淨信者信佛法僧歡喜者心得清淨是爲菩薩信樂歡喜云何是潰壞諸煩惱根譬如大地樹林草木爲水浸漬而悉潰壞菩薩亦復如是以其所修禪定之水浸漬一切有情煩惱根種以潰壞故煩惱根種不相續生穢惡習氣亦悉除滅是爲菩薩潰壞諸煩惱根云何是自體無雜清淨譬如大水自體無雜而復清淨菩薩亦復如是自體無雜本性清淨自體者爲離所起隨煩惱等無雜者不雜貪瞋癡法清淨者守護諸根極善清淨是爲菩薩自體無雜清淨云何是息除煩惱炎熾譬如夏月地極炎熾人亦煩熱水能除解悉得清涼菩薩亦復如是以其法水息除一切有情界中煩惱炎熾逼迫之苦是爲菩薩息除煩惱炎熾云何是能止諸欲渴愛如世間人渴愛所逼水能解除菩薩亦復如是一切有情爲諸塵境渴愛所逼菩薩雨大法雨悉爲解除離諸渴愛是爲菩薩能止諸欲渴愛云何是深廣無涯譬如大水衆流合會深廣無涯菩薩亦復如是勝智積集深廣無涯諸魔外道而悉不能得其涯涘是爲菩薩深廣無涯云何是高下充滿譬如大水無礙流注一切地方而悉充滿雖復滿已亦不損惱一切有情菩薩亦復如是注大法雨普潤一切有情界中高下充滿雖復滿已亦不損惱一切有情何以故菩薩大悲心故是爲菩薩法雨流注高下充滿云何是息諸塵坌譬如大水流潤一切塵坌所覆澀惡地方悉使潤澤息諸塵坌菩薩亦復如是普爲一切麤惡心者悉令發起柔輭

之心乃以勝慧所依定愛之水流潤一切有情息諸塵坌是爲菩薩息諸煩惱塵坌善男子菩薩若修如是十種法者即得法水又善男子菩薩若修十種法者即得如火何等爲十一者能燒煩惱之薪二者成熟佛法三者能乾一切煩惱淤泥四者如大火聚五者作光明照六者能使驚怖七者能作安慰八者隨所得利與諸有情共之九者人所供養十者人不輕慢善男子云何是能燒煩惱之薪譬如大火能燒大地藥草叢林雜類等物菩薩亦復如是以智慧火能燒所起貪瞋癡等及隨煩惱是爲菩薩能燒煩惱之薪云何是成熟佛法譬如大火依地所生一切種子及諸藥等悉能成熟菩薩亦復如是以智慧火内能成熟一切佛法如所成熟隨得不壞是爲菩薩成熟佛法云何是能乾一切煩惱淤泥譬如大火能乾一切濕物及淤泥等菩薩亦復如是以智慧火能乾一切有漏淤泥是爲菩薩能乾一切煩惱淤泥云何是如大火聚譬如寒苦諸有情類得大火聚而能温煖菩薩亦復如是以智慧火悉能温煖煩惱寒病所逼有情是爲菩薩如大火聚云何是作光明照譬如有人於雪山頂或民陀山頂燃大火聚其火光明周一由旬或二三由旬普徧照耀菩薩亦復如是以智光明周徧照耀廣一由旬或百或千乃至無量無數世界智光普照一切有情智光照故而諸有情無智暗冥悉得破散是爲菩薩作光明照云何是能使驚怖譬如大火所有惡獸或惡獸王見彼火聚而悉驚怖四散馳走離其窟穴菩薩

大智威德亦復如是若魔若天見菩薩巳悉生驚怖棄自所有劣弱威光離彼地方遠遠而去永不得聞菩薩名字況復見身是爲菩薩能使驚怖云何是能作安慰譬如有人或於曠野險難之中迷失方所若見火聚知有聚落或牧放處即詣其所心得安慰離諸驚怖菩薩亦復如是一切有情處於生死曠野險難之中見菩薩巳心得安慰悉離一切煩惱恐怖是爲菩薩能作安慰云何是隨所得利與一切有情共之譬如大火一切有情共所受用若王若旃陀羅童子等無有差菩薩亦復如是隨得利養受用資具悉與一切有情共之若王若旃陀羅童子等無有差是爲菩薩隨所得利悉與一切有情共之云何是人所供養如世間火諸婆羅門刹帝利或民庶等皆悉奉事而爲供養菩薩亦復如是世間一切天人阿脩羅等皆悉奉事作諸供養如諸佛想是爲菩薩人所供養云何是人不輕慢如微小火人不敢輕何以故以能燒故菩薩亦復如是若信解行住菩薩於大乘中初始發心雖未具力能令世間天人阿脩羅等不敢輕慢何以故是諸天人阿脩羅等知彼菩薩不久當坐道場證阿耨多羅三藐三菩提果是爲菩薩人不輕慢善男子菩薩若修如是十種法者即得如火又善男子菩薩若修十種法者即得如風何等爲十一者如風無礙行故二者所行境界無邊際故三者如風破散墜墮有情高慢山故四者吹布廣大法雲雨故五者息除一切世間煩惱炎熾故六者不動一切有情善法濟命長養故七

者無量法雲含潤任持大法雨故八者大法種種莊嚴樓閣布飾妙好故九者一切衆會劫樹莊嚴決定常出正妙法音雨華悅意故十者阿僧祇劫潔白聖會建立積集三摩地解脫總持門海布妙高山日月光明法教叢林善妙宮殿輪圍山等及一切有情成熟調伏莊嚴善住無上無身依止隨轉智風曼拏羅解脫因故

佛說除蓋障菩薩所問經卷第六

音釋

縶陟立切絆也　朧戾朧力董切戾郎計切朧悷多惡不調也　汨在呂切止之也　蝱眉庚切蚊蝱也　坌蒲悶切塵坌也　漬疾智切漚也　潰胡外切決也　涘床史切涯際也　淤於據切濁泥也

佛說除蓋障菩薩所問經卷第七 第八同卷

宋西天三藏朝散大夫試鴻臚卿傳梵大師法護等奉 詔譯

復次善男子云何是菩薩如風無礙而行善男子如世間風於一切處無依無著亦無色相而能於彼一切宮殿樓閣及須彌山大海等處如所作事而悉能作菩薩智風亦復如是於一切處亦無所著而能施設蘊處界等彼一切法蘊者所謂色受想行識界謂眼界色界眼識界耳界聲界耳識界鼻界香界鼻識界舌界味界舌識界身界觸界身識界意界法界意識界處謂眼處色處耳處聲處鼻處香處舌處味處身處觸處意處法處乃至世間法出世間法及天人轉輪聖王梵王帝釋護世諸天大自在天聲聞緣覺諸菩薩地一切智等雖有所作悉無住著彼一切處無住著故若有性若無性若一性若異性真如性等雖無數心意而無種異及無造作復無所緣悉是無障解脫境界是故梵王帝釋護世天等如理而作十方邊際諸世界中一切有情及有情事悉令獲得於一切處皆成辦已乃至最後邊際劫中隱而不現而法身者不可分別非不可分別是爲菩薩如風無礙而行云何是菩薩所行境界而無邊際如世間風能於十方無量世界開發成辦一切種子菩薩智風亦復如是於普徧無邊世俗勝義一切法中廣大顯現開覺安布及廣宣說如來衆會菩薩衆會世間一切衆會隨思隨行以無礙心於諸方處一切通達而無邊際是爲菩薩所行境界而無邊際云何是菩薩如風破散墜墮有情高慢山峯如世間風一

切山石叢林宫殿悉能吹擊破散墜墮及隱覆等菩薩智風亦復如是所有憍慢耽迷執有身見高倨有情恃於色相盛年豪貴身力長壽無病輕安及技藝多聞聰利眷屬富有辯才以是等事恃著憍醉此諸有情由是緣故起我相心違背正道菩薩能為宣示勝法破彼慢心使令善得離染清淨是為菩薩如風破散墜墮有情高慢山峯云何是菩薩吹布大法雲雨如世間風吹發大雲從四方起衆色雲輪震吼甚深輭美音聲海潮之聲及其種種歌詠之聲響亮無間清妙悦意電鬘莊嚴普徧彌覆俱胝那庾多百千世界悉能吹發一切世間所可愛樂苗稼種子及諸林樹而常降澍種種寶雨菩薩智風亦復如是出現種種妙身相雲光明徧照十方世界一切有情所可愛樂最上色相光明電鬘而為莊嚴出如實法音及六十千勝妙音聲菩薩大悲之風普高法界普攝一切世間廣覆一切世界拯拔一切惡趣難處諸有情類現一切相好光明輪清淨光明加持照耀一切有情悉成正行壞滅邪行雨大法雨衆莊嚴具而為莊嚴建立一切世界最上喜悦令諸天人悉置最上喜樂之處所有一切世出世間善法種子藥草叢林而悉種植一切吉祥時分授法灌頂是為菩薩吹布大法雲雨云何是菩薩息除一切世間煩惱炎熾如世間風颼激善妙清涼之水普息有情炎熱之苦使諸有情清涼適悦菩薩智風亦復如是一切有情貪瞋癡等惡趣惡見惡作邪行極惡貧窮耽愛境界寃憎會苦愛别離苦衆病逼惱

及法愛等此諸炎熾皆能息滅法水灌注得最上清涼以不空願力若見若覺悉無障礙是爲菩薩息除一切世間煩惱炎熾置諸有情處無憂地云何是菩薩不動一切有情善法而能濟命長養如世間人出息入息風力持故而得活命菩薩亦復如是以其智風成辦有情一切善法使諸有情悉得具足皆生歡喜復次善男子如世間風悉能成立一切世界種種莊嚴殊妙可愛所謂金剛輪圍小鐵圍山大鐵圍山及四大洲金輪所持大海諸寶須彌山大須彌山及餘寶山乃至雪山香醉山等諸宮殿樓閣閻浮提四大洲小千世界中千世界三千大千世界菩薩智風亦復如是悉能發起成辦一切有情廣大福蘊次第安布如成雪山應作是見即是所成世間福蘊如成四大洲須彌山應知即是所成聲聞如成小千世界應知卽是所成緣覺如成中千世界應知即是所成菩薩廣大之相如成三千大千世界應知即是所成如來百福身相高出一切世間普盡虛空一切世界極妙清淨最上稱讚布設一切最勝供養所緣事相如是一切現前成已常住三摩呬多如成大海應知即是所成三摩地海如成大洲中洲及餘山石四大洲等應知即是諸陀羅尼化度有情諸學衆等如成宮殿樓閣及諸叢林應知即是清淨佛刹功德莊嚴如成劫樹種種變化應知即是十地十波羅蜜多十三摩地諸陀羅尼六通三明諸智光明十自在等菩薩及佛力無畏不共法大悲等最上自在廣大之法善男子此中何等是諸佛

世尊百福之相善男子譬如滿一劫中積集十方而一一方各有阿僧祇殑伽沙數等世界是諸世界中所有有情一切皆具十三千大千世界之數小轉輪王所有福蘊以如是等具小轉輪王福蘊之者諸有情類彼彼福蘊總聚較計與一大轉輪王福蘊相等又過東方一切世界是等世界中所有有情各各皆具一大轉輪王福蘊如前所說乃至十方盡虛空界一切世界中一切有情各各皆具大轉輪王所有福蘊以此之數較計如是有情福蘊與一帝釋福蘊相等又若十方彼一一方各有阿僧祇殑伽沙數等世界一一世界有情皆具帝釋福蘊是諸帝釋總而聚之爲一帝釋即以如是之數盡虛空徧法界一切世界有情皆具如上帝釋福蘊以此之數

較計如是有情福蘊與一大梵天王福蘊相等又若十方彼一一方各有阿僧祇殑伽沙數等世界彼彼世界有情皆具大梵天王福蘊是諸大梵天王總而聚之爲一大梵天王即以如是之數盡虛空徧法界一切世界有情皆具如上大梵天王福蘊以此之數較計如是有情福蘊即同聲聞緣覺菩薩所證大地大光明雲授法灌頂得十自在所有功德善男子即以是事所有一切有情於十方無邊際世界盡虛空界積集三世所有福蘊以彼三世福蘊盡虛空界一切世界極微塵量百倍倍之即成如來一一毛孔而彼一一毛孔之中所入福蘊以十阿僧祇百千倍數倍之即成如來八十種好而彼一一隨形好中所入一切福蘊以十不可說倍數倍之即成

如來三十種相而彼一一所成之相以十不可說倍數倍之即成如來眉間圓滿無垢月輪勝餘千光殊妙最上白毫之相即如是相以十不可說不可說千俱胝倍數倍之即成如來一切世間高顯不可覩見烏瑟膩沙莊嚴頂相即如是相以十不可說不可說俱胝那庾多百千倍數倍之即成如來六十千種一切所緣無邊音聲流出殊妙無所發悟普令有情生大歡喜開示一切世界清淨語言佛大辯才善男子此說是爲諸佛世尊百福之相如來以是無盡福智勝行普徧莊嚴廣爲一切有情長養濟命善男子正使十方盡虛空徧法界一切世界中所有有情滿一劫中悉住第十法雲地菩薩之位具諸勝相謂身語意所莊嚴具諸陀羅尼及十自在是等菩薩以閻浮檀金所成之器量等虛空如殑伽沙數而一一器盛種種寶經爾所時乃至最後邊際圓滿劫中剎那剎那來而復往各各持入如來一毛孔中而佛世尊一毛孔中所有福蘊不增不減善男子此是如來不可思議百福之相復次何等是十二地所謂未發菩提心地歡喜地離垢地發光地燄慧地難勝地現前地遠行地不動地善慧地法雲地普徧光明佛地是爲十二地此中何等是未發菩提心地謂此菩薩超越一切愚夫所行邪行及一切三世梵王帝釋護世諸天聲聞緣覺最勝出過一切世間一切行相吉祥身語意業而爲莊嚴於十方無邊世界普徧照耀具大光明輪得無障礙力行陀羅尼於阿僧祇世界一一相中縱任無方於四大洲

世界出現普徧香光明網廣大莊嚴蓮華承足處大千世界邊際之量妙莊嚴座得一切法善調順善觀察成就無礙可意所緣事相現十種大相及阿僧祇相顯示不退轉法於無邊際一切方所隨所行時放不可思議大光明網無量刹土種種莊嚴現身影像於不可說無量世界中能爲諸世界主勸受灌頂增上加持能於一切世出世間常雨無量大法寶雨妙光明門悉無遮礙周廣普徧而作最上大施福行隨順一切世間普能圓滿一切有情不空意願見者咸生善妙可愛清淨之心普振一切世界隨所思念諸惡趣等無邊有情悉爲救度普能攝受無邊諸佛供養法門遊戲一切阿僧祇數三摩地陀羅尼解脫通明等法嬉樂無邊勝妙法園而無愛著得無邊俱胝劫數無發悟無疑惑喜行光明無數俱胝那庾多百千劫於清淨大乘分位中修習圓滿種種利他所行事業成辦福智勝行多百千種廣大先行究竟圓滿若具最極信解行法故乃得初地今以次第分位故而此菩薩是未發菩提心地善男子譬如轉輪聖王雖已超越人之色相然未獲得天之色相而此菩薩亦復如是雖已超越一切世間聲聞緣覺之地然未獲得最上菩薩地故復次普徧光明佛地者無中無邊無復遺餘一切清淨於一切法自在普能善觀無數種相普令一切有情獲得利樂何等是諸菩薩所行十種三摩地所謂一者寶高二者善住三者無動四者不退轉五者寶積六者日光燄七者一切義成八者智光明九者安住現

在佛前十者首楞嚴如是等無邊菩薩所行三摩地復次十二種陀羅尼何等十二所謂一者灌頂二者大智三者清淨音聲四者無盡藏五者無邊轉六者海印七者蓮華莊嚴八者趣無礙門九者決定出生諸無礙解十者住佛莊嚴十一者無邊色相十二者佛身色相成辦圓滿是爲十二種陀羅尼復次六通何等爲六一者天眼通二者天耳通三者他心智通四者宿住隨念智通五者神境智通六者漏盡智通是爲六通復次諸菩薩十種自在何等爲十一者無量阿僧祇劫具壽量力故即壽自在二者不可說不可說三摩地門相續趣入勝相應故即心自在三者一切世界無數莊嚴具莊嚴加持顯示相應即受用自在四者隨其時分諸業報力悉顯示故即業自在五者於一切世界示現受生故即生自在六者於一切世界見佛圓滿示現故即信解自在七者隨樂欲時於諸刹中現成菩提即願自在八者於一切世界出現無邊神通事故即神通自在九者無邊無中法門光明常顯發故即法自在十者於如來十力四無所畏四無礙解十八不共法三十二相八十種好及現證最上菩提充滿三世一切佛刹微塵阿僧祇等數中了知一相具諸勝相乃至現證一切智悉能顯示故即智自在是爲菩薩十種自在復次何等是菩薩十力所謂一者意樂力二者深固力三者方便力四者慧力五者願力六者行力七者乘力八者神變力九者菩提力十者轉法輪力是爲菩薩十力何等是菩薩四無所畏所謂一

者於諸陀羅尼隨聞能受宣說義理無畏二者了無我法不娆於他積集無相本習威儀而無缺失三業清淨成就廣大護持無畏三者常持正法而不忘失畢竟安住智慧方便救度有情無放逸心開示善法得離障難無畏四者不忘失一切智心亦於餘乘諸出離道圓滿自在得一切種一切事成就無畏是爲菩薩四無所畏何等是菩薩十八不共法所謂一者菩薩無著布施二者無著持戒三者無著忍辱四者無著精進五者無著禪定六者無著智慧七者以四攝法攝諸有情八者善了諸迴向法九者善巧方便成諸有情增上所行十者開示上乘出離之道十一者於大乘法而不退轉十二者表示生死及涅槃門十三者於諸典章不滅文句十四者所作行中智爲先導十五者於諸生中離衆過失十六者於身口意具十善業十七者堪忍諸苦不捨一切有情十八者一切世間所可愛樂皆悉顯示普徧一切世間愚夫及聲聞緣覺善以衆寶及劫樹莊嚴堅固一切智心永不忘失得一切法依法灌頂常所樂求見佛法僧是爲菩薩十八不共法云何是如來十力所謂一者處非處智力二者教示過去未來現在業因果報智力三者種種信解智力四者種種界智力五者了别自他根智力六者至處道智力七者發起一切禪定解脱三摩地三摩鉢底染淨等智力八者宿住隨念智力九者生死智力十者漏盡智力是爲如來十力云何是如來四無所畏所謂一者一切法現證智無畏二者一切漏盡智無畏

三者決定說障道無畏四者出盡苦道無畏
是爲如來四無所畏

佛說除蓋障菩薩所問經卷第七

佛說除蓋障菩薩所問經卷第八

宋西天三藏朝散大夫試鴻臚卿傳梵大師法護等奉　詔譯

復次何等是爲如來十八不共法所謂一者如來身無懈倦二者語無卒暴三者無失念四者無不定心五者無種種想六者無不知捨心七者欲無減八者精進無減九者念無減十者定無減十一者慧無減十二者解脫解脫知見無減十三者於過去世無著無礙知見隨轉十四者於未來世無著無礙知見隨轉十五者於現在世無著無礙知見隨轉十六者於諸身業智爲先導隨智而轉十七者於諸語業智爲先導隨智而轉十八者於諸意業智爲先導隨智而轉此等是爲如來十八不共法何等是如來大悲善男子勤行三十二種相故乃起如來大悲之心於十方無邊世界廣現不思議相皆從如來大悲心轉何等三十二相所謂一者一切法無我而諸有情於無我理不能信解是故如來爲諸有情發起大悲二者一切法無有情而諸有情執以爲有大悲元少十三法十六者一切法離癡而諸有情起於愚癡是故如來發起大悲十七者一切法無來而諸有情取著諸趣是故如來發起大悲十八者一切法無去而諸有情著於有生是故如來發起大悲十九者一切法無行而諸有情諸行中行是故如來發起大悲二十者一切法無戲論而諸有情樂著戲論是故如來發起大悲二十一者一切法空而諸有情起於有見是故如來發起大悲二十二者一切法無相而諸有情著境界相是故如來發起大悲二十三者一切法

無願而諸有情運行諸願是故如來發起大悲二十四者世間有情所共集會互相諍訟起貪瞋等一切過失如來觀已爲説法要使令斷除彼貪瞋等一切過失是故如來發起大悲二十五者世間有情所共集會勤行顛倒履險惡道居邪異處爲令彼等入如實道是故如來發起大悲二十六者世間有情所共集會慳貪增盛侵取他財而無猒足爲令彼等具戒聞捨慧諸聖法財是故如來發起大悲二十七者世間有情於諸舍宅財物妻子生貪愛故卑賤其身猶如僕使於不真實中計真實想佛爲彼等宣説法要令知畢竟無常之法是故如來發起大悲二十八者世間有情以其艱苦求活命故互相欺誑佛爲彼等宣説法要咸使有情淨命自資是故如來發起大悲二十九者世間有情於名聞利養固起追求不生猒足爲令彼等如實了知而生猒足究竟息苦獲涅槃樂是故如來發起大悲三十者世間有情常生貪愛居苦器中一向染汙佛爲彼等宣説法要令其出離超越三界是故如來發起大悲三十一者以一切法離因緣故世間有情生懈怠心乃於聖法解脱門中而起障礙佛爲彼等宣説解脱真實之法令諸有情行於精進是故如來發起大悲三十二者世間有情棄捨最上無著妙智殊勝涅槃樂求聲聞緣覺下乘涅槃爲令彼等愛樂廣大趣求佛智是故如來發起大悲善男子勤行如是三十二種相故如來乃起大悲之心如是所説如來大悲之行若有菩薩勤行如是三十二種之相發起大

悲心者而此菩薩摩訶薩於福功德刹中而能圓滿廣大威光利樂有情相應事業得不退轉是故當知如是等無量無數自在之法所有分位若諸如來若諸菩薩乃至住後邊際劫中廣宣説者而悉不能得其邊際今此所説而極少分但爲令諸有情發生最上淨信歡喜是爲菩薩不動一切有情善法濟命長養善男子云何是菩薩無量法雲含潤任持廣大法雨如世間風無其邊際而彼風輪廣大安固普徧任持一切世界若成時若壞時及其水雲弃于大海與四大洲須彌山目真隣陀山摩訶目真隣陀山雪山鐵圍山大鐵圍山香醉山樹林宮殿諸樓閣等菩薩摩訶薩無邊陀羅尼風輪亦復如是悉能任持一切正等正覺之雲流注廣大無礙法雨於一切世界悉能成辦佛功德法如其所説須彌山等世此是緣覺乘法成緣覺果此是大乘之法具諸勝相自利利他事業圓滿成就普賢一切勝智乃至此是十地十波羅蜜多十三摩地十二陀羅尼六通三明十自在八解脱十力四無所畏四無礙解十八不共法善男子菩薩善能施設此如是等無量種法蓮華莊嚴等陀羅尼門爲法莊嚴妙巧安布是爲菩薩大法種種莊嚴樓閣布餘妙好善男子云何是菩薩一切衆會劫樹莊嚴決定常出正妙法音雨華悦意如劫樹林爲風吹擊常雨種種香華妙寶衣服鼓樂等莊嚴具而悉具足是諸嚴具相續流出令諸天人咸生最上適悦歡喜無憂自在嬉戲娛樂常具色相力勢勤勇悦樂無減菩薩智風亦復如

是菩薩常於如來清淨世界大法會中爲諸有情宣說契經應頌記別諷頌譬喻緣起自說本事本生方廣希有論義十二分教常雨如是正法寶華爲諸有情於其順違慣習事中從初次第宣說教授及一切世間諸所緣事引發示誨無我寂滅清淨法性開示普徧一切法門總攝法性引示令入不可思議如幻法中顯發大智如幻法門復令有情增長遊戲一切法樂諸有問答無中無邊能善起發普使歡喜常令於其正法園林以無過身語意業適悅戲樂不生懈退令諸天人受用具足善法無減慧光明照常住最勝清淨法中是爲菩薩一切衆會劫樹莊嚴決定常出正妙法音雨華悅意善男子云何是菩薩阿僧祇劫潔白聖會建立積集三摩地解脫總持門海布妙高山日月光明法教叢林善妙宮殿輪圍山等及一切有情成熟調伏莊嚴善住無上無身依止隨轉智風曼拏羅解脫因故譬如劫風世界壞時其風無礙力勢迅猛普徧吹擊三千大千世界俱胝那庾多百千諸鐵圍山須彌山大海等皆悉破散磨滅無餘同太虛空菩薩之風亦復如是於多百千劫中積集種種福智莊嚴菩薩以廣大力勢能現種種神通變化善轉無礙清淨法輪出妙有此世他生得一切圓滿利他勝行令此不說佛言善男子如是如是如汝所說彼之有情出過一切世間普爲多人所共瞻仰斷諸惡法具諸善法一切世間之所歸向善男子若諸有情於此法中能修行者或復有人返生輕謗我說彼人是愚癡者當墮黑暗

大地獄中受諸苦惱世間天人阿脩羅等所共悲愍又善男子菩薩若修十種法者即如虛空何等爲十所謂一者無垢二者無礙三者寂靜四者無相五者無邊智六者平等隨知一切法七者了一切法如虛空自性解脱八者無住九者出過諸境界相十者出過尋伺菩薩若修如是十種法者即如虛空善男子復有十法菩薩若修即如虛空何等爲十所謂一者於可意不可意一切色中不愛不惡二者於可意不可意一切聲中不愛不惡三者於可意不可意一切香中不愛不惡四者於可意不可意一切味中不愛不惡五者於可意不可意一切觸中不愛不惡六者於可意不可意一切法中不愛不惡七者於利衰法中不愛不惡八者於樂苦法中不愛不惡九者於稱譏法中不愛不惡十者於譽毀法中不愛不惡菩薩若修如是十種法者即如虛空又善男子菩薩若修十種法者即得如月何等爲十所謂一者令諸有情皆生歡喜二者衆所樂見三者善法增長四者惡法損減五者咸皆稱讚六者體相清淨七者乘最上乘八者常自莊嚴九者遊戲法樂十者具大神通威德善男子云何是菩薩令諸有情皆生歡喜如月初出一切有情皆得清涼及悦意故咸生歡喜菩薩之月亦復如是當初出時一切有情悉得遠離煩惱炎熾生喜樂故是爲菩薩令諸有情皆生歡喜云何是菩薩衆所樂見如月初出一切有情悉樂瞻覩所謂善妙潔白令諸有情心生喜故菩薩之月亦復如是當初出時一切有情愛樂悦

意所謂諸根清淨種子潔白於諸所行威儀具足是爲菩薩衆所樂見云何是菩薩善法增長如白分月從初出已日日漸增至十五日其月盛滿諸相圓具菩薩之月亦復如是從初發心乃至坐於道場日日善法漸漸增長至坐道場已一切勝相皆悉圓滿是爲菩薩善法增長云何是菩薩惡法損減如至黑分月時其月輪相光明漸減如其所減至月盡日一切不現菩薩之月亦復如是至具出世智時惡法漸減如其所減乃至坐於道場一切滅盡無復遺餘是爲菩薩惡法損減云何是菩薩咸皆稱讚如月初出時諸婆羅門刹帝利男女大小一切人民咸悉稱讚菩薩之月亦復如是當初出時一切世間天人阿脩羅乾闥婆等咸悉稱讚是爲菩薩咸皆稱讚云何是菩薩體相清淨如月天子體相清淨潔白無染謂勝業報之所成故菩薩體相亦復如是本來無染潔白所成清淨化生非從父母羯邏藍等不淨所生是爲菩薩體相清淨云何是菩薩乘最上乘如月天子乘清淨乘照四天下菩薩之月亦復如是乘于最上菩薩之乘廣照無邊一切世界是爲菩薩乘最上乘云何是菩薩常自莊嚴如月天子本相清淨常自莊嚴不以澡沐所莊嚴故菩薩之月亦復如是諸勝功德常自莊嚴是爲菩薩常自莊嚴云何是菩薩遊戲法樂如月天子常受天樂菩薩之月亦復如是常所遊戲勝妙法樂不染世間諸欲境界是爲菩薩遊戲法樂云何是菩薩具大神通威德如月天子具大神通有大威德廣照一切菩薩之

月亦復如是具大福智勝功德故是爲菩薩具大神通威德善男子菩薩若修如是十種法者即得如月

佛說除蓋障菩薩所問經卷第八

音釋

嬈而沼切亂也　羯邏藍梵語也此云凝滑羯居謁切邏朗可切

佛說除蓋障菩薩所問經卷第九第十同卷

宋三藏朝散大夫試鴻臚卿傳梵大師法護等奉　詔譯

復次善男子菩薩若修十種法者即得如日何等爲十一者破無明暗二者開敷一切三者普徧十方咸得和暖四者起諸善法五者有漏滅没六者作光明照七者制諸邪異八者高下開顯九者成諸事業十者善人樂欲善男子云何是菩薩破無明暗如日初出悉能除去一切昏暗菩薩之日亦復如是當初出時能破一切無明黒暗是爲菩薩破無明暗云何是菩薩開敷一切如日出時悉能開敷淨蓮華等一切華卉菩薩之日亦復如是所應受化諸有情等而悉開覺是爲菩薩開敷一切云何是菩薩普徧十方咸得和暖如日出時普徧十方咸得和暖菩薩之日亦復如是當初出時智光普照十方一切咸悉和暖而亦不嬈世間有情是爲菩薩普徧十方咸得和暖云何是菩薩起諸善法如日將出閻浮提内先現明相則知日出菩薩之日亦復如是將欲出時先現智光明相有情則知菩薩出現是爲菩薩起諸善法云何是菩薩有漏滅没如閻浮提日光隱時則知日入菩薩亦復如是諸染煩惱隱不現時則知菩薩諸漏已盡是爲菩薩有漏滅没云何是菩薩作光明照如日初出閻浮提内諸有情類蒙光普照菩薩之日亦復如是當初出時智光普照一切有情除去一切癡冥暗蔽是爲菩薩作光明照云何是菩薩制諸邪異如日光現翳諸小明而日不作是念我能翳彼諸小光明何以故日光出時法爾如是故菩薩之

日亦復如是智光出時一切邪異外道小明皆悉映蔽而此菩薩亦不作是念我能映蔽邪異諸小光明何以故而諸小明法爾如是映不見故是爲菩薩制諸邪異云何是菩薩高下開顯如日出時閻浮提内一切丘墟及平坦處一切人衆悉能顯視菩薩之日亦復如是智光普照令諸有情顯觀一切丘墟平坦平坦者謂八正道丘墟者謂八邪道是爲菩薩高下開顯云何是菩薩成諸事業如日初出一切農者耕稼事業而悉興作菩薩日出亦復如是有情一切善法事業而悉成辦是爲菩薩成諸事業云何是菩薩善人樂欲如日初出善人愛樂惡人嫌惡菩薩日出亦復如是具智慧者悉生愛樂趣向邪道姦惡之類愚蒙無智樂著生死背涅槃者悉生嫌惡是爲菩薩善人樂欲善男子菩薩若修如是十種法者即得如日又善男子菩薩若修十種法者即如師子何等爲十一者自無恐怖二者不畏於他三者直進不還四者能師子吼五者無畏觀察六者常行林中七者樂居山巖八者無所結縛九者自具勇力摧伏他軍十者善作守護善男子云何是菩薩自無恐怖譬如師子安詳行步無驚無怖何以故不見有能與已等故菩薩亦復如是周徧往復無驚無怖何以故不見有能與已等故是爲菩薩自無恐怖云何是菩薩不畏於他如彼師子不畏於他一切邪惡呼吽之音菩薩亦復如是若與一切他宗外道論義之時心無怯弱亦不卑下是爲菩薩不畏於他云何是菩薩直進不還如彼師子直往不退菩

薩亦復如是本性直進不復退還邪異宗教而復善薩辯才無盡是爲菩薩直進不還云何是菩薩能師子吼譬如師子震吼之時一切麞鹿野干之類而悉驚怖奔走十方菩薩亦復如是若作無我師子吼時所有一切著我執者邪異外道而悉驚怖馳走十方菩薩亦不嬈惱於彼但爲破於著我見者震發無我師子吼故亦復爲餘有情作調伏故是爲菩薩能師子吼云何是菩薩無畏觀察如彼師子作無畏相普徧觀視菩薩亦復如是忘行清淨作無畏相普徧觀察是爲菩薩無畏觀察云何是菩薩常行林中如彼師子本性樂行林野之中菩薩亦復如是自性寂靜遠離憒閙樂行林中是爲菩薩常行林中云何是菩薩樂居山巖如彼師子樂居山巖菩薩亦復如是樂居智慧禪定山巖是爲菩薩樂居山巖云何是菩薩無所結縛如彼師子無所結縛菩薩亦復如是去脫一切煩惱重擔離諸結縛是爲菩薩無所結縛云何是菩薩自具力能摧伏他軍如彼師子獨無伴侶能摧他衆菩薩亦復如是獨無伴侶坐道場時以自力能摧伏魔軍是爲菩薩自具力能摧伏他軍云何是菩薩善作守護如彼師子若或近於聚落而住諸有麞鹿等類不損苗稼菩薩亦復如是所向國邑及諸方處而彼一切邪異外道麞鹿等類不損有情善法種子是爲菩薩善作守護善男子菩薩若修如是十種法者即如師子又善男子菩薩若修十種法者即能調伏何等爲十一者堅固菩提心二者修治菩提行三者守護諸根四者趣

向正道五者能荷重擔六者爲有情故不生懈退七者正命自活八者離諸諂曲九者不起誑惑十者身心正直是爲十法善男子菩薩若修如是十種法者即能調伏又善男子菩薩若修十種法者即能善乘何等爲十一者雖修定行而常觀空二者雖盡諸障而常修善行三者雖離諸起作而善順佛教無所違背四者平等了知一切諸法而解法界理五者能於世間自卑其身如旃陀羅謙下其意六者遠離憍慢當於他人起智者想七者以現量智了知佛法離諸疑惑八者雖知諸法差別得決定相九者自取正道不隨他教十者善順世間爲世福田善男子菩薩若修如是十種法者即能善乘又善男子菩薩若修十種法者即如蓮華何等爲十一者離諸染汙二者不與少惡而俱三者戒香充滿四者本體清淨五者面相熈怡六者柔輭不澀七者見者皆吉八者開敷具足九者成熟清淨十者生已有想善男子云何是菩薩離諸染汙譬如蓮華出於水中而水不染何以故法爾如是故菩薩亦復如是雖處生死流中而不染著何以故由慧方便法爾如是故菩薩以其善巧方便處生死中不爲生死過失所染以方便慧所攝受故是爲菩薩離諸染汙云何是菩薩不與少惡而俱譬如蓮華而不停留水之微滴菩薩亦復如是不與少惡而俱是爲菩薩不與少惡而俱云何是菩薩戒香充滿譬如蓮華生時隨處妙香廣布菩薩亦復如是所向國邑及諸方處戒香芬馥廣布一切是爲菩薩戒香充滿云何是菩薩

本體清淨譬如蓮華生時自然潔白清淨隨其方所婆羅門刹帝利一切人民共所稱讚菩薩亦復如是隨諸方邑所生之處潔白清淨何以故戒清淨故一切天龍夜叉乾闥婆阿脩羅迦樓羅緊那羅摩睺羅伽人非人等咸共稱讚諸佛菩薩之所攝受是爲菩薩本體清淨云何是菩薩面相熈怡譬如蓮華當開敷時令諸見者心意快然生適悅故菩薩亦復如是面相熈怡離諸顰蹙諸根清淨見者歡喜是爲菩薩面相熈怡云何是菩薩柔輭不澀譬如蓮華體性柔輭菩薩亦復如是自體清淨柔輭細妙是爲菩薩柔輭不澀云何是菩薩見者皆吉譬如蓮華乃至夢中於須臾頃見亦善吉何以故一切義成故菩薩亦復如是若於一切分位之中見者咸得最上吉祥是爲菩薩見者皆吉云何是菩薩開敷具足譬如蓮華若開敷已即名具足菩薩亦復如是若慧覺華開敷之時即名具足是爲菩薩開敷具足云何是成熟清淨譬如蓮華若成熟已眼所觀時眼根清淨鼻所齅時鼻根清淨身覺觸時身根清淨心歡喜時意根清淨菩薩亦復如是果成熟時慧光明相一切有情若眼見時眼根清淨若耳聞時耳根清淨菩薩戒功德香若鼻齅時鼻根清淨身供養時身根清淨思惟稱讚菩薩勝功德時意根清淨是爲菩薩成熟清淨云何是菩薩生已有想譬如蓮華所生之時若人非人生已有想菩薩亦復如是當初生時佛及菩薩并餘帝釋梵王護世天等咸樂護持生已有想是爲菩薩生已有想善男子菩薩若修

如是十種法者即如蓮華又善男子菩薩若修十種法者得廣大心何等爲十一者爲令有情圓滿諸波羅蜜多故起廣大心二者爲令圓滿一切佛法故三者爲令化度諸有情故四者安坐道場成就阿耨多羅三藐三菩提故五者成正覺巳爲諸沙門婆羅門天人魔梵一切世間轉妙法輪故六者爲令有情作利樂事周行無量無邊世界施設化行故七者謂以智慧之船渡諸有情越生死岸故八者世間一切無依無救無歸無趣無親屬者爲作依歸親屬故九者爲令顯示佛大牛王妙師子吼遊戲諸佛神通法門如大龍王審諦瞻視普徧觀察沙門婆羅門天人魔梵一切世間普令同獲佛功德故十者爲令化度有情具佛威德無麤澀行無難行行無劣弱行無卑下行故發廣大心善男子菩薩若修如是十種法者即得廣大之心又善男子菩薩若修十種法者得清淨心何等爲十一者深心具足深心不動深心安住深心質直二者離不深固作意不深固作意者所謂發起聲聞之行緣覺之行及起諸小緣三者離諸垢染諸垢染者謂煩惱垢四者離身過失身過失者謂離虛假諸威儀道五者離語過失語過失者謂不如實開示正義六者離心過失心過失者謂於身語心中復有所離知身不和合故常出少欲知足語故心無求故七者知恩念報受少恩惠尚不忘失況復廣多八者施恩於人不現巳德不識彼短乃至少恩亦不望報歡喜教示稱讚彼德九者如說能行而菩薩者不外發柔輭之語心生恚

害菩薩亦不外發稱讚之語内心思惟損惱方便菩薩不外發愛語内固究結菩薩不外現善相内起惡意菩薩不外現恭敬之相内起輕慢之心菩薩無不真實亦無虛妄復無慳嫉及無諂誑不起鬭諍不破和合何以故菩薩於一切時身起恭敬語宣實義心念成辦一切善法十者於如來教中遠離毀謗而菩薩者畢竟不於如來教中而生毀謗何故菩薩於如來教中不毀謗耶謂諸菩薩發阿耨多羅三藐三菩提心已剃除鬚髮被袈裟衣於如來教中清淨出家不爲王難故出家不爲賊難故出家不爲負債逼迫故出家不爲怖不活故出家但以正信求出家已尋求善法近善知識親事恭敬於其善知識所聽受正法聽已修行不起我慢貢高之心由離慢故除顛倒執無顛倒故得覺了正道覺正道故得入法性得入法性故決定當得阿耨多羅三藐三菩提是故菩薩於如來教中不生毀謗善男子菩薩若修如是十種法者得清淨心又善男子菩薩若修十種法者即得深信無疑惑心何等爲十一者信如來身密二者信如來語密三者信如來意密四者信諸菩薩所行五者信如來出生六者信菩提法七者信如來唯説一乘八者信如來説種種教九者信如來深遠音聲十者信如來隨其所應化度有情善男子云何是菩薩信如來身密謂若菩薩起如是念我聞如來法身寂靜身無等身無等等身無限量身不共身金剛身如是真實無有虛妄我於是處信無疑惑是爲菩薩信如來身密云何是菩薩信

如來語密菩薩作是念我聞如來語密爲諸有情現前授記或爲有情隱密授記我知如來身無誤失語無卒暴以是緣故妄言過失無所從來何以故如來已斷諸過失故離一切垢遠一切塵息諸炎熾離諸煩惱潔白自在清淨無染若言如來身有過失語有卒暴諸過失者無有是處如是真實無有虛妄我於是處信無疑惑是爲菩薩信如來語密云何是菩薩信如來意密菩薩作是念我聞如來意密者如來諸有意樂悉與智慧心俱依其心故一切聲聞緣覺一切菩薩及餘有情所不能知唯除如來神力所加何以故如來智慧甚深無底不可伺察過諸尋伺境界無量廣大等虛空界亦復超出世間一切度量境界如是真實無有虛妄我於是處信無疑惑是爲菩薩信如來意密云何是菩薩信諸菩薩所行菩薩作是念我聞諸菩薩爲有情故現前施作諸利益事不生懈惓不起怖畏荷負重擔堅固志行堅固精進滿足諸波羅蜜多次第成辦一切佛法以無礙慧無邊慧無等慧不共慧等被堅固鎧堅固精進堅固誓願不動誓願不共誓願所謂菩提因菩提相菩提緣等如是次第圓滿廣大神通事業如是真實無有虛妄我於是處信無疑惑是爲菩薩信諸菩薩所行云何是菩薩信如來出生菩薩作是念我聞諸菩薩坐道場已得無著無礙離障天眼智通天耳智通他心智通宿住隨念智通神境智通漏盡智通得如是等無著無礙離諸所緣三世同一相平等之智能如實觀諸有情界此類有情造身語

意諸惡行業毀謗賢聖起於邪見具邪見業由此因緣身壞命終墮在惡趣受地獄報又復見此一類有情造身語意諸善行業不謗賢聖起於正見具正見業由此因緣身壞命終生於善趣受天勝報菩薩如是如實觀見諸有情界如實能知善不善業菩薩又作是念如我往昔所修菩薩行時發大誓願如是諸行自覺了已令諸有情而悉覺了如是我當得願圓滿我望亦足如是眞實無有虛妄我於是處信無疑惑是爲菩薩信如來出生云何是菩薩信菩提法謂若菩薩於佛菩提而能覺了以自智力成正覺果我於是處信無疑惑是爲菩薩信菩提法云何是菩薩信如來唯說一乘之法菩薩作是念我聞一乘法者謂如來乘如是眞實無有虛妄誠實無異諦無不實何以故謂從如來之乘出生諸乘譬如閻浮提內所有各各諸小洲渚皆閻浮提之所攝屬而悉依止於閻浮提是故同名閻浮提數如來之乘亦復如是諸乘悉於如來乘攝從如來乘之所出生而悉依止於如來乘是故一乘即如來乘我於是處信無疑惑是爲菩薩信如來唯說一乘之法云何是菩薩信如來說種種教菩薩作是念我聞如來說種種教種種經典如是眞實無有虛妄何以故如來觀諸有情所應度者隨彼信解爲說法要我於是處信無疑惑是爲菩薩信如來說種種之教云何是菩薩信如來具深遠音聲菩薩作是念我聞如來具足深遠清淨音聲如是眞實無有虛妄何以故彼諸天子以修少分善根力故尚得清淨深妙音

聲況復如來無量無數百千劫中積修勝行我於是處信無疑惑是爲菩薩信如來深遠音聲云何是菩薩信如來隨其所應化度有情菩薩作是念我聞如來隨有情心如其有情所應信解以種種方便而爲化度佛以一音斷諸疑惑是諸有情根性成熟所應度者皆謂如來爲我説法而各解了而佛如來無所分别非無分别如是眞實無有虚妄我於是處信無疑惑是爲菩薩信如來隨其所應化度有情善男子菩薩若修如是十種法者即得無疑惑心

佛説除蓋障菩薩所問經卷第九

佛說除蓋障菩薩所問經卷第十

宋三藏朝散大夫試鴻臚卿傳梵大師惟淨等奉　詔譯

復次善男子菩薩若修十種法者即如大海何等爲十一者爲大寶聚二者深難徹底三者廣大無量四者次第漸深五者不宿死屍六者皆同一味七者容受衆流八者潮不失時九者水族所依十者無有邊際善男子云何是菩薩爲大寶聚譬如大海廣積衆寶閻浮提中一切人衆咸取其實無有窮盡菩薩亦復如是廣積一切智功德寶一切有情皆取是寶亦無窮盡是即菩薩爲大寶聚又善男子譬如大海深難徹底菩薩亦復如是一切有情於菩薩法莫測其際又善男子譬如大海廣大無量菩薩亦復如是功德智慧廣大無量又善男子譬如大海次第漸深菩薩亦復如是一切智深一切智漸深一切智極深又善男子譬如大海不宿死屍何以故大海法爾如是故菩薩亦復如是不與煩惱結漏及不善知識而所共止何以故菩薩法爾如是故又善男子譬如大海衆流入中皆同一味所謂鹹味菩薩亦復如是積集一切善法皆同一味所謂一切智味又善男子譬如大海容受衆流而其海水不增不減菩薩亦復如是容受無量一切法水而菩薩智慧不增不減又善男子譬如大海潮不失時菩薩亦復如是所應成熟化度有情亦不過時又善男子譬如大海爲諸水族依止窟宅菩薩亦復如是爲一切有情一切善法之所依止又善男子譬如大海一切有情悉取其水而無邊際菩薩亦復如是廣爲一切有情宣說

法要亦無邊際善男子菩薩若修如是十種法者即如大海復次善男子菩薩若修十種法者得微妙智何等爲十一者善求出離二者善知諸出離法三者善知諸法平等四者善知諸法如幻五者善知一切法相六者善解甚深難測緣生之法七者善知業不思議八者善知諸所說義九者善了如實義十者善觀眞實智善男子云何是菩薩善求出離乃至善觀眞實智謂若菩薩作是思惟我應觀察諸世間相觀見世間貪火熾然瞋煙熢㶿癡暗覆蔽瞑然無託菩薩乃起是念此諸有情云何能得出離菩薩即爲勤求出離及出離法由得出離法故即能隨知諸法平等由知諸法平等故即能如實知諸法如幻由知諸法如幻故即如實知一切法相由知法相故即能思察甚深難測緣生之法由能思察緣生法故即能解了業不思議是故菩薩雖知世間諸法無實而亦顯示種種業報由是之故得微妙智能於諸佛菩薩所說義中而悉了知由了知故即能開解如實之義解如實義故即能觀眞實智見眞實故能度有情出離生死善男子菩薩若修如是十種法者即得微妙智復次善男子菩薩若修十種法者得隨應辯才何等爲十一者開示諸法無我二者無有情三者無壽命四者無養育五者無補特伽羅六者無作者七者無受者八者無知者九者無見者十者顯示一切法空都無主宰皆是虛妄不實分別諸法但從緣生故有善男子若得一切法無我相應彼即隨順法性由是之故於一切法無有情無

壽命無養育無補特伽羅無作者無受者無知者無見者等如理相應即能隨順法性由是之故了知一切法空都無主宰皆是虛妄不實分別諸法但從緣生故有如理相應即能隨順法性善男子若隨順法性故即於法性不相違背不違背故乃能正說諸法正說法故善入法性入法性故乃能開示彼一切法開示法故彼之辯才乃名隨應善男子菩薩若修如是十種法者即得隨應辯才復次善男子菩薩若修十種法者得樂說辯才何等爲十一者辯才無著二者無盡三者相續四者不畏大衆五者不卑下六者無恐怖七者不共八者不輕慢九者無邊十者無礙解善男子菩薩若修如是十種法者即得樂說辯才復次善男子菩薩若修十種法者得清淨辯才何等爲十一者無有謇吃二者詞無雜亂三者遠離卑劣四者語不高戾五者義無減失六者文無缺漏七者聲無短闕八者無不知時九者言無麤獷十者無不明了善男子諸菩薩者所有辯才無有謇吃何以故菩薩於大衆中無怯弱故又菩薩者所有辯才而無雜亂何以故菩薩智慧安然無畏又菩薩者所有辯才而無卑劣何以故菩薩處大衆中猶如師子離諸恐懼又菩薩者所有辯才語不高戾何以故已離煩惱故若有煩惱語即高戾無即不爾又菩薩者所有辯才義無減失何以故已得法故若不得法即於義中有所減失得即不爾又菩薩者所有辯才文無缺漏何以故廣解諸論故若解論尠少即文有缺漏廣解即不爾又菩薩者所有

辯才聲無短闕何以故菩薩妙解一切音聲故若不解者即於音聲有所短闕解即不爾又菩薩者所有辯才無不知時所應前説而不後説若應後説亦不前説何以故菩薩善知諸時分故又菩薩者所有辯才言無麤獷無不悦意無不樂聽何以故已能遠離語過失故若有語過失者言即麤獷無即不爾又菩薩者所有辯才無不明了何以故菩薩根性利故若鈍根者即不明了利即不爾善男子菩薩若修如是十種法者即得清淨辯才復次善男子菩薩若修十種法者得一切有情歡喜辯才何等爲十一者愛語二者熈怡面相遠離顰蹙三者如義語四者如法語五者平等語六者不自高七者不輕他八者無染著九者無觸惱十者具種種辯才善男子

菩薩能以愛語令諸有情咸生歡喜又菩薩者常現熈怡善相遠離顰蹙令諸有情咸生歡喜又菩薩者常出如義語及美妙語令諸有情咸生歡喜又菩薩者常出法語及利益語令諸有情咸生歡喜又菩薩者常爲有情平等説法令諸有情咸生歡喜又菩薩者而不自高遠離驕慢高舉之咎令諸有情咸生歡喜又菩薩者不輕於他常爲有情恭敬説法令諸有情咸生歡喜又菩薩者離諸染著具淨尸羅令諸有情咸生歡喜又菩薩者離諸觸惱具多忍力令諸有情咸生歡喜又菩薩者具種種辯才常出悦意之語令諸有情咸生歡喜善男子菩薩若修如是十種法者即得一切有情歡喜辯才復次善男子菩薩若修十種法者得信順説法何等爲十一者

非法器有情菩薩不爲說法二者有障礙者不爲說法三者有所得見者不爲說法四者邪異外道不爲說法五者不起樂欲心者不爲說法六者不發清淨心者不爲說法七者諂曲心者不爲說法八者求活命者不爲說法九者貪著利養慳嫉所纏者不爲說法十者盲聾瘖瘂者不爲說法何以故善男子菩薩不作法慳亦不祕法於諸有情無不憐愍爲利有情而不棄背所以者何若有有情非法器者菩薩乃起是念此等有情而於如來法律之中起於捨行除蓋障菩薩白佛言世尊若然者諸佛菩薩當爲何等有情說法佛言善男子具信有情諸佛菩薩當爲說法又若善根已成熟者是法器者於先佛所植衆德本者無諂誑者不詐現威儀者不耽著利養者深心具足者爲善知識所攝受者具足善相人所樂見者根性明利於所聞法中解其義者隨所得法勤行精進者如佛所說能修行者此等有情諸佛菩薩乃爲說法善男子菩薩若修如是十種法者即得信順說法復次善男子菩薩若修十種法者爲說法師何等爲十一者修集佛法故說法不見有佛法可得亦復不見有所修集二者修集波羅蜜多故說法不見波羅蜜多可得亦復不見有所修集三者修集菩薩法故說法不見有菩薩法可得亦復不見有所修集四者斷煩惱故說法不見有煩惱可得亦不見斷五者猒離離貪寂滅故說法不見有猒離離貪寂滅可得六者爲得須陀洹斯陀含阿那含果故說法不見有須陀洹斯陀含阿那含可得

亦不見果七者爲得阿羅漢果故説法不見有阿羅漢可得亦不見果八者爲得緣覺果故説法不見有緣覺可得亦不見果九者斷我執取著故説法不見有我可得亦不見執者十者顯示業報故説法不見有業可得亦不見報何以故如是等一切法皆無實體但以假名宣説名亦無所有所以者何文字無自性法離文字故但以世俗虚假施設於無名中是故建立諸法名字由彼名空本虚假故勝義諦中無虚假名無假名故於勝義中無虚妄法彼虚妄法者誑惑愚人故善男子菩薩若修如是十種法者即爲説法師復次善男子菩薩若修十種法者能順觀法性何等爲十一者菩薩雖順觀法性而不壞色相雖順觀法性不壞受想行識相二者雖順觀法性不壞欲界相三者雖順觀法性不壞色界相四者雖順觀法性不壞無色界相五者雖順觀法性不壞諸法相六者雖順觀法性不見諸法隨順相七者雖順觀法性不見有情相八者雖順觀法性亦不墮斷見九者雖順觀法性而不失正道十者雖順觀法性亦不離智慧方便善男子菩薩若修如是十種法者即能順觀法性復次善男子菩薩若修十種法者善解法界理何等爲十一者有慧二者爲善知識攝受三者發起精進四者離諸障染五者善修淨行六者尊重讚法七者善修空觀八者離有所得見九者趣向正道十者見眞實法善男子菩薩具智慧故而能勤求諸善知識見善知識已心生歡喜如師尊想親近依止由能依止善知識故即發起

精進斷除一切不善之法圓滿一切清淨善法勤行遠離一切障染離障染故獲得輕安善修淨行離身語心一切過失由清淨故於所得法尊重稱讚由重法故多習空觀習空觀故不起有所得見離有所得見故順行正道入正道故能觀眞實除蓋障菩薩白佛言世尊何名眞實佛言善男子如實之義乃名眞實除蓋障菩薩白佛言何名如實佛言不虛妄故名爲如實除蓋障菩薩白佛言何名不虛妄佛言所請眞如無不眞如無異眞如除蓋障菩薩白佛言何名眞如佛言善男子此法唯內所證非文字語言而能表示何以故此法出過諸文字故離諸言說故超越一切語言境界出於言道離諸戲論離作非作無動無靜離諸尋伺是不思議境界無相非無相而悉遠離出諸相境超諸凡境出凡夫行過諸魔境超越一切煩惱境界離諸識境安處無住最上寂靜聖智境界是故此法唯內所證是即無垢無染潔白清淨最上最勝第一無比常住堅固究竟無壞之法如來出世若不出世是法常住善男子菩薩爲求此法歷百千種難行苦行故得是法得是法已令諸有情悉住此法善男子故說此法名爲眞如說名實際說名一切智說名一切種智說名不思議界說名不二界

佛說除蓋障菩薩所問經卷第十

音釋

齅許救切以鼻擸氣也熢㶿熢部紅切㶿蒲没切熢㶿煙燄貌謇吃謇居展切吃居乙切謇吃言難也獷古猛切惡也尠息淺切少也

佛說除蓋障菩薩所問經卷第十一（第十二卷同）

宋三藏朝散大夫試鴻臚少卿傳梵大師惟淨等奉　詔譯

爾時除蓋障菩薩白佛言世尊此法云何能證云何能解佛言善男子出世間慧乃能證入內自明解除蓋障菩薩言豈非慧證即是自心內解入耶佛言不也善男子何以故慧但如實能觀諸法由身作證故除蓋障菩薩言若諸善男子豈非以彼聞思修慧能證法時便能內自得解入耶佛言不也善男子非彼聞思修慧纔得聞時便能內自解入我今當以譬喻略明斯義善男子譬如大曠野中夏盛熱時或有一人自東而西復有一人自西而東當其炎毒渴乏所逼時西至人謂東來者我今極熱爲渴所逼汝所從來善履途道何處當有流泉池沼清冷之水願爲我說令我飲之除其渴惱其東來者善知東方所有道路亦復悉知有水之處其味甘美及深淺等即告之云汝今前去當觀一處有二道路出於左者不應當詣由於右者汝可往之彼有園林蒼翠滋茂中有池沼清流甘美衍漾瀰滿善男子於汝意云何彼渴乏人纔聞說示有妙池沼起思念時便能除去渴惱之患即能內自得清涼耶除蓋障菩薩言不也世尊而炎渴人若親詣彼有水之處於其池中飲其水已是人乃能除去炎渴內自清涼佛言善男子聞思修慧非纔得聞便能內自解入法性亦復如是汝今當知大曠野者是生死境夏盛熱時受炎渴人即是一切諸有情類極炎熾者即是煩惱六塵愛境善知路人即諸菩薩善能知於一切智道其飲水者

即是內自入證解者得法勝味輕清甘美第一義諦諸法實性善男子汝今當聽復說譬喻假使如來住壽一劫於閻浮提一切人前稱讚天蘇陀妙色妙香最上清淨精美之味其所飲者得妙樂觸善男子閻浮提人聞如是說於色香等內了知耶除蓋障菩薩言不也世尊佛言善男子由是之故當知聞思修慧非纔聞時便能內自解入法性汝今復聽譬若有人於果實中知一果名自先食已與未食人說其果味及色香等善男子於汝意云何彼未食人而能了知其果味耶除蓋障菩薩言不也世尊佛言善男子由是之故當知聞思修慧非纔聞時便能內自解入法性爾時除蓋障菩薩前白佛言善說世尊善說善逝如是內證理法若有善男子能一歷耳當知是人即能具足聞思修法何以故是人已具不顛倒因故得此法佛言如是如是善男子菩薩若修如是十種法者即得善解法界之理復次善男子菩薩若修十種法者善知空境界何等爲十一者知力空二者知無畏空三者知不共佛法空四者知戒蘊空五者知定蘊空六者知慧蘊空七者知解脫蘊空八者知解脫知見蘊空九者知空空十者知勝義空雖知是空亦不以其空因緣故而於彼空有所得相亦不執空不起空見不依止空復不以其空因緣故墮於斷見善男子菩薩若修如是十種法者即善知空境界復次善男子菩薩若修十種法者即能善修無相之行何等爲十一者離外相二者離內相三者離戲論相四者離一切徧計相五者離

一切有所得相六者離一切舉動相七者離一切虛假相八者離一切所緣相九者離識有得相十者離識所知境相善男子菩薩若修如是十種法者即能善修無相之行爾時除蓋障菩薩白佛言世尊如是行相是菩薩修無相之行云何復見如來所修佛言善男子當知此是不思議處何以故離心境界故一切有情若謂如來有所思者彼即狂亂所有如來若此岸事若彼岸事乃至疲極終不可見亦不可得所以者何如來之法不可思議甚深難測莫究其際與虛空等超出一切尋伺境界超出一切有所得相非諸惟忖較計度量之所能及除蓋障菩薩白佛言世尊我有少疑欲伸請問若如來應供正等正覺見聽我問願爲略說佛言除蓋障汝今當問斯爲常事除蓋障菩薩白佛言世尊諸有自高之者乃非正士如何世尊爲大法王今自讚說得非自高耶佛言善哉善哉善男子而汝心志深固能發是問汝應諦聽極善作意今爲汝說時除蓋障菩薩受教而聽佛言善男子如來無我慢心亦不自高不爲利養名稱所欲生於我慢亦不爲求人所知故亦不起於諂誑心故生於我慢但以已所得法廣爲利益安樂一切有情何以故欲令有情於如來所發生清淨歡喜之心堪任法器者令彼獲得一切善法使其長夜得大利樂除蓋障菩薩白佛言世尊云何有情而不能知如來勝德佛言善男子彼實不知何以故此佛剎中諸有情類信解狹劣志著麤弊少慧少信善根微尠而不能知如來勝德是故如來

乃自讚說所有功德意欲令諸有情發生淨信能成如來諸勝功德善男子譬如有人爲大醫師善療衆病國中第一無有倫比然其國中不知是人明善方藥具醫勝德時彼醫師見有疾苦所逼惱者即起是念是人疾苦不善方藥我今應當爲其治療是時醫師詣病人所語其人言我是醫師明練方術善知衆病及病所因汝之病惱善爲治療時彼病人聞是言已即於醫師起信重心而作依仗醫師即時爲其治療病得除愈善男子於汝意云何而彼醫師於病人前說已能解爲自讚耶除蓋障菩薩白佛言不也世尊佛言善男子如來亦復如是爲大醫王善療有情諸煩惱病知病所因施大法藥而諸有情爲無明等諸煩惱病之所逼迫如來見已即詣其前稱說如來具勝功德令諸有情爲其病苦所逼惱者聞說如來勝功德已能生清淨信重之心以佛如來而爲依仗是故如來勝大醫王爲彼病者施大法藥使諸有情煩惱重病咸得銷滅善男子何等是大法藥所謂多貪有情作不淨觀多瞋有情作慈悲觀愚癡有情作緣生觀以是緣故乃見如來自讚勝德復次善男子菩薩若修十種法者得諸願離著何等爲十一者雖行布施而有願求亦不著於布施二者雖持禁戒亦不著於持戒三者雖行忍辱亦不著於忍辱四者雖起精進亦不著於精進五者雖習禪定亦不著於禪定六者雖修智慧亦不著於智慧七者雖依三界亦不著於三界八者雖求菩提亦不著於菩提九者雖行正道亦不著於正道十

者雖入涅槃亦不著於涅槃何以故菩薩離諸所著雖於世間一切所行而悉無著善男子菩薩若修如是十種法者即得諸願離著復次善男子菩薩若修十種法者得慈身具足何等爲十一者無方分慈二者無種類慈三者法慈四者定慈五者不害慈六者利益慈七者於一切有情平等心慈八者等心無瞋恚慈九者周徧十方廣大慈十者出世間慈善男子菩薩若修如是十種法者即得慈身具足復次善男子菩薩若修十種法者得悲身具足何等爲十一者見諸苦惱無救無依無歸趣者菩薩見已發起菩提心二者發菩提心已求所得法三者歷苦勤求得法成已普爲有情作大利益四者慳貪有情令行布施五者毀戒有情令持淨戒六者瞋心有情令修忍行七者懈怠有情令發精進八者散亂有情令住定心九者無智有情令修智慧十者菩薩爲利有情故不以艱苦壞失退轉菩提勝行善男子菩薩若修如是十種法者即得悲身具足復次善男子菩薩若修十種法者善修喜行何等爲十一者菩薩自得出離三有熾然故生歡喜二者爲斷長時輪迴往來繫縛之索故生歡喜三者菩薩遠離種種尋求自已得渡生死海中諸惡雜類故生歡喜四者菩薩自已摧折久遠以來高慢之幢故生歡喜五者菩薩以智金剛自已摧碎煩惱高峰細無塵末故生歡喜六者菩薩自得安隱亦復令他悉得安隱故生歡喜七者菩薩於其世間貪愛執縛暗瞑所覆不得自在長眠境中自能醒然睡眠明已亦復令

他悉能開覺故生歡喜八者菩薩自能解脫出離惡趣亦復令他悉得解脫出離惡趣故生歡喜九者有情久處生死曠野險難之中獨行無侶周旋往返不知其道不識方所菩薩自能超出遠離而悉爲他指導開示故生歡喜十者菩薩得近一切智城故生歡喜善男子菩薩若修如是十種法者即善修喜行復次善男子菩薩若修十種法者即善修捨行何等爲十一者眼雖觀色而行捨行亦不見眼識色境若增若減若成若壞二者耳雖聽聲三者鼻雖嗅香四者舌雖了味五者身雖覺觸六者意雖知法而行捨行亦復不見耳聲鼻香舌味身觸意法諸塵若增若減若成若壞七者雖觀行苦而行捨行亦不見行苦若增若減若成若壞八者雖觀苦苦而行捨行亦不見苦苦若增若減若成若壞九者雖觀壞苦而行捨行亦不見壞苦若增若減若成若壞十者觀所作已辦有情菩薩於彼生歡喜心乃起是念我欲度彼彼已自度故修捨行善男子菩薩若修如是十種法者即善修捨行復次善男子菩薩若修十種法者即得神通游戲何等爲十一者示現捨壽二者入胎受生三者現童子相宮中游戲四者出家五者苦行六者詣菩提場七者成等正覺降伏魔軍八者現寂靜相九者轉妙法輪十者入大涅槃爾時除蓋障菩薩前白佛言世尊何因緣故菩薩示現兜率陀天捨壽乃至示現入大涅槃佛言善男子兜率陀天諸有情等多生常想而彼有情見菩薩於一切世間最上最勝而復高顯觀者無猒不爲五

欲境界所染能起捨壽而彼有情見已轉於常想生無常想由依止無常故即起不放逸行又復有情起放逸心者於菩薩所雖有愛樂信重之心然於諸境生愛著故於菩薩所不來親近恭敬承事而彼有情乃起是念菩薩久住於此我亦久住生放逸心菩薩爲欲令彼有情起於猒離得不放逸由能不起放逸心故即得不退轉於阿耨多羅三藐三菩提菩薩以是緣故於兜率陀天示現捨壽善男子若有有情應以入胎受生而可度者菩薩即現入胎受生之相令其見已生希有心菩薩處母胎中爲彼彼有情如應說法令得不退轉於阿耨多羅三藐三菩提菩薩以是緣故示現受生善男子若有有情應以童子宮中游戲之相而可度者又以下劣信解諸有情類菩薩爲成熟故爲護持故乃現童子宮中游戲之相善男子若有有情應以出家之相而可度者菩薩爲成熟故乃現出家之相善男子若有志著麤弊天龍夜叉乾闥婆阿脩羅等應以苦行之相而可度者菩薩爲欲成熟彼故及爲降伏諸外道故乃現苦行之相善男子若有有情於長時中念求菩薩當於何時詣菩提場我當隨應作供養事菩薩爲欲成熟彼有情故即爲示現詣菩提場至菩提場已令諸有情隨應供養作供養已而彼有情即得不退轉於阿耨多羅三藐三菩提善男子若有有情自恃我慢貢高菩薩爲欲令彼轉於我慢心故現坐道場成等正覺降伏魔軍復爲有情樂寂靜者便謂獲得勝上所證菩薩乃爲示現成等正覺菩薩成

正覺時三千大千世界種種音聲皆悉寂然
而彼樂寂有情見是三千大千世界皆寂然
已俱發願言願我亦復如是得成阿耨多羅
三藐三菩提果善男子若有有情樂爲師尊
專志願求然不能知出離之法亦復不知後
世因果菩薩爲彼有情成熟善根令其堪任
法器乃爲開示正道故成正覺已諸迦尸國
三轉十二行相聖妙法輪善男子若有有情
應以入涅槃相而可度者菩薩乃爲示現入
大涅槃善男子菩薩以是因緣示現兜率陀
天捨壽乃至入大涅槃善男子菩薩若修如
是十種法者即得神通游戲

佛說除蓋障菩薩所問經卷第十一

佛說除蓋障菩薩所問經卷第十二

宋三藏朝散大夫試鴻臚卿傳梵大師惟淨等奉　詔譯

復次善男子菩薩若修十種法者能離八難何等爲十一者離不善業二者如來所立禁戒而不違越三者遠離慳悋四者於先佛所植衆德本五者勤修福行六者智慧具足七者善解方便八者勝願具足九者多起猒患十者發勤精進善男子菩薩不造不善業故不墮地獄設或示現生地獄中亦不受彼地獄極苦復不久處地獄之中又不於彼有情生瞋惱心何以故謂以善薩本性具修十善業故以是因緣菩薩不墮地獄又善男子菩薩於如來禁戒不違越故不墮畜生之趣設或示現生彼趣中而亦不受畜生之苦又善男子菩薩不起慳悋不以慳因緣故墮餓鬼趣設或示現生彼趣中而亦不受餓鬼之苦又善男子菩薩不生邪見之家設生於彼亦不壞淨信而菩薩者常得善知識共相會遇何以故菩薩久修善法於先佛所植衆德本而常於彼正見家生於彼生已淨信具足亦復廣大增長淨信又善男子菩薩諸根亦不缺壞若復諸根有所缺壞即於佛法中不能堪任法器何以故菩薩廣集福德勤修福行常尊重供養如來塔廟若法若僧常所親近作諸勝行由勝行廣修於已乃得諸根圓具以圓具故於佛法中即大法器又善男子菩薩不生邊國其中有情愚騃聾瘂色力不具無所堪任善言惡言不曉其義於佛法中非其法器不識父母沙門婆羅門是故菩薩常生中國其中有情根性明利多有智者復爲

智者所許是所堪任具有力能善言惡言悉曉其義於佛法中是大法器深信沙門婆羅門何以故先所修習智慧力故又善男子菩薩不生長壽天若生其中雖有無數諸佛出世亦不值遇利有情事不能成辦是故菩薩生於欲界此中有情值佛出世愛樂親近而可化度何以故菩薩善具方便故又善男子菩薩不生無佛世界若生其中即不見佛不聞法不供僧是故菩薩生於三寶具足佛剎之中何以故由昔所修勝願具故又善男子菩薩若聞諸可猒事無有不生猒惡心者何以故菩薩纔聞是事即起猒患之心生猒患已發勤精進修諸善法斷諸惡法善男子菩薩若修如是十種法者即能遠離八難復次善男子菩薩若修十種法者得不忘失菩提心何等爲十一者遠離諂誑二者正而無曲清淨潔白遠離追求猶豫分別三者受持佛法四者於法而不秘惜五者遠離法慳六者不作障法因緣七者無不實語八者攝受大乘之法如説能行於彼受持大乘人所起尊重心九者於彼受持大乘人所爲漸入大乘故起親近想十者深入大乘故於説法人起師尊想善男子菩薩若修如是十種法者即得不忘失菩提心復次善男子菩薩若修十種法者得宿命通何等爲十一者供養諸佛二者攝持正法三者修持淨戒四者除疑離障五者多生歡喜六者多作觀想七者常住定心八者生處清淨九者常受化生十者得明利識善男子菩薩由廣供養佛故即能尊重正法以重法故乃於持法人所以彼因緣

能於正法受持讀誦以所得法廣爲他說由是不惜身命勤行修習受持正法復能修持淨戒戒有三種謂身語心由其三業戒清淨故即能除疑離諸障染何以故先由戒行清淨即能除疑離障離疑障故多生歡喜以心喜故多作觀想由觀想故常住定心心住定故生處清淨處清淨故常受化生以化生故得明利識識明利故能知一生二生三四五生若十二十乃至百千無數生中宿命通事善男子菩薩若修如是十種法者得宿命通

復次善男子菩薩若修十種法者得不離善知識何等爲十一者不離見佛或聞或念二者不離聞法三者不離供僧四者不離於諸佛菩薩讚歎禮拜合掌恭敬或復頂禮五者不離於多聞人所聽受說法六者不離聽受波羅蜜多法七者不離聽受菩提分法八者不離聽受三解脫法九者不離聽受四梵行法十者不離聽受一切智法善男子菩薩若修如是十種法者即得不離善知識

復次善男子菩薩若修十種法者得遠離惡知識何等爲十一者遠離破戒人故即能離惡知識二者遠離壞正見人三者遠離壞軌範人四者遠離壞正命人五者遠離耽湎之人六者遠離懈怠之人七者遠離沉没生死之人八者遠離背菩提人九者遠離習近白衣之人十者遠離諸煩惱故能離惡知識善男子菩薩雖於如是等處皆悉遠離而亦不於彼等人所生恚惡心生惱害心生輕慢心菩薩但起是心如佛所說一切有情諸界緣成性欲相染習相近故即有所壞是故我今離所習

性善男子菩薩若修如是十種法者即能遠離惡知識復次善男子菩薩若修十種法者得如來法身何等爲十一者得平等身二者得清淨身三者得無盡身四者得積集善身五者得法身六者得不可計度難測之身七者得不思議身八者得寂靜身九者得等虛空身十者得妙智身善男子菩薩若修如是十種法者即得如來法身除蓋障菩薩白佛言世尊何等分位菩薩得如來法身佛言善男子初地菩薩得平等身何以故而此菩薩能離一切險惡之身徧知一切菩薩地法二地菩薩得清淨身善具淨戒故三地菩薩得無盡身已離一切瞋恚故四地菩薩得積集善身積集諸佛法故五地菩薩得法身了知一切法故六地菩薩得不可計度難測之身

積集一切不可計度甚深法故七地菩薩得不思議身積集善巧方便故八地菩薩得寂靜身遠離一切戲論及離諸煩惱故九地菩薩得等虛空身能現無量廣大身故十地菩薩得妙智身積集一切所知法故除蓋障菩薩白佛言世尊如來法身與菩薩法身有別異不佛言善男子身無有別其功德相而各有異除蓋障菩薩白佛言世尊云何身無有别功德相異佛言善男子身實無異何以故身者積集所成同一相故然功德相而各有異除蓋障菩薩白佛言世尊功德相異者其事云何佛言善男子我今說喻以明斯義譬如摩尼之寶若不磨治與磨治者二寶俱名摩尼之數而彼已磨治者摩尼之寶光明焕耀瑩潔可愛與不磨治不可倫比菩薩身摩

尼寶如來身摩尼寶亦復如是如實皆同然菩薩身摩尼之寶對如來身摩尼寶前説其清淨光明之相不可倫比何以故以如來身摩尼之寶廣大無量滿有情界及虚空界光明顯焕照耀而住所以者何如來身摩尼寶者磨治清淨離一切垢不可以菩薩身摩尼之寶而爲倫比何以故菩薩有餘垢故又善男子如白分中初二夜月與彼望夕圓明相遠體無殊異法有差漸故如來之身菩薩之身亦復如是俱名爲身然菩薩身光明照耀對如來前不可倫比其猶初二與十五月善男子是故當知説如來身與菩薩身雖同一相而功德異復次善男子菩薩若修十種法者得金剛不壞身何等爲十一者不爲貪瞋癡所壞二者不爲忿惱疲倦驕慢顛倒見等所壞三者不爲世間八法所壞四者不爲惡趣之苦所壞五者不爲一切苦所壞六者不爲生老死苦所壞七者不爲一切外道他論所壞八者不爲諸魔及魔眷屬所壞九者不爲聲聞縁覺所壞十者不爲一切欲境所壞善男子菩薩若修如是十種法者即得金剛不壞之身復次善男子菩薩若修十種法者爲大導師何等爲十一者得他信許二者爲他所敬三者善作指引四者爲他依止五者能爲濟命六者善備資糧七者富有財寶八者無其止足九者爲作先導十者善到一切智城云何名得他信許乃至善到一切智城善男子如海導師若王若王臣皆悉信許菩薩大導師亦復如是若諸佛若佛之聲聞弟子皆悉信許又善男子如海導師得婆羅門

剎帝利等一切人民恭敬供養菩薩大導師亦復如是得一切學無學衆及餘天龍夜叉乹闥婆等恭敬供養又善男子如海導師能於曠野險難之中爲作指引令其安隱不生疲倦菩薩大導師亦復如是能於生死曠野險難之中爲諸有情指引其道令知煩惱惡賊之處使獲安隱不生疲倦又善男子如海導師爲諸孤露困苦之者作其依止使令得出曠野險路菩薩大導師亦復如是能爲諸外道等而作依止使令得出生死曠野大險惡道又善男子如海導師能爲王官及餘人衆設以所須作其濟命菩薩大導師亦復如是能爲耽著生死諸有情類設以方便作其濟命又善男子如海導師隨諸方處若行若住與諸商衆同涉曠野險惡道路期至城邑是時導師善備資糧令諸商衆同出曠野險惡之道乃至安隱得到城邑菩薩大導師亦復如是隨欲往詣親近佛所欲爲攝受廣多有情過大生死險惡道中欲令有情悉到一切智大城之所是故菩薩善備福智諸行資糧又善男子如海導師欲止諸方富有財寶資生緣具所謂金銀瑠璃摩尼珊瑚硨磲等寶菩薩大導師亦復如是欲止一切智大城故廣集一切佛法勝行又善男子如海導師於其財寶希取無足菩薩大導師亦復如是於聖法財積集無足又善男子如海導師與諸商衆善爲先導何以故爲主宰故善增益故所作勝上故能以愛語而攝受故菩薩大導師亦復如是能爲一切有情而作先導何以故於功德法善增益故分位勝上故爲勝

主宰故出實語故又善男子如海導師具力能故得到城邑菩薩大導師亦復如是具勝力能得到一切智大城善男子此等是爲菩薩得他信許乃至善到一切智城善男子菩薩若修如是十種法者爲大導師復次善男子菩薩若修十種法者善知正道何等爲十一者善知道路平坦二者善知道路險惡三者善知道路安隱四者知其道善五者善知道路流潤枯涸六者善知道路處所七者善知道路之相八者善知道路正直九者善知道路詰曲十者善知道路出要善男子菩薩若修如是十種法者善知正道復次善男子菩薩若修十種法者善能說示無顛倒道何等爲十一者應以大乘所度有情即爲宣說菩薩道法不說聲聞道法二者應以聲聞乘所度有情即爲宣說聲聞道法不說菩薩道法三者應以一切智道所度有情即爲宣說一切智法不說緣覺道法四者應以緣覺乘法所度有情即爲宣說緣覺道法不說一切智道五者著於我執法執諸有情類如應爲說空無我法不說我及有情壽者養育補特伽羅道法六者依著二邊有情即爲宣說離二邊法不說著二邊法七者散亂有情即爲宣說止觀道法不說散亂之法八者愛著戲論有情即爲宣說真如道法不說愚夫愛著戲論之法九者樂著生死有情爲說涅槃道法不說生死之法十者住邪道有情爲說離其過失荆棘之法不說煩惱荆棘之法善男子菩薩若修如是十種法者即能說示無顛倒道

佛說除蓋障菩薩所問經卷第十二

音釋

騃 語駭切癡也　耽湎 耽都含切湎彌兖切耽湎沈溺也　涸 曷各切水竭也　詰 契吉切問也

佛說除蓋障菩薩所問經卷第十三 十四十五同卷

宋西天三藏朝散大夫試鴻臚少卿傳梵大師法護等奉 詔譯

復次善男子菩薩若修十種法者即得常住妙等引心何等爲十一者善行身念處二者善行受念處三者善行心念處四者善行法念處五者善行境界念處六者善行阿蘭若念處七者善行王都國城聚落念處八者善行名聞利養等事念處九者善行如來施設學門念處十者善斷煩惱及隨煩惱雜染念處善男子云何是菩薩善行身念處謂若菩薩所有身中從我所起罪不善法以其脉慧審細思擇皆悉遠離又復觀察身諸過失下從足心上至頂門筋脉纏縛徧觀其身而悉無我不得暫停敗壞之法是身不淨諸不成熟臭穢可惡衆惡色相共所積集菩薩作是觀時若身中身貪愛諸欲身計我想身所執著是等諸法悉不可得以是縁故與身俱者諸不善法不得自在餘與身俱一切善法而得自在如是名爲善行身念處云何是菩薩善行受念處謂若菩薩作是思惟所有諸受皆悉是苦云何愚人於中顛倒計以爲樂諸愚癡者不識苦樂唯諸聖人悉知是苦菩薩自能勤行斷苦受已復教他人亦悉同已如是修學菩薩作是觀時又於彼受不生染愛不起瞋恚自勤行已復令他人亦如是學如是名爲善行受念處云何是菩薩善行心念處謂若菩薩作是思惟心實無常計執爲常以苦爲樂無我謂我不淨謂淨是心動摇不得暫停如風輕轉而爲煩惱最初根本亦復爲諸隨煩惱縁開惡趣門破壞善趣又復爲

緣生貪瞋癡與一切法爲勝主宰一切法中心爲先導若心有知即一切法亦有所知心如畫師畫諸物像心不見心心能積集善不善業是心循環如旋火輪是心迅轉其猶奔馬心如野火熾燄燒然心如大水滋長衆物菩薩作是觀時而實其心不得自在諸菩薩者自能調伏心若調伏即一切法悉得調伏如是名爲善行心念處云何是菩薩善行法念處謂若菩薩於不善法如實了知所謂貪瞋癡等及所依止貪之對治餘不善法瞋癡對治諸不善法菩薩於是不善法中勤斷除已即能了知一切善法於善法中起心愛樂住正念處而於彼法求所成辦自能行已復教他人如是修學如是名爲善行法念處云何是菩薩善行境界念處謂若菩薩於諸可意及不可意色聲香味觸諸境界中不生貪著不起恚心菩薩作是思惟我今不應於此無體相法中而生貪著若生貪者即是愚人具愚癡性是不明了性是不善性如佛所說若生貪者即起染著愚癡計執不能分別善不善法以是緣故墮惡趣中菩薩又作是念我今不應於此空法之中而起恚心起恚心者即不能忍發生瞋恚爲諸聖人之所譏毀同梵行者而共猒棄菩薩作是觀時不爲境壞不著所得菩薩自能行已復教他人亦如是學如是名爲善行境界念處云何是菩薩善行阿蘭若念處謂若菩薩作是思惟修無諍行及寂靜行是即名爲住阿蘭若處有諸天龍夜叉乾闥婆等他心通者能知我心及心所法是故我今應當遠離不如理作意及

異思惟於一切處亦復常離不如理作意於如理法中起心愛樂增廣修習如是名爲善行阿蘭若念處云何是菩薩善行王都國城聚落念處謂若菩薩入於王都國城聚落之時當起菩薩所行之行於諸非處皆悉捨離非出家人所應行處亦悉捨離何等是非出家人所應行處所謂王官之舍博奕之會酒肆歡宴歌舞倡妓所住之處及餘一切非出家人所應行處當遠離之而悉不往如是名爲善行王都國城聚落念處云何是菩薩善行名聞利養等事念處謂若菩薩於諸名聞利養等事但爲施主作福田故隨所起心而乃受之然其所受不起貪愛不生取著復不計執不作已有之想不起我所之相隨其所得即與一切有情共之諸苦惱者濟其資養以是緣故乃於名聞利養等事不生高舉不起我慢不恣驕逸菩薩作是思惟諸有名聞利養等事若自若他暫時所起而不久停以暫起故於一切時及一切處悉無所得誰諸智者於此無常不久不堅不安隱法中生染愛心及生高舉我慢驕逸如是名爲善行名聞利養等事念處云何是菩薩善行如來施設學門念處謂若菩薩作是思惟所有過去一切如來皆如是學如是學故已成正覺入大涅槃未來世中一切如來皆如是學如是學故當成正覺入大涅槃及現在世一切如來亦如是學如是學故現成正覺入大涅槃以是緣故於此學門起清淨心而生尊敬勤勇修習如是名爲善行如來施設學門念處云何是菩薩善斷煩惱及隨煩惱雜染念處

謂若菩薩以正念故善能了知一切煩惱及隨煩惱雜染等法何因所起何緣所生菩薩悉知如是因起如是緣生以了知故而悉遠離如是名爲善斷煩惱及隨煩惱雜染念處善男子菩薩若修如是十種法者常住妙等引心又善男子菩薩若修十種法者常著糞掃衣何等爲十一者堅固誓願二者謙下其心三者不生疲倦四者離諸有著五者不觀過失六者唯觀功德七者不自讚譽八者不毀謗他九者戒行具足十者聖賢親近善男子云何是菩薩誓願堅固乃至聖賢親近謂若菩薩自有淨信志意具足爲諸如來之所信許設或遇於護命因緣亦不破毀所發誓願能於誓願無所改轉由能堅固彼誓願故即能謙下其心不生我慢心謙下故能以一切人所嫌棄糞掃之物而悉取之取已洗滌治染縫綴不生猒惡而不疲倦不疲倦故隨所作已離諸有著乃至勝業修進得成而能於此糞掃之衣不觀過失雖云此衣壞爛故弊復多蚤虱若被於身而生垢汙菩薩終不觀其過失何故此衣唯觀功德謂此糞掃衣者仙人所服離欲聖者亦悉隨順順聖種故佛讚吉祥佛所稱歎以是緣故不自讚譽不毀謗他由離自讚不謗他故即得戒行具足清淨戒具足故一切聖賢之所親近諸佛稱讚及諸菩薩之所守護人非人等而共佐助諸婆羅門及刹帝利一切人民咸來禮敬同梵行者而悉咨嗟善男子菩薩若修如是十種法者常著糞掃衣爾時除蓋障菩薩前白佛言世尊諸菩薩者具廣大心何故行斯麤

劣行耶佛言善男子菩薩爲護世間隨順轉故乃行斯行善男子菩薩有具大勢力者有不具者爲彼不具大勢力者令起對治末生煩惱故行斯行又善男子於汝意云何汝謂如來行解爲廣大耶爲淺劣耶除蓋障菩薩白佛言世尊我無此辯不堪酬對所以者何無能測度如來行解之者以如來無法可證無法可見是故如來無有少法可爲行解佛言善男子於汝意云何汝謂如來以何緣故於四大洲中諸人非人及餘劣信解者天龍夜叉乾闥婆等衆中現斯麤劣之行及於彼前稱讃頭陀功德除蓋障菩薩白佛言世尊如來爲欲化度諸有情故及爲初住大乘菩薩令起對治末生諸煩惱故乃行斯行佛言善男子如是如是諸有大力菩薩爲欲成就化度有情故著糞掃衣斯亦非爲下劣麤行以是緣故菩薩常著糞掃之衣又善男子菩薩若修十種法者但受三衣何等爲十一者喜足二者少欲三者遠離希求四者離所積聚五者離積聚故無所壞失六者無壞失故離諸苦惱七者離不悅意八者遠離愁歎九者無所受十者勤修習故而得漏盡善男子云何是菩薩喜足乃至勤修習故而得漏盡謂若菩薩隨所得衣便生喜足由喜足故而能少欲以少欲故無所希求離諸積聚無積聚故而無壞失無壞失故即離壞失所生苦惱離苦惱故無不悅意離不悅意故乃無愁歎無愁歎故而無所受無所受故勤行修習乃得漏盡善男子菩薩若修如是十種法者但受三衣又善男子菩薩若修十種法者不

隨他行何等爲十一者不隨貪行二者不隨瞋行三者不隨癡行四者不隨恚害行五者不隨慳嫉行六者不隨我慢行七者不隨求他知識名稱事行八者不隨希取利養事行九者不隨恭敬天魔而行十者不隨高舉染愛而行如是名爲不隨他行善男子菩薩若修如是十種法者即不隨他行又善男子菩薩若修十種法者常行乞食何等爲十一者爲欲攝受有情故行乞食二者次第而行乞食三者不生疲倦而行乞食四者喜足而行乞食五者爲欲分布而行乞食六者不耽著故而行乞食七者善知量故而行乞食八者爲令善品得現前故而行乞食九者令得圓滿諸善根故而行乞食十者離身想故而行乞食善男子云何是菩薩攝受有情乃至離身想故而行乞食謂若菩薩見諸有情受苦惱者善根微少爲欲攝受令其具足諸善根故而行乞食菩薩若入城邑聚落行乞食時當住正念端直其身進止可觀威儀有則諸根寂靜如理瞻視繫念善法所行乞食依其次第終不棄捨貧寠之舍而從富乞謂於婆羅門刹帝利長者居士諸大族舍從一至一次第行乞所獲飲食知量止足唯除異處而悉不往謂異處者惡犬畜家及有新生犢子之舍破壞淨戒墮畜生中能起嬈亂之者若男若女童男童女共所嫌棄如是等處皆悉遠離由其次第行乞食故不生疲倦亦無譏毀於彼有情不生染愛不起瞋恚亦不厭棄所得之食隨應而受便生喜足受已還復所居僧坊收其衣鉢盥手濯足於如來像前或

如來塔前尊重恭敬作供養已入自舍中以所乞食而爲四分一分授彼同梵行者一分施於貧苦有情一分當施墮惡趣者一分自食菩薩雖受其食不生染愛不起驕逸亦不取著其所受食但爲資養身故亦不令其身極羸瘦亦不沉重何以故若極羸瘦妨修善法若極沉重增長睡眠菩薩爲令善品得現前故隨受食已發起精進離諸懈怠漸當修進菩提分法令得圓滿以其修進菩提分法得圓滿故不起我執無我執故乃至能以身肉施諸有情善男子菩薩若修如是十種法者即常行乞食

佛說除蓋障菩薩所問經卷第十三

佛說除蓋障菩薩所問經卷第十四

宋西天三藏朝散大夫試鴻臚少卿傳梵大師法護等奉　詔譯

復次善男子菩薩若修十種法者得一坐法何等爲十一者一坐菩提場中諸魔驚怖而永不動二者證出世定而永不動三者具出世慧而永不動四者得出世智而永不動五者證悟空性而永不動六者如實覺了諸法而永不動七者得聖道法而永不動八者住於實際而永不動九者證眞如性而永不動十者成一切智智而永不動善男子此一坐者是謂一切智座亦名法座是故菩薩一登其座而永不動是即名爲一坐之法善男子菩薩若修如是十種法者得一坐法又善男子菩薩若修十種法者常受一食何等爲十一者不生貪恣二者不起染著所謂一受食已若時非時餘諸所有資身之食不應受者不復受之謂酥油石蜜根莖華果種種美味而悉不受三者若見他人受酥油等諸美味時不生恚害之心四者不生嫉妬之心五者菩薩若於非時嬰纏重病所應食者爲療治故而當受之六者菩薩若命有難所應食者而當受之七者菩薩若於善法有障難時所應食者而當受之八者菩薩受已不悔九者菩薩受已不疑十者菩薩隨所受時當作藥想善男子菩薩若修如是十種法者即常受一食又善男子菩薩若修十種法者善住阿蘭若處何等爲十一者久修梵行二者善解律儀三者諸根圓滿四者具於多聞五者有大力能六者離於我執七者猶如野獸八者身得遠住九者寂靜現前十者無所猒離亦

無愛著善男子云何是菩薩久修梵行乃至無所猒離亦無愛著謂若菩薩於佛最上法律之中捨家出家三輪清淨戒行具足體性善巧妙解律儀進止軌範於佛所説上中下法諸有修學不假他緣善自解了謂即教義及出離法又知諸罪及罪所有出要之法於如是處所應遠離於如是處所應恭敬而悉能知又於其罪可譏毀者廣陳懺悔亦不覆藏又知是處有罪是處無罪若輕若重上中下罪而悉能知又知世間所造業因感異熟果如實成辦悉了知故如是菩薩諸根不減身分圓滿身圓滿故即能棲止阿蘭若處依彼住故是處寂靜無諸嬈惱非近非遠乞食易得甘泉清潔取不爲勞是處可樂樹林青翠華果茂盛而悉具足離諸蟲獸龕巖安隱雖高而平快樂調適閑然無侶菩薩依止如是寂靜阿蘭若處得安住已以所習誦及先所聞諸有典教晝夜持誦六時無間音韻調暢不高不低容止寂然心不外緣而悉清淨息諸境界思惟教義離於睡眠若時住彼阿蘭若處或有國王及諸王臣并餘沙門婆羅門等諸剎帝利一切人衆來菩薩所即時應起恭敬前迎作如是言善來大王今可就坐乃爲隨宜敷設其座若王坐時已即當坐若王不坐隨所應立又復觀王若見諸根有所動亂即時讃言快哉大王王得善利統大國界王之境内多有持戒具大德者復有多聞沙門婆羅門等而共棲止亦無盜賊王官等事而爲嬈亂又復觀王諸根善寂舉止安詳堪所授法即爲宣説種種之法王若不樂種

種法時即當爲說諸可猒離隨順之法若復不樂猒離法時即當爲說如來其有廣大威德殊勝之法或餘婆羅門刹帝利等一切人衆諸有來者隨其所應皆悉如是菩薩由此具多聞故有大勢力能善說法令其聞者生大歡喜發起清淨愛樂之心菩薩由是具勢力故即能發起爲諸有情對治煩惱獲得多聞及大勢力是故即能離於我執離我執故住阿蘭若自在無畏不生驚怖乃於是處現前寂靜離於憒鬧猶如野獸然其菩薩不同野獸常生驚怖及有過失何以故而諸野獸遠離於人及人所居避走遠去以護命故菩薩遠離憒鬧之處但爲不雜一切世間若男若女童男童女憒鬧等事慮其散亂於誓願心有所障難以是緣故修止息行已得現前寂靜由寂靜故即能見於阿蘭若處有勝功德由見功德住寂靜故即無猒離亦無染著是故能成無所猒離無染著法是爲菩薩久修梵行乃至無所猒離亦無染著善男子菩薩若修如是十種法者即得善住阿蘭若處又善男子菩薩若修十種法者常樹下坐何等爲十一者不得極近聚落依樹下坐二者不得極遠聚落依樹下坐三者不於棘刺叢林樹下而坐四者不於藤蔓纏縛樹下而坐五者不於枯葉樹下而坐六者不於有獼猴處樹下而坐七者不於有飛鳥處樹下而坐八者不於惡犬住處樹下而坐九者不於近道路處樹下而坐十者不於惡人住處樹下而坐何以故菩薩若能離如是處依樹下坐即身得輕安心生適悅善男子菩薩若修如

是十種法者常樹下坐又善男子菩薩若修十種法者常露地坐何等爲十一者於春夏秋冬不依牆壁而坐二者不依樹林下坐三者不依草積處坐四者不依山腹間坐五者不依河岸坎側處坐六者不置禦寒之具七者不置障風之具八者不置却雨之具九者不置辟熱之具十者不置承露之具善男子菩薩雖常露地而坐或時身爲重病所嬰胑體羸弱應當於彼僧坊中住菩薩爾時乃作是念如佛所説爲令對治煩惱不起及離取著故佛讃説頭陀功德我今亦然雖處僧坊但爲斷除煩惱離愛著故復爲攝受諸施主故又雖處僧坊而常起彼露地之想善男子菩薩若修如是十種法者常露地坐又善男子菩薩若修十種法者能塚間住何等爲十一者菩薩隨於處處得好住止皆生猒離二者於一切時常起死想三者常起殘餘之想四者徧觀赤色之想五者徧觀青瘀之想六者徧觀膿血之想七者徧觀胮脹之想八者觀於乾燋之想九者觀於離散之想十者常觀骨鏁之想善男子塚間住者諸菩薩等常起慈心廣利益心悲愍一切有情之心戒行清淨修持具足而不食肉何以故而諸塚間周帀多有非人鬼神依止而住或見菩薩若食肉時不起清淨愛樂之心返生嬈惱又善男子塚間菩薩若入僧坊先當詣於如來塔前恭敬禮拜次當禮奉耆年尊者後應問訊少年苾芻不坐衆僧牀敷坐具何以故菩薩爲護世間相故又復住於塚間菩薩隨順聖者違背世間諸愚夫等若有苾芻獨居之者

以已牀座而來奉彼塚間菩薩請就于座菩薩爾時堅辭不坐然復審察斯苾芻意後無變悔乃至觀於餘苾芻衆不生毀謗而可就坐即時亦當卑下其心與旃陀羅童子等無有異善男子菩薩若修如是十種法者能塚間住又善男子菩薩若修十種法者即能常坐何等爲十一者不爲逼惱身故常坐二者不爲逼惱心故常坐三者不爲離睡眠故常坐四者不爲身疲倦故常坐五者菩薩爲欲圓滿菩提行故常坐六者爲住心一境性故常坐七者爲令聖道得現前故常坐八者爲登菩提場故常坐九者爲利諸有情故常坐十者爲斷諸煩惱故常坐善男子菩薩若修如是十種法者即能常坐又善男子菩薩若修十種法者即隨宜敷座何等爲十一者不耽著牀座二者不自敷設牀座三者不令他人敷設牀座四者不作相故敷設牀座五者或於他處若草若葉隨得便坐六者於諸方處若有毒蟲蚊蛸等類所居窟穴當遠避之不應敷座七者菩薩卧時右脇著牀累足而卧以衣覆身正念正知專作明想專念起想八者不著睡眠樂味九者右卧疲倦不左迴轉而更求於睡眠之樂但爲資養諸大種故十者常念諸善品法而得現前善男子菩薩若修如是十種法者即隨宜敷座又善男子菩薩若修十種法者成瑜伽行何等爲十一者多修不淨觀行二者多修慈心觀行三者多修緣生觀行四者於諸過患善能除斷五者多修空觀六者多修無相觀行七者多修瑜伽觀行八者常能勤加修習九者心不變

悔十者戒行具足善男子云何是菩薩修不淨觀行謂若菩薩獨居異處現前寂靜端身詳緩起明了意加趺而坐安住正念心不外緣作是思惟人間所有一切飲食若清淨味若最上味妙香具足或麤糲味是諸飲食身火所觸皆成不淨臭穢可惡世間愚夫執見違背於其味中耽染愛著我等聖者依正法律宜以正慧如實伺察於斯等身不應愛染而生耽著以是緣故常當發起猒離之心是爲菩薩修不淨觀云何是菩薩修慈心觀謂若菩薩獨居異處端身詳緩起明了意加趺而坐安住正念心不外緣作是思惟若諸有情多生恚害造不善業於我無狀而起怨害若過去若未來若現在三世之中一切有情於我所起一切恚害皆令斷滅使彼悉當坐菩提場此是菩薩甚深意樂常所思惟非但語説皆悉如實是爲菩薩修慈心觀云何是菩薩修緣生觀謂若菩薩於已生貪及已生瞋已生害心此等法中作是思惟若法有生皆從緣起即此緣法亦從緣生能生之緣既屬緣法豈諸智者於此緣生空法之中計有我想是爲菩薩修緣生觀

佛説除蓋障菩薩所問經卷第十四

佛說除蓋障菩薩所問經卷第十五

宋西天三藏朝散大夫試鴻臚少卿傳梵大師法護等奉　詔譯

復次善男子云何是菩薩於諸過患善能除斷謂若菩薩於自身中所有過患勤行除斷若他身中有諸過患教令斷滅不堪任者即當捨離何等是過患所謂於佛法僧不生尊重及於戒學并諸聖人同梵行者上中下位於是等處不生尊重自生我慢輕易於他順諸愛境逆背涅槃起於我見有情壽者士夫養者補特伽羅等見執空斷見執常無常不樂諸聖親附愚人遠離清淨持戒之者尊重供養破戒之者隨逐惡友棄捨善友毀謗如來甚深經典復於深經而生驚怖懶墮懈怠輕賤已身志性下劣無有威光亦無辯才非處造惡不應疑處乃生疑惑所應疑處而不能疑蓋障纏縛諂誑隨逐惛沉睡眠之所覆蔽樂著利養貪愛種族眷屬國土起諸愛見貪愛衆會復常習近外道典籍猒離正法破毀誓願慣習修作不善之法於諸善法而不慣習親洽於彼非出家人又復親洽男子女人童男童女及諸外道不樂阿蘭若處貪不知量而不親附師尊長宿凡所習誦亦不知時又復不知所行方處微細戒學亦不尊敬觀其小罪不生怖畏於其癡暗根性之者計爲寂靜於其高勝利根之者倨傲而行起諸邪執常出惡言於諸可愛及不可愛色相之中隨順執著見瞋恚者不起慈心見苦惱者不生悲愍見疾病者不起猒離見彼死者不懷驚怖於火宅中不求出離不能審細伺察其身不觀戒行何者已作何者當作何者現

作而悉不能審細伺察不應思惟而起思惟不應計度而起計度不應追求而起追求非出離中計出離想非道之中計正道想未得所證計已得想世俗所作專一其心非所作中而生勤勇廣大善法常所遠離毀謗大乘之法稱讚聲聞乘法毀謗深信大乘之人稱讚修行聲聞道人常與他人而共言訟常興鬬諍惡口麤言為性高倨自恃胷臆磣毒暴惡恣其貪婪語無誠信輕毀他人非說而說言多虛妄愛樂計著諸有戲論此等是為種種過患菩薩善斷如是過患已離諸戲論勤修空觀菩薩雖復多修空觀然於處處其心流散有所樂住菩薩即時於諸境處徧求自性皆悉是空了不可得由境空故觀察彼心亦悉是空心境空故能觀察智而亦是空了不可得菩薩又復勤行觀察諸相皆空菩薩雖觀無相猶有彼彼諸相現前而為對礙是故乃觀無有內相無內相故身不可得及身念住亦不可得亦不繫心於身亦無外相可得亦無外相念住可得心不繫著外相離故身相亦離由內諸相得斷滅已勤行發起修習意樂由多修習諸觀行故非常勤修於奢摩他毗鉢舍那所修之行中無間斷所謂心一境性是奢摩他如實觀察諸法自性是毗鉢舍那由心一境性住奢摩他故即於三摩呬多心歡喜無悔何以故若戒清淨及戒具足是即菩薩瑜伽之行以戒具足故增長瑜伽戒具足故修習瑜伽此說名為修瑜伽行善男子菩薩若修如是十種法者善修瑜伽之行又善男子菩薩若修十種法者能持如

來修多羅教何等爲十一者爲護正法故聽聞受持不爲資財二者爲守護教故聽聞受持不爲利養三者令三寶種得不斷故聽聞受持不爲求他恭敬四者爲欲攝受安住大乘諸有情故聽聞受持不爲名稱五者爲利益無依無救諸有情故聽聞受持六者爲令苦惱有情得安樂故聽聞受持七者爲令無慧眼者得慧眼故聽聞受持八者爲彼住聲聞乘者說示聲聞道故聽聞受持九者爲彼住大乘者說示大乘法故聽聞受持十者爲自取證無上智故聽聞受持不爲求彼下劣乘故善男子菩薩若修如是十種法者能持如來修多羅教又善男子菩薩若修十種法者能持律教何等爲十一者善知於律二者善知律之儀範三者善知律甚深義四者善知律微細相五者善知應作不應作六者善知自性違犯七者善知施設違犯八者善知波羅提木叉所起因緣九者善知聲聞律法十者善知菩薩律法善男子菩薩若修如是十種法者善持律教又善男子菩薩若修十種法者善解軌則所行境界威儀具足何等爲十一者善學聲聞學處二者善學緣覺學處三者善學菩薩學處四者於彼一切學處修習具足五者於所行軌則得具足已而能遠離非沙門行六者以是因緣故菩薩不於非處非方非時所行七者於其沙門軌則所行得具足已不爲諸沙門或婆羅門非理譏毀八者令他亦如是學九者所行軌則得具足故容相端嚴威儀寂靜十者具足威儀而無詐異善男子菩薩若修如是十種法者善

解軌則所行境界威儀具足又善男子菩薩若修十種法者能離慳嫉何等爲十一者自爲施主二者教他行施三者讃歎布施四者見他施時心生隨喜五者令餘施主慶快利喜六者見施他時不應生念此應施我勿施於他我族應得他族非得七者菩薩發如是心令諸有情一切皆得濟命資具悉獲安樂八者令諸有情悉能成就勝出世間最上安樂九者菩薩作如是念我常勤修利有情事十者菩薩作如是念我終不起慳嫉之心善男子菩薩若修如是十種法者能離慳嫉又善男子菩薩若修十種法者能於一切有情住平等心何等爲十一者於一切有情起平等方便二者於一切有情起無障礙心三者於一切有情起無瞋惱心四者爲一切有情廣行布施五者守護戒行六者修持忍辱七者發勤精進八者安住禪定九者修習勝慧十者積集彼一切智菩薩如是依無二心之所積集何以故菩薩於一切有情平等積集故以一切有情爲所緣境而積集故如是速能普令一切證得法性菩薩自能出離大火宅已復令他人亦悉出離以其安住平等心故心無高下善男子譬如長者有其六子而一一子稱可父意慈愛怜惜而悉同等是等諸子幼無所識復不明了其父同以方便訓育一時父舍欻然火起而彼諸子各各異處善男子於汝意云何時彼長者可作是念此諸子等令同出耶前後出耶除蓋障菩薩白佛言不也世尊何以故而彼長者以平等心怜愛無異是時諸子雖各異處以等愛心俱

時令出佛言善男子菩薩亦復如是一切有情悉是愚夫而非聖者久處生死大火宅中愚癡無識復不明了各各散在諸趣之中菩薩爲救度故隨以方便俱時令出彼大火宅出火宅已普令安住寂靜界中善男子菩薩若修如是十種法者能於一切有情住平等心又善男子菩薩若修十種法者善能承事供養如來何等爲十一者以法供養是爲承事供養如來非財供養二者如説修行是爲供養三者爲諸有情作利樂事是爲供養四者攝受有情是爲供養五者爲諸有情隨順所行是爲供養六者不捨誓願是爲供養七者不捨菩薩事業是爲供養八者如説能行是爲供養九者諸有所作不生懈倦是爲供養十者不捨菩提心是爲承事供養如來非財供養何以故善男子法身即是如來是故以法供養即爲供養如來又積集如來所説是即如説修行發起諸利樂事是即利樂有情施作有情事業是即攝受有情善男子若不能作利有情事誓願微劣棄捨菩薩事業之者即不能順有情行增長誓願堅固菩薩事業又若起虚妄語志意鈌減即不能如説能行又若生其懈倦即不能於諸所作不生懈倦又若於菩提心有所退失而無所證即不能不捨菩提之心何以故善男子菩薩於阿耨多羅三藐三菩提本無所得亦無所證是故汝今應如是知以法供養是爲承事供養如來非財供養善男子菩薩若修如是十種法者善能承事供養如來又善男子菩薩若修十種法者能摧伏我慢何等爲十一者

菩薩捨家出家離諸親友眷屬知識猶如死故摧伏我慢二者毀已形好被服壞色隨順正法故摧我慢三者剃除鬚髮執持應器巡家行乞故摧我慢四者爲乞食因緣卑下其心與旃陀羅童子而無有異故摧我慢五者常作是念我從他乞我之身命繫屬於他故摧我慢六者我所受食以清淨故諸佛所許故摧我慢七者爲欲親近阿闍黎師長聖衆故摧我慢八者我具威儀軌則所行如法欲令同梵行者見皆歡喜故摧我慢九者於諸未具佛法之者願當得具故摧我慢十者於彼忿恚惱害諸有情中我當常行忍辱之行故摧我慢善男子菩薩若修如是十種法者能摧我慢又善男子菩薩若修十種法者能生淨信何等爲十一者福行成辦二者具正因故得宿世善根圓滿三者不起邪信故而具正見四者不依邪師故得意樂具足五者離諂誑故得正行無曲六者根性利故而得勝慧七者相續清淨故得離諸障八者遠離惡知識故常得親近諸善知識九者常求諸善說故而能除彼增上慢心十者於佛所說法中具大信故而能離諸邪執了知如來廣大威德善男子菩薩若修如是十種法者能生淨信

佛說除蓋障菩薩所問經卷第十五

音釋

綴 株衛切 連綴也　闃 苦狊切 寂靜也　胑 章移切 與肢同　鏁 蘇果切 連鏁也　婪 盧含切 貪也　蝱 正作蝱 眉庚切 蚊蝱也　糲 郎葛切 粗粟也　磣 初朕切 毒也　欻 許勿切 怱也

佛說除蓋障菩薩所問經卷第十六第十七十八十九二十同卷

宋西天三藏朝散大夫試鴻臚少卿傳梵大師法護等奉　詔譯

爾時除蓋障菩薩白佛言世尊所有如來廣大威德願佛世尊爲說少分佛言善男子汝當諦聽我今爲汝略說如來廣大威德除蓋障菩薩白佛言善哉世尊願樂欲聞於是除蓋障菩薩受教而聽佛言善男子如來成就大慈無量平等普及一切有情如來於一有情行其慈已於餘一切盡有情界普徧行慈亦復如是乃至等虛空界所行亦然而實不能得知如來大慈邊際又善男子如來成就大悲功德不與一切聲聞菩薩同等如來於一有情行大悲已於餘普徧盡有情界所行亦然爲彼有情廣作利益又善男子如來成就說法無盡如所成就若或一劫百劫千劫乃至無量無數劫中爾所有情若干種類名言各異理趣不同如來同時能爲說法然實不能得知如來說法邊際又善男子如來成就無量問答若諸有情乃至在於有情數者同時各以種種差別名句文義問佛世尊如來於一刹那一臘縛一牟呼栗多中皆悉能答然實不能得知如來應答辯才究盡之相又善男子如來成就禪定無礙境界正使一切有情悉住十地彼等有情同時俱入無數百千三摩地門如是入時經于無數億百千劫所入三摩地各各別異然亦不能得知如來所有三摩地門及三摩地境界又善男子如來成就無量色身化門若諸有情應以如來色相而得度者如來於一刹那一臘縛一

牟呼栗多中各各能於彼彼之前現如來身若諸有情應以別異色相而得度者如來於剎那中悉現種種別異之身又善男子如來成就無量天眼境界若有有情具天眼光明非肉眼者盡有情界彼如是等諸有情類超過筭數思惟較計是等世界如來悉能一一觀見如觀掌中菴摩勒果又善男子如來成就無量天耳境界若無邊世界充滿其中如前所說一切有情彼如是等諸有情類同於一剎那中俱時發聲音韻詰曲各各差別如來悉能同時聞彼一一音聲各各解了又善男子如來成就無量勝智假使無量無邊盡有情界等虛空界諸有情類各各思惟各各計度隨其種種思惟計度各各造業差別不同如來於一剎那一臘縛一牟呼栗多中悉能了知此類有情如是思惟此類有情如是計度此類有情造如是業得如是果如來以其三世無礙清淨智力而悉能知善男子如來常住三摩呬多不離三摩呬多何以故如來無失念故諸根不散亂故無異思惟故已斷一切煩惱故如來寂靜極寂靜故善男子若有煩惱心即散亂心散亂故不能積集一切善法是故如來已斷煩惱離諸塵染得諸漏盡獲一切法平等自在成辦三摩地三摩鉢底境界勝行善男子如來於一一威儀道一一三摩地常所修行乃至入涅槃時所行無失況復一一三摩呬多善男子如來如是於無數劫積集功德是故如來所有功德不可量不可稱不可思不可討爾時除蓋障菩薩白佛言世尊豈非如來於三阿僧祇劫積集

功德耶佛言不也善男子如來境界不思議故若住不可思議菩薩方能積集非三阿僧祇劫所能積集何以故若菩薩得入一切法平等者方入劫數非初發心者之所能入除蓋障菩薩復白佛言世尊如是所說如來廣大威德若人聞已能生淨信歡喜適悅當知是人具大福德者作諸善業者斷諸業障者廣多信解者是人得近菩提況復有能於是法中聞已受持讀誦通利復能廣爲他人說者必知是人不久應當得如是等如來廣大威德出生佛言如是如是善男子如汝所說彼人當得諸佛攝護深種善根於多佛所尊重恭敬是故若善男子善女人聞說如來大威德已勿生疑惑勿起猶豫若彼善男子善女人能於七晝夜中專注繫念心不散亂思惟如來廣大威德隨所思惟深固作意深固信解隨其悟入過七晝夜已應當嚴潔敷設種種供養之具著新淨衣起清淨心現前諦想即於是夜得見如來若復不能依其法式或有所減但能專注一心者是人臨命終時亦得如來爲現其前除蓋障菩薩復白佛言世尊或有人聞宣說如來大威德時生不信不佛言善男子亦有有情聞說如來大威德已起麤惡意極損害心於其說法師所起惡友想以是緣故身壞命終墮地獄中善男子若復有人聞說如來大威德時生淨信心於彼說法師所起善知識想起師尊想如是之人決定於先世中曾聞如來如是廣大威德之法世世已來至于今生而此衆會之中亦復得聞如來功德善男子如佛所說若人得

聞此正法者是人先世已曾聞故爾時世尊即乃舒其清淨舌相徧覆面輪覆面輪已次覆項輪覆項輪已旋覆身輪覆身輪已周帀覆於師子之座次第覆於菩薩衆會及聲聞衆乃至帝釋梵王護世天等一切大會如是次第周廣徧覆攝其舌相旋復如故普告衆會而作是言諸善男子汝觀如來如是舌相表佛如來言無虛妄汝等應當各起增上清淨信心當令汝等於長夜中得大利樂說是法時會中八萬四千菩薩得無生忍無數百千有情遠塵離垢得法眼淨復有無數有情先未曾發菩提心者皆發阿耨多羅三藐三菩提心爾時世尊復告除蓋障菩薩言善男子菩薩若修十種法者善知世俗何等爲十一者雖復施設色蘊於勝義諦中色蘊不可得亦無取著雖復施設受想行識等蘊於勝義諦中識蘊不可得亦無取著二者雖復施設地界於勝義諦中地界不可得亦無取著雖復施設水火風空識界於勝義諦中識界不可得亦無取著三者雖復施設眼處於勝義諦中眼處不可得亦無取著雖復施設耳鼻舌身意處於勝義諦中意處不可得亦無取著四者雖復施設於我而勝義諦中我不可得亦無取著五者雖復施設有情於勝義諦中有情不可得亦無取著六者雖復施設壽者養者士夫補特伽羅摩拏嚩迦於勝義諦中皆不可得亦無取著七者雖復施設世間於勝義諦中世間不可得亦無取著八者雖復施設世間法於勝義諦中世間法不可得亦無取著九者雖復施設佛法於勝義諦

中佛法不可得亦無取著十者雖復施設菩提於勝義諦中菩提不可得亦無取著復無得菩提者善男子名相施設此説是爲世俗之法而勝義諦亦不離世俗法有若無世俗之法即不能得彼勝義諦若菩薩於如是處了知世俗是即名爲善解世俗之法善男子菩薩若修如是十種法者善知世俗

佛説除蓋障菩薩所問經卷第十六

佛說除蓋障菩薩所問經卷第十七

宋西天三藏朝散大夫試鴻臚少卿傳梵大師法護等奉 詔譯

復次善男子菩薩若修十種法者善知勝義諦何等爲十一者成就不生法故二者成就不滅法故三者成就不壞法故四者成就不出不入法故五者成就超言境界故六者成就無言詮法故七者成就無戲論法故八者成就不可說法故九者成就寂靜法故十者成就聖者法故何以故善男子勝義諦理本無壞故若佛出世若不出世本自如是不生不滅不出不入非文字所說非文字詮表離諸戲論取證善男子此勝義諦湛然寂靜不可言說唯諸聖者自內所證又善男子此勝義諦若佛出世若不出世本無所壞以是義故有善男子發正信心清淨出家剃除鬚髮被服袈裟旣出家已發勤精進修諸善行如頭覆繒帛救其火然求法亦爾善男子若不得勝義諦法卽所修梵行虛無果利如來出世亦無果利是故善男子若有勝義諦可說名爲菩薩了知勝義善男子菩薩若修如是十種法者卽善知勝義又善男子菩薩若修十種法者善知緣生何等爲十一者知諸法空二者知法無所有三者知法不眞實四者知法如像五者知法如影六者知法如響七者知法如幻八者知法不久停九者知法動搖十者知法皆從緣生菩薩作是思惟此法如是空如是無所有如是不眞實如是如像如影如響如幻如是不久停如是動搖如是緣生雖復了知諸有生法決定不住速趣破壞而亦建立生法滅法及彼住法又復惟忖

如是諸法從何緣生從何緣滅作是思惟已乃知是法從無明生因無明有以其無明而爲先導依止無明依無明已諸行乃生依諸行已而有諸識由有識故乃立名色立名色故乃有六處六處有故諸觸隨生以有觸故乃起於受由其受因愚夫生愛愛逼迫故而起於取以有取故纏縛於有由有故生生故有老有老法故補特伽羅士夫皆死依死法故而起憂悲苦惱愁歎如是乃得一大苦蘊集是故智者應當勤力斷除無明破壞無明拔無明根滅無明法由無明滅故即能除滅無智之者所依止法譬如命根滅已餘根皆滅無明滅已無智所依諸法皆滅亦復如是何以故無無智故乃無積集一切煩惱不轉諸趣以無煩惱轉諸趣故即能斷滅生死之因近於涅槃善男子菩薩若修如是十種法者善知緣生又善男子菩薩若修十種法者能自了知何等爲十一者菩薩善自觀察今我此身何族中生婆羅門族耶刹帝利族耶長者族耶而或高尚富貴族耶其或卑賤下種族耶若在高尚富貴族生我當不恃此緣而生憍倨設使於其卑賤族生當起是念由我宿昔造雜業故生如是族即以此緣厭離於世生厭離故而求出家二者菩薩既出家已即當觀察我今爲何義故而求出家乃自思忖我今出家自得度已令他亦度自解脫已亦令他人悉得解脫以是緣故終不生於懶惰懈怠三者菩薩如是觀察我今出家應斷一切罪不善法滅盡無餘我若已斷諸不善法生大歡喜適悅慶快我若未斷諸不善

法應當策勤速令除斷四者菩薩如是觀察我今出家宜應廣大增長修習一切善法我若已能廣大增長一切善法心生歡喜適悅慶快我若曾未增修善法應當策勤速令增長五者菩薩如是觀察我若依止於師尊已即能增長一切善法壞滅一切不善之法由此因緣於其親教師所不以尠聞多聞有智無智持戒毀戒應當悉起佛大師想於彼師尊之所愛樂信重恭敬承事亦於軌範師所同彼親教之師尊重恭敬六者菩薩如是觀察我若依止軌範師已當於菩提分法未圓滿者而能圓滿諸有未斷一切煩惱而悉能斷是故於彼軌範師所恭敬承事如親教師想心大歡喜而彼師尊能以正道一切善法攝受於我不以邪道不善之法而爲攝受七者菩薩如是觀察誰是我師乃審思惟一切智者是我大師彼一切明了悲愍世間起大悲心作大福田能爲天人阿脩羅世間等師以是緣故生大歡喜適悅慶快又復思惟若佛世尊爲我大師我實得大善利如佛世尊施設學道我當盡其壽命奉教修學如聞隨轉終不違越八者菩薩作是思惟我當從誰而行乞食徧伺察已我應於彼婆羅門刹帝利庶民之家周行求乞令彼施食獲大果報成大義利具大威德我以此緣令彼得果故從乞食九者菩薩作是思惟彼婆羅門刹帝利等爲起何想而施我食如是審察彼婆羅門刹帝利等必應於我起沙門想起苾芻想起福田想故施我食我今宜應積集修行沙門功德苾芻功德福田功德十者菩薩作是

思惟我當云何而能出離無始生死如是審察一者我得成苾芻相斯爲第一出離生死二者我得成就苾芻所有功德斯爲第二出離生死三者我能發起精進捨離懈怠修諸善行證得法性斯爲第三出離生死四者徧脩諸行乃至成佛化度有情斯爲第四出離生死菩薩若能如是審諦常所觀察是即名爲善自了知善男子菩薩若修如是十種法者善自了知又善男子菩薩若修十種法者善知世間何等爲十一者見高倨人能自卑下二者見我慢人能離憍慢三者見諂曲人能立正直四者見妄語人爲説實語五者見惡語人爲説愛語六者見麤猛人起柔輭相七者見恚惡人能多忍辱八者見毒害人爲起慈心九者見苦惱人爲生悲愍十者見慳悋人爲行布施善男子菩薩若修如是十種法者善知世間又善男子菩薩若修十種法者得生清淨諸佛刹土何等爲十一者具戒清淨不斷不雜復無染汙戒行成就二者行平等心爲一切有情設平等方便三者成就廣大善根非尠少故四者遠離世間名聞利養等事復不染著五者具於淨信無疑惑心六者發勤精進捨離懈怠七者具修禪定無散亂心八者修習多聞而無惡慧九者利根利慧無暗鈍性十者廣行慈行無損害心善男子菩薩若修如是十種法者即生清淨諸佛刹土爾時除蓋障菩薩白佛言云何世尊爲具修十法乃得生耶爲隨修一法無所缺壞亦得生耶佛言善男子若隨修一法不斷不壞無雜無染清淨潔白即能成就餘諸法

行善男子此中意者若能具修諸法無所缺減生淨佛刹決定無疑又善男子菩薩若修十種法者不染胎藏垢穢而生何等爲十一者修治如來形像二者嚴飾破故塔廟三者妙香塗治如來寶塔四者以妙香水洗沐佛像五者泥飾塗補掃除濺灑如來塔地六者恭事父母七者恭事軌範之師及親教師同梵行等八者雖復如是無所希望九者即以如是所有善根而用迴向願以此善普令一切有情不染胎藏垢穢而生十者深心志固善男子菩薩若修如是十種法者得不染胎藏垢穢而生又善男子菩薩若修十種法者即能在家出家何等爲十一者得無所取二者不雜亂住三者棄背諸境四者遠離諸境一切愛著五者不染諸境所有過失六者能於如來所設學門恭敬修習加復勤力而無猒足七者雖復少分得其飲食衣服卧具病緣醫藥心常喜足八者隨得應器衣服離諸取著九者猒離諸境常生怖畏十者常勤修習現前寂靜善男子菩薩若修如是十種法者即能在家出家

佛説除蓋障菩薩所問經卷第十七

佛說除蓋障菩薩所問經卷第十八

宋西天三藏朝散大夫試鴻臚少卿傳梵大師法護等奉　詔譯

復次善男子菩薩若修十種法者即得淨命何等爲十一者遠離諂求利養二者遠離爲利養故矯現其相三者遠離爲利養故虛言激誘四者遠離惡求利養五者遠離非法利養六者遠離不淨利養七者不耽著利養八者不染愛利養九者不爲利養故心生熱惱十者得如法利養而生喜足善男子云何是菩薩善能遠離諂求利養謂若菩薩不以利養因緣故而身語心行於諂曲身不行諂者菩薩若見施主及助施者而不故意策發威儀徐緩安詳舉足進步端審前視或復起於猒惡而視或作寂住無發悟視此即名爲身不行諂語不行諂者菩薩不以利養因緣故發徐緩語及柔輭語愛樂之語或隨順語此即名爲語不行諂心不行諂者菩薩若見施主及助施者以其利養召命之時而不語現少欲心起貪愛內懷熱惱此即名爲心不行諂如是等名爲菩薩善能遠離諂求利養云何是善能遠離爲利養故矯現其相謂若菩薩雖爲衣服應器病緣醫藥及餘資具之所逼迫以虛矯故終不發言求彼施主及助施者是爲菩薩善能遠離爲利養故矯現其相云何是善能遠離爲利養故虛言激誘謂若菩薩或見施主及助施者不發是言其甲施主持如是物惠施於我而彼以我持戒多聞少欲知足是故以種種物而特見施我亦爲其起悲愍心作饒益事攝受於彼而乃受之是爲菩薩善能遠離爲利養故虛言激誘云

何是善能遠離惡求利養謂若菩薩不爲求利養故身心行惡身行惡者所謂徃來馳走奔競歷諸艱苦破毀淨戒心行惡者爲利養故見餘同梵行者得利養已而於彼所生損害心是爲菩薩善能遠離惡求利養云何是善能遠離非法利養謂若菩薩不以斗秤而行欺誑他所委信亦不侵取復無姦惡積蓄財利是爲菩薩善能遠離非法利養云何是善能遠離不淨利養謂若菩薩於利養中若窣覩波物若法若僧所有諸物不與不許菩薩知已悉不受之是爲菩薩善能遠離不淨利養云何是不耽著利養謂若菩薩雖得利養不爲自已之所攝屬亦不自謂我所富足復無積聚時能普施諸餘沙門婆羅門等及父母親屬朋友知識或復以時已所受用是爲菩薩不耽著利養云何是不染愛利養謂若菩薩雖所受用不生種種染愛之心是爲菩薩不染愛利養云何是不爲利養故心生熱惱謂若菩薩或於不得利養之時心不生苦亦無熱惱而復於彼施主及助施者不起嫌惡棄捨之心是爲菩薩不爲利養故心生熱惱云何是得如法利養而生喜足謂若菩薩或隨僧次得其如法利養之時如來許可諸菩薩衆復不訶責聖賢稱讃同梵行者亦不譏毀如是受已生喜足心是爲菩薩得如法利養而生喜足善男子菩薩若修如是十種法者即得淨命又善男子菩薩若修十種法者心無懈倦何等爲十一者爲利諸有情故久處生死而無懈倦二者爲利諸有情故受生死苦而無懈倦三者爲諸有情作利益

故而無懈倦四者施作有情諸善事業而無懈倦五者爲於有情諸所作事而無懈倦六者爲求聲聞乘人說彼道法而無懈倦七者不於聲聞人前言不信彼法八者成辦菩提分法而無懈倦九者圓滿菩提資糧而無懈倦十者不取證涅槃不起趣向涅槃意樂菩薩以是緣故即能趣向菩提漸近菩提取證菩提善男子菩薩若修如是十種法者心無懈倦又善男子菩薩若修十種法者能行一切如來教勅何等爲十一者勤修不放逸行離諸放逸故二者具善律儀身不行惡故三者具善律儀語不行惡故四者具善律儀意不行惡故五者恐畏他世盡斷諸惡故六者說如理語離非理語故七者宣正法語離非法語故八者離不善業修善業故九者常於如來教中不說過惡離諸煩惱穢惡毒故十者隨順守護如來正法防禦一切不善法故善男子菩薩若修如是十種法者能行一切如來教勅又善男子菩薩若修十種法者得面相熈怡離諸顰蹙何等爲十一者諸根勝妙二者諸根清淨三者諸根無缺四者諸根無垢五者諸根潔白六者遠離瞋恚七者遠離隨眠八者遠離纏縛九者遠離結恨十者遠離忿怒善男子菩薩若修如是十種法者得面相熈怡離諸顰蹙爾時除蓋障菩薩白佛言世尊如我解佛所說之義由諸根清淨故菩薩即得面相熈怡由斷諸煩惱故得離顰蹙佛言如是如是善男子由諸根清淨故菩薩即得面相熈怡由斷諸煩惱故得離顰蹙又善男子菩薩若修十種法者即得多聞

何等爲十一者如實了知於生死中貪火熾然二者如實了知瞋火增盛三者如實了知癡火昏亂四者如實了知有爲之法皆悉無常五者如實了知諸行是苦六者如實了知世間悉空七者如實了知諸法無我八者能離世間戲論九者如實了知彼一切法皆從緣生十者如實了知涅槃寂靜此等諸法要以聞思修所成慧方能證悟不可但以音聲言說而能解入菩薩如是知已即起堅固悲愍之心發勤精進爲諸有情作利益事善男子菩薩若修如是十種法者即得多聞又善男子菩薩若修十種法者即能攝受正法何等爲十一者於後時後分後五百歲正法滅没時分轉易諸有情等於佛教中安立邪道智燈隱滅當如是時有能宣演如來所說廣大經典作大利益具大威德如諸法母能受持讀誦恭敬承事者即能攝受正法二者爲他宣說令彼聽受開曉其義三者於彼修行正法人所愛樂信重歡喜適悅爲彼攝受四者爲他宣說正法無所希望五者於說法師所起師尊想六者於其正法如甘露想七者如聖藥想八者如良藥想九者爲求正法不惜身命十者求得法已修行圓滿善男子菩薩若修如是十種法者即能攝受正法又善男子菩薩若修十種法者爲法王子何等爲十一者具足諸相莊嚴二者身得諸隨形好三者衆相具足諸根圓滿四者於佛如來所親近處隨順親近五者於佛如來所行正道隨順而行六者於佛如來所覺悟法隨覺悟之七者救度世間一切苦惱八者善能修學

一切聖行九者善能修習成諸梵行十者善住如來所住一切智城善男子菩薩若修如是十種法者爲法王子又善男子菩薩若修十種法者即能超勝帝釋梵王護世天等何等爲十一者於佛菩提得不退轉二者不爲諸魔所動三者不離一切佛法四者隨能解入諸法正理五者通達諸法平等六者不起他信七者於佛法中得善覺智八者不共一切聲聞緣覺同等九者出過一切世間十者證得無生法忍善男子菩薩若修如是十種法者即能超勝帝釋梵王護世天等又善男子菩薩若修十種法者能知有情意樂隨眠何等爲十一者如實了知一切有情貪欲意樂二者了知瞋恚意樂三者了知愚癡意樂四者了知上品意樂五者了知中品意樂六者了知下品意樂七者了知諸善意樂八者了知堅固意樂九者了知常起隨眠十者了知暴惡隨眠如是等法於一有情如實知已乃至盡於諸有情界所知亦然善男子菩薩若修如是十種法者能知有情意樂隨眠又善男子菩薩若修十種法者善知成熟有情之法何等爲十一者應以諸佛色相而調伏者即現佛相二者應以菩薩色相而調伏者即現菩薩之相三者應以緣覺色相而調伏者即現緣覺之相四者應以聲聞色相而調伏者即現聲聞之相五者應以帝釋色相而調伏者即現帝釋之相六者應以魔王色相而調伏者即現魔王之相七者應以梵王色相而調伏者即現梵王之相八者應以婆羅門色相而調伏者即現婆羅門之相九者應

以刹帝利色相而調伏者即現刹帝利之相十者應以長者色相而調伏者即現長者之相善男子諸有情等應以如是種種色相而調伏者菩薩即能隨所應現別異之相善男子菩薩若修如是十種法者善知成熟有情之法又善男子菩薩若修十種法者得勝樂住何等爲十一者正直二者柔輭三者無諂曲心四者無瞋恚心五者無染汙心六者具清淨心七者無麤獷語八者斷穢惡語九者常行忍辱十者具善愛樂善男子菩薩若修如是十種法者得勝樂住又善男子菩薩若修十種法者得安樂住何等爲十一者正見具足二者具見清淨戒行圓滿三者儀範清淨四者隨順所行境界五者不雜諸煩惱住六者得無過失七者具修梵行八者得其同類九者住一乘道十者不事餘師善男子菩薩若修如是十種法者得安樂住

佛說除蓋障菩薩所問經卷第十八

佛說除蓋障菩薩所問經卷第十九

宋西天三藏朝散大夫試鴻臚少卿傳梵大師法護等奉 詔譯

復次善男子菩薩若修十種法者即能善知四攝法行何等爲十一者行利益施攝化有情二者行安樂施三者行無盡施四者利益語五者如義語六者如法語七者如理語八者利益行九者同財而行利益十者同其濟命受用等事而行利益攝化有情善男子利益施者是謂法施安樂施者是謂財施無盡施者謂與他人宣示正道利益語者所謂宣說諸善品法如義語者所謂宣說眞實之理如法語者所謂隨順如來正教宣說諸法如理語者所謂不壞眞實之義利益行者謂令有情不善不起善法安立同財利益者謂同飲食財物平等受用同其濟命受用等事行利益者所謂金銀摩尼眞珠瑠璃螺貝璧玉象馬車乘等同其受用而行利益善男子菩薩若修如是十種法者即能善知四攝法行

又善男子菩薩若修十種法者得妙相具足何等爲十一者常修寂靜威儀二者常修無矯詐威儀三者常修清淨威儀四者見者皆生愛樂五者見者皆生善相六者見者無厭七者見者悅意八者一切有情見者無礙九者一切有情見者皆生歡喜之心十者一切有情見者皆生清淨之心善男子菩薩若修如是十種法者即得妙相具足

又善男子菩薩若修十種法者爲他所依何等爲十一者有情久處生死怖畏中者爲作守護二者有情久在生死曠野險難者爲作善導三者有情沒溺生死大海中者而爲濟渡四者有情

無親屬者爲作主宰五者有情久嬰煩惱重病苦者爲作醫師六者有情無救護者爲作救護七者有情無棲託者爲作舍宅八者有情無歸投者爲作歸投九者有情無安止者爲作洲渚十者有情無趣向者爲作趣向善男子菩薩若修如是十種法者即能爲他所依又善男子菩薩若修十種法者如大藥樹善男子譬如世間有大藥樹其名善見若彼有情嬰纒一切病苦之者隨取受用悉愈其疾何等爲十一者受用其根二者受用其莖三者受用其枝四者受用其葉五者受用其花六者受用其果七者見時受用其色八者齅時受用其香九者嘗時受用其味十者舉動受用其觸善男子菩薩亦復如是從初發心已來善能治療一切有情諸煩惱病而諸有情隨所修作悉愈其疾一者受用菩薩布施波羅蜜多二者受用菩薩持戒波羅蜜多三者受用菩薩忍辱波羅蜜多四者受用菩薩精進波羅蜜多五者受用菩薩禪定波羅蜜多六者受用菩薩般若波羅蜜多七者見菩薩身受用其色八者聞菩薩名受用其聲九者嘗於菩薩清淨功德法味十者親近菩薩恭敬供養善男子菩薩若修如是十種法者即得如大藥樹又善男子菩薩若修十種法者而能勤修福行何等爲十一者隨力供養三寶二者病苦有情爲施妙藥三者飢渴有情爲施飲食四者諸有情類若爲寒熱所逼惱者施其覆護五者常當尊重恭敬軌範之師及親教師六者見諸同梵行人應起承迎合掌恭敬禮拜問訊七者修治園林精舍

八者於時時中出諸庫藏財穀等物而行給施九者於諸奴婢及傭作人平等養育而爲護持十者於時時中常行供養持戒沙門及婆羅門善男子菩薩若修如是十種法者即能勤修福行又善男子菩薩若修十種法者善能施作諸變化事何等爲十一者於一佛刹不動身相能於無數佛刹諸如來所請問深義二者於一佛刹不動身相能於無數佛刹諸如來所聽受深法三者於一佛刹不動身相能於無數佛刹諸如來所承事供養四者於一佛刹不動身相能於無數佛刹之中而悉圓滿菩提資糧五者於一佛刹不動身相能於無數佛刹之中有諸菩薩成正覺時悉皆尊重作供養事六者於一佛刹不動身相能於無數佛刹之中自身示現成等正覺七者於一佛刹不動身相能於無數佛刹之中示現往詣菩提道場八者於一佛刹不動身相能於無數佛刹之中轉妙法輪九者於一佛刹不動身相能於無數佛刹之中示現涅槃十者於一佛刹不動身相能於無數佛刹之中乃至有情所可化者隨其所應而悉爲作諸變化事菩薩雖復作諸化事而不分別能化所化爾時除蓋障菩薩白佛言世尊云何菩薩作諸化事而不分別能化所化佛言善男子我今喻說汝應諦聽譬如日月照四大洲隨攝世間一切有情普徧照曜而彼日月亦不分別我爲能照一切有情是爲所照何以故彼之日月皆由往昔所修業報故能照曜善男子菩薩亦復如是雖復作諸化事亦不分別能化所化都無發悟亦無造作

何以故謂由菩薩往昔勝善業報所成菩薩往昔修菩薩行時隨其願力隨其行業故能今時作諸化事無所分別善男子菩薩若修如是十種法者善能施作諸變化事又善男子菩薩若修十種法者即能速證阿耨多羅三藐三菩提果何等爲十一者能善具足及善積集布施之行二者善具足戒善積集戒無缺漏戒不雜染戒出過一切聲聞緣覺清淨潔白戒蘊具足三者善具忍辱四者善具精進五者善具禪定六者善具勝慧七者善具方便八者善具諸願九者善具諸力十者善具正智善積集智以菩薩成就不共智故而能出過一切聲聞緣覺之智超越菩薩初地乃至超越菩薩九地之智善男子菩薩若修如是十種法者即能速證阿耨多羅三藐三菩提果世尊宣說如是諸正法時即此三千大千世界六種震動又此三千大千世界所有須彌山王目眞隣陀山摩訶目眞隣陀山小鐵圍山大鐵圍山及餘寶山黑山諸小山等峯岫自然皆悉低屈向象頭山而伸供養佛及正法又此三千大千世界一切花樹一切果樹皆悉低垂向象頭山供養世尊及其正法是時復有無數百千俱胝那庾多菩薩化現種種衣服莊嚴其積量如須彌山王供養世尊及其正法復有無數百千帝釋梵王護世天等皆悉合掌頂禮世尊雨天曼陀羅花摩訶曼陀羅花散於佛上復有無數百千諸天子衆各持天衣住虛空中舉身旋轉作百千種清妙之聲而伸供養復以天花散於佛上咸作是言我等今日見佛世尊於第

二時出現世間於第二時轉正法輪世尊若諸有情具大福德修諸善業於先佛所植衆德本者是人方得聞此正法何況有能聞已發生清淨心者復有無數百千摩睺羅伽咸悉震發大雲雷音又復化現種種大雲徧覆於此三千大千世界及象頭山雨衆香水皆悉充滿是中有情亦不嬈惱如是施作而伸供養復有無數百千龍女於世尊前出歌詠聲而伸供養復有無數百千乾闥婆衆緊那羅衆右遶於此三千大千世界及象頭山出美妙聲歌詠供養

佛說除蓋障菩薩所問經卷第十九

佛說除蓋障菩薩所問經卷第二十

宋西天三藏朝散大夫試鴻臚少卿傳梵大師法護等奉　詔譯

爾時復有無數百千夜叉之衆雨諸蓮華而伸供養又復吹擊和風觸者安樂復有無數諸佛刹中彼彼如來爲供養世尊釋迦牟尼佛及正法故各從眉間放大光明其光具有青黃赤白紅頗胝迦及翡翠等種種之色及種種相種種光明右繞於此三千大千世界普徧照耀而悉除破一切暗冥光復旋還繞象頭山後從世尊頂門而入復有無數百千婆羅門刹帝利士庶人民各持香花塗香末香衆妙花鬘衣服幢幡及諸寶蓋置於佛前以伸供養當佛宣說如是正法及諸天龍神獻供養時有七十二那庾多菩薩得無生法忍無數百千俱胝那庾多有情遠塵離垢得法眼淨無數百千俱胝那庾多有情先未曾發菩提心者皆發無上大菩提心爾時有一天女名曰長壽久住於此象頭山中與自眷屬先在佛會即從座起爲供養佛故往自宮中取諸供養還來詣佛到佛所已尊重恭敬專諦一心獻諸供養如是至誠作供養已前白佛言世尊我知過去久久生中有十萬二千諸佛如來悉曾於此象頭山中說此正法亦如是義亦如是理亦如是文佛言長壽天女汝快得善利值遇如是法寶出世一一親聞爾時會中有諸天子咸作是念今此天女久已曾聞如是正法復曾親近多佛如來何故不能轉此女身時除蓋障菩薩知諸天子心所念已白佛言世尊何因何緣此長壽天女具大威德久已曾聞如是正法復曾親近

多佛如來何故不轉此女人身佛言善男子不轉女身者廣爲利樂一切有情大因緣故所以者何善男子今此天女已住不可思議解脱菩薩之位我知此長壽天女曾於超過筭數諸如來所勸請發菩提心乃至入大涅槃以是緣故而此天女獲是廣大神通威德善男子此長壽天女即於賢劫中供養諸佛已此佛刹中當得成佛號曰長壽如來應供正等正覺爾時世尊復告長壽天女言汝今應現自佛國土莊嚴之事時長壽天女即入現一切色相三摩地於是三摩地中現此三千大千世界地平如掌除去黑山土石山等及餘一切本有樹木清淨可愛瑠璃所成處處皆有妙劫波樹處處皆有清淨嚴好泉源池沼八功德水充滿其中除去一切凡常人類亦復不聞女人之聲處處皆現廣大蓮華其一一華量如車輪諸蓮華中有菩薩像加趺而坐復現世尊長壽如來應供正等正覺與諸菩薩共會說法有無數百千俱胝那庾多帝釋梵王護世天等之所圍繞又有無數百千俱胝那庾多菩薩之衆圍繞聽法所謂亦說如是法門爾時長壽天女如是現已即從三摩地起於世尊前右繞三帀隱而不現

爾時除蓋障菩薩前白佛言世尊若有善男子善女人於此正法聽聞受持讀誦記念解釋其義復爲他人廣大說者是人得幾所福佛言善男子正使三千大千世界滿中有情悉行布施經無量時相續不斷若有善男子善女人於此正法發清淨心如法書寫復善詳校又以淨心轉施於他是人所獲福德倍

勝於前何以故善男子夫財施者不出生死而法施者最上最勝所以者何一切有情在生死中貪受種種財利事故不能受彼最上法味出於世間又善男子正使有人以此三千大千世界滿中有情悉令安住十善業道若復有人於此正法聽聞受持讀誦記念解釋其義復爲他人廣大說者是人所獲福德倍勝於前何以故善男子十善業道從是正法所出生故又善男子正使三千大千世界滿中有情悉令證得須陀洹果斯陀含果阿那含果阿羅漢果若復有人於此正法聽聞受持讀誦記念解釋其義復爲他人廣大說者是人所獲福德倍勝於前何以故善男子當知一切聲聞緣覺皆悉從是法性中來諸菩薩者亦悉從是法性中來如來亦得是法性故出現世間又善男子若人能於如是正法受持讀誦解其義者是人即同於諸經中受持讀誦解釋義趣何以故此法性者是諸法母善男子而諸菩薩若不得此正法性者即不能得廣大法性爾時會中諸大聲聞各從座起偏袒右肩右膝著地俱白佛言世尊我等獲得此法性已而能普盡廣大生死耶佛言諸苾芻如是如是爾時世尊普告在會諸大衆言善男子若諸地方有能宣說如是正法之處而彼地方當知即是大菩提場即是轉法輪處即是大靈塔處當起是念是我大師所遊止處何以故善男子法性即是菩提即是轉法輪法輪即是如來善男子若供養法者是即供養諸佛如來若諸地方有說法師所遊止處當於彼地起靈塔想於說法

師起大師想又復當起善知識想又應當起善導師想由如是故若時見彼說法師已當起淨信歡喜之心尊重恭敬承迎於前稱揚讚嘆白言善哉復次善男子我若讚說尊重恭敬法師功德及說報其法師大恩如是等事若經一劫若過一劫我亦不能說其少分善男子若有愛樂法者諸善男子及善女人於說法師所履道中以自身血散灑其地亦不能報彼說法師少分恩德何以故說法師者以能任持如來法眼極難行故善男子是故諸說法師當說如是正法之時應現無畏不應沉下生障礙心著新淨衣起清淨心當說法時若人讚嘆不起高心不現我相不生慢執不自稱譽不淩毀他亦復不生染著之心應當恭敬尊重說法爾時帝釋天主前白佛言世尊若諸他方有說如是正法之處我當率諸宮屬往詣彼所聽受如是甚深正法及爲護助彼說法師佛言善哉善哉憍尸迦汝善守護如來正法如汝所作今正是時爾時除蓋障菩薩白佛言世尊此經何名我等云何奉持佛言善男子是經名曰除蓋障菩薩所問亦名寶雲亦名寶積功德亦名智燈如是名字汝當受持佛說此經已除蓋障菩薩等彼諸菩薩摩訶薩衆并在會菩薩聲聞之衆帝釋梵王護世諸天大自在天子等無數百千諸天子衆及餘無數百千天龍夜叉乾闥婆阿修羅迦樓羅緊那羅摩睺羅伽人非人等一切大衆聞佛所說歡喜信受

佛說除蓋障菩薩所問經卷第二十

音釋

繒（慈陵切）絹也　濺（作甸切）揮水也　矯（舉夭切）詐也

仁王護國般若波羅蜜多經

唐三藏沙門大廣智不空譯

清刻龍藏佛說法變相圖

新飜護國仁王般若經序

唐代宗皇帝製

皇矣至覺子于元元載有海以般若之舟剪稠林以智慧之劍綿絡六合羅罩十方弘宣也深志廣也大自權輿天竺泳沫漢庭行無緣之慈納常樂之域信其博施傾芥城而逾遠仰夫湛寂超言象之又玄五始不究其初一得罔根其本以彼取此何其遼哉朕忝嗣鴻休丕承大寶軫推溝以夕惕方徹枕而假寐夫其鎮乾坤遏寇虐和風雨著星辰與物無爲乂人藂止不有般若其能巳乎嘗澡身定泉宅心秘道緬尋龍宮之藏稽合鷲峰之旨懿夫護國實在茲經竊景行於波斯匿闡揚於調御至若高張五忍足明惻隱之深永袪衆難寔惟化清之本名假法假心空色空

推之於無則境智都寂引之於有迺津梁不窮思與黎蒸共臻實相而緹紬貝葉文字參差東夏西天言音訛謬致使古今繙譯清濁不同前後參詳輕重匪一其猶大輅終繼事而增華譬彼堅氷始積水而非厲先之所譯語質未融披讀之流臨文三覆凡諸釋氏良用慨然先聖翹誠玉毫澄慮真境發揮滿教搜綴缺文詔大德三藏沙門不空推校詳譯未周部卷三藏學究二諦教傳三密義了宗極伊成字圓褰裳西指汎盃南海影與形對勤將歲深妙印度之聲明洞中華之韻曲甘露沃朕香風襲予既而梵夾遠賷洪鍾待扣佇延吹萬之籟率訓開三之典朕哀纏欒棘悲感霜露捧戴遺詔不敢怠遑延振錫之羣英終爲山之九仞開府朝恩許國以身歸佛

以命弼我真教申夫妙門爰令集京城義學大德良賁等翰林學士常衮等於大明宮南桃園詳譯護國般若畢弁更寫定密嚴等經握槧含毫研精賾邃曩者訛略刊定較然昔之沉隱鉤索煥矣足可懸諸日月大燭昏衢潤之雲雨橫流動植伏願上資仙駕飛慧雲於四天迴出塵勞躡金蓮於十地朕理昧幽關文慙麗則見推序述恍撫空懷聊紀之於首篇庶克開于厥後將發皇永永可推而行之時旃蒙歲木堇榮月也

仁王護國般若波羅蜜多經卷上

唐三藏沙門大廣智不空譯

序品第一

如是我聞一時佛住王舍城鷲峰山中與大比丘衆千八百人俱皆阿羅漢諸漏已盡無復煩惱心善解脱慧善解脱九智十智所作已辦三假實觀三空門觀有爲功德無爲功德皆悉成就復有比丘尼衆八百人俱皆阿羅漢復有無量無數菩薩摩訶薩實智平等永斷惑障方便善巧起大行願以四攝法饒益有情四無量心普覆一切三明鑒達得五神通修習無邊菩提分法工巧技藝超諸世間深入緣生空無相願出入滅定示現難量摧伏魔怨雙照二諦法眼普見知衆生根四無礙解演說無畏十力妙智雷震法音近無等等金剛三昧如是功德皆悉具足復有無量優婆塞衆優婆夷衆皆見聖諦復有無量修七賢行念處正勤神足根力八勝處十徧處十六心行趣諦現觀復有十六大國王波斯匿王等各與若干千萬眷屬俱復有六欲天王釋提桓因等與其眷屬無量天子俱色四靜慮諸大梵王亦與眷屬無量天子俱諸趣變化無量有情阿脩羅等若干眷屬俱復有變現十方淨土而現百億師子之座佛坐其上廣宣法要一一座前各現一華是百億華衆寶嚴飾於諸華上一一復有無量化佛無量菩薩四衆八部悉皆無量其中諸佛各各宣說般若波羅蜜多展轉流徧十方恒沙諸佛國土有如是等諸来大衆各禮佛足退坐一面爾時世尊初年月八日入大寂靜妙

三摩地身諸毛孔放大光明普照十方恒沙佛土是時欲界無量諸天雨衆妙華色界諸天亦雨天華衆色間錯甚可愛樂時無色界雨諸香華香如須彌華如車輪如雲而下徧覆大衆普佛世界六種震動爾時大衆自相謂言大覺世尊前已爲我等說摩訶般若波羅蜜多金剛般若波羅蜜多天王問般若波羅蜜多大品等無量無數般若波羅蜜多今日如來放大光明斯作何事時室羅筏國波斯匿王作是思惟今佛現是希有之相必雨法雨普皆利樂即問寶蓋無垢稱等諸優婆塞舍利弗須菩提等諸天聲聞彌勒師子吼等諸菩薩摩訶薩言如來所現是何瑞相時諸大衆無能答者波斯匿王等承佛神力廣作音樂欲色諸天各奏無量天諸伎樂聲徧三千大千世界爾時世尊復放無量阿僧祇光其明雜色一一光中現寶蓮華其華千葉皆作金色上有化佛宣說法要是佛光明普於十方恒河沙等諸佛國土有緣斯現彼他方佛國中東方普光菩薩摩訶薩東南方蓮華手菩薩摩訶薩南方離憂菩薩摩訶薩西南方光明菩薩摩訶薩西方行慧菩薩摩訶薩西北方寶勝菩薩摩訶薩北方勝受菩薩摩訶薩東北方離塵菩薩摩訶薩上方喜受菩薩摩訶薩下方蓮華勝菩薩摩訶薩各與無量百千俱胝菩薩摩訶薩皆來至此持種種香散種種華作無量音樂供養如來頂禮佛足默然退坐合掌恭敬一心觀佛

觀如來品第二

爾時世尊從三昧起坐師子座告大衆言吾

知十六諸國王等咸作是念世尊大慈普皆利樂我等諸王云何護國善男子吾今先爲諸菩薩摩訶薩說護佛果護十地行汝等皆應諦聽諦聽善思念之是時大衆波斯匿王等聞佛語已咸共讚言善哉善哉即散無量諸妙寶花於虛空中變成寶蓋覆諸大衆靡不周徧時波斯匿王即從座起頂禮佛足合掌長跪而白佛言世尊菩薩摩訶薩云何護佛果云何護十地行佛告波斯匿王言護佛果者諸菩薩摩訶薩應如是住教化一切卵生胎生濕生化生不觀色相不觀色如受想行識我人知見常樂我淨四攝六度二諦四諦力無畏等一切諸行乃至菩薩如來亦復如是不觀相不觀如所以者何以諸法性即眞實故無來無去無生無滅同眞際等法性無二無別猶如虛空蘊處界相無我我所是爲菩薩摩訶薩修行般若波羅蜜多波斯匿王白佛言世尊若菩薩衆生性無二者菩薩以何相而化衆生耶佛言大王色受想行識常樂我淨法性不住色不住非色受想行識常樂我淨亦不住淨不住非淨何以故以諸法性悉皆空故由世諦故由三假故一切有情蘊處界法造福非福不動行等因果皆有三乘賢聖所修諸行乃至佛果皆名爲有六十二見亦名爲有大王若著名相分別諸法六趣四生三乘行果即是不見諸法實性波斯匿王白佛言諸法實性清淨平等非有非無智云何照佛言大王智照實性非有非無所以者何法性空故是即色受想行識十二處十八界士夫六界十二因緣二諦四諦一

切皆空是諸法等即生即滅即有即空剎那剎那亦復如是何以故一念中有九十剎那一剎那經九百生滅諸有爲法悉皆空故以甚深般若波羅蜜多照見諸法一切皆空內空外空內外空空空大空勝義空有爲空無爲空無始空畢竟空散空本性空自相空一切法空般若波羅蜜多空因空佛果空空空故空諸有爲法法集故有受集故有名集故有因集故有果集故有六趣故有十地故有佛果故有一切皆有善男子若菩薩住於法相有我相人相有情知見爲住世間即非菩薩所以者何一切諸法悉皆空故若於諸法而得不動不生不滅無相無無相不應起見何以故一切法皆如也諸佛法僧亦如也聖智現前最初一念具足八萬四千波羅蜜多

名歡喜地障盡解脫運載名乘動相滅時名金剛定體相平等名一切智智大王此般若波羅蜜多文字章句百佛千佛百千萬億一切諸佛而共同說若有人於恒河沙三千大千世界滿中七寶以用布施大千世界一切有情皆得阿羅漢果不如有人於此經中乃至起於一念淨信何況有能受持讀誦解一句者所以者何文字性離無文字相非法非非法般若空故菩薩亦空何以故於十地中地地皆有始生住生及以終生此三十生悉皆是空一切智智亦復皆空大王若菩薩見境見智見說見受即非聖見是愚夫見有情果報三界虛妄欲界分別所造諸業色四靜慮定所作業無色四空定所起業三有業果一切皆空三界根本無明亦空聖位諸地無

漏生滅於三界中餘無明習變易果報亦復皆空等覺菩薩得金剛定二死因果空一切智亦空佛無上覺種智圓滿擇非擇滅眞淨法界性相平等應用亦空善男子若有修習般若波羅蜜多說者聽者譬如幻士無說無聽法同法性猶如虛空一切法皆如也大王菩薩摩訶薩護佛果爲若此爾時世尊告波斯匿王言汝以何相而觀如來波斯匿王言觀身實相觀佛亦然無前際無後際無中際不住三際不住五蘊不離五蘊不住四大不離四大不住六處不離六處不住三界不離三界不住方不離方明無明等非一非異非此非彼非淨非穢非有爲非無爲無自相無他相無名無相無彊無弱無示無說非施非慳非戒非犯非忍非恚非進非怠非定非亂非智非愚非來非去非入非出非福田非不福田非相非無相非取非捨非大非小非見非聞非覺非知心行處滅言語道斷同眞際等法性我以此相而觀如來佛言善男子如汝所說諸佛如來力無畏等恒沙功德諸不共法悉皆如是修般若波羅蜜多者應如是觀若他觀者名爲邪觀說是法時無量大衆得法眼淨

菩薩行品第三

爾時波斯匿王白佛言世尊護十地行菩薩摩訶薩應云何修行云何化衆生復以何相而住觀察佛告大王諸菩薩摩訶薩依五忍法以爲修行所謂伏忍信忍順忍無生忍皆上中下於寂滅忍而有上下名爲菩薩修行般若波羅蜜多善男子初伏忍位起習種性

修十住行初發心相有恒河沙衆生見佛法僧發於十信所謂信心念心精進心慧心定心不退心戒心願心護法心迴向心具此十心而能少分化諸衆生超過二乘一切善地是爲菩薩初長養心爲聖胎故復次性種性菩薩修行十種波羅蜜多起十對治所謂觀察身受心法不淨諸苦無常無我治貪瞋癡三不善根起施慈慧三種善根觀察三世過去因忍現在因果忍未來果忍此位菩薩廣利衆生超過我見人見衆生等想外道倒想所不能壞復次道種性菩薩修十回向起十忍心謂觀五蘊色受想行識得戒忍定忍慧忍解脱忍解脱知見忍觀三界因果得空忍無相忍無願忍觀二諦假實諸法無常得無常忍一切法空得無生忍此位菩薩作轉輪王能廣化利一切衆生復次信忍菩薩謂歡喜地離垢地發光地能斷三障色煩惱縛行四攝法布施愛語利行同事修四無量心慈無量心悲無量心喜無量心捨無量心具四弘願斷諸纏蓋常化衆生修佛知見成無上覺住三脱門空解脱門無相解脱門無願解脱門此是菩薩摩訶薩從初發心至一切智諸行根本利益安樂一切衆生復次順忍菩薩謂焰慧地難勝地現前地能斷三障心煩惱縛能於一身徧往十方億佛刹土現不可說神通變化利樂衆生復次無生忍菩薩謂遠行地不動地善慧地能斷三障色心習氣而能示現不可說身隨類饒益一切衆生復次寂滅忍者佛與菩薩同依此忍金剛喻定住下忍位名爲菩薩至於上忍名一切智觀

勝義諦斷無明相是爲等覺一相無相平等無二爲第十一一切智地非有非無湛然清淨無來無去常住不變同眞際等法性無緣大悲常化衆生乘一切智乘來化三界善男子諸衆生類一切煩惱業異熟果二十二根不出三界諸佛示導應化法身亦不離此若有説言於三界外別更有一衆生界者即是外道大有經説大王我常語諸衆生但斷三界無明盡者即名爲佛自性清淨名本覺性即是諸佛一切智智由此得爲衆生之本亦是諸佛菩薩行本是爲菩薩本所修行五忍法中十四忍也佛言大王汝先問言菩薩云何化衆生者菩薩摩訶薩應如是化從初一地至後一地自所行處及佛行處一切知見故若菩薩摩訶薩住百佛刹作贍部洲轉輪聖王修百法明門以檀波羅蜜多住平等心化四天下一切衆生若菩薩摩訶薩住千佛刹作忉利天王修千法明門説十善道化一切衆生若菩薩摩訶薩住萬佛刹作夜摩天王修萬法明門依四禪定化一切衆生若菩薩摩訶薩住億佛刹作覩史多天王修億法明門行菩提分法化一切衆生若菩薩摩訶薩住百億佛刹作化樂天王修百億法明門二諦四諦化一切衆生若菩薩摩訶薩住千億佛刹作他化自在天王修千億法明門十二因緣智化一切衆生若菩薩摩訶薩住萬億佛刹作初禪梵王修萬億法明門方便善巧智化一切衆生若菩薩摩訶薩住百萬微塵數佛刹作二禪梵王修百萬微塵數法明門雙照平等神通願智化一切衆生若菩薩

摩訶薩住百萬億阿僧祇微塵數佛刹作三禪梵王修百萬億阿僧祇微塵數法明門以四無礙智化一切衆生若菩薩摩訶薩住不可說不可說佛刹作第四禪大梵天王爲三界主修不可說不可說法明門得理盡三昧同佛行處盡三界源普利衆生如佛境界是爲菩薩摩訶薩現諸王身化導之事十方如來亦復如是證無上覺常徧法界利樂衆生

爾時一切大衆即從座起散不可說華焚不可說香供養恭敬稱讚如來時波斯匿王即於佛前以偈讚曰

世尊導師金剛體　心行寂滅轉法輪
八辯圓音爲開演　時衆得道百萬億
天人俱修出離行　能習一切菩薩道
五忍功德妙法門　十四菩薩能諦了
三賢十聖忍中行　唯佛一人能盡源
佛法衆海三寶藏　無量功德於中攝
十善菩薩發大心　長別三界苦輪海
中下品善粟散王　上品十善鐵輪王
習種銅輪二天下　銀輪三天性種性
道種堅德轉輪王　七寶金輪四天下
伏忍聖胎三十人　十住十行十迴向
三世諸佛於中學　無不由此伏忍生
一切菩薩行根本　是故發心信心難
若得信心必不退　進入無生初地道
化利自他悉平等　是名菩薩初發心
歡喜菩薩轉輪王　初照二諦平等理
權化有情遊百國　檀施清淨利群生
入理般若名爲住　住生德行名爲地
初住一心具衆德　於勝義中而不動

離垢菩薩忉利王　現形六趣千國土
戒足清淨悉圓滿　永離誤犯諸過失
無相無緣真實性　無體無生無二照
發光菩薩夜摩王　應形往萬諸佛刹
善能通達三摩地　隱顯自在具三明
歡喜離垢與發光　能滅色縛諸煩惱
具觀一切身口業　法性清淨照皆圓
焰慧菩薩大精進　覩史天王遊億刹
實智寂滅方便智　達無生理照空有
難勝菩薩得平等　化樂天王百億國
空空諦觀無二相　垂形六趣靡不周
現前菩薩自在王　照見緣生相無二
勝義智光能徧滿　往千億土化衆生
焰慧難勝現前地　能斷三障迷心惑
空慧寂然無緣觀　還照心空無量境

遠行菩薩初禪王　住於無相無生忍
方便善巧悉平等　常萬億土化群生
進入不動法流地　永無分段超諸有
常觀勝義照無二　二十一生空寂行
順道法愛無明習　遠行大士獨能斷
不動菩薩二禪王　得變易身常自在
能於百萬微塵刹　隨其形類化衆生
悉知三世無量劫　於第一義常不動
善慧菩薩三禪王　能於千恒一時現
常在無爲空寂行　恒沙佛藏一念了
法雲菩薩四禪王　於億恒土化群生
始入金剛一切了　二十九生永已度
寂滅忍中不忍觀　一轉妙覺無等等
不動善慧法雲地　除前所有無明習
無明習相識俱轉　二諦理圓無不盡

正覺無相徧法界　三十生盡智圓明
寂照無爲眞解脫　大悲廣現無與等
湛然不動常安隱　光明徧照無所照
三賢十聖住果報　唯佛一人居淨土
一切有情皆暫住　登金剛原常不動
如來三業德無量　隨諸衆生等憐愍
法王無上人中樹　普蔭大衆無量光
口常說法非無義　心智寂滅無緣照
人中師子爲演說　甚深句義未曾有
塵沙刹土悉震動　大衆歡喜皆蒙益
世尊善說十四王　是故我今頭面禮

爾時百萬億恒河沙大衆聞佛世尊及波斯匿王說十四忍無量功德獲大法利聞法悟解得無生忍入於正位爾時世尊告大衆言是波斯匿王已於過去十千劫龍光王佛法中爲四地菩薩我爲八地菩薩今於我前大師子吼如是如是如汝所說得眞實義不可思議唯佛與佛乃知斯事善男子此十四忍諸佛法身諸菩薩行不可思議不可稱量何以故一切諸佛皆於般若波羅蜜多中生般若波羅蜜多中化般若波羅蜜多中滅而實諸佛生無所生化無所化滅無所滅第一無二非相非無相無自無他無來無去如虛空故善男子一切衆生性無生滅由諸法集幻化而有蘊處界相無合無散法同法性寂然空故一切衆生自性清淨所作諸行無縛無解非因非果非不因果諸苦受行煩惱所知我相人相知見受者一切空故法境界空空無相無作不順顛倒不順幻化無六趣相無四生相無聖人相無三寶相如虛空故善男

子甚深般若無知無見不行不緣不捨不受正住觀察而無照相行斯道者如虛空故法相如是有所得心無所得心皆不可得是以般若非即五蘊非離五蘊非即衆生非離衆生非即境界非離境界非即行解非離行解如是等相不可思量是故一切菩薩摩訶薩所修諸行未至究竟而於中行一切諸佛知如幻化得無住相而於中化故十四忍不可思量善男子汝今所說此功德藏有大利益一切衆生假使無量恒河沙數十地菩薩說是功德百千億分如海一滴三世諸佛如實能知一切賢聖悉皆稱讚是故我今略述所說少分功德善男子此十四忍十方世界過去現在一切菩薩之所修行一切諸佛之所顯示未來諸佛菩薩摩訶薩亦復如是若佛菩薩不由此門得一切智者無有是處何以故諸佛菩薩無異路故善男子若人聞此住忍行忍迴向忍歡喜忍離垢忍發光忍焰慧忍難勝忍現前忍遠行忍不動忍善慧忍法雲忍正覺忍能起一念清淨信者是人超過百劫千劫無量無邊恒河沙劫一切苦難不生惡趣不久當得阿耨多羅三藐三菩提是時十億同名虛空藏菩薩摩訶薩與無量無數諸來大衆歡喜踊躍承佛威神普見十方恒沙諸佛各於道場說十四忍如我世尊所說無異各各歡喜如說修行般若波羅蜜多

爾時世尊告波斯匿王汝先問云復以何相而住觀察菩薩摩訶薩應如是觀以幻化身而見幻化正住平等無有彼我如是觀察化利衆生然諸有情於久遠劫初剎那識異於

木石生得染淨各自能爲無量無數染淨識本從初刹那不可說劫乃至金剛終一刹那有不可說不可說識生諸有情色心二法色名色蘊心名四蘊皆積聚性隱覆眞實大王此一色法生無量色眼得爲色耳得爲聲鼻得爲香舌得爲味身得爲觸堅持名地津潤名水煖性名火輕動名風生五識處名五色根如是展轉一色一心生不可說無量色心皆如幻故善男子有情之受依世俗立若有若無但生有情妄想憶念作業受果皆名世諦三界六趣一切有情婆羅門刹帝利毗舍首陀我人知見色法心法如夢所見善男子一切諸名皆假施設佛未出前世諦幻法無名無義亦無體相無三界名善惡果報六趣名字諸佛出現爲有情故說於三界六趣染淨無量名字如是一切如呼聲響諸法相續念念不住刹那刹那非一非異速起速滅非斷非常諸有爲法如陽焰故諸法相待所謂色界眼界眼識界乃至法界意界意識界猶如電光不定相待有無一異如第二月諸法緣成蘊處界法如水上泡諸法因成一切有情俱時因果異時因果三世善惡如空中雲善男子善薩摩訶薩住無分別無彼此相無自他相常行化利相是故應知愚夫垢識染著虛妄爲相所縛善薩照見知如幻士無有體相但如空華是爲善薩摩訶薩住利自他如實觀察說是法時會中無量人天大衆有得伏忍空無生忍一地二地乃至十地無量善薩得一生補處

二諦品第四

爾時波斯匿王白佛言世尊勝義諦中有世俗諦不若言無者智不應二若言有者智不應一一二之義其事云何佛言大王汝於過去龍光王佛法中已問此義我今無說汝今無聽無說無聽是即名爲一義二義汝今諦聽當爲汝說爾時世尊即說偈言

無相勝義諦　體非自他作　因緣如幻有
亦非自他作　法性本無性　勝義諦空如
諸有幻有法　三假集假有　無無諦實無
寂滅勝義空　諸法因緣有　有無義如是
有無本自二　譬如牛二角　照解見無二
二諦常不即　解心見無二　求二不可得
非謂二諦一　一亦不可得　於解常自一
於諦常自二　了達此一二　眞入勝義諦
世諦幻化起　譬如虛空華　如影如毛輪
因緣故幻有　幻化見幻化　愚夫名幻諦
幻師見幻法　諦幻悉皆無　若了如是法
即解一二義　徧於一切法　應作如是觀

大王菩薩摩訶薩住勝義諦化諸有情佛及有情一而無二何以故有情菩提此二皆空以有情空得置菩提空以菩提空得置有情空以一切法空空故空何以故般若無相二諦皆空謂從無明至一切智無自相無他相於第一義見無所見若有修行亦不取著若不修行亦不取著非行非不行亦不取著於一切法皆不取著菩薩未成佛以菩提爲煩惱菩薩成佛時以煩惱爲菩提何以故於第一義而無二故諸佛如來與一切法悉皆如故波斯匿王白佛言十方諸佛一切菩薩云何不離文字而行實相佛言大王文字者謂

契經應頌記別諷誦自說緣起譬喻本事本生方廣希有論議所有宣說音聲語言文字章句一切皆如無非實相若取文字相者即非實相大王修實相者如文字修實相即是諸佛智母一切有情根本智母此即名爲一切智體諸佛未成佛與當佛爲智母諸佛已成佛即爲一切智未得爲性已得爲智三乘般若不生不滅自性常住一切有情此爲覺性若菩薩不著文字不離文字無文字相非無文字能如是修不見修相是即名爲修文字者而能得於般若眞性是爲般若波羅蜜多大王菩薩摩訶薩護佛果護十地行護化有情爲若此也波斯匿王白佛言眞性是一有情品類根行無量法門爲一爲無量耶佛言大王法門非一亦非無量何以故由諸有情色法心法五取蘊相我人知見種種根行品類無邊法門隨根亦有無量此諸法性非相非無相而非無量若菩薩隨諸有情見一見二是即不見一二之義了知一二非一非二即勝義諦取著一二若有若無即世俗諦是故法門非一非二大王一切諸佛說般若波羅蜜多我今說般若波羅蜜多無二無別汝等大衆受持讀誦如說修行即爲受持諸佛之法大王此般若波羅蜜多功德無量若有恒河沙不可說諸佛是一一佛教化無量不可說有情是一一有情皆得成佛是諸佛等復教化無量不可說有情亦皆成佛是諸佛等所說般若波羅蜜多有無量不可說那庾多億偈說不可盡於諸偈中而取一偈分爲千分復於千分而說一分句義功德尚無

窮盡何況如是無量句義所有功德若有人能於此經中起一念淨信是人即超百劫千劫百千萬劫生死苦難何況書寫受持讀誦爲人解說所得功德即與十方一切諸佛等無有異當知此人諸佛護念不久當成阿耨多羅三藐三菩提說是法時有十億人得三空忍百萬億人得大空忍無量菩薩得住十地

仁王護國般若波羅蜜多經卷上

音釋

惕他歷切憂也 緬彌兗切遠也 袪虧于切攘却也 緹田黎切丹黃色帛也 騫丘虔切摳衣也 襲席入切入也 欒盧丸切樹木闌也 槧在敢切削版牘也 賾邃賾士革切邃思類切賾邃深遠也 惋烏貫切懊嘆也

仁王護國般若波羅蜜多經卷下

唐三藏沙門大廣智不空譯

護國品第五

爾時世尊告波斯匿王等諸大國王諦聽諦聽我爲汝等説護國法一切國土若欲亂時有諸災難賊來破壞汝等諸王應當受持讀誦此般若波羅蜜多嚴飾道場置百佛像百菩薩像百師子座請百法師解説此經於諸座前然種種燈燒種種香散諸雜華廣大供養衣服卧具飲食湯藥房舍床座一切供事每日二時講讀此經若王大臣比丘比丘尼優婆塞優婆夷聽受讀誦如法修行災難即滅大王諸國土中有無量鬼神一一復有無量眷屬若聞是經護汝國土若國欲亂鬼神先亂鬼神亂故即萬人亂當有賊起百姓喪亡國王太子王子百官互相是非天地變怪日月衆星失時失度大火大水及大風等是諸難起皆應受持講讀此般若波羅蜜多若於是經受持讀誦一切所求官位富饒男女慧解行來隨意人天果報皆得滿足疾疫厄難即得除愈杻械枷鎖撿繫其身皆得解脱破四重戒作五逆罪及毁諸戒無量過咎悉得消滅大王往昔過去釋提桓因爲頂生王領四軍衆來上天宮欲滅帝釋時彼天王即依過去諸佛教法敷百高座請百法師講讀般若波羅蜜多經頂生即退天衆安樂大王昔天羅國王有一太子名曰斑足登王位時有外道師名爲善施與王灌頂乃令斑足取千王頭以祀塚間摩訶迦羅大黑天神自登王位已得九百九十九王唯少一王北行萬

里乃得一王名曰普明其普明王白斑足言願聽一日禮敬三寶飯食沙門斑足聞已即便許之其王乃依過去諸佛所說教法敷百高座請百法師一日二時講說般若波羅蜜多八千億偈時彼衆中第一法師爲普明王而說偈言

劫火洞然　大千俱壞　須彌巨海　磨滅無餘
梵釋天龍　諸有情等　尚皆殄滅　何況此身
生老病死　憂悲苦惱　怨親逼迫　能與願違
愛欲結使　自作瘡疣　三界無安　國有何樂
有爲不實　從因緣起　盛衰電轉　蹔有即無
諸界趣生　隨業緣現　如影如響　一切皆空
識由業漂　乘四大起　無明愛縛　我我所生
識隨業遷　身即無主　應知國土　幻化亦然

爾時法師說此偈已時普明王聞法悟解證空三昧王諸眷屬得法眼空其王即便詣天羅國諸王衆中而作是言仁等今者就命時到悉應誦持過去諸佛所說般若波羅蜜多偈諸王聞已亦皆悟解得空三昧各各誦持時斑足王問諸王言汝等今者皆誦何法爾時普明王即以上偈答斑足王王聞是法亦證空定歡喜踊躍告諸王言我爲外道邪師所誤非汝等咎汝各還國當請法師解說般若波羅蜜多時斑足王以國付弟出家爲道得無生法忍大王過去復有五千國王常誦此經現生獲報汝等十六諸大國王修護國法應當如是受持讀誦解說此經若未來世諸國王等爲欲護國護自身者亦應如是受持讀誦解說此經說是法時無量人衆得不退轉阿脩羅等得生天上無量無數欲色諸

天得無生忍

不思議品第六

爾時十六國王及諸大衆聞佛說此般若波羅蜜多甚深句義歡喜踊躍散百萬億衆寶蓮華於虛空中成寶華座十方諸佛無量大衆共坐此座說般若波羅蜜多是諸大衆持十千金蓮華散釋迦牟尼佛上合成華輪蓋諸大衆復散八萬四千芬陀利華於虛空中成白雲臺臺中光明王佛與十方諸佛無量大衆演說般若波羅蜜多是諸大衆持曼陀羅華散釋迦牟尼佛及諸衆會復散曼殊沙華於虛空中變作金剛寶城城中師子奮迅王佛共十方諸佛大菩薩衆演說勝義般若波羅蜜多復散無量天諸妙華於虛空中成寶雲蓋徧覆三千大千世界是華蓋中雨恒河沙華從空而下時波斯匿王及諸大衆見是事已歎未曾有合掌向佛而作是言願過去現在未來諸佛常說般若波羅蜜多願諸衆生常得見聞如我今日等無有異佛言大王如汝所說此般若波羅蜜多是諸佛母諸菩薩母不共功德神通生處諸佛同說能多利益是故汝等常應受持爾時世尊爲諸大衆現不可思議神通變化一華入無量華無量華入一華一佛土入無量佛土無量佛土入一佛土一塵剎土入無量塵剎土無量塵剎土入一塵剎土無量大海入一毛孔無量須彌入芥子中一佛身入無量衆生身無量衆生身入一佛身大復現小小復現大淨復現穢穢復現淨佛身不可思議衆生身不可思議乃至世界不可思議當佛現此神變之

時十千女人現轉女身得神通三昧無量天人得無生法忍無量阿脩羅等成菩薩道恒河沙菩薩現身成佛

奉持品第七

爾時波斯匿王覩佛神變見千華臺上徧照如來千華葉上千化身佛千華葉中無量諸佛各說般若波羅蜜多白佛言世尊如是無量般若波羅蜜多不可識識不可智知云何諸善男子於此經中明了覺解爲人演說佛言大王汝今諦聽從初習忍至金剛定如法修行十三觀門皆爲法師依持建立汝等大衆應當如佛而供養之百千萬億天妙香華而以奉上善男子其法師者習種性菩薩若比丘比丘尼優婆塞優婆夷修十住行見佛法僧發菩提心於諸衆生利樂悲愍自觀巳身六界諸根一切無常苦空無我了知業行生死涅槃能利自他饒益安樂聞讃佛毁佛心定不動聞有佛無佛心定不退三業無失起六和敬方便善巧調伏衆生勤學十智神通化利下品修習八萬四千波羅蜜多善男子習忍以前經十千劫行十善行有退有進譬如輕毛隨風東西若至忍位入正定聚不作五逆不謗正法知我法相悉皆空故住解脫位於一阿僧祇劫修習此忍能起勝行復次性種性菩薩住無分別修十慧觀捨財命故持淨戒故心謙下故利自他故生死無亂故無相甚深故達有如幻故不求果報故得無礙解故念念示現佛神力故對治四倒三不善根三世惑業十顛倒故我人知見念念虛僞了達名假受假法假皆不可得無自他

相住眞實觀中品修習八萬四千波羅蜜多於二阿僧祇劫行諸勝行得堅忍位復次道種性菩薩住堅忍中觀諸法性得無生滅四無量心能破諸闇常見諸佛廣興供養常學諸佛住迴向心所修善根皆如實際能於三昧廣作佛事現種種身行四攝法住無分別化利衆生智慧明了甚深觀察一切行願普皆修習能爲法師調御有情善觀五蘊三界二諦無自他相得如實性雖常修勝義而受生三界何以故業習果報未壞盡故於人天中順道生故上品修習八萬四千波羅蜜多於三阿僧祇劫修二利行廣大饒益得善調伏諸三摩地住勝觀察修出離行能證平等聖人地故復次歡喜地菩薩摩訶薩超愚夫地生如來家住平等忍初無相智照勝義諦

一相平等非相無相斷諸無明滅三界貪未來無量生死永不生故大悲爲首起諸大願於方便智念念修習無量勝行非證非不證一切徧學故非住非不住向一切智故行於生死魔不動故離我我所無怖畏故無自他相常化衆生故自在願力生諸淨土故善男子此初覺智非如非智非有非無無有二相方便妙用非倒非住非動非靜二利自在如水與波非一非異智起諸波羅蜜多亦非一異於四阿僧祇劫滿足修習百萬行願此地菩薩無三界業習更不造新由隨智力以願生故念念常行檀波羅蜜多布施愛語利行同事廣大清淨善能安住饒益衆生復次離垢地菩薩摩訶薩四無量心最勝寂滅斷瞋等習修一切行所謂遠離殺害不與不取心

無染欲得真實語得和合語得柔軟語得調伏語常行捨心常起慈心住正真心寂靜純善離破戒垢行大慈觀念念現前於五阿僧祇劫具足清淨戒波羅蜜多志意勇猛永離諸染復次發光地菩薩摩訶薩住無分別滅無明闇於無相忍而得三明悉知三世無來無去依四靜慮四無色定無分別智次第隨順具足勝定得五神通現身大小隱顯自在天眼清淨悉見諸趣天耳清淨悉聞衆聲以他心智知衆生心宿住能知無量差別於六阿僧祇劫行一切忍波羅蜜多得大總持利益安樂復次焰慧地菩薩摩訶薩修行順忍無所攝受永斷微細身邊見故修習無邊菩提分法念處正勤神足根力覺道具足爲欲成就力無所畏不共佛法於七阿僧祇劫修習無量精進波羅蜜多遠離懈怠普利衆生復次難勝地菩薩摩訶薩以四無畏隨順真如清淨平等無差別相斷隨小乘樂求涅槃集諸功德具觀諸諦此苦聖諦集滅道諦世俗勝義觀無量諦爲利衆生習諸技藝文字醫方讃詠戲笑工巧呪術外道異論吉凶占相一無錯謬但於衆生不爲損惱爲利益故咸悉開示漸令安住無上菩提知諸地中出道障道於八阿僧祇劫常修三昧開發諸行復次現前地菩薩摩訶薩得上順忍住三脫門能盡三界集因集業麤現行相大悲增上觀諸生死無明闇覆業集識種名色六處觸受愛取有生老死等皆由著我無明業果非有非無一相無相而不二故於九阿僧祇劫行百萬空無相無願三昧得一切般若波羅

蜜多無邊光照復次遠行地菩薩摩訶薩修無生忍證法無別斷諸業果細現行相住於滅定起殊勝行雖常寂滅廣化衆生示入聲聞常隨佛智示同外道示作魔王隨順世間而常出世於十阿僧祇劫行百萬三昧善巧方便廣宣法藏一切莊嚴皆得圓滿復次不動地菩薩摩訶薩住無生忍體無增減斷諸功用心心寂滅無身心相猶如虛空此菩薩佛心菩提心涅槃心悉皆不起由本願故諸佛加持能一念頃而起智業雙照平等以十力智徧不可說大千世界隨諸衆生普皆利樂於千阿僧祇劫滿足百萬大願心心趣入一切種一切智智復次善慧地菩薩摩訶薩住上無生忍滅心心相證智自在斷無礙障具大神通修力無畏善能守護諸佛法藏得無礙解法義詞辯演說正法無斷無盡一剎那頃於不可說諸世界中隨諸衆生所有問難一音解釋普令歡喜於萬阿僧祇劫能現百萬恒河沙等諸佛神力無盡法藏利益圓滿復次法雲地菩薩摩訶薩無量智慧思惟觀察從發信心經百萬阿僧祇劫廣集無量助道法增長無邊大福智證業自在斷神通障於一念頃能徧十方百萬億阿僧祇世界微塵數國土悉知一切衆生心行上中下根爲說三乘普令修習波羅蜜多入佛行處力無所畏隨順如來寂滅轉依善男子從初習忍至金剛定皆名爲伏一切煩惱無相信忍照勝義諦滅諸煩惱生解脫智漸漸伏滅以生滅心得無生滅此心若滅即無明滅金剛定前所有知見皆不名見唯佛頓解具一切

智所有知見而得名見善男子金剛三昧現在前時而亦未能等無等等譬如有人登大高臺普觀一切無不斯了若解脫位一相無相無生無滅同真際等法性滿功德藏住如來位善男子如是諸菩薩摩訶薩受持解說皆往十方諸佛剎土利安有情通達實相如我今日等無有異善男子十方法界一切如來皆依此門而得成佛若言越此得成佛者是魔所說非是佛說是故汝等應如是知如是見如是信解爾時世尊欲重宣此義而說偈言

彼伏忍菩薩　於佛法長養　堅固三十心
名爲不退轉　初證平等性　而生諸佛家
由初得覺悟　名爲歡喜地　遠離於染汙
瞋等種種垢　具戒德清淨　名爲離垢地
滅壞無明闇　而得諸禪定　照曜由慧光
名爲發光地　清淨菩提分　遠離身邊見
智慧燄熾然　名爲焰慧地　如實知諸諦
世間諸技藝　種種利群生　名爲難勝地
觀察緣生法　無明至老死　能證彼甚深
名爲現前地　方便三摩地　示現無量身
善巧應群生　名爲遠行地　住於無相海
一切佛加持　自在破魔軍　名爲不動地
得四無礙解　一音演一切　聞者悉歡喜
名爲善慧地　智慧如密雲　徧滿於法界
普灑甘露法　名爲法雲地　滿足無漏戒
常淨解脫身　寂滅不思議　名爲一切智

佛告波斯匿王我滅度後法欲滅時一切有情造惡業故令諸國土種種災起諸國王等爲護自身太子王子后妃眷屬百官百姓一

切國土即當受持此般若波羅蜜多皆得安樂我以是經付囑國王不付比丘比丘尼優婆塞優婆夷所以者何無王威力不能建立是故汝等常當受持讀誦解說大王吾今所化大千世界百億須彌百億日月一一須彌有四天下此贍部洲十六大國五百中國十萬小國是諸國中若七難起一切國王爲除難故受持解說此般若波羅蜜多七難即滅國土安樂波斯匿王言云何七難佛言一者日月失度日色改變白色赤色黃色黑色或二三四五日並照月色改變赤色黃色日月薄蝕或有重輪一二三四五重輪現二者星辰失度彗星木星火星金星水星土等諸星各各爲變或時晝出三者龍火鬼火人火樹火大火四起焚燒萬物四者時節改變寒暑不恒冬雨雷電夏霜氷雪雨土石山及以砂礫非時降雹雨赤黑水江河汎漲流石浮山五者暴風數起昏蔽日月發屋拔樹飛沙走石六者天地亢陽陂池竭涸草木枯死百穀不成七者四方賊來侵國內外兵戈競起百姓喪亡大王我今略說如是諸難其有日晝不現月夜不現天種種災無雲雨雪地種種災崩裂震動或復血流鬼神出現鳥獸怪異如是災難無量無邊一一災起皆須受持讀誦解說此般若波羅蜜多爾時十六國王聞佛所說皆悉驚怖波斯匿王白佛言世尊何故天地有是災難佛言大王由贍部洲大小國邑一切人民不孝父母不敬師長沙門婆羅門國王大臣不行正法由此諸惡有是難興大王般若波羅蜜多能出生一切諸佛法

一切菩薩解脫法一切國王無上法一切有情出離法如摩尼寶體具衆德能鎭毒龍諸惡鬼神能遂人心所求滿足能應輪王名如意珠能令難陀跋難陀等諸大龍王降霔甘雨潤澤草木若於闇夜置高幢上光照天地明如日出此般若波羅蜜多亦復如是汝等諸王應作寶幢及以旛蓋燒燈散華廣大供養寶函盛經置於寶案若欲行時常導其前所在住處作七寶帳衆寶爲座置經於上種種供養如事父母亦如諸天奉事帝釋大王我見諸國一切人王皆由過去侍五百佛恭敬供養得爲帝王一切聖人得道果者來生其國作大利益若王福盡無道之時聖人捨去災難競起大王若未來世有諸國王建立正法護三寶者我令五方菩薩摩訶薩衆往護其國東方金剛手菩薩摩訶薩手持金剛杵放青色光與四俱胝菩薩往護其國南方金剛寶菩薩摩訶薩手持金剛摩尼放日色光與四俱胝菩薩往護其國西方金剛利菩薩摩訶薩手持金剛劍放金色光與四俱胝菩薩往護其國北方金剛藥叉菩薩摩訶薩手持金剛鈴放瑠璃色光與四俱胝藥叉往護其國中方金剛波羅蜜多菩薩摩訶薩手持金剛輪放五色光與四俱胝菩薩往護其國是五菩薩摩訶薩各與如是無量大衆於汝國中作大利益當立形像而供養之爾時金剛手菩薩摩訶薩等即從座起頂禮佛足却住一面而白佛言世尊我等本願承佛神力十方世界一切國土若有此經受持讀誦解說之處我當各與如是眷屬於一念頃即

至其所守護正法建立正法令其國界無諸災難刀兵疾疫一切皆除世尊我有陀羅尼能加持擁護是一切佛本所修行速疾之門若人得聞一經於耳所有罪障悉皆消滅況復誦習而令通利以法威力當令國界永無衆難即於佛前異口同音說陀羅尼曰

娜謨囉怛娜二合怛囉二合夜野一娜莫引阿哩夜二合吠無盖切嚕者娜引野二怛他引蘖多引夜阿囉訶二合諦三三藐三沒馱引野四娜莫阿引哩野二合五三滿多跛楺囉二合引野六冐地薩怛嚩二合引野七摩賀薩怛嚩二合引野八摩賀迦引嚕抳迦引野九怛你野他引十枳攘二合娜鉢囉二合你引閉十一惡乞叉二合野句勢十二鉢囉二合底婆引娜嚩底十三薩嚩沒馱引嚩路枳諦十四喻誐跛哩你濕跛二合寧十五儼避引囉努囉嚩誐引係十六底哩野二合特嚩二合十七跛哩你濕跛二合寧十八冐地質多散惹娜你十九薩嚩引毗曬迦引毗色訖諦二合二十達磨娑引誐囉三步諦二十一阿暮伽室囉二合嚩儜二十二摩賀三滿多跛楺囉步彌二十三涅奴逸切哩野二合諦二十四尾野二合羯囉拏二十五跛哩鉢囉二合跛你二十六薩嚩悉馱二十七娜麽塞訖哩二合諦二十八薩嚩冐地薩怛嚩二合二十九散惹娜你三十娑誐嚩底丁以切三十一沒馱引麽諦三十二阿囉奶迦囉奶三十三阿囉拏迦囉奶三十四摩賀鉢囉二合枳攘二合三十五播囉弭諦娑嚩二合賀三十六

爾時世尊聞是說已讚金剛手等諸菩薩言善哉善哉若有誦持此陀羅尼者我及十方諸佛悉常加護諸惡鬼神敬之如佛不久當得阿耨多羅三藐三菩提大王吾以此經付

囑汝等毗舍離國憍薩羅國室羅筏國摩伽陀國波羅痆斯國迦毗羅國拘尸那國憍睒彌國般遮羅國波吒羅國末吐羅國烏尸尼國奔吒跋多國提婆跋多國迦尸國瞻波國如是一切諸國王等皆應受持般若波羅蜜多時諸大衆阿脩羅等聞佛所說諸災難事身毛皆竪高聲唱言願我未來不生彼國時十六王即捨王位修出家道具八勝處十一切處得伏忍信忍無生法忍爾時一切人天衆阿脩羅等散曼陀羅華曼殊沙華婆師迦華蘇曼那華以供養佛隨其種性得三脫門生空法空菩提分法無量無數菩薩摩訶薩散拘勿頭華波頭摩華而供養佛無量三昧悉皆現前得住順忍無生法忍無量無數菩薩摩訶薩得恒河沙諸三昧門眞俗平等具無礙解常起大悲於百萬億阿僧祇佛刹微塵數世界廣利衆生現身成佛

囑累品第八

佛告波斯匿王今誡汝等吾滅度後正法欲滅後五十年後五百年後五千年無佛法僧此經三寶付諸國王建立守護令我四部諸弟子等受持讀誦解其義理廣爲衆生宣說法要令其修習出離生死大王後五濁世一切國王王子大臣自恃高貴破滅吾教明作制法制我弟子比丘比丘尼不聽出家修行正道亦復不聽造佛塔像白衣高座比丘地立與兵奴法等無有異當知爾時法滅不久大王破國因緣皆汝自作恃己威力制四部衆不聽修福諸惡比丘受別請法知識比丘共爲一心互相親善齋會求福是外道法都

非我教百姓疾疫無量苦難當知爾時國土破滅大王法末世時國王大臣四部弟子各作非法橫與佛教作諸過咎非法非律繫縛比丘如彼獄囚當知爾時法滅不久大王我滅度後四部弟子一切國王王子百官乃是任持護三寶者而自破滅如師子身中蟲自食師子肉非外道也壞我法者得大過咎正法衰薄民無正行諸惡漸增其壽日減無復孝子六親不和天龍不祐惡鬼惡龍日來侵害災怪相繼爲禍縱橫當墮地獄傍生餓鬼若得爲人貧窮下賤諸根不具如影隨形如響應聲如人夜書火滅字存毀法果報亦復如是大王未來世中一切國王王子大臣與我弟子橫立記籍設官典主大小僧統非理役使當知爾時佛法不久大王未來世中一切國王四部弟子當依十方一切諸佛常所行道建立流通而惡比丘爲求名利不依我法於國王前自說過患作破法緣其王不別信受此語橫立制法不依佛戒當知爾時法滅不久大王未來世中國王大臣四部弟子自作破法破國因緣身自受之非佛法咎天龍捨去五濁轉增若具說者窮劫不盡爾時十六大國王聞說未來如是諸誡悲啼號泣聲動三千天地昏闇光明不現時諸王等各各至心受持佛語不制四部出家學道當如佛教爾時恒河沙等無量大衆皆共歎言當爾之時世間空虛是無佛世爾時波斯匿王白佛言世尊當何名此經我等云何奉持佛告大王此經名爲仁王護國般若波羅蜜多亦得名爲甘露法藥若有服行能愈諸疾大

王般若波羅蜜多所有功德猶如虛空不可測量若有受持讀誦之者所獲功德能護仁王及諸衆生猶如垣墻亦如城壁是故汝等應當受持佛說是經已彌勒師子月等無量菩薩摩訶薩舍利弗須菩提等無量聲聞欲界色界無量天人比丘比丘尼優婆塞優婆夷阿脩羅等一切大衆聞佛所說皆大歡喜信受奉行

仁王護國般若波羅蜜多經卷下

音釋

疣干求切瘤也 蝕實職切日月侵虧也 彗徐醉切妖星 礫郎擊切小石也 汎孚梵切浮也 亢口浪切愆陽也 蘖魚列切 抳尼氏切 跛布火切 驪所賣切 儜女耕切 妳奴買切 弭名婢切 痆女入切 睒失冉切